사랑 그 한마디

사랑 그 한마디

초판 1쇄 인쇄일 2018년 06월 04일
초판 1쇄 발행일 2018년 06월 08일

지은이 | 김온별
펴낸이 | 김기선

편집장 | 김은지
편집부 | 김아름, 박신혜, 김에너벨리, 유기웅
디자인 | 한주희

펴낸곳 | 와이엠북스(YMBOOKS)
출판등록 | 2012년 7월 17일 (제382-2012-000021호)
주소 | 서울시 도봉구 노해로 379, 802호(창동, 대성빌딩)
전화 | 02)906-7768 / **팩스** | 02)906-7769
E-mail | ymbooks@nate.com

ISBN 979-11-322-4569-8 03810

값 10,000원

YMBOOKS ROMANCE STORY

사랑 그 한마디

김온별 장편소설

YM BOOKS

차 례

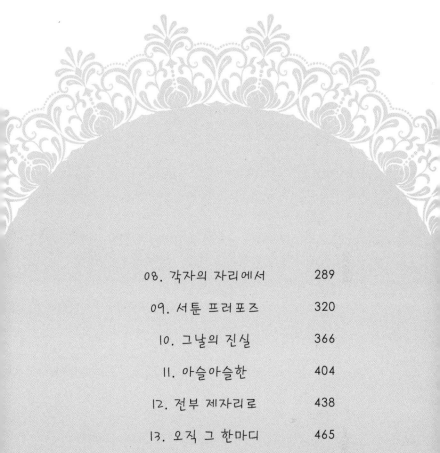

01. 믿기 싫은 현실

아직은 이른 아침인 미국 뉴욕의 한 아파트. 침대 위에서 시끄럽게 올리는 휴대폰 벨소리에 엎드려 자고 있던 한 남자의 손이 더듬더듬 침대를 더듬더니 이내 잡히는 자신의 휴대폰을 곧바로 집어 들어 저음의 듣기 좋은 목소리로 익숙하게 영어로 통화를 한다.

-여보세요? 한진서입니다.

-…….

-여보세요? 전화를 하셨으면 말씀을 하셔야죠.

-나야…… 단아.

상대방의 목소리가 들려오자 진서는 언제 가라앉았냐는 듯 웃음기 가득한 부드러운 목소리로 말을 잇는다.

-아아, 우리 단아구나. 한국은 지금 밤이려나? 며칠 동안 왜 연락 안 했어? 아이들 보느라 바쁘다고 얼굴 보여주는 것도 자주 안 해주고. 안 그래도 우리 애인한테 해줄 말이 있었…….

-내가…… 내가 먼저 할게, 진서 오빠.

-우리 단아 오빠 많이 보고 싶구나? 목소리가 또 힘이 없는 거 보니까. 그래, 먼저 해. 오빠가 다 들어줄게.

이때…… 내가 듣지 않았더라면 우리는 이별하지 않았을까……? 단아야…….

-우리 헤어지자. 나 더는 오빠 기다리기 싫어.

단아의 어딘가 모를 처연한 목소리도 신경 쓰지 못할 만큼 갑작스러운 이별 통보에 심장이 쿵! 하고 순식간에 나락으로 떨어지는 느낌을 받은 진서는 한 템포 느리게 겨우 되묻는다.

-뭐……?

-지쳤어.

-……정단아.

-……미안해. 그리고…… 꼭 행복해…….

뚝. 그 말을 마지막으로 야속하게도 기다려주지 않고 전화는 끊겼고 진서가 서둘러 다시 걸어보지만 들려오는 목소리는 예쁘기만 했던 단아의 목소리가 아닌 없는 번호라는 딱딱한 안내 멘트뿐이었다.

"……하하…… 하하하…….."

타악! 쨍그랑!

이게 무슨 일이지 싶어 허탈한 웃음만을 내뱉던 진서는 그대로 휴대폰을 전신 거울이 있는 곳으로 세게 내던져버리고, 그 힘에 휴대폰 액정이 부딪히며 거울이 함께 금이 가듯 깨진다.

2017년, 봄에서 여름으로 막 넘어가던 6월의 어느 날. 진서와 단아는 그렇게 이별했다. 진서는 받아들이지 못한 이별을…… 아무런 이유도 듣지 못한 채 너무도 갑작스럽게…….

일 년 후.

JS그룹 본사.

빌딩처럼 큰 건물의 대회의실 안에서 걸어 나오는 네 명의 남자와 그들을 뒤따르는 수많은 임직원들. 임직원들을 먼저 보내고 엘리베이터를 기다리는 와중에 JS그룹의 회장이자 진서의 아버지인 재성이 슬쩍 진서를 부른다.

"한 전무."

"예, 회장님."

"어제도 또 몇 시간씩 기획팀하고 마케팅팀 직원들 붙잡고 '지옥의 릴레이' 펼쳤다던데."

"예. 이번 상반기 가전제품 쪽 라인의 전반적인 문제가 좀 보여서요. 출시 전에 다시 한번 더 점검 차원이었습니다."

"그래? 그래도 직원들 생각도 좀 해줘. 한 전무 능력이 워낙 좋으니 일 년 만에 전무로 초고속 승진했어도 금방 말들이 들어갔지만 여전히 회장 아들이라서 그런다는 말들은 있으니까. 알지? 난 아들이라도 능력 없으면 내 자리 물려줄 생각 없다."

"예. 저도 회장님 자리는 욕심 없습니다. 내쫓으시면 그냥 다른 회사 가야죠."

진서의 망설임 없는 대답에 입맛을 다신 재성은 누가 한재성 아들 아니랄까 봐 한 번을 꺾이는 법이 없다는 생각을 한다. 사실 진서는 미국에서 대학도 나왔고 MBA 과정도 마쳤으니 이제 슬슬 그룹 이을 준비 시작하라는 아버지 재성의 성화에 못 이겨 한국에 있다가 2년 정도만 더 미국에 가서 JS그룹 미국 지사도 살펴보고 좀 더 공부하고 오겠다며 2년 가까이 미국에 있었고 작년 이맘때쯤이 돼서야 한국에 들어와 JS그룹의 전무로 발령을 받아 근무 중인 것이었다. 전무라는 파격 승진 또한 그 당시엔 말들이 많았지만 워낙 진서가 일처리 하나는 토를 달 수 없을 정도로 완벽히 해냈기에 현재로선 많이 줄어든 상태인 것이다.

그때, 엘리베이터가 내려오자 모두들 안으로 올라타고 재성의 옆에 서 있던 한 상무, 즉 재성의 동생이자 진서의 작은아버지인 재호가 표정을 한껏 비꼬듯이 한 채 진서를 바라봤다.

"진서 너는 아주 배짱이 두둑하니 나중에 회장님 뒤를 이으면 크게 되겠어."

그런 재호의 반응이 하루 이틀이 아닌 듯 재성은 그저 가만히 상황을 지켜볼 뿐이고 진서는 피식 웃고는 옥상을 제외하고 회장실이 있는 가장 꼭대기 층을 누르고서 여유롭게 대답한다.

"그런가요, 작은아버지? 그렇다면 좋은 거네요. 저희 회사를 현재 국내에 있는 모든 기업들 중 톱3 기업이 아니라 원톱으로 만들 수도 있을 테니까요. 제가."

"아…… 아니 뭐……."

"아, 그러고 보니 작은아버지, 이번에 맡으신 저희 그룹 패션위크 준비는 잘되어가고 있으신 거죠?"

"아…… 그래. 뭐…… 준비는 잘되고 있지."

재호가 어딘지 떨떠름하게 대답해오자 그런 재호를 물끄러미 바라본 진서는 여유롭게 미소를 띠며 계속 말을 잇는다.

"그렇다면 다행이네요. 작은아버지도 아시겠지만 저희 그룹이 여러 방면에서 이미 꽤 영향력이 있지 않습니까? 그렇다 보니 뭐가 됐든 절대 한 치의 실수나 오차도 있어선 안 되는데 잘되어가고 있다니 안심입니다."

"크흠! 그래. 우리 한 전무가 안심하도록 잘 준비하마."

"예. 부디 제가 다른 영역까지 손볼 일 없게 잘 부탁드립니다."

진서의 말에 재호가 더 이상의 말씨름은 안 되겠다 여겼는지 고개를 앞으로 돌려 서자 그런 두 사람의 신경전을 지켜보던 재성은 흐뭇한 표정을 하고, 진서의 옆에 서 있던 진서의 오른팔이자 미국에서 오래 알고 지내 죽마고우나 다름없는 유 비, 유선호 비서실장은 '오늘도 역시 한진서 전무가 위너인가'라는 표정으로 소리 없는 감탄의 박수를 보낸다.

바로 그때 띵, 하는 소리와 함께 엘리베이터 문이 열리고 재성과 재호가 내린다.

"진서 너는 안 내려?"

"예, 회장님. 저는 바로 처리해야 할 일이 있어서요. 한 상무님하고 두 분이서 얘기 나누세요."

진서가 따라 내리지 않고서 엘리베이터를 붙잡아 두고 정중히 선호와 함께 허리를 숙여 인사하자 재성은 흐뭇하면서도 내심 서운한 마음이다.

"알았다, 알았어. 그럼 난 됐으니 평창동 본가에나 자주 좀 들러, 인마. 네 엄마 맨날 우리 아들 언제 오나 목 빠지게 기다린다. 서연이도 그렇고."

"알겠습니다. 시간 내서 한 번 들를게요."

"그리고 너도 이제 서른인데 정말 결혼 생각 없는 거냐? 저번에 모현그룹 외동딸인 미현이가 널 아주 마음에 쏙 들어하는 눈치던데. 네 엄마랑 나도 벌써 내일모레면 환갑인데 슬슬 손자 손녀 재롱……."

"그럼 이만."

재성이 또다시 시작되려는 미현의 얘기와 손자 손녀 레퍼토리에 엘리베이터 열림 버튼에서 손을 떼려는 진서와 그런 아들의 행동에 다급해진 재성이 불쑥 외쳐버린다. 절대 입 밖으로 내어선 안 되는 그 이름을.

"벌써 일 년이야. 단아가 오죽했으면 우혁이랑 다현이, 아니지. 정 회장 내외한테까지 사정해서 너랑 멀어지게 해달라고 부⋯⋯."

"역시 어른들께서는 단아 어딨는지 아시는 거죠? 단아 지금 어딨습니까? 대체 얼마나 꽁꽁 숨겨두신 거냐구요!"

단아라는 이름 하나에 눈빛이 확 바뀐 진서가 으르렁거리자 재성은 아차 싶어 뒤늦게 말을 얼버무린다.

"알긴 뭘 알아. 너희 헤어지고 나서 정 회장 내외랑도 이십 년 우정이 다 어색해진 마당에. 그냥 단아도 다 이유가 있을 테니 너도 그만 마음잡으라는 소리지."

태연하기만 한 재성의 말에 진서의 가슴은 오히려 빠르게 식어갔다. 자신 역시 지난 일 년 동안 너무 아무렇지도 않게 자신들의 이별을 받아들이는 어른들에게 화낼 이유조차 못 찾았던 게 사실이니까.

십 년을 사랑했는데⋯⋯. 단 한순간도 이별을 생각한 적 없이⋯⋯ 그랬는데⋯⋯. 이별은 참 야속하게 아무런 예고도 없이 찾아왔고 하루하루 흐르는 시간 속에서 너무나 당연하게 받아들여지고 있었다.

"죄송하지만 평생 그리워해도 모자랍니다. 그리고 어른들께서 숨기신다면 제가 제 힘으로 찾으면 되는 거겠죠. 그럼 정말 가보겠습니다."

진서가 미련 없이 열림 버튼에서 손을 떼자 엘리베이터 문이 닫히고 재성은 한숨 같은 혼잣말을 내뱉는다.

"우혁이한테 미리 조심시키라고 말을 해줘야 하나⋯⋯. 휴⋯⋯

언제까지 숨겨둘 수 있을는지……. 가지, 한 상무."

"아…… 예. 회장님."

재성이 무거워진 발걸음을 먼저 옮기자 내내 두 부자의 얘기를 듣던 재호는 뭔가 진서의 약점을 잡을 수 있진 않을까 싶어 혀끝으로 입술을 훑고는 씩 웃더니 서둘러 재성의 곁으로 따라붙는다.

진서가 아버지를 모셔다 드린 후 자신의 사무실이 있는 23층으로 내려와 엘리베이터에서 내려 걸어오자 두 명의 여비서가 일어나 인사를 하고 곧바로 사무실 안으로 들어가는 진서를 보고 각자 감탄의 얘기를 주고받는다,

"오늘도 우리 한 전무님은 자체 발광 만찢남의 비주얼이시구나. 저 크고 깊은 눈동자. 흑요석처럼 검은 머리카락에 대비되는 하얀 피부. 똑 떨어지는 콧날. 립밤 없이도 붉은 입술. 187에 쭉 뻗은 키. 크으."

"그러게. 저 슈트핏 봐. 아주 은혜로운 기럭지 아니시겠니. 거기다 목소리는 또! 한 번씩 우리들 이름 부르실 때 난 아주 녹는다, 녹아."

"아무튼 우리는 한 전무님 덕분에 매일 눈과 귀가 호강한다, 정말."

그 사이로 선호가 불쑥 끼어든다.

"지선 씨, 유미 씨. 이거 서운한데? 언제는 유선호 비서실장님이 최고라며."

"하하. 당연히 우리 유 비서실장님도 최고죠. 한 전무님이랑 나란히 서 계시면 아주 저희는 두 배로 심쿵, 심쿵 하니까요."

"네. 아주 좋은 근무 환경이라고 생각해요."

"하하. 고마워. 그런데 오늘은 좀 조심들 해야 할 거야."

"네? 혹시 또 한재호 상무님하고……?"

"그것도 있고 심기가 좀 불편할 일이 있어서 말이지."

"그럼 설마…… 오늘도 또 진돗개 발령인가요? 오늘은 어느 정도? 설마 하나는 아니죠? 그럼 저희 야근 확정인데."

"글쎄. 그 정도로 빡 돌진 않았고 한 세 개?"

"휴우. 다행이네요. 그럼 신경 거슬리게만 안 하면 괜찮으니까요."

"지선 씨, 유미 씨가 아주 고생이 많아. 평소엔 순한 강아지 같은 한 전무가 일이나 자기 사람이 관련되면……."

"아주 미친개가 되시죠. 많이 봐줘서 셰퍼드 정도?"

"그래서 저희 회사 내에 별명도 '섹시한 미친개 한 전무'로 불리시구요."

"크크. 괜찮아, 괜찮아. 오늘은 세 개라니까? 그냥 조심들 하라고 알려주는 거야. 그럼 난 우리 한 전무님 달래러 들어가 볼게. 누가 와도 꼭 먼저 전무님께 알리고."

그렇게 선호가 전무실 안으로 들어가자 여비서들은 고개를 절레절레 흔들더니 자리에 앉아 업무를 본다.

선호가 노크 없이 전무실 안으로 들어서자 창밖을 내다보던 진서는 뒤돌아 자리에 앉으며 물었다.

"노크는 보통 들어오기 전에 하는 거 아니던가, 유선호."

"오. 뭐야? 친구가 필요하신 시간인가? 그럼 말 깐다."

선호의 장난 섞인 말투에 피식 웃어버린 진서는 마른세수를 하고서 바로 말을 꺼낸다.

"작은아버지가 맡은 패션위크 정말 차질 없는지 제대로 알아봐줘. JS패션 지석준 부사장님께 도움받으면 될 거야."

"오케이. 안 그래도 네가 지시할 것 같아서 그러려고 했다."

"홋. 역시 내 오른팔이자 오랜 친구답다."

"됐거든. 나는 갈수록 내가 너 닮아가는 것 같아서 소름 돋을 때가 더 많아, 인마."

진서는 그저 피식 미소 짓더니 이내 눈빛이 어둡게 가라앉으며 진짜 본론으로 들어갔다.

"그리고, 찾았어? 단아."

"그게…… 아직은. 너 미국에서 돌아오자마자 단아 찾기 시작했잖냐. 해외에서부터 국내까지 일 년 동안 내내. 근데 희한하게 단서가 안 잡힌단 말이야."

"분명히 양가 어른들은 단아의 행방을 알고 계셔. 단아 부모님 찾아갔을 때 너무 반응이 덤덤하셨어. 십 년을 만났다가 헤어졌는데도 그저 미안하다고 잊으라는 소리뿐이셨으니까. 그 두 분이 우릴 얼마나 예뻐하셨는데. 아무래도 내게서 단아를 숨기려는 것 같아. 그렇지 않고서야 이렇게까지 못 찾을 수는 없어."

"뭘까 대체……? 단아 한 번씩 너 본다고 미국 놀러오고 하면 나랑도 자주 어울렸었는데 특별히 이상한 점 못 느꼈었는데. 갑자기 이별 통보라니. 그럴 애는 아닌데."

순간 쓸쓸한 빛을 띤 진서는 얼른 우울한 생각을 지워버리곤 다시 말을 잇는다.

"그 이유를 알려고 내가 미친 짓을 하는 거겠지. 날 버린 여자를 찾아 헤매는 미련한 짓을 말이야."

"한진서…… 뭘 또 그렇게까지……."

"선호야, 그러니까 반드시 찾아. 몇 년이 더 걸려도 좋으니까 꼭

사랑 그 한마디 15

찾아서 정단아 내 눈앞에 보이게 해."

"후……. 알았다."

선호의 대답 뒤로 진서의 머리색과 같은 짙고 어두운 검은 눈동자가 순간 번뜩이며 빛났다.

정단아, 대체 왜 내게서 도망친 건지 난 그 이유를 네게 직접 들어야겠어. 그러기 전에 난 너와의 이별 인정 못 해.

"……하윽!! 하아……하아……."

아직 출근 준비로 일어나기엔 이른 아침.

침대에서 벌떡 일어나며 가쁜 숨을 몰아쉬는 한 남자. 커튼 사이로 살짝살짝 음영이 드리우자 보이는 건 다름 아닌 진서다.

"미친……. 이제는 하다하다 단아 처음 봤을 때 꿈까지 꾼 거냐. 그때가 언젠데……. 하…… 돌겠네."

머리카락을 신경질적으로 헝클어트린 진서는 가장 먼저 침대위 휴대폰으로 시간부터 확인해본다. AM6:00.

"하아. 잠은 다 잤으니 느긋하게 출근 준비나 해야겠다."

진서는 혼잣말을 중얼거리더니 휴대폰을 충전기에 연결해두고서 침대 아래로 내려서서 방을 빠져나간다.

JS그룹 본사 로비.

이른 아침. 딱 봐도 좋아 보이는 검은색의 벤츠 한 대가 JS그룹 본사 로비 앞에 선다.

잠시 뒤, 다시 로비 안으로 모습을 드러낸 건 너무 어둡지 않은 깔끔한 블랙 슈트와 구두 차림에 머리는 이마가 적당히 보일 정도로 올린 진서가 걸어 들어온다. 그 모습에 교대로 근무 중이던 로비의 데스크 직원들은 입이 떡 벌어진다.

"지금 아직 아침 8시도 안 되지 않았어? 한 전무님 진짜 대단하다. 어떻게 볼 때마다 흐트러짐이 하나도 없지?"

"저번에 경비 서주시는 분이 왜 이리 일찍 나오시냐고 물었더니 잠이 일찍 깨졌다고 하더래요. 그래서 그냥 출근하는 거라고."

"허. 아무튼 정말 대단하다. 작년에 첫 출근 때만 해도 순둥순둥하시길래 나도 그냥 낙하산이라고만 생각했는데 한 전무님 오시고 우리 그룹 주가 오르고 한 전무님이 맡은 가전이나 IT 쪽은 작년 대비 매출 배 이상으로 뛰고. 그래서 아예 낙하산이니 능력 없니 하는 소리들 쏙 들어갔잖아."

"당연한 거죠, 뭐. 한 전무님이 달리 미친개라는 별명을 얻었겠냐구요."

"하긴. 그건 나도 동감이야."

데스크 직원들의 얘기는 모른 채 엘리베이터를 타고 자신의 사무실이 있는 23층에 올라온 진서는 아직 비서들도 출근 전인 텅 빈 복도를 지나 전무실 안으로 들어가 망설임 없이 쭉 의자까지 직행해 앉더니 의자 뒤로 깊숙이 기대며 눈을 감는다.

"후우……."

깊은 한숨과 함께 떠오르는 단아와의 기억.

'진서 오빠.'

'응?'

'나 오빠 남자로 좋아해. 우리 사귀면 안 돼?'

'뭐……?'

'오빠는 나 여자로는 싫어? 나랑 같은 마음 아닌 건가?'

'정단아, 너…….'

'아아! 몰라, 몰라. 거절은 이쪽에서 할 거야. 안 들려. 아아~'

'그만해. 귀 아프겠다.'

진서가 고3, 단아가 고2던 시절. 갑자기 며칠 전부터 단아가 '오늘부터는 오빠랑 같이 버스 타고 집에 올 거야. 그러니까 김 기사 아저씨 보내지 마, 엄마. 집도 같은 평창동이고 골목 하나 차인데 무슨 차야. 아저씨도 힘들어. 진서 오빠는 혼자 다니잖아. 나도 그럴 거야. 학교도 바로 옆이잖아.'라고 아줌마께 통보를 해버리곤 며칠 동안 진서를 따라 등하교를 하던 어느 날이었다.

변함없이 야간자율학습까지 마치고 하교를 해 버스를 기다리던 그때 뜬금없는 단아의 돌직구 고백이 날아든 것은.

진서가 자신의 양손을 붙잡자 느릿하게 고개를 들어 진서를 바라본 단아는 또다시 돌직구를 날린다.

'대답? 나랑 사귈 거야? 도저히 오빠 고백 기다리다간 나 호호 할머니 될 것 같아서 안 되겠어. 오빠도 나 좋아하잖아. 나 바보 아니거든? 9년 동안 붙어 다녔는데 오빠 눈빛 하나 모를까. 막 나 바라볼 때 오빠 눈에서 별이 반짝이고 꿀이 뚝뚝 떨어지는데 그걸 어찌 모르겠어.'

아아. 그랬었나……. 아직은 네가 어려서…… 숨긴다고 숨겼는데 결국 다 들켰구나.

'대답하라니까? 사귀는 거지? 나 좋아하지? 그럼…….'

단아가 또 물어보던 그때 단아의 입술 위로 내려온 부드러운 감촉과 함께 쪽, 소리가 나더니 금방 떨어진다.

'그래. 사귀는 거야.'

'……우와! 와아~ 해냈다! 한진서는 내 거다!'

진서의 돌발행동에 잠시 멍했던 단아는 금세 환하게 웃더니 진서를 끌어안고 방방 뛰고 그런 단아를 마주 안아주며 토닥인다.

'근데 무슨 여자애가 먼저 고백을 해. 내 마음 알았다며. 그럼 좀 더 기다리지…… 너 성인 되면 그때 고백하려고 했는데.'

'그러기엔 오빠를 노리는 여자 선후배들이 너무 많아. 그리고 여자가 먼저 고백하면 안 되는 법이 있는 것도 아닌데. 나 지금 되게 행복하니까 그냥 내버려둬 주라. 헤헤. 한진서는 정단아 거다.'

'푸흣. 이 천방지축 아가씨를 어쩌냐 진짜.'

'음~ 그럼 평생 데리고 살아. 오빠가.'

'그 순서까지 뺏어가지 말지? 그건 아주 나중에 내가 할 거야.'

'아이, 좋아라~'

'내가 더 행복하게 해줄까?'

'응? 어떻게?'

진서는 단아의 물음에 속삭이듯 귓가에 울리도록 대답한다.

'좋아하는 게 아니라 아주 많이 사랑한다. 정단아.'

'……한 번만 더.'

'사랑해. 사랑한다. 단아야.'

'정말 너무 행복해서 눈물 나겠다. 응. 나도 한진서가 이 세상에서 제일 좋아! 사랑해!'

진서의 고백에 더 큰 소리로 답해주며 기분 좋은 웃음을 짓는 단아. 그렇게 자연스레 그들의 사랑은 시작됐었고 십 년 동안을 설령 싸워도 헤어진 적 없이 서로를 사랑하고 원했다. 그랬는데…… 그랬었는데…….

진서가 한참을 옛 추억에 잠겨 있던 그때 똑똑똑, 하는 노크 소리가 들리더니 언제 출근을 한 건지 선호가 들어오며 문을 닫는다.

"아……. 지금 시간이……."

"8시 30분 다 되어갑니다."

노크 소리에 그제야 상념에서 벗어난 진서가 몸을 바로 하며 마른세수를 하고는 시간 확인을 위해 왼쪽 손목을 주시하려던 그때 그보다 더 한발 빨리 들려온 선호의 목소리였다.

"시간이 벌써 그렇게 됐나……. 내가 사무실 도착했을 때가 8시다 됐을 때쯤이었던 것 같은데."

"또 단아 꿈이라도 꾸셨습니까? 이렇게 일찍 나오시는 날은 항상 그러셨던 것 같은데요. 밖에 이 비서한테 커피라도 내려오라고 할까요?"

"그래 주면 고맙고. 하여튼 유선호 비서실장한테는 숨기는 것도 못 하겠다. 나 일찍 나온 건 어떻게 안 거야?"

"이 회사 내에서 한 전무님 소식이야 모르고 싶어도 모를 수가 없는 거 더 잘 아시잖습니까. 출근하던 길에 로비에서 직원들이 하는 소리 들었습니다. '미친개가 이젠 잠도 없나. 아침 댓바람부터 출근했다더라' 하는 소리 말이죠."

"큭큭……. 미치겠다, 진짜. 나 너무 인기 많은 거 아니야?"

"한 전무님, 요새 너무 이른 출근이 잦으십니다. 웃어넘길 일이……."

"스톱. 잔소리는 그쯤 해주라. 안 그래도 머리 울려."

언제 장난쳤냐는 듯 금방 표정을 굳히고 눈빛도 가라앉은 채로 힘없이 대답하는 진서로 인해 선호도 긴말 없이 입을 다문다.

"사실 이젠 무섭다, 선호야. 찾고 있는데 머리카락 한 올도 안 보이니까 영영 못 찾을까 봐서. 사랑한 그 시간이 전부 나만 잠시 겪었던 신기루 같은 게 될까 봐서."

진서의 약한 모습이 보기 싫은 선호는 사실 전무실 안에 들어온 내내 한 손에 든 서류봉투를 꽉 움켜쥔 채 이 얘기를 해야 하나 말아야 하나 고민했지만 어차피 본인들 일이니 아는 게 맞겠지 싶어 천천히 입술을 뗀다.

"진서야."

"네가 웬일이냐? 먼저 말을 다 편히 하고."

"네가 알아야 할 중요한 일이 있어서. 물론 사적인 일이고."

"무슨 일인데? 괜찮으니까 편하게 얘기해."

"……단아 말이야. 아직도 찾고 싶어?"

"뭐야. 난 또 무슨 말이라고. 당연한 소리는 왜 물어? 네가 아직 찾았다는 말이 없어서 애타는 사람한테."

"그…… 단아가 널 떠난 데에는 다 이유가 있지 않았을까 싶어서 말이야. 굳이 찾는 게 서로한테 더 힘들 수……."

"유선호, 말 같지도 않은 소리 하지 말고 뭐야? 그냥 빨리 본론 얘기해. 설마…… 찾은 거야? 단아."

"그게……."

"유선호, 나 돌면 어떻게 되는지 알지? 거짓말할 생각 말고 똑바로 말해. 단아, 찾은 거냐고."

진서의 눈빛이 점점 어두워지며 목소리까지 날이 잔뜩 서자 선호는 이 이상은 가면 위험하단 걸 알기에 깊은 한숨 뒤로 진서가 그토록 원하던 대답을 해준다. 이후에 닥칠 일은 그때 가서 생각하자는 각오와 함께.

"그래, 찾았어. 네가 일 년 동안 오매불망 찾아 헤매던 네 여자, 단아 찾았다, 진서야."

선호의 말에 심장이 뜀박질하듯 빠르게 뛰는 걸 느낀 진서는 자신의 심장 소리를 들으며 떨어지지 않는 입술을 움직여 선호에게 다다다 묻는다.

"어디서 찾았어? 어떻게 찾았어? 건강해 보였어? 어디 아픈 데는 없고? 잘 지낸 것……."

"한진서, 진정해."

"아……."

선호가 안쓰러운 눈빛으로 말하자 그제야 심장박동도 서서히 안정을 찾고 이성이 돌아오는 걸 느낀 진서는 알 수 있었다. 이별의 이유를 묻기 위해서 찾던 게 아니라 여전히 사랑해서…… 다시 품고 싶어서 그토록 찾아 헤맸다는 것을.

"쿡……. 단아 이름 하나에도 안절부절못하는 내가 웃기지?"

"……."

"네 말대로 진정했으니까 말해봐. 단아 지금 어디 있어? 아니다. 지금 당장 보러 가자. 선호 너는 단아 어딨는지 알 테니까."

"잠깐만. 그 전에 네가 단아에 대해 꼭 알아야 할 게 있어. 이 서류 좀 살펴봐."

"네 차보단 내 차로 움직이자. 단아 데려올 거니까. 여기 차 키."

슈트 재킷 안에 있던 자신의 스마트키를 선호에게 던져주는 진서와 던진 차 키를 얼결에 받아든 선호는 '한진서, 진정하기는 개뿔. 내 얘긴 아예 귀에도 안 들어오면서.'라고 속으로 생각한 후 진서에게 다시 말을 건네 본다.

"너 내 말은 듣고 있냐?"

"어? 뭐?"

선호의 예상대로 단아를 찾았다는 말을 들은 이후로 이미 마음은 단아에게로 가버린 진서가 차 키를 주고는 서둘러 일정 체크를 하며 자신은 보지도 않고 대답만 하자 깊은 한숨을 내쉰 선호가 포기하듯 말을 잇는다.

"됐다. 어차피 알게 될 일인데 벌써 충격 줄 필요는 없겠지. 근데 지금 가자니 무슨 소리야? 너 오늘도 좀 있다 9시부터 잡힌 회의가 줄줄인데. 검토하고 결재해야 할 서류도 많고. 한 전무님, 단아라면 눈 뒤집히는 거 아는데 그래도 회사 일부터 처리하고……."

"그랬다간 언제 단아 보러 갈지 장담 못 해. 오늘 봐야 할 결재서류는 내 책상 위에 두고 가라고 하면 돼. 다녀와서 내가 내일 일찍 새벽 출근을 해서라도 모두 결재할 거니까. 그리고 오늘 잡힌 회의는…… 전부 내일로 딜레이시켜. 아님 아예 취소 가능한 건 취소시켜주면 더 좋고."

"뭐? 오늘 회의들 중엔 우리 회사에서 밀고 있는 스마트폰 AR 플러스 새 시리즈인 AR플러스 매그넘 2018년 상반기 출시 현황 회의도 있잖아. 그 회의엔 회장님도 참석하시는 걸로 아는데?"

불안한 선호와는 달리 이미 일정 체크를 마치고 자리에서 일어난 진서는 서류 가방을 챙겨들고 밖으로 나가기 위해 선호 가까이로 걸어오더니 대뜸 묻는다.

"유선호 비서실장, 내 사람입니까 아님 회장님 사람입니까?"

"예? 그거야…… 오랜 친구고 한 전무님 소속이니 당연히 한 전무님 사람……."

"그렇지? 그럼 우리 유능한 유 비서실장의 능력만 믿을게. 먼저 내려가 있을 테니까 스케줄 조정 잘 부탁해."

갑자기 진지하게 말을 높이는 진서로 인해 선호가 조건반사처럼 말을 높여 대답하던 그때 진서는 씨익 웃더니 선호의 어깨를 툭툭 두드리며 느긋하게 대답하고서 전무실을 빠져나간다.

한편, 멍하니 이게 무슨 상황인가 생각하던 선호는 이내 '한진서한테 제대로 말림'이라는 생각에 도달한다.

"……한진서! 이…… 미친 개……. 후우……. 뭐, 어쩔 수 없다. 오늘 꽤 충격일 텐데 어차피 일이 손에 안 잡히겠지. 아아, 내 신세야……."

그 결론에 평소대로 시원하게 진서에게 욕이라도 퍼부으려던 선호는 이내 닥쳐올 일이 머릿속에 그려져 한숨 섞인 혼잣말 후, 슈트 재킷에서 휴대폰을 꺼내 어디론가 전화를 한다. 세상 나긋한 목소리를 탑재한 채.

"여보세요? 윤 비서님? 예. 유선호 비서실장입니다. 혹시 지금 회장님과 통화 가능할까요? 긴히 아주 중요하게 드릴 말씀이 있어서요."

"좋냐? 아주 눈에서 꿀이 뚝뚝, 그리움이 절절히도 흐르는구만."

"그런가? 사실 날 버리고 떠났다고 생각했을 땐 우리 사랑이 그렇게 별것도 아니었었나 싶어서 단아를 미워도 하고 찾으면 모질게 굴어야지 했는데, 막상 만난다고 생각하니까 알겠더라. 아, 여전히 사랑해서 그랬구나. 그래서 지금은 그냥 빨리 보고 싶고 안아주고 싶다."

단아를 향해 가는 진서의 차 안. 룸미러를 통해 슬쩍 뒷자리에 탄 채 미소를 띠고 있는 진서를 향해 선호가 툭 내뱉자 진서는 편안한 말투로 대답하고 그런 진서의 모습에 몇 시간 전 재성과 나눈 통화를 떠올린 선호의 눈빛이 복잡해진다.

'회장님, 저 선호입니다.'

-그래. 또 무슨 일이기에 직접 통화를 하자고 했을까? 진서 녀석 또 한바탕했냐?

'그건 아니고 오늘 잡힌 한 전무님 회의들 말인데, 죄송한 말씀이지만 전부 회장님께서 대신 좀…….'

-땜빵을 해달라?

'하하하…….'

-나도 명색이 회장인데 내 일 제쳐두고 아들 땜방 들어가야 되겠냐, 선호야?

'그래도 어쩌겠습니까. 한 전무님이 손대지 않은 일이 없는데요. 회사를 위해선 어쩔 수 없죠.'

-알았다. 내가 들어갈 수 있는 건 들어가고 나머진 다음으로 미뤄주마. 이제 만족하냐?

'예. 감사하고 사랑합니다, 회장님.'

-이런 거 부탁할 때만 주는 사랑 내 쪽에서 사양이다. 근데 갑자기 무슨 일이길래 회의를 전부 못 들어와?

'그게……. 단아를 찾았습니다, 회장님.'

-……어떻게 찾은 거냐? 내가 정 회장이랑 의논해서 아주 꽁꽁 숨겼는데.

'놀라신 거예요? 에이, 제 능력 아시면서. 회장님께서 단아 이름을 다르게 해놓으셔서 찾는 데 좀 시간이 더 걸리긴 했지만 결국 찾아냈죠. 등잔 밑이 어둡다고 꽤 지척에 있었던데요? 그것도 전혀 생각도 못 한 곳에. 그러니까 아무리 찾아도 없었던 거구요.'

-…….

'장애인 전문 요양병원. 설마 그런 곳에 단아가 있으리라고 누가 생각을 했겠어요.'

-그래서…… 진서는 다 알고서 단아 찾는다고 간 거냐?

'아니요. 아직 진서는 단아 상태에 대해선 모릅니다. 충격받을까 봐 아직 말 못 했거든요. 알았으면 당장에 어른들 찾아가 뒤엎었겠죠. 잠잠할 리가 없잖습니까. 이제 저랑 갈 겁니다. 단아 만나러.'

-결국 알아버린 건가…….

'애초에 숨겨질 수 있는 게 아니었단 건 회장님도 잘 아실 텐데 왜 진서한테 숨기셨습니까? 몸 불편해진 며느릿감은 별로셨어요? 그래서 떼어놓

으신 겁니까?'

　-그런 큰일 날 소리 함부로 하는 거 아니다! 우리한테 단아는 이미 며느리이자 딸 같은 아이였어. 너도 조사해봐서 알겠지만 단아 뺑소니 교통사고로 하반신마비 판정받았을 때가 진서 귀국 몇 달 남짓 남았을 때야. 양가에선 그래도 괜찮다고 진서 돌아오면 둘이 서로 보듬으며 지내면 된다고 진서도 변함없을 거라고 몇 번이고 말했는데…… 단아가 원했다. 짐이 되기 싫다면서. 진서는 분명 자기를 책임지려 할 거라고 자신이 진서에게 사랑보다 책임감인 존재로 전락하는 게 싫다면서. 진서가 진흙탕 길로 들어서기 전에 자기가 알아서 헤어질 테니 자신을 숨겨달라고 단아가 울면서 부탁했어. 초라한 모습 보이는 게 죽기보다 싫다더라. 그러는 아이를 우리가 무슨 수로 말리겠어…… 우리들 역시 지금도 가슴 아파.

　'……진서 많이 힘들어할 겁니다. 자신이 지켜주지 못했다고 자책할 수도 있어요.'

　-그렇겠지……. 선호 네가 잘 좀 다독여줘. 회사 일은 당분간 내가 알아서 처리할 테니 걱정 말고.

　'알겠습니다. 그럼 저 나중에 휴가 챙겨주시는 겁니다.'

　-녀석도 참. 알았다. 꼭 챙겨주마. 그럼 이만 끊자. 안사람하고 정 회장 내외한테도 터졌다고 알려주려면 바쁘다. 폭풍전야인데 우리들도 마음의 준비는 해야지.

　'예. 부디 무사히 넘기시길 바랄게요.'

　"……호야……. 유선호 비서실장!"

　"……예! 아…… 부르셨습니까?"

　재성과의 통화를 떠올리던 선호가 멍하니 생각에 잠겨 있다가 큰 소리로 부르는 진서의 목소리에 얼른 대답한다.

"훗. 역시 비서실장으로 부르면 즉각 반응이지. 무슨 생각을 그리 골똘히 하길래 몇 번이나 불러도 몰라?"

"아아…… 아무것도 아닙니다. 그냥 상사 잘 만나야 개고생을 안 하는데, 생각했습니다."

"누가 들으면 내가 너 잡아먹는 줄 알겠다. 그리고 다시 친구 모드로 전환해. 밖에서까지 회사에 있는 것 같아서 답답해."

"알았다. 왜 불렀는데?"

"아. 우리 어디 가는 거냐고. 단아 만나러 가는 길치고는 그리 멀지도 않은 것 같은데."

"응. 거의 다 왔어. 그리고 그냥 네가 직접 봐. 난 도저히 말 못 하겠다."

"무슨 소리야, 그게?"

"……."

"유선호."

"네가 직접 보고 네가 선택해. 내가 해줄 말은 그게 전부야."

잠시 후. 그렇게 몇 분을 더 달려 도착한 곳은 다름 아닌 '○○장애인 전문 요양병원' 앞. 차 문을 열고 내린 두 사람은 눈앞에 보이는 글씨에 각자 다른 표정을 하고 서 있다. 진서는 의아함을 담은 얼굴을. 선호는 안타까움을 담은 얼굴을.

"유선호, 너 그새 길치 됐어? 내비게이션 안 켜고 올 때부터 알아봤다. 단아 만나러 가자니까 왜 병원엘 와. 그것도 장애인 요양병원을. 내가 운전할 테니까 다시 타. 하여튼……."

진서가 대수롭지 않게 말하며 운전석 쪽으로 발걸음을 옮기려던 그때 진서의 말 사이로 가라앉은 선호의 목소리가 들려온다.

"제대로 온 거 맞아. 단아…… 지금 여기 이 병원에 있어."

"뭐……? 그게 무슨……."

진서가 우뚝 멈춰 서서 불안한 눈빛으로 자신을 바라보며 되묻자 선호는 차 조수석으로 걸어가 안에서 서류봉투 하나를 꺼내오더니 진서에게 내민다.

"자…… 이거 읽어봐. 여기에 네가 궁금해하는 답 전부 나와 있으니까. 사실 아까 오전에 출근하면서 이 서류 들고 너한테 간 건데 네가 내 얘기를 안 듣길래 그냥 바로 온 거야. 직접 보라고 그냥. 근데 너 보아하니 이 서류부터 봐야 할 것 같은 얼굴이네. 어젯밤에야 늦게 알아본 곳에서 이걸 보내왔어. 이러니 우리가 못 찾았지 싶더라. 읽어봐, 얼른."

왠지 받으면 안 될 것 같은 불안함이 드는 진서는 그러면서도 이미 손은 선호의 손에 있던 서류봉투를 건네받아 느릿하게 안에 든 서류를 꺼내 읽기 시작한다. 한 장, 두 장. 서서히 읽어 내려가며 서류를 넘길 때마다 급속도로 빠르게 흔들리는 눈동자와 굳어가는 얼굴. 그리고 숨 막힐 듯 죄어오는 심장…….

이게…… 이게……. 지금 전부 다 사실이라고……? 단아가……단아가…….

믿기 싫은 현실에 읽던 서류를 바닥에 떨어뜨린 진서는 애먼 사람이라는 걸 알면서도 선호에게 달려들듯 멱살을 움켜쥐며 소리친다.

"유선호, 내가 단아 찾아오랬지 누가 이딴 미친 소리 알아오랬어?"

"……."

"미친 새끼가 어디 할 장난이 없어서 단아를 가지고……. 단아가 왜……! 그 예쁜 여자를 왜!"

"유치원 퇴근길에 신호 무시하고 내달리던 차에 부딪혀 뺑소니 교통사고. 그 차주가 사고 당시에 조치를 제때 안 하고 도망쳤고 단아는 발견되자마자 병원으로 이송돼 응급 수술을 받아서 생명엔 지장이 없지만 그 사고 후유증으로 하반신마비 확진."

선호가 이미 서류에 나온 내용을 다시 한번 진서에게 확인 사살하듯 알려준다.

"아니야……. 아니라고! 단아가 왜……. 우리 단아가 얼마나 예쁜 사람인데……. 거짓말이야……. 미친 소리라고!"

"네가 이러면 단아 네 옆으로 못 데려와. 정신 차려, 한진서."

선호의 말에 멱살을 쥔 손에 스르르 힘이 풀리고 그대로 무너져 내리듯 주저앉은 진서는 바닥에 흩어진 서류에 글자들을 텅 빈 눈동자로 바라본다. 그러다 결국은 서류 아래로 툭, 떨어지는 눈물…….

"아아악……!"

들리십니까, 하느님……. 당신이란 존재가 정말 계시기는 한 겁니까? 그럼 이건 아니죠……. 왜 그 예쁜 사람에게 그런 고통을 주십니까……. 차라리 저에게 시련을 주시죠……. 하느님…… 계시다면 제발…… 제 모든 걸 드릴 테니 모든 게 꿈이라고 해주세요……. 단아를 다시 예전처럼 되돌려주세요…….

눈물과 함께 구슬픈 진서의 울부짖음이 섞여 하늘에 닿을 만큼 크게 울려 퍼지고 진서는 한 번도 믿지 않았던 하늘에 간절하게 전해본다. 제발 닿기를 바라면서.

02. 수백 번은 찍어야 할 나무

한참을 주저앉아 멍하니 눈물만 흘려보내던 진서는 차디찬 시멘트 바닥에 못 박힌 듯 움직여지지 않는 두 다리를 질질 끌듯 움직여 몸을 일으키고 선호가 다가와 붙잡아주자 탁, 세게 쳐내버린다.

"놔. 지금은 너도 보기 싫으니까."

"그럼 단아는? 단아는 안 데리러 갈 거야?"

"⋯⋯."

진서는 단아라는 소리에 또다시 심장이 조여오는 아픔을 느끼며 아무런 대답 없이 차 운전석으로 다가간다.

"정 선생님~ 또 답답하다고 나오는 거야?"

"에이, 수 선생님도 참~ 그렇게 부르시지 말라니까. 자꾸 그러신다."

"왜~ 유치원 선생님이었다면서. 그럼 정 선생님 맞잖아. 정단아 선생님."

"그래도 관둔 지가 벌써 일 년이 넘어가는데 그 호칭은 이제 좀 쑥스러워요. 그리고 저 여기서는 수 선생님 이름이잖아요."

"은근 부끄럼 탄다니까 우리 단아 씨는. 음……. 그렇긴 한데 그래도 내가 내 이름 부를 수는 없잖아. 이상해, 이상해~"

바로 그때 일 년 내내, 아니 사랑한 시간 동안 진서가 단 한 번도 잊은 적 없던 그 목소리가…… 그 이름이…… 진서의 귓가에 와서 박혀버리고 운전석 문을 열려던 진서는 느릿하게 소리가 난 곳으로 고개를 돌려본다.

그러자 조금 떨어진 병원 입구 앞 전동 휠체어에 앉아 여의사와 밝게 웃으며 이야기를 나누고 있는 단아가 보인다. 전혀 예상하지 못했던 모습을 한 채 웃고 있는 단아가.

우리 단아……. 여전히 웃을 때 눈이 반달처럼 휘네……. 예쁜 우리 단아…….

"유선호, 빨리 타."

"어?"

"빨리 타라고."

"아…… 그래."

혹시나 단아가 있는 곳까지 목소리가 들릴까 나지막이 내뱉은 진서가 서둘러 차 운전석으로 몸을 싣고 선호 역시 바닥에 떨어진 서류들을 재빨리 주운 뒤 힐끗 단아 쪽을 바라본 후 조수석으로 올라탄다. 그러자마자 시동을 걸고 빠르게 병원을 벗어나는 진서. 그렇게 병원에서 점점 멀어지며 보이지 않을 때까지 빠르게 내달린다.

"단아…… 보지 않고 그냥 갈 거야……? 아까 단아 나온 것 같던데."

"……"

"진서야…… 인마……."

"……."

어느 정도 병원에서 멀어지자 선호가 슬쩍 진서에게 말을 건네 보지만 역시나 잔뜩 굳은 얼굴로 묵묵부답이다.

"너 설마……. 단아 못 걷게 됐다고 외면하고 버리려는 거야? 한 진서! 서류 읽었잖아. 하반신마비지 전신 마비도 아니고 또 설령 전신 마비면 어때. 사랑하는 여잔데! 너 이렇게 최악이었……."

"친구라서 참는 거다. 함부로 단아에 대해서 지껄이지 마. 누가 버려. 누굴 외면해. 감히 누구를. 소중한 내 여자를. 넌 단아를 잘 몰라."

"……뭐?"

"단아가 왜 날 떠났는지는 이제 말 안 해도 알겠으니까. 나한테 자기가 짐이라고 여겼겠지. 내가 힘들 거라 여겼을 거고 자신의 그런 모습 보여주기 싫었을 거야. 우리 단아가 얼마나 나한테 예쁜 모습만 보이고 싶어 했는데. 잠든 모습도 보지 말라던 여자야. 잘 때는 본인이 어떻게 하고 자는지 자기는 모르니까 나한테 보이기 싫다고. 그런 단아한테 내가 아직 아무런 준비도 되어 있지 않은 상태에서 나타나봤자 또 숨으려고 들 거야. 너는 안 돼. 모든 준비 끝내고 온전하게 단아 내 옆으로 데려올 거야."

"넌 괜찮은 거야……? 충격일 텐데……."

"당연히 안 괜찮지. 지금도 안 믿기고 미쳐서 돌아버리고 싶어. 그런데 내가 무너지면 우리 단아 혼자 아파야 하니까. 정신 차리고 내가 버티고 있어줘야 해. 단아 곁에."

언제 눈물 흘렸냐는 듯 눈물이 마른 진서의 눈빛은 확신에 가득 차 빛났고 그런 진서의 모습을 바라보던 선호가 진서에게 묻는다.

"원래 20년쯤이 되면 너처럼 되냐? 그렇게 금방 내 여자부터 생각하게 되느냐고. 나는 너 그래도 조금은 더 힘들어하고 방황할까 봐 되게 걱정했는데 생각보다 빨리 의연해 보여서 그건 또 그 나름대로 놀랍네."

"헤어졌던 시간 빼면 19년이야."

"그래 19년. 그 정도 되면 그렇게 되느냐고."

과연 세월의 문제일까? 수많은 연인들이 만남과 헤어짐을 반복하는 요즘 시대에 그깟 세월쯤은 그저 흘러간 숫자일 뿐일지도 모르는데 말이다.

"나랑 단아라서 그래. 그리고 내가 나여서 그렇겠지."

"그게 무슨 소리야?"

"그냥 쉽게 말해 한진서라는 놈은 정단아라는 여자 아니면 안 되니까. 그걸 헤어진 동안에 다시 한번 뼈저리게 느꼈으니까 겉모습 같은 건 애초에 상관없단 거야. 아까 단아 웃는 모습 보는데 심장이 다시 편하게 잘 뛰더라. 일 년 내내 죽은 듯이 살던 심장인데."

"새삼 대단하네, 너희 두 사람. 근데 이젠 그럼 뭘 어쩔 생각이야? 단아 데려올 준비를 한다며. 무슨 준비를 한다는 건데?"

"글쎄. 여러 가지 다 준비해야겠지."

그 말과 함께 한 손을 운전대에서 뗀 진서는 슈트 재킷 안에서 휴대폰을 꺼내들고 어딘가로 전화를 건다.

"아버지, 저 진서입니다."

-그래, 안다. 단아는 보고 온 거냐?

"예. 우선은 저만 봤습니다. 그럼 제가 왜 전화했는지는 아실 테니 길게 얘기 안 하겠습니다. 오늘 양가 어른들 다 뵀으면 하는데요."

-네가 그럴 줄 알고 벌써 정 회장 내외한테도 오늘 우리 집으로

오라고 연락해뒀다.

"그럼 조금 이따 일찍 본가로 찾아뵙겠습니다."

-그래. 우리도 마음의 준비하고 있으마.

진서가 재성과의 통화를 끝내고 휴대폰을 다시 슈트 재킷 안에 집어넣기가 무섭게 선호가 말을 건네 온다.

"살살 하자, 응? 회장님이나 단아 부모님도 단아가 울면서 너한테 사랑이 아닌 책임감인 존재가 되는 게 싫고 초라한 모습 보이는 게 죽기보다 싫다고 부탁해서 어쩔 수가 없으셨대. 어른들은 몇 번이고 진서 너랑 잘 이겨내라고 했는데 단아가 네가 진흙탕 길을 들어서기 전에 헤어지겠다고 먼저 그랬다고."

"……."

선호가 방패막이 노릇을 해보지만 진서는 다시 차갑게 표정을 굳히고는 속도를 올려 더 빠르게 달릴 뿐이다.

한편, 진서가 병원을 떠난 지 몇 시간이 더 흐른 ○○장애인 전문 요양병원 VIP실.

병실에 문이 드륵 열리고 평소 친분이 있었던 재성의 부탁으로 단아의 담당 주치의가 된 '수수아'라는 이름이 박힌 의사 가운을 입은 수아가 들어온다.

"단아 씨, 뭐 하고 있어?"

"어? 수 선생님 또 오셨어요? 한가하신가 보다."

"어허, 명색이 의사인데 한가하다니. 우리 해피 바이러스 단아 씨 보고 싶어 왔건만 그러기야? 나 도로 갈까?"

"하하. 장난이에요."

"나도 장난. 단아 씨, 점심은 먹었지? 벌써 오후 시간인데 또 한 땀 한 땀 정성들여 자수 뜬다고 밥 거르고 그런 거 아니지?"

"아유, 정말. 가끔 오는 우리 부모님보다도 잔소리쟁이인 거 아
시죠? 먹었어요, 그것도 많이. 제가 밥을 왜 안 먹어요. 얼마나 꿀
맛인데."

"아유~ 우리 예쁜 단아 씨. 의사 선생님 말도 찰떡같이 잘 듣고.
그렇게 예쁘기 있기 없기? 응?"

"가끔 보면 수 선생님이 내 진짜 언니 같아요. 내가 외동이라 그
런가."

수아가 장난스레 단아에게 다가가 몸을 낮춰 안아주며 우쭈쭈
를 시전하자 피식 웃은 단아가 말을 하고 단아의 말에 수아는 등
을 토닥이며 대답한다.

"언니 같은 거 말고 정말 언니 해주면 되지. 나이 차이도 세 살
밖에 안 나는데. 지금부터 그냥 편하게 단아야, 하고 불러줄까? 단
아 씨도 편하게 수아 언니라고 부를래?"

"그래도 돼요?"

"당근 빠…… 가 아니고 당연하지!"

"푸훗. 그럼 수아 언니라고 부를게요. 귀찮은 동생이지만 잘 부
탁합니다."

"단아 같은 동생이면 얼마든지요~ 나야말로 철 덜 든 언니지만
잘 부탁합니다."

서로가 웃긴지 키득키득 웃은 수아와 단아. 그러다 수아가 먼저
단아를 품에서 떨어트리며 묻는다.

"아 참. 단아 뭐 하고 있었는지 물어봐놓고 또 삼천포행 탔었네.
내가 이래요. 뭐 하고 있었어, 단아야?"

"그냥 사진 들여다보고 있었어요."

"사진?"

"네. 휴대폰에 있는 사진이요. 제 휴대폰이랑 번호도 바꾸고 그 사람 번호도 나눴던 메시지도 전부 모든 연결고리를 다 끊고 지웠는데 차마 사진까진 지울 수가 없어서……. 그럼 정말 잊어버릴 것 같아서……. 사진만 다시 옮겨달라고 부탁했어요. 그냥 추억 삼아 한 번씩 보고 싶다고. 휴대폰 바꿀 때마다 둘 다 항상 사진들은 잊지 않고 옮겨와서 모든 추억이 다 있거든요."

단아의 말에 뜻을 모르는 수아는 단아가 손에 들고 있는 휴대폰에 화면을 들여다본다. 화면 안에는 지금보다 더 앳된 단아가 한 남자의 볼에 입 맞추며 서로 행복하게 웃고 있는 사진이 한가득 화면을 채우고 있다.

"단아 애인? 되게 훈훈하게 잘생겼다. 근데 왜 일 년이 넘어가는데 나는 한 번도 본 기억이 없지? 이런 훈잘남을 내가 기억 못 할 리가 없는데."

"……여기 없어요, 지금은. 그리고 이미 헤어졌구요."

"아…… 미안해. 몰랐어……. 그럼 방금 그 얘기가……."

"에이, 아니에요~ 이건 그냥 지우기 아깝기도 하고 추억 삼아 보는 것뿐인데요, 뭐. 이미 다 끝난 일이에요. 마음 쓰지 마세요, 수아 언니. 어차피 이제 저랑은 남인 사람인걸요."

수아가 미안해하자 휴대폰 화면을 끈 단아가 평소처럼 밝게 웃으며 씩씩하게 말한다. 자신의 말처럼 정말 이젠 남이 되어야 했으니까.

"야, 진짜 그 선택 신중히 한 거냐? 너 너무 충격받아서 지금 제정신이 아닌 건 아니지?"

고급 주택들이 즐비하게 늘어선 평창동 진서의 본가. 다시 몇 시간을 내달려 본가에 도착한 진서가 간단한 확인 후 집 안으로 들어가기 위해 계단을 올라가는데 계속 뒤따라온 선호가 다급한 듯 말을 꺼내고 진서는 그런 선호에게 단호하게 대답한다.

"지극히 이성적인 상태야. 넌 가라니까 왜 집까지 따라와."

"회장님이 부탁하셨어. 너 좀 신경 써달라고. 나도 걱정되기도 하고."

"말했잖아 안 무너진다고. 괜한 걱정 마."

그러고선 현관문을 잡아당기는 진서의 팔을 다시 한번 잡는 선호.

"진짜 그러기로 마음 굳힌 거야?"

"어. 어차피 그럴 거였고 다만 순서가 좀 바뀐 것뿐이야."

그러더니 미련 없이 문을 열고 들어가는 진서.

"에라, 모르겠다. 진서 녀석이 다 생각이 있겠지."

선호는 머리를 긁적이며 그 뒤를 따라 들어간다.

"왔니? 모두 기다리고 계신다. 어머, 선호도 왔니?"

진서와 선호가 들어서자 기다리고 서 있었는지 다영이 제일 먼저 반긴다.

"예. 저도 왔어요, 어머니~ 잘 계셨죠? 더 예뻐지셨어요."

"어머, 애도 참. 빈말인 줄 알아도 기분 좋네."

"빈말 아니에요. 정말 예쁘세요."

"그래, 고마워. 진서 너는 화났다고 엄마 아는 체도 안 할 거야? 몇 달 만에 보는 것 같은데. 응? 아들."

"잘 계셨죠?"

"으휴……. 화났다 그거구나? 표정은 잔뜩 굳어서는."

"여보, 진서 그만 세워두고 앉혀. 우혁이랑 다현이도 기다리잖아."

"응. 그래야지. 진서야 저기 소파로 가서 앉아. 뭐 차라도 줄까? 아줌마."

"아니요, 됐습니다."

"예~ 사모님."

"아…… 우리 아들은 차 안 마신다네요. 그럼 선호는 뭐 마실 래?"

"저도 괜찮아요, 어머니."

"이런. 둘 다 안 마신다네요. 미안해요, 아줌마. 확인해보고 부를 걸 그랬네요."

"아니에요~ 부르실 일 있으시면 언제든 부르세요."

일해주시는 아주머니가 다시 주방으로 들어가고 세 사람도 소 파로 다가서던 그때, 2층에서 쿵쿵 빠르게 뛰어 내려오는 발소리 가 들려온다 싶더니 다영의 젊었을 적 모습을 진서보다 더 빼다 박은 한 여자가 모습을 드러낸다.

"어? 말소리가 들린다 싶어서 혹시나 하고 내려왔는데 역시나 네!"

진서와 비슷한 이목구비에 검은색 긴 생머리를 가진 예쁘장한 여자는 진서를 발견하더니 환한 미소와 함께 계단을 마저 우다다 빠르게 내려와 진서를 와락 끌어안으며 말한다.

"왜 이제야 와. 보고 싶었어~ 파파."

진서의 가슴팍에 포옥 안겨 정말 어린아이마냥 얼굴을 부비는 여자와 그런 여자를 귀엽다는 듯 바라보며 머리를 쓰다듬어주는 진서. 그런 두 사람을 지켜보던 다영은 고개를 절레절레 흔들며 여 자의 등을 탁! 때려버린다.

"아악! 아, 엄마! 갑자기 왜 그래! 아야야…….”

"왜 그래? 왜 그래에? 한서연! 너 자꾸 오빠를 파파라고 부를 거야?"

그랬다. 진서와 닮은 예쁘장한 여자. 진서를 대뜸 '파파'라며 아빠로 만들어버린 장본인. 다영과 재성을 골고루 잘 닮아 늘씬한 몸매와 또렷한 이목구비를 자랑하며 진서 옆에 껌딱지처럼 찰싹 붙어 있는 이 여자의 정체는 바로! 재성과 다영의 늦둥이 막내딸이자 진서와는 열 살 터울에 하나뿐인 여동생인 서연이었던 것이다.

다영이 '한서연 너!' 하는 듯한 살벌한 눈빛으로 한 대 더 때릴 듯한 제스처를 하자 서연은 진서의 허리를 꼬옥 끌어안은 채 아이처럼 진서에게 일러바친다.

"파파…… 아니, 오빠…… 나 등 아파. 엄마가 진짜 세게 때렸어. 저거 봐! 또 때리려고 그래."

서연이 비 맞은 강아지마냥 자신을 바라보자 마음이 약해진 진서가 얼른 자신의 등 뒤로 서연을 숨기듯 가리고 넓은 오빠의 등 뒤로 쏙 숨은 서연은 고개만 빼꼼히 내밀고는 승리의 미소를 씩 지어 보인다.

"그만하세요, 어머니. 서연이는 왜 때리시고 그러세요. 아직 어린애한테."

"허어. 스무 살이 무슨 어린애니? 엄연히 성인인데. 한서연 너 이리 안 나와? 내가 아주 그 파파 소리 못 하게 고쳐놓을 거야! 어엿하게 엄마 아빠 다 있는데 왜 진서 오빠한테 자꾸 파파라고 불러!"

서연은 다영의 말에 여전히 진서에게 딱 붙어선 대수롭지 않게 대답한다.

"어려서부터 부르던 게 입에 붙었나 보지, 뭐. 솔직히 나 어렸을 땐 엄마 아빠 두 분 다 너무 나이 많은 축에 속했단 말이야. 그렇다

보니까 어려서 진서 오빠나 단아 언니한테 '파파, 마마'라고 했던 거지. 진서 오빠랑 단아 언니 예쁘고 멋있었으니까. 어린 내가 봐도."

"풋."

"크흐흠! 서연아, 엄마 아빠 아직 창창하다. 쉰여덟이면 그렇게 늙은 건 아니야."

서연의 팩트 폭격에 먼저 앉은 선호와 우혁, 다현이 웃음이 터져 한 손으로 입을 막고 그런 딸의 말이 내심 신경 쓰인 재성이 대답한다. 다영도 차마 그 부분은 부정할 수 없기에 한층 누그러진 목소리로 말을 꺼낸다.

"아무리 그래도 그렇지. 어려서랑 같아? 너도 이제 성인인데 장난으로라도 오빠한테 그렇게 부르면 못써. 나중에 새언니 생기면 그때도 새언니 앞에서 그렇게 부를래?"

"나도 그 정도는 알아. 우리 집 다 알고 가까운 사람들 앞이니까 그런 거지. 다른 사람들 앞에선 안 그러는 거 엄마도 잘 알면서 괜히……. 그렇지? 진서 오빠. 나 오빠랑 가족들 앞에서는 가끔씩 파파라고 불러도 되지? 애칭으로!"

다영에게는 입술을 쭉 내밀다가 진서에게는 금방 응응? 하며 애교를 부리는 서연. 그런 여동생이 마냥 귀여운 진서는 서연의 손을 톡톡 두드려주며 대답해준다.

"당연히 되지. 그치만 어머니 말씀대로 다른 사람들 앞에선 말고 우리 가족들이나 선호 오빠, 단아 언니네 앞에서만이다?"

"응! 당연하지. 고마워, 파파. 사랑해!"

"딸아, 진짜 아빠는 안 사랑해?"

"에이~ 우리 아빠는 당연히 사랑하지. 엄마도 사랑해~"

"으이그……. 저 말괄량이를 어째."

서연의 필살 애교 덕분인지 무거웠던 집 안 분위기가 많이 풀어지고 진서는 자신의 뒤에 숨은 서연의 팔을 풀어 자신의 옆으로 세운다.

"오늘 학교에 강의 있는 날 아니던가? 다 마치고 온 거야?"

"그럼~ 지금 시간이 몇 신데. 열공하고 왔지! 나 성실한 대학생이야~"

"그래. 잘했어."

"응! 아, 근데 있잖아, 진서 오빠."

"응?"

무언가 하고 싶은 말이 있는지 한참을 생각하던 서연이 대뜸 진서에게 말한다.

"단아 언니랑 다시 만나면 안 돼?"

"응……?"

"아니…… 엄마가 아까 한 말이 신경 쓰이기도 하고……. 또 내가 인정한 '마마'는 단아 언니뿐이니까. 다른 새언니 싫은데. 단아 언니는 내가 오빠한테 파파라고 불러도 뭐라고 안 한단 말이야."

"……단아 언니 보고 싶구나? 내 동생."

"응. 오빠 미국 가 있을 때도 나 쓸쓸해할까 봐 항상 나 보러 와주고 같이 자고 가주기도 했었어. 바로 골목 하나 차이로 집이 가까웠으니까. 단아 언니 보고 싶어. 그러니까 헤어지지 마. 다시 만나. 응?"

"한서연, 너 자꾸 오빠한테 어리광 부릴래? 오빠랑 어른들끼리 중요하게 할 얘기 있으니까 그만 올라가, 얼른."

"서연이한테 뭐라고 하지 마세요. 같이 보낸 시간이 있으니 이러는 것도 당연하죠. 서연아, 오빠가 서연이 얘기 무슨 뜻인지 알았으니까 걱정 말고 올라가 있어. 오늘 오빠랑 어른들이 얘기하고 서연이는 나중에 천천히 얘기 듣자. 오빠가 본가에 있는 동안 얘기해줄게."

"오빠 본가에 와 있는 거야? 청담동 오빠 집 말고?"

"응. 한 달 정도만."

"와아! 한 달이라도 어디야. 아예 회사랑 더 가까운 곳으로 간다고 오빠 나간 후로는 자주 안 와서 매일 보는 건 거의 일 년 만인데!"

"오빠 방 그대로 있으면 아마 빠르면 내일부터라도 들어올 거니까 오늘은 그만 올라가, 서연아. 오늘은 오빠가 간단히 짐 챙겨와야 해서 인사 못 하고 바로 갈 것 같고 내일 저녁에 보자."

"응! 그럼 꼭 내일 와~"

서연이 신나서 다시 2층으로 올라가자 남매의 얘기를 멍하니 듣고 있던 다영이 그제야 되묻는다.

"본가에 들어오겠다니……. 그것도 한 달씩이나. 무슨 바람이 불었어?"

"얘기드릴 테니 앉으세요."

서연에게 대하던 모습과는 달리 다시 차갑게 굳은 표정이 된 진서가 소파로 다가가 선호 옆에 앉고 다영도 다현과 우혁 옆에 자리를 잡고 앉는다.

자리에 앉자마자 또다시 찾아온 무거운 침묵을 먼저 깬 사람은 다름 아닌 진서였다.

"안녕하셨어요, 아저씨 아줌마. 저 귀국해서 뵙고 처음이니까 일 년 만이네요. 건강하시죠?"

"아…… 그럼. 우리야 건강하지."

"진서야…… 잘 지냈지……?"

진서의 물음에 우혁이 한 템포 늦게 대답하고 다현은 말해주지 못했던 미안함과 두 아이의 안쓰러운 상황이 가슴 아파 진서의 안부부터 묻지만 진서는 차마 잘 지냈다는 말은 나오질 않아 괜스레 날을 세워 대답한다.

"이미 아버지께 얘기 듣고 계셨으면 아시잖아요. 제가 어떻게 지냈는지. 어떻게 그러세요? 어떻게!"

"진서야……."

"미안하다. 우리도 어쩔 수 없었어……. 단아가 울면서 애원하는데 부모가 자식을 어떻게 이기겠냐……. 그래서 그냥 해달라는 대로 해줬어. 재성이, 너희 아버지는 아는 곳이 있으니 도와주겠다고 한 것뿐이고 너희 어머니도 우리 부부 뜻을 따라준 것뿐이야. 다 우리 부부 탓이니 너희 부모님께 날 세우진 말아라."

"됐어, 우혁아. 우리도 끝까지 단아 설득 못 했는데, 뭐. 미안하다, 아들. 알면서도 숨겨서."

"그래, 아들. 미안해. 너희가 얼마나 서로 애틋한지 알면서도 차마 단아 부탁을 외면할 수가 없었어."

안다……. 부모님들 탓이 아니라는 것쯤. 그래도 조금만 더 빨리 알았더라면……. 하루라도 더……. 그랬다면 멍청하게 단아를 미워하는 데 시간을 흘려보내진 않았을 거라는 생각 때문에 스스로에게 화가 나진 않았을 텐데.

아무런 말 없이 한참을 골똘히 생각에 잠겼던 진서는 마른세수를 한번 하고는 다시 말을 잇는다.

"이미 시간은 흘렀고 단아도 찾았으니 더 이상 어른들께 따지지는 않겠습니다. 그런 걸로 감정 소모할 시간도 없구요. 바로 본론부터 말씀드리면, 제가 오늘 양가 어른들을 뵙자고 한 이유는 드릴 말씀이 있어서입니다. 우선, 아버지 어머니."

"그래. 각오했으니 말해봐."

"그래, 아들. 말해."

"아까 서연이한테도 말했듯 저 당분간은 본가로 들어와 지내겠습니다. 우선 한 달 생각이긴 한데 더 있을 수도 있구요."

"우리야 좋다만, 갑자기 무슨 일로 들어와 지내겠다는 거야? 그 좋은 네 집 놔두고."

"그러니까. 갑자기 무슨 바람이냐니까? 들어와 지내래도 나간 녀석이."

"내일 오후부터 당장 리모델링 공사 들어가거든요. 오는 길에 전문 업체에 연락해 부탁해뒀습니다."

"응? 리모델링이라니? 그 집 거의 새집이나 마찬가지라고 네가 살 때 알아봤다며. 근데 무슨 리모델링? 손볼 곳이 어디 있다고⋯⋯."

"모든 곳에 문턱 없애고 전체 안전바 설치하고 플러그도 높여서 설치하고 화장실도 건식으로 바꿔야 하고 주방도 낮춰서 다시 맞춰야 하고. 그 외에도 아마 손볼 곳이 많을 텐데 제가 한 번씩 가서 살펴봐야죠. 그러니까 공사할 동안은 저 들어와 지낼게요."

"⋯⋯너 설마⋯⋯."

가만히 듣다 보니 짚이는 부분이 있는 어른들은 모두 놀란 표정으로 진서를 바라보고, 다영이 대표로 나서서 진서에게 운을 떼지만 진서는 아랑곳 않고 계속 말을 이어간다.

"그리고 이건 양가 어른들 모두에게 드릴 말씀입니다."

진서의 이어진 말에 재성과 다영, 우혁과 다현 양가 어른들이 꿀꺽 마른침을 삼켜내며 바라본다.

슈트 재킷 안에서 반으로 접힌 서류봉투 하나를 꺼내 테이블 위로 내려놓자 진서가 내민 서류봉투를 의아하게 바라보는 네 사람. 선호는 그런 진서의 행동에 '기어코 일을 치는구나, 한진서.'라는 표정으로 한숨을 내쉰다.

"이게 뭐니?"

"직접 보세요."

다영은 영 불안하지만 서류봉투를 집어 들고서 그 안에 든 서류를 꺼내 확인하고 서류의 내용을 확인한 다영이 너무 놀라 어버버거리자 옆에 앉았던 다현과 우혁도 고개를 내밀어 서류를 확인한다. 하지만 역시나 다영과 같은 반응. 두 눈이 휘둥그레지며 진서를 바라볼 뿐이다.

"뭐야? 뭔데 다들 표정이 귀신이라도 본 표정……!"

그런 세 사람의 반응이 답답한 재성이 다영의 손에서 서류를 가져가자 잠시 뒤 재성도 역시나 마찬가지인 반응을 보인다. 왜냐하면 그 서류의 정체가 바로……. 이미 한쪽에는 진서의 필체가 가득 적힌 '혼인신고서'였으니까!

진서는 너무 놀라 쉽게 말을 잇지 못하고 있는 양가 어른들에게 아예 확인사살을 해 버린다. 너무도 당연한 걸 말하듯이.

"단아 제 옆으로 온전히 데려오겠습니다. 허락 안 해주셔도 상관없어요. 허락을 구하려는 게 아니라 그저 알려드리는 거니까요."

진서의 단호한 말에 순간 더 벙찐 네 사람. 그랬다. 지금 저건 허락을 해달라는 게 아니라 그냥 통보인 거다! 내 사람 내가 데려가겠다는!

"그래서 혼인신고 할 테니 알고는 있어라? 통보하려고 양가 어른들 모이게 한 거냐?"

"아니, 이게 무슨 소꿉장난도 아니고……. 이건 좀 너무 급한 거 아니니?"

"그래, 진서야……. 너도 우리 단아 상태 알고 있잖아. 우리도 이미 병원 여러 군데 다녀봤지만 양쪽 다리 모두 완전한 마비라 지금 상태에서 단아를 부탁하기엔 부모인 우리도 마냥 고마워할 수는 없어……. 그나마 다행인 건 솔직히 말해 하반신마비여도 임신하는 덴 크게 지장이 없을 거라니 나중에 원하면 얼마든 노력해서 엄마가 될 수도 있고. 하지만 그런 문제를 떠나 우리가 진서 너한테 너무 미안해서……."

"진서야, 네 마음은 고맙지만 단아가 아마 거부할 거다. 화장실 가는 것도 쉽지 않아 기저귀 차고서 생활하는 상황인데 단아가 그런 모습을 진서 너한테 보이고 싶어 하지 않을 거야. 감정적으로만 결정할 문제는 아니다, 진서야."

"저 지금 순간적으로 한 결정 아닙니다. 이미 저도 단아 상태]는 알고 있으니까요. 전 분명히 말씀드렸습니다. 허락을 구하려는 게 아니라구요. 제 결정 바꾸려고 하지 마세요. 단아 없이 사느니 죽는 게 나아요, 제겐."

겨우 먼저 정신을 차린 재성과 다영이 진서에게 되묻고 이어 다현과 우혁까지 나서서 진서를 말리지만 진서는 전혀 바꿀 생각이 없는 듯 단호하다.

"진서, 너 인마! 아무리 그래도 부모 앞에서 죽는단 소리를 해?"

"당신은 왜 진서한테 소리는 지르고 그래. 진서 마음 어떨지 알면서."

"······그래도 이 녀석이 너무 자기 부모 마음은 모르잖아."

다영의 만류에 재성은 누구보다 자신의 아들을 잘 알기에 한풀 꺾인다.

"저에게는 단아가 그만큼 절실합니다. 앞으로 단아 마음 돌리는 데 얼마만큼의 시간이 걸릴지 모르는데 양가 부모님들까지 반대하진 말아주세요. 단아 하나만 신경 쓰고 싶습니다."

진서가 자리에서 일어나 정중히 허리를 숙이며 부탁하자 그런 진서의 진심을 느낀 걸까······.

제일 먼저 우혁이 말을 꺼낸다.

"······그래서 우리한테 단아가 써야 할 부분들을 채워달라는 거지? 다현아, 당신이 써줘. 증인도 우리가 해주마."

"여보! 그게 지금······."

"감사합니다, 아저씨. 다 알고 있는 부분이라 제가 써도 됐지만 그래도 단아 부모님이신 두 분이 써주셨으면 했어요."

우혁의 말에 다현이 놀라 만류해보지만 이미 진서가 기다렸다는 듯 감사하다며 먼저 선수를 친다.

"진서가 우리가 반대한들 꺾일 녀석인가 어디? 다현이 너도 알잖아. 겪은 게 벌써 수십 년인데. 앞으로 힘들 아이들 우리까지 힘들게는 하지 말자고. 응?"

"그렇지만······. 진서 부모인 재성이나 다영이한테 너무 미안하잖아. 우리 욕심 채우자고 귀한 아들을······."

"내가 허락한 거니 내가 욕심이 많은 거겠지. 저렇게 반듯한 사위를 또 어디 가서 구하겠어. 재성아 다영아, 20년 친구로서가 아니라 단아 아빠로 부탁할게. 염치불구하고 우리 딸 단아 며느리로 받아주면 안 될까?"

"휴……. 결국 어쩔 수 없나……. 나도 그럼 단아 엄마로 이렇게 부탁할게. 우리 단아 며느리로 받아줘……."

진서에 이어 우혁이 일어서 재성과 다영을 향하더니 허리를 숙여 오고 그런 두 사람에 모습에 한숨을 내쉰 다현까지 일어나 정중하게 허리를 숙여 부탁해 오자 크게 당황한 재성과 다영이 서둘러 벌떡 일어선다.

"아니, 이게 지금 무슨……. 왜 이래 둘 다. 앉아. 한진서, 너 때문에 내 친구들이 이게 다 무슨 고생이야?"

"그래, 다현아. 앉아……. 왜 고개까지 숙이고 그래. 우혁이 너도 그만 앉고."

"얼른 앉으래도? 허락할게. 할 테니까 고개 들고 앉아. 단아는 우리한테도 귀한 아이야. 그렇지, 당신도?"

"그럼 그럼! 그걸 말이라고. 얼마나 예쁜 아인데. 겉모습이 무슨 상관이야. 사람은 내면이 중요한 거지. 그냥 진서 녀석이 너무 뜬금포 공격을 해대니까 우리가 잠깐 당황했어. 우리 그렇게 막장 시월드 아니야~ 우리 아들이 좋다고 저러는 걸 누굴 탓해. 허락할 테니까 그만 앉아. 친구 사이에 서먹하게. 한진서, 너도 앉아. 네가 떡하니 버티고 서 있으니까 내 친구들 더 못 앉잖아."

"예."

재성과 다영이 동시에 진서를 보며 '너 이 자식!' 하는 눈빛을 하자 속으로 피식 웃은 진서가 먼저 앉고 나자 그제야 어른들도 차례대로 다시 자기 자리로 가서 앉는다.

"자, 예비 사부인~ 여기 혼인신고서."

"아. 응. 그 호칭 왠지 쑥스럽네."

"이제부터 천천히 익숙해지면 되지."

"그런가?"

다영이 재성의 손에서 혼인신고서를 가져다 다현에게 건네며 사부인이라고 칭하자 쑥스러운 듯 서류를 받아든 다현은 혼인신고서를 들여다보며 진서에게 말을 건넨다.

"진서는 도장만 찍으면 되는구나. 단아 신분증하고 도장 우리가 가지고 있으니 증인을 서주거나 서류 작성 해주는 건 나나 어른들이 해줄 수 있지만, 단아 허락은 받고 제출할 거지?"

"그래야지. 가족관계증명서도 떼야 할 테고 중요한 건 본인들 의사인데 당연히 단아도 받아들여야. 준비는 어른들이 해준다만 진짜 부부가 되는 건 단아 허락부터 받은 다음이다, 예비 사위. 아니면 우리도 허락 못 해."

"사위……. 새삼 진서가 더 가까워진 것 같네. 단아 마음부터 돌려놓고 그 후에 혼인신고를 하든 결혼을 하든 하자, 진서야."

우혁과 다현이 걱정스레 묻자 편안한 미소를 띤 진서가 대답한다.

"예. 그럼요. 당연히 단아 마음부터 돌려야죠. 그 전에 단아한테 확신을 줄 무언가가 필요해서 미리 서류만 모든 준비 끝내놓으려는 거니까요."

"그렇구나. 진서야…… 정말 괜찮겠니……? 많이 힘들 수도 있어. 단아도 마음 돌려놓기 쉽지 않을 거고."

"걱정 마세요. 이미 각오하고 있어요. 정 하다가 안 되면 펑펑 울죠, 뭐. 그러니까 너무 걱정 안 하셔도 되세요, 장모님."

"어머, 장모님? 그 호칭도 아직은 좀 쑥스럽다, 진서야."

"그럼 난 장인어른인가? 그거 괜찮네."

"잠깐 잠깐. 우리도 그럼 단아를 며늘아가, 라고 불러야 하나?"

사랑 그 한마디 49

"그런데 우리…… 단아는 아직 전혀 아무것도 모르는데 어른들끼리 너무 앞서가는 거 아니야?"

"좀…… 그렇지? 하하하!"

다영의 말에 재성과 우혁, 다현이 '우리가 너무 성급했나?' 하며 웃어버리고 그 모습을 지켜보는 진서와 선호 역시 한시름 놓으며 미소 짓는다. 그러다 뭔가 생각이 난 듯 재성을 부르는 진서다.

"아버지."

"어~ 왜, 아들."

"저 장기 휴가 좀 쓰겠습니다."

"장기 휴가라니?"

"한 달 뒤에 모든 준비 끝나면 단아 곁에 온전하게 있으려구요. 아버지 아시는 곳이라던데 거기 보호자가 있을 수 있어요? 제가 아직 병원에 대해 세세한 부분까진 알아보질 못해서."

"아…… 그래. VIP병동에 있으니까 보호자가 있을 수 있어."

"그런가요……. 다행이네요."

"그런데 진서야, 내가 결재서류 같은 건 널 거치지 않고라도 바로바로 해줄 수 있지만 네가 꼭 들어가야 할 회의라든가 보고받아야 할 일들까진 내가 전부 장기간 커버하긴 힘들 텐데……."

재성이 걱정스레 말하자 진서보다 선호가 더 한발 빠르게 대답한다.

"전천후로 만능인 유 비서실장이 있잖습니까. 반드시 얼굴 보고 전해야 될 말이나 서류 같은 게 있을 땐 제가 한 번씩 진서 보러 가기로 했습니다."

"그리고 회의 같은 경우는 저희 회사에 원격회의시스템 잘 갖춰져 있으니 곧바로 내일 오전에 출근해서 직원들에게 알릴 겁니다.

쉽게 말해 장기 휴가라기보단 재택근무쯤으로 생각하시면 되세요, 아버지. 회사 출근할 시간에 단아 옆에 더 오래 있어주고 싶어서 내린 결정입니다."

"흐음……. 그러니까 일하고 사랑 두 마리 토끼 다 잡겠다?"

"예."

한 치의 망설임도 없는 진서의 대답에 재성은 속으로 '역시 이 한재성이 아들답다.'며 흐뭇한 미소를 띤다.

"그래, 좋다. 우리 예비 며느리 데리러 가는 일인데 뭔들 안 되겠냐. 대신 장기 휴가는 말들이 나올 수도 있으니 우선은 이번 연말에 새로 출시예정인 JS가전제품 시그니처라인 진행과정 살피러 장기출장 가는 걸로 하자. 그럼 아무리 못해도 반년은 시간 벌잖냐. 어때? 그 후도 안 되면 또 출장 하나 잡지, 뭐."

"예. 그러겠습니다."

"대신 우리 예쁜 며느리 꼭 데려와. 못 데려오면 넌 영영 출장 중일 줄 알아, 인마."

재성의 장난에 피식 웃은 진서는 확신에 찬 눈빛으로 대답을 대신했다.

절대 혼자 돌아오는 일 같은 건 없을 거라고.

그 후 다음 날 바로 진서의 펜트하우스 리모델링 공사가 시작돼 진서는 예정대로 본가로 들어와 지내며 틈틈이 집 공사 진행을 신경 썼고 어른들의 적극적인 도움으로 단아와의 혼인신고서 준비도 빠르게 진행되어 갔다. 그리고, 실상은 무기한 출장으로 자리를 비워야 하는 상황이었기에 밤낮없이 회사 일들을 처리하느라 눈코 뜰 새 없이 바쁘게 약속된 한 달의 시간을 보내야 했다. 그렇게 본격적인 여름이 다가온 7월의 오후 JS 전무실. 정신없이 서류들을 검토하던 진서의 귓가에 '저 들어갑니다, 한 전무님.' 하는 선호의 목소리가 들린다.

"예. 들어와요."

진서의 대답과 함께 들어온 선호는 양손 가득 종이를 들고서 한 발로 톡, 문을 닫고 들어와 장난스레 진서에게 말을 건넨다.

"한 달 동안을 멀리서 애틋하게 바라만 봤던 아내분 만나러 슬슬 출발하실 시간입니다, 한 전무님."

"아……. 벌써 시간이 그렇게 됐나? 마저 남은 서류들 전부 사인해서 더 체크해야 할 사항들 포스트잇에 적어서 붙여놨으니까 각 담당 직원들한테 서류 꼭 다시 한번 확인하라고 말해줘, 선호야."

"알았다, 알았어. 하여튼 대단하다니까. 웬만해선 일 전부 처리해두고 간다고 어른들 허락 떨어지기 무섭게 일에 매달린다 싶더니, 단아 언제 또 밖에 바람 쐬러 나올지 모른다고 틈틈이 병원으로 달려가고. 한 달 내내 네가 그런 건 아냐? 잠은 제대로 잔 건지. 하여튼 징한 놈."

"서연이 때문에라도 어쨌든 본가에는 자주 들어갔었으니까. 그 때 잠깐이라도 눈 붙이고 나왔지."

"서연이? 서연이가 왜?"

선호의 물음에 간략하게 서연이 단아에 대해서 알게 됐다고 설명해준 진서가 피식 바람 빠지듯 웃었다. 네가 그 감정 기복을 겪어보면 아마 두 손 두 발 다 들 거다, 라는 의미의 웃음을.

"하긴 서연이가 유독 예전에 너랑 통화하는 거 들으면 단아 언니, 단아 언니, 입에 달고 살긴 했었다. 어렸을 때부터 너희 두 사람 껌딱지였지."

"안 그래도 오늘 아침에 짐 챙겨서 나오려는데 우리 서연이가 '단아 언니 안 데려오면 나도 오빠 안 볼 거야!' 선언했다. 그래서 더 단아 꼭 데려와야 해."

"와우. 한진서 껌딱지가? 이야~ 단아가 서연이한테 꽤 많은 부분을 차지하고 있었나 보네. 강력한 껌딱지 라이벌인데? 단아랑 너."

"그러게나 말이다. 아. 내가 부탁한 거 스캔 떠 왔지?"

"아! 어쩐지 팔이 아프더라니. 부탁한 대로 우선 100장 정도만 복사하긴 했는데 이건 뭐에다 쓰게?"

"열 번 찍을 나무는 아니고 그 이상 수백 번은 찍어야 할 나무 도끼용."

"응? 무슨 소리야?"

"그런 게 있어. 그거 내 캐리어 안에다 넣어주고 나가 있어. 옷만 갈아입고 나갈게. 바로 출발하자."

선호가 전무실을 나가자 어느 정도 뒷정리까지 한 진서가 휴대 폰과 차 키, 지갑 등을 꺼내놓더니 슈트 재킷부터 벗기 시작한다.

잠시 뒤. 캐리어를 끌고 전무실을 빠져나온 진서를 발견한 선호 는 순간 놀란다. 평소와는 달리 머리를 올리지 않고 내린 모습에 청바지와 운동화 차림이었으니까. 물론 슈트 재킷만 벗고 셔츠는 그대로 입고 있어서 그다지 크게 변한 것도 아니고 예전 대학 때 도 봤던 모습이지만 사람은 적응의 동물이라 했던가. 한참 동안을 보지 못했던 편안한 모습에 진서는 새삼 다르게 느껴졌다.

"뭐 합니까? 출발하죠."

"아……. 예!"

진서와 선호가 선호의 차가 세워져 있는 1층 로비로 내려가기 위해 엘리베이터를 기다리고 서 있던 그때 띵, 소리와 함께 엘리베이터가 꼭대기 층에서부터 내려와 문이 열린다. 그런데 그 안에는 의외의 사람이 보인다.

다름 아닌 진서의 작은아버지이자 JS패션 내에서 아는 사람은 다 아는, 트러블 메이커인 한 상무, 재호다. 휴대폰을 살피던 진서가 고개를 들고 재호를 발견한다.

이런…… 하필이면……. 쯧.

진서는 속으로 낭패라는 듯 혀를 차지만 겉으론 아무런 표정 변화도 없이 휴대폰을 내리고서 캐리어를 끌고 선호와 함께 올라탄다. 그런 진서를 그냥 둘 리 없는 재호가 능글거리며 묻는다.

"형님한테 얘기 들었다. 오늘부터 장기출장이라고?"

"예. 작은아버지께서는 아버지 뵙고 오십니까? JS패션 층은 여기가 아닌 걸로 아는데요."

"그래. 직접 뵙고 드릴 말씀이 있어서 올라갔다가 오는 길이다."

"그러셨습니까. 유선호 비서실장."

"예, 한 전무님."

"나 없는 동안에 일처리 실수 없이 하고, 무슨 일 있으면 로밍해 가니까 시간 상관없이 연락해요."

"아…… 예."

진서가 더 이상의 대화는 됐다는 뜻으로 선호에게로 말을 돌리자 재호는 비웃듯 피식 입꼬리를 길게 늘어트리며 웃더니 비아냥거린다.

"근데…… 진서 네가 웬일이냐? 평소 출장 갈 때도 항상 슈트차림에 흐트러짐 없던 녀석이 장기출장인데 꼭 어디 놀러가는 사람처럼 편한 복장을 다 하고. 별일이구나."

재호의 말에 숨은 뜻을 모를 리 없는 진서는 작은 한숨을 내쉬고 대답한다.

"작은아버지께서 저한테 그리도 관심이 많으신 줄 몰랐습니다."

"뭐?"

"제 옷차림까지 일일이 신경을 쓰고 계시는 줄 몰랐거든요. 출장 가는 옷차림이 정해져 있는 것도 아닌데 그게 그렇게까지 별일인가 싶어서 말이죠. 그저 장기출장이라 출발하는 날까지 긴장하고 싶지 않아서 조금 편하게 입어본 건데. 이상한가요? 작은아버지."

"아니, 뭐……. 네가 그렇다면야 정해진 건 아니니 이상할 건 없지. 난 그냥 갑자기 변한 것 같아 걱정이 돼서."

진서가 자신을 시린 눈빛으로 바라보며 묻자 순간 식은땀이 등 뒤로 흐르는 느낌이 든 재호는 얼른 태도를 바꾼다. 그런 이중적인 모습이 그저 웃긴 진서는 바람 빠지듯 웃어버린다.

"아. 죄송해요. 작은아버지가 재훈이 말고 저를 걱정해주셨다니까 너무 기뻐서요. 작은아버지 저 별로 안 좋아하시는 줄 알았거든요."

"아……. 안 좋아하기는. 진서 너도 내 하나뿐인 조카 아니냐. JS 가에 형제라고는 형님하고 나뿐이고 서연이 말고는 너랑 재훈이 뿐인데 당연히 너도 소중한 조카지……."

"아, 그렇군요. 그럼 제가 잘못 알았나 보네요. 어려서부터 재훈 이랑 제가 한 살 터울이라 같이 크다시피 하다 보니 항상 주위에 서 비교 대상이었죠. '재훈이 너도 조금만 더 노력하면 진서 형처 럼 잘할 수 있어.'라고."

진서가 자신을 똑바로 바라보며 웃는 얼굴로 말하자 재호는 불 현듯 형과 비교당하던 자신의 어릴 적 모습과 함께 지금은 세월이 흘러 두 분 다 고인이 되셨지만 JS그룹의 선대 회장이었던 아버지 와 어머니를 떠올리곤 표정이 급격하게 굳어지며 소리친다.

"한진서, 지금 그게 무슨 말버릇이냐! 그럼 우리 재훈이가 너보다 모자라다는 거야?"

열등감. 질투. 시기.

오랜 시간 묵혀 온 겨우 두 살 터울의 형을 꺾어야 한다는 일그러진 마음으로 조카인 자신을 경계하고 아버지인 자신과는 다른 길을 가길 바래 자식까지 힘들게 하는 사람. JS그룹을 자신의 자식에게 물려주려 호시탐탐 조카인 자신과 형인 재성의 약점을 노리는 사람. 적어도 진서의 기억 속에 재호는 그런 사람이었다. 어찌 보면 참 불쌍한 사람.

사실 재성도 재호가 자신을 경계한다는 걸 이미 알고 있지만 '그래도 내 하나뿐인 형제인데 어떻게 허물을 들추겠냐. 감싸줘야지. 가족이니까 우선은 지켜보자.'며 그저 놔두는 것뿐이다. 아직은 크게 도를 넘지 않았으므로.

진서는 자신의 속내를 감추고 선한 미소를 띠며 재호에게 말한다.

"아. 그렇게 들렸다면 죄송합니다. 저는 그저 사실을 말씀드리려던 건데."

"뭐야?"

"너무 화내지 마세요, 작은아버지. 저희 그룹이 골고루 영향력이 있지만 그래도 저희 회사 주력 라인이자 제가 맡고 있는 전자나 IT 쪽으로 데리고 오려고 해도 재훈이가 자기는 기계 쪽은 젬병이라고 음식 만들고 하는 거 좋아했으니 식품 쪽이 더 좋다고 해서 지금 JS푸드 팀장으로 있는 거잖아요. 본인이 원해서."

"……이…… 이……!"

"재훈이 좋은 녀석입니다. 저보다 부족하다고 여겨본 적 없어요, 작은아버지. 작은아버지가 스스로 자신의 아들을 그렇게 여기

시는 건 아닌지 잘 생각해보세요."

그때, 길게만 느껴지던 엘리베이터가 1층에 도착한다.

"아…… 도착했네요. 작은아버지도 어디 외부로 나가시려던 모양인데 조심히 잘 다녀오시고 저도 출장 다녀오겠습니다. 그럼."

진서가 꾸벅 인사를 하고 먼저 내리자 선호도 가볍게 묵례 후 엘리베이터에서 내린다. 그렇게 엘리베이터 문이 닫히기 직전, 진서가 휴대폰으로 누군가와 통화하는 게 재호의 귀에 짧게나마 들린다.

-여보세요? 호연 아주머니? 아, 다행히 번호 그대로…….

곧 엘리베이터 문이 닫히고 또 진서에게 말렸다는 생각에 주먹을 꽉 움켜쥔 재호.

"건방진 놈. 어디서 훈계질이야! 겉으로만 재훈이를 위하는 척하고 속으론 깔보고 있겠지. 지 애비랑 똑같아."

입술을 꽉 깨물던 재호는 다시 자신의 사무실이 있는 층을 누르고 손가락을 떼던 그때 조금 전 진서가 말한 이름이 어딘지 모르게 익숙함을 느낀다.

"잠깐만. 호연 아주머니? 호연…… 호연……. 아! 그 예전에 진서 녀석이 사귀었던 여자애 집안일을 오랫동안 봐줬었다가 개인사정으로 몇 년 전 관뒀던 가정부 아줌마 이름이 아마……. 근데 헤어진 여자 집의 가정부는 왜 찾지……?"

장기출장인데 갑자기 바뀐 옷차림. 평소 출장 때와 달리 단출한 짐. 거기다 항상 따라가던 유선호 비서실장이 남는 것도 모자라 갑자기 찾은 옛 여자 집의 가정부. 재호는 뭔가 이상함을 느끼고 휴대폰을 꺼내 들더니 어딘가로 전화를 건다. 그러곤 이윽고 상대방이 받았는지 꺼림칙한 미소와 함께 지시한다.

"어, 나다. 잘 지냈냐? 다른 건 아니고 사람 하나 뒤 좀 밟아줘야겠다."

한편, 로비를 빠져나와 자신의 차가 아닌 선호의 차를 타고 출발한 진서는 계속 통화를 하고 있다.

"네, 호연 아주머니. 오랜만이죠? 미국에서 이제 완전히 귀국했어요."

-아이고~ 이게 누구야. 우리 진서 도련님! 도련님 못 보고 단아 아가씨 댁 일 관두게 돼서 서운했었는데. 그게 벌써 한 2년 정도 됐네요.

"저도 작년 이맘때쯤 귀국하고 나서야 아주머니 관두신 거 알았어요. 잘 지내시죠?"

-이 늙은이야 잘 지내죠. 도련님은요? 단아 아가씨랑 결혼했어요? 아. 아직 돌아온 지 얼마 안 돼서 준비 중이려나?

"헤어졌어요. 저희 둘."

-어머나! 어쩌다……. 단아 아가씨 어릴 적부터 정 회장님 댁 일 해드리면서 두 사람 같이 있는 거 보면 참 예쁘다 생각했는데…….

"단아가 저 싫대요, 이제."

-네? 아니, 왜……. 단아 아가씨가 진서 도련님을 얼마나 좋아했는데요.

호연의 물음에 순간 입 안이 쓰게 느껴진 진서는 마른침을 한번 삼켜냈다.

"그러게요……. 그래서 말인데요, 아주머니. 다시 일하실 생각 있으세요?"

-일이요? 안 그래도 아직 놀기엔 사지 튼튼하고 나이가 아깝지 싶어서 다시 가정부 일을 알아볼까 하던 참이긴 한데.

"그럼 잘됐네요. 일이 있으면 당장 내일이라도 시작해주실 수 있으신 거죠?"

-네. 뭐…… 일만 있으면 언제든 괜찮아요.

"그럼 지금 제 번호로 아주머니 집 주소 좀 문자로 보내주시겠어요? 저는 사정이 있어서 안 될 것 같고, 자세한 설명은 내일 중으로 제 친구 보내드릴 테니 들으시고 저 좀 도와주세요, 아주머니."

잠시 후, 호연과의 통화를 마친 진서의 휴대폰으로 문자가 들어오고 문자를 확인한 진서는 곧바로 선호에게로 문자를 다시 보낸다.

"그거 단아네 집안일을 오래 봐주셨던 아주머니 집 주소야. 내일 당장 가서 나 대신 전후 사정 설명드리고 될 수 있는 한 내일 안으로 병원에 모셔 와줘. 그리고 출퇴근 형식 말고 병원이든 나중에 우리 집이든 24시간 계셔주실 수 있는지도 꼭 확인해. 원하시는 건 뭐든 수용해드릴 테니까 걱정 마시라고 하고. 다른 일은 아무것도 안 하셔도 좋으니 단아 옆에 계셔달라고 말이야."

"알았다. 내일 아침 일찍 찾아가 뵐게. 주소 보아하니 수도권이네. 근데 갑자기 단아네 일 봐주시던 아주머니는 왜 찾으라던 거냐? 뜬금없이. 거기다 네 차 놔두고 왜 내 차를 타고 가? 가끔씩이라도 네 집에 안 들를 거야? 리모델링 끝났을 텐데 확인 안 해?"

그래야 단아 옆에 오래 있을 수 있을 테니까. 선호의 물음에도 그저 어깨를 으쓱이며 자신의 생각을 숨긴 진서였다. 아직은 모든 게 때가 아니니까.

"나 참. 무슨 생각이신 건지."

"나 없는 동안 작은아버지 쪽 동태 잘 주시하고. 무슨 일 있으면 바로바로 연락해."

"알았다. 하여튼 일 얘기 아니면 단아 얘기지. 으으."

선호가 가볍게 몸서리를 치자 피식 웃은 진서는 빠르게 달리는 차 안에 창문을 내려 팔을 기대고는 유난히도 햇살 좋은 오후의 하늘을 바라보며 단아를 떠올린다.

단아야, 오빠가 금방 갈 테니까 조금만 기다려줘.

"오늘따라 유난히 날씨가 좋네. 여름이라 좀 덥긴 하지만."

진서가 단아에게 거의 다다르고 있던 그 시각. 병실에서 벗어나 바깥바람을 쐬고 있는 단아가 보인다. 진서를 설레게 했던 그 모습 그대로의 단아가.

그중에 변화라면 일 년 새에 전동 휠체어 생활이 익숙해졌고, 자연 갈색의 웨이브 머리는 허리에 닿을 만큼 더 길어졌으며 반팔 티셔츠를 입고 있는 위와는 다르게 상체 아래로는 무릎담요를 덮고 있는 그 사이로 종아리를 넘어 발목까지도 가릴 듯한 길이의 롱치마를 입고 있다는 것.

그렇게 그대로이기도 변하기도 한 단아가 한 손을 하늘 위로 뻗어 내리쬐는 햇살을 가리려던 그때. 누군가가 단아의 어깨를 감싸 쥐며 놀랜다.

"왁! 뒤태가 예쁜 아가씨, 또 혼자 산책 나오셨나요?"

"으앗!"

갑자기 들려온 큰 소리에 흠칫 놀란 단아가 고개를 옆으로 돌리자 개구쟁이처럼 씨익 웃고 있는 수아가 보인다.

"아아……. 수아 언니, 놀랐잖아요."

"하하. 미안, 미안. 몸이 찌뿌둥해서 구겼던 몸 좀 펴줄까 하고 로비로 내려왔는데 글쎄 산책로 쪽에 익숙한 뒤태 미인이 딱 보여서 말이야. 아, 물론 앞태도 미인이지만."

수아가 어깨를 한번 꼬옥 잡아준 뒤 상체를 일으켜 걸어와 단아와 마주 보며 대답해주자 단아는 못 말리겠다는 표정으로 그저 웃어준다.

"수아 언니, 제 담당 주치의시긴 해도 다른 환자들도 봐주셔야 하잖아요. 매번 저 신경 안 써주셔도 돼요."

"단아 네가 그러면 이 언니가 섭섭하다? 꼭 의사 대 환자로만 대하는 것 같아서. 나는 밝은 모습의 단아가 좋은데. 단아는 언니가 별로야?"

"아니! 그런 뜻이 아니라……. 바쁠 텐데 자주 들여다 봐주시는 것도 그렇고……."

"풋, 농담이야. 단아 네 마음은 잘 알아. 근데 내가 좋아서 그러는 거니까 단아는 전혀 미안해하지 않아도 돼. 시간 되니까 보러 오는 거야. 그러니까 그런 딱딱한 소리는 금지! 알았지?"

"알았어요, 수아 언니. 그리고 고맙구요."

"에이, 별말씀을~ 참, 근데 단아야."

"네, 언니."

"너 오늘도 또 돌봐주시는 아주머니 오전에 돌려보냈어?"

수아가 단아에게 눈높이를 맞춰오더니 마주 보며 묻는다. 그러면 단아는 슬쩍 눈을 피하느라 눈동자를 바쁘게 굴리고 그런 단아의 모습에 속으로 한숨을 내쉬는 수아다.

"어디 이 수 선생님의 레이더망을 빠져나가려고 드시나. 왜 자꾸 돌려보내고 그래, 단아야. 저번에도 오후에 갔을 때 없었잖아. 단아 네가 이 얘기 싫어하니까 그때도 그냥 넘어갔었지만 부모님이 특별히 신경 써서 보내주시는 분들인데 왜 그래…… 응?"

"그냥요…… 그냥……."

"단아 네가 그러면 부모님이 한 번씩 오실 때마다 걱정 많이 하고 가셔. 단아 너도 알면서 그래. 어머니는 그래도 단아 네가 화장실 같은 경우는 조금 맡기니까 혼자서라도 더 자주 오시긴 하지만 왔다 갔다 하기가 번거로우니 어머니가 아예 있는다 그럼 또 가라고 그러고…… . 우리 예쁜 정단아 씨, 왜 그러실까?"

수아의 말에 금세 서글픈 눈빛이 되는 단아. 다리가 제 마음대로 안 돼요……. 그래서…… 미치겠어요, 수아 언니…….

그렇게 단아는 차마 입 밖으로 뱉어내지 못할 말들을 혼자 삼켜낸다.

"에휴……. 혼자서 애쓰려고 하지 않아도 되는데. 오늘도 점심 때 작은 볼일 실수해서 혼자 해결해본다고 화장실까지만 데려다 달라고 간호사 호출했다가 휠체어에서 넘어졌었다며. 그래서 어머니가 다급하게 오셨다가 조금 전에야 가시고."

"……."

"단아야, 앞으로 잘 지내려면 널 믿고 맡길 수 있는 누군가는 같이 있는 게 좋아. 전혀 미안한 것도 아니고 부끄러운 것도 아니야. 평소엔 세상 당당하면서 왜 자신을 부탁하는 일은 미안해해. 그러지 않아도 돼, 단아야. 이건 네 잘못이 아니잖아."

"네…… 알아요."

수아는 풀이 죽은 듯 고개를 숙인 단아의 머리카락을 뒤로 넘겨주며 부러 장난스레 엄포를 놓는다.

"자꾸 돌봐주시는 분 돌려보내면 내가 단아 너 그냥 집으로 보낸다? 집엔 어머니 계실 테니 훨씬 단아 너한테도 좋을 거고. 단아 네가 굳이 집은 안 된다고 여기 있는다고 해서 부모님이 한 번씩 오실 때마다 몇 달 치 입원비를 미리 선납으로 내주고 가시고 계시지만 내 말 안 들으면 주치의 권한으로 귀가 조치시킬 거야."

그 말에 화들짝 놀란 단아가 수아를 바라보며 말을 잇는다.

"안 돼요……! 아……. 집은 싫어요……. 여기 있게 해줘요, 수아 언니. 네?"

진서 오빠가 돌아왔을 텐데……. 그럼 본가에 오기도 할 테니까.

"네? 언니……. 부탁이에요."

"그럼 이제 돌봐주시는 분 오시면 돌려보내지 않기. 약속."

"알았어요."

"그래. 역시 우리 단…… 어……?"

"왜 그래요? 수아 언니?"

단아의 머리를 쓰다듬어주며 웃던 수아가 불현듯 단아의 뒤쪽으로 시선을 주며 놀란 얼굴로 상체를 일으킨다. 영문을 모르는 단아가 수아에게 묻자, 수아는 단아가 알 수 없는 소리를 한다.

"그…… 훈잘남?"

한편, 수아와 단아가 한창 얘기 중이던 그때. ○○장애인 전문 요양병원 로비 앞. 그레이 색상의 고급 SUV차량에서 진서와 선호가 함께 내리며 트렁크에서 캐리어를 꺼낸다.

"너 이제 가라."

"뭐? 같이 안 들어가고? 회장님이 단아 몰래 미리 병원 측에 얘기해 두셨다고 했는데 그래도 내가 한 번 더 얘기해야 하지 않겠어? 너 업무 볼 땐 어쩌려고."

"내가 알아서 어떻게든 할 테니까 좀 가. 내가 왜 그러는지 말 안 해도 알잖아."

"아니? 모르겠는데? 네가 단아랑 둘이서 애틋한 시간을 보내고 싶어서 안달하는 거 전혀! 모르겠는데? 나도 단아 얼굴 보고 갈 거야."

선호가 짓궂은 표정으로 먼저 병원 안으로 들어서려고 하자 진서의 딱딱한 목소리가 들린다.

"시원하게 맞아야 갈 거라면 기꺼이 패주고. 어떻게? 패줄까?"

그 소리에 옮기던 발걸음을 빠르게 유턴한 선호가 다시 진서에게 다가오며 투덜거린다.

"나쁜 노무 자식. 너 별의별 운동 다 한 거 내가 아는데, 그런 소리를 그렇게 진심처럼 하냐?"

"진심이었는데."

"아, 왜! 나도 단아 오랜만에 보고 싶단 말이다. 너한테 애인이기 이전에 나한텐 친한 동생이라고!"

"나중에. 나중에 단아가 날 조금이라도 받아들일 때. 지금은 너까지 나타날 타이밍이 아니야. 부탁이다, 선호야. 지금은 그냥 가주라."

진서의 진지함에 역시 뭔가 계획한 게 있는 건가 싶은 선호.

"알았다, 알았어! 내가 치사해서 간다, 가."

결국 선호는 할 수 없다는 듯 다시 자신의 차 운전석으로 올라 탄다.

"내가 너 치사해서라도 나중에 꼭 단아 보고 말 거야. 간다, 그럼. 그리고 아주머니는 될 수 있는 한 내일 안으로 빨리 모셔 오마."

"그래. 매번 고맙다, 선호야."

"알면 좀 잘하든가. 들어가라."

선호가 인사를 하며 차를 출발시키자 그 모습을 지켜보다 차가 안 보이게 되고 나서야 캐리어를 끌고 병원 안으로 들어서려는 진서. 그런 진서의 눈에 로비와 마주 보는 곳에서 조금 떨어진 예쁜 산책로 하나가 보인다.

진서는 잠깐 마음 좀 다잡고 들어가자 싶어 병원 안이 아닌 산책로 쪽으로 걸음을 옮긴다.

"길 꽤 잘해놨네."

진서가 천천히 캐리어를 끌고 산책로를 걷던 바로 그때였다. 조금 떨어진 앞쪽에서 말소리가 들려온 것은.

"자꾸 돌봐주시는 분 돌려보내면 내가 단아 너 그냥 집으로 보낸다? 집엔 어머니 계실 테니 훨씬 단아 너한테도 좋을 거고. 단아 네가 굳이 집은 안 된다고, 여기 있는다고 해서 부모님이 한 번씩 오실 때마다 몇 달 치 입원비를 미리 선납으로 내주고 가시고 계시지만 내 말 안 들으면 주치의 권한으로 귀가 조치시킬 거야."

"단아……?"

들릴 듯 말 듯한 목소리로 자신이 들은 이름을 입 밖으로 내어 보는 진서.

"안 돼요……! 아…… 집은 싫어요……. 여기 있게 해줘요, 수아 언니. 네?"

"……."

맞다……. 정말 단아의 목소리였다. 내 심장을 울리던 유일한 목소리.

진서는 그 목소리를 따라 한 발 두 발…… 여의사와 얘기를 나누고 있는 단아의 곁으로 다가가고, 가까워져 갈 때쯤 단아의 머리를 쓰다듬어주던 여의사가 진서를 먼저 발견했는지 숙였던 상체를 일으키며 놀란 듯 두 눈이 커지더니 소리친다.

"그…… 훈잘남?"

갑자기 일어서며 뜻 모를 소리를 하는 수아로 인해 '무슨 소리지?' 싶은 단아. 다시 한번 더 수아에게 되묻는다.

"수아 언니. 갑자기 왜 그러는 건데요?"

……훈잘남? 훈잘남이 뭐지?

단아 못지않게 수아의 '훈잘남' 발언에 순간 당황한 진서도 우뚝 멈춰 선다.

"누가 있어요?"

수아가 계속 대답이 없이 멍하니 뒤쪽을 바라보고 있자 궁금해진 단아가 전동 휠체어를 작동시키려던 그때, 수아의 목소리가 다시 들려온다. 가장 듣지 않길 바랐던 소리를 담고서.

"왜 그 단아 네가 저번에 휴대폰으로 보고 있던 사진 속 그 남자. 내가 훈훈하게 잘생겼다고 했던. 그 사람 맞지? 단아 네 뒤에!"

"……!"

거짓말……! 그 사람이 여긴 왜……? 아니, 여긴 어떻게……!

수아의 말이 믿어지지 않는 단아는 다리뿐만이 아니라 온 전신이 굳는 듯한 느낌에 아주 느리게 전동 휠체어의 컨트롤러 버튼을 조종해 방향을 바꾸어 진서가 서 있는 쪽으로 향한다.

제발…… 제발…… 그 사람이 아니길…….

전동 휠체어가 도는 잠깐 사이에도 간절히 바랐던 단아의 바람은 단아의 두 눈에 담겨버린 진서와 살짝 떨어진 곳에서 미소를 지은 채 단아에게 걸어오며 들려주는 진서의 목소리로 인해 깨져버렸다.

"안녕? 내 애인. 여전히 예쁘네."

03. 헤어지려는 여자 vs 사랑하려는 남자

진서가 웃는 얼굴로 단아에게 가까이 다가서며 말하지만 역시나 단아는 아무런 반응 없이 굳은 표정일 뿐이다. 그러다 아직도 멍하니 자신의 뒤에 서 있는 수아를 부르는 단아.

"수 선생님."

"어? 아…… 응, 단아야."

사진 속 훈잘남-훈훈하게 잘생긴 남자-이 나타난 후로 왠지 모르게 차가운 공기가 감도는 듯한 느낌이 드는 수아는 단아의 부름에 조금 늦게 대답하며 단아 옆으로 온다.

"저 그만 병실로 올라갈게요."

"어? 아니……. 이분하고는 얘기 안……."

"제 병실에 아무도. 들이지 말라고 해주시구요."

"아…… 그래. 그럴게."

수아의 대답과 함께 더는 볼일 없다는 듯 미련 없이 전동 휠체어를 움직여 진서 옆을 지나치는 단아와 그런 단아의 반응을 이미 예상한 진서는 옅게 미소를 짓고는 큰 소리로 말한다.

"먼저 가 있어. 오빠는 단아 네 담당 선생님 좀 뵙고 갈게. 금방 갈 거니까 울려면 얼른 울고. 나 갔을 때 울고 있으면 알지? 뽀뽀 백 번!"

움찔. 여전해 보이는 진서의 말 한마디에 손가락이 미세하게 떨려오는 단아다.

여전하구나……. 진서 오빠는……. 난 이렇게 변했는데…….

씁쓸한 기분이 드는 단아지만 다시 마음을 다잡고 병원 로비 쪽으로 가자 그런 단아의 모습을 아예 보이지 않을 때까지 눈으로 좇는 진서.

"저기……."

그런 진서와 단아를 지켜보던 수아가 조심스레 진서에게 다가서며 말을 건네자 단아를 좇던 진서가 수아에게로 시선을 돌린다.

"조금 전에 단아…… 아니, 정단아 환자 담당 선생님을 뵐 거라고……."

"아, 예. 그런데요."

"아……. 제가 단아…… 아, 아니지. 하하……. 언니 동생처럼 편하게 지내다 보니 자꾸 입에 붙어서."

"아, 예. 그럼 그냥 편히 하시죠. 단아도 그걸 더 원할 테니."

단아를 대할 때와는 다르게 딱딱한 사람 같다는 느낌을 받은 수아는 괜스레 머쓱해진다.

"아…… 네. 그럼. 흠흠! 안녕하세요. 단아 담당 주치의를 맡고 있는 수수아라고 합니다. 그러니까 제가 담당 선생님인 거죠."

"아…… 그랬군요. 안녕하세요. 단아의 남편인 한진서라고 합니다. 우리 단아와 잘 지내주시고 신경 써주셔서 감사합니다."

잠깐. 방금 전과는 달리 또 약간 분위기가 바뀌었어? 내가 단아 담당 선생님이라서? 아니, 아니! 그보다…… 남편? 분명 그 사진 속의 훈잘남이 맞는데……. 분명 단아가 헤어졌다고…….

"수수아 선생님?"

진서의 미세한 변화와 훅 들어온 '남편' 발언에 수아의 머릿속이 온통 물음표로 가득 찰 때쯤 다시 들려온 진서의 목소리. 그 목소리에 퍼뜩 정신을 차린 수아가 대답한다.

"네!"

"아, 죄송합니다. 제가 놀라게 해드렸나요?"

"아니…… 아닙니다! 하하. 원래 잘 이러니까 신경 쓰지 마세요. 그리고 담당의로서 제 환자 챙기는 건 당연한 건데 무슨 인사까지. 아, 그보다……. 제가 단아한테 듣기로는 헤어지셨다고 들은 것 같은데. 아…… 사진. 단아 휴대폰에 있는 사진들 보고 저도 알아본 거예요. 전 남자친구…… 가 아니라 남편분 얼굴."

"예. 그러셨군요. 단아가 사진을 가지고 있었나요?"

"네. 휴대폰 바꾸면서 다른 건 다 지웠는데 사진만은 모든 추억이 다 있어서 못 지우겠다고 옮겨와 달라고 부모님께 부탁했다더라구요. 추억 삼아서 한 번씩 본다고."

"그렇습니까……."

"네. 저 그런데…… 실례지만 정말 남편분이세요? 헤어진 전 남자친구가 아니라? 이건 제 환자 보호 차원에서 묻는 말이기도 합니다. 물론 궁금하기도 하지만."

"수 선생님은 아주 좋은 의사 선생님이시네요. 환자 보호도 해주시고."

"아…… 네. 뭐……. 단아를 개인적으로 아끼기도 하고 중요한 분에게 부탁받은 환자라서."

수아의 말에 입꼬리를 늘여 미소 지은 진서가 수아의 궁금증을 한 방에 해결해줄 대답을 해준다.

"둘 다입니다. 전 남자친구이기도 하고 남편이기도 하죠. 아. 그리고…… 그 중요한 분의 아들이기도 합니다."

진서의 대답에 수아는 두 눈이 커다래질 수밖에 없었다.

○○장애인 전문 요양병원 VIP병동 앞.

엘리베이터를 타고 함께 올라온 수아와 진서.

"정말 괜찮으시겠어요? 단아가 쉽게 마음을 열 것 같지 않던데."

"괜찮습니다. 각오했으니까요. 열심히 마음 돌려봐야죠."

조금 전. 진서에게 전후 사정을 간략하게 전해들은 수아가 진서의 말에 안타깝다는 표정으로 말한다.

"저는 그냥 이미 헤어졌다길래 사고 전에 만났던 남자친구라고만 생각했지 설마 그런 사정이 있는 줄은 몰랐어요."

"예. 단아가 얘기했을 리도 없으니까요."

"사실 재성 아저씨한테 미리 연락은 받았는데 그냥 대뜸 '오늘 단아 보호자 한 명 가니까 단아한텐 비밀이다. 알면 단아가 또 보낼 테니까.' 하시길래 저는 요양보호사 아주머니가 또 오시나 했거든요."

"제가 그냥 간단히만 알려달라고 해서 그러셨을 겁니다. 그런데 수 선생님께서는 저희 아버지와 어떻게 알게 되신 건가요? 제가 못 보던 얼굴인데……."

"아, 저는 재성 아저씨네 회사가 의료 쪽에도 관심을 가지고 후원 차원에서 여러 병원에 도움을 주시고 있다 보니, 몇 년 되긴 했는데 후원의 밤인가? 거기서 처음 알게 됐어요."

"아아……. 그러셨군요."

진서가 알겠다는 듯한 표정을 하자 수아는 가볍게 웃으며 말을 이었다.

"그럼 저는 이만 가보겠습니다. 제 도움이 필요하시면 언제든 찾아주시구요. 그리고 VIP병실에는 보호자룸 따로 있으니 거기서 쉬시면 되세요."

"예. 감사합니다, 수 선생님."

"별말씀을요. 그리고 혹시 뭐 모르시는 부분은 데스크 가셔서 물어보시면 알려줄 거예요."

"예. 알겠습니다."

"그럼 건투를 빌게요."

서로 인사를 나누고서 수아가 다시 엘리베이터에 오르자 숨을 한 번 크게 내뱉은 진서가 캐리어를 꽉 쥐고 제일 끝 쪽에 자리한 병실로 발걸음을 옮긴다.

"후…… 한진서, 너는 정단아의 남자다."

단아가 있는 병실로 들어서기 전. 스스로에게 주문처럼 혼잣말을 중얼거린 진서는 이윽고 손잡이를 잡아 살짝 옆으로 스르륵, 밀 듯이 병실 문을 열고는 우선은 캐리어를 먼저 살짝 들어 안으로 들여놓고 나서야 병실 안으로 온전히 발을 들이며 문을 닫는다. 그 후 뒤돌아서니 여전히 전동 휠체어에 앉아 창가를 바라보고 있는 단아가 보인다.

그런 단아를 한참 동안 아픈 눈빛으로 아무런 말 없이 바라보는 진서. 그런 진서를 알기라도 하는 걸까……. 단아가 진서는 보지도 않고 잔뜩 날 선 목소리로 말한다.

"길게 말하고 싶지 않아. 아무 말도 듣고 싶지 않아, 가."

"안 가."

여전히 다정하기만 한 진서의 목소리에 또다시 눈물이 핑 도는 단아지만 울지 않으려 양손을 꽉 움켜쥔다.

"정말 사람 불러서 끌고 가라고 하기 전에 가라고."

"그래도 난 안 갈 거야. 이미 단아 네 담당 선생님께 허락도 받았어. 나는 단아 네 보호자로서 온 거야. 그러니까 아무도 못 끌어내. 어디 할 테면 해봐."

"한진서!"

진서의 무던함에 결국 단아가 소리치며 전동 휠체어를 움직여 진서 쪽으로 향하자 진서는 처음부터 만면에 미소를 띠고 있었다는 듯 눈빛도 슬픈 기색을 싹 지우고 환하게 웃는 얼굴을 하고 말한다.

"우와~ 정단아 진짜 화났다. 나 막 이름으로 부르네? 응. 말해. 오빠 여기 있어."

"하! 지금 뭐 해?"

지금 상황에서 저런 진서의 반응은 미처 예상하지 못했던 단아가 기가 차 어이없는 한숨을 크게 뱉어내며 묻자 여전히 웃는 얼굴인 진서가 단아 앞으로 무릎을 굽혀 앉아 단아와 눈높이를 맞추고 대답한다.

"내 여자가 한진서! 하고 불러서 대답했어. 나 잘했지? 그럼 전처럼 오빠 머리 쓰담쓰담 하고 칭찬해주라."

마치 아무 일도 없었던 전처럼 오직 단아에게만 보여주던 미소를 짓는 진서와 그런 진서의 눈동자를 바라보는 단아.

"뭐 하는 거야, 지금. 내 말이 우스워? 가벼워?"

차가운 목소리로 자신을 다그치듯 묻는 단아를 보며 진서는 여전히 웃는 얼굴로 진심을 뱉어낸다.

"아니. 너무 무거워서. 너무 진심일 거라서. 그래서 무서워. 단아 네가 날 정말로 싫어하는 걸까 봐. 네 상황 때문이 아니라 이젠 정말 날 사랑하지 않아서 떠난 걸까 봐."

단아 넌 알까……. 널 평소처럼 아무렇지 않게 웃으며 대하려고……. 앞으로 우리가 얼마나 아파야 함께 행복할 수 있을지도 모를 막막함을 감추려고……. 내가 얼마나 무던히도 아무렇지 않은 척 애쓰고 있는지……. 아마 모르겠지…….

알아주길 바라지 않는다고 생각하면서도 차갑기만 한 단아의 반응에 쓸쓸해지는 마음을 애써 감춘 진서는 빠르게 말을 이었다.

"그래서 열심히 매달리려고. 날 사랑하지 않아서든 네 상황 때문이든 난 아직 단아 널 사랑하니까."

진서의 진심에 눈동자가 흔들리는 게 느껴진 단아가 휙, 시선을 피하며 전동 휠체어를 작동시켜 베드 근처로 다가간다.

"미쳤어, 한진서. 돌았어. 돈 거야, 한진서. 지금 내 꼴을 보고도 사랑이란 말이 나오잖아."

단아의 자조적인 말에 몸을 일으킨 진서는 조금 가라앉은 목소리로 말한다.

"단아 네가 어때서."

"어때서? 평생 못 걷는데 어때서? 오빠 정말 왜 이래?"

괜스레 자신에게 히스테릭하게 소리치는 단아를 바라보는 진서.

"단아 너야말로 왜 이래? 전에 장애 가지신 분들 길에서 볼 때면 참 대단한 것 같다고, 보통 사람들보다 더 훌륭하신 분들이 많다고 하면서 도와드리기도 했잖아. 근데 왜 네가 그런 상황이 되니까 못나게 굴어?"

"……."

"장애 가진 게 뭐 어때서? 그건 본인이 스스로 선택할 수 있는 게 아니잖아. 선천적으로든 후천적으로든."

진서의 말에 작게 한숨을 내쉰 단아는 무미건조하게 대답한다.

"……몰라. 그리고 원래 사람은 다 이기적인 거야. 내가 아닐 땐 다 괜찮아 보여도 막상 그게 나한테 닥치게 되면 큰 문제고 일어나선 안 될 문제가 되는 거라고."

"단아야."

"더는 할 얘기 없으니까 가, 제발. 내가 이렇게 됐다고 해서 헤어지자고 한 것만은 아니야. 오빠한테 감정 없어졌어. 사랑하지 않는다고."

"……."

"그럼 이제 됐지? 더는 보고 싶지 않으니까 가줘. 쉬고 싶어."

정말 아무 감정 없다는 듯 계속 무덤덤하게 대답한 단아는 베드 옆 작은 서랍장 위에 놓인 수화기를 들더니 버튼 하나를 눌러 밖에 있는 데스크와 연결하고, 진서는 그런 단아를 지켜보고 서 있다.

"네, 박 간호사님. 저 단아인데요. 죄송하지만 저 좀 침대에 누워서 쉬고 싶어서 그러는데 김철우 간호사님 계세요? 아. 그럼 잠시만 제 병실…… 으앗!"

단아가 통화를 하던 그때, 몸이 갑자기 붕 뜬다 싶더니 순식간에 베드 위로 편안히 눕혀진다.

아……. 내 병실 천장이네.

끔뻑끔뻑. 단아가 이게 무슨 일이지? 싶어 눈을 깜빡이며 잠시 멍하니 다른 샛길로 생각이 들 때쯤 옆에서 들려오는 낮지만 듣기 좋은 저음의 진서 목소리가 들려온다. 단아가 그 소리에 확 고개를 돌려 바라보니 언제 왔는지 베드 위에 걸터앉아 자기 대신 통화하고 있는 진서가 보인다.

"예. 아니요. 아무 일 없습니다. 예, 안 오셔도 되세요. 제가 보호자니까 제가 해야죠. 예, 그럼."

"허어……."

난 무시할 테니 넌 내질러라 그거야, 지금?

단아가 이젠 어이가 없다 못해 소리칠 기운도 없는지 그저 바람 빠진 소리만 낸다. 그때, 통화를 끝냈는지 진서가 수화기를 내려두며 단아에게 말한다.

"어디 다른 남자한테 너를 함부로 손을 대게 해. 이름 들어보니 남자 같던데. 혼난다, 정단아."

"가라는 내 말 무시하지 마. 그리고 잊었나 본데 우리 헤어졌어. 다른 남자가 손을 대든 안아주든 무슨 상관……!"

단아가 굳은 표정을 하고서 다른 남자라는 말을 꺼내자마자 불쑥 단아에게로 진서가 상체를 기울여 온다. 아까의 순한 멍뭉미를 뽐내던 모습은 자취를 감춘 채.

"뭐 하는 거야. 비켜……."

"우리가 헤어졌던가?"

"무슨……. 일 년 전에 헤어졌어, 분명."

"아아, '우리 헤어지자. 나 더는 오빠 기다리기 싫어.' 이거 말하는 거야?"

"……그래."

"그럼 그건 단아 너 혼자 한 이별이겠지."

"……뭐?"

"난 단 한 번도 그 이별이란 걸 받아들인 적 없어. 그러니 일 년을 미친놈처럼 널 찾아 헤맸지."

"……."

"내 인생에 있어서 정단아와의 이별은 애초부터 계획조차도 되어 있지 않았단 소리야. 그러니까 다른 남자한테 손대게 하지 마."

"이상한 소리 하지 마. 난 헤어졌어. 끝냈다고."

진서에게 말려들지 않으려 눈에 힘을 주고 마주 보는 단아와 여유로워 보이는 진서.

"그래? 그럼 단아 넌 열심히 헤어져. 오빠는 열심히 사랑할게."

"억지 쓰지 마."

"아니. 억지도 필요하면 써야지. 뭐든 다 할 거야. 널 사랑하기 위해서. 그러니까 우리 서로 각자 열심히 해보자."

마지막 말을 하며 다시 멍뭉미를 탑재한 순한 미소를 지은 진서는 상체를 올리더니 단아에게 이불까지 덮어주고 나서야 베드에서 일어선다.

"오늘은 첫날이니까 여기까지. 너무 몰아붙이면 우리 단아 또 도망갈라. 아. 저기가 보호자실인가? 수 선생님이 VIP병실 안에는 보호자들 쉴 수 있는 룸 같은 곳이 있다고 했는데. 병실 입구 쪽에 있는 건 화장실일 테고."

"잠깐. 어딜 들어가! 가라니까?"

진서가 오늘 임무는 끝났다는 듯 가벼운 발걸음으로 캐리어를 끌고 와 침대 옆 수화기가 있는 쪽이 아닌 반대쪽에 있는 또 다른 문을 열고 들어가려 하자 단아가 놀라 기겁을 한다.

"응. 그래서 가는데? 내가 앞으로 쉴 곳으로."

"그러니까 왜 거기에서 쉬냐고. 가라고. 난 오빠 보기 싫다고."

"차차 얘기하겠지만 우선 왜 여기서 쉬냐는 물음에 대한 내 대답은 내가 정단아의 보호자니까. 그리고 난 단아 널 사랑하니까 있고 싶어. 계속 물어도 나는 같은 대답일 텐데 오늘은 그만 쉬어. 쉬어야 또 싸우더라도 잘 싸우지. 그럼 들어갈게. 필요할 땐 언제든 불러."

"허어······! 싫다니까 왜 버티겠다고 그러는데!"

자신의 단호함에도 너무나 태연하게 웃는 얼굴로 보호자 룸으로 쏙 들어가버리는 진서를 바라볼 수밖에 없는 단아는 답답함에 소리를 지르고, 안에서 아무런 대답이 없자 진이 빠져버린 단아가 참았던 눈물을 흘려보내며 혼잣말을 내뱉는다.

"왜 놓아줬는데 다시 돌아와, 바보야······. 내가 오빠를 어떻게 보냈는데······."

한편, 소리 지르는 단아의 목소리를 들으며 보호자 룸 안으로 들어온 진서는 그제야 스르르 주저앉으며 한숨 같은 중얼거림을 뱉어낸다.

"후······. 한진서, 너 앞으로 꽤나 고생 좀 하겠다."

그렇게 두 사람의 한 공간에서의 서로 다른 목적을 위한 생활이 시작됐다. 결국에 누가 이길지는 알 수 없지만.

그렇게 단아와 진서가 실랑이를 벌이고 있었던 그 시각.

병원 입구 근처에 유달리 오랜 시간 서 있는 검은 승용차 한 대가 보인다. 사실 진서를 태운 선호의 차가 출발하고 병원에 도착하기까지 조금의 거리를 두고 따라붙어 병원 입구 근처에 대기하고 있었던 그 차 안에는 검은 슈트를 입은 두 명의 험상궂은 남자가 있었고 진서와 선호가 내리자마자 기다렸다는 듯 계속 카메라 셔터를 눌러 사진을 찍어댔다. 그러곤 웬일인지 한참 뒤 진서까지 들어간 뒤에도 떠나지 않고 서 있었던 것이다.

그러더니 둘 중에 더 형님뻘로 보이는 남자가 슈트 재킷 안에서 휴대폰을 꺼내 어딘가로 전화를 한다. 이윽고 상대방이 받았는지 씨익 웃으며 용건을 꺼내는 남자.

"아이고~ 형님. 접니다, 만호. 형님이 급하게 인상착의만 보내시고 회사 앞에서 대기하다가 따라붙으라셔서 하긴 했는데 그래도 이건 너무 급하셨습니다. 저희가 워낙 빠르고 다행히 근처에 있었으니 회사 앞에서 따라붙었지 다른 새끼들 같았음 꽁무니도 못 봤을 겁니다."

상대방이 뭐라고 했는지 큭큭거리며 웃는 만호라는 남자.

"예예~ 바로 본론 말씀드려야죠. 형님이 주신 사진 속 남자들 중에 한 명은 다시 차 타고 갔고 짐 가방 가진 남자는 조금 전에 무슨 장애인 요양병원인가 하는 병원 안으로 여자 의사랑 같이 들어갔습니다."

"예? 공항이요? 아니요. 공항은요 무슨. 짐 가방 질질 끌고 병원 안으로 들어갔다니까요. 분명 사진 속의 얼굴 맞아요. 누구 만나러 왔는지는 아직. 워낙 드나드는 사람이 많아서. 여자 의사랑 같이 들어갔으니 그 여자 의사한테 볼일 있는 거 아닐까요? 예예. 계속 주시하고 사진 찍어서 보내드리죠. 근데요, 형님. 사진 속 남자가 누구길래 갑자기 뒤를 밟으라고 시키신 겁니까?"

그때, 만호의 물음에 순간 짜증이 났는지 상대방이 크게 소리치듯 내질러 목소리가 밖으로 새어나온다.

-그런 건 네놈이 알아 뭐 하게. 잔말 말고 돈 받고 싶으면 시킨 일이나 똑바로 해!

"……그럼요. 잘 알죠. 저희는 그저 일 처리하고 돈 받는 뒷골목 쓰레기들이라는 거. 아주 잘 압니다, 한재호 상무님."

딸깍! 만호가 뭐라 더 하기도 전에 전화가 끊겨버리고, 만호는 끊긴 휴대폰을 바라보며 그저 비릿한 미소를 지을 뿐이었다.

JS그룹 본사 내 위치한 JS패션 상무실.

'한재호 상무'라는 명패가 제일 먼저 눈에 띄고 그 위로 따라가면 신경질적으로 전화를 끊는 재호가 보인다.

"미친놈이 갈수록 말이 길어져."

휴대폰을 책상 위로 내팽개친 재호는 손가락으로 책상을 톡톡, 두드리며 피식 기분 나쁜 미소를 짓는다.

"우리 대단한 조카님이 장기출장이라고 거짓말까지 해가며 장애인 요양병원을 갔다? 거기다 형님한테까지 거짓말을 하고. 아니지? 형님이 진서랑 사이가 좋은데 그걸 모르셨을까? 쿡. 이거 잘만 건지면 한 번에 JS그룹을 내 걸로 만들 수도 있겠는데 말이야. 하하하!"

재호가 기쁜 듯이 웃어 재끼며 금세 자신의 상상 속에 빠져 눈을 번뜩였다.

다음 날. ○○장애인 전문 요양병원 VIP병동 단아의 병실.

"단아야, 아침 가져올 테니까 잠깐만 기다……! 단아야?"

어젯밤, 두 사람 다 뒤척이며 편하게 잠을 잘 수 있을 리가 없던 밤이 지나가고, 새벽 일찍부터 일어났던 진서는 단아가 잘 자는지 확인 후 들어와 간단히 캐리어에서 가져온 짐들을 정리했다.

그러고 나서 멍한 정신을 좀 차릴까 싶어 룸 한편에 자리한 화장실 겸 욕실로 가 세수와 양치질 정도만 간단히 하고 안에 구비되어 있던 타월로 얼굴을 닦자마자 얼추 아침이 올 시간 같아 나오는 길이었는데……. 단아가, 분명히 새벽녘 베드 위에서 잘 잠들어 있었던 단아가…… 없어졌다!

언제? 어느 틈에? 어째서 소리를 못 들었지? 내가 화장실에 있었을 땐가? 아니, 지금은 어쨌든 찾아야 해!

텅 비어버린 베드를 바라보며 순간 머릿속이 엉켰던 진서가 빠르게 현실로 돌아오며 사람을 부를 수 있는 수화기가 있다는 것도 잊은 채 무작정 병실 밖으로 뛰쳐나가 데스크로 향한다.

"어디로 갔습니까!"

"네?"

갑자기 뛰어와선 대뜸 살벌한 눈빛을 띠고 묻는 진서를 향해 되묻는 여자 간호사.

"정단아. 정단아 환자 어디로 갔는지 묻는 겁니다."

"아, 정단아 환자 보호자세요?"

"예. 시간 없으니 빨리 말씀하시죠."

"저는 정단아 환자 담당은 아니고요. 음……. 아, 박 간호사님. 여기 이분이 정단아 환자 찾으시는데요? 보호자시라고."

여자 간호사가 두리번거리다 또 다른 여자 간호사에게 말하자 차트를 살피던 30대 중반 정도로 보이는 간호사 한 명이 데스크 가까이로 다가온다.

"그래요? 안녕하세요. 정단아 환자 전담 간호사인 박하임이라고 합니다. 수 선생님께 미리 보호자분이 온다는 얘기는 들었습니다. 환자분은 조금 전에 저에게 답답하다고 바람 좀 쐬고 싶다고 연락하셔서 제가 저기 있는 김철우 간호사와 함께 가서 전동 휠체어에 앉혀드리고 함께 병실을 나왔습니다."

진서가 박하임이라는 간호사가 눈짓으로 가리키는 곳을 보자 약간은 마른 듯한 보통 체격에 순하게 생긴, 김철우라는 남자 간호사가 살짝 진서에게 묵례를 한다.

저 자식인가. 그동안 단아 몸에 손 닿은 자식.

"그래서, 보호자가 있는데 얘기도 않고 밖으로 내보낸 겁니까? 환자가 원해서?"

진서는 철우에게는 눈길도 안 준 채 하임에게 따져 묻는다.

"아닙니다. 저희는 당연히 보호자분께 말씀드리고 같이 나가시라고 했는데 환자분께서 보호자분이 아직 잘 테니까 깨우기 싫다고 본인에게는 익숙한 곳이니 혼자 잠깐만 산책 삼아 나간다고 하셔서 저희도 제지하지 않은 거예요. 자주 나가시기도 했고 항상 다시 들어오셨으니까요."

단아가 말렸다는 말에 한풀 꺾인 진서가 서둘러 묻는다.

"그럼 지금 어딨습니까?"

"글쎄요……. 그것까진 저도 잘……. 아마 산책로에 있지 않을……."

하임이 채 말을 끝맺기도 전에 진서는 엘리베이터가 아닌 비상계단으로 빠르게 뛰었다.

한편, 무더운 여름날인 아침부터 입고 있는 셔츠에 등 부분이

다 젖도록 본의 아니게 여기저기 뜀박질을 하고 있는 진서는 박 간호사, 하임의 얘길 듣고 계단을 빠르게 내려와 곧장 산책로 쪽으로 달려가 보지만 자주 보였던 자리에도 단아의 모습이 보이질 않는다.

"어디 있어……. 어디 있는데, 단아야……."

불안함에 어찌할 줄을 모르고 중얼거리며 여기저기 시선을 두는 진서.

"제발 단아야……. 제발."

머리를 한번 감싸 쥐고는 산책로는 아닌가 싶어 다시 병원 안을 찾아보려 로비 쪽으로 뛰어 들어와 발걸음을 떼던 그때였다.

진서의 두 눈에 스치듯 장애인 전용 화장실 안에서 나오는 단아가 들어왔다.

"하아……."

진서는 그 순간 심장이 안도하는 느낌을 받으며 깊은 한숨을 뱉어내고 단아뿐만이 아니라 자신에게도 다짐하듯 혼잣말을 뱉어낸다.

"드디어 찾았다, 정단아. 이제 도망 못 가."

진서는 다짐 같은 혼잣말을 하고는 병실로 올라갈 참인지 곧장 엘리베이터 쪽으로 향하는 단아를 향해 뛰며 큰 소리로 단아를 부른다.

"정단아!"

"……?"

이 목소리……. 진서 오빠 목소린데?

자신을 부르는 익숙한 목소리에 엘리베이터로 향하던 단아가 전동 휠체어를 멈추고 소리가 나는 쪽으로 고개를 돌리니 자신을 향해 빠르게 뛰어오는 진서가 보인다.

"어딜 그렇게 바쁘게 가? 정단아 얼굴 한번 보기 되게 힘드네."

단아가 의아한 얼굴로 자신을 향해 뛰어온 진서를 고개를 들어 바라보는데 얼마나 뛴 건지 머리와 옷은 땀에 젖어 있고 숨은 가쁘다.

설마……. 나 찾겠다고 이렇게 되도록 뛰어다닌 거야? 이 바보가 진짜!

진서가 왜 그런지 이유를 알 것 같은 단아는 속상한 마음에 더 차갑게만 대한다.

"뭐야, 왜 이리 땀범벅이야? 설마 이 여름 날씨에 바보같이 나 하나 찾겠다고 그 난리인 건 아니겠지? 내가 애도 아닌데 오빠가 멍청이도 아니고. 귀찮게 굴지 말고 가."

그러더니 다시 전동 휠체어를 움직여 엘리베이터로 향하는 단아.

그런 단아의 뒷모습을 바라보던 진서는 후- 가쁜 숨을 내쉬고 미소 띤 얼굴로 얼른 단아 옆으로 서서 엘리베이터 버튼을 누른다.

"꼭 그런 건 아니고 그냥 병원 여기저기 좀 구경했어. 얼마나 여기 있을지 모르는데 어디가 어딘지 길 정도는 알아둬야지. 처음엔 단아 너 없어진 줄 알고 놀라긴 했는데 데스크에 확인했더니 산책하고 싶다고 나갔다고 하길래 그런가 보다 했지. 단아 너 찾으러 다닌 건 아니야. 네 말대로 내가 멍청이는 아니니까."

"거짓말."

"응? 뭐라고 했어?"

"귀찮다고."

"난 단아 널 좋아해. 아, 엘리베이터 왔다. 타자."

진서는 불퉁하게 대답하는 단아에게 아무렇지 않게 좋아한다고 말하고선 빈 엘리베이터에 올라타 옆의 층수 버튼을 누른 뒤 기다린다.

"안 타?"

"……타."

진서의 고백 같은 말에 바보처럼 심장이 다시 반응을 하자 순간 멍했던 단아는 얼른 감정을 지우고 엘리베이터에 올라탄다.

"단아야."

잠시 후, 나란히 선 조용한 엘리베이터 안에서 먼저 단아를 부르는 진서.

"부르지 마. 말 길어지는 거 피곤해."

"보고 싶었어."

"……."

"정말 미치게 보고 싶어서 어떡해야 좋을지 모를 만큼. 단아 네가, 내내 그리웠다. 오빠는."

"난 헤어져 있는 동안 오빠 생각한 적 단 한 번도 없어. 그러니까 오빠 감정까지 나한테 내보이지 마. 난 돌려줄 마음 같은 거 안 남았으니까 이제."

"그래도 괜찮아. 내가 사랑하니까, 내가 네 비어버린 마음까지 전부 안으면 돼."

"멍청이. 모지리. 바보 천치."

"그래도 난 네가 좋아."

"마음대로 해. 난 오빠 싫으니까 혼자서 사랑을 하든 그리워하든 실컷 해. 대신, 나한테 오빠 감정을 강요하지 마. 귀찮고 싫어서 짜증 나니까."

단아의 모진 말과 함께 엘리베이터가 도착하고, 문이 열리자마자 진서를 내버려두고 먼저 내려버리는 단아와 곧바로 따라 내린 진서는 병실 안으로 들어가는 단아를 지켜본다.

"이제 시작인 거야. 한진서, 정신 차려."

그렇게 다시 한번 더 마음을 다잡은 진서는 데스크로 향한다.

단아가 병실로 돌아오고 나서도 한참이 더 지난 후에야 병실 안으로 들어온 진서의 양손에는 무언가 잔뜩 들려 있다.

"단아야, 밥 먹자."

전동 휠체어에 앉아 자수 뜨기를 하던 단아가 진서의 목소리와 더불어 부스럭거리는 소리에 시선을 옮긴다.

"이게…… 지금……."

진서가 베드 위에 내려놓는 것들을 확인한 단아의 두 눈이 휘둥 그레진다.

제일 먼저 눈에 띄는 과일 바구니를 시작으로 죽, 샌드위치, 김밥, 도시락, 빵 등등 무언가가 써져 있는 봉지나 쇼핑백들이 엄청 많았으니까.

"데스크에 물어봤더니 식사 오는 때를 놓치면 알아서 사와서 먹어도 된다길래 이것저것 사왔어."

그냥 음식 파는 매장들을 전부 털어왔다는 게 더 맞겠네.

단아가 속으로 한숨을 내쉬던 그때 진서가 과일 바구니를 한쪽으로 치우더니 베드 아래쪽에 붙어 있는 작은 테이블을 빼내어 펼치고 그 위에 전부 다 내려둔다.

"빵은 사실 간호사분들 드시라고 드리려고 했는데 김영란법 때문인지 괜찮다시더라. 비싼 거 아니라고 해도 보호자도 병원 관계자일 수 있다고 마음만 받으신다면서. 자, 단아 네가 좋아하는 불고기 정식 도시락도 있으니까 밥 먹자. 배고프다. 단아 너도 배고프지?"

"나는 생각 없어."

"그래도 조금만 먹자."

"됐다니…… 으앗! 무슨 짓이야!"

단아가 다시 거절하려는데 진서가 순식간에 휠체어 안으로 손을 넣어 단아를 안아버린다.

"우리 애인 밥 먹이려는 짓. 아직 옷 못 갈아입어서 땀 냄새 날까 봐 조심하는 중인데 단아 네가 안아달라고 버티는 것 같길래. 근데, 왜 이리 가벼워? 밥 제대로 먹고 지낸 거 맞아? 안은 건지도 모르겠잖아."

"이상한 소리 말고 당장 내려놔."

"싫어. 밥 먹는다고 하기 전까진 안고 있을 거야. 난 더 좋지, 뭐. 아, 아예 이대로 병원 복도 한 바퀴 돌까? 우리 애인 사이고 곧 부부 될 거라고 소문내야지. 가자."

"무슨 쓸데없는 소리야. 장난하지 말고 얼른 내려놓으라니까."

"난 진심인데?"

정말 진심으로 뱉은 말이었던지 안은 그대로 병실 입구 쪽으로 걸어가는 진서.

"잠깐만, 어딜 가! 오빠!"

거침없이 입구로 다가가는 진서와 병실 문을 번갈아 보던 단아는 이러다간 정말 나가겠다 싶어 소리를 빽 지른다.

"알았어, 알았다고. 먹자, 먹자고. 밥!"

단아의 대답에 딱 병실 문 앞에서 멈춰 선 진서는 세상 예쁜 미소를 지으며 말한다.

"응, 밥 먹자. 단아 네가 좋아하는 불고기 정식 도시락."

한차례 실랑이가 지나가고, 베드를 위로 올려 그 위에서 마주 보며 늦은 아침을 먹고 있는 두 사람.

"단아야, 이 계란말이도 먹어봐. 맛있어."

"내 거 먹기도 많아. 그리고 아무래도 예전보다 움직임이 확연히 줄다 보니까 먹는 양도 많이 줄었어."

"아……."

"괜히 심각해지지 마. 그냥 그렇다는 것뿐이니까."

"아니야~ 심각해진 거 아닌데? '많이 좀 먹여야겠다.' 하고 생각했어."

분명히 얼굴에 그늘이 졌었는데 아닌 양 금세 싹 표정을 바꾸고 기분 좋은 강아지마냥 눈웃음을 짓는 진서를 보며 작게 한숨을 내쉰 단아는 젓가락을 내려둔다.

대체 이 남자를 어떡해야 좋을지 모르겠다. 왜 굳이 힘든 미래를 택하려는 건지…….

괜찮은 척하는 웃음이 오히려 너무 바보 같아서…… 마음이 아프다.

"왜? 그만 먹으려고?"

"배불러."

"그래? 반도 못 먹은 것 같은데……. 그럼 남은 것들은 냉장고에 뒀다가 내가 이따 점심때 데워 먹든 꺼내 먹든 해야겠다. 보니까 보호자 룸에 전자레인지 있더라고. 냉장고는 여기 있고."

진서가 베드에서 일어서 남은 음식들을 병실 한쪽에 있는 작은 냉장고 안에다 넣자 단아는 한숨 같은 말을 내뱉는다.

"그러게 뭘 이렇게 잔뜩 사와. 누가 다 먹는다고. 병원은 꼬박꼬박 정해진 시간에 식사 나오는데."

"걱정 마. 오빠가 다 먹을게. 단아 넌 이따 점심 먹을 수 있겠어? 그럼 내가 식사 가져다주시는 아주머니 오시면 얼른 받아올게."

"지금 먹고 무슨. 점심때 다 되어 가는데. 난 됐어. 그리고, 대체 언제까지 여기서 이럴 건데?"

"아…… 그런가. 그럼 점심은 건너뛰자. 너무 한꺼번에 많이 먹으면 오히려 탈 날 수도 있으니까. 난 먹을 거 많으니까 됐고. 아…… 마실 거 안 사왔다. 뭐 마실 거 사다줄까? 아니면 물 마실래? 잠깐만 기다려. 금방 물 떠올게."

의식적으로 말을 돌리는 진서의 모습에 왠지 이대로는 안 될 것 같단 생각이 들어 진서를 불러 세우는 단아.

"오빠, 잠깐 앉아봐."

"응? 왜? 이거 치우고……."

"앉아."

진서가 느릿하게 다시 베드에 다가와 앉자 단아는 곧바로 단도 직입적으로 말을 꺼낸다.

"대체 언제까지 여기서 이러고 있을 건데? 오빠 부모님 생각은 안 해? 재성 아저씨랑 다영 아줌마가 얼마나 오빠 걱정을 하시는데."

"……."

"그리고 대체 여기는 어떻게 안 거야? 양가 부모님께서 말씀하셨을 리는 없는데."

"그러니까, 역시나 일 년 동안 양가 어른들하고는 연락을 하든 왕래를 하든 계속 닿아 있었단 말이네."

"……! 아니, 그건……."

단아가 아차 싶어 뭔가 둘러대려고 해보지만 이미 눈웃음까지 지으며 웃던 진서는 단아의 말에 점점 미소가 사라지고 눈빛이 가라앉는다.

"나는 널 찾아 헤매는 동안 내 부모님까지 이미 다 아시면서 내게 말 한마디도 안 하신 거야. 그렇지?"

"그건…… 내가 부탁드렸으니까……."

"그래, 그건 이미 알고 있어. 그래서 양가 어른들도 찾아뵀고 전후 사정 얘기도 들었어, 전부. 내가 널 찾은 것도 부모님이 알려줘서가 아니라 선호가 먼저 알아보던 중에 단아 네 사고 부분을 알아내서 이곳에 있다는 걸 안 거고."

"뭐……? 근데 왜……?"

"근데 왜 그러냐고? 새삼 열 받아서 그래. 양가 어른들께도 한 번씩 원망이 올라오고. 무엇보다 자기 여자를 일 년 동안이나 혼자 울게 한 나 자신한테 열 받아서. 내가 참 못난 놈 같아서. 그래서 괜히 단아 너한테 화내듯 그런 거야. 나 진짜 못났지?"

"……전부 알아도 봤고 부모님들 찾아뵀으면 들었을 거 아니야. 그럼 얘기가 더 쉽겠네. 그만 진 빼자. 돌아가, 오빠. 나 오빠랑 정말 끝내고 싶어."

"안 가. 널 내 옆으로 데려오기 전까진 못 가. 이미 내가 단아 네 보호자로 있겠다는 허락 어른들께 받았으니까."

진서의 고집스런 말에 작게 한숨을 내쉰 단아는 도리질을 한다.

우리는 이제 안 돼……. 이미 끝났어. 안 될 일에 힘 빼지 말자…….

여러 감정이 담긴 눈빛으로 진서를 바라보던 단아는 느릿하게 입술을 움직였다.

"진서 오빠…… 제발 그만하자, 우리. 나 정말 힘들어……."

"힘들어? 그만 나랑 끝내고 싶어?"

"응. 나 이제 정말 오빠 사랑하지 않아."

"그래? 그렇단 말이지……."

웬일로 순순히 베드에서 일어나 보호자 룸으로 들어가는 진서의 모습에 돌아갈 준비를 하려나 보다 생각한 단아는 오빠도 더는 힘들겠지 싶어 오히려 다행이다 싶다.

그런데…… 왜 이렇게 가슴 한구석이 아리는지……. 왜 금세 눈물이 차오르려 하는지…….

모르겠다…….

정단아, 네가 원하는 거야. 그러니까 넌 울 자격도 없어.

단아는 울지 않으려고 두 눈에 힘을 주며 후, 하고 크게 숨을 내뱉는다.

그러던 그때, 단아의 눈에 문이 열려 있던 보호자 룸에서 다시 나오는 진서가 보인다. 아니, 정확히는 진서가 양손 가득 들고 있는 종이 더미가 보인다.

저건 또 뭐지……? 짐 챙기러 간 게 아닌가?

단아가 궁금한 표정으로 종이 더미에 시선을 주며 바라보고 있자 수북한 종이 더미를 들고 단아가 있는 곳으로 다시 온 진서는 테이블 위로 탁! 의문의 종이 더미를 내려두더니 뜻 모를 말을 한다.

"내가 설마하니 이걸 꺼내게 될 줄은 몰랐는데. 그런데 단아 네가 끝내고 싶다고 말하니 별수 있나. 우리는 쉽게 끝낼 수가 없는 사이라는 걸 알려줘야지."

"그게 무슨 말이야?"

"자, 여기. 단아 네가 직접 확인해. 무슨 말인지."

진서가 씨익 웃으며 말하자 왠지 그 미소가 싸한 단아는 얼른 고개를 숙여 종이에 적힌 글자를 눈으로 읽기 시작한다.

이게 지금……. 여기에 왜 내 이름이……. 내 도장이 찍혀 있는 건데?

시간이 지날수록 말도 안 된다는 표정을 하고 점점 커다래지는 단아의 눈동자를 바라보던 진서가 웃음기 머금은 목소리로 한 번 더 못 박듯 말을 꺼낸다.

"이제 내 말 무슨 뜻인지 알겠어? 한진서의 아내, 정단아 씨."

진서의 여유로운 말과 함께 단아의 머릿속엔 온통 '아내'와 '혼인신고서'라는 단어만이 떠오르며 자신이 보고 있는 게 제대로 본 게 맞는 건가 싶어 한참을 들여다본다.

혼인…… 신고서……? 내가 아는…… 그 혼인신고서……?

결혼한, 혹은 결혼할, 혹은 이미 부부나 다름없는 남녀가 '정식으로 부부가 되었습니다.' 하고 공식적으로 법의 테두리 안으로 묶이는 그…… 신고서?

근데 왜 그 혼인신고서에 진서 오빠 이름뿐만이 아니라 내 이름까지 나란히 써져 있지……? 헉, 거기다 뭐가 이렇게 많아?

거기까지 생각이 도달한 단아가 퍼뜩 고개를 들더니 진서를 향해 빽! 소리를 지른다.

"한진서! 이 미친 자식아!"

씩씩, 잔뜩 화난 눈빛으로 진서를 향해 소리 지른 단아가 감정을 누르고 있는 반면, 여유롭게 팔짱까지 끼고 선 진서는 그저 미소 짓고 있을 뿐이다. 살살 꼬리 흔드는 강아지마냥 순한 얼굴을 하고서.

"우와, 정단아 성질 안 죽었네. 근데 난 또 그 모습까지 섹시해 보여. 이런 거 보면 내가 진짜 미치긴 미친 건가? 정단아라는 여자한테."

"얼렁뚱땅 어딜 넘어가. 지금부터 거짓말 말고 똑바로 대답해."

"응. 뭐든지 물어봐. 나에 대해서 물어봐주는 거면 더 좋고."

"이거…… 가짜지? 장난으로 만든 거지? 그렇지?"

"음…… 아닌데? 진짜야. 거기 보면 단아 네 이름 박힌 도장도 찍혀 있잖아. 이 오빠가 아무리 뭐든 다 되는 능력 출중한 남자긴 하지만 도장까지 가짜로 파는 일 같은 건 못 해~ 불법은 싫어서 말이야."

또다. 저 시도 때도 없이 튀어나오는 멍뭉이 한진서. 세상 순한 얼굴과 눈빛으로 헤실헤실 예쁜 미소를 지으며 눈웃음까지 탑재해 사람 마음 건드리는 못된 멍멍이!

"내 뒷조사한 건 불법 아니고? 서류는 진짜라도 본인인 나는 전혀 모르는 이 혼인신고서는? 그리고……. 설마 이미 접수한 건 아니지?"

"글쎄? 그리고 단아 너 찾는 일은 난 관여 안 했어. 물론, 불법적인 건 웬만하면 손 뻗치지 말라고 말은 해주고 전적으로 선호한테 맡겼지. 꽤 유능한 비서실장이거든."

"……."

"아, 그 얘기 해주는 걸 잊었네. 선호 오빠라고 알지? 예전에 단아 너 미국에 놀러왔을 때 몇 번 같이 봤었던 오빠 친한 친구. 선호가 지금 나랑 같이 아버지 회사에서 일해. 작년에 귀국하자마자 내가 다시 회사에 전무로 파격 승진하는 바람에 내 비서실장으로. 뭐, 그것도 이젠 소속이 바뀔지도 모르지만."

아…… 그랬구나. 오빠가 전무로 발령받았다는 건 재성 아저씨께 들었었지만 선호 오빠까지 같이 일하고 있는 줄은 몰랐는데. 근데…… 소속이 바뀐다니 그건 또 무슨 소…… 아니지! 지금 그게 문제가 아닌데 또 말릴 뻔했네!

단아의 생각 위로 진서의 목소리가 계속 이어진다.

"그리고 혼인신고서는 거기 증인 있지? 단아 네 부모님. 우혁 아저씨랑 다현 아줌마 이름이 적혀 있잖아. 그 말인즉, 단아 네 이름과 정보, 도장은 두 분께서 친히 작성해서 찍어주신 거라는 거지. 두 분이 단아 네 신분증이랑 도장 모두 갖고 계시던데? 그러니까 불법이라고 말할 순 없는 거지. 그리고 우리 부모님까지 양가 어른들 허락 모두 받고 작성했어."

"그거야 여기선 그런 거 쓸 일이 없으니까 맡겨둔 거지! 거기다 양가 모두 허락했다니 무슨 말도 안 되는……. 그리고! 내가 모르잖아! 내가!"

"지금 알았잖아. 그리고 정말 양가 부모님 모두 허락하셨다니까. 그러니까 내가 지금 여기 있는 거고. 다현 아줌마께 전화라도 해줘?"

"아니, 내가 할 거야!"

진서가 영 불안한 단아가 베개 옆에 뒀던 자신의 휴대폰을 들어 곧바로 엄마인 다현에게 전화를 건다.

몇 번의 신호음이 들리고 곧 단아의 귓가로 들려오는 다정한 다현의 목소리.

-우리 예쁜 딸, 무슨 일 있어? 화장실? 엄마가 갈까?

사고 이후 항상 통화를 할 때면 처음 다현이 단아에게 하는 말.

단아는 그런 엄마의 마음을 알기에 항상 통화를 시작할 때 목이 멘다. 그럼 항상 흠! 목소리를 한번 가다듬고 통화를 시작하는 단아.

"아니야, 엄마. 오늘은 그런 거 아니야. 먹는 걸 많이 안 먹어서 그런가, 오늘은 다 괜찮은 것 같아. 큰 볼일도 그렇고."

진서가 있어서일까……. 단아는 대충 얼버무린다. 그런 딸의 미세한 변화도 놓칠 리 없는 다현이 조심스레 말을 꺼낸다.

-단아야…… 혹시…… 진서 옆에 있니? 사실은 진서가 어제 출발한다고 전화하면서 자기한테 전부 맡기라고 해서 요양 보호사 아주머니도 오늘부터 안 보낼 거거든……. 거기다 나까지 이젠 쉬라고 하고. 같이 있는 거야?

"……."

정말이구나. 정말 우리 엄마 아빠가 허락한 거야……. 그렇지 않고서 오빠가 있냐는 물음을 이렇게 편히 물어보실 수 없을 테니까.

-단아야…… 그게 어떻게 된 거냐면, 진서가 이미 널 찾고 있었다는 건 단아 너도 알고 있었잖니……. 그런데 한 달쯤 전인가, 진서가 양가 어른들을 불러서…….

"됐어……. 됐어, 엄마. 진서 오빠한테 설명은 들었어. 내가 전화한 건 왜 오빠 안 말렸느냐 화내려고 전화한 게 아니야. 내가 진서 오빠를 모를까. 그냥, 그냥…… 하나만 확인하려고."

다현의 말을 막은 단아가 조금은 가라앉은 목소리로 묻는다.

"진서 오빠가 갑자기 혼인신고서라고 적힌 서류를 나한테 보여 줬는데 내가 적어야 할 곳이 전부 다 채워져 있네……? 도장도 찍혀 있고. 오빠 말은 엄마 아빠가 허락해서 나 대신 적어준 거라는데……. 정말이야? 정말…… 엄마 아빠가 적어주고 도장까지 찍어 줬어? 아니지?"

-……맞아, 단아야. 엄마 아빠가 다 도와줬어. 진서같이 바르고 좋은 사윗감이 없지 싶어서 우리 욕심에 진서가 너한테 확신 주려

고 밀어붙인다는 말 핑계 삼아 도와줬어. 고맙게도 다행히 진서네 부모님도 단아 널 며느리로 받아들여주셨고. 진서가 너한테 허락 받고 제출한다고 하더니 그래서 알려줬나 보다. 단아야, 진서 너무 힘들게 하진 마⋯⋯. 네 마음을 우리가 왜 모르겠니⋯⋯. 그치만⋯⋯.

"⋯⋯그만해, 엄마."

아니길 바랐다. 이미 마음으론 오빠 말이 맞다고 느끼고 있었지만 전부 다 거짓말이길 바랐다⋯⋯.

-단아야⋯⋯ 진서가 널 얼마나 사랑하는데. 단아 너도 여전히 진서 사랑하잖니⋯⋯. 응?"

결국엔 진서의 말이 모두 사실이라는 현실에 눈앞이 아찔해진 단아가 눈을 질끈 감았다 뜨며 엄마인 다현에게 화풀이를 한다.

"엄마! 아니야. 나는 이제 오빠 싫어! 근데 왜 오빠를 내 옆에 두려고 해? 엄마 아빠 두 분 다 왜 그러는데! 오빠가 무슨 죄라고 발목을 잡냐고, 잡길! 이미 헤어졌다는⋯⋯."

"그만해, 정단아. 마음에도 없는 모진 말은 나한테만 해. 왜 아줌마한테까지 그래. 서로 마음만 아프게."

단아가 눈물을 흘리며 악을 쓰고 다현에게 모질게 말하던 그 순간, 옆으로 다가와 단아의 휴대폰을 뺏어든 진서가 단아에게 말하고는 대신 전화를 받는다.

"이게 무슨 짓이야! 내 휴대폰 이리 줘!"

"저 진서예요, 아줌마. 예, 아니요. 괜찮습니다. 이미 각오하고 온 걸요."

단아가 진서에게 버럭 화를 내며 손을 뻗어보지만 진서는 그 손을 붙잡아 깍지를 껴오더니 가만히 쓰다듬어온다. 마치 '괜찮아.'

라는 듯이.

"······."

"예. 이제 시작이나 다름없는걸요. 제가 잘 챙길게요. 예. 열심히 매달려서 최대한 빨리 단아 데리고 가겠습니다. 그러니 걱정 마시고 편히 계세요. 그럼 끊을게요. 예. 들어가세요, 아줌마."

그렇게 진서가 다현과 통화를 끝내고서 무언갈 입력한다 싶더니 곧이어 보호자 룸 쪽에서 벨소리가 들려온다.

"오케이. 애인 전화번호를 이렇게도 따는구나."

확인이 끝났는지 전화를 끊은 진서가 다시 베개 옆에 단아의 휴대폰을 내려두고는 부러 장난스레 말을 건넨다.

그런 진서의 손을 탁! 뿌리친 단아가 무슨 생각에서인지 무미건조한 말투로 말을 꺼낸다.

"······나 제대로 못 느껴."

"뭘?"

단아의 말에 웃으며 대답한 진서가 베드 아래에 있던 긴 간이 베드를 꺼내 의자처럼 앉는다.

"엄마가 임신은 무리 없이 된다고 했겠지만 그건 임신 관련 기관이 다친 건 아니니까. 한 달에 한 번 찾아오는 그날도 하고 있고."

"······그만해, 단아야."

단아의 말이 무얼 의미하는지 알아차린 진서의 미소가 사그라들고, 표정을 굳힌 채 제지하지만 단아는 아예 독하게 작정했는지 진서를 바라보며 말을 잇는다.

"오빠를 제대로 안아줄 수 없다고. 아, 위에는 느끼니까 그걸로 열심히 오빠를 만족시켜주면 되려나? 우리가 서로를 원한 적이 없는 것도 아니고."

"정단아, 그만."

"왜? 막상 그것까지는 생각 못 했어? 오빠도 남잔데 솔직히 제대로 그 생활 안 되면 그땐 나한테 질리려나? 그럼 지금 할래? 하루라도 빨리 깨닫고 다른 좋은 여자 만나야……."

타악, 자리에서 일어선 진서가 순식간에 상체를 숙이더니 단아를 가까이 당겨오며 평소보다 더 검게 가라앉은 눈을 하고 바라본다.

"정말 그럴까? 지금 오빠한테 안길래? 난 상관없는데."

"……."

진서의 낮은 목소리와 너무나 검어서 빨려 들어갈 것만 같은 눈동자에 단아의 눈동자가 속절없이 흔들린다.

"오빠 자꾸 화나게 하지 마. 나한테 못되게 구는 건 얼마든지 해도 화 안 나. 얼마든지 밀어내. 근데, 널 하찮게 만드는 건 그게 뭐든 화나니까 그딴 소리 다신 하지 마."

"……."

"내가 널 찾았는데 너에 대해서 안 알아봤을까? 내가 그걸 알면 도망갈 줄 알았어? 몰라서 널 택한 게 아니야. 널 사랑하니까, 너여야 내가 사니까, 내 여자는 오직 너라서. 오로지 내가 행복하려고 널 택했어."

"……."

"제대로 만족하고 못 하고 그딴 건 상관없다고. 지금 이렇게 내 앞에서 눈물 흘리는 널 보고 있는 것만으로도 이미 난 충분히 미치겠으니까. 다른 여자? 웃기지 마. 내 몸과 마음은 이미 네가 다 가져갔잖아. 그러니까 단아 너밖에 없어. 날 미치게 만들 여자는.

책임져, 정단아."

그 말과 함께 단아를 자신의 품으로 안아주는 진서와 소리 없이 눈물만 흘리는 단아.

지독히도 아플 사랑일 텐데⋯⋯. 대체 이 남자를 어떡해야 할지 모르겠어서⋯⋯. 단아는 한참 동안 그렇게 진서의 품속에서 울어야 했다.

04. 사랑으로 가득 차서

한참을 울던 단아가 지쳤는지 까무룩 잠이 들었다.

그런 단아를 내내 품속에 안고 있었던 진서는 가만히 곁에 앉아 곤하게 잠든 단아를 바라보고 있다.

"예쁜 천사가 따로 없는데 이상하긴."

'안 돼. 절대 보지 마. 막 침 흘리고 눈 뜨고 자면 어떡해. 어우, 안 돼! 오빠한테 예쁜 모습만 보여주고 싶단 말이야.'

'그렇다고 오랜만에 오빠 보러 미국 와서 등 돌리고 자겠다고? 오빠 상처받는다? 유치원 일 바쁘다고 영상통화로 얼굴도 매일 안 보여주면서.'

'아무리 그래도 안 돼. 내가 잘 때 모습을 난 모르는 걸. 오빠가 혹시라도 나한테 홀딱 깨면 어떡해.'

'정말 예쁘게 잔다니까 그러네.'

'피이, 오빠는 나한테 맨날 그러잖아. 뭐든 오구오구~ 우리 단아. 그러니까 더 안 돼. 못 믿겠어.'

'내가 그랬나?'

'네~ 그러셨어요, 한진서 씨! 그럼 잘 자, 오빠. 나 나른해서 금방 잠들 것 같아. 누가 너무 괴롭혀서 눈꺼풀이 천근만근이야.'

'오빠 보고 자, 응?'

'안 돼.'

'정말? 정말 안 돼?'

'응. 나 졸립다, 오빠.'

'이래도?'

'또 뭐…… 으앗! 하하하. 간지러워~ 꺄악! 거기 만지지 마. 이 늑대야!'

'늑대가 얼마나 순애보적인 동물인데. 그런 의미로 내 사랑 한 번 더 받아줄래? 단아 네가 그새 또 그리워졌어.'

'이 남자가 정말! 제발 나 잠 좀 자자!'

항상 몇 번이고 같이 사랑을 나누고 나면 잠드는 걸로 투덕이곤 했었다. 하지만 결국엔 또다시 사랑을 나누고 지쳐 잠든 단아를 마주 안고 잤지만.

단아의 잠든 모습에 문득 예전 기억이 떠오른 진서가 행복한 표정으로 단아 손을 잡고 중얼거린다.

"누구 여잔지 참 예쁘네."

피식. 기분 좋은 웃음을 짓던 진서는 정신이 없어 잊고 있던 땀에 젖었던 머리와 옷이 신경 쓰이는 듯 미간을 찡그린다.

"간단히 물이라도 끼얹고 옷 갈아입어야겠다. 우리 단아가 안을 때 기분 좋으려면. 아, 휴대폰도 벨소리던가? 진동으로 바꿔야겠네. 필요한 회의 자료는 다 보냈던가?"

혼잣말을 하다 하나가 떠오르니 신경 쓸 부분이 계속 떠오르는 진서는 단아를 살핀 후 서둘러 발걸음을 빨리한다. 단아가 깨기 전에 모든 걸 마치기 위해.

그 후, 약 30분쯤이 지났을까? 빠르게 모든 일 처리를 끝낸 진서가 보호자 룸 안에 있는 욕실 겸 화장실에서 상반신을 탈의한 채 물기 어린 머리카락을 타월로 닦으며 나온다.

여러 운동으로 다져진 넓은 어깨와 탄탄한 근육이 보기 좋게 자리 잡고 있는 복근이 유독 눈에 띈다.

지이잉- 지이잉-

그때, 충전기에 꽂아뒀던 진서의 휴대폰 진동음이 울리고, 진서가 어깨 위에 걸쳐둔 셔츠를 캐리어 근처에 던져두고 다가가 발신인을 확인하더니 바로 받는다.

"어, 선호야 나야. 호연 아주머니는? 모셔오고 있는 거야?"

-도련님, 저 지금 도련님 친구분하고 가고 있어요.

"아주머니?"

-아이구, 놀랐나 보다, 우리 도련님. 친구분이 내가 직접 받는 게 도련님이 더 좋아하실 거라고 해서요.

"예. 훨씬 더 기분 좋네요. 마음이 놓여요."

진서가 웃음을 머금고 대답하자 호연이 다독이듯 말을 건넨다.

-친구분한테 얘기는 전부 전해 들었어요. 단아 아가씨는 짠하고 진서 도련님은 더 짠하고 대단하기도 하고, 내가 다 애잔해서 눈물 났다니까요. 아무 걱정 말아요, 도련님. 우리 단아 아가씨 위한 일인데 당연히 도와야죠. 출퇴근 말고 제가 계속 있을게요. 자식들한테도 말했어요. 자기들 다 출가외인이고 내가 내 일 하겠다는데 무슨 수로 말릴 거야. 제가 그랬거든요. '반대하려거든 그럼 너희가 나 먹여 살릴래?' 그랬더니 자기들 남편 생각이 났는지 몸 조심히 일하라 그러더라구요.

"죄송해요. 자식분들께도 죄송하구요. 제가 힘든 부탁을 드렸죠?"

-무슨요. 농담이에요, 농담. 그러니 그런 생각일랑 하지도 말아

요, 도련님.

"감사해요, 아주머니. 진심이에요."

-호호. 우리 도련님 감동 먹었어요?

"푸흣. 예, 감동 먹었어요. 아주머니랑 있으면 우리 단아 많이 웃겠네요. 다행이에요."

-요즘 젊은 사람들 따라 해봤는데 도련님이 웃었으니 성공이네요.

"하하. 아주 대성공하셨으니 천천히 조심해서 오시구요. 제 친구 좀 바꿔주시겠어요?"

-알았어요. 그럼 좀 이따 봐요, 도련님.

전화를 넘겨주는지 부스럭거리며 딸깍, 하는 소리가 들린다 싶더니 이내 선호의 목소리가 들린다.

-응. 나야 선호. 금방 가니까 기다리고 있어.

"그래. 수고했어. 회사는 별일 없지? 회의에 필요한 서류들은 전부 네 메일로 보내놨으니까 확인해서 회장님께 드리고. 내가 반드시 들어가야 할 회의 스케줄 잡힌 건?"

-아직은 없어. 너 간 지 이제 하루 지났는데 무슨. 메일은 내가 확인할게. 그리고 당분간은 웬만하면 회장님께서 커버해주신다고 긴급상황 아니고선 너희 둘 방해 안 하신단다.

"쿡……. 하여튼 우리 아버지. 알았다."

진서가 편안한 웃음을 띠는 순간 조심스런 선호의 말이 들려왔다.

-그리고…… 회사는 별일 없는데…….

"없는데? 뭐야, 빨리 말해."

-아니, 별건 아니야. 그냥 좀…… 이상해서. 이건 가서 얘기할게. 그게 낫겠어.

"그래. 알았어, 그럼."

-그나저나 어떠냐? 하루지만 오매불망 찾던 단아랑 있는 소감이.

"네가 왜 안 묻나 했지 내가. 아주 좋아 죽겠다. 됐냐?"

-큭큭……. 부디 많이 많이 닭털 날려라. 아, 지금 가는 길인데 뭐 사다줄 건 없고?

"그럼 올 때 책 읽을 만한 것들 몇 권 사오고 머리끈이랑 헤어핀 예쁜 걸로 사다주라. 아, 마실 것도. 유제품 말고 주스로. 쇼핑백도 챙겨와. 네 편에 보낼 거 있어."

-알았어. 근데 너 필요한 건 없어? 너 신발도 운동화 한 켤레잖아. 스킨, 로션이랑 면도기도 안 챙기지 않았냐? 세면도구라고 해 봤자 내 기억에 치약, 칫솔, 구강청결제가 끝 같았는데.

"역시 한 전무 공식 마누라답다."

-한진서, 내 옆에 아주머니가 계신 걸 다행으로 생각해라. 안 그럼 넌 나한테 격한 씹힘을 받았을 테니까.

"그럼 여러모로 아주머니께 감사해야겠네. 내 거는 네가 알아서 사. 나보단 단아가 중요해."

-알았어. 아주머니랑 같이 이것저것 사서 챙겨가마. 하여튼 지독한 정단아 바라기라니까. 그럼 이따 보자. 끊는다.

"그래. 조심히 와라."

선호와의 통화를 끝낸 진서가 한결 편안 표정으로 이미 완충이 된 휴대폰을 충전기에서 빼내 두고 노트북도 충전이 다 됐는지 확인 후 충전 겸용인 연결 잭을 빼고 닫아둔다.

그러고는 머리를 대충 손으로 매만져 털어내더니 옷을 갈아입기 위해 자신의 캐리어를 둔 곳으로 다가갔다.

한편, 여전히 병원 입구 근처에서 살짝 떨어져 병원 입구 쪽을 예의 주시하고 있는 검은 승용차 한 대.

"만호 형님, 별로 이상할 건 없는 것 같은데 계속 이렇게 죽치고 있어야 합니까? 좀이 다 쑤신다구요."

"몰라! 그냥 그 남자랑 관련 있어 보이는 건 전부 찍어서 한재호 상무한테 보내. 그리고, 백곰 너만 그런 줄 아냐? 나도 죽겠어. 내가 너보다 나이도 더 먹었잖아!"

만호가 버럭 화를 내며 소리 지르자 큰 덩치와는 맞지 않는 흰 순두부 같은 피부를 가져 백곰이라는 별명으로 불리는 남자는 '괜히 나한테 성질이야.'라고 투덜댄다.

물론 속으로만.

"그거야 그렇죠. 하하. 형님이 고생하시는 거야 저희 애들도 다 알죠."

"알면 좀 똑바로 해. 이번에 온 기회가 어떤 기회인 줄이나 알아? 다른 세력에 밀려 죽어가는 우리 강호 조직이 다시 황금 동아줄을 잡고 일어설 수 있는 절호의 찬스라고."

"저도 그건 잘 알죠. JS그룹 한재호 상무면 한재성 회장의 동생 아닙니까. 근데 갑자기 무슨 바람이 불어 몇십 년 만에 형님을 찾았답니까?"

"그걸 안 알려주신다. 우리 황금 동아줄께서."

"저희가 그때 알아본 바로는 한재호 마누라도 그 당시에 병으로 죽고 한재호가 JS그룹 내에서 견제할 만한 인물은 형인 한재성이나 형의 아들이자 자신의 조카인 한진서라는 남자인데 한진서라는 남자는 대학생활로 미국에 있다고 했었으니 그럼 그 남자들은 한재성의 사람들인 걸까요? 그때도 자기 형의 약점을 잡아달라는 부탁을 해왔으니까 이번에도……."

백곰의 말에 가만히 턱 끝을 문지르던 만호가 씨익 웃는다.

"잠깐, 잠깐."

"예?"

"우리가 그동안 너무 소원해졌었던 건가……."

"그게 무슨 말씀이십니까, 형님?"

"우리 백곰은 다 좋은데 이 머리 회전이 좀 심히 느려요. 잘 들어봐. 그때의 한재호, 유독 자기 형한테 열등감을 가진 것 같았어."

"뭐…… 좀 유독 이를 갈긴 했죠. 자기가 더 뛰어난데 형이라는 이유로 한재성이 다 가져갔다고."

"그런데 그 상황에서 어리게만 봤던 조카가 큰 사자 새끼가 돼서 나타났어. 그럼 어떻겠냐?"

"물론 좋진 않겠죠. 그 당시 한재호한테는 한진서와 비슷한 또래인 아들이 하나 있었던 걸로 기억하니까 자기 아들한테 그룹을 물려줄 생각을 하고 있다면 더더욱 싫을 수도……."

"그런데 그 조카가 만약 자기 아들보다 뛰어나다면?"

"한진서가 자기 형 같아 보여서 자기 아들한테 방해가 된다고 생각할 테고 그럼 당연히 약점을 잡아서 치워버릴…… 에이! 형님, 지금 무슨 막장 드라마 쓰십니까?"

그 순간, 백곰의 뒤통수를 퍼억! 때리는 만호.

"아흐……. 형님!"

"어디 소릴 질러! 그리고 넌 쨔샤, 막장인 일을 업으로 하는 녀석이 뭘 새삼스레 막장 타령이야."

"그야 그렇지만……."

백곰이 뒤통수를 문지르며 대답하자 만호는 백곰의 머리를 헝클이며 은근한 어투로 말한다.

"백곰아, 때론 막장 드라마보다 더 막장 같고 더러운 현실이 판치는 게 지금 우리들이 사는 세상이야. 그리고, 원래 뭐든 현실이 더 무서운 법이지. 아까 그 남자 찍은 사진 보여줘봐."

백곰이 사진기를 건네주자 버튼을 눌러 최근 사진을 살피는 만호.

"그래. 역시 한재성 회장이랑 분위기가 많이 닮았어. 아직 어리긴 해도. 내 생각이 맞다면 이 남자가 한재성 회장 아들인 한진서야. 이거, 잘만 이용하면 한재호를 우리 강호 조직 발판으로 쓸 수도 있겠는데?"

"아무리 그래도 설마⋯⋯. 자기 조카인데."

"원래가 가까운 사람이 더 위험한 법이다, 백곰아. 그나저나 이거 준비해두길 잘했네. 나중에 혹시 몰라 보험 삼아 해둔 건데. 잘 이용해 먹겠어."

만호는 슈트 재킷에서 휴대폰을 꺼내 무언가 누르더니 녹음 파일을 재생시킨다.

-근데요 형님, 사진 속 남자가 누구 길래 갑자기 뒤를 밟으라고 시키신 겁니까?

-그런 건 네놈이 알아 뭐 하게. 잔말 말고 돈 받고 싶으면 시킨 일이나 똑바로 해!

-⋯⋯그럼요. 잘 알죠. 저희는 그저 일 처리하고 돈 받는 뒷골목 쓰레기들이라는 거. 아주 잘 압니다, 한재호 상무님.

"큭큭⋯⋯. 아주 잘됐네."

"역시! 큰형님다우십니다."

"짜식, 이런 보험 하나쯤 이 세계에선 기본인 거다. 새삼스럽긴. 어라?"

"왜 그러십니까? 형님."

"저기 저 회색 SUV 안에서 내리는 사람, 한진서랑 같이 왔었던 그 남자 맞지? 왜, 한재호가 사진으로 보내줬었던."

만호가 휴대폰을 다시 슈트 재킷에 넣다 의아해하며 고갯짓으로 가리켜 묻자 백곰도 같이 시선을 따라가 바라본다.

"아…… 예! 맞는 것 같은데요. 어? 거기다 웬 아줌마랑 같이 짐 들고 들어가려고 하는데요?"

"오호라~ 한진서는 어제부터 가끔 보일 뿐 꼼짝을 않고 있고 대신 같이 왔던 남자가 다시 찾아와 웬 아줌마랑 들어간다? 이거 이거, 확실히 뭔가 있어. 슬슬 애들 좀 더 풀어서 알아봐야겠다, 백곰아. 우리야 한재호 지시 있을 때까진 이 짓 해야 하잖냐."

"예. 애들 몇 명 풀어서 더 자세히 알아보라고 하겠습니다."

"오케이. 자, 그럼 사진을 또 찍어서 보내드려 볼까나? 우리 황금 동아줄한테."

만호는 기분 좋은 듯 휘파람을 휘익, 불더니 들고 있던 카메라의 셔터를 바쁘게 눌러댔다.

JS그룹 본사 내 위치한 JS패션 상무실.

다들 바쁘게 일하고 있을 시간인 점심때가 지난 오후 시간에 재호는 사무실 책상에 앉아 결재서류 하나를 열어둔 채 펜 하나를 손가락으로 돌리고 있을 뿐이다. 온통 다른 곳에 정신이 팔린 사람처럼.

재호가 생각에 빠져 있던 그때, 책상 위에 있던 재호의 휴대폰에서 띠링, 문자 도착 알림음이 울리고, 곧바로 휴대폰을 열어 확인하는 재호.

"만호 자식이 보낸 거네. 어? 이 아줌마……? 거기다…… 유선호 비서실장?"

만호가 보내온 사진을 확인하던 재호는 어딘가 많이 낯이 익은 얼굴들이다 싶어 사진을 더 확대해보다 입꼬리를 길게 늘어트린다.

"그래, 역시 내 예상대로 뭔가 있어. 이 아줌마라면 진서 녀석이 사귀던 여자네 집안인 SH그룹 일을 봐주던 아줌마니까. 그렇다는 건…… 역시 여자 문제인 건가? 큭큭. 이거 일이 재밌어지는데?"

재호는 큭큭거리며 곧바로 만호에게 전화를 걸어 통화를 한다.

"어, 나야. 사진은 계속 찍어서 보내주고 지금부턴 조금 더 자세히 알아봐줘야겠다. 왜 그 병원에 간 건지, 누구를 만나려고 하는 건지. 아, 이미 움직였다고? 하여간에 이럴 땐 맘에 든다니까. 알았다. 안 들키게 조심하고. 알지? 뭐라도 나오면 바로 연락해. 그래. 좀 시간 걸려도 괜찮아. 끊어, 그럼."

그렇게 만호와의 통화를 끝낸 재호는 혼잣말을 중얼거린다.

"우리 조카, 이번엔 아무래도 좀 불안하네."

흡족하다는 듯 얼굴 가득 미소를 띤 채.

"도와…… 주세요……. 병원…… 에 연락…… 흐윽!"

한편, 단아의 병실 안에서는 잠들었던 단아가 꿈을 꾸는지 괴로운 듯 식은땀을 흘리며 잠꼬대를 하고 단아 곁에 있던 진서가 서둘러 단아를 부르며 깨운다.

"단아야, 단아야……! 일어나자. 응?"

"제…… 발……!"

"단아야! 오빠 여기 있어. 응? 일어나봐. 오빠한테 오자. 정단아!"

"흐윽……! 하아…… 하아……."

"단아야…… 왜 그래……? 무서운 꿈이라도 꿨어?"

"……사고…… 사고 때 꿈…… 가끔씩 꿔……."

겨우 꿈에서 깨어난 단아가 갈라지는 목소리로 뱉어낸 한마디에 단아의 얼굴을 쓰다듬어주던 진서의 표정이 싸늘하게 변한다 싶었지만 이내 다시 풀어지며 따스한 목소리를 낸다.

"그랬구나. 많이 무서웠겠다⋯⋯. 오빠가 꼭 잡아서 혼내줄게. 단아 널 아프게 한 사람."

서서히 몽롱했던 정신이 돌아온 단아가 진서의 손길을 밀쳐내며 고개를 옆으로 돌린다.

"⋯⋯됐어⋯⋯. 내 사고 때문에 당시엔 정신이 없어서 좀 지난 후에 부모님이 경찰서에 사건 조사도 제대로 해달라 부탁하고 뒤늦게 뺑소니범을 잡으려고 증거가 될 만한 것들이나 당시의 목격자를 찾았지만 웬일인지 그날 그 근처에 CCTV도 전부 제대로 작동을 안 해서 찍힌 장면이 없었다고 하더래. 목격자나 증거 남은 것도 딱히 없고."

"⋯⋯."

"그리고 난 이미 포기했어."

"포기라니?"

"나도 의식이 흐릿해질 때쯤 잠깐 본 얼굴이 지금까지 기억할 리도 없고 그때 못 잡고 일 년이나 지났으니 벌써 사람들 기억 속에서도 잊혔겠지. 그래서 포기라고. 무엇보다 잡는다고 한들 내가 다시 멀쩡해지는 것도 아니니까."

"그래서, 너 이렇게 만든 사람은 어디선가 편하게 잘 살 텐데 그걸 그냥 내버려두겠다고? 단아 너⋯⋯."

"싫단 말이야! 그때의 기억 떠올리게 되는 상황 오는 것도 싫고 그냥 잊어버리고 싶어. 그때의 기억에서 벗어나고 싶다고."

"네 마음은 알지만 그래도 안 되는 일은 안 돼. 내가 그냥 못 넘어가. 꼭 잡아서 너 다치게 만든 죗값 치르게 할 거야."

"오빠가 뭔데? 오빠가 뭔데 그냥 못 넘어가? 나 사고당했을 때 오빤 내 옆에 있어주지도 않았……! 아…….."

진서의 말에 홱 다시 진서 쪽으로 고개를 돌려 감정을 쏟아내던 단아가 아차 싶은지 입을 앙다물고 시선을 피한다.

그건 진서 오빠 잘못이 아닌데……. 회사 일 때문에 미국에 가 있던 거라는 거 누구보다 잘 알면서……. 정단아, 너 왜 이러니 정말.

단아가 자신에게 자책을 하던 사이, 진서의 목소리가 들려온다.

"미안해……. 그때 같이 있어주지 못해서. 아무것도 모르고 널 혼자 내버려둬서……. 미안해, 단아야……. 그러니까 오빠가 꼭 그 뺑소니범 잡을 거야. 잡아서 네가 받았던 고통의 몇 배를 그 사람에게 되돌려줄 거야. 반드시. 단아 넌 내가 지켜."

"……지켜달라고 부탁한 적 없어. 그러니까 제발 그만 오빠 갈 길 가. 엄마한테 얘기 듣자니 혼인신고서 아직 제출 안 한 모양이던데 그만 싫다는 사람 괴롭히고 가라고."

"싫어. 안 가."

"내가 싫다고. 말뜻을 모르는 것도 아닐 텐데 대체 왜 이렇게 귀찮게 굴어? 아내 될 내가 오빠 싫다잖아!"

똑똑, 진서와 단아가 한창 신경전을 벌이고 있던 그때, 단아의 병실에 노크 소리가 들리고 드륵, 문이 열린다 싶더니 선호와 호연이 차례로 들어선다.

"아주머니 모셔왔다, 진서야……. 어라……? 분위기가 왜 이래? 좋아 죽겠다더니 냉기가 아주……."

"아이구, 친구분이 아주 손도 크신가 봐요, 도련님. 이것저것 필요할 거라고 잔뜩 산 거 있……. 어머, 두 사람 왜 그래요? 싸웠어요?"

갑작스레 들린 익숙한 목소리에 제일 먼저 반응을 보인 건 진서에게서 시선을 피해 고개를 반대로 돌리고 있던 단아다.

"선호…… 오빠? 거기다…… 호연 아줌마……? 아줌마가 여긴 어떻게……?"

단아가 고개를 바로 돌려 놀란 눈으로 바라보며 묻자 선호와 호연은 어찌해야 하나 싶어 진서를 바라보다 조심스레 얘길 꺼낸다.

"하하……. 어. 단아야 안녕? 이야, 오랜만이네. 내 얘긴 진서 녀석이 대충 해놨을 거고, 사실 단아 너 여기 있는 거 알고 진서랑 같이 오려고 했는데 무슨 심보인지 자기만 볼 거라고 해서 어젠 못 보고 가고 오늘 진서한테 볼일 있는 김에 그냥 너 얼굴 보고 싶어서 왔지. 하하하."

"……그럼…… 아줌마는요……? 선호 오빠 얘기는 진서 오빠한테 들었으니까 그럴 수 있다 치겠지만 호연 아줌마는 여기 왜?"

"아…… 단아 아가씨 그게요……. 전 도련님이 아직 얘기 안 하신 줄 모르고……. 실은 어제 진서 도련님이 제게 연락을 해오셔서 아가씨 옆에 같이……."

"아주머니, 아니에요. 제가 단아한테 말할게요. 제가 진작에 얘기했어야 하는데 오늘 좀 이래저래 정신이 없어서. 하여튼 유선호, 나한테 다시 전화라도 해보고 올라오지."

"아니…… 나는 VIP병동인 거 아니까 곧바로 회장님 찬스 써서 올라왔지. 네가 별다른 소리를 안 했으니까."

이를테면 이런 냉기류 상태라는 그런 얘기 말이지.

선호가 먼저 들고 온 짐을 병실 한쪽에 내려두고 호연의 손에서 짐을 들어 내린 뒤 대답을 하자 그 말에 속으로 한숨을 내쉰 진서가 표정이 좋지 않은 단아에게 아무렇지 않은 듯이 내뱉는다.

"내가 연락했어. 오셔서 단아 너랑 같이 시간 보내달라고. 너 호연 아주머니 잘 따르고 좋아했잖아. 마침 아주머니도 우리 보고 싶다 하셔서 내가 그럼 아예 같이 지내주십사 부탁드렸고 오늘 선호가 설명하고 모셔온 거야."

"그래서……. 그래서 엄마도 쉬시라고 한 거야? 호연 아줌마 불러들였으니까? 하!"

"다현 아줌마랑 우혁 아저씨께도 곧 말씀드릴 거야. 아마 좋아하시겠지. 워낙 호연 아주머니 좋은 분인 거 알고 계시는 분들이니까."

"오빠!"

"어쨌든 호연 아주머니 앞으로 계속 우리랑 같이 지내실 거야. 그럼 우혁 아저씨나 다현 아줌마께서도 훨씬 마음 놓을 거고 너도 호연 아주머니 계시는 거 솔직히 좋잖아. 나한테 못 보이는 모습 보일 수도 있을 테고. 아님 나한테 전부 보일래? 난 좋아."

"……."

"이미 아주머니는 오셨으니 더 이상의 실랑이는 소용없고 다현 아줌마께는 쉬시라고 말씀드렸으니까 지금 네가 선택할 수 있는 선택지는 두 가지야. 네가 더 편하도록 호연 아주머니랑 같이 지내는 것, 아니면 아주머니는 보내드리고 나한테 네 모습 전부를 보이는 것. 자, 선택해. 어떡할래?"

"……."

"야, 진서야 인마……. 너무 몰아붙이지 마라. 단아도 방금 너한테서 들었잖아."

"그래요, 진서 도련님……. 아휴……. 내가 너무 성급하게 왔나 봐요. 단아 아가씨, 아가씨가 불편하면 저는 나중에 다시 아가씨가 부르시면 그때……."

진서와 단아의 팽팽한 신경전에 선호와 호연이 눈치껏 분위기를 바꾸려던 그때, 진서에게서 먼저 눈길을 거둔 단아의 목소리가 들려온다.

"······계세요. 아니, 계셔주세요, 호연 아줌마."

"단아 아가씨······."

"저도 혼자 있는 것보단 아줌마랑 있는 게 훨씬 좋아요. 우리 얘기는 나중에 천천히 해요? 그리고 저 있죠, 아줌마 보고 싶었어요."

"저도 우리 단아 아가씨 보고 싶어서 온 건데 우리 통했네요 그럼."

"그런가요? 하하······. 그리고 선호 오빠도 오랜만이네. 이렇게 보게 돼서 좀 그렇지만."

"아니야, 아니야. 뭐가 어때서. 여전히 예쁜 건 똑같은데?"

"후훗, 선호 오빠도 여전하구나. 사람 웃게 만드는 건 타고났어."

어느 순간부터 진서는 아예 보지도 않고서 오롯이 호연과 선호에게만 시선을 주며 대화하던 단아는 선호에게 말한다. 마치 진서에게 들으라는 듯이.

"아, 그리고 선호 오빠, 마침 잘 왔네. 이 남자 좀 데려가줘. 들어보니까 같이 일한다던데."

"응? 진서 말이야? 아······. 같이 일하고 있긴 한데 내 말을 들으려나. 단아 네가 얘기해보지 그래?"

"그랬는데 이번엔 내 말도 아예 들을 생각이 없는 모양인지 이렇게 버티네. 이젠 정말 감정 안 남았는데 말이야. 마침 선호 오빠가 왔으니까 데려가주라. 이 남자."

"아······."

단아의 단호함에 어제 오늘 어땠을지 그림이 그려진 선호가 아까부터 아무 말 없이 간이 베드에 앉아 등만 보여주고 있는 진서를 안쓰럽게 바라본다.

예상은 했었지만 단아가 훨씬 강하게 나오네······. 진서 자식, 괜찮은가……?

"그게 단아야……. 나도 그래 주고 싶은데 진서 이 녀석 성격 단아 너도 잘 알잖아. 한번 그거면 죽어도 그거인 지랄 같은 성격. 단아 네가 안 되는데 나는 더 안 되지. 하하. 미안."

선호가 슬쩍 거절의 의사를 내비치며 진서를 한 번 더 바라보던 그때였다. 탁! 무릎을 치며 간이 베드에서 일어선 진서가 상처받았을 거란 선호의 예상과는 달리 너무나도 멀쩡해 보이는 얼굴로 미소 지으며 선호 쪽으로 걸어온 것은.

"지랄 같은 성격이라니. 유선호, 너 내 친구 맞냐?"

"어? 어…… 그래. 미안."

"아주머니, 저기 간이 베드에 가서 앉으세요. 오시느라 힘드셨죠? 단아랑 얘기도 나누시구요."

"아…… 네. 그럴게요, 도련님."

진서로 인해 일순간 분위기가 많이 유해지고, 그런 진서의 모습에 선호와 호연은 물론 단아까지 멍하니 눈으로 좇아 진서를 바라본다.

멍하게 자신을 바라보고 있는 단아 쪽으로 빙글 돌아선 진서는 아무렇지 않게 웃는 얼굴로 단아를 바라보며 말을 건넨다.

"그리고, 내가 그랬잖아. 단아 너 내 옆으로 데려오기 전까진 못 간다고. 그러니까 선호한테 말해봤자 소용없어. 내가 아니라면 선호도 아닐 거니까. 그렇지? 친구."

"어……? 아…… 어. 그래."

"그렇다네? 자, 이제 그만 나 보내는 거 포기해. 너 혼자 두고 안 돌아간다고 여러 사람하고 약속하기도 했으니 난 그 약속 지켜야 해."

"오빠 약속 지키는 일에 내 의사는 무시해도 된다고 누가 그러는데? 말도 안 되는 억지 그만 부리고 선호 오빠 따라가."

진서가 바라보자 다시 표정을 굳힌 단아가 차갑게 말을 하고, 그런 단아의 반응을 예상했다는 듯 진서는 갑자기 심각한 어투로 전혀 뜻밖의 폭탄을 던져버린다.

"아! 그러고 보니 내가 정신없어서 이 얘기를 가장 먼저 했어야 하는데 안 했네. 그래서 우리 애인이 더 몰랐구나. 지금 오빠 상황을."

단아뿐만이 아니라 모두가 놀랄 만한 대형 폭탄을.

"그동안 이것저것 단아 너한테 올 준비를 하느라 어제서야 온 거고 사실, 오빠 이미 회사도 그만뒀고 본가에서도 나왔어. 어른들 뵙고 나서 바로, 그러니까 단아 너까지 버리면 오빠는 이제 갈 곳이 없어."

"……"

지금 우리가 들은 말이 뭐지……? 제대로 들은 건가……?

일동 얼음. 침묵. 경악. 당황.

진서의 갑작스런 폭탄 발언에 본인인 진서를 제외하고 병실 안에 있던 세 사람에게 다양한 표정과 감정의 변화가 스쳐간다.

그러다 세 사람 중 가장 먼저 정신을 차린 선호가 진서에게 한 발짝 더 다가서 마주 보며 말한다.

"한진서, 너 지금 뭐라고……? 내가 제대로 들은 거라면 말이다. 지금 네가 회사를 때려치웠다는 그런 소리 같은데……. 맞냐?"

"맞아. 제대로 들었네."

"허, 네가? 언제? 어느 시간에? 내가 네 비서실장인 거 잊었냐? 나도 모르는 네 사직서가 언제 회장님께 간 건데? 그리고 본가 얘기 또 뭐냐? 이 자식이 갑자기 무슨 길 가다 개똥 밟는 소리 하고 앉아 있어!"

진서의 표정 변화라곤 1도 없는 거짓말에 어이가 없어진 선호가 완전한 친구 모드로 소리를 지르고, 그런 선호의 어깨를 감싸 안은 진서는 선호에게 또다시 아무렇지 않게 거짓말을 한다.

"내가 어른들 찾아뵌 그날 바로 아버지께 말씀드렸었잖아."

"그건 네가 단아 옆에 있겠다고 회장님께 장기……."

"그래, 그날. 단아 숨겨두셨다는 사실에 내가 화가 나서 바로 본가 나오고 회사도 관두겠다고 했지."

선호의 말을 막은 진서가 웃는 얼굴로 말을 하면서 꾹, 선호의 어깨를 감싼 손에 힘을 주더니 눈빛으로 말한다.

내가 하는 말대로 협조해. 설명은 나중에.

그 눈빛을 읽은 선호가 그제야 속으로 '아……. 뭔가 작전이구나.' 깨닫고서 역시 눈빛으로 답한다.

오케이, 접수.

"아아~ 그랬었냐? 나는 그날 중간에 나왔잖아. 일 있어서. 그래서 몰랐구나. 아, 어쩐지 그다음 날부터 바로 내 소속이 바뀌었다 했다. 회장님 직속으로, 내가 잠깐 헷갈렸네. 난 또 네가 단아한테 간다고 장기 휴가라도 받은 줄 알았지. 근데 관둔 거였어? 에라이, 나쁜 자식."

"미안. 너한테 얘기하면 곧바로 아버지한테 들어갈 거니까. 그래서 못 했어. 집은 그날 나와서 단아랑 지내려고 청담동 쪽에 펜트하우스 하나 마련했어. 지금은 대대적인 공사 중이라 당분간은 못 들어가. 집 구하는 데만 한 달 가까이 걸렸거든."

"아~ 그런 거구나. 그날 좀 대판 싸울 것 같더니 결국엔 터졌구나, 터졌어. 아흐……. 내 친구 불쌍해서 어쩌냐? 단아도 너 가라고 그러는데."

"그러니까 말이야. 나 어디로 가지? 그날 단아랑 혼인신고 하겠다고 하고 단아네 부모님이랑 단아 필요한 서류만 다 준비해서 나온 거라 당장 갈 데가 없는데."

"아, 혼인신고서라면 어제 나한테 대뜸 여기 오는 길에 복사해 오라고 했던 그거?"

"응. 내가 회사 관두기 바로 직전에 원본은 내 사무실에 두고 하나 복사해서 너 준 거거든. 근데 단아가 나랑 부부 되기 싫다네."

"아이고! 저런, 저런. 진짜 어쩌냐? 완전 낙동강 오리알 신세 되겠는데? 힘내! 친구야."

"고맙다, 선호야."

그렇게 둘만이 아는 진실을 감춘 채 나름 혼신의 연기를 펼친 선호와 진서가 슬쩍 시선을 단아에게로 향하자 아직은 못 믿겠다는 눈빛을 띤 채 뚫어져라 두 사람을 바라보고 있는 단아가 보인다.

역시 이런 허술한 작전으로는 안 되나…….

선호와 진서가 속으로 한숨을 내쉬던 그때, 잠시 잊고 있었던 아군이 있었으니……. 바로 호연 아주머니! 호연이 가만히 두 사람의 이야기를 듣더니 덥석 진서에게로 다가와 손을 붙잡은 것이다.

"아이구, 우리 진서 도련님. 단아 아가씨 위해서 집까지 뛰쳐나오시고 거기다 회사까지. 우리 짠한 도련님……. 어떡해요……. 아가씨…… 우리 진서 도련님 어째요……? 좀 받아줘요. 얘기 듣자니 아가씨 하나만 바라보고 있는데……. 아가씨도 사실은 도련님 사랑하잖아요. 그렇죠?"

여전히 의심하는 눈치지만 그래도 호연까지 나서자 많이 약해진 단아의 눈빛이 눈에 띄고, 그런 찰나를 놓칠 리 없는 진서는 호연의 손을 마주 잡으며 다독인다.

"고맙습니다, 아주머니. 저 괜찮아요. 진정도 할 겸 잠시 저랑 나가서 바람 좀 쐬실래요? 여기 계시는 동안 알려드릴 사항도 있구요."

"아, 그럼 나도 같이 가자. 진서 너한테 보고…… 가 아니라 긴히 할 말이 좀 있어.”

“그래, 그럼. 나 잠깐 휴대폰 좀 갖고 와야 해. 마침 선호 너한테 줄 거 있으니까 너도 빈 쇼핑백들 가지고 따라와. 아주머니 잠시만요.”

진서를 따라 선호가 보호자 룸으로 들어간 지 약 5분 후. 두 개의 쇼핑백을 양손으로 들고 무언가 가득 들고 나오는 선호와 휴대폰을 들고 나온 진서가 호연을 감싸고 나가려 한다.

“단아야, 오빠랑 아주머니 바로 앞에 있을 거니까 필요하면 불러. 잠시 아주머니 좀 진정시켜드리고 올게. 가세요, 호연 아주머니.”

“우리 도련님 어떡해…… 짠해 죽겠네……”

“저 정말 괜찮아요.”

진서가 선호와 함께 아주머니를 다독이며 모시고 밖으로 나가자 단아의 눈동자가 불안하게 흔들린다.

정말…… 나 때문에 아저씨 아줌마랑 싸운 거면 어쩌지……?

잠시 후, 단아의 걱정 뒤로 병실을 빠져나온 세 사람.

“우선은 빨리 아주머니께 설명드려, 인마. 네 발연기에 아주머니만 놀라셨잖아.”

“안 그래도 그러려고 나온 거야.”

밖으로 나와 병실 문을 닫기가 무섭게 선호가 말을 꺼내고 진서 역시 다시 평온한 얼굴이다. 그런 두 사람의 대화를 이해 못 한 호연이 여전히 진서의 손을 꼭 잡고 토닥이고 있다.

“호연 아주머니, 걱정 안 하셔도 되세요. 저 회사 그만둔 거 아니고 집도 본가에서 나온 지 꽤 됐어요. 일 년 정도? 아주머니도 아시지만 저 원래는 대학 마치고서도 본가에서 계속 살았는데 회사 다니다가 중간에 일 때문에 다시 미국 갔던 거거든요. 그 후에 귀국하고 여러 가지 사정이 있어서 회사 가까운 곳으로 독립해서 나온 거예요. 아까 말했던 청담동 펜트하우스로요."

"네……? 아니라구요……? 그럼 조금 전에 두 분은 왜……?"

차분한 진서의 설명에 손을 잡고 토닥이던 호연은 진서와 선호를 번갈아 바라본다.

"이 녀석이 아니라네요. 그러니 걱정 마세요, 아주머니."

"그게 어떻게 된 거냐면요. 사실은……. 단아가 여린 구석이 있거든요. 말하자면 그 부분을 파고든 작전이에요."

"작전이요……?"

"예."

호연이 무슨 소리냐는 얼굴로 되묻자 미소를 띤 진서는 호연에게 자초지종을 설명한다.

회사도 여전히 잘 다니고 있으며 집도 이미 리모델링 공사가 끝났고 양가 어른들께 단아와의 사이도 좋게 허락받은 상태라고. 부모님과 싸우거나 한 게 전혀 아니라는 이런저런 이야기들을.

잠시 뒤, 진서의 설명을 모두 들은 호연은 한결 편해진 표정으로 진서에게 묻는다.

"그럼 쉽게 말해서 도련님 말은 단아 아가씨한테 혼인신고 허락받고 아가씨 데리고 집에 가야 하니까 아가씨 마음 약해지게 작전 피우자? 이 말 맞아요?"

"예. 맞아요."

"아휴~ 나는 또 진짜인 줄 알고 식겁했잖아요."

"저도요. 진서 녀석이 눈치 안 줬으면 깜빡 속을 뻔했다니까요."

"하하. 죄송해요. 미안하다."

"근데 우리가 이런다고 단아 아가씨가 마음을 돌릴까요? 그리고 아가씨를 속이는 것 같아서 영 마음이 좋진 않은데……."

"나중에 단아 원망은 제가 다 들을게요. 지금 이 상태로는 하루가 아니라 평생을 해도 단아 마음 돌리기 쉽지 않아요. 그러니 제발 도와주세요, 아주머니. 선호 너도 부탁하자."

"나야 네 편이니까 도와줘야지. 나중에 단아 원망이야 듣겠지만."

선호가 장난스레 어깨를 토닥여주자 한결 편안한 표정이 되는 진서다.

"고맙다."

"도련님이야 단아 아가씨라면 끔찍이 아끼셨으니까 이번에도 믿고 도울게요."

"감사해요, 아주머니."

"아이구, 우리 단아 아가씨 행복하게 하는 일인데요 뭐~ 그나저나 잘할 수 있으려나 모르겠네."

"제가 알아서 커버할 테니 아주머니는 걱정 마시고 그냥 평소대로 지내주시면 되세요."

"알았어요. 그럼 그만 들어가볼까요?"

"저희는 아직 따로 할 이야기가 있어서요. 아주머니 먼저 들어가셔서 단아랑 있어주세요. 그리고 단아 화장실 가는 부분이랑 씻는 부분은 특히 더 잘 신경 써주시구요. 부탁드릴게요."

"알고 있어요. 그건 걱정 말아요, 도련님. 그럼 제가 먼저 들어가서 분위기 잡아둘게요. 호호."

왠지 소녀 같은 호연이 웃으며 다시 병실 안으로 들어가며 문을 닫아주자 진서는 그제야 복도 난간에 기대서며 마른세수를 한다.

그런 진서 옆에 마주 서서 쇼핑백을 내려두고 어깨를 토닥여주는 선호.

"우리 한 전무님 하루 사이에 늙으셨는데? 많이 힘들지? 너도 안 지 얼마 되지 않았으니까.”

“다른 건 다 예상했으니까 괜찮아. 정말 다 괜찮은데…… 단아가…… 날 보고 웃어주질 않는다…… 그게 가장 미치겠어…….”

“단아 녀석 정말 독하게 마음먹었나 보네. 너 따라서 귀국하고 회사 일 시작해서 네 주변 친구나 형 동생들 소개받았을 때 단아 얘기 꺼내면 다들 입을 모아서 그랬는데. ‘공식 한진서 바보 정단아’라고. 너만 보면 자동으로 웃어서.”

“그랬었지. 예쁘게 잘 웃었는데…… 매사에 당당하고, 정말 예뻤어.”

어려서 처음 만났을 때부터 눈이 부실 만큼 정말 예쁜 미소를 짓던 너였는데…… 언제쯤 그 미소를 다시 보여줄까…….

진서의 생각 위로 선호의 목소리가 덧입혀진다.

“힘내. 단아 너한테 금방 예쁘게 웃어줄 거야. 내가 뭐라고 해줄 말이 이런 말밖에 없네.”

“풋……. 새삼스레 무슨. 그거면 됐다. 그리고 아버지께 미리 말씀드려줘. 어머니랑도 말 맞춰두시라고. 내 말 무슨 말인지 알지?”

“알아. 너한테 할 말만 하고 가면서 바로 연락해둘게.”

“그래. 혹시 모르니 우혁 아저씨랑 다현 아줌마께도 말씀드려야겠다. 호연 아주머니 얘기도 드리고. 아 참, 나한테 할 말이 뭐야?”

진서가 손에 든 휴대폰 전화 목록을 확인하며 묻자 선호는 진지한 어투로 말을 꺼낸다.

“한재호 상무님, 네 작은아버지가 요새 좀 이상해.”

“……어떻게 이상한데? 패션위크에 차질 생겼어? 얼마 안 남았잖아. 아님 돈 문제야? 뒤로 돈 빼돌리는 것 같아? 그것도 아님 회사 주식 지분 사들이는 눈치야?”

선호의 말에 잠시 움직이던 손가락을 멈칫하던 진서는 금방 다시 손가락을 움직여 전화 목록들을 살피며 담담히 묻는다.

작은아버지가 일 터트리는 건 이미 익숙했기에.

"아니. 회사는 문제없다니까. 아직까진."

"그럼 뭐가 이상한데?"

"한 상무님 쪽이 아무래도 또다시 강호 조직 쪽하고 접촉하려는 움직임을 보이고 있어."

"강호 조직이라면 아버지 뒤를 캐던 사람들이 속했던 조직 아니었던가? 내가 아버지께 듣기론 그때 아버지가 작은아버지는 덮어주셨지만 그 조직은 경찰에 확실히 넘기신 걸로 아는데 아직도 그 조직이 존재한단 말이야?"

"시간도 많이 지났고 한재호라는 뒷배가 아직은 있으니까."

"그래서 선호 네가 하고 싶은 말은?"

"이미 한 상무님이 뭔가 움직이기 시작했다면 회사나 회장님, 그리고 너를 노리는 걸 텐데 지금 움직임으론 이번 표적이 회사나 회장님은 아닌 것 같아서."

"그럼 남은 건 나네. 회사나 회장님을 또다시 직접 노리기엔 위험부담이 크니까."

"만약 그런 거라면 괜찮을까? 하필 지금 이런 때에."

선호의 물음에 휴대폰을 쥐고서 한참을 무언가 생각에 잠긴 진서. 그러다 이윽고 생각을 끝냈는지 기댔던 난간에서 몸을 떼며 선호를 나지막이 부른다.

"선호야."

"응. 그래."

"강호 조직하고 접촉하려는 것 같다고 했지?"

"응."

"그럼 이미 그쪽하고 무언가 시작됐다는 거야. 그게 뭐든. 우리 작은아버지가 성미가 좀 급하시거든."

"그럼 어쩌냐……. 회장님께 알려야 하나?"

"아니. 아직 실체도 모르는데 괜한 걱정만 끼친다. 그리고 이번 엔 확실히 뿌리 뽑아야지."

"그럼 어쩌려고?"

"방관."

"뭐? 방관이라니 그게 무슨……."

"나를 노렸다면 기껏해야 아직은 내 뒤를 밟는 것부터 시작하셨겠 지. 그럼 지금 여기 어디 똘마니들이 있겠네. 고작 그 정도로는 위협 안 돼. 그러니까 지금은 그냥 실컷 하시고 싶은 대로 하시게 내버려두 자는 거야. 오히려 저쪽에서 뭔가 하면 할수록 우리 쪽은 유리해."

실컷 일을 키워주시면 주실수록 확실하게 잡을 수 있을 테니까.

진서의 의중을 어렴풋이 파악한 선호가 걱정스럽다는 듯 되물 었다.

"단아는……. 괜찮겠어?"

"작은아버지는 단아 자세히 본 적 없어. 내가 일부러라도 피했었으 니까. 집 안에 가족들 다 모일 때 어쩔 수 없이 몇 번 부딪힌 게 다야."

"아니…… 지금 상황이……."

"그런데 만약, 아주 만약에 작은아버지가 노리는 표적이 내가 아닌 단아가 된다면 그땐……."

진서의 표정이 일순간 싸늘하게 변하고 눈빛이 어둡게 가라앉 는다 싶더니 이내 얼음장처럼 차갑고 낮은 목소리로 말을 잇는다.

"죽여야지. 짓이기고 밟아서 아주 처참하게."

진서의 차디찬 표정에 순간 등골이 오싹해진 선호는 살짝 몸서리를 친다.

"왜 그래? 설마 이 날씨에 추워?"

"아니. 그냥 갑자기 오한이 들어서."

"여름 감기인가? 몸 챙겨가며 일해."

"오냐."

한진서 너 때문이다, 인마.

언제 죽일 듯한 표정이었냐는 듯 금방 원래의 평온한 상태로 돌아와 자신의 건강을 챙기는 진서의 모습에 살짝 허탈함이 드는 선호.

"아무튼 당분간은 그냥 내버려두고 잘 주시해줘."

"알았어."

"전화 연락 힘들 땐 항상 문자로라도 회사든 작은아버지든 상황 알려주고."

"그건 당연한 거고."

"그리고 여기 병원에도 가드 한 명 붙어야겠다. 작은아버지가 움직이기 시작했다면 이미 날 따라붙었을 테고 그럼 여기도 노출됐을 텐데 단아가 마음에 걸려."

"네가 24시간 붙어 있을 텐데 무슨 일이야 있으려고."

"내가 있는 건 있는 거고 호연 아주머니도 계시잖아. 지켜드려야지."

"아……. 그렇겠네."

"우선은 현민이 여기로 보내서 단아랑 아주머니 24시간 가드하라고 해. 티 안 나게. 상황 봐서 더 붙이자."

"오케이. 그럼 더 지시할 사항 없지? 난 이만 간다."

"그래, 가라. 멀리 못 나간다."

모든 대화를 끝내고 선호가 다시 양손으로 쇼핑백을 들고서 복도를 걸어가고 그 모습을 지켜보고 서 있던 진서가 휴대폰 연락처를 찾아 누르더니 통화를 한다.

"아, 다현 아줌마? 저 진서예요. 예. 단아는 괜찮아졌어요. 다름이 아니라 아줌마 아저씨께 전해드릴 말씀이 있어서요."

잠시 후, 호연이 들어오고서도 한참이 더 지난 후에야 병실로 들어온 진서가 문을 닫고 시선을 단아에게로 옮기자 등을 보이고 조용히 누워 있는 단아가 보인다.

"왔어요, 도련님? 친구분인 선호 군은 갔어요?"

"아…… 예. 일 있다고 갔어요. 단아는 다시 잠들었어요?"

진서가 다가오며 단아 곁에 앉은 호연에게 눈짓으로 무슨 일 있었냐는 뜻으로 단아를 가리키자 호연은 미소를 띠며 고개를 내젓는다.

"네. 그런 것 같아요. 그런데 단아 아가씨도 마음이 아픈가 봐요, 도련님."

"예?"

"제가 우리 진서 도련님이 글쎄 아가씨 옆에 있겠다고 회사도 관둔 거라고 알려줬더니 힘이 하나도 없이 돌아눕고 싶다고 하더라구요."

호연이 눈을 찡끗하며 신호를 주자 진서는 알겠다는 듯 고개를 끄덕였다.

"아……. 그러셨어요? 제가 말했어야 하는데 늦어져서. 참, 아주머니. 저기 보호자 룸 쓰시면 되세요. 저는 그 안에 있는 작은 룸 쓰면 되구요. 화장실이 하나라 좀 그렇지만 저야 얼른 다른 곳 이용하고 와도 되니까 신경 쓰지 마시고 편하게 쓰세요."

"아이구, 제가 작은 방 쓸게요. 저야 짐도 가방 하나뿐인걸요."

"아니에요. 사실 저는 거의 잠깐씩 구직 사이트 보느라 노트북

사용하는 일 외엔 룸 안에 있을 일도 없는걸요. 잠도 단아 옆에서 자도 되구요. 아무 걱정 마시고 편하게 사용하세요. 그게 제 마음이 편해서 그래요, 아주머니."

"그럼 그럴게요. 근데 우리 도련님 직장도 단아 아가씨 옆에 있으려고 관뒀으니 어떡해요 그래……."

"단아만 옆에 있어주면 전 괜찮아요. 일이야 알아봐야죠."

"회장님하고는 많이 다툰 거예요? 기분 풀리시려면 얼마나 걸리시려나……."

"글쎄요. 저랑 싸운 건 싸운 거고 단아는 내 며느리다 하시면서 혼인신고서 작성하는 건 허락해주셨는데 아직 언짢으신지 연락이 없으시네요. 저도 아직 다 풀린 건 아니구요."

"두 분이 너무 닮으셔서 그래요. 좀 꺾여도 좋으련만."

"제가 얼마나 애타게 단아를 찾아 헤맸었는데요. 아무리 그래도 아시면서 숨기신 건 아버지 어머니가 너무하셨어요."

"에휴……. 단아 아가씨라도 도련님 옆에서 웃어주면 우리 도련님한테 힘이 될 텐데."

"그러게요. 전 단아만 있으면 세상 행복한데."

호연과 진서가 부러 단아가 들을 수 있게 조금 큰 목소리로 대화를 하던 그때, 나지막한 단아의 목소리가 들려온다.

"호연 아줌마……."

"아이구! 아가씨 잠든 거 아니었어요? 난 잠든 줄 알고……. 네, 뭐 필요한 거 있어요?"

"아니요. 시간도 꽤 됐는데 저녁 전까지 들어가셔서 좀 쉬시라구요. 지금 필요한 거 없으니까요."

"아……. 그럼 그럴까요? 가방 정리도 해야 하고 차 타고 왔더니 조금 고단하기도 하네요.”

호연이 진서와 눈짓을 주고받는다.

“그럼 잠깐만 들어가서 쉬다가 나올게요, 아가씨. 필요한 일 있으면 이젠 저 있으니 편하게 언제든 부르세요. 아셨죠?”

“네. 꼭 그럴게요.”

그렇게 호연이 눈치껏 가방을 들고서 보호자 룸 안으로 들어간 후, 단아와 진서 두 사람만이 남은 병실 안.

여전히 등을 보인 채 돌아누운 단아의 곁으로 다가가 베드 위로 앉은 진서가 단아의 등을 가만히 쓰다듬으며 먼저 나지막이 말을 꺼낸다.

“배는 안 고파? 뭐 먹을래?”

“……안 고파.”

“그렇구나. 다현 아줌마께는 말씀드렸어. 안심이 된다고 좋아하시더라. 우혁 아저씨한텐 아줌마가 말씀하신댔어.”

“……응. 엄마 아빠 좋아하실 거야…….”

“근데 이젠 내 말에 다 대답해주네? 기분 좋다.”

“…….”

“혹시나 싫어서 말해두는데 오빠 괜찮아, 단아야.”

괜찮을 리가 없는데……. 한진서라는 남자는 내 앞에선 항상 괜찮다 말하는 남자니까. 아파도 괜찮아. 힘들어도 괜찮아. 그래서 믿으면 안 되는데 믿고 싶어진다, 자꾸만……. 정말 괜찮을 거라고…….

“나 때문에…… 아저씨 아줌마랑 싸웠어……?”

“단아 네 탓이 아니야. 내가 네 옆에 있고 싶어서 나한테 그냥 휴가 주는 거야. 부모님이랑도 크게 싸운 건 아니고.”

“……그래서 선호 오빠 소속이 바뀐다고 한 거구나. 나 때문에 오빠가 회사를 그만뒀으니까."

"단아 네 잘못이 아니라니까. 왜? 오빠가 돈 못 벌어서 단아 너 책임 못 질까 봐 걱정돼?"

"지금 그런 농담이 하고 싶어?"

"훗. 걱정하지 마. 오빠 능력 있어. 평생 책임질게."

"하나도 안 기뻐……."

"내 여자 기쁘게 하는 일이 세상에서 제일 어렵네, 나는."

"본가에서도 나오고 오빠 새집도 공사 중이면 앞으로 어디서 지낼 거야? 갈 곳 없다면서……."

"응. 뭐 그렇지. 그래서 난 단아 네 옆에 있고 싶어. 근데 네가 내가 있어서 계속 괴롭다면 어쩔 수 없이 아무 데나 가야겠지. 내 욕심에 널 괴롭히고 싶진 않으니까."

"……어디로 갈 건데?"

"음……. 찜질방? 아님 모텔? 이 근처에 호텔은 잘 없더라고."

"……있어, 여기."

"응?"

"여기에 있으라고. 대신, 오빠 집 공사 끝날 때까지만이야. 공사 다 하면 그땐 가는 거야. 알았지?"

"응. 단아야…… 고마워."

"착각은 하지 마. 감정 있어서가 아니라 그냥 아저씨 아줌마가 걱정하실까 봐 그러는 거니까. 오빠 이러는 거 나 때문이기도 하고."

"그래. 알아……. 그래도 고마워."

"됐어. 내 마음 무거운 거 싫어서 그런 거니까."

"근데 단아야."

"왜."

단아의 등을 쓰다듬던 진서는 손길을 멈추고 나지막이 묻는다.

"안아도 돼? 아주 잠깐만. 선호가 오늘 날씨가 희한하게 춥다던데 정말 그런가 봐. 추울 때 사람 체온만 한 따뜻한 온기가 없잖아. 그래서 그래. 응?"

"……."

"안는다?"

단아가 거부의사가 없이 조용하자 옅게 미소 지은 진서는 신고 있던 운동화를 벗고 조심히 단아 옆에 누워 단아의 허리를 끌어안는다.

"전보다 머리 훨씬 많이 길었네."

"……."

"정말 따뜻하다. 고마워. 그리고, 또 고마워."

그렇게 갑작스레 잠시 찾아와준 한여름 속의 추운 겨울 덕분에 진서와 단아는 일 년 만에 서로를 안았고 진서는 고맙다는 말로 사랑을 말했다.

진서가 병원에서 생활한 지도 벌써 한 달이 넘어가고 8월 중순에 늦여름이 한창이던 여느 오후. 엘리베이터에서 나란히 내려 병실 쪽으로 오는 단아와 진서가 보인다.

"오늘은 내가 해주면 안 돼?"

"오빠는 해본 적 없잖아. 호연 아줌마께 부탁드리면 돼. 아, 박 간호사님. 안녕하세요."

데스크 부근을 지나던 단아가 먼저 담당 간호사인 하임에게 말을 건넨다.

"네, 단아 씨. 오늘도 산책로 다녀오는 길이에요?"

"네. 점심 먹고 났더니 배가 부른 것 같아서요."

"안녕하세요. 수고가 많으십니다. 전에도 내가 머리 감겨준다니까 단아 네가 됐다고 한사코 거절해서 못 한 거지. 오늘은 오빠가 해줄게."

"풋."

진서가 언제나처럼 무릎을 굽혀 단아와 눈높이를 맞춰오자 그 모습에 작게 웃음 짓는 하임.

"됐다니까 적응 안 되게 왜 이래. 간호사님들도 계신데. 나 먼저 들어간다."

단아가 한 달째 겪는 진서의 멍뭉이 공격에 역시나 먼저 들어가려 전동 휠체어를 움직이려는 순간, 진서 역시 이젠 익숙한 듯 휠체어를 수동으로 바꿔버린다.

"나랑 같이 가."

"뭐 하는 거야?"

"나 버리고 가지 말라고. 부부는 일심동체. 몰라?"

"누가 부부라는 거야! 오빠가 자꾸 이상한 소리 하고 다니니까 병원에도 그새 부부니 뭐니 소문났잖아. 계속 그럴 거면 가. 한 달이나 됐으면 공사도 끝날 때 됐잖아."

단아가 홧김에 차갑게 말하자 금세 풀 죽은 강아지마냥 어깨를 축 늘인 진서는 단아의 손을 붙잡고 만지작거리면서 힘없이 말한다.

"아…… 공사……. 안 그래도 전화 왔었는데 손볼 곳이 한두 군데가 아니라서 몇 달 더 걸릴 것 같대……. 단아 네가 싫다면 어떻게 근처 찜질방이라도 가야지, 뭐……. 본가까지 가기엔 차도 없고……. 부모님이랑 며칠 전에야 겨우 풀었는데 또 걱정 끼치겠네……."

따끔.

"나는 단아 네 옆에 있어야 힘이 나는데……. 그리고 아버지가 단아 너 못 데리고 오면 회사 복귀는 없다셨는데……. 요즘 일자리 구하기도 힘든데……."

따끔, 따끔.

아…… 정말……. 마음 쓰이게! 무슨 자기가 길 잃은 강아지야? 왜 풀은 죽고 난린데!

진서가 계속 자신의 손을 만지작거리며 힘없이 말하자 마음이 따끔거리는 단아는 축 처진 진서의 결정적 한 방에 결국은 또 지고 만다.

"그리고…… 단아 네 머리……. 정말 내가 감겨주고 싶은데……. 어차피 찜질방 갈 거면 그 전에 내가……."

"아아! 알았어, 알았다고! 공사 끝날 때까지 있어. 그리고 머리! 감겨줘. 실컷 감겨달라고."

"정말? 허락한 거다?"

"푸훗!"

단아가 꺾이자마자 언제 풀 죽었냐는 듯 환하게 웃는 진서의 모습에 두 사람을 가까이서 지켜보던 하임이 결국 크게 웃음을 터트리고, 그런 진서가 괜스레 부끄러워지는 단아는 혼잣말을 중얼거린다.

"하……. 내가 정말. 재성 아저씨한테 확인만 안 했으면 당장 보내는 건데."

그랬다. 사실 선호의 말도 못 믿었던 단아가 재성에게 직접 확인 전화까지 했었다.

정말 오빠가 회사 그만둔 거냐고. 물론 돌아온 대답은 예스였다. 이미 선호가 재성에게 다 얘기해둔 후였으니까.

"응? 단아야, 뭐라고 했어?"

"아니야. 빨리 들어가고 싶다고."

"아, 들어가야지. 들어가서 오빠가 머리도 감겨주고 말려줄게.

그럼 수고하세요."

진서가 간호사들에게 인사하고 세상 다 얻은 표정으로 신나서 휠체어를 밀면서 단아의 병실로 향한다.

그렇게 기분 좋게 병실 앞에 도착한 두 사람.

"자~ 들어가실까요?"

진서가 웃으며 병실 문을 드륵, 열던 그때, 문이 열리는 소리와 함께 구둣발 소리가 겹쳐 들려온다.

뚜벅.

"……."

그 미세한 소리를 캐치해낸 진서가 슬쩍 소리가 난 쪽을 바라보니 끝 쪽인 단아의 병실에서 어느 정도 거리를 두고 서 있는 체격 좋은 한 명의 남자가 진서에게 가볍게 묵례를 해온다.

'비상계단.'

'오케이.'

남자에게 진서가 살짝 고갯짓으로 비상계단 쪽을 가리키자 또 한 번 더 묵례를 하는 남자.

"아주머니, 저희 왔어요."

"아가씨 왔어요? 도련님도요."

진서가 상체를 살짝 세워서 휠체어를 밀며 병실 안으로 들어서자, 진서의 뒤로 남자가 발 빠르게 움직여 비상계단 쪽으로 향한다.

"예. 산책 잘하고 왔어요."

"그럼 우리 아가씨 이제 씻어볼까요? 산책하고 와서 씻기로 했으니까."

"네, 아줌마."

"아, 잠깐만요, 아주머니."

"네?"

"오늘 단아 머리는 제 담당이니까 샤워하고 옷 갈아입혀 놔주세요. 머리는 제가 해줄 거예요."

"어머, 정말요?"

"예. 단아가 허락해줬어요."

"……하도 어린애처럼 굴어서 할 수 없이……."

단아가 괜스레 뾰로통하게 말하자 그런 모습이 보기 좋은 호연이 엄마 미소를 짓는다.

"풋……. 알았어요. 그럼 아가씨 머리는 진서 도련님이 감겨주세요."

"맡겨주세요. 아……. 그 전에 저 잠시만 나갔다 올게요. 벤치에 뭘 두고 온 것 같아요."

"저런. 그럼 얼른 다녀와요, 도련님."

"예. 단아야, 오빠 얼른 올 테니까 머리는 그대로 둬야 해? 알았지? 금방 올게."

진서가 나가면서도 뒤돌아보며 계속 당부를 하자 한숨을 짓는 단아와 미소 짓는 호연이다.

"아가씨, 그래도 좋죠? 진서 도련님이 있어서."

잠시 후, 진서가 문을 닫고 나가자 슬쩍 단아에게 묻는 호연.

"……오빠 오기 전에 화장실부터 갈래요. 도와주세요, 아줌마."

"후훗. 우리 아가씨 은근 귀엽다니까. 네~ 가요."

자신의 물음에 말을 돌리는 단아가 마냥 귀여워 보이는 호연은 휠체어를 전동으로 바꾸고 단아와 함께 화장실로 들어간다.

한편, 병실 문을 닫고 나오자 미소 짓던 표정부터 딱딱하게 굳은 진서는 서둘러 비상계단 쪽으로 걸어간다.

"형 왔어?"

진서가 비상계단 안으로 들어서자 한 층 위에 서 있던 키 큰 남자가 인사를 하며 진서에게로 내려온다.

"장현민, 너는 좀 티 안 나게 가드할 순 없냐? 그렇게 가까이 있으면 눈에 띄지, 인마."

"우와, 이 은근한 차이 어쩔 거야? 진서 형, 단아 누나 대할 때는 부드러운데 왜 나는 막 대해?"

"별소릴 다 한다. 그리고 단아랑 비교하지 마. 나한텐 단아가 최우선이니까."

"아, 깜빡했다. 형이 단아 누나한테 꼼짝 못 한다는 사실을."

"하여간에. 그놈의 장난기."

"내 매력 아니겠어? 큭큭."

현민이 개구쟁이마냥 씨익 입꼬리를 늘이며 웃자 그저 피식 웃은 진서가 바로 본론으로 들어간다. 서둘러 돌아가봐야 했으니까.

"그럼 빨리 할 말 하고 제자리로 가자. 나도 얼른 단아한테 가봐야 해."

"미국에서 이미 몇 번 봤었지만 진짜 단아 누나한테 대하는 형의 모습은 봐도봐도 적응이 힘들더라. 단아 누나는 형 진짜 모습 알아? 사실은 순한 강아지가 아니라 날카로운 이빨을 숨긴 맹수라는 거."

"시끄러워. 단아한테 보이는 내가 진짜 나야. 이상한 소리 그만 하고 빨리 할 얘기 하라니까. 없으면 난 간다."

"알았어. 하여튼 급하긴. 나는 뭐 별 할 얘긴 없어. 단아 누나 주변만 잘 지키면 되니까. 근데 하나 좀 걸리는 게 한 번씩 누나가 산책 나올 때 주변을 지키고 서 있으면 계속 같은 차가 같은 자리에 며칠이고 서 있더라고. 처음엔 별로 대수롭지 않게 여겼었는데 엊 그제인가? 우연히 차 안에서 잠깐 사람이 나오는 걸 봤었는데 딱 봐도 무슨 깡패 조직 같아 보여서 그게 좀⋯⋯."

"듣고 있으니까 계속 얘기해."

"선호 형이 알아보고 있는 바로는 한재호 상무는 아직 직접적인 움직임은 없는 상태지만 역시나 강호 조직과 다시 무언가 일을 꾸미고 있는 것 같대. 술자리에서 만나는 사람들마다 자기가 곧 머지 않아 JS그룹의 회장이 되고 자기 아들은 사장으로 앉힐 거라고 큰 소리치고 다니는 모양이니까. 믿는 구석이 있지 않고서야 그럴 리는 없지 싶어. 내 생각인데 아무래도 계속 보이는 그 차가⋯⋯."

머지않아 현민의 말에 진서의 얼굴 표정이 급격하게 굳었다.

"강호 조직의 일원이겠지. 이미 한참 전에 내 뒤를 밟고 계셨을 거다."

"헉, 그럼 어떡해? 형, 회장님은 아셔?"

"아직은. 괜히 신경 쓰시게 하고 싶지 않아서 뭔가 저쪽에서 확실히 움직여주기 전까진 선호나 나나 함구하기로 했어. 선호가 따로 우리도 나중에 칠 준비를 해주고 있기도 하고. 그동안 작은아버지가 꽤 일 벌여놓은 게 있어서 말이지. 그러니까 아직은 그냥 내버려두고 우리는 우리 자리에서 각자 할 일 한다. 오케이?"

"옛썰!"

"그럼 그만 가자. 현민이 넌 단아 잘 지키고."

진서가 현민의 어깨를 다독이고는 먼저 비상구를 빠져나가려는데 현민이 진서를 다시 부른다.

"진서 형."

"응?"

"며칠 전에 선호 형이 형한테 이 말도 전해주랬는데 잊을 뻔했다."

"뭔데?"

"얼마 전 그 당시 사건을 담당했었던 형사분을 만났는데 좀 마음에 걸리는 소리를 들었대."

"어떤 말이었는데?"

진서가 눈을 빛내며 되묻자 잠시 뜸을 들이던 현민이 다시 말을 잇는다.

"'아무것도 못 찾을 거요. 나도 위의 지시로 듣기만 해서 잘은 몰라도 대단한 윗분이 손썼다고 들었으니까.' 이런 말을 하더라고."

현민의 말에 진서는 표정을 굳힌 채 생각에 잠겼고 진서의 눈치를 살피던 현민이 되물었다.

"SH그룹을 이길 만한 윗선이라는 걸까? 그런 사람이 있나? 현재 JS그룹이랑 같이 상위 세 손가락 안에 드는 그룹인데?"

골똘히 생각에 잠겼던 진서가 이내 다시 말을 꺼냈다. 눈빛은 이미 차갑게 가라앉은 채로.

"단지 더 우위에 있어서가 아닐 수도 있지."

"그럼?"

"돈. 돈으로 매수할 수 있는 능력 정도만 된다면 누구라도 가능하겠지. SH그룹이나 JS그룹은 그런 쪽으론 전혀 안 통하는 그룹으로 이미 유명하니까 알아볼 때도 그냥 절차대로 알아본 걸 테고."

"역시나 머니가 최고라는 건가? 참 씁쓸하구만."

"어떻게든 알아내야지. 내가 우혁 아저씨께 사고에 대해 알아보는 거 선호랑 같이 하시라고 연락해둘 테니까. 아버지께도 이 부분은 말씀드려서 도와주시라고 하고."

"그런데 목격자나 증거가 아무것도 없는 상태인데 뭐가 나올까?"

"없으면 생기게 만들어야지."

"진서 형, 그게 무슨 말이야?"

현민의 물음에 스산한 웃음을 지은 진서가 간단하게만 말했다.

"나중에 선호한테 들어. 형이 선호한테 얘기해둘 테니까."

"왠지 그 미소 불안한데."

"불안하긴 뭐가. 할 얘기 다 했으면 먼저 가서 병실 쪽 지켜."

"알았어. 그럼 형도 빨리 와."

진서의 표정이 영 불안했지만 별일 있겠나 싶은 현민이 먼저 비상구를 빠져나가고 홀로 남은 진서는 낮게 중얼거리고선 뒤이어 빠져나간다.

"죽음의 공포를 겪게 되면 뭐든 나오게 되겠지."

그렇게 비상구를 빠져나온 진서는 곧바로 단아가 있는 병실로 향한다. 물론 얼굴 가득 미소를 띤 자상한 모습으로.

"미안해, 단아야. 오빠가 조금 늦었지?"

"진서 도련님 왔어요?"

"아, 예. 한참 찾았는데 벤치에 둔 게 아니었던지 없더라구요. 그래서 그냥 왔어요. 단아는요?"

"간단히 양치질하고 샤워 후에 옷 갈아입고 화장실 안에 있어요. 도련님 기다리는 눈치예요. 호호."

"그래요? 단아 화장실은요?"

"확실히 움직임이 적어서인지 큰 볼일 보는 게 조금 적은데 그래도 아가씨가 괜찮대요. 기저귀 새로 갈았구요."

"그런가요……. 배 아프고 힘들 텐데……."

"그래도 아가씨가 괜찮다니 내색은 마세요, 도련님. 제가 먹는 음식 더 신경 쓸게요."

"예. 고맙습니다, 아주머니. 저 그럼 단아한테 들어가볼게요."

"저 필요하면 부르시구요."

"그럴게요."

호연을 뒤로하고 욕실 겸 화장실로 들어간 진서는 곧바로 욕실 쪽으로 향한다.

진서가 들어서자 욕실 한쪽에서 단아가 전동 휠체어에 앉아 기다리고 있다.

"미안. 너무 늦었지?"

"왔으면 됐어. 찾는다던 건 찾았어?"

"아니. 내가 뭘 착각했나 봐. 없더라구."

"정말 못 말리겠다."

"하하. 미안해. 잠깐만 기다려."

먼저 샤워기를 길게 바깥으로 빼두고서 단아 전용으로 들여놓은 긴 선베드를 샤워기 가까이까지 끌고 온 진서는 머리맡에 다리 긴 의자를 두고 샴푸와 트리트먼트까지 옆에 두고서야 단아에게 다가선다.

"자, 그럼 이제 머리 감아볼까?"

"……못 미더워."

"에이, 정단아 손님 전용 헤어숍인데 못 미덥다니. 한번 믿어봐. 자, 손님~ 제 목 끌어안으세요."

단아가 마지못해 두 팔로 안자 가뿐하게 공주님 안기로 단아를 안아들고서 선베드로 다가가 단아를 눕히는 진서.

"높이 맞춰줄 테니까 잠시만."

"응."

단아의 머리카락을 선베드 아래로 모두 내린 후 적당히 바닥과의 거리를 둬 선베드 높이를 맞춘다.

"된 거 같다. 안 불편해?"

"괜찮아. 누워 있는데, 뭐."

"자~ 그럼 진짜 머리 감자."

준비를 다 끝낸 진서가 의자에 앉아 물을 틀고 샤워기를 살살 단아의 머리카락에 가져다 대며 물을 적신다.

"물 너무 뜨겁진 않아?"

"응."

"근데 이렇게 거꾸로 보니까 우리 단아 더 예쁜데?"

"평소에 실없다는 소리 많이 듣지? 이상하단 소리도."

"진짜야. 너무 예뻐. 뽀뽀하고 싶을 정도로. 해도 돼?"

"나 두 손은 멀쩡하거든? 뺨 맞고 싶지 않으면 얼른 하기나 해."

"훗. 알겠습니다, 까칠한 손님."

피식 웃어버린 진서는 물을 잠그고 손에 샴푸를 덜어 비비더니 단아의 긴 머리카락 전체에 몽글몽글 거품을 내 살살 비빈다.

"혹시 아프면 얘기해."

"……안 아파. 꽤 괜찮아."

"다행이다."

"……진서 오빠는……."

"응? 아, 잠시만. 머리 헹궈줄게 잠깐 눈 감고 있어. 샴푸 눈에 들어갈 수 있으니까."

단아가 가만히 눈을 감자 서둘러 샤워기 물을 틀어 손을 헹궈낸 진서는 단아의 머리를 위에서부터 헹궈주기 시작한다.

"이제 말해도 돼, 단아야."

"오빠는…… 나 안 질려……? 평생 이렇게 내 뒤치다꺼리해야 할 텐데. 도망갈 수 있을 때 도망가."

"……단아야, 눈 잘 감고 있지? 아직 덜 씻겼어."

"아…… 응. 잘 감고 있……!"

쪽.

물줄기 소리와 함께 단아의 입술 위로 익숙한 소리와 부드러운 촉감이 스친 순간, 단아의 두 눈이 떠졌고 그 위에는…… 입술이 닿을 듯한 거리에서 웃고 있는 진서가 보였다.

눈물이 날 만큼 다정한 목소리를 들려주는 남자가.

"도망을 왜 가. 내 사랑이 여기 이렇게 내 옆에 있는데. 그리고 정단아라는 여자는 매일이 새로워서 하나도 안 질려. 매일매일 내 가슴을 뛰게 하는 여자야."

약 30분 후. 씻는 걸 모두 마치고 전동 휠체어에 앉아 드라이어로 머리를 말리고 있는 단아의 표정을 살핀 호연이 조심스레 묻는다.

"우리 단아 아가씨 아까부터 표정이 왜 그래요?"

"네? 제 표정이 왜요?"

"꼭 넋이 나간 사람처럼 멍해서는 계속 드라이어 들고 있잖아요. 머리도 이제 다 마른 것 같은데."

"아…… 그렇네. 정말 다 말랐네요."

"아가씨, 아까 도련님이랑 무슨 일 있었어요?"

드라이어를 건네받은 호연이 뒷정리를 하며 머리를 빗는 단아에게 묻자 순간 얼굴이 빨개지는 단아.

"아가씨?"

"……일은요. 아무 일도 없었어요. 그냥 생각할 게 좀 있어서……."

"왜 아무 일도 없어? 내가 정성스럽게 고백했는데."

단아가 얼버무리려던 그때였다.

단아를 먼저 내보내고서 간단히 욕실 청소를 하고 나온 진서가 단아에게로 직행하더니 빗을 뺏어들고서 한마디를 툭 내뱉은 건.

"어머, 정말요?"

"예. 그랬는데 저 지금 또 차이는 건가 봐요. 하루에 몇 번이나 차이는지 모르겠네."

"장난 그만해."

"내 사랑이 왜 장난이야. 난 장난인 적 한 번도 없는데. 그렇죠? 아주머니."

"그럼요. 도련님 마음이야 아줌마인 내가 봐도 눈에 다 보일 만큼 진심이죠."

"그것 봐. 단아 너만 몰라주는 거야."

"……빗이나 이리 줘."

"싫어. 내가 빗겨줄 거야. 머리 반묶음 해서 살짝 땋아줄까? 단아 네가 제일 좋아하던 머리스타일이라 내가 호연 아주머니께 특훈받았었거든."

"맞아요, 아가씨. 머리 긴 바비인형 있죠? 도련님이 어디서 그걸 들고 와선 머리 묶는 종류 좀 몇 가지 알려달라면서 아가씨 잠들면 몰래 연습도 하고 했어요."

"앗! 아주머니, 그 인형 얘기는 비밀이라니까요."

"어머나! 미안해요, 도련님. 얘기하다가 그만 나도 모르게……."

"푸훗."

진서가 바비인형 머리를 붙잡고 씨름했을 생각에 순간 웃음이 나와버린 단아가 다시 만나고 처음으로 진서 앞에서 편히 웃는 얼굴을 드러냈다.

그 모습에 진서는 말로는 못 할 행복감이 가슴에 채워지는 게 느껴진다.

"드디어 제대로 웃었다."

"아…… 그냥……. 너무 기가 막혀서. 인형이라니……."

"그래도 좋아. 예쁜 네 웃는 얼굴 봤으니까."

진서가 행복한 얼굴로 단아의 머리를 살살 빗어준다.

"진짜 바보 같아……."

"얼마든 바보가 돼도 좋아. 네 앞이니까."

"……."

"난 얼마든지 널 감당할 준비가 되어 있어. 널 위해선 뭐든 할 거야. 그러니까 아무것도 무서워하지 마, 단아야."

"……."

두 사람의 사뭇 진지한 분위기에 슬쩍 호연이 자리를 피해준다.

진서는 단아의 머리를 빗은 후 연습했던 대로 제법 능숙하게 머리를 묶기 시작한다.

"네가 왜 날 밀어내는지 모르지 않아. 그래서 더 기다리라면 기다리고 평생을 이렇게만 보자면 그것도 좋아. 널 보면서 살아갈 수 있는 거니까. 근데, 심장한테 거짓말은 하지 말자, 우리."

"무슨 소리야……?"

"날 사랑하지 않는다는 말. 그거 거짓말이잖아."

"……무슨 말도 안 되는……."

"그럼 지금 내 눈 왜 피하는데? 거울 앞이라 단아 네 표정 다 보여, 나한테."

"……."

몇 번의 손놀림 끝에 머리를 묶어낸 진서는 단아의 양어깨를 붙잡고서 다시 말을 잇는다.

"오빠 봐, 단아야."

"왜……."

단아가 거울 너머로 눈을 맞추고 진서를 바라본다.

"정말 날 사랑하지 않아? 그럼 내 눈 똑바로 보고 말해봐."

"……사랑하지 않……."

"아니. 시선 피했어. 다시 내 눈 제대로 보고. '한진서를 사랑하지 않는다'고 말해. 그럼 믿어줄게."

"……."

진서의 올곧기만 한 시선에 단아의 입술은 쉽사리 열리지 못했다.

차마 심장에게 내 감정뿐만이 아닌 한진서라는 남자 자체를 부정하라는 거짓말을 하라고 할 수가 없어서.

04. 완전한 KO패

"······나 졸려."

진서의 물음에 입을 꾹 다물고 있던 단아는 전동 휠체어를 옆으로 움직여 진서를 피하며 엉뚱한 대답을 내놓는다.

"정단아, 왜 피해."

"피하긴······. 진짜 나른해서 그래. 샤워했잖아. 오빠가 머리도 감겨줬고. 좀 쉴래."

"대답 안 하면 내가 생각하고 싶은 대로 생각한다? 날 사랑한다고."

"······마음대로 해."

"응. 내 마음대로 할 거야."

처음 같았으면 바로 '아니' 대답했을 단아임을 알기에 진서는 부정을 하지 않는 것만으로도 많이 발전한 거라고 여기기로 한다.

"아······. 호연 아줌마 보호자 룸에 들어가셨나······. 눕고 싶은데."

"오빠 놔두고 왜 아주머니를 찾아."

곧장 단아에게로 다가가 휠체어 안으로 손을 넣어 단아를 안아 드는 진서.

"정단아 보호자는 한진서. 잊지 마. 잊으면 오빠 삐친다?"

"……진짜 전보다 더 애 같아졌어."

"누가 나한테 사랑을 주다가 안 줘서 덜 컸어. 애정이 부족해서 그래."

"빤히 보지 말고 침대에 내려줘."

"예뻐서 그래. 어쩜 나날이 미모가 업그레이드되지? 내 예비 아내는?"

"그 소리 한 번만 더 해."

"뭐? 아내? 왜? 더 하면 예쁘다고 뽀뽀해주나?"

단아는 능청스러운 진서의 얼굴을 한 손으로 밀어 자신을 보지 못하게 한다.

"……뽀뽀 같은 소리 하고 있다. 그만 능청 부리고 내려줘. 나 정말 절실히 쉬어야겠어."

"오케이. 오늘은 여기까지. 너무 몰아붙이면 놀라니까."

단아의 행동에 피식 미소 지은 진서는 조심히 단아를 베드 위에 내려서 눕혀주곤 이불을 덮어준다.

"아, 그 전에 이건 하고."

왠지 짓궂은 표정을 짓는다 싶더니 단아의 입술 위에 쪽, 아까와 같은 입맞춤을 하고선 쑥 일어서버리는 진서다.

그런 진서로 인해 순식간에 입술을 또 뺏긴 단아가 잔뜩 골이 난 표정을 짓고서 소리를 지른다.

"한진서!"

"왜 그래요? 아가씨?"

"아……."

그 소리에 놀라 보호자 룸 안에서 달려 나온 호연이 부르자 단아가 일순간 멋쩍은 듯 입을 다문다.

"이런, 이런. 단아가 절 너무 좋아하나 봐요. 떨어지기 싫다고 골이 났네요."

그런 단아를 바라보며 씨익 웃은 진서의 마지막 한 방은 덤이었지만.

시간은 빠르게 흘러 약 2주 후. 여름에서 가을로 넘어가려는 듯 제법 아침저녁으로 쌀쌀해진 9월의 어느 아침.

시간은 익숙함을 함께 데려오고 그 익숙함은 때론 마음의 문을 여는 열쇠가 되기도 한다 했던가. 그렇게 단아가 점점 진서의 노력에 마음을 조금씩 허물어가던 때였다.

"굿모닝, 내 예쁜 예비 아내."

"그 말 왜 안 하나 했다. 안 질려? 두 달 가까이 나한테 받아들여지지도 않는 그 호칭."

단아가 절레절레 고개를 저으며 말하자 진서는 왜 질려? 하는 표정으로 힘차게 답했다.

"응. 전혀. 너무 좋아. 단아 네가 나랑 부부 되는 거 받아줄 때까지 부를 거야."

아아, 내가 괜한 소리를 했지 또……. 이 남자한테 먹힐 리가 만무한 소리를.

이젠 거의 반 포기 상태가 된 단아가 그럼 그렇지 하는 투로 말을 잇는다.

"됐다. 말해도 어차피 내 입만 아프지. 근데 호연 아줌마는 왜 안 보이셔?"

"잠깐 일 좀 보고 오신다고 하셔서 그러시라고 했어. 나도 있고. 이따 오후쯤 오실 거야. 베드 위로 올려야지? 아침 먹으려면."

"아…… 그랬지, 참. 아까 새벽녘에 나 화장실 가는 거 봐주시고 가셨는데 깜빡했어. 응. 근데 나 세수도 아직인데."

베드 아래 손잡이를 돌려 살짝 베드를 위로 올린 진서는 베개를 단아 등에 받쳐주곤 말을 잇는다.

"우리 예쁜 아내는 세수 안 해도 미모가 열일 하니까 걱정 마."

"호칭."

"응. 내 아내, 우리 예쁜 아내."

"하아…… 됐어. 나만 바보 되는 기분이야."

"오늘도 또 단아 너한테 가는 거 반걸음 성공했다."

두 달 가까운 시간인데…… 이 남자는 참 바보 같게도 한결같다. 나 같으면 벌써 도망갔을 텐데…… 매일 툴툴거리고 화내고…… 이런 여자 뭐가 좋나 싶어서.

가만히 환하게 미소 짓는 진서를 바라보던 단아가 지나가듯 물으면,

"……맨날 차이는데 뭐가 그렇게 좋아?"

"단아 너니까. 그래서 좋아. 차이면 어때? 조금씩이라도 다가가는 게 중요하지."

"……."

이 남자는 또 이렇게 예고도 없이 내 마음을 두드리고 감싸준다. 기대하고 싶어지게…….

"정단아 님, 아침 식사 왔습니다. 들어다 드릴까요?"

"아, 아침 왔나 보다. 잠시만."

변함없이 웃는 얼굴로 자신을 대하는 진서를 따라 시선을 옮기는 단아.

안다. 저 남자는……. 날 안아줄 남자라는 걸.

그래서 도망친 거였으니까. 힘든 길을 가게 하고 싶지 않아서.

근데…… 요즘엔 자꾸만 약해진다. 그냥 저 남자 품 하나만……

욕심부리고 싶다고. 오직 저 남자 품 하나만.

"잘 먹을게요. 감사합니다. 단아야, 오늘은 네가 좋아하는 미역국 나왔……! 왜 그래?"

순간 울컥해 눈물을 떨군 단아는 진서가 식판을 받아들고 다시 들어오자 서둘러 시선을 피해보지만 진서가 한발 더 빠르게 단아의 눈물을 봐버린다.

서둘러 식판을 간이 베드 끝에 올려두고 다가와 단아 상태부터 살피는 진서.

"어디 불편해? 이상한 것 같아?"

"호들갑은……. 아니야, 아무것도."

"아닌데 왜 눈물을 흘리는데! 오빠 속상하게!"

"……왜 오빠가 더 아픈 표정을 지어? 운 건 난데……."

"아…… 미안……. 미안해. 소리쳐서 놀랐지? 잘못했어. 너 운다고 생각하니까 미치겠어서……."

자신이 더 괴로워 어쩔 줄 모르던 진서는 그냥 단아를 품에 당겨 안아준다.

"왜 눈물 났는지 말하기 싫어……? 걱정돼서 그래. 오빠가."

"……세수 안 했더니 눈꺼풀이 답답해서 손으로 좀 비볐어. 그랬더니 눈물이 흘러서."

"……그랬구나. 우선 수건 따뜻하게 적셔다가 닦아내줄게. 밥부터 따뜻할 때 먹고 세수하자.”

“응……. 배고파.”

“배고프면 안 되지. 금방 수건 적셔올게. 기다려.”

“응.”

그렇게 단아를 품에서 떼어놓고 화장실 쪽으로 향하는 진서의 표정이 순간 굳는다.

단아를 너무도 잘 아는 진서이기에, 그저 내 여자가 하는 말이니 믿어주고 깊이 묻지 않는 것일 뿐.

잠시 후, 변함없이 테이블을 사이에 두고 밥을 먹고 있는 두 사람.

정확히는 진서가 단아를 챙겨주고 있다는 게 더 맞는 말이지만.

그래도 두 달 가까운 시간 동안에 변화라면 두 사람 사이에 분위기가 많이 부드러워졌다는 것이다.

“이 장조림도 좀 먹어봐. 맛있겠다.”

“오빠는 안 먹어? 나 이 밥 다 못 먹어. 덜어서 가져가라니까.”

“먹을 만큼 먹고 남겨서 오빠 줘. 다 먹어주면 더 좋고. 난 다른 거 먹을 것도 많은데, 뭐.”

“나 이러다 살찌겠어. 먹는 양은 느는데 움직이질 못하니까…….”

“살은 무슨. 나 처음 왔을 때랑 별반 차이 없어서 속상한데. 이 오빠가 한두 번 안아보나?”

“그 발언 좀 그런데. 되게 이상해.”

“왜? 막 순간 음란마귀가 왔다 갔어? 오빠는 말 그대로를 말한 건데. 우리 단아 은근히 야하다니까~”

놀리는 듯한 진서의 말에 얼른 국을 떠먹으며 딴소리를 하는 단아.

"……국이 오늘따라 더 싱겁네."

"푸훗. 아, 귀여워."

"쓸데없는 소리 말고 밥 먹어. 밥."

"알았으니까 이 생선도 먹어봐. 아~ 해."

"내가 먹을 수 있어. 다리가 말썽이라 불편한 거지 다른 곳은 나 멀쩡하다니까. 자꾸 애 취급하지 마."

"오빠가 그럴 때마다 뭐라고 했더라? 널 애 취급하는 게 아니라 사랑하는 여자한테 애정 표현하는 거라고 했지?"

"그런 거면 더……."

"하지 마, 라고 하면 오빠가 또 어떻게 했더라?"

"……."

"혼인신고서 당장 제출하러 갔다 올까? 아님 한번 먹어줄래?"

짐짓 단호한 진서의 표정에 벌어지지 않을 것 같던 단아의 입이 살짝 벌어진다.

……또 졌다. 요새 자꾸만 이 남자한테 말린다. 그럼 안 되는데.

"……아."

어쩔 수 없다는 표정이 역력한 단아가 마지못해 입을 벌리자 기분 좋은 웃음을 지은 진서는 생선살을 단아에게 먹여준다.

오물오물 잘 먹어주는 단아가 마냥 예뻐 보이는 진서다.

"아아, 진짜 미치겠다. 비현실적으로 예뻐 너무."

"……."

단아는 그런 진서를 애써 무시하고 밥을 푹, 떠서 입에 넣는다.

아무래도 오늘도 이 남자에게 말리는 하루가 될 것만 같다. 정신 못 차리게.

그렇게 나름 깨 볶는 아침을 먹고 간단히 씻고서 산책 겸 로비로 내려온 단아와 진서.

"오늘은 사람들이 꽤 많네."

"그러게. 근데 내가 한다니까 왜 또 굳이 휠체어를 수동으로 바꿔. 답답한 거 싫어서 거의 매일을 자주 산책 나오는데."

"내가 해주고 싶어서."

"하아. 정말 이젠 입씨름도 힘들다."

"그럼 이제 나한테 올래? 그러면 입씨름 안 해도 되는데."

"……."

"어? 이제 바로 '싫어'라고 안 하네?"

그러게……. 나도 내 마음을 모르겠다. 사람 마음이란 게 참 간사한 건가 보다, 정말.

"……됐어. 일일이 말하기 귀찮아. 어차피 안 들어줄 말인데."

"아주 좋은 징조야. 계속 귀찮아하다가 '까짓 거 오빠랑 사랑하자' 싶어지면 되는 거야."

"바보 같아."

"그 소리도 이젠 내가 좋다는 소리로 들린다?"

"……말 안 해."

"하하. 알았어. 그만 놀릴게."

"근데 오빠 일자리는 구한 거야? 아무리 아저씨가 그랬다고 정말 나한테만 이러고 있음 어떡해. 선호 오빠도 자주 오는 게 오빠 없어서 회사 일 꼬인 거 아니야?"

"오, 이제는 예전처럼 잔소리까지 해주는 거야?"

"좀. 장난처럼 그러지 말고 다른 일 할 생각 말고 회사 다시 들어가. 내가 오빠한테 안 간다고 버티는 건데 언제까지 회사 안 가려고."

"안 가. 너 온전히 데려오기 전까지는 다시 회사 복귀 못 한다니까? 내가 먼저 가지도 않을 거지만. 그리고 내 여자 하나는 충분히 행복하게 해줄 능력 되니까 일자리 걱정은 마."

"그러지 말고……."

"정 걱정되면 단아 네가 오빠한테 시집와. 한진서의 아내가 되어주면 돼. 그게 싫으면 회사 얘기는 금지. 난 지금이 좋아. 네 옆에 있을 수 있는 지금이. 그리고 회사는 걱정 마. 아버지도 계시고 선호도 있고 유능한 직원들이 있으니까."

"하아……. 말 참 안 들어."

"우린 닮았네, 그럼."

단아와 눈을 맞추며 예쁘게도 웃는 진서.

있지 단아야……. 오빠는 정말 그랬으면 좋겠다. 단아 너와 내가 이렇게 하루하루 닮아갔으면 좋겠어. 그래서 언젠가는 네가 내 곁에 와줬으면, 하고 바라……. 매일매일.

진서의 고집에 단아는 속으로 한숨을 내쉰다.

"풍선이 날아간 모양이네."

"응? 아……. 정말이네. 가족 보러 왔나 보다."

진서의 갑작스런 말에 단아가 두리번거려 보니 어린 여자아이가 풍선을 놓쳤는지 손을 위로 뻗어 동동거리고 있다.

"오빠 저 아이 풍선 좀……."

"그럴 줄 알고 가려던 참이야. 잠깐만 여기 있어. 금방 올게. 레버 전동으로 바꾸지 마?"

"내가 바꿔도 오빠가 또 바꿀 거 아는데 내가 바보야? 얼른 아이 풍선이나 잡아줘."

"알았어. 얼른 잡아주고 올게."

진서가 서둘러 둥실둥실 떠가는 풍선 근처로 가 팔을 뻗어 풍선을 잡아 여자아이에게 다가가는 모습을 옅은 미소를 띤 채 바라보는 단아.

그때, 조금 떨어진 단아의 옆에 있던 기둥 모퉁이에서 들려온 걸걸한 남자 목소리.

"저기, 그쪽이 정단아 씨?"

목소리가 들린 쪽으로 단아가 고개를 돌리자 검은색 슈트를 입은 덩치 큰 남자가 기둥에서 나오며 단아에게 빠르게 다가와 선다.

단아가 왠지 좋지 않은 느낌에 진서 쪽으로 곁눈질하며 느리게 묻는다.

"누구…… 시죠?"

단아가 고개를 들어 남자를 바라보자 그 남자는 확실한 걸 원하는지 다시 한번 더 확인한다.

"정단아 씨 되십니까?"

"네……. 그런데요. 누구신지……?"

단아가 불안한지 자꾸만 진서 쪽을 힐끗거린다.

진서는 여자아이와 이야기를 나누는지 무릎을 굽히고 앉아 아이의 머리를 쓰다듬어주고 있다.

오빠를 부르면 되는데…… 왠지 그러면 안 될 것만 같아서 부를 수가 없다.

그런 단아에게 남자는 씩 기분 나쁜 미소를 짓더니 바로 본론으로 들어간다.

"그럼 그쪽이 한진서 이거겠네?"

마치 약속을 하듯 새끼손가락을 들고서 흔들어 보이는 남자.

"……아니에요. 저랑 잘 모르는……."

"에이~ 예쁘게 생긴 아가씨가 거짓말을 하면 쓰나. 우리가 몇 달을 알아봤는데."

"누구신데 저한테 이러세요. 전 모르니까 소리 지르기 전에 가세요."

단아가 떨려오는 손을 꼭 움켜쥐고 최대한 담담하게 남자를 똑바로 바라보며 말한다.

"오, 한진서의 여자라 그런가? 깡 있는 아가씨네. 그리고 소리 지르면 우리가 곤란해, 아가씨. 저기, 한진서가 계속 붙어 있는 통에 아가씨한테 말 거는 것조차 힘들었는데 아가씨가 소리 지르면 다 망치거든."

"진서 오빠가…… 무슨 잘못이라도 했나요?"

"쿡쿡……. 이 아가씨 아무것도 모르나 보네? 하긴 그래도 가족 간의 일인데 쉽게 말 못 하겠지. 쪽팔려서."

가족……? 무슨 말이지?

"그게 무슨 말이죠? 가족 간의 일이라니."

"너무 많이 알면 다쳐, 아가씨. 아가씨는 그냥 우리랑 잠깐만 가자고."

"왜 이래요?"

남자가 단아를 안아 들려고 휠체어 앞으로 가 살짝 상체를 숙이던 그때였다.

"거기, 어느 미친 새끼가 감히 내 여자한테 손을 대."

한없이 낮게 가라앉아 음산하기까지 한 진서의 목소리가 들려온 것은.

"단아한테서 당장 떨어져. 예쁜 곳에 더러운 거 묻잖아, 새끼야."

"뭐⋯⋯?"

움찔. 갑자기 들려온 목소리에 고개를 돌려 진서의 무표정한 얼굴 속에 살벌한 눈동자를 발견한 남자가 진서의 기에 눌려 한 템포 느리게 반응하더니 살짝 뒷걸음질 친다.

그러는 사이 진서가 서둘러 다가와 단아의 앞을 가로막고 선다.

"덩치, 넌 잠시 있어. 내 여자부터 안심시키고 찐하게 대화해줄 테니까."

그리고는 어이없어하는 남자는 신경도 안 쓴 채 단아에게로 돌아선 진서는 변함없이 무릎을 굽혀 단아와 눈높이를 맞추고서 말한다.

"단아야, 오빠 봐. 괜찮아?"

"⋯⋯저 사람 뭐야? 오빠랑 가족들이랑 무슨 문제 있었어⋯⋯?"

"⋯⋯나중에 설명 다 해줄게. 우선⋯⋯."

말하다 말고 살짝 고개를 움직여 바쁘게 누군가를 찾는 진서.

장현민, 이런 때에 왜 안 보여? 한시도 떨어지지 말라니까, 이 자식이 정말!

현민에게 단아를 부탁하려 했건만 웬일인지 보이질 않고, 속으로 화를 눌러 삼킨 진서가 단아에게 다시 말을 잇는다.

"우선, 음⋯⋯. 아, 그렇지. 오빠 이어폰 항상 갖고 다니는 거 있는데 이걸로 오빠 휴대폰에 있는 노래 좀 듣고 있자. 한 서너 곡 정도만. 단아 네가 좋아하던 노래도 많으니까."

"⋯⋯응⋯⋯."

평소 단아 모르게 회사 일을 수시로 처리하느라 휴대폰과 이어폰은 항상 들고 다니던 진서였고 포켓 주머니에서 휴대폰을 꺼내 지체 없이 뮤직 플레이어부터 찾아 틀더니 이어폰을 연결해 음량을 높인 후 단아의 두 귀에 꽂아준다.

그러고선 손으로 사람들을 가리킨 후 입 모양 뻐끔거리듯이 손을 움직인다.

'소리 들려?'

도리도리.

단아가 도리질을 하자 그제야 몸을 일으킨 진서는 구경하듯 지키고 서 있는 사람들 사이로 간호사 두 명을 발견하고는 부른다.

"저기요, 간호사님들."

"네? 아, 네."

"죄송하지만 한 분은 제가 있는 자리로 와서 서 계셔주시고 한 분은 제 아내 옆에서 좀 안아주시겠어요? 여기 안 보이게. 잠시면 되니 부탁드립니다."

"아…… 네. 그럴게요."

두 명의 간호사가 진서의 말대로 한 명은 진서가 섰던 자리에, 한 명은 단아의 옆으로 가 살짝 두 팔로 당겨 안아 단아의 시야를 가린다.

"감사합니다. 제가 올 때까지 꼭 그렇게 있어주세요."

"네."

"걱정 마세요."

간호사들의 대답까지 듣고 나자 그제야 안심을 한 진서의 표정이 일순간 확 변한다.

눈동자는 흑요석처럼 검게 빛나며 멈칫하며 거리를 두고 서 있던 남자에게로 서서히 다가서더니 씩 비웃듯 웃는다.

"어? 아직 있었네? 미친 덩치 새끼. 정말 나랑 찐하게 대화하고 싶었나 봐?"

"뭐라는 거야. 난 저 여자 데려가야 한다고! 너 같은 새끼 상대할 시간 없으니 맞기 싫으면 꺼져!"

진서의 편안한 옷차림 때문이었을까. 금세 진서를 쉽게 본 남자가 큰 덩치로 다가오며 위협을 해보지만 진서는 그저 피식 웃을 뿐이다.

"너 햇병아리지?"

"뭐, 뭐야……? 이 새끼가 진짜!"

"상대를 기선제압하려면 몸을 쓸 게 아니라 눈빛을 들키지 말아야지. 눈빛은 잔뜩 쫄아선."

"입 닥쳐, 새끼야!"

남자가 소리 지르며 진서에게 주먹을 날리는 그 순간, 너무도 쉽게 맞아주는 진서다.

마치 기다렸다는 듯 피하지도 않고.

"큭큭……. 뭐야? 말만 그럴싸하게 하는 샌님이었냐? 얼굴 곱상할 때 알아봤……."

"쿡……. 그럼 이제 뭘 하든 정당방위인 거지? 이미 사람들도 봤으니까."

"뭐……?"

"멍청한 새끼. 말귀도 못 알아듣냐? 넌 이제 죽었다는 거야."

살짝 찢어진 입가를 손으로 스윽 닦아낸 진서가 일어서더니 그대로 남자에게로 빠르게 걸어가 퍼억! 한 발을 들어 밀치듯 때려버린다.

"컥!"

무방비한 상태였던 남자가 나뒹굴듯 뒤로 넘어진다.

"그럼 오랜만에 몸 좀 풀어볼까?"

그런 남자를 보며 눈을 번뜩인 진서의 얼굴은 여전히 웃고 있었다.

소문만이 무성하던 '미친개'가 강림한 것이다.

약 5분 정도가 흐른 후.

사람들은 구경만 할 뿐 어느 누구도 말리지 못한다. 너무 무서웠으니까.

퍼억! 복부에 발길질 한 번.

"너 강호 조직이지? 저 여자 데려오라고 누가 시켰어? 역시 한 재호 상무인가?"

퍽! 옆구리에 발길질 한 번.

"아니야? 왜 아까부터 말을 안 해. 재미없게."

퍼억! 얼굴에 발길질 한 번.

"대답 안 하면 계속 맞는다~? 아, 내가 너무 말할 틈도 안 주고 때렸나? 미안. 내가 빡 돌면 좀 인정이 없어져서."

"크흑……! 콜록콜록!"

"아이고, 저런……. 손 쓰기도 아까워서 발만 썼는데 벌써 얼굴이 피떡이 다 됐네. 어떻게, 말할 시간 줄까?"

"……이미 알면서 뭘 물어. 미친 또라이 새끼. 쿨럭!"

"……결국 한재호 상무라는 거군. 그럼……."

퍽!! 얼굴에 다시 한번 더 발길질을 한 진서가 남자에 가슴에 발을 올리고는 지그시 힘을 줘 누른다.

"으윽……!"

"이제 너 같은 덩치 새끼한텐 볼일 없으니 네 보스한테 가서 전해. 단아는 건드리지 말라고. 다시 한 번만 더 이런 어쭙잖은 짓 했다간 강호 조직 회생 불가로 쓸어버린다고. 알았어?"

"……."

"대답한 걸로 알 테니 얼른 뛰어가. 이러다 정말 경찰이라도 뜨면 피차 피곤해지니까. 아, 그 전에."

발을 내리고 몸을 낮춰 남자의 멱살을 쥔 진서가 마지막으로 살벌한 경고를 남긴다.

"감히 누구 여자를 데려가. 감히! 누구 여자를 겁을 먹게 해. 또 한 번 그래 봐 어디. 그땐 아예 산 채로 묻어줄 테니까."

그 말을 끝으로 미련 없다는 듯 탁! 멱살을 놓고 몸을 일으킨 진서는 뒤돌아 단아에게로 향하고, 사람들은 그런 진서를 슬금슬금 피하며 다시 제 갈 길을 간다.

꿀꺽, 진서가 다가오자 단아를 지키고 있던 간호사 두 명은 마른침을 삼켜낸다.

"감사합니다, 간호사님들."

"아…… 아니요. 저희야 환자 보호하는 게 일인걸요."

"그…… 그럼요……. 하하……."

세 사람의 어색한 인사가 오가던 그때, 소란스러운 로비 사이로 진서를 발견하고 급하게 뛰어온 현민이 묻는다.

"헉, 여기 분위기가 왜 이래, 형?"

"장현민, 죽고 싶냐? 단아 주위에서 한시도 떨어지지 말랬지? 가드 똑바로 안 해?"

퍽! 현민이 나타나자마자 버럭 화를 낸 진서는 가차 없이 현민의 다리를 발로 차버린다.

그런 진서의 행동에 '또 미친개 튀어나왔네.' 생각한 현민은 다행히 워낙 맷집이 단련되어 있던 터라 크게 휘청이지 않고 금방 자세를 바로 하며 대답한다.

"아흐……. 잠깐 화장실 다녀왔어. 화장실! 형도 있고 별다른 이상 없어 보여서. 근데 갑자기 왜 또 빡 돌았는……. 헉, 저기 저 뻗어 있는 덩치는 뭐야? 설마…… 그 사이에 강호 조직이? 그래서 형이 저렇게 만든 거고?"

"어. 여기 상황은 말 길게 안 해도 네가 알 거고, 간단히 말하자면 그래. 아직은 밑에 애들만 보낸 것 같지만 그 배후에는 아무래도 작은아버지가 계시는 것 같다. 단아를 노렸어."

"그래서 형이 미쳐 돈 거구나."

"뭐?"

"아, 아니야. 아무것도. 그나저나 형 작은아버지도 참……. 형한테 단아 누나가 소중한 걸 아니까 노렸다는 거네. 형 발목 잡으려고."

"이미 여기도 노출됐다는 거겠지. 단아의 상태도 눈치챘을 테고."

"역시 회장님께 알려야 하지 않을까? 누나 사고에 대한 것도 백방으로 도와주시고 있고."

"그건 좀 더 생각해보자. 괜히 긁어 부스럼 만들 수도 있어. 강호 조직에서 아직은 전면으로 나서진 않고 있으니까."

"그런가. 단아 누나 사고에 대해서는 좀 뭔가 나올 것 같긴 하다던데. 유한이 말로는."

"자세한 얘기는 나중에 따로 연락으로 하든 하고, 우선은 단아 안전이 가장 중요해. 여기에 더는 못 둘 것 같다."

"그럼 어쩌려고?"

"그건 내가 알아서 할 테니까 우선 현민이 넌 저기 있는 덩치부터 치워. 단아가 보기 전에."

"아……. 그래서 단아 누나를 저렇게 둔 거구나. 형 빡 돈 모습 보이기 싫어서."

"시끄럽고, 얼른 데려가 치워."

"오케이. 바로 처리하고 올게."

현민이 곧바로 남자에게 달려가 일으켜 부축해 세우더니 질질 끌고서 병원 로비를 빠져나간다.

그 모습을 확인한 진서가 그제야 아직까지도 단아를 보호해주고 있는 간호들에게 다시 인사를 한다.

"아…… 죄송합니다. 소란스러웠죠? 이제 정리됐으니 그만 가보셔도 됩니다. 다시 한번 감사했습니다."

미소를 띠고 말하는 진서의 모습에 좀 전까지 영문 모를 살벌한 대화를 나누던 모습이 같이 떠오른 간호사 두 명.

"아…… 네! 그럼 저희는 이만!"

"수고하세요!"

후다닥 인사 후 빠른 걸음으로 도망치듯 벗어난다.

왠지 기합이 들어간 간호사들의 모습에 고개를 갸웃하던 진서는 멍하니 고개가 돌려진 그대로 있는 단아에게 무릎을 굽혀 앉아 단아의 귀에서 이어폰을 빼고 따스한 목소리로 말한다.

언제 눈에 살기가 있었나 싶게 따스하고 자상한 눈빛을 하고서.

"미안. 많이 놀랐지? 이제 다 됐어."

그제야 단아가 고개를 바로 하며 진서를 바라본다.

"오빠…… 입술에 상처……. 그 사람한테 맞았어?"

"아…… 이거? 그냥 살짝 스쳤어. 괜찮아. 그 사람은 내가 경찰 부른다니까 겁먹고 도망갔어."

"……그 사람 실은 내가 아니라 오빠를 노린 거지? 가족들하고 무슨 일이야……?"

"우선 병실에 가서 천천히 다 말해줄게. 응?"

"……알았어."

"자~ 그럼 우리는 병실로 갈까? 아, 단아야. 노래 몇 곡 들었어?"

"두 곡째 듣던 중이었어……. 집중은 안 됐지만."

"그랬구나. 잘했어. 그래도. 오빠 말 따라줘서 고마워."

"딱히 그런 건 아니야. 그냥 그 사람보고 있기가 싫었어."

"와~ 이 와중에도 나 차는 거야? 윽……. 가슴 아프다."

진서가 장난스레 가슴을 움켜쥐자 바람 빠지듯 피식 웃은 단아.

"하여튼 장난은. 얼른 올라가자."

"그래. 그러자."

단아에게 웃어주며 몸을 일으킨 진서는 휠체어를 천천히 끌며 엘리베이터로 향한다.

그러면서 문득 마음에 쓰였는지 진서는 대뜸 먼저 단아에게 정정하듯 말을 한다.

"아까 말인데 단아야."

"응."

"새끼라는 소리는 그……. 오빠가 잠깐 화나서 그런 거야. 욕이라는 느낌보단 화나서. 응? 새끼라는 말은 동물에게도 쓰니까. 어린 동물한테. 그렇지?"

"응. 알았어."

"단아 넌 욕하는 거 싫어하는데. 오빠가 미안해."

"괜찮아. 이해했어."

"역시. 예쁜 천사라니까."

"못 말린다, 진짜."

단아의 괜찮다는 말에 금방 환하게 미소를 짓는 진서다. 이러니 단아가 알 수가 있나.

단아 앞에선 그저 살벌한 기운도, 날카로운 이빨도 모두 사라지고 순한 멍멍이가 되는 남자이니 말이다.

같은 시각, 여전히 같은 자리에서 병원 로비 쪽을 주시하고 있는 검은 승용차 한 대.

바로 만호 일행의 차다.

"혀…… 형님! 저기 남자한테 질질 끌려나오는 놈 덩치 녀석 아닙니까?"

"어디?"

"저기요! 저기 로비 끝에!"

로비 쪽을 지켜보고 있던 백곰의 말에 만호가 시선을 따라간다.

"정말 덩치 녀석이네. 쯧, 한진서한테 들켰나?"

"그래서 제가 다른 베테랑인 놈으로 보내자고 말씀드렸잖아요. 들어온 지 얼마 되지도 않은 덩치 녀석을 왜 보내셔서는."

"한진서가 한눈판 사이에 얼른 여자만 데려오면 되는 일인데 무슨. 저 새끼가 멍청해서 들킨 거지. 한재호가 또 한 소리 하겠구만."

"저희 벌써 몇 달째 이러고 있었습니다, 형님. 이만하면 사진도 실컷 찍어 보냈고 저희 애들이 알아낸 것도 한재호에게 알려줬으니 이 짓은 그만 철수해도 되지 않겠습니까? 너무 장기간 있는 것도 저쪽에 노출될 수도 있구요."

"이미 노출된 거 같다."

"예?"

"저기, 저 남자 항상 한진서 뒤에 있던 놈이야. 우리 차 쪽을 정확히 바라보고 있다, 지금."

만호의 말에 다시 고개를 바로 해 보면 정말 차가 있는 쪽을 정확히 바라보며 씩 웃고 있는 현민이 보인다.

"헉, 정말이네. 저 새끼 웃고 있는데요? 어어? 덩치 녀석을 그냥 길가에다 버리고 들어갔습니다!"

"쓰레기 분리수거는 우리더러 하라는 건가? 큭큭."

"어쩔까요, 형님? 덩치 데려올까요?"

"모자라도 우리 새낀데 거둬야지. 데리고 와. 어차피 이미 들킨 거 이젠 숨을 필요도 없고 좋지, 뭐."

"예. 금방 데리고 오겠습니다."

백곰이 차에서 내려 주변을 살피며 덩치에게로 다가가는 사이 차 안에 있는 만호는 한숨 같은 말을 내뱉는다.

"우리 황금 동아줄께서 알면 꽤나 열 받아 하겠네."

그러더니 슈트 재킷에서 휴대폰을 꺼내 재호에게로 전화를 건다.

JS패션 상무실에서는 통화라도 하는지 재호의 고함 소리가 상무실 바깥까지도 들릴 만큼 커다랗게 들린다.

"뭐? 실패했다고? 야! 내가 한진서 모르게 여자만 너희 아지트에 데려다 놓으라고 했잖아!"

-그게 쉽지가 않습니다, 형님. 한진서가 도통 멀리 떨어지질 않아서.

그 통화 상대가 아무래도 만호인 듯 벌떡 일어선 재호는 이리저리 움직이며 통화를 이어간다.

"잠깐 데리고 있으면서 그 여자로 차후에 경영권 이어받는 거 포기하라고 딜하려고 했더니. 쯧! 하여튼 이놈이고 저놈이고 덜떨어져서."

-그리고 아무래도 한진서가 저희 존재를 알고 있는 눈치인데.

"뭐……? 진서 녀석한테 뒤 밟는 거 들킨 것 같단 말이야?"

재호는 자신이 말실수한 줄도 모르고 통화를 계속 이어갔다.

-예. 보냈던 제 부하 녀석 상태가 완전히 뭉개져서 돌아왔으니까요. 거기다 저희가 강호 조직인 것도 이미 알고 있었다고 합니다.

"그래……? 그렇단 말이지?"

-예. 이젠 들켜서 별 수확은 없을 것 같지만 계속 주시할까요?

"아니야. 한진서 그 녀석이 어떤 녀석인데. 그 이상은 해봤자 더 나올 것도 없을 거야. 더 밟다간 오히려 나까지 노출될 위험부담도 있고. 이미 사진은 충분하고 그 여자 상황도 다 파악했으니 우선은 철수해. 그리고 당분간은 내가 다시 찾을 때까지 눈에 띄지 말고."

-알겠습니다. 그럼…… 돈은?

"하여간 돈 밝히긴. 여자 데려오는 값 빼고 넣을 테니까 그리 알고 끊어."

-예.

뚝, 통화가 끊기고 곧바로 휴대폰 화면을 갤러리로 바꾼 재호.

그 안에는 단아와 진서가 산책로에 함께 있는 사진들이 날짜별로 정리되어 첫날부터 시작해 진서의 모습이 담긴 사진이 여러 장들어 있다.

사진들을 보며 입꼬리를 길게 늘어트린 재호는 액정을 톡톡, 두드린다.

"우리 조카 얼굴이 세상 행복해 보이네. 짧은 행복일 텐데 당분간은 마음껏 즐겨라, 진서야."

한편, 한참 전 병실로 올라온 진서와 단아는 베드 위에 나란히 걸터앉아 이야기를 나누고 있다.

"그러니까 오빠 말은 재호 아저씨가 오빠랑 재성 아저씨를 경계한다는 거야? 회사를 차지하려고?"

"응. 대략 얘기하자면 그래. 더 깊게는 아버지와의 감정 문제가 있어서 나도 섣불리 얘기할 수 있는 부분이 아니고."

"그래서 오빠는 혹시라도 내가 노려질까 봐 병원이 아닌 오빠 새집으로 가자는 거고?"

"응. 오빠랑 오빠 집에 가자. 단아 너만 좋다면 공사 앞당겨볼게."

"싫어. 내가 왜 오빠랑 가."

"단아야…… 오빠 아내 되어주면 안 돼? 정말 싫어?"

"……."

"단아야……."

"……솔직히 잘 모르겠어. 내 마음을 나도 모르겠어, 지금은. 뭘 어쩌고 싶은 건지. 그래서 오빠 집은 더 못 가. 차라리 병원을 옮길래. 여기만 아니면 되는 거잖아."

"……그럼 오빠 집 말고 다른 병원이면 오빠 단아 네 옆에 있어도 돼?"

"……마음대로 해. 어차피 내가 싫대도 내 말은 안 들을 거잖아."

"응. 싫대도 있을 거야. 그럼 오빠가 아는 형이 있는 큰 대학병원 있는데 거기로 가자. 여기보다 훨씬 지내기 편할 거야. 단아야, 괜찮지?"

"부모님이랑 상의해보고 그렇게 할게."

"그것도 오빠가 할게. 그러니까 걱정 말고 오빠가 가자는 곳으로 가자. 응?"

"알았어. 어차피 이미 들켜서 다른 곳으로 도망도 못 가는데 뭐. 오빠가 또 찾을 테니까."

"요즘은 오빠한테 잘해줘서 행복해."

"말 조금 들어주는 게 뭐 잘해주는 거라고. 하여튼."

"그래도 행복해."

"근데…… 그래서 저기, 현민이를 내 옆에 가드시킨 거야?"

단아가 한참 진서와 얘기를 나누다 문득 앞쪽을 바라보며 물으니 단아의 앞에는 현민이 머리를 긁적이며 서 있다.

"하하, 안녕. 오랜만이야, 경단이 누나."

"못 미더운 사람 또 늘었네. 안녕은 무슨. 짱혐아."

"풋. 너희 그러는 거 보니까 예전 생각난다. 좀 친해지고 나서는 이름 가지고 많이 놀렸었지. 그래서 일부러 현민이 부른 거야. 단아 네가 좀 더 편하라고."

"그래도 뭐, 오랜만이라고 반갑네."

"응. 나도 경단이 누나 다시 보니까 좋아."

"정단아, 오빠 놔두고 지금 다른 남자한테 웃어주는 거야?"

"짱혐이니까."

현민에게 대답하며 웃어주던 단아가 진서의 심각한 물음에 딱 0.1초 망설임 후 대답하자, 꼬리가 축 처지듯 어깨를 축 내린 진서.

그런 진서의 모습이 이미 익숙한 단아와 유일하게 단아가 있어야 볼 수 있는 진서의 색다른 모습에 현민은 배를 부여잡는다.

"쿡…… 쿡……. 푸하핫! 하하하!"

"쌍혐 쟤 왜 저래?"

"그러게. 그나저나 단아야…… 오빠가 더 좋지?"

"응. 쌍혐이."

"크크크……. 아 정말이지, 지금 이 장면 애들한테 보여주고 싶다. 진서 형, 나 휴대폰으로 좀 찍어도 돼?"

"장현민, 농담 재미없다."

순간 현민을 바라보며 슬쩍 표정을 굳힌 진서는 고갯짓으로 따라 나오라는 신호를 준다.

"아…… 그렇지? 하하……. 농담이 재미가 없지? 나는 그럼 이만 나가봐야겠어."

"왜? 더 있지. 오랜만인데."

"나중에 또 보면 되지~ 우선은 경단이 누나 지켜야 해서 항상 있을 거야. 나도 내 일 하러 가는 겁니다~"

"그래? 그럼 이따가 또 와. 점심 같이 먹자, 쌍혐아."

"현민이는 바빠, 단아야. 그렇지? 현민아?"

"아……. 바쁠 거…… 야. 응. 바빠."

우와, 저 눈빛 어쩔 거야. 아주 질투에 눈이 머셨구만.

"그러니까 이따가 오빠랑 먹자, 단아야."

"아……. 바쁘면 하는 수 없지, 뭐. 그럼 나 가드할 때라도 얼굴 보자."

"그러자, 경단이 누나. 나 나가볼게."

"응. 나중에 보자."

"자~ 그럼 이제 좀 누워서 쉬자. 아까 놀랐을 텐데."

현민이 나가려 하자 단아를 편히 베드 위로 올려 눕혀준 진서는 단아의 머리를 귀 뒤로 넘겨주며 말을 잇는다.

"단아야, 오빠도 잠깐 현민이랑 얘기만 하고 올게. 아줌마 아저씨께 병원 옮기는 거 상의도 할 겸 통화도 하고."

"알았어. 다녀와."

"바로 병실 앞에 있을 테니까 필요하면 크게 불러. 알았지?"

"나 애 아니라니까?"

"응. 내 여자지. 금방 다녀올게."

단아의 볼을 쓰다듬어주곤 숙였던 상체를 일으켜 현민을 데리고 병실 밖으로 나가는 진서.

드르륵, 탁. 병실 문을 닫고 나오자마자 현민은 두 팔을 감싸 문지른다.

"어우, 닭살. 아직 겨울도 아닌데 웬 닭살이~"

"재밌지, 아주?"

"응. 무지. 한진서의 멍뭉미라니. 이보다 더 재밌을 순 없지. 지금은 봐. 또 돌아왔잖아. 내가 알던 한진서로."

"나 아직 너한테 화 풀린 거 아니거든? 내가 분명 단아 지척에서 항상 가드하라고 했을 텐데."

"화장실 다녀왔다니까?"

"그럼 미리 문자로 말이라도 하고 비우든가. 아까 나까지 없었음 어쩔 뻔했는데."

"아…… 알았어. 미안. 내가 너무 안일하게 생각했어. 형이 24시간 있을 순 없는데. 앞으론 더 잘 신경 쓸게."

"그래. 믿는다."

"맡겨둬. 그리고 형, 아까 로비에서 물어본다는 걸 잊었었는데 여기 이 병원도 CCTV 돌던데 괜찮을까? 형 빡 돌았었다며."

"요즘 CCTV 없는 곳 찾기가 더 힘들지."

"어떡할까? 원장 만나서 사정 얘기하고 지우고 올까?"

"그냥 내버려둬. 이유 없이 때린 것도 아니고 전후 사정 다 찍혔을 텐데. 지우는 게 더 이상해."

"그래도 좀…… 신경 쓰이는데. 형 위치가 위치니만큼 그런 걸로 찌라시라도 잘못 돌면……."

"대신."

"응?"

"지금 바로 아까 찍힌 원본 화면 하나 네 휴대폰에 옮겨와. 사정 얘기해서 단아랑 내가 로비로 내려온 부분부터 전부. 혹시 모를 대비책은 만들어 놔야지."

"크으, 역시 한진서! 그냥 넘어갈 리가 없지. 한진서가 누군데."

진서에게 엄지 척을 해주는 현민이다.

그런 현민의 모습에 피식 웃은 진서는 현민의 어깨를 한번 탁 치고는 등을 밀어준다.

"얼른 갔다 오기나 해. 또 강호 조직이 무슨 수 써놓기 전에."

"아, 응. 얼른 받아가지고 올게. 형 휴대폰으로 다시 옮길 거지?"

"응. 그래야지."

"알겠어. 금방 다녀올게."

현민이 빠르게 달려 엘리베이터로 향하고 그 모습을 지켜봐주던 진서는 병실로 올라오는 길에 단아에게 받아 포켓 주머니에 다시 넣어뒀던 휴대폰을 꺼낸다.

휴대폰 화면을 켜 곧바로 연락처에 들어가 '다현 아줌마'를 찾아 누르려던 진서는 멈칫한다.

"아…… 어른들은 단아 가까이에서 볼 수 있다 그럼 금방 허락하실 텐데. 병원 VIP실 있는지부터 알아봐야겠다. 워낙 바쁜 곳이니까."

그렇게 혼잣말을 중얼거린 진서가 다시 다른 연락처를 찾아 누르자 휴대폰 액정에 뜨는 이름은 바로…… '하진이 형'.

통화 버튼을 누르고 휴대폰을 귀에다 대고 있던 진서는 얼마 지나지 않아 상대방이 받았는지 기분 좋은 웃음기를 머금고 통화를 한다.

"웬일로 바쁘신 진 교수님께서 바로 전화를 받네? 하진이 형, 나야. 진서."

그렇게 몇 분의 시간이 흘렀을까.

모든 통화를 마치고 현민이 받아온 CCTV 화면을 자신의 휴대폰으로 옮긴 후 때마침 도착한 점심까지 챙겨서 병실 안으로 다시 들어온 진서.

"단아야, 오빠 왔어. 좀 걸렸지? 미안해. 어른들께 전부 연락드리느라 좀 걸렸어. 그리고 마침 점심이 와서…… 단아야? 자?"

병실 문을 닫고 말을 건네며 들어오다 웬일인지 조용해서 베드로 가까이 다가가던 진서는 가까워질수록 선명히 들려오는 단아의 괴로워하는 목소리에 앞뒤 볼 것도 없이 단아에게 달려간다.

쨍그랑! 탁, 데구르르…….

들고 있던 식판을 그대로 떨어트린 채.

'……도와…… 줘요…….'

'헉, 설마…… 나 지금 이 여자 친 건가?'

'제발…… 누가 좀…… 도와주세…… 요…….'

'미친! 왜 이 밤에 갑자기 튀어나오고 난리야! 재수 없게!'

'제…… 발요…….'

'흐익! 소름 돋게 어딜 잡는 거야?'

'……'

'어쩌지? 카메라나 본 사람 없겠지?'

또각또각.

'……도와…… 주세요……'

"단아야! 단아야!"

"도와…… 주…… 세요……. 가지 말아요……."

진서가 단아의 볼을 톡톡 두드리며 큰 소리로 부르지만 단아는 몸부림치고 식은땀을 흘리며 도와달라는 말만을 되풀이한다.

"단아야! 오빠 여기 있어!"

꿈속을 헤매는지 잘 깨어나질 못하는 단아.

그런 단아를 불안하게 바라볼 수밖에 없는 진서는 애타는 마음으로 간절히 단아를 한 번 더 불러본다.

"정단아!"

"흐윽……"

진서의 목소리가 닿은 걸까…….

그제야 꿈속에서 깨어난 단아의 두 눈엔 눈물이 한가득 맺혀 있다.

흐려진 초점으로 진서를 바라본 단아는 느릿하게 말을 뱉어낸다.

"……진서…… 오빠……."

"응…… 단아야……."

단아의 눈동자를 마주하고 나서야 놀란 가슴을 쓸어내린 진서는 그대로 상체를 숙여 단아를 꼬옥 안는다.

"악몽 꿨구나……. 이제 괜찮아……. 다 괜찮아……."

"또 그 꿈…… 꿨어……. 누가 날 내버려두고…… 차에 올라타서 가버렸어……."

"……쉬이, 얘기 안 해도 돼……. 그냥 꿈일 뿐이야……. 그 꿈엔 오빠가 없지?"

"응……."

"오빠가 없는 그 꿈은 그저 지난 꿈이고 오빠가 있는 지금이 현실이야, 단아야. 그러니까 또 그 꿈꾸거든 오빠한테 가야지 하고 얼른 깨는 거야……. 응……?"

"……응……."

"그래……. 착하다."

"오빠…… 울어……? 목소리가 잠겼어……."

"아닌데~? 그냥……. 잠깐 통화하고 오는 동안 단아 네 얼굴 못 봤더니 너무 보고 싶더라고……. 그래서 너무 좋아서……. 좋아서 그래……."

단아는 진서의 말에 피식, 힘없는 웃음을 뱉는다.

"배는 안 고파? 배고프다고 하면 오빠가 얼른 다시 말씀드려서 점심 받아올게. 아님 사오든지. 들고 들어오다가 손이 미끄러져서 떨어트렸거든."

"아니……. 조금 더 자고 싶어……. 졸려……."

"그럴래? 아까 많이 놀라서 긴장했던 게 풀렸나 보다. 그럼 조금 더 자자."

"……으응……."

웅얼거리듯 대답한 단아가 금방 다시 까무룩 잠이 들고 그런 단아를 안은 진서는 한참 동안을 부드러운 목소리로 속삭여주었다.

"단아야…… 잘 자고 좋은 꿈만 꿀 거야……. 사랑해……."

단아가 또다시 혼자서 꿈속을 헤매며 울지 않게.

몇 분 뒤 단아가 다시 고른 숨을 내쉬며 곤히 잠든 모습을 확인하고 나서야 안심하고서 급하게 보호자 룸 안으로 들어선 진서는 곧바로 휴대폰을 꺼내 들고 어딘가로 전화를 건다.

금방 상대방이 받았는지 진서는 잔뜩 날이 선 목소리로 말을 꺼낸다.

"어, 선호야, 나야."

-그래. 무슨 일이야?

"단아 사고 담당 형사 만나는 건 어떻게 됐어?"

-계속 꾸준히 찾아가서 설득 중에 있는데 역시 예상대로 쉽지는 않다.

"그래?"

-뭔가 있는 거 같긴 한데 아예 작정을 하고 숨겨주는 건지…….

"선호야, 그럼……."

선호를 부르고서 잠시 말을 멈춘 진서.

-진서야?

선호가 부르는 소리에 잠시 보호자 룸 입구 쪽을 응시하던 진서는 한없이 낮고 차가운 목소리로 다시 말을 잇는다.

-그 형사, 손봐야겠다. 더는 지체할 수가 없을 것 같네.

"어머, 진서 도련님, 뭐 하고 있는 거예요?"

"아, 호연 아주머니 오셨어요? 생각보다 일찍 오셨네요."

점심시간이 지난 오후 시간.

볼일을 마치고 돌아와 단아의 병실 안으로 문을 닫고 들어서던 호연은 대걸레를 들고 바닥을 닦고 있는 진서의 모습에 어리둥절하다.

"네. 얼른 볼일만 보고 집에서 간단히 호박 넣고 갈아서 호박죽 좀 만들어 왔어요. 단아 아가씨가 호박죽 좋아하잖아요. 보온병에 담긴 했는데 그래도 식을까 봐 택시타고 왔죠."

"잘됐다. 안 그래도 제가 점심밥을 쏟아서 단아 자고 일어나면 뭐 먹여야 하나 하던 참이거든요."

"아……. 그래서 바닥 닦고 계셨던 거구나. 이리 주세요. 제가 할 게요."

"괜찮아요. 거의 다 해가던 중인데요, 뭐."

"그래도 제가 해요. 그래야 제 마음도 편하구요."

호연이 베드 옆 협탁 위에 보온병이 담긴 쇼핑백을 내려두고 진서의 손에서 대걸레를 가져온다.

"아…… 정말 괜찮은데. 감사해요, 아주머니."

"전 괜찮으니까 도련님은 단아 아가씨 옆에 있어요. 잠 깼을 때 도련님 얼굴이 가장 먼저 보이면 아가씨 기분 좋을 거예요."

"예. 그럴게요."

기분 좋은 미소를 띤 진서는 곧장 걸어가 간이 베드를 꺼내 단아의 곁에 가까이 앉는다.

단아의 손을 잡아 쓰다듬던 진서의 표정이 아픈 빛을 띤다.

"……널 아프게 하는 건 그게 뭐든 오빠가 전부 용서 못 해. 아니, 안 해. 꼭 고통 속에서 살게 할 거야."

진서는 단아의 손을 놓칠세라 꽉 잡으며 자신에게 다짐하듯 혼잣말을 내뱉는다.

그때, 잠에서 깼는지 살짝 잠긴 단아의 목소리가 들려온다.

"아파……."

"아······. 단아야, 깼어?"

"손······ 아파."

"손? 아아, 미안해. 너무 꽉 잡고 있었네······."

"단아 아가씨 깼어요?"

"호연 아줌마 오셨어요······?"

"네, 아가씨, 화장실 안 가도 되겠어요?"

"아······. 가고 싶어요."

"그럼 잠시만요. 휠체어 가지고 올게요."

"아니요, 아주머니. 계세요. 제가 단아 앉혀줄게요. 자, 단아야.
오빠 안자."

진서가 익숙하게 베드 위 이불을 걷어내고 단아의 등과 무릎 뒤
로 손을 넣어 안아들려 하자 아직 잠결인 건지 별말 없이 단아가
얌전히 진서의 목을 끌어안아 온다.

"화장실 갔다가 아주머니가 호박죽 가져오셨는데 좀 먹자. 단아
너 호박죽 좋아했잖아."

"응······."

"요즘 너무 예쁜데? 사랑스러워 죽겠다."

진서가 단아의 이마에 가볍게 입을 맞춘다.

"나 땀 흘렸어······. 하지 마."

"달콤한 향기만 나는데, 뭐."

그대로 걸어가 휠체어가 있는 창가까지 간 진서는 조심히 단아
를 내려주고 다리를 살살 발판 위에 올려준다.

그러자 휠체어를 움직여 호연과 화장실로 들어가는 단아.

그 모습을 지켜보던 진서는 간이 베드에 앉아 작은 한숨을 내쉰
다.

"후우……."

지치거나 힘들어서가 아닌, 앞으로가 걱정되어서.

그로부터 일주일 후 이른 점심 식사를 마친 오후 시간.

어제 오후, 드디어 하진에게서 '내일 오후에 입원 들어오는 걸로 얘기됐다. 단아 씨 데리고 와.'라는 연락을 받은 진서가 호연과 함께 짐 정리를 하고 있던 그때 문이 열리는 소리와 함께 현민이 들어온다.

"경단이 누나, 나 왔어."

"짱혐아!"

전동 휠체어에 앉아 자수를 뜨고 있던 단아는 반가운지 활짝 웃는다.

"왔어?"

"응."

"단아 너~ 현민이 너무 좋아하는 것 같아. 오빠 서운하게."

"못 말려, 진짜. 반가우니까 그런 거지."

"풋."

진서가 다가와 단아에게 투정부리듯 하는 모습에 현민이 설핏 웃음 짓고 여전히 둘은 투덕이느라 바쁘다.

"그래도 오빠가 더 좋지? 더 반가웠지?"

"몰라."

"저기…… 얘기 나누는 중에 미안한데 진서 형, 부탁한 휠체어 가지고 왔어. 단아 누나, 선물."

현민이 슬쩍 두 사람에게 말을 건네자 그제야 투덕임을 멈춘 두 사람.

"아아, 그랬지."

"저기, 휠체어라니?"

"아……. 얘기해주는 걸 잊었구나. 단아 네 전동 휠체어는 크기도 크고 무거워서 어디 가져가거나 할 수가 없으니까. 오히려 멀리 해외 같은 곳은 이동하는 데 제약도 많고. 그래서 현민이 편에 좀 보내달라고 부탁했었어. 선호한테."

"아……."

"단아 넌 수동으로도 충분히 다닐 것 같아서. 조금 번거롭더라도 일상 생활할 땐 일반 휠체어도 하나 있어야겠더라고. 물론 전동 휠체어도 같이 가지고 갈 거야. 현민아, 갖고 왔지?"

"잠시만."

현민이 병실 문밖으로 나가 휠체어 하나를 끌고 들어온다.

단아를 가뿐히 안아든 진서가 휠체어 의자에 조심히 앉혀주고선 무릎을 완전히 굽혀 앉아 눈높이를 맞춘 후 묻는다.

"어때? 낮아서 불편해? 대신 발판은 완전히 젖혀지게 바꿔오라고 해서 앉을 때 다리에 안 걸릴 텐데."

"괜찮아. 일반 휠체어도 탄 적 있었어. 팔은 자유로우니까. 난 괜찮은데 오빠가 더 불편하겠네. 저 전동 휠체어 때도 무릎 굽히고 상체 숙였는데 더 아예 쭈그리고 앉아야 하니까. 멀리 갈 땐 일일이 밀어줘야 하고."

"이젠 오빠도 걱정해주는 거야? 감동인데? 오빠는 걱정하지 마. 무릎 튼튼해서 괜찮아요~ 그리고 요즘은 틈틈이 팔 운동도 하고 있으니까 더 걱정 말구요~"

"하지 마. 이상해."

"하하. 알았어. 자, 그럼 우리 정단아 학생은 오빠가 잠시 통화하고 올 동안 일반 휠체어 운전 연습 좀 하고 있어. 이것도 다시 손에 익어야 하니까."

"알았어."

"응. 예쁘다. 요즘만 같으면 오빠가 날아갈 것 같다. 행복해서."

단아의 머리를 쓰다듬은 진서가 몸을 일으키며 호연에게 말을 건넨다.

"아주머니, 제 짐은 캐리어뿐이라 제가 다녀와서 하면 되니까 아주머니 짐이랑 단아 짐만 마저 챙겨주세요. 죄송해요. 다 못 도와드렸는데."

"아니에요~ 제 짐도 가방 하나가 다인데요, 뭐. 단아 아가씨 짐도 도련님 손이 빨라서 어느 정도는 챙긴 것 같고요. 나머지는 제가 해도 되니까 편히 얘기 나누고 오세요."

"예. 얼른 돌아와서 마저 도와드릴게요."

"괜찮대도요~ 다녀와요, 도련님."

"예, 다녀올게요. 단아야, 천천히 손에 익히고 있어. 오빠 금방 올게."

"응."

"단아 누나, 나도 나가볼게."

"응. 나 지금 좀 바빠서."

현민의 인사에도 수동 휠체어를 움직여보는 일에 집중한 단아는 간단히 인사만 한다.

"우리 단아 또 열의적이 됐네. 안 그래도 병원 옮기면 심심할 것 같다고 자수 뜨는 거 제대로 배워서 나중에 아이들도 가르쳐주고 블로그 만들어서 영상도 올리고 할 거라고 요즘은 나랑 잘 놀아주지도 않아. 바쁘다고."

"쿡. 배우는 거에 밀린 거야?"

"그런 것 같다, 아무래도. 가자."

진서가 피식 웃으며 현민의 어깨를 툭 친다.

"응."

그런 단아의 모습에 진서와 현민은 기분 좋은 미소를 지으며 병실 밖으로 나간다.

"현민아."

병실 문을 닫고 나온 진서가 곧바로 현민을 불러 세운다.

"응?"

"여기 문 앞에서 서 있어. 난 잠깐 선호랑 통화 좀 하고 올게."

"아, 비상구? 나도 궁금한데."

"선호한테 나중에 다 듣잖아. 내일 병원 옮기면 좀 나을 테니까 조금만 참아."

"오케이. 잘 지킬 테니 다녀와. 아, 그리고 며칠 전부터 그 승용차 안 보이더라? 지쳤나?"

"이제 더는 뒤밟을 게 없다고 생각했나 보지. 우리가 아는 거 그쪽도 알았을 테니까. 그럼 작은아버지가 그냥 뒀겠어? 바보가 아닌 이상 우선은 철수시켰겠지. 그래도 방심하지 말고 단아 잘 지켜."

"알았어."

진서는 현민의 어깨를 토닥여주곤 비상계단 쪽으로 걸어가고 현민은 병실 문 앞에 선다.

그렇게 진서가 긴밀한 통화를 하러 비상계단으로 간 지 약 10분쯤이 흘렀을까.

얘기가 길어지는지 금방 온다던 진서는 돌아오지 않고 조용하던 VIP병동의 복도가 한 남녀의 다투는 소리로 소란스러워진다.

소리의 근원지는 단아의 병실에서 조금 떨어져 있는 옆 병실.

한 남자가 신경질적으로 병실 문을 열고 나오자 휠체어를 타고 힘겹게 뒤따라 나온 한 여자.

단아와 진서 또래쯤으로 보이거나 조금 더 나이가 들어 보인다.

"민수 씨…… 당신 힘든 거 알아. 그래도 조금만…….."

"그 조금만 조금만! 벌써 몇 년째인지 알기나 해?"

"뭐가 이리 시끄러워. 병원 안에서."

현민이 갑작스런 큰소리에 눈살을 찌푸리며 혼잣말을 하던 그때 드륵, 단아의 병실 문이 열리며 단아와 호연이 보인다.

"아가씨, 제가 같이 간다니까요."

"아니에요. 오랫동안 전동 휠체어에 익숙해졌더니 수동이 낯설어서 복도에서 연습 좀 하려는 건데요, 뭐."

"그래도…….."

"너무 과잉보호도 안 좋아요~ 바로 앞에 있을 거니까 걱정 마세요."

"어? 경단이 누나, 왜 나와?"

"안에서만 움직이기 답답해서. 쌍험아, 비켜봐."

"아……. 으응."

현민이 얼떨결에 한쪽으로 비켜나주자 두 팔로 휠체어 바퀴를 움직여 복도로 나오는 단아.

"저기 경단이…… 아니, 단아 누나, 지금 복도는 좀 그런데…….."

"왜? 나 수동 휠체어는 사고 나고서 잠깐 탔다가 안 타서 다시 연습…….."

"나도 이제 지친다고!"

현민의 만류에 대수롭지 않게 대답하며 휠체어 방향을 옆으로 틀어 움직이던 단아는 갑작스레 들려온 큰소리에 그대로 멈칫한다.

"다신 못 걷는 당신 옆에서 괜찮은 척 웃는 것도 더는 못 하겠어. 결혼 약속했었으니 책임감으로 있었지만 나도 사람이라 마음이 흔들린다고."

"……."

"미안하다. 미안한데 난 더 이상 못 하겠어. 연희 네 뒤치다꺼리."

"……이럴 거였으면 왜 내게 왔어? 가라 할 때 떠나지……. 당신 왜 날 사랑한다 했니……?"

"……미쳤었나 보지. 미안하다."

"……가지 말아줘……. 부탁이야, 민수 씨……."

"이젠 널 사랑하는지도 모르겠어. 미안해."

"어머, 이게 무슨 소리예요?"

"그게……. 누가 좀 다투는 것 같은데……."

갑작스런 큰소리에 호연도 나와 서서 묻고 현민이 한 발짝 앞에 있는 단아를 살피며 조심스레 대답하고는 단아에게 다가선다.

"저기…… 단아 누나, 우선은 병실로 다시 들어……. 단아 누나……?"

"……."

현민이 다가와 고개를 숙이며 말을 걸어보지만 이미 두 손은 휠체어 바퀴에서 힘없이 떨어지고 두 눈은 텅 비어버린 단아는 앞에 있는 두 사람의 모습에서 진서와 자신의 모습을 덧입힌다.

우리도…… 오랜 시간이 지나면…… 결국 저렇게 될까……?

오빠는 지치고…… 난 그런 오빠를 붙잡고…….

결국…… 오빠 없이 살아갈 수 없게 되는 날이 오게 되는 걸까…….

그 순간…… 두 눈 가득 맺힌 눈물이 하염없이 볼을 타고 흘러내리고 다리가 뻣뻣해지며 온몸이 사시나무 떨듯 떠는 단아.

"단아 누나……! 왜 이래……?"

"단아 아가씨!"

갑작스런 상황에 현민이 놀라 당황하고 호연이 급히 뛰어오는 그 잠깐 사이, 그보다 한발 더 빠르게 달려오는 발걸음 소리가 다급하게 들린다 싶더니 낮은 저음의 익숙한 목소리가 단아의 앞에서 들려온다.

"장현민, 당장 저 남자 치워."

그리고 그와 동시에 무릎을 굽혀 앉은 진서는 단아를 품 안에 가득 안았다.

아무것도 보지 못하게. 그러곤 계속 속삭였다.

아무것도 듣지 못하게. 계속…… 끝없이…….

"쉬이, 아무것도 아니야. 괜찮아. 오빠 목소리만 들으면 돼, 우리 예쁜 단아……. 단아야, 다 괜찮아. 괜찮을 거야."

단아를 두고 비상계단으로 들어온 진서는 선호와 통화를 하는 중이다.

"그래서, 그 형사가 뭐 좀 얘기했어?"

-응. 네가 말한 대로 혼자 될 때까지 기다렸다가 따로 손을 보긴했어. 그랬더니 자기도 정말 자세하게는 모른다고 하면서 아는 대로 다 말할 테니 살려만 달라고 하더라.

"역시 죽기는 싫었나 보네."

-혹시 몰라 그 형사 보는 앞에서 녹음해왔어. 나중에 다른 말 할까 봐.

"잘했어. 녹음 파일 나한테 전송해줘."

-오케이. 지금 보낼게. 듣고 다시 얘기하자. 잠시만.

선호가 곧바로 녹음 파일을 보내오자 재생을 시켜 한참을 듣던 진서는 어느 정도 들었다고 생각했는지 파일을 멈추고 다시 통화를 한다.

"선호야, 네가 보기에도 그 형사라는 남자는 깊게 개입된 것 같진 않았어?"

-아마도? 잔뜩 겁먹은 눈빛으로 더는 모른다고 했으니 아마 사건을 함구해주는 조건으로 돈만 받았던 것 같아.

"그 형사 말이 거짓말일 가능성은?"

-거의 없다고 본다. 태생이 나쁜 사람은 아닌 듯했거든.

선호의 대답에 미간이 살짝 찌푸려진 진서가 작게 한숨을 내쉰다.

그렇다는 건 현재로선 정말 어떠한 증거도 목격자도 없다는 건데…… 하아…… 돌겠다.

진서가 머리카락을 헝클며 복잡해지려는 머릿속을 정리하려던 그때 다시 선호의 목소리가 들려왔다.

-그보다 나는 형사가 의아했다는 그 말이 좀 신경 쓰여. 대체 어떤 사람이 움직인 걸까?

"나도 그 부분이 거슬리긴 해. 결국 SH그룹의 움직임을 알 수 있다는 건 우리 같은 사람들이라는 거겠지. 그런데 문제는 현재 국내에 있는 그룹들 중 SH그룹과 안면이 있거나 친밀한 관계인 그룹이 우리 JS그룹을 포함해서 한두 군데가 아니라는 거. 그게 문제 겠지."

-그럼 SH그룹과 일 년 새에 관계가 안 좋아진 쪽을 한번 조사해 볼까?

"후……. 혹시 모르니 그렇게 해. 우혁 아저씨께 도움받아서. 내 도움 필요할 땐 언제든 연락하고."

-오케이. 접수하마.

"아, 그 형사 일은 뒤탈 없이 잘 마무리한 거지?"

-걱정 안 해도 돼. 문제 생기면 자기한테도 좋지 않다는 건 충분 히 인지시켰으니까.

"그래. 너야 워낙 깔끔하게 일 처리 잘하니까. 그럼 아까 말한 대로 SH그룹 쪽하고 관련된 그룹들 자세히 알아보고 연락하든 병 원으로 오든 해. 작은아버지 쪽은 틈틈이 주시하고. 그리고 내일부 터 병원 옮기는 건 알지?"

-응. HB대학병원 본관 VIP병동 맞지?

"응. 이젠 거기로 오면 돼."

-알았다, 그럼 이만 끊자. 알아보려면 바쁘다.

"그래. 그럼 수고하고. 끊는다."

그렇게 비상구를 나온 진서가 다시 빠른 걸음으로 병실 쪽을 향 해 걸었다.

단아의 병실 쪽으로 다다랐을 즈음 진서의 눈에 보이는 것은 복 도에 나와 있는 몇몇 사람들.

뭐지?

"어머나……. 저 여자 불쌍해서 어째……."

"그러게요……."

사람들의 웅성거림 사이로 진서가 한쪽으로 피해 걸어가는 순간 진서의 눈에 들어온 두 남녀. 그리고 귓가로 파고드는 두 남녀의 대화.

"다신 못 걷는 당신 옆에서 괜찮은 척 웃는 것도 더는 못 하겠어. 결혼 약속했었으니 책임감으로 있었지만 나도 사람이라 마음이 흔들린다고."

"……."

"미안하다. 미안한데 난 더 이상 못 하겠어. 연희 네 뒤치다꺼리."

"……이럴 거였으면 왜 내게 왔어? 가라 할 때 떠나지……. 당신 왜 날 사랑한다 했니……?"

"……미쳤었나 보지. 미안하다."

"……가지 말아줘……. 부탁이야, 민수 씨……."

"이젠 널 사랑하는지도 모르겠어. 미안해."

남자의 모진 말에 진서의 미간이 저절로 찌푸려지던 그때였다.

조금 떨어져 있는 곳에서 현민과 호연의 다급한 목소리와 함께 진서의 두 눈에 눈물을 흘리며 뻣뻣하게 굳어 온몸을 떨고 있는 단아가 들어온 것은.

"이런 미친!"

단아의 상태가 갑자기 왜 저런 건지 말하지 않아도 알 수 있는 상황에 모든 걸 파악한 진서는 남자를 향해 작게 뇌까리곤 그대로 빠르게 달렸다.

그러곤 앞뒤 볼 것 없이 무릎을 완전히 굽히고 앉아 그대로 단아를 품 안 가득 안았다.

"쉬이, 아무것도 아니야. 괜찮아. 오빠 목소리만 들으면 돼, 우리 예쁜 단아……. 단아야, 다 괜찮아. 괜찮을 거야."

단아를 끌어안고 계속 속삭이는 진서 곁으로 호연이 뛰어온다.

"도련님…… 단아 아가씨가……."

"예. 알아요, 아주머니. 괜찮아요. 괜찮을 거예요."

"진서 형……."

"괜찮아. 놀랄 거 없어."

단아를 안아 쓰다듬으며 계속 사랑한다는 말을 반복하던 진서는 현민에게 다시 한번 눈짓으로 뒤를 가리킨다.

치워. 당장.

"아……! 응!"

그제야 현민이 달려가 남자와 여자에게 상황을 설명해준 뒤 우선은 병실 안으로 들어가게 한다.

그제야 사람들도 분위기가 다름을 안 건지 각자 흩어진다.

"됐어, 형."

현민이 서둘러 다시 뛰어와 말을 건네지만 진서는 오롯이 단아에게만 집중하며 계속 말을 건넨다.

머리를 다정히 쓰다듬으며.

"단아야…… 오빠 왔어."

"……."

"무서웠구나……. 힘들었구나……. 두려워서 도망치고 싶었구나……."

"……."

그러자 서서히 몸에 떨림이 잦아들고 뻣뻣하던 것도 많이 풀어진다.

하지만 계속해서 멈추지 않고 한 손은 등을, 한 손은 머리를 쓰다듬으며 다정한 목소리를 들려주는 진서.

"우리 단아 오빠 목소리 들리면 아주 살짝만 손으로 오빠 옷 잡아줄래……?"

"……."

천천히 올라와 진서의 셔츠를 붙잡는 단아의 손.

"오빠 목소리 들리는구나……. 다행이다. 있지, 단아야……. 단아 네가 본 건 우리의 모습이 아니야……."

"……."

"네가 왜 아파했는지 알아……. 그런데 그건 오빠가 아니야. 그러니까 아무것도 무서워하지 마……. 겁먹을 거 없어……."

그 순간 완전히 몸의 떨림이 온전하게 멈춘다.

"단아야…… 오빠가 예쁜 얼굴 보고 싶은데……. 떨어져도 되겠어……? 이제 아무도 없으니까……."

진서가 그 말과 함께 천천히 품에서 단아를 떨어트려 놓으며 마주 본다. 아주 환한 미소를 짓고서.

"우와, 우리 애인 울보 됐네? 그래도 예쁘다. 뽀뽀해도 돼?"

진서는 안다. 이럴 때일수록 변함없는 모습으로 대해야 단아가 안심한다는 것을.

"……."

진서는 단아의 얼굴을 양손으로 감싸 눈물을 닦아내주면서도 계속 얼굴에서 미소를 지우지 않는다.

"왜 울었어……. 우리 애인 눈물이 얼마나 아까운 건데. 오빠가 단아 울린 놈 패줄까? 누군지 말만 해. 당장 때려주고 올게!"

그런 진서의 노력하는 마음을 안 걸까. 텅 비었던 눈동자에 빛이 돌아오며 도리질을 하는 단아.

"알았어. 단아 넌 착해서 다른 사람 때리는 거 싫어하니까 안 그럴게, 오빠가."

"……"

단아가 똑바로 눈을 맞춰오자 예쁘게 웃은 진서는 따스한 어투로 말을 잇는다.

"단아야…… 무서워할 거 하나도 없어……. 웬 줄 알아?"

"……"

"한진서는 정단아 없으면 못 사니까. 살아가질 못해. 오히려 떠날까 봐 단아 널 꽉 붙잡고 있어야 할 사람은 바로 나야. 절대 내가 먼저 단아 널 놓을 수가 없어. 내가 살아야 하거든. 그러니까 오빠 놓으면 안 돼. 알았지?"

그 순간 다시 눈물을 흘린 단아는 열릴 것 같지 않던 입술을 열어 말을 뱉어냈다.

울음 섞인 한마디를. 너무나도 아픈 한마디를…….

"정말…… 정말…… 나…… 안 버릴 거야……?"

단아의 울음 섞인 한마디에 가슴이 아리는 진서지만 계속 미소 지은 얼굴로 손을 꽉 잡아준다.

"그런 말이 어딨어……. 내 예쁜 아내 될 사람인데."

"……안 되면…… 내가 계속 밀어내면 그땐…… 떠날 거지……?"

"아니. 절대 안 떠나. 오빠는 평생 단아 네 옆에서 행복할 거야. 믿어도 돼. 적어도 내 마음 하나는."

"……"

진서의 곧은 눈동자에 마음이 놓이는 자신을 발견한 단아는 부정했던 자신의 마음을 결국 인정해야만 했다.

이 남자를 잡고 싶다고…….

여전히 많이 사랑한다고…….

"우리 병실로 들어갈까? 추울 텐데 들어가서 좀 쉬자."

"응……."

단아는 많이 놀란 모양인지 대답하면서 진서의 손을 힘주어 잡는다. 그런 단아의 반응이 더 안쓰러운 진서.

왠지 지금은 휠체어에 앉혀두고 싶지 않은 마음이 들어 몸을 일으켜 상체를 숙인 진서는 단아가 끌어안을 수 있게 한다.

"단아야, 오빠 목 끌어안아."

역시나 단아는 이번에도 별 거부 없이 진서의 목을 끌어안는다.

그러자 진서는 휠체어 안으로 손을 넣어 단아를 안아들고 품 안쪽으로 깊이 안는다.

"들어가자, 오빠랑."

"응……."

그러고선 옆에 서 있던 현민을 부른다.

"현민아."

"어, 어!"

"단아 휠체어 우선은 병실 한쪽에다 세워둬."

"응. 알았어."

"놀라셨죠? 아주머니."

"아니에요. 저는 괜찮아요. 저보다 아가씨가 많이 놀랐을 거예요."

"아주머니, 그래서 드리는 말씀인데 한 시간 정도만 볼일 보고 와주실 수 있으세요? 단아랑 오랜만에 오붓하게 있고 싶어서요."

"왜 호연 아줌마는 내보내고 그래……. 아니에요, 아줌마. 계세요……."

현민에 이어 호연에게 말을 잇던 진서를 작은 목소리지만 정확하게 나무라는 단아.

"오빠가 단아 너랑 단둘이 있고 싶어서 그래. 단아 너한테만 집중하고 싶어서. 그래도 안 돼?"

"……어디 가서 계시라고 하려고……. 나 때문에 와 계시는데……."

진서가 '안 돼?' 하며 씩 웃자 또 그 미소에 마음이 약해진 단아가 한풀 꺾여 말하고 그 모습에 마음이 놓이는 호연이 눈치껏 대답한다.

"후훗. 걱정 말아요, 아가씨~ 저 갈 데 많아요. 안 그래도 은행에 볼일 있었는데 잘됐어요. 저는 그럼 잠깐 은행에 좀 다녀올게요. 그동안에 두 사람 오붓하게 있어요. 그럼 됐죠?"

"그럼 됐지?"

호연과 진서의 합동 작전에 단아는 백기를 든다.

"……마음대로 해……. 지금은 거절할 힘도 없다."

"자~ 그럼 들어가볼까? 아주머니, 은행 조심히 다녀오시고 현민이 넌 병실 근처 잘 지키고."

"걱정 마, 형."

"그렇게요. 참, 저희들 짐 정리는 얼추 끝냈으니까 도련님 짐만 나중에 챙기시구요."

"예. 그럴게요."

호연에게 미소를 띠며 대답한 진서는 단아를 안은 그대로 조심히 걸어가 병실 문을 열고 안으로 들어간다.

그런 진서의 모습을 내내 지켜봤던 현민은 새삼 진서가 대단해 보여 혼잣말을 중얼거린다.

"진짜 요즘 같은 세상에 저런 순애보가 또 있으려나? 대단하다, 정말."

그러고는 고개를 저으며 휠체어를 한쪽으로 밀어두는 현민이었고 그런 현민을 향해 설핏 웃음 짓는 호연이었다.

"이제 몸은 안 힘들어?"

병실 안으로 들어와 단아를 안고 베드 위까지 쭉 걸어온 진서는 단아를 조심스레 눕혀주곤 머리카락을 귀 뒤로 넘겨주며 묻는다.

"응⋯⋯. 괜찮아. 울었더니 조금 기운이 없는 거 말고는."

"그렇구나. 다행이야 나아져서."

"근데 나 지금 세상 못생겼을 텐데⋯⋯ 눈은 부었을 테고 아까 콧물도 나왔던 것 같은데⋯⋯ 보지 마."

보지 말라며 손으로 얼굴을 가리려는 단아의 행동에 진서는 설핏 웃으며 단아 손을 붙잡는다.

"정단아 다시 돌아왔네. 보지 말라는 거 보니까. 왜? 오빠를 너무 사랑해서 못난이 모습은 보이기 싫어?"

"뭐⋯⋯ 뭐라는 건지. 여자는 기본적으로 못난이 모습 보이는 거 안 좋아하거든? 모든 사람한테."

단아가 눈을 피하며 괜스레 툴툴거리자 외려 그 모습이 안심이 되는 진서는 불쑥 얼굴을 내려 단아의 코앞에서 멈춘다.

"뭐⋯⋯ 뭐야⋯⋯?"

갑작스럽게 진서가 코앞으로 다가오자 처음 사귀었을 때처럼 심장이 빠르게 뜀을 느끼는 단아다.

으아⋯⋯. 심장이 난리가 났네.

그런 단아의 상황을 아는지 모르는지 진서는 한참을 뚫어져라 단아를 바라본다.

"어디 보자~ 얼마나 못난이 됐나~"

"뭐어……?"

자신의 장난에 눈을 동그랗게 뜨는 단아가 귀여운 진서는 예쁜 미소를 짓는다.

"눈웃음 짓지 마. 그런다고 내가 못난이 발언을 넘어가줄 거……."

"예뻐."

"……."

"못난이가 어디 있어? 내 눈 앞에는 세상에서 제일 예쁜 내 여자밖에 없는데? 너무 예뻐서 또 반할 것 같아. 반해도 되지?"

"……바보."

"응. 그래서 너무 행복해. 고마워, 단아야."

"뭐가 또……?"

"태어나줘서 고맙고 나랑 10년을 사랑해줘서 고맙고 지금 내 곁에 이렇게 있어줘서 고마워. 전부 다 고마워."

쪼옥.

그러고는 그대로 단아의 입술을 포개어 살짝 입 맞추고 떨어진 진서는 연이어 이마에도 입 맞추고 나서야 숙였던 상체를 일으킨다.

"……."

"그럼 잠시만 있어, 단아야. 오빠 짐만 얼른 챙겨서 넣고 올게."

진서가 이불을 덮어주며 보호자 룸 안으로 들어가려 몸을 트는 그 순간.

"……저기……."

진서의 셔츠 자락을 붙잡은 단아가 진서를 불러 세운다.

"왜, 단아야? 어디 불편해?"

"아니······. 그게 아니라······."

"괜찮아. 편하게 말해도."

"그······ 나 좀 토닥여주면 안 돼······? 베드 위로 올라와서······. 아까 너무 놀라서 혼자 있고 싶지 않아서······."

"······."

단아가 진서의 시선을 피하며 우물쭈물 말하자 진서는 웬일인지 우뚝 멈춘 채 아무런 반응이 없다.

"싫으면 말······."

진서가 반응이 없자 단아가 얼른 말을 바꾸려는데 진서가 단아를 부른다.

"단아야."

그러더니 이어진 진서의 진지한 한마디.

"지금 오빠 유혹하는 거야?"

하······. 심장 뛰었던 거 도로 무를까 보다!

몇 분 뒤, 나란히 마주 보고 병실 베드에 누워 있는 단아와 진서.

"단아야."

콕.

"······."

"정단아야~"

콕콕.

"왜?"

진서는 좀 전 자신의 유혹 발언으로 뾰로통하게 눈을 감고 있는 단아를 부르며 단아의 볼을 손가락으로 콕콕 건드리고 결국 그 건드림에 넘어간 단아가 눈꺼풀을 들어올린다.

"어? 눈 떴다."

"순한 멍멍이 돼도 안 넘어가."

"삐쳤어?"

"내가 왜 삐쳐. 내가 그럴 수나 있나. 아무 사이도 아닌데."

불퉁한 단아의 말에 피식 웃음이 나는 진서다.

아, 이러면 안 되는데. 정말 귀여워서 미치겠다…….

"삐쳤네. 단아 너 삐치면 뾰족해지잖아. 오빠가 미안해. 순간 우리 애인이 너~무 예뻐 보였어."

"거짓말."

"진짜야~ 무슨 이유에서든 단아 네가 나한테 다시 손 내밀어준 거잖아. 그게 너무 기뻐서 그만……. 잘못했어……."

진서는 그대로 단아를 두 팔로 당겨 안아 품에 가둔다.

"이거 봐. 누가 안으래."

"응. 나도."

"뭐라는 거야. 안은 거 풀라고."

"아닌데? 단아 네 심장은 날 사랑한다는데? 콩닥콩닥 잘 뛰어."

"뭐…… 뭐라는 거야. 어딜 은근슬쩍……."

"정말 미안해. 아까 그 말은 순간 우리가 옛날로 돌아간 것 같아 서……. 그래서 순간 기쁜 마음에 내가 내가 아니었어."

"……."

"단아 네가 싫어하는 짓 안 해. 그러니까 용서해줘. 화 풀고."

"……알았으니까 놔줘."

"싫어. 단아 너 안고 있을 거야."

"……한진서."

"그렇게 이름으로 불러도 계속 안고 있을 거야. 내 거니까."

진서가 더 꼬옥 안으며 등을 토닥여주자 단아가 느릿하게 묻는다.

"……저기…… 그냥 궁금해서 그러는데, 오빠는…… 왜 나야? 내가 불쌍해서……?"

단아의 물음에 진서는 한 치의 망설임도 없이 곧바로 대답한다.

"불쌍하면 사랑 안 해. 동정하지. 가여워하고."

"그게 차이가 있어……? 동정도 감정이 있는 거 아니야?"

"음, 뭐라고 해줘야 이해가 쉬울까. 동정도 어느 정도 감정이 있는 거라고 볼 수도 있지. 아예 어떠한 감정도 없는 사람에게는 그냥 지나치면 끝이니까. 근데……."

"그런데?"

"동정하는 사람에게 미칠 듯이 심장이 반응하진 않지 않을까?"

"……."

"내 여자가 웃으면 충만한 행복감에 콩닥이고, 내 여자가 다치거나 울면 칼로 도려내는 것처럼 찌르고 욱신거리고 내 여자가 날 떠나면 죽은 듯이 딱딱해져서 겨우 숨만 쉬고 살고. 사랑이 아닌데 심장이 이렇게나 반응을 할까?"

"……."

"적어도 난 그래. 사랑하는 여자한테만 심장이 살아서 다양하게 반응을 해. 근데 그런 심장이 너한테만 전부 반응하니까. 그래서 내가 죽었다 다시 태어난다 해도 단아 넌 나한테 사랑이야."

그래서 나에게 단아 너는 언제나 사랑이었다. 처음 만났을 때도, 처음 네게 고백받았을 때도, 사랑하는 시간에도, 헤어져 있던 시간에도…… 언제나 항상 사랑이었다…….

가슴이 항상 널 찾았고 널 그렸고 널 원했으니까…….

"단아야."

"……응……."

"아무것도 걱정하지 마. 오빠는 단아 너한테 나날이 매일매일을 다시 새롭게 반하고 있는 중이니까 떠날 일 같은 건 없어. 이렇게 예쁜 여자 두고 가는 남자가 진짜 바보지."

"……팔불출 같아."

"푸훗. 그것도 좋다. 이왕이면 애처가도 좋고."

"못 말려, 정말."

"그럼 팔불출 소리 들은 김에 오늘도 고백해야지. 단아야, 매일 매일 반할 만큼 사랑스러워줘서 고마워."

"……뭐, 고마워하든가 그럼……."

자신을 꽉 안으며 뒤이어 들려온 기분 좋은 진서의 웃음소리에 단아는 다시 한번 더 완전하게 인정한다.

한진서라는 남자한테 완벽하게 졌다고.

06. 사랑은 숨길 수 없다

다음 날 오후.

오전 중에 퇴원 수속을 마치고 출발해 HB대학병원에 도착한 진서와 단아.

"자, 내리실까요~?"

"뭐가 그렇게 좋아?"

"그냥. 내 여자는 오후가 돼도 미모가 빛이 나니까 예뻐서."

진서가 먼저 차에서 내려 옆에 탔던 단아를 안아 내려주며 어김없이 꿀 떨어지는 눈빛으로 말하는 사이, 그보다 먼저 내렸던 선호가 트렁크에서 일반 휠체어를 꺼내 밀고 오며 한마디 툭 던진다.

"한진서, 적당히 좀 해라, 인마."

"뭐가."

선호의 말에도 대충 대답한 진서는 휠체어에 단아를 조심히 앉혀주고서 눈높이를 맞추고 앉아 '괜찮아? 춥진 않아?' 묻는다.

선호는 그런 진서의 모습에 고개를 절레절레 젓는다.

"뭐가? 뭐가라고 했니 친구? 아침부터 이 몸이 친히 너님 모시러 회사 출근도 안 하고 바로 달려왔더니만. 오는 내내 난 내 차 안에 어디 꿀통을 한 바가지 엎은 줄 알았다. 호연 아주머니랑 내 생각은 안 해?"

"호호. 저는 괜찮아요. 이미 익숙하거든요."

차에서 내려 서 있던 호연이 선호의 말에 괜찮다고 하자, 진서는 것 보라는 눈빛으로 다시 일어서며 대답한다.

"아주머니는 괜찮다시잖아. 유선호, 그냥 부러우면 부럽다고 해."

"허, 뭐가 어째?"

"아…… 미안해, 선호 오빠. 내가 좀 더 주의시킬게."

"단아 네가 왜 미안해. 사과하지 마. 내 여자한테 애정 표현하는 게 뭐가 나빠서."

"그래, 단아야. 네가 미안해할 건 아니야. 진서 이 녀석이 문제지. 물론 나쁜 건 아니야. 근데 좀 심하게 닭살이 돋아서 그런다, 친구야."

"네 닭살까지는 내 관리가 아니라서."

"얼씨구? 친구는 바빠서 연애도 제대로 못 하고 있는데 그 앞에서 달달하고 싶냐? 어?"

"어."

단아의 사과에 각자 아니라는 말을 한 진서와 선호는 다시 투덕이느라 바쁘고 그런 둘의 모습에 작게 한숨을 내쉬는 단아.

단아의 한숨에 감기라도 들까 걱정된 진서는 더 이상의 투덕거림이 귀찮아 선호의 어깨를 두드리며 한 번에 정리해버린다.

"너 혹시 현아 씨랑 헤어졌냐? 애가 오늘따라 왜 이리 까칠해.

네 연애 사업이 힘들다고 친구 행복까지 배 아파하지는 말자. 되게 없어 보여. 그럼 조심해서 가. 내가 부탁한 일 잘 처리해주고. 항상 믿는 거 알지? 그럼 나중에 연락하자. 가요, 아주머니."

"푸홋. 네."

갑작스런 진서의 훅에 멍해진 선호를 두고 유유히 휠체어를 밀며 호연과 병원 로비 안으로 들어가는 진서.

그런 진서의 뒷모습을 바라보던 선호는 뒤늦게 진서를 향해 소리친다.

"야! 내 연애 사업은 틈틈이 아주 잘되고 있거든!"

물론 들어주는 사람은 없었지만.

선호의 외로운 외침을 뒤로하고 로비 안으로 들어온 세 사람.

진서가 바지 주머니에서 휴대폰을 꺼내들고 하진에게로 전화를 걸던 그 순간.

"한진서, 여기."

"어? 하진이 형!"

로비 옆 입구 쪽에서 배가 볼록하니 꽤 나온 아담한 여자와 다정하게 팔짱을 끼고 나란히 걸어오는 하진의 목소리가 들렸고 진서가 그 모습을 발견하자 반갑게 웃는다.

진서에게 다가온 하진이 먼저 말을 건넨다.

"왔어? 빨리 도착했네."

"응. 차 막힐까 봐 일찍 출발했지. 형수님 오랜만이죠?"

"그러게요. 오랜만이에요, 진서 씨."

진서의 인사에 환한 미소를 짓는 오밀조밀한 이목구비의 예쁘장한 여자, 진서가 형수님이라고 칭한 사람은 바로 하진의 아내인 별하다.

"형은 어디 다녀오는 거야?"

"별하가 집에만 있기 답답하다고 아까 점심때 병원으로 찾아와서 오랜만에 데이트."

"아아, 그랬구나. 그러고 보니 이제 곧 예쁜 조카 보겠네. 딸이랬나?"

"응. 우리 별하 닮은 아주 예쁜 딸."

하진이 흘러내린 별하의 머리카락을 귀 뒤로 넘겨주며 한없이 사랑스럽게 바라보자 별하 역시 하진을 향해 예쁘게 웃는다.

그런 두 사람의 모습이 보기 좋은 진서지만 괜스레 장난을 친다.

"그렇게 좋아? 결혼한 지 일 년 다 돼가는 걸로 아는데. 내가 형 본 게 형 결혼한 지 얼마 안 됐을 때니까. 근데 형이랑 형수님 보면 어째 그때보다 더 애틋해 보여."

"날이 갈수록 더 사랑하니까 그렇지."

"여보, 진서 씨 표정 좀 보고 말해. 하여튼……."

"왜, 내 와이프 내가 사랑한다는데."

별하가 눈치를 주지만 아랑곳 않고 대답하는 하진.

그런 둘의 변함없는 모습을 보는 진서는 자신도 단아와 저렇게 행복할 날이 올까 싶다.

"아아~ 알았어. 하여간에 하진이 형 애처가인 건 알아줘야 해."

"내가 볼 땐 너도 미래에 만만치 않을 것 같은데. 소개 안 시켜 줄 거야? 단아 씨."

"아, 며칠 전에 하진 오빠…… 아니지, 당신이 말했던 그…… 진서 씨가 사랑하는 여자분."

하진과 별하가 단아 쪽으로 시선을 주며 말하자 진서가 미소를 띠며 말을 잇는다.

"아, 그렇지. 소개해야지. 여기 내 옆에 예쁜 여자는 정단아. 아직은 허락 못 받았지만 언젠가 내 아내 될 하나뿐인 내 사람. 그리고 여기 이분은 우리 둘 도와주시는 호연 아주머니."

진서의 소개에 호연이 웃는 얼굴로 먼저 인사를 하고 뒤이어 단아가 살짝 고개를 숙여 인사를 한다.

"안녕하세요. 정단아라고 합니다."

단아의 앞으로 다가온 하진과 별하, 하진은 별하의 팔을 빼고 조금 더 다가서서 무릎을 굽히고 미소 띤 얼굴로 손을 내민다.

"안녕하세요, 단아 씨. 진서 녀석한테 얘기는 많이 들어서 그런지 익숙하네요. 반가워요. 진하진입니다."

"아…… 네. 안녕하세요. 근데 진서 오빠가 무슨 얘길……?"

단아가 하진의 손을 마주 잡으며 의아한 듯 묻자 하진은 그저 피식 웃고는 대답한다.

"글쎄요? 아마 이거 말하면 진서 녀석 무지 창피할 텐데."

"하진이 형!"

"후훗. 얘기하지 말라네요. 그 대신 놀릴 수 있는 걸로 한 가지는 알려드릴게요. 저 녀석이랑은 단아 씨 사라지고 좀 지난 후에 알게 됐는데 글쎄 하루는 신혼인 저 불러내더니 단아 씨 보고 싶다고 울었어요. 그것도 펑펑."

"아……."

"그러니까 진서 그만 울게 옆에서 꼭 있어주세요. 저 녀석 울면 뒷감당 힘들더라구요."

"하진이 형! 그걸 얘기하면……!"

하진의 얘기에 단아가 슬쩍 진서를 올려다보자 진서는 당황한 듯 소리를 지른다.

"왜? 더한 것도 있는데 말 안 한 건데. 말할까?"

"여보, 진서 씨 당황하게 왜 장난을 하고 그래. 진서 씨, 진서 씨가 이해해요. 이 남자가 좀 짓궂어요. 아, 단아 씨라고 했죠? 반가워요. 이 사람 아내인 유별하예요. 잘 부탁해요, 단아 씨. 되게 예쁘시다."

하진의 곁으로 다가온 별하가 하진을 가볍게 나무라며 단아에게 웃으며 인사한다.

"아…… 감사합니다. 저보다 훨씬 예쁘세요."

"하하, 고마워요. 역시 여자끼리 친해지는 첫 단계는 칭찬이 최고죠?"

"하하, 그렇죠. 아…… 아기 가지셨다고……. 축하드려요."

"고마워요. 배 많이 나왔죠? 다음 달이면 출산 예정이라 요즘 배가 부쩍 더 무거워서."

순간 하진이 몸을 일으켜 별하를 다시 안으며 말한다.

"그러니까 집에서 쉬라니까……. 많이 힘들지……?"

"괜찮아. 우리 유하가 워낙 착해서 엄마 힘들게도 안 하는데, 뭐. 당신 보고 싶기도 하고 운동 겸해서 왔다니까."

"형수님, 아기 이름 벌써 지은 거예요?"

"아, 네. 진작부터 생각해둔 이름이었거든요. 남자애든 여자애든 유하로 짓자구요. 진유하. 예쁘죠?"

별하가 엄마 미소를 띠며 배를 쓰다듬으며 대답하자 절로 함께 미소가 지어지는 네 사람.

"네. 예뻐요. 유하 공주님. 태어나면 행복하겠어요. 딸 바보 엄마 아빠 사랑 듬뿍 받을 테니."

"정말 그랬음 좋겠네요."

"그럴 거니까 걱정 마."

별하의 어깨를 감싸 안은 하진이 모두에게 말한다.

"자, 그럼 얘기는 이쯤하고 그만 병실로 올라가자. 단아 씨 힘들겠다. 당신도 그렇고. 어머니 보고 간다고 했지?"

"응. 당신 진료실 올라갈 때 같이 가면 돼. 오랜만에 어머니랑 시간 보내다가 우리 여보 퇴근시간에 같이 갈래. 혼자 가기 싫어. 그래도 되지?"

"당연히 되지. 당신 혼자 어떻게 보내. 나랑 같이 가자. 이따가."

"헤헤. 오늘도 외출 무사 성공."

"하여튼 유별하. 가자."

"응~"

"진서야, 단아 씨랑 아주머니랑 천천히 따라와. VIP병동은 20층이니까 별하부터 데려다 놓고 가자. 할 얘기도 있고."

"응. 알겠어. 따라갈게 천천히 먼저 가."

"아, 단아 씨."

"네?"

"가는 길에 번호 좀 알려줘요. 나 단아 씨랑 친해지고 싶어요. 괜찮죠?"

"아…… 네. 알려드릴게요."

"잘됐다~ 그럼 얼른 가요."

"유별하, 천천히 가. 그러다 넘어진다."

단아에게 환하게 웃은 별하가 먼저 앞장서 가자 하진이 얼른 뒤따르고 그런 두 사람 뒤로 호연이, 그 뒤로 단아를 데리고 진서가 살짝 거리를 두고 천천히 뒤따른다.

그러다 문득 단아가 지나가듯 중얼거린다.

"저 두 분, 참 예쁘다. 특히 아내 되시는 분은 되게 기분이 좋아. 보고 있으면."

"그렇지? 별하 형수님이 워낙 맑아서 같이 있으면 기분이 좋아. 해피해진달까? 그리고 형수님이 단아 너보다 언니니까 편하게 언니 동생으로 지내. 분명 친해질 거야."

"그렇구나. 어려 보이셨는데."

"형수님이 동안이긴 하지. 그래도 내 눈엔 단아 네가 제일 예쁘니까 걱정 마."

"오빠는 너무 주관적이라 못 믿어."

"하하. 그런가?"

"근데…… 부럽네."

"응?"

"나도 저렇게 행복하고 싶었는데……."

"……."

단아가 말끝을 흐리자 뜻을 파악한 진서가 천천히 걷다 말고 휠체어를 멈추고 옆으로 옮겨와 단아와 시선을 맞춘다.

"단아야."

"왜 안 가고 멈춰……."

"형수님하고 친해지면 자세히 알게 되겠지만 저 두 사람도 쉽게 맺어진 사랑은 아니야. 그래서 더 서로가 애틋한 거고."

"아……."

"너도 행복해지고 싶어?"

"그냥……. 조금 부러워서……."

"그럼 되게 쉬운 방법이 하나 있긴 한데……."

말을 멈췄던 진서는 단아가 궁금한 표정으로 바라보자 미소를 짓고서 말을 잇는다.

"오빠를 사랑해줘. 오빠의 아내로. 그러면 돼."

"……."

"오빠랑 평생 같이 살자, 단아야."

진서의 프러포즈 같은 고백에 심장이 달리기라도 한 듯 빠르게 뛰자 당황한 단아, 거기다 귀까지 달아오르는 느낌에 당황한다.

이 남자는 무슨 고백을 이렇게 태연한 표정으로 하는 걸까…….
사람 심장 떨어지는 건 아마 생각도 못 하겠지.

"사…… 살긴 뭘 살아. 오빠 집도 공사 중이면서……."

"만약에 공사 끝냈으면? 그럼 같이 살 거야?"

"돼…… 됐거든……. 회사도 관둔 남자 뭘 믿고……."

"그럼 내가 단아 널 책임질 수 있으면, 그땐 같이 살아줄 거야?"

왠지 자신이 '응'이라고만 대답하면 모든 게 일사천리로 진행될 것 같은 진서의 물음에 겁이 난 단아는 아예 말을 다른 주제로 돌려버린다.

"갑자기 무슨 뚱딴지같은 소린지……. 이상한 거 묻지 말고 얼른 가자. 나 추워. 화장실도 가야 할 것 같고."

단아가 슬쩍 시선을 피하며 말하자 피식 웃은 진서는 다 안다는 투로 말을 잇는다.

"우리 단아한테 사랑한다는 말 언제쯤이나 다시 들으려나~"

"뭐? 그건 또 무슨……."

"예전 같았으면 내가 이런 소리 하면 단박에 '싫어'라고 했을 텐데 이제는 안 그러잖아. 거기다 이제 이유까지 만들어서 대답해주고. 나한테 마음 열렸구나 싶어서."

"……그건 그냥 물어보니까……."

"그리고 또 있어. 요즘 날 바라보는 단아 네 눈빛."

"……."

"점점 예전처럼 돌아오고 있어. 요즘은 날 볼 때 얼마나 사랑스러운 눈으로 바라보는지 단아 넌 아마 모르겠지? 그래서 나 행복하게 기다리는 중이야, 요즘은."

"뭘……?"

"단아 네가 먼저 나한테 '사랑해'라고 말해주기를. 그 한마디면 돼. 그 한마디면 단아 네 마음 오빠가 다 알아듣고 전부 안아줄게. 그러니까 무섭더라도, 겁나더라도 천천히 오빠한테 꼭 말해줘. 사랑한다고. 언제나 기다리고 있을 테니까."

언제까지나.

"오빠도……."

"응?"

웃는 얼굴로 바라보는 진서를 마주보던 단아가 웅얼거린다.

"오빠도 정작 사랑한다는 말은 잘 안 하면서……. 매일 예쁘다, 내 애인, 그러면서도 그 말은 잘 안 하잖아."

"왜? 듣고 싶어?"

피식 웃으며 되묻는 진서의 물음에 얼버무리는 단아.

"그냥…… 그렇다고. 딱히 듣고 싶진 않아……."

"단아 네 마음이 열리길 기다리는 거야. 닫힌 마음에는 사랑한다고 수없이 말해도 닿지 않을 테니까."

그 말을 끝으로 단아의 손을 한번 꼭 잡아준 진서는 살짝 미소를 짓곤 다시 뒤쪽으로 가 휠체어를 민다.

진서의 말에 마음이 콩콩거리기도, 불안한 기분이 들기도 하는 단아는 마음이 복잡해진다.

정말 내가 그 말을 다시 꺼내도 되는 걸까…… 싶어서.

잠시 후, 별하를 6층 수진에게로 데려다주고 다시 엘리베이터를 타고 VIP병동으로 올라가고 있는 네 사람.

하진이 단아에게 말을 건넨다.

"단아 씨, 우리 별하랑 친하게 지내주세요. 아까 예쁜 동생 번호 알게 됐다고 좋아했거든요. 별하보다 동생 맞죠? 진서한테 오빠라고 했으니까."

"아, 네. 진서 오빠보다 한 살 어려요. 스물아홉이에요."

"그럼 한참 동생이네. 별하는 올해 서른넷이거든요. 저랑은 두 살 차이구요. 제가 서른여섯이니까."

"두 분 다 동안이신가 봐요, 그럼."

"하하. 별하는 동안이 맞는데 전 이제야 제 나이보다 어리게들 봐주시네요."

"아…… 그럼…….."

"고등학생 때부터 이 얼굴이거든요."

"풋……. 아…… 죄송해요."

하진의 얘기에 입술을 앙다물고 웃음을 참는 단아. 그런 단아를 따스한 눈길로 바라본 하진이 말을 잇는다.

"괜찮습니다. 대신 앞으로는 쭉 동안 소리 들을 텐데요, 뭐."

하진이 단아와 얘기를 나누며 분위기를 풀다가 아까부터 기분이 좋아 보이는 진서에게 넌지시 묻는다.

"진서 넌 아까부터 왜 그리 기분이 좋아 보여? 그 잠깐 사이에 무슨 좋은 일이라도 있었어?"

"응? 아아, 있었지. 그렇지? 단아야."

"……몰라. 묻지 마."

자신의 갑작스런 물음에 또다시 단아가 당황하자 그 모습이 마냥 행복한 진서는 작게 웃음을 짓는다.

"지금 너 바보 같아, 인마."

"그래도 좋아 지금은."

'20층입니다.'

계속 미소가 얼굴에서 떠날 줄 모르는 진서의 모습에 피식 웃어버린 하진은 엘리베이터가 VIP병동에 도착하자 진서의 어깨를 툭 친다.

"그만 실실거리고 내려. 도착했다."

"응."

하진이 먼저 엘리베이터에서 내려 VIP병동 쪽으로 걸어가던 그때, 뒤따라오는 진서 일행을 발견했는지 먼저 와서 단아의 병실 앞에 서 있던 현민이 반긴다.

"진서 형, 늦었어. 나더러 먼저 가 있으라고 하더니."

먼저 앞서가던 하진은 현민을 발견하고는 진서에게 말한다.

"혹시 단아 씨 때문에 가드 세웠어?"

"하여튼 하진이 형은 눈치 하나는 빠르다니까. 응, 집안일."

진서가 간단히 집안일이라며 슬쩍 하진에게 눈짓을 하자 이미 어느 정도 진서에게서 작은아버지와의 관계를 들어왔었던 하진은 역시나 알겠다는 눈짓을 한다.

"내가 눈치가 빠른 게 아니라 분위기가 딱 그런데 뭐. JS그룹 한진서의 사람 같달까."

"하하. 그런 게 있어?"

"단아 씨 보는 눈빛."

하진의 한마디에 지레 오해받은 현민이 서둘러 진서에게 아니라며 손사래를 친다.

"에엑? 저는 경단이…… 아니, 단아 누나를 여자로는 안 보는데요. 아니야, 형!"

"허, 나 아무 말도 안 했는데 왜 찔려서 이럴까?"

"아…… 아니, 이 의사분이……."

진서가 의심의 눈초리로 바라보자 현민이 하진을 가리키고 하진은 여유롭게 다시 말을 잇는다.

"그런 뜻이 아닌데. 날 보던 눈빛은 어딘지 모르게 경계하더니 단아 씨가 나타나니까 금방 눈빛이 바뀌길래. 반갑다는 듯이 세상 순하게."

"뭐야, 그런 거야?"

"그런 거야. 자, 얼른 들어와. 그리고 거기 가드 씨, 전 진하진입니다. 진서 녀석이랑 어쩌다 보니 알게 된 형이구요. 보아하니 진서보다 동생이거나 친구 같은데 편하게 해요. 의사라고 해서 별거 없으니까."

진서의 물음에 가볍게 대답한 하진은 현민에게도 말을 끝낸 뒤 병실 문을 열고 들어간다.

"저 의사, 아니 저 형 왠지 포스가……. 진서 형보다 더할 것 같은 느낌이……."

"큭…… 그래도 저 형 알고 나면 진짜 멋진 형이야."

"뭐, 진서 형이 인정했다면 그렇겠지."

"그럼 여기 잘 지키고. 문제 생기면 바로 알려줘."

"오케이. 아, 그리고 형이 말한 대로 전동 휠체어는 따로 실어서 병실에 가져다 놨어."

"그래. 고맙다."

그 후 진서는 단아를 데리고 호연과 함께 병실 안으로 들어선다.

진서는 안으로 들어서자마자 휠체어부터 세우고 호연에게 부탁한다.

"아주머니, 단아 화장실 좀 부탁드려요. 형, 화장실 어디야?"

"저기 왼쪽 끝에."

"아가씨, 화장실 갈까요?"

"네."

단아가 호연과 함께 화장실 안으로 들어가고 팔짱을 낀 채 서 있던 하진은 그 모습을 가만히 바라보다 진서에게 나지막이 말을 건넨다.

"단아 씨 담당은 민혜진 간호사님이 해주실 거야. 바쁠 땐 로테이션 근무겠지만. 그리고 담당의는 단아 씨 같은 경우는 중점적으로 필요한 과가 없으니까 내가 직접 맡을 거고. 괜찮지?"

"형이 해주면 너무 고맙지. 형 진료 잡기도 힘든 거 나도 아는데."

"그 외에 필요한 건 여기, 협탁 위 밖에 데스크 연결되는 전화 있으니까 사용하고. 원래 베드 머리맡 위에 달려 있던 건데 단아 씨가 힘들까 봐 내려뒀다. 그 외에는 그냥 편한 대로 다 사용하고."

"고마워, 형."

"고맙긴. 나중에 제대로 입원비 다 받을 건데. 공짜는 없어."

"우와, 친분도 소용없다 그거지?"

"우리 병원은 그런 거 없다."

"하하, 알았어. 제대로 다 계산할게."

하진이 진지하게 받아치자 진서가 '하여튼 대단하다니까~' 하며 피식 웃고 하진은 곧바로 말을 잇는다.

"그럼 이제 의사로서 묻자. 단아 씨 확실히 완전 하반신마비 맞아? 제대로 확인하고 검사한 거야?"

"글쎄……. 사실은 나도 선호 녀석 통해서 조사했고 단아 찾고 나서 내가 더 알아본 바로는 그랬어. 우혁 아저씨께 여쭤도 봤는데 큰 병원에서 검사 다 하셨다 했고."

"그래? 내가 보기에도 완전 마비 쪽에 가깝긴 한데 그래도 아주 미세하게나마 감각이나 신경이 살아 있진 않을까 싶어서."

"하지만 이미 판정 났는데."

"모르는 거야 그건. 의사라고 해서 신은 아니니까. 다 고칠 수도 없고 다 맞지 않을 때도 있어. 판정받은 지도 일 년 넘었을 테니 내 생각엔 전반적인 검사 다시 한번 받아봤음 하는데. 물론 변화 없이 완전마비일 수도 있어. 완전마비는 확정인 경우가 대부분이라. 그래도 단아 씨 보니까 우리 별하 생각나서 말이야. 한번 최선 다해서 애써주고 싶네."

"아…… 그럴 수도 있겠다. 케이스는 다르지만."

"그래서 내일 당장 검사 들어갈까 해. 혹시 마지막으로 검사받은 병원이 어딘지 알아?"

"응. 기억하고 있어. 하늘 대학병원."

"아아, 알았어. 내가 그쪽에 연락해볼게. 그럼 이만 다 확인했으니 난 간다. 검사 준비랑 남은 예약 진료 보려면 바쁘다. 그리고 검사 결과 너무 기대하진 말고 있어. 그냥 검사 한번 해보는 거니까 가볍게 생각해. 단아 씨한테도 나오면 내일 잠깐 검사 있을 거라고 잘 얘기하고."

"응. 그리고 나도 어려울 거 잘 알고 있어."

"그래. 한진서 대단하다."

하진은 진서의 어깨를 토닥여주고는 걸어가 병실 문을 연다.

그때 하진의 등 뒤로 진서의 목소리가 다시 들려온다.

"하진이 형, 고마워."

그 말에 피식 웃은 하진이 대답한다.

"그 인사는 나보다 별하한테 하는 게 맞을 거다. 아까 데려다주는 길에 증상은 차이가 있지만 자기 예전 모습 생각나서 맘 아프다고, 힘들겠지만 단아 씨 한번 다시 봐달라고 해서 나도 더 마음이 움직인 거니까. 간다 그럼."

그러고선 병실을 빠져나가는 하진의 뒷모습을 바라보던 진서의 얼굴엔 잔잔한 미소가 지어졌다.

다음 날 오후, HB대학병원 VIP병동 앞.

하진이 말했던 대로 여러 검사 진행과 함께 단아의 상태를 신경외과와 협진을 한 뒤에야 진서와 단아는 다시 병실로 올라올 수 있었고 단아부터 안으로 데려다준 진서가 하진과 대화 중이다.

"진서야, 근데 회사는 어떻게 하고 단아 씨한테만 있는 거야? 한회장님이 너 찾으실 텐데."

"안 그래도 여기로 옮겨오기 며칠 전에 아버지께서 전화하셨더라고. 아무래도 조만간 회사로 복귀해야 할 것 같다고. 작은아버지 쪽에서 슬슬 움직이시려는 건지 소문이 돌고 있나 봐. 한진서 전무가 실은 장기출장이 아니라 여자한테 정신 팔려서 둘이 어디 나가 있는 거라고."

"아……. 장기출장으로 해놓고 와 있던 거야?"

"응. 아버지랑 합심해서. 물론 단아한텐 옆에 있어야 하니까 관됐다고 했지. 널 데려가야 복귀할 수 있다고."

"아주 애쓰는구나."

"단아를 내 옆에 두는 일이니까. 더 자세한 건 나중에 언제 형 시간 될 때 술이나 한잔하면서 얘기하자."

"그래. 그럼 회사 출근은 언제부터 할 생각인데?"

"내 마음 같아선 단아한테 온전히 마음 얻기 전까지 단아 곁에 있고 싶은데 회사도 소문이 점점 부풀려지는 모양이라……. 아버지께 다음 주부터 바로 출근하겠다고 했어. 단아한테도 이제 얘기해야지."

"다음 주면 며칠 안 남았네."

"응. 그래서 말인데 단아 결과는 언제쯤 알 수 있어? 보통 바로 알지 않나?"

"나도 그 부분 때문에 물어본 거야. 그럴 수도 있지만 그래도 여러 과에서 다방면으로 의견을 나누고 작은 부분 하나라도 더 살핀 후에 결정하려고. 하늘 대학병원 측에도 확인했어. 그 당시 단아 씨 기록들도 받기로 했고."

"아……. 내가 출근하기 시작하면 퇴근 후에나 올 수 있을 텐데……. 그 전에 검사 결과 들었으면 좋겠다."

"알았어. 최대한 빨리 정확하게 결과 알려줄게."

"응. 부탁해, 하진이 형."

하진과 얘기를 끝낸 진서가 병실 문을 여닫고 안으로 들어오자 창가를 바라보고 있던 단아가 휠체어를 움직인다.

"얘기 다 했어?"

"응. 다 했어. 자~ 이제 올라가서 쉬자."

진서는 들어오자마자 단아부터 안아 베드 위로 눕혀주고 이불을 꼼꼼히 덮어준다.

"오빠랑만 있으면 꼭 아기 된 기분이라니까."

"다 너무 좋아서 그래."

단아가 입술을 불뚝 내밀자 피식 웃은 진서는 베드 위로 걸터앉아 단아의 머리를 쓰다듬으며 말한다.

"근데…… 나 오늘 검사 왜 또 한 거야……? 뭐 이상 있대?"

"그런 거 아니야. 그냥 하진이 형이 혹시나 싶었나 봐. 조금이라도 나아질 수 있지 않을까 하고."

"……말 안 되는 거 오빠도 알잖아."

"그냥 한번 검사만 해본 거야. 마음 편히 생각하고 잊어버려. 이미 오빠도 신경 안 쓰고 있어."

"……"

"진짜야~ 오빠는 단아 네가 어떤 모습으로 있든 상관없어. 지금 그대로도 사랑스러운 내 여자인 건 변함없으니까. 오빠가 걱정인 건 오로지 단아 너야. 혹시라도 상처받을까 봐."

"……나도 아무런 기대 안 해."

"그래. 잊어버리고 있자."

"응."

그래도 혹시나 하는 기대가 생긴다고 말하면 오빠는 어떤 반응을 할까…… 웃을까? 슬픈 얼굴을 하려나? 훗, 이런 생각을 하는 내가 나도 안 믿기니까 어쩔 수 없겠지…….

"근데 호연 아주머니는?"

진서에게는 말하지 못할 생각을 멍하니 하던 단아가 손을 뻗어 마주해 있는 문 하나를 가리킨다.

"날 추워지면 아줌마 유독 힘들어하시잖아. 나 화장실 봐주시고 저기, 보호자 룸으로 들어가셨어. 좀 쉬시다 나오신대."

"아……. 그랬었지 참. 유독 추위에 약하셨어. 그럼 나중에 말씀드려야겠네. 나 대신 더 잘 챙겨달라고."

"……어디…… 가?"

단아가 살짝 불안한 표정으로 조심스레 묻자 진서는 걱정 말라는 듯 씨익 웃으며 장난스레 대답한다.

"우리 예비 아내 맛있는 거 잔뜩 먹이려고. 돈 벌러?"

"뭐……?"

"우와, 걱정하는 눈빛 봐. 너무 좋다."

"장난 그만하고 제대로 말해. 무슨 소리야 갑자기?"

"걱정하지 마. 사실은 아버지가 부르셨어. 단아 네 마음은 아직이지만 널 가깝게 볼 수 있게 됐으니 슬슬 회사로 복귀하라시네."

"아아……."

"내가 없어서 회사가 휑하시다나~ 오빠 능력이 너무 좋아서."

"……언제 출근하는데?"

"빨리 오라셔서 아마 다음 주에 바로 출근해야 할 것 같아."

"그렇구나……."

"왜? 이제 오빠 하루 종일 못 보게 되니까 아쉬워? 벌써부터 막 보고 싶고 그러나?"

"……무슨……. 아니거든? 이젠 좀 편하겠다 싶어서 날아갈 것 같아."

응……. 보고 싶을 것 같아. 많이.

"에이~ 눈빛은 막 흔들렸는데?"

"아니라니까? 그보다, 그럼 오빠 이제 잠은 어디서 자? 새집 공사 다 됐대?"

"아……. 으응. 거의 다 돼가서 오빠 출근할 때쯤이면 다 된대. 좀 전에 전화 받았어."

단아의 갑작스런 물음에 급히 둘러댄 진서, 더는 올 이유가 사라져 순간 진서는 속으로 아차 싶지만 그런 진서를 단아는 다행히도 별 대수롭지 않게 넘긴다.

"그럼 잘됐네. 이제 오빠 생활하면 되겠어."

"아니. 출근을 하더라도, 집 공사가 다 끝나도 여기로 와서 잠자고 다시 출근할 거야."

"……그건 또 무슨 심보야……. 왜 불편하게 여기서 자?"

"널 매일 봐야 내가 하루를 또 버티니까. 정단아 바라기인 한진서의 욕심."

"……."

어째 더 좋은 핑곗거리 생긴 것 같은 느낌인데……. 내 느낌이겠지?

그러면서도 자주 못 본다는 생각에 어쩔 수 없이 기운이 빠지는 단아가 표정을 굳히자 진서가 나긋하게 대답한다.

"걱정하지 마. 변하는 건 아무것도 없을 테니까. 언제든 단아 네가 부르면 달려올게."

"됐어……. 그러다 진짜 잘려. 할 말 더 없으면 난 좀 쉴래……."

단아가 이불을 머리끝까지 당겨 올린다.

그때 삐걱, 하는 베드 눌리는 소리가 난다 싶더니 단아를 꼭 끌어안은 진서.

"……뭐…… 뭐야? 왜 베드 위로 올라오고 그래?"

단아가 깜짝 놀라 빼꼼히 이불을 내리고 사부작거리자 진서는 그대로 더욱 꽉 안아버린다.

"나도 쉬고 싶어서."

"그럼 다른 곳 가서 쉬어. 쉴 공간도 많은데 왜……."

"내가 온전히 편하게 마음 놓고 쉬는 곳은 딱 한 곳뿐이야. 정단아 옆."

순간 얌전해진 단아.

"단아야……."

"응……."

"지금 단아 넌 오빠가 하는 말 따라 하는 것뿐이야."

"뭐……? 그게 무슨……."

"오빠가 하는 말 따라 하는 놀이하는 거야."

"……."

"따라 해야 벌칙 안 받는 거야. 벌칙은 뽀뽀."

"뭐야 그게……."

"아주 쉽지? 자…… 그럼 따라 하기. 진서 오빠."

"……진서 오빠."

"매일매일 나한테 와."

"매일매일…… 나한테 와……."

"보고 싶을 거야."

"보고…… 싶을 거야……. 근데 저기…… 이거 계속해야 돼?"

"다 했어. 이제 마지막. 이것만 따라 해주면 쉽게 해줄게."

"……얼른 해, 그럼……."

"사랑해, 오빠."

"……."

"안 하면 뽀뽀 벌칙인데 난 더 좋지, 뭐."

진서라면 정말 그러고도 남을 거란 걸 알기에 단순한 놀이라고 스스로를 납득시킨 뒤 한숨을 내쉰 단아가 느릿하게 내뱉는다.

"······사랑······ 해······ 오빠······."

하지만 뒤이어 자신을 바짝 당겨 안으며 들려준 진서의 대답에 단아는 이 남자한테 이길 수 있는 날이 과연 오기는 할까 싶어진다.

"응. 이미 잘 알고 있어, 단아야."

진서와 단아의 나름 알콩달콩하던 때가 지나가고 한참의 시간이 흐른 시각.

"서연아, 천천히 가라니까~"

"단아 언니 빨리 보고 싶단 말이야. 엄마랑 다현 아줌마도 얼른 얼른~"

"알았어~ 가고 있잖아."

"아줌마도 가고 있어~"

단아가 있는 병실 근처에 말소리가 가까워진다 싶더니 잰걸음으로 걸어오는 서연의 뒤로 다영, 다현이 모습을 드러낸다.

그때, 병실 앞에 서 있던 현민이 세 사람을 발견했는지 다가서며 다영에게 먼저 인사를 한다.

"아, 오셨어요?"

"그래. 현민아, 진서한테 얼추 얘기는 들었어. 고생하는구나."

"걱정 마세요, 아줌마. 저는 끄떡없어요."

"그래. 고마워."

"나도 얘기는 얼핏 들었는데 뭐가 뭔지 잘 몰라서······. 그래도 우리 단아 지켜줘서 고마워요."

"저 단아 누나, 누나로서 아끼고 좋아해요. 편하게 대해주세요.

장현민입니다."

"아……. 그럼 그럴까? 고마워."

"아니에요. 당연히 단아 누나를 지켜야죠. 저희 안에서 유일한 홍일점인데."

"홍일점?"

"네. 진서 형이랑 선호 형, 준형이 형이랑 저, 그리고 유한이라고 저랑 동갑인 녀석까지 남자들만 득실댔는데 진서 형 덕분에 단아 누나를 알게 됐으니까요. 그래서 단아 누나는 저희한테 여러 의미로 소중한 사람이에요."

"그렇구나. 우리 딸이 은근히 인기쟁이였었네."

"단아 누나가 예쁘니까요."

현민으로 인해 모두가 웃는 가운데 아까부터 뾰로통한 얼굴인 서연이 이내 못 참겠는지 말을 꺼낸다.

"내가 미국 놀러갔을 땐 꼬마 취급만 해놓고."

"오, 우리 한서연이 왔어?"

"됐거든? 아까부터 와 있었거든?"

"왜 그래~ 꼬맹이."

"됐다고. 난 진서 오빠랑 우리 단아 언니 보러 들어갈 거야. 오빠는 안 보고 싶어. 비켜."

"서연아! 오빠한테 말버릇이……."

"아니에요. 두세요, 아줌마. 제가 애 취급하니까 싫어서 그럴 거예요. 이제 어른이니까. 자, 들어가. 들어가세요."

현민은 다영에게 괜찮다며 병실 앞에서 비켜나 어느 정도 거리를 두고 서준다.

그러자 병실 앞까지 성큼성큼 다가선 서연은 드륵, 병실 문을 열며 큰 소리로 외친다.

아주아주 환하게 웃으면서.

"파파! 마마! 보고 싶었어~"

"……."

"헙……."

환하게 웃으며 들어왔던 서연은 앞에 보이는 광경에 일순간 우뚝 멈추고 입을 합, 다문다.

"한서연, 아무리 VIP병실이라도 병원 안인데 조용히 해야…… 어머나."

"다영아, 왜 그래? 무슨……."

서연을 뒤따라 문을 닫고 병실로 들어서던 다영과 다현은 서연과 마찬가지로 발걸음을 우뚝 멈춘다.

"우리 아들 노력이 드디어 빛을 보려나? 아이구, 예뻐라."

"그러게. 우리가 낳았지만 진짜 둘이 선남선녀가 따로 없네. 둘 다 연예인 시킬 걸 그랬나?"

"그러니까. 어릴 때 아역배우라도 시켜볼 걸 그랬어."

다영과 다현이 속삭이듯 농담 섞인 말을 주고받으며 흐뭇한 얼굴로 바라보면 베드 위에는 어느새 서로 마주 보며 끌어안은 채로 곤하게 잠든 진서와 단아가 보인다.

그러는 사이 이미 서연은 장난꾸러기 같은 얼굴을 하고서 살금살금 베드 근처로 걸어가고 있고, 그런 딸을 다급하게 붙잡아 속삭이며 말리는 다영.

"한서연! 어디 가. 그냥 가자. 언니랑 오빠 쉬게."

"그래, 서연아. 오늘은 그냥 가자. 오빠랑 언니 다행히 안 싸우고 잘 지내는 것 같으니까."

다현까지 나서서 조용히 말하자 서연은 불퉁한 얼굴로 다영에게 대답한다.

"난 단아 언니랑 놀다가 갈 거야. 겨우 강의 다 끝나서 온 건데. 단아 언니 보고 싶었단 말이야."

"얘가 정말! 왜 언니 오빠 일만 관련되면 애기처럼 이래? 그럼 곤히 자는 사람을 깨우니?"

"그럼 안 깨우면 되잖아. 아줌마~ 여기 있다가 언니 일어나면 보고 가요. 네?"

"글쎄……. 어쩔까?"

서연의 고집에 다현이 미소 띤 얼굴로 대답해주던 그때 이불이 스쳐 부스럭거리는 소리가 들리더니 이내 진서가 잠에서 깨 눈을 뜬다.

일어나자마자 단아부터 확인한 진서는 가만히 단아의 얼굴을 행복한 얼굴로 바라보다 다시 눈을 감았다. 아니, 감으려고 했다.

"어? 파파 깼다!"

익숙한 목소리가 귓가로 들어오기 전에는.

'파파'라는 말에 고개를 돌린 진서는 자신을 향해 있는 여섯 개에 눈동자를 발견하고는 잠긴 목소리로 말을 꺼낸다.

"서연아? 두 분까지……."

"우리 때문에 깼지? 미안해."

"아들~ 미안해."

진서가 살짝 상체를 일으켜 상황 파악을 하는 와중에 말소리에 단아까지 깨버린다.

"무슨 소리야……?"

"마마! 단아 언니!"

단아가 잠긴 목소리로 중얼거리듯 말을 꺼낸 그 순간 그 목소리를 귀신같이 들은 서연이 그대로 달려 진서와 단아에게 안기듯 파고든다.

"서연아……?"

"진짜 보고 싶었어, 단아 언니……."

서연이 두 팔 가득 진서와 단아를 끌어안으며 물기 어린 목소리를 내자 두 사람은 예전처럼 익숙하게 서연의 등을 토닥인다.

"근데 서연아, 여긴 어떻게 왔어?"

단아가 그제야 이상함을 느껴 되묻자 지켜보던 다영과 다현이 대신 대답한다.

"우리 예비 며느님 보러 왔는데 괜히 미안하네. 곤히 자는 거 깨운 것 같아서."

"딸~ 엄마도 왔어."

"둘이 사이좋게 너무 예쁜 모습으로 자더라."

"엄마도 이제 안심이야."

익숙한 목소리에 단아가 고개를 내려 시선을 앞으로 하니 흐뭇한 미소를 짓고 서 있는 다영과 다현이 보인다.

"……다영 아줌마? 엄마……?"

서연이도 모자라 다영 아줌마와 엄마라니!

순간 단아의 표정은 당황한 기색이 역력해지고 지금의 상황을 머릿속으로 정리해보다 불현듯 스치는 생각이 있었으니…….

그건 다름 아닌 다영의 한마디.

'둘이 사이좋게 너무 예쁜 모습으로 자더라.'

나…… 지금 진서 오빠랑 같이 잔 거지……?

단아가 슬쩍 옆으로 고개를 돌리자 어느새 서연이를 다독이고 있는 진서가 보인다.

그것도 바로 옆에!

"오…… 오빠가 왜 여기 있는데!"

단아의 뒤늦은 외침은 씨익 웃으며 막힘없이 대답하는 진서로 인해 바로 막혀버렸다.

"내 여자 옆이니까. 좋아하니까. 같이 자고 싶어서. 이 셋 중에 정답은?"

"……."

정답 없음은 왜 없어!

잠시 후, 단아가 일반 휠체어에 앉아 서연과 다영, 다현과 호연까지 함께 얘기를 나누고 있고 진서가 주스 몇 개를 냉장고에서 꺼내온다.

"아직도 기분 안 좋아? 자, 여기 딸기 주스. 자고 일어나서 갈증 나잖아."

딸기 주스 뚜껑을 열어 단아에게 건넨 진서가 걱정스레 물어오면 딸기 주스를 건네받아 한 모금 마신 단아가 괜스레 툭 내뱉는다.

"그런 거 아니야……. 그냥 놀랐던 거거든?"

"진짜? 토라지신 건 아니구요?"

단아의 휠체어 팔걸이에 기대 눈높이를 맞춰 무릎을 굽혀 앉은 진서가 되묻자 딸기 주스를 홀짝인 단아가 웅얼거리듯 대답한다.

"아니야. 놀리지 좀 마."

"귀여워서. 눈 동그랗게 뜨고 아니라고 하는 모습이."

"좀……. 어른들도 있는데."

"아니야~ 예쁘기만 한데 뭐. 단아야, 이참에 그만 아줌마 며느리

돼주면 안 될까? 아저씨도 매일 얘기해. 언제 예쁜 며느리 보느냐
고. 오늘도 회사만 아니었으면 같이 갈 거였다고 아쉬워했었어."

"아……."

"그래, 단아 언니~ 얼른 내 새언니 해줘. 응?"

"아니면 정말 진서가 싫어진 거니?"

다영의 물음에 어떠한 대답도 할 수 없는 단아는 입을 다물고
그런 단아의 마음을 아는 어른들은 안타깝기만 하다.

무거워진 분위기가 싫은 서연이 분위기를 바꾸려 진서에게 말
을 건넨다.

"엄마도 참. 언니는 당연히 진서 오빠를 사랑하지~ 무슨 질문이
그래. 그렇지? 진서 오빠."

"그러게. 어머니, 질문이 너무 재미없어요."

"맞아 맞아."

"어머, 그런가? 단아야, 미안. 아줌마가 너무 센스 없었지?"

"아니에요. 제가 죄송하죠."

그제야 옅게 미소를 띠며 대답하는 단아.

서연이 덕분에 금방 분위기가 유해지고 계속해서 대화가 이어
진다.

"참, 진서야, 아저씨가 여러 가지로 고맙다고 꼭 전해달라고 하
더라. 아줌마도 마찬가지야. 너한텐 너무 고마워."

"아니에요. 당연하게 해야 할 일인걸요. 단아는 이제 제 사람이
에요. 누가 뭐래도."

"진서가 있어서 참 다행이다 싶어. 아줌마 아저씨는."

"그럼 뭐 해~ 단아 마음 하나도 못 얻어서 회사에 복귀도 못 하
고 있는데."

"그거야 우리 딸이 고집쟁이라 그런 건데, 진서 탓은 아니지."

"저도 도련님 앞으로 어떡하나 걱정이에요. 아가씨 마음은 변함이 없는 것 같은데."

아예 몰아붙이자 싶었던지 다영이 슬쩍 운을 떼자 다현과 호연까지 나서서 거든다.

"제가 더 노력해야죠."

"……."

진서까지 나서서 거들자 단아의 마음이 한없이 약해지던 그때 서연이 불쑥 자신도 모르게 말실수를 해버린다.

"단아 언니 마음 돌리려고 회사엔 장기출장에 집까지 다 고쳤는데도 안 되면 어떻게 언니 보쌈이라도 해야…… 허업!"

"한서연! 너……!"

"……."

"……."

서연이 뒤늦게 알아차리고 입을 꾹 다물지만 이미 단아와 진서는 말없이 차가운 공기만이 감돌고, 다영이 나무라며 서연의 어깨를 퍽! 때린다.

당황하긴 다현과 호연도 마찬가지.

"아야야……. 어떡해……. 진서 오빠…… 미안. 나도 모르게……. 저기, 단아 언니야……."

"으이그! 언니는 왜 찾아! 일어나. 서연이 넌 엄마랑 집에 가. 진서야, 단아야, 너희 둘한테는 미안해."

"아…… 으응……. 단아 언니…… 나중에 또 올게……."

다영이 눈치껏 자리를 피해주려 하자 이번엔 순순히 다영을 따라 일어서는 서연이다.

다현도 우선은 둘이 얘기하게 하는 게 낫겠다 싶어 같이 일어선다.

"단아야…… 딸, 엄마도 우선은 가주는 게 좋겠지?"

다현의 물음에 고개만 끄덕이는 단아.

"알았어. 오늘은 엄마 갈 테니까 호연 아줌마랑 잘 있고. 기분 풀리면 전화해. 진서한테 너무 뭐라고 하지 말고……. 단아 네 곁에 있으려고 그런 거니까……."

"……."

"그럼 엄마 갈게. 아주머니, 단아 좀 잘 살펴주세요."

"아…… 네. 걱정 마세요, 사모님."

호연이 배웅을 위해 다현을 따라나서고 다영과 서연도 그 뒤를 따라 병실 밖으로 나간다.

곧이어 몸을 일으킨 진서가 최대한 편안한 투로 단아에게 말을 건넨다.

"우선 오빠 어른들 배웅하고 올게. 그 뒤에 화를 내도 내, 단아야."

"……."

역시나 대답 없는 단아의 모습에 소리 없는 한숨 뒤로 진서 역시 병실을 빠져나간다.

단아는 진서까지 나가고 나서야 물기 어린 목소리로 혼잣말을 내뱉는다.

"……저 바보……. 정말 어쩌자고……."

한편 밖으로 나온 진서는 멀리서 엘리베이터를 기다리며 서 있는 네 사람을 발견하곤 빠르게 뛰어간다.

"서연이한테 너무 뭐라 그러지 마세요, 어머니."

"왜 따라 나와? 단아 달래지 않고."

"가시는데 배웅은 해야죠. 괜찮아, 서연아. 오빠 곧 회사 복귀라 어차피 말해야지, 하던 참이야."

서연의 머리를 가볍게 쓰다듬은 진서는 다현에게도 웃으며 말을 건넨다.

"너무 걱정 마시고 들어가세요, 아줌마. 단아 잘 설득할게요."

"그래……. 진서 네가 걱정이지, 뭐."

"저는 이제 단아 화내는 것도 단련돼서 괜찮아요."

"우리는 알아서 잘 갈 테니까 얼른 들어가서 단아 잘 달래줘. 다음에는 아버지랑도 한번 와야겠다."

"예. 다음에 저랑 같이 오세요."

"아, 엘리베이터 왔네. 그럼 우리 간다, 아들."

"갈게, 오빠……. 언니 보러 또 올 거야……."

"그래. 언제든 시간 될 때 와. 언니가 좋아할 거야. 풀 죽지 말고. 응?"

"응."

"그럼 조심해서 들어가세요. 아줌마도요."

"그래, 진서야. 들어가."

세 사람이 엘리베이터에 올라타고 문이 닫히자 진서는 발걸음을 병실 쪽으로 돌리고 호연이 따라 걸으며 조심스레 묻는다.

"도련님…… 괜찮으시겠어요?"

"그럼요. 저 이제 단련됐다니까요? 하하."

"그래도 아가씨가 화 많이 낼 텐데……."

"음~ 할 수 없죠, 뭐. 화낼 만하니까. 그래서 말인데요, 아주머니. 아주머니는 잠시 여기 계셨다가 단아 풀리면 그때 들어오세요. 괜히 저 때문에 아주머니까지 단아한테 원망 들으면 안 되잖아요."

진서가 장난스레 웃으며 말하지만 호연은 걱정스러운 표정이다.

"그래도 도련님 혼자 힘들 텐데……."

"전 단아 감당할 수 있으니까 괜찮아요. 네? 제 마음 편하게 해 주세요."

"알겠어요……. 이따가 들어갈게요."

"감사해요."

진서가 되돌아오자 현민이 다시 다가온다.

"무슨 일 있었어? 왜 갑자기 나와서 가셔?"

"터질 게 터진 거지. 단아가 알았어. 나 회사 관둔 거 아니고 집도 공사 이미 끝난 거."

"헉, 어떡해, 그럼? 단아 누나 화 많이 났을 텐데. 괜찮겠어?"

"안 괜찮아도 괜찮아야지. 현민아, 선호랑 유한이한테도 알려 줘."

"걱정 말고 들어가 봐, 얼른."

"그리고 잠시만 호연 아주머니랑 같이 있어. 아주머니, 현민이랑 잠시만 계세요. 제가 금방 부를게요."

"전 걱정 말고 들어가 봐요, 도련님."

"가세요~ 아주머니."

현민이 살갑게 자신의 옆으로 호연을 모셔가며 진서에게 살짝 고개를 끄덕이고

"후……."

그제야 작게 한숨을 내쉰 진서는 단아의 병실 문을 바라보다 이내 드륵, 열고 안으로 들어선다.

그 소리를 기다리기라도 한 걸까…….

진서가 들어와 문을 닫자마자 단아의 무덤덤한 한마디가 들려온다.

"이제 정말 그만하고 오빠 자리로 돌아가."

무덤덤하기만 한 단아의 말에 안으로 걸어 들어오던 진서는 순간 멈칫한다.

하지만 금방 아무렇지 않다는 듯 단아에게로 걸어가 휠체어 앞에 선다.

"베드로 올라갈 거지?"

진서가 평소처럼 휠체어 안으로 손을 넣어 안아들려던 그때.

"손대지 마!"

진서를 밀어내려던 단아는 그만 진서의 얼굴에 손톱자국을 내고 만다.

"……아…….

순간 당황한 단아가 멈칫하고 아플 텐데 싶어 얼굴이 찌푸려지는데 외려 진서는 더 환하게 웃어준다.

"오빠 괜찮아. 밀어내려다 실수한 건데, 뭐."

"…….

그럼 눈은 왜 그렇게 슬픈 건데? 하나도 안 괜찮잖아.

"……거짓말해놓고 웃음이 나와? 날 위해서였다고 하지 마. 난 오빠 다시 만나고 싶지도 않았는데 오빠가 억지로 밀어붙였잖아."

단아의 차가운 눈동자를 보고 싶지 않은 진서는 숙였던 상체를 일으켜 마주 선다.

"그래, 변명은 안 할게. 다 맞으니까. 회사도 그만둔 게 아니라 장기출장 상태로 아버지랑 얘기해서 온 거고, 집도 이미 단아 너한테 오기 전에 리모델링 공사 전부 끝냈어."

"하, 그럼 그것도 거짓말이겠네? 혼인신고서."

"보관하고 있는 곳은 거짓말이었지만 모든 준비와 작성 끝낸 건 사실이야. 다현 아줌마께 맡겼어."

"……오빠 정말 사람 질리게 만드는 재주 있는 거 알아? 싫다는데 꾸역꾸역 옆에 있는 이유가 뭐야?"

"그걸 모르지 않을 텐데."

"……"

아니…… 몰라. 알아도 모를 거야, 나는.

"널 사랑하니까. 말도 안 되는 거짓말이라도 해서 널 내 옆에 두고 싶었어. 정말 몰라?"

사랑이라는 말을 지금에서야 다시 듣게 될 줄은 몰랐는데…….

순간 씁쓸한 기분이 든 단어였지만 마음을 다잡는다.

"지나간 사랑 붙잡고 매달리는 짓 하고 싶어? 오빠 자존심 없어?"

"사랑에 있어서 진짜 자존심이 뭔 줄 알아? 내 사람 지켜내는 거야. 바보처럼 놓치는 짓이 더 멍청한 거라고. 지나간 사랑? 우리가 왜 지나간 사랑인데. 누구 마음대로."

"하……. 진짜 내 말은 안 듣는구나. 오빠 갈 길 가라고 몇 번을 말해야 알아들을래?"

"왜 또다시 뒷걸음질하려고 하는데. 그냥 그 자리에 있기만 해. 오빠가 다가가면 되니까."

"그 걸음을 멈추라고. 제발, 나한테서 떨어져 나가달라고! 지겨워! 한진서라는 남자 이제 질렸다고!"

……이제 오빠 갈 길 가란 말이야.

단아의 말에 진서의 표정이 일순간 딱딱하게 굳는다.

"······진심이야? 내가 정말 너랑 완벽한 남이 되길 원해? 정단아."

"······그래."

"내 눈 똑바로 보고 말해."

진서의 차디찬 목소리에 딸기 주스병을 쥐고 있던 손에 힘이 들어가고 그대로 진서를 향해 눈을 똑바로 맞춘 단아는 결국 독한 한마디를 내뱉고야 만다.

"응. 오빠랑 더는 보기 싫어. 내 삶에서 나가줘."

"······알았다. 네가 정말 원하는 게 그거라면 그만하자."

"······."

"정말 이젠 제대로 이별하자. 안녕, 단아야."

감정을 알 수 없는 표정을 한 채 그대로 단아의 옆을 스쳐 지나간 진서는 병실 문을 열더니 현민을 부른다.

"현민아."

"진서 형, 왜?"

현민이 되묻자 진서는 낮게 가라앉은 목소리로 말한다.

단아가 충분히 들을 정도로.

"오늘부로 가드 그만 서도 돼. 다 끝났다. 전부."

"에이, 형~ 표정은 또 무섭게 왜 그래."

"아주머니, 제 짐들 좀 현민이 편에 보내주세요. 그리고 아주머니는 원래 우혁 아저씨네 일 봐주셨으니까 계속 계셔도 될 거예요."

"아······ 아니······ 갑자기 왜 그래요, 도련님······. 네?"

갑작스런 진서의 통보에 두 사람 다 당황스런 와중에 진서가 마치 별일 아니라는 투로 꺼낸 한마디에 두 사람 다 경악을 금치 못한다.

"정말 끝났거든요. 저희 정식으로 헤어졌어요."

그 말만을 남긴 진서는 미련 없이 병실을 벗어나 복도를 걸어간다.

그러다 문득 멈춰 선 진서, 뒤돌아 묻는다.

"현민아, 너 오늘은 차 가지고 왔냐?"

"어? 아…… 응."

"그럼 우선 네 차로 내 집까지 가자. 짐 챙겨 받아서 내려와. 나 먼저 내려간다."

그러더니 진서는 다시 걸어가기 시작한다.

호연은 발을 동동 구르다 단아에게 들어가고 현민은 병실 안에 있는 단아와 걸어가는 진서를 번갈아 바라보다 허탈한 듯 중얼거린다.

"지금 이거…… 실화지……? 다른 커플도 아니고 진서 형이랑 단아 누나가 헤어졌다고? 다들 알면 또 한바탕 시끄럽겠네."

현민이 머리를 헝클이고는 한숨과 함께 느릿한 걸음으로 병실로 들어갔다.

열흘 후, 그렇게 시간은 두 사람의 이별과는 상관없이 제 속도대로 흘러갔고 완연한 가을이 찾아든 9월말.

진서 역시 약속대로 회사에 복귀해 변함없는 미친개의 모습을 보여주며 떠도는 소문들을 잠재워나가고 있었다.

"한 전무님, 어떻게 장기출장 간 일은 잘 마무리하셨습니까? 이번 연말 JS가전 시그니처라인 별 문제없이 출시되겠죠?"

한 달에 한 번 JS그룹의 모든 계열의 임원진들과 한재성 회장이 자리한 전체 임원회의가 끝났을 무렵, 진서의 맞은편에 앉아 있던 재호가 진서에게 이죽거리듯 말을 건네자 서류를 살피던 진서는 잠시 멈칫하더니 웃는 얼굴로 대답한다.

"예. 물론 문제없이 잘 진행되고 있습니다. 그런데…… 한 상무님이 저희 쪽 일까지 신경 써주시고 계셨다니 몰랐네요."

하지만 그 웃음도 잠시.

금방 눈빛을 차게 바꾼 진서는 곧바로 여유롭게 맞받아친다.

"저도 듣자 하니 이번에 진행된 패션위크에 차질이 생길 뻔했었다던데요. 그렇죠? 지석준 부사장님?"

"그랬었지. 우리 한재호 상무가 결재를 너무 잘해주셔서."

"그렇다네요? 이러다 JS패션 뷰티 쪽으로 통합되는 거 아닌지 걱정이네요, 한 상무님."

"크흐흠!! 실수였어요, 실수."

진서가 돌아옴과 동시에 또다시 시작된 트러블메이커와 미친개의 신경전에 임원진들은 속으로 한숨을 내쉬었다.

왜 매번 안 될 싸움인 줄도 모르고 불나방처럼 뛰어드는지…….

조카를 상대로 저렇게 부끄러운 민낯을 드러내고 싶을까 싶어서.

그때, 재호에게 한 방 더 날리는 진서.

"그렇군요. 저는 또 일보단 개인적으로 시간과 돈을 쓰시느라 너무 바쁘셨나 걱정했는데. 저도 출장 내내 누가 자꾸 귀찮게 따라다녀서 떼어내고 일하느라 좀 애먹었거든요."

"그게 무슨 소리냐? 혹시 누가 네 뒤 밟았어?"

진서가 재호를 똑바로 바라보고 있자 계속 지켜보던 재성은 워낙 눈치가 빨라 혹시나 싶지만 그래도 돌려서 묻고, 재성이 눈치라도 챌까 재호는 얼른 작은아버지로서 동조를 한다.

"개인적인 일은 무슨……. 다른 일들이 너무 바빠서 정신이 없었던 거야. 그나저나 걱정이구나. 내가 가드라도 붙여줄까?"

그런 재호의 이중적인 모습에 임원진들은 혀를 내둘렀고 진서와 재성은 뱉지 못할 한숨만이 늘어갈 뿐이다.

"아니요. 괜찮습니다. 제 몸은 제가 지켜야죠. 한 상무, 아니, 작은아버지도 조심하세요. 제가 겪어보니 누가 언제 어떻게 칠지 모르는 거더라구요. 조카로서 참, 걱정됩니다."

마치 마지막 경고라는 듯 말을 마친 진서가 서류들을 챙겨 먼저 자리에서 일어선다.

"어디 가? 누가 네 뒤 밟았냐니까?"

재성이 다급하게 진서에게 다시 말을 건네자 진서는 평온하게 대답한다.

"회장님, 자꾸 공사 구분 안 하시면 다른 임원진분들이 회장님 깝니다."

"하하하!"

"한 전무 은근히 재밌다니까."

진서의 농담에 모인 임원진들이 모두 웃음을 터트리고 재성도 알았다며 다시 묻는다.

"원 녀석도, 알았다. 어디 가나, 한 전무?"

"회의 다 끝났으니 이제 제 일하러 갑니다. 출장 중에도 살피긴 했지만 그래도 난 자리는 표가 나는지 제대로 처리 안 된 일이 아직도 많아서요. 그럼 저 먼저 실례하겠습니다."

진서가 90도로 허리를 숙여 인사하고는 대회의실을 빠져나가자 남은 임원진들은 재성에게 한마디씩들 하느라 바쁘다.

"어쩜 저리도 회장님 젊었을 적이랑 빼다 박았는지. 저희 JS그룹의 미래가 아주 기대됩니다."

"한 전무 들어오고 회사 전반적인 이미지가 훨씬 더 좋아지기도 했죠. 가전이나 IT는 물론이고 다른 영역까지도 뒤처리 도와주곤 하니까요."

"자네들이 아무리 입에 꿀 바르고 얘기해도 우리 회사를 제대로 바르게 키울 능력 없다 싶으면 바로 아웃이니까 그렇게들 알아. 전문경영인한테 맡길까도 생각한다고."

"하하, 나중에 저희가 반대할까 봐 미리 선수 치시는 건 아니시구요?"

"지 부사장, 눈치 한번 빠르구만그래."

"하하하! 유머도 부전자전이십니다."

그렇게 모두가 화기애애한 사이로 재호만이 입술을 깨물며 표정이 굳고 재성은 그런 동생의 모습을 발견했지만 이내 다시 웃는 얼굴로 모른 척 외면한다.

한편, 대회의실을 빠져나온 진서의 곁으로 선호가 다가온다.

"독한 놈."

"장시간 회의 끝내고 나온 상사한테 다짜고짜 놈이라니. 내 비서실장 맞냐?"

진서가 대수롭지 않게 반응하며 엘리베이터 쪽으로 향해 걷자 선호도 따라 걸으며 대답한다.

"너 단아랑 헤어졌다고 단아 두고 온 지가 얼마나 지난 줄이나 알아?"

"내일이면 딱 2주째네."

"그런데 지금 그렇게 태평하냐? 단아 안 보고 싶어? 현민이만 그대로 병원에 두고. 한 상무님 동태 살피는 것도 지금은 안 하고 있고. 너 대체 무슨 생각이야? 나도 좀 알자!"

"벌써 10월이 다가오네. 날씨 더 추워지겠다."

"야!"

엉뚱한 소리를 하는 진서로 인해 선호만 답답해지고 진서는 엘리베이터 버튼을 누르며 지나가듯 말을 잇는다.

"작은아버지 적어도 지금은 별다른 움직임 없을 거야. 단아가 내 곁에 없으니까. 뒤밟은 것들을 터트리려면 확실한 무언가가 있어야 하는데 예상과는 달리 내가 단아를 데려오지 않았거든. 그래서 한 번씩 떠보시는 거겠지. 혹시나 싶어서. 그래서 우선 현민이만 둔 거야. 아예 아무도 안 두기는 불안해서. 나중에 단아 데려오고 나면 그때 다시 상황 봐서 해야지. 작은아버지가 가만히 계시진 않을 테니까. 준비는 잘하고 있는 거지? 자료 더 필요한 거 있어?"

"없어. 돌아오자마자 네가 모아둔 것들도 합친 거잖아. 네가 더 안 도와줘도 내 능력도 꽤 돼서 말이지. 혹시 필요해지면 얘기할게."

"그래, 그럼."

"근데 그러면서 왜 한 번을 보러 안 가냐? 처음에 단아 어딨는지 알았을 땐 멀리서라도 뻔질나게 보러 가더니."

"그냥."

"어른들께는 그냥 회사 복귀하면서 퇴근길에만 잠깐씩 보고 온다고 했다며?"

"응. 괜히 걱정하시게 뭐하러 얘기해. 단아도 눈치껏 말하는 거겠지."

"난 도통 모르겠다, 너란 녀석을. 우선 올라가자."

"응."

엘리베이터의 문이 열리고 진서가 올라타려는데 지이잉- 휴대폰 진동이 느껴진다.

"아, 잠시만. 먼저 타."

진서가 슈트 재킷에서 휴대폰을 꺼내며 말하자 고개를 끄덕인 선호가 먼저 올라타 열림 버튼을 누른 채 기다린다.

"하진이 형이네."

"아아, 맞다. 단아 하진이 형 병원에 있다고 했지?"

"응."

"현민이는 하진이 형 본 게 그때가 처음이라 많이 놀란 것 같더라. 큭큭. 하긴 나도 처음 알았을 땐 한진서가 또 있나 했었지. 나도 언제 시간 내서 단아랑 하진이 형 보러 가야지. 어때? 부럽지? 단아 보러 갈 수도 있고."

"됐거든."

선호의 놀림에 피식 웃으며 대답한 진서는 전화를 받는다.

"응, 하진이 형."

-진서야.

"응. 그런데 왜 목소리가 힘이 없어? 무슨 일 있어?"

-…….

진서의 물음에 한참 동안 말이 없던 하진은 이내 다시 말을 꺼낸다.

-단아 씨 검사 결과 나왔다.

"하진이 형, 지금…… 뭐라고?"

-단아 씨 검사 결과 나왔다고. 아직 퇴근시간 전이라 일할 테니까 전화로 알려줄…….

"30분! 지금 바로 밟아서 가면 30분 안에 가. 끊어, 형."

-한진…….

하진의 검사 결과 나왔다는 한마디에 더 통화하지도 않고 가겠다며 그대로 전화를 끊은 진서는 엘리베이터 안으로 걸어가 선호에게 서류를 안겨준다.

"뒷일 좀 부탁한다."

"뭐? 갑자기 무슨……. 아직 마케팅팀하고 시그니처라인 마케팅 전략 회의 남았는…… 야! 진서야! 허……."

선호가 채 말을 다 끝맺기도 전에 엘리베이터에서 튕기듯 나간 진서는 비상계단으로 뛰어갔고 선호가 엘리베이터에서 내리던 그때 때마침 대회의실을 나오던 임원진들과 재성, 재호는 그런 진서의 뒷모습을 얼핏 발견한다.

"한진서. 저 자식이 진짜……."

선호가 벙찐 듯 혼잣말을 중얼거리는데 재성이 선호에게 말을 건넨다.

"유선호 비서실장, 한 전무 어디 갔나?"

"아……. 그게 그러니까……. 하하하……. 급하게 일이 있으시다고……."

"잠깐 나 좀 보지."

"예. 바로 올라가겠습니다."

재성이 먼저 임원진들과 함께 바로 옆 다른 엘리베이터를 타고 올라가고 선호도 다시 엘리베이터에 올라탄다.

'한진서, 돌아와서 보자.'라는 격한 다짐과 함께.

HB대학병원 본관 6층 재활의학과.

하진과의 통화 후 훗날 속도위반 과태료 고지서가 어마무시하게 나오지 않을까 싶을 정도로 밟아 차로 30분 이상의 거리를 15분여 만에 도착한 진서는 지체 없이 하진이 있는 재활의학과로 올라왔다.

"진하진 교수님 좀 뵈러 왔는데요. 한진서라고 하면 아실 거예요."

"아, 네. 안 그래도 중요한 손님이 곧 오실 거라고 얘기 들었습니다. 잠시만요."

"예."

수간호사 희진이 곧바로 수화기를 들어 진료실과 연결된 버튼을 누른다.

"진 교수님, 지금 한진서라는 분이 찾아오셨는데 어떡할까요? 네, 네. 알겠습니다."

딸깍, 수화기를 내려놓은 희진이 웃는 얼굴로 말을 잇는다.

"지금 환자분 진료 끝나셨다고 들어오시라네요."

"감사합니다."

진서가 인사를 하고 진료실 쪽으로 발걸음을 옮기려던 그때 환자와 함께 나오는 하진이 보인다.

환자가 다시 한번 하진에게 인사하고서 자리를 떠나자 진서가 하진을 부른다.

"하진이 형."

"빨리도 왔다. 다음 환자까지 시간 있으니까 들어와."

"응."

하진의 진료실 안.

하진이 윤 간호사와 다미를 잠시 내보내고 나자 진서는 하진에게 곧바로 말을 꺼낸다.

"형, 단아 검사 결과 어때? 역시 변함없겠지?"

"급했긴 급했구나? 앉지도 않고 묻는 거 보니."

"단아한텐 가장 중요한 문제니까. 그럼 나한테도 가장 중요한 문제야, 형."

"그래, 알았다. 그냥 얘기하자. 어차피 나도 금방 환자 봐야 하니까. 진서 너 단아 씨 사랑하지?"

"당연한 걸 왜 물어? 왜? 무슨 문제 있는 거야? 하진이 형!"

"만약 검사 결과가 변함없다 해도 여전히 사랑하고?"

"자꾸 같은 말 반복하게 하는 거 보니 변함없나 보네. 그럼 더할 얘기 없어. 나 가볼게. 나도 일하다 말고 온 거라서."

예상했던 결과이기에 어떠한 실망감도 없이 뒤돌아선 진서에게로 웃음기 머금은 하진의 목소리가 들려온다.

"하여튼. 성깔 있다 그거냐? 뭐가 그리 급해서는. 단아 씨 잠깐이라도 보고 가. 7층 재활물리치료실이다."

"……뭐……? 지금 그게 무슨……."

"온전히는 안 되더라도 목발이든 워커든 지지하면 조금씩 걸을 수 있을 것 같다는 말. 겨우 찾아냈어. 양쪽 엄지발가락에서 신경이 미세하게나마 반응했었던걸. 그러니까 불완전 하반신마비였던 거라고."

"……."

"사고 당시 때는 아무래도 신경반응이 급격하게 떨어졌을 때라 잘 발견 못 했을 거야. 우리도 겨우겨우 며칠을 들여서 찾았을 정도니까."

"단아는……. 단아는 알고 있어……?"

"응. 아까 점심때쯤 결과 나와서 곧바로 알려줬어. 본인도 한참을 묻더라. 진짜냐고. 그러고 나서 바로 빈 시간 잡아서 물리치료랑 재활치료 맞춰서 들어갔어. 빠를수록 예후도 좋으니까."

그 말까지 들은 진서는 그대로 하진에게 다가가 끌어안는다.

"뭐냐, 이 낯간지러운 짓은? 나 우리 누나랑도 여덟 살 이후로는 포옹 안 했거든?"

"……진하진. 진짜 인정. 고마워……. 내가 병원 팍팍 밀어줄게."

"됐다. 내가 한 일이라기보다 여러 과에서 교수님들이 도움 많이 주셨어."

"그래도 고마워."

"그럼 다른 건 됐으니 이 포옹이나 풀어. 닭살 돋아."

"쑥스러워하긴."

진서가 포옹을 풀더니 툭, 어깨를 친다.

"쑥스는 무슨. 그리고 너무 좋아하지는 마. 재활해봐야 알아. 그리고 아마 의지하지 않고서 독립적인 보행이나 서는 건 어려울 수도 있고. 화장실 문제도 여전히 누가 도와줘야 할 수도 있어. 그래도 괜찮겠어?"

"당연하지. 단아가 어쨌든 걷잖아. 단 한 발자국이라도 걷잖아. 그거면 돼. 그거면."

"눈빛 살아나는 거 봐라. 아주 빛이 나네."

"응. 너무 좋아서 다 표현이 안 돼."

"그럼 얼른 단아 씨 보러 가. 더 기쁘게."

"아……. 그래야지! 형, 나 오늘은 이만 가볼게!"

진서가 서둘러 인사하고는 뛰쳐나가듯 달려 나가고 그 모습을 흐뭇한 미소로 바라보던 하진은 진료 책상의 걸터앉아 수화기를 들어 데스크와 연결한다.

"수간호사님, 다음 환자분 들어오시라고 해주시고 박 선생이랑 윤 간호사님도 들어오라고 해주세요."

7층 재활물리치료실.

곧바로 한 층 위로 올라온 진서가 재활물리치료실 쪽으로 다가간 후 입구 앞에 서 있는 현민에게로 다가선다.

"어? 진서 형."

"쉿, 단아한테 들리겠다."

"아…… 으응. 근데 어떻게 바로 알고 왔네?"

"하진이 형."

"아아~"

진서는 재활물리치료실 안에서 휠체어가 아닌 의자에 앉아 물리치료사와 함께 천천히 서는 연습을 하고 있는 단아를 애틋한 눈빛으로 바라본다.

"그렇게 금방 울 것 같은 얼굴이면서 왜 한 번을 안 보러 와? 나한테 하루에도 수십 통씩 단아 밥은 먹었냐, 어디 아픈 데는 없냐, 잘 지내냐 귀에 못이 박힐 만큼 문자 하면서."

얼굴 보면 마음 약해져서 못 견딜 테니까……. 안고 싶고 사랑하고 싶어서 발길이 자꾸만 이곳으로 향할 테니까.

어딘지 씁쓸해 보이는 진서의 표정에 작게 한숨을 쉬는 현민이다.

"내가 형들하고 유한이한테까지 비밀로 해가면서 단아 누나 소식통 해주고 있는 사람으로서 말인데, 그냥 누나 앞에 나타나, 형. 단아 누나도 요새 부쩍 힘이 없어. 아주머니께 여쭤보면 밥도 많이 남긴다더라."

현민의 말에 살짝 표정이 굳은 진서가 현민에게 시선을 주며 바로 묻는다.

"뭐야, 괜찮다며. 밥 잘 먹는다며."

"그런 줄 알았지. 내가 물어보면 누나는 항상 좋은 얘기만 해줬으니까. 근데 아주머니께 혹시나 싶어 여쭤보니까 형 있을 때보다 먹는 것도 줄고 자꾸 창밖만 바라본대. 산책하고 싶다고 나가기도 자주 하고. 단아 누나도 형 기다리는 거 아닐까?"

"……."

"형도 단아 누나 마음 알잖아. 그만 화내고 누나 옆에 있어."

다시 단아에게로 시선을 준 진서는 서는 게 뜻대로 안 되는지 힘들어하는 단아를 보며 가라앉은 목소리로 대답한다.

"아직은 안 돼. 단아가 원해서 날 필요로 할 때까진."

"둘 다 고집불통이라니까."

"근데 저렇게 바로 서는 연습부터 해도 되는 거야? 감각도 여전히 없는 것처럼 둔하고 근력도 없을 텐데."

"지금 시간이 몇 신데. 아까 점심때부터 시작해서 기본 물리치료, 누나한테 맞는 근력 운동 등등 어떤 치료가 제일 시급한지 알아야 해서 조금씩 해보는 거랬어, 오늘은. 본격적인 치료는 내일부터 들어간다더라. 하진이 형. 누나도 힘들 텐데 희망이 생겼다는 생각 때문인지 묵묵히 하고 있고."

"그래. 그럴 거야, 단아는. 근데 호연 아주머니는?"

"점심때 같이 내려오셨다가 시간이 길어지길래 내가 먼저 올라가시라고 했어. 여자인 아주머니보다야 남자인 내가 있다가 누나 데리고 올라가는 게 더 낫지 싶어서."

"이제 제법 남자다워지는 거냐?"

흐뭇한 미소를 지으며 현민의 어깨를 토닥여주는 진서. 그런 진서의 행동에 피식 웃는 현민이다.

"스물일곱이면 이미 충분히 남자거든? 이 형이 진짜."

"그래. 장하다."

진서와 현민이 서로 장난을 주고받던 그때 물리치료사가 현민을 찾는다.

"정단아 씨 보호자분? 오늘 치료 끝났으니 환자분 데려가셔야 하는데, 정단아 씨 보호자분."

그 소리에 두 사람 다 반응을 하려다 진서가 멈칫하고 현민의 등을 밀어준다.

"얼른 가봐. 단아 잘 데리고 올라가고."

"아…… 예! 여기 있어요."

현민이 주춤하다 작게 한숨을 내쉬곤 크게 대답하며 재활물리 치료실 안으로 들어간다.

현민이 물리치료사와 얘기를 나누고 단아를 일반 휠체어에 앉혀 나오는 모습까지 지켜보던 진서는 단아의 눈에 띌까 서둘러 엘리베이터 반대쪽으로 뛰어가 모퉁이에 숨고 곧이어 단아와 현민의 대화가 들려온다.

"우리 누나 대단한데? 몇 시간을 운동한 거야~ 이름이 강단아였어도 될 뻔했어. 깡단 있잖아."

"너는 나 놀리는 재미로 살지, 하여튼. 왜 넌 안 가고 계속 있는 건데."

"음, 누나와의 의리? 경단이 누나 지켜야지."

"……진서 오빠가 시켰지……? 나 지키라고……."

"에이~ 아니래도 그런다. 진서 형은 그렇게 가고 나서 연락해도 누나 물어보지도 않아. 일이 바쁘다나. 되게 못됐지?"

"……"

"나는 그냥 누나가 걱정돼서 형들한테 '난 여기 있을 거야!' 하고 있는 거야. 걱정 안 해도 돼."

"……진서 오빠…… 어디 아픈 곳은 없대?"

"글쎄? 왜? 형 보고 싶어?"

"……아니야……. 그런 거."

점점 소리가 멀어지더니 이내 도착한 엘리베이터를 타는 두 사람.

"그새 야윈 것 같네……."

혼잣말을 중얼거린 진서는 둘의 모습이 안 보이게 되고서도 한참 동안을 같은 자리에 머물다 돌아섰다.

다음 날 오전, JS그룹 23층 진서의 사무실.

똑똑, 노크 소리가 들린다.

"예, 들어와요."

진서의 말이 떨어지기 무섭게 문을 연 선호가 삐딱한 자세로 서서 말을 꺼낸다.

"어제 어딜 그리 급히 가셨던 겁니까? 회의 남은 것도 땡땡이치시고."

"문 닫고 얘기해. 춥다."

대수롭지 않게 서류를 넘기며 답하는 진서의 모습에 어이가 없는 선호.

문을 닫고는 성큼성큼 진서 앞으로 걸어온다.

"내가 어제 회장님께 불려가서 얼마나 털렸는지 알기나 해? 이성실하게 미치신 한 전무님아. 갑자기 가버리면 어쩌자고……."

"반응 보아하니 잘 넘겼네. 진짜 문제 있을 땐 너 오히려 차분해지잖아. 역시 내 오른팔답다."

"뭐야? 허어……!"

"어젠 그럴 수밖에 없었어. 미안. 대신 이따 오후에 마케팅팀하고 회의 다시 잡아줘."

"안 그래도 딜레이시켜서 오늘로 다시 잡아 놨다. 그러니까 고마우면 불어. 어딜 급하게 갔던 건지."

"단아……. 단아 검사 결과 나왔다고 해서 듣고 왔어. 다행히 조금이라도 걸을 수 있다더라. 불완전 하반신마비였었대."

"진짜? 그런 거면 잘된 일인데, 그런 이유면 땡땡이 용서해준다! 나도 나중에 하진이 형한테 전화해봐야지. 이야~ 잘됐다, 잘됐어. 현민이 녀석 벌써 준형이랑 유한이한테 얘기했으려나? 단아랑 너 이어주는 일 열심인 것 같던데."

"알고 있었냐? 현민이 병원에 둔 이유."

"당연하지. 우리가 네 곁에 있은 지가 몇 년이라고 생각하냐? 장현민이 자기는 단아 누나 옆에 있어야 한다고 큰소리칠 때 우리는 이미 눈치챘지. 네가 진짜 단아를 모른 척할 수 있는 놈도 아니고."

"현민이는 형들이랑 유한이 몰래 전해주고 있다고 알던데."

"큭큭. 그냥 둬~ 그 덕에 더 열심히 너희 둘 오작교 해주려고 하는 게 귀엽잖아."

"현민이가 갑자기 왜 이렇게 안쓰럽지?"

"글쎄~"

진서의 말에 대답하며 개구지게 웃는 선호.

"아무튼 축하한다. 단아한텐 축하할 일이니까. 너한테도."

"그래, 고맙다. 이제 어른들께도 말씀드려야지."

"좋아하실 거야."

진서와 선호가 한창 얘기를 나누던 그때 바깥에 비서들이 있는 데스크와 연결된 내선 번호의 불빛이 반짝이며 사무실 전화가 울리고 진서가 바로 버튼을 눌러 받는다.

"예, 무슨 일이죠?"

-회장님께서 지금 바로 한 전무님 회장실로 올라오라고 하십니다.

"회장님께서요? 무슨 일이신지는 말씀 없으셨어요?"

-네. 회장님 비서실에서 연락이 내려와서요. 다시 알아볼까요?

"아니요. 우선 알겠습니다. 제가 올라가보죠."

띡, 버튼을 다시 눌러 끈 진서는 선호에게 묻는다.

"어제 무슨 얘기를 했길래 오전부터 아버지가 호출이실까? 유선호 비서실장님."

"하하……. 글쎄? 난 그저 그동안 내가 보고 들은 걸 말씀드린 기억밖엔 없는데?"

순식간에 전세역전이 되어버리고 진서는 한숨과 함께 되묻는다.

"설마 요양병원에 있을 때 작은아버지 일까지 전부 다 말했냐?"

"하하……. 아마도? 아니, 너도 알잖냐. 워낙 눈치가 백 단이시라 한 상무님이랑 무슨 일 있었냐고 대번에 물으시면서 살살 구슬리는데, 그 분위기에 압도당하면 답 없는 거. 한 회장님이랑 맞장뜰 수 있는 사람은 솔직히 너밖에 없거든?"

"하아, 됐다. 어차피 오래 못 갈 비밀이었는데 잘됐어."

"어? 잘되다니?"

"아버지가 다 아시고 부르시는 걸 거 아니야."

"응. 아마."

"그럼 그걸로 딜을 해야지."

"딜……?"

"응. 아주 좋은 생각이 나서 말이야. 그럼 나 올라갔다 올게."

"야, 잠깐……! 하, 저 자식 또 무슨 폭탄 발언을 하려고 저래."

자신의 부름에도 빠르게 사무실을 빠져나가는 진서의 모습에 왠지 선호는 불안하기만 하고 머리카락을 헝클인 선호도 뒤따라 전무실을 나간다.

곧바로 회장실로 올라온 진서가 수화기를 드는 여비서에게 괜찮다고 하고서 쭉 걸어가 노크와 함께 회장실 안으로 들어간다.

"부르셨습니까?"

"왔냐? 우선 좀 앉자."

"예."

누가 부자지간 아니랄까 봐 재성 역시 서류 검토를 하던 중인지, 보던 서류를 덮으며 의자에서 일어나 진서와 소파로 걸어가 앉는다.

"커피라도 줘?"

"아니요. 이미 아침에 마셨습니다. 그보다, 무슨 일로 부르셨어요?"

"바로 본론 말해라? 좋지. 나도 빙빙 돌리는 건 답답하니까. 선호한테 전부 얘기 들었다. 요양병원에 있을 때 재호, 네 작은아버지가 강호 조직한테 네 뒤 밟으라고 시킨 것 같다고. 강호 조직 똘마니 한 명이 단아 데려가려다 실패하고 네가 죽기 직전까지 팼다는 소리까지. 전부 맞아?"

"예. 맞습니다. 아버지께서도 이미 눈치채고 있으셨던 것 아니세요? 작은아버지 쪽 움직임."

"후…… 그래."

"저 처음 요양병원 간 날부터 따라붙은 모양인데 단아의 상황까지 모두 알고 있는 듯했고 아마 단아로 제 약점을 잡으려고 때를 기다리시는 것 같습니다. 뭔가 이미 준비를 해두셨겠죠."

재성은 진서의 말에 이마를 짚으며 꾹꾹 누른다.

"설마, 설마 했는데……. 재호 녀석 또 옛날 버릇 나오려는 건가. 나한테 칼날 세우는 걸로도 모자라 조카인 너랑 애먼 단아까지……. 대체 뭐가 그리 못마땅해서……."

"아버지를 이겨야 한다는 마음이 자라고 자라다 그릇된 욕심으로 되어버린 거겠죠. 재훈이에게 회사를 물려주고 싶은 마음에 제가 더 눈엣가시일 거구요."

"이미 예전에 재훈이는 나한테 직접 얘기했어. 안 그래도 내가 이제 슬슬 진서 너랑 후계자 구도로 같이 가야 하지 않겠냐고 물었더니, 자기는 후계자 경쟁 같은 건 하기 싫다고, 그냥 자기는 요리하고 싶은데 아버지가 회사 다니길 원하시니 다니는 거라고 말이야."

"그럼 그 말을 해보시지 그러셨어요? 작은아버지께."

"그랬다간 또 재훈이만 불려가서 안 좋은 소리 들을 텐데 뭐하러. 하아……. 대체 어떤 부분이 네 작은아버지를 저토록 꼬이게 만든 건지. 난 한 번도 너와 재훈이를 차별한 적 없는데. 재호를 나랑 비교해서 대한 적도 없고."

"글쎄요. 그건 작은아버지 외엔 아무도 모르는 부분이니까요."

"후……. 그렇겠지. 그럼 우선 알았으니까 넌 그만 작은아버지 일에선 빠져라. 내가 최 비서한테 더 잘 주시하라고 단단히 이를 테니. 요양병원에서 사람 팼다며. 자칫 구설수라도 돌면 골치 아파. 단아가 걱정되는 거면 내가 다시 준형이든 경호팀이든 붙여줄 테니까. 알았어?"

"예. 그리고 그 부분은 걱정 안 하셔도 됩니다. 저도 이미 그날 요양병원 CCTV 원본 복사해서 가지고 있으니까요."

"하여간 철저한 놈. 어떨 땐 나보다 더해."

"다 아버지 보고 자라서 그렇습니다."

진서의 농담 섞인 말에 피식 웃은 재성은 내내 궁금했던 것을 묻는다.

"그래. 아주 뿌듯하다. 됐냐? 그건 그렇고 어제는 어딜 그렇게 급히 간 거야? 뛰어가는 거 얼핏 봤는데."

"단아 HB대학병원으로 옮긴 건 아시죠? 하진이 형이 단아 검사를 다시 해보자고 해서 했었는데, 그 결과가 어제 나왔다고 형한테서 전화가 와서요."

"그랬었구나. 어쩐지 네가 앞뒤 안 보고 뛰어가더라니. 단아가 그렇게 좋으면 얼른 네 아내로 맞이해, 인마. 사내자식이 사랑에 뜸들이면 못써."

재성의 말에 그저 옅게 미소 지은 진서가 계속 말을 이었다.

"그건 제 마음대로 못 합니다. 단아가 싫어하는 일은 안 하고 싶거든요."

"벌써부터 애처가 하기로 한 거냐? 그래서, 검사 결과는 어떻고?"

"다행히 이번 검사에선 불완전 하반신마비라는 게 발견돼서 약간의 감각이 남아 있는 것 같다고 합니다. 재활치료하면 의지하고서는 잠깐씩이라도 걸을 수 있을 것 같다고도 하구요."

"정말이냐? 정말 우리 단아가 걷는단 말이지?"

"재활치료 예후가 좋으면요."

"하하하! 잘됐다, 잘됐어! 그럼 그렇지. 우리 며느리가 얼마나 밝고 예쁜 아인데 하늘이 도우시는 게지. 암! 그렇고말고. 내가 우리 예비 며느리 사고 낸 나쁜 놈도 꼭 잡아 넣을 거다. 내가 정 회장이랑 백방으로 알아보고 있으니 너도 걱정 말고 있어."

"저도 저대로 계속 알아보고 있는 중입니다."

"그래, 그래. 모두 합심해서 알아보자. 그리고 양가에서 단아 좋은 소식은 아직 나 외엔 모르는 거지?"

"예. 이제 알려드리려구요. 어젠 남은 일 처리하느라 너무 늦어져서."

"그럼 그거 내가 하자."

"예?"

"좋은 소식 전하면서 오랜만에 친구들끼리 수다 좀 떨까 하고."

씨익 웃으며 말하는 아버지의 모습이 왠지 귀엽다고 생각되는 진서는 설핏 미소를 짓는다.

"그러세요, 그럼. 저는 나중에 따로 안부차 전화드리죠, 뭐. 그런데 아버지, 지금 되게 짓궂은 표정이신 거 아십니까?"

"그러냐? 나도 내 친구들 얘기할 땐 JS그룹의 회장이 아니라 그냥 인간 한재성이라 그런가 보다."

진서는 재성이 한결 편안히 풀어진 듯하자 슬슬 본래의 용건을 꺼낸다.

"그럼 아버지, 저도 지금은 그냥 아버지 아들로서 부탁 하나만 드릴게요. 꼭 들어주신다고 약속해주세요."

"네가 웬일이냐? 부탁을 다 하고. 그래. 말해봐."

"아니요. 무조건 들어주신다고 약속해주세요. 아니면 저도 후계자 자리 포기하겠습니다. 애초에 큰 욕심도 없었구요."

"뭐……? 아니, 무슨 부탁을 하려고 후계자 포기한다는 얘기까지 나와?"

자신의 아들을 잘 아는 재성은 절대 빈말이 아니라는 생각에 순간 긴장한다.

반면 여유로운 모습의 진서, 마지막 쐐기를 박는다.

"어쩌실래요? 제 부탁, 들어주실 거죠?"

"그래. 들어줄 테니까 말해봐. 대신 너도 그 후계자 포기한다는 소리 취소하는 거야."

"예. 아버지가 제 부탁 무조건 들어주신다면 저도 취소할게요."

"그래. 알았으니까 얼른 말해."

재성이 불안하게 바라보며 진서의 다음 말을 기다리자 진서는 입꼬리를 늘이며 미소를 띠더니 말을 잇고 이어진 진서의 말에 재성은 크게 놀랄 수밖에 없었다.

"작은아버지 무너뜨리는 일에 아버지도 동참해 주세요."

일주일 후, HB대학병원.

"경단이 누나."

"……."

"단아 누나!"

"어? 아……. 나 불렀어?"

현민과 함께 1층 로비로 내려온 단아는 웬일인지 계속 멍하고 그런 단아의 모습이 답답한 현민은 휠체어를 세우고 휴대폰을 꺼내든다.

"그냥 진서 형 부를게. 지금이라도 누나가 찾는다 그럼 당장 달려올 거야."

"하지 마! 짱혐아!"

단아가 깜짝 놀라 현민을 말리려는데 현민이 불현듯 손을 올리며 큰 소리로 진서의 이름을 말한다.

"어? 저기 진서 형이다!"

그 소리에 순간 고개가 돌아간 단아가 여기저기 찾아보지만 진서로 보이는 사람은 없고 어깨가 축 처지는 단아의 위로 현민의 목소리가 다시 들려온다.

"그것 봐. 형 보고 싶잖아. 고집쟁이."

씨익 웃고 있는 현민을 본 순간 단아는 울컥 눈물이 나와버리고 현민에게 소리를 질러버린다.

"야! 이…… 무슨 그런 장난을……. 나쁜 놈아!"

겨우 견디고 있었는데…… 아니라고, 안 보고 싶다고 외면하고 참았는데…….

괜스레 서러워 훌쩍이는 단아로 인해 더 당황해버린 현민이 쩔쩔맨다.

"어…… 아……. 미…… 미안! 으아……. 울지 마, 누나. 누나가 너무 고집을 부리니까 난 그냥……. 이젠 안 그럴게! 응? 나중에 진서 형이 내가 누나 울린 거 알면 나 죽어. 응? 누나아. 뚝!"

"……몰라!"

현민이 쩔쩔매며 단아를 달래고 있던 그때 두 사람 사이로 불쑥 목소리 하나가 들려온다.

"어머. 단아 씨 지금 진서 씨 놔두고 바람피우는 거예요?"

07. 큐피드

갑작스레 들리는 목소리에 단아와 현민이 멈칫하며 소리가 들리는 쪽으로 바라보자 환하게 웃는 얼굴로 서 있는 별하가 보인다.

"아……. 별하 씨."

"단아 누나, 누구셔?"

현민은 갑작스런 상황에 단아에게 슬쩍 누구냐고 묻고 곧바로 대답해주는 단아.

"진하진 교수님 아내분."

"아아~"

단아의 설명에 그제야 원래의 모습대로 돌아온 현민은 미소를 띠며 별하에게 인사한다.

"안녕하세요. 장현민이라고 합니다. 진서 형이랑 단아 누나, 이번에 진서 형 덕분에 알게 된 하진이 형까지 모두 알고 지내는 친한 사이예요~ 애인이나 그런 게 절대 아닙니다. 하하."

"어머, 그럼 제가 실례한 거네요. 죄송해요. 저는 진서 씨 지인

중에 선호 씨만 자주 봤지 다른 분은 뵌 적이 없어서. 유별하라고 합니다."

별하가 무거운 배를 허리 뒤로 받치며 인사하자 현민이 얼른 손사래를 친다.

"아니에요. 그럴 수 있죠~ 저희…… 아, 저희가 진서 형이나 저, 선호 형 빼고 친한 지인이 둘 더 있는데 저랑 그 둘은 진서 형 회사 경호팀 쪽이라 자주 같이 움직일 일은 없으니까 충분히 그러실 수 있으세요. 선호 형은 진서 형 곁에 항상 있어야 하는 쪽이구요."

"아아, 그러시구나. 현민 씨 되게 친절하시네요."

"하하, 감사합니다."

현민이 웃고 있는 사이 단아가 별하에게 말을 건넨다.

"그런데 병원은 혼자 오신 거예요? 몸도 힘드신데……."

"아~ 네. 저희 집이 병원 바로 근처거든요. 택시 타면 몇 분 안 걸려서 저 혼자서도 충분해요. 저희 남편이 절대 혼자는 안 된다고 매번 잔소리를 하긴 하지만. 오늘도 이제 출산일이 얼마 안 남아서 마지막으로 유하 잘 있는지 확인차 산부인과 검진 오는 길이었어요. 다 끝나고 찾아가서 놀래주려고 일부러 그이 바쁠 시간에 예약 잡았죠."

"아……."

"근데 진서 씨는요?"

별하의 물음에 또 표정이 굳는 단아를 대신해 현민이 얼른 대답한다.

"아……. 한 3주쯤 전부터 다시 회사로 출근하게 돼서 제가 형 대신 단아 누나 옆에 있는 거예요. 단아 누나가 재활치료를 들어가서."

"아……. 그래요? 단아 씨 재활 가능할 것 같다는 얘기는 남편한테 들었었어요. 축하해요, 단아 씨. 제가 다 기쁘더라구요."

"네. 감사해요⋯⋯."

왠지 모르게 기운이 없어 보이는 단아가 마음 쓰이는 별하는 단아에게 불쑥 웃는 얼굴로 장난스레 말을 건넨다.

"단아 씨, 나 아직 검진까지 시간 여유 있는데 잠깐 나랑 얘기 좀 할래요?"

1층 로비에 위치한 카페 안으로 들어온 단아와 별하는 마주 앉아 이런저런 이야기를 나누고 있다.

"현민 씨 같이 앉아도 되는데⋯⋯. 괜히 미안하네요."

"아⋯⋯. 괜찮아요. 저희 편하게 얘기하라고 따로 앉겠다고 했어요, 현민이가."

"하하. 그렇게 심각한 얘기는 아닌데. 그냥 단아 씨랑 좀 친해지고 싶어서 내가 단아 씨 시간 뺏은 거예요~"

"아니에요. 저도 답답해서 바람 쐬러 내려온 참인데요, 뭐."

"그럼 나 편하게 얘기해도 돼요?"

"네."

단아가 밀크티가 든 컵을 만지작거리며 대답하자 별하는 핫초코를 한 모금 마신 뒤 나지막이 말을 잇는다.

"그럼⋯⋯ 내가 단아 씨 기운 없는 이유 맞혀볼까요? 진서 씨. 맞죠?"

"⋯⋯!"

단아가 눈을 크게 뜨며 멍하니 바라보자 별하는 그저 미소를 지을 뿐이다.

"놀랄 거 없어요~ 그냥 지금 단아 씨 표정이 꼭 예전의 나 같아서 금방 알아챈 거니까."

"예전…… 이요?"

"네. 예전. 하진 오빠……. 아, 버릇이 돼서. 제 남편이랑 제가 좀 오래 돌아서 만났고 겨우겨우 서로 닿아서 사랑한 커플이었거든요."

"아……."

"저희가 너무 어렸을 때라 좀 모든 게 서툴렀어요. 후훗. 어쨌든 저희 러브스토리 다 얘기하자면 소설책 한 권으로도 모자라니까 나중에 기회 되면 말할게요. 그러니까 우리 친해져요? 언니 동생 해주면 더 좋구요."

"아…… 네."

"그럼 오늘 내가 단아 씨한테 말해주고 싶은 건 사실 나도 예전에 어릴 때 사고로 다리를 다친 적이 있었다는 거였어요. 그래서인지 단아 씨 보고 마음이 더 가더라구요."

"별하 씨가요?"

"네. 물론 난 단아 씨보다 덜한 케이스였긴 해도 어쨌든 지금도 몸에 무리가 되면 사고 때 다쳤던 오른쪽 다리의 통증이 오기도 해요."

"아…… 그러셨구나. 몰랐어요."

"나는 다행히 미국에서 당시에 수술이 가능했거든요. 그래서 나았죠. 그럼 내 사고 얘긴 이쯤하고……. 내가 진짜 단아 씨에게 해주고 싶은 말은요. 도망치지 말라는 말을 해주고 싶었어요. 사랑이라는 감정에게서."

"……."

"단아 씨 입장에선 잘 모르면서 그런다고 생각할 수 있다는 거 모르지 않지만 그래도 단아 씨를 보면 나랑 왠지 비슷한 느낌을 받아선지 단아 씨가 사랑하는 사람과 행복해졌으면 좋겠어요. 진심으로."

"……."

별하의 말에 단아의 두 눈이 흔들리고 밀크티가 든 컵을 꽉 두 손으로 쥔다.

"나는요 단아 씨, 우리 부부가 오래 돌고 돌긴 했지만 그 이유가 장애 때문은 아니었어요. 남편은 나 사고 나는 것도 다 봤고 내 다리의 감각이 둔해지고 재활까지 하는 동안에도 단 한 번도 내 곁에서 멀어진 적 없었어요. 물론 나도 '피해를 주니까 멀어져야지'라고 여긴 적 없구요. 둘 다 붙어서 투덕이느라 바빴죠. 매일. 그땐 둘 다 바보처럼 서로를 좋아하고 있는 줄도 모를 때였거든요."

"……."

"그러니까 단아 씨도 혹시 지금 진서 씨를 위한다는 이유로 밀어내고 있는 중이라면 그러지 말아요. 사랑하기도 아까운 시간인데 사랑해야죠. 하루하루 행복하게."

"……어떻게 별하 씨는 장애를 가졌으면서도 진 교수님 곁에 있을 수 있었어요? 서로 몰랐을 뿐 어쨌든 좋아한 거잖아요……. 불안하고 겁나지 않았어요……? 짐이 될까 봐, 날 떠날까 봐."

자신을 바라보며 망설이듯 뱉은 단아의 물음에 별하는 정말 아무것도 아니라는 듯이 편안하게 웃으며 대답한다.

"내가 잘못해서 그렇게 된 게 아닌데 왜 내가 그 사람에게 짐이에요? 내가 있어달라고 애원해서 억지로 두는 것도 아니잖아요. 다 알고서도 내 곁에 있었던 건 그 사람이니까 내가 먼저 스스로 날 낮출 필요는 없죠."

"……."

"그냥 난 나예요. 다쳤을 때도 지금도. 그리고 하나도 불안하지 않아요. 적어도 그 부분에 있어서는요."

"어째서요……?"

"그 사람이 내가 사랑한 진하진이라서요. 진하진이라는 남자는 적어도 그런 이유로 날 버리지 못해요. 희한하게 어려서 사고 난 이후에 그런 느낌을 강하게 받았었어요. 그냥 그렇게 믿어졌죠. 그 사람이랑 있을 때면. 후훗. 이유 이상하죠?"

"……."

빙그레 웃으며 핫초코를 마시는 별하의 얼굴을 바라보던 단아는 그제야 망치로 맞은 듯 머리가 얼얼한 느낌을 받는다.

아……. 지금 별하 씨 모습이 예전 내 모습이었는데…….

그냥 내가 사랑하는 사람이 한진서라서…….

아무런 이유 없이도 믿어지곤 했었는데…….

저렇게 사랑 가득한 눈으로 진서 오빠를 바라봤을 텐데…….

난 뭐가 무서웠던 걸까?

오빠는 포기 않고 먼저 날 찾아내주기까지 했는데…….

난 여전히 한진서라는 남자를…… 사랑하는데…….

멍하니 자신을 바라보던 단아를 부르는 별하.

"단아 씨."

"……아, 네."

그 목소리에 퍼뜩 정신을 차린 단아가 대답하자 별하가 미소 띤 얼굴로 말한다.

"그러니까 단아 씨도 장애 때문에 진서 씨랑 사랑하는 일 망설이지는 말아요. 네? 자신감을 가져요. 나아질 수 있잖아요."

"……네. 감사해요. 여러 가지로."

설핏 웃음을 짓는 단아의 모습에 그제야 별하도 안심한 듯 마주 웃어준다.

"그럼 고마운 의미로 나랑 언니 동생 돼 줄래요, 단아 씨?"

"아……네. 저는 좋아요. 감사하기도 하고 제가 외동이라 언니나 동생 있는 집 부러웠거든요."

"어머, 나돈데. 나도 외동이에요. 우리 그럼 같은 외동끼리 언니 동생 해요~ 아니, 하자! 응?"

손뼉까지 치며 반가워하는 별하의 모습에 절로 웃음이 지어진 단아는 기분 좋게 대답한다.

"네. 그래요, 별하 언니. 진 교수님께 듣기론 저보다 언니시니까 언니라고 부를게요."

"나도 실은 우리 남편한테 단아 씨 나이 들었거든. 그래서 은근슬쩍 부탁한 거야~ 예쁜 동생 두고 싶어서."

"하하."

"그럼 우리 오늘부터 언니, 동생 하는 거다? 말도 편하게 놓고."

"후훗. 응. 잘 부탁해, 별하 언니."

"나도 잘 부탁해, 단아야."

단아와 별하는 서로를 마주 보며 환하게 미소 지었다.

다음 날 아침 이른 오전의 인천국제공항.

호주 멜버른에서 한국행 비행기가 도착했다는 안내표시와 함께 입국 게이트에는 한눈에 봐도 몸에 딱 붙는 화려한 H라인 원피스에 퍼 재킷을 입고 높은 스틸레토 힐을 신은 한 여자가 캐리어를 끌고 걸어 나온다.

공항 내 남자들의 시선을 한 몸에 받으며 유유히 걸어 나온 여자는 얼굴의 반을 가린 선글라스를 벗으며 자신의 오렌지빛 S컬펌 단발머리를 짜증스레 넘기며 투덜거린다.

"한국은 이래서 들어오기 싫다니까. 사람 바글거려, 날씨는 추워. 진짜 짜증 나! 아빠가 이 비서 보낸다고 했는데 이 아저씬 왜 안 보여?"

여자가 붉은 입술을 깨물며 발을 구르던 그때였다.

"미현 아가씨!"

헐레벌떡 여자를 향해 뛰어오는 한 남자.

"왜 이렇게 늦어요?"

이 비서로 추정되는 남자가 숨을 고르기도 전에 미현이라 불린 여자가 짜증을 부리자 이 비서는 안절부절못한다.

"죄송합니다……. 회장님께서 말씀하신 시간보다 아가씨께서 일찍 도착하셔서……."

"그럼 내가 아저씨 시간에 맞춰서 왔어야 한다는 거예요?"

"아…… 아닙니다! 그런…… 죄송합니다, 아가씨."

"뭐 됐어요. 얼른 이거나 들어요. 무거워 죽겠어."

"아…… 예!"

미현이 캐리어를 틱 밀어주곤 앞장서서 걸어가고 이 비서가 얼른 캐리어를 끌며 뒤따른다.

공항을 빠져나와 고급 세단 뒷좌석에 올라탄 미현은 이 비서가 운전석에 올라타자마자 지시하듯 말을 한다.

"바로 성북동 집으로 가요. 집에 가서 다시 준비하고 진서 오빠 보러 갈 거니까."

"예. 저 그런데…… 구 회장님이 회사에서 아가씨 기다리십니다. 그래도 JS그룹으로 갈까요?"

"아빠는 저녁에 볼 텐데, 뭐. 우리 진서 오빠 보려고 내가 오기 싫은 한국도 온 건데 당연히 사랑하는 내 남자부터 보러 가야지. 집으로 가요, 얼른."

"예."

이 비서의 대답과 함께 차가 출발하고 의자 뒤로 기댄 미현은 눈빛을 반짝였다.

그날 오후.

선호와 함께 JS가전 시그니처라인 출시 점검차 외부로 외근을 나갔었던 진서는 곧바로 회사로 돌아와 로비를 지난다.

"아~ 배고프다. 진서 넌 배 안 고파?"

"별로. 넌 점심 먹고 들어오라니까."

"에이, 먹으려면 같이 먹어야지. 내가 간단하게 요깃거리 할 것 좀 사올까?"

"그러든가."

"음~ 그럼 뭐 먹을까? 김밥? 분식? 피자? 패스트푸드? 초밥? 그래, 너 일식 좋아하니까 초밥 사올까? 먹기도 깔끔하고……."

"한진서 전무님 만나러 왔다니까?"

선호가 진서 옆에 서서 쭉 음식들을 나열하며 걷던 그때 안내데스크 쪽에서 약간 크다 싶은 여자 목소리가 들려온다.

진서는 그저 슬쩍 눈짓으로 데스크 직원에게 '경호팀 불러서 내보내라'는 무언의 사인을 주며 지나치고 선호는 여자 쪽으로 눈길을 주며 진서에게 말한다.

"뭐냐 저 언밸런스는. 머리는 주황색인데 하얀 원피스 차림에 플랫슈즈라니. 꼭 일부러 보여주려고 꾸민 것 같은……. 어? 야, 진서야!"

"왜?"

"저 여자…… 미현이 아니냐?"

진서가 출입 전용 카드를 올려 대려는데 선호가 다급한 듯 부르고 그 부름에 진서가 대답하자 선호는 뜻밖의 대답을 내놓는다.

"뭔 소리야. 호주에 있는 애를 왜……."

진서가 대수롭지 않게 넘기고 다시 카드를 입구에 대려는 순간이었다.

진서의 귀에 거슬리는 한마디가 들려온 건.

"진짜 답답하게 왜 이래? 나 모현그룹 구충기 회장 딸 구미현이라고. 여기 JS그룹 한진서 전무의 약혼녀!"

아……. 저 시한폭탄은 또 왜…….

진서가 다시 뒤돌아 성큼성큼 미현에게로 걸어가고 선호도 재밌겠다는 표정으로 뒤따른다.

"네~ 모현그룹의 따님이시군요. 몰라봬서 죄송합니다."

"이제야 좀 말이 통하네. 얼른 진서 오빠한테 연락해줘요."

"모현그룹 따님! 께는 죄송합니다. 이미 몇 차례 말씀드렸지만 사전에 선약이 되어 있지 않으시거나 저희 회사 출입 카드를 소지한 분이 아니시면 절대 들어가실 수가 없으십니다. 죄송합니다. 저희 회사 방침이라서요."

'대통령 딸이 와도 안 되거든?' 욱 올라오려는 화를 참고서 최대한 스마일~을 시전하며 미현을 상대하고 있는 데스크 여직원.

"뭐? 진짜 짜증 나게 만드네! 어디서 잡상인 취급을 해! 내가 미래의 여기 안주인 될 사람이라니까?"

그 스마일 미소가 왠지 더 짜증이 난 미현이 더욱 소리를 높이려 하자 데스크 여직원이 안 되겠는지 경호팀을 부르려 수화기를 들고 버튼을 누르려던 그때 잔뜩 가라앉아 스산한 목소리가 먼저 들려온다.

"구미현, 그 입 다물어. 누가 내 약혼녀야."

진서가 다가오자 데스크 여직원은 얼른 수화기도 내리고 인사를 하고 미현은 눈앞에 나타난 진서가 그저 반가운지 활짝 웃는다.

"진서 오빠~!"

미현이 언제 짜증 부렸냐는 듯 세상 얌전해지며 진서에게 다가선다.

"나 왔어~ 진서 오빠, 나 반갑지? 보고 싶었지? 응?"

잔뜩 애교를 부리며 진서를 안으려는 미현. 그런 미현의 한쪽 팔을 가뿐히 잡으며 여전히 화를 참는 듯한 진서가 되묻는다.

"누가, 내 약혼녀냐고. 난 그런 거 한 기억 없는데."

"아…… 아니…… 곧 할 거니까……. 오빠, 팔 아파……."

구 회장에게 백발백중 통하던 울 것 같은 얼굴을 한 미현이 말해보지만 진서에겐 단 1%도 통하지 않는지 여전히 차가운 눈동자로 말을 이을 뿐이다.

"내가? 너랑? 언제 그렇게 됐는데? 난 너 단 한 번도 여자로 본 적도 없는데. 유언비어 퍼트리면 어떻게 되는지 보여줘?"

"오빠가 어떻게 나한테 이래……?"

"그 대사는 적어도 둘이 뭔가 조금이라도 있었을 때 하는 거야. 알아들어?"

미현이 그렁한 눈으로 진서를 보지만 전혀 신경도 쓰지 않는 진서는 그저 팔을 탁 놓으며 경고하듯 말한다.

"어른들은 가능했을지 몰라도 나한테는 안 통하니까 쓸데없는 말 하지 마. 구 회장님 봐서 네 그 말도 안 되는 어리광 봐주고 있었지만 이젠 안 돼. 자꾸 도 넘으면 모현그룹하고의 관계도 돌아설 테니까 잘 판단해. 네가 아무리 머리가 나빠도 그 정도 계산은 서지? 우리가 돌아서면 지금의 너희 집안이 어떻게 변할지."

"오빠……!"

미현이 입술을 깨물며 진서를 부르지만 진서는 눈길조차 주지 않고 옆에 있던 선호를 부른다.

"선호야."

"아…… 그래. 말해."

"나 먼저 올라갈 테니까 미현이 보내고 와."

"알았다."

선호가 대답하자 그길로 미련 없이 뒤돌아 다시 걸어가는 진서.

진서로 인해 데스크는 안정을 찾고 미현은 진서가 엘리베이터를 타고 올라가는 모습까지 보고 나자 분한지 손톱이 파고들 만큼 주먹을 꽉 쥔다.

그런 미현을 바라보던 선호는 한숨을 내쉬며 말을 건넨다.

"너도 참 너다. 싫다는 남자는 왜 귀찮게 해서 매번 창피는 당해."

"사랑하니까 그렇지!"

진서 때와는 다르게 다시 뾰족해진 미현이 빽 소리를 지른다.

"귀 따가워. 진짜 너 이런 모습을 진서도 알아야 하는데. 아, 이미 알려나?"

"뭐야?"

"시끄러우니까 소리 그만 지르고 어떻게 된 건지 얘기나 해봐.

한국은 싫다고 잠깐씩 집안에 일 있을 때 말곤 들어오지도 않더니 갑자기 무슨 바람이야?"

"이번엔 진서 오빠랑 결혼하고 같이 신혼여행으로 들어갔다가 정리하고 아예 한국 들어올 생각이야. 오빠 내조해야지."

"얘가 또 진서한테 깨지려고. 너 하는 거 보면 무슨 몇십 년은 사랑한 줄 알겠어. 겨우 일 년 전에 후원의 밤에서 처음 봐놓고. 그 전까진 너 계속 해외로 들쑥날쑥 돌았다고 구 회장님이 그러셨거든? 진서도 중간중간 미국에 있었긴 했었지만."

선호의 말에 순간 표정이 굳는 듯하던 미현은 금방 아무렇지 않게 풀어지며 대답한다.

"기간이 뭐 중요해? 마음이 중요하지. 진짜 사랑한단 말이야. 그날 어딘지 모르게 위험한 오빠 눈빛이 미치게 섹시했다고! 꼭 내가 가질 거야."

그거야 단아 찾겠다고 혈안이 됐을 때니까.

미현이 말한 섹시한 눈빛이 사실 제일 위험한 때였다는 걸 아는 선호는 고개를 절레절레 흔든다.

"아서라~ 그 섹시한 거에 홀리면 큰일 난다, 아가야."

"뭐래. 난 꼭 진서 오빠랑 결혼할 거야."

"글쎄다. 이제 진짜 안 될걸?"

"뭐야? 무슨 뜻인데? 설마…… 오빠 여자 생겼어? 그때 헤어졌다고 들었는데?"

역시 여자들의 감이란 무섭구만.

"네 그 무대포에 이젠 진짜 진서가 질렸을 거라는 소리야. 더 할 얘기 없지? 자~ 가자!"

선호가 뜨끔하며 서둘러 얼버무리고 미현의 등을 밀며 앞으로 걸어 나간다.

"잠깐……! 아니, 그게 무슨 소리냐고. 역시 여자지? 누군데? 어?"

"그런 거 아니라니까. 이상한 데 꽂히지 말고 얼른 가. 진서 또 내려오기 전에."

선호가 아예 어깨를 감싸 안고서 힘으로 미현을 데리고 로비 밖으로 나간다. 이러지 않으면 종일 시달려야 할 게 분명하니까 말이다. 진서한테서든, 미현이한테서든.

그렇게 미현을 떼어내고 자신의 사무실인 전무실로 먼저 올라온 진서는 머리가 아파와 관자놀이를 꾹꾹 누르며 한숨을 내쉰다.

그러다 불현듯 단아가 한 번씩 하던 귀여운 잔소리가 떠오르는 진서.

'오빠, 일 좀 쉬어가면서 해. 응? 어째 내가 미국 올 때마다 야위어. 속상하게.'

"오빠 지금 힘든데 단아야."

'쉬지도 않고 일하니까 그렇지. 으이그……. 두통약이라도 찾아줄게. 비상약들 모아둔 거 어딨어? 또 아무 데나 둔 거야?'

"약이 아니라 정단아, 네가 필요해……. 안고 싶어 미치겠다, 단아야…….'

안다. 보고 싶으면 달려가면 그만이라는 것쯤은.

하지만 단아가 먼저 조금이라도 마음을 열어주길 바라서 때를 기다리는 게 이렇게 힘들 줄은 몰랐는데…….

작은 한숨과 함께 피식, 웃어버린 진서는 마른세수를 하고는 다시 밀린 결재서류를 펼친다.

지이잉- 지이잉-

서류들을 살피던 진서는 슈트 재킷 안쪽에서 진동이 느껴지자 만년필을 내려두고 휴대폰을 꺼내 확인한다.

"하진이 형? 지금 바쁠 텐데 무슨 일이지?"

액정화면에 뜬 익숙한 이름에 진서가 바로 받는다.

"형, 무슨 일이야? 그것도 이 시간에."

-진서야.

가볍게 웃음기 가득한 목소리로 받았던 자신과는 달리 어딘지 모르게 가라앉은 하진의 목소리에 눈치 빠른 진서는 곧바로 묻는다.

"뭐야, 형. 단아 어디 안 좋아진 거야?"

-…….

"빨리 얘기해. 뭐냐고!"

진서가 불안함에 하진에게 크게 소리 지르는 그 순간, 하진의 목소리는 진서의 불안함을 확인시켜주는 말을 내뱉는다.

-단아 씨가 다쳤어.

타악! 쿵!

더는 들을 필요도 없다는 듯 의자에서 튕기듯 일어나 달려 전무실을 빠져나온 진서는 그대로 복도를 내달렸다.

"어? 제가 오는 건 어찌 알고 마중을 다 나왔……."

때마침 전무실로 올라오던 선호가 마라톤 하듯 무서운 속도로 달려 나오는 진서에게 초밥집 종이 가방을 들어 보이지만 진서는 안중에도 없이 쌩 지나쳐 가버린다.

그제야 이상함을 느낀 선호가 서둘러 진서가 달린 쪽으로 가서 소리친다.

"어디 가십니까? 한 전무님!"

하지만 이미 엘리베이터를 타고 내려갔는지 보이질 않는다.

"허어, 저거 저거 또 왜 혼이 나갔지? 단아한테 무슨 일이라도 났나?"

그러는 중에 문득 자신의 손에 들린 초밥집 종이 가방이 눈에 띈 선호.

"나 혼자 다 먹긴 많은데. 지선 씨랑 유미 씨 점심 먹었으려나."

어차피 나중에 알게 될 거 미리 머리 아프지 말자 싶은 선호는 다시 전무실 쪽으로 발걸음을 돌린다.

한편, 속력을 최대로 올려 달리고 있는 진서의 차.

진서는 자꾸만 드는 불안감에 가슴이 답답해짐을 느끼고 넥타이를 느슨하게 푼다.

때를 기다리는 짓 따위 하는 게 아닌데. 단아가 온전히 마음을 내어주지 않아도 상관없었는데.

한진서 미친 새끼. 돈 새끼. 네 여잔 네가 지켰어야지.

자신에게 있는 대로 욕을 퍼부으며 더욱 페달을 밟는 진서.

조금만…… 조금만 기다려줘…… 단아야…….

진서가 달려오고 있는 그 시각. HB대학병원 6층 하진의 개인 룸 안에는 나란히 앉아 차를 마시고 있는 하진과 별하가 보인다.

"진서 녀석 단아 씨 다쳤다는 말만 듣고도 달려 나가는지 큰 소리 나더라."

"정말? 후훗. 역시 백발백중일 줄 알았다니까."

"못 말린다, 유별하. 예약환자가 펑크 내서 시간 빈 건 어떻게 알고 딱 맞춰 와서는 대뜸 남편을 양치기 소년 만들고. 좋아?"

"텔레파시가 통했나? 집에서 태교하는 것도 혼자는 심심한걸. 그리고 오늘 단아 오전에 재활 연습하다가 넘어졌었다며. 그럼 완전한 거짓말은 아니지, 뭐. 어제 단아 되게 힘들어 보였단 말이야. 언니로서 큐피드 좀 되어주겠다는데 우리 여보가 협조 좀 해주라. 응? 하진 오빠."

"하여튼, 그렇게 보면서 오빠 소리 하지 말라니까. 요즘 너 못 안아서 죽겠거든?"

"어머나. 우리 여보 죽으면 안 되지~ 음…… 그래도 2주 정도만 참으세요."

별하가 짐짓 단호하게 말하자 피식 웃어버린 하진.

"지금 의사 앞에서 주름잡아?"

"푸훗. 좀 그랬나? 그래도 우리 유하 예쁘게 낳고 나서 당신 품에 안기는 게 마음 편해서."

"알아. 나도 우리 딸 편안한 게 좋아. 좀 더 수행하지, 뭐."

"고마워. 단아도 우리처럼 행복해졌음 좋겠다."

"그 커플은 그 커플한테 맡기고 별하 넌 이리 와."

"응? 수행한다며?"

"응. 근데 네 입술이 너무 유혹적이라서 말이야. 입술이라도 맘껏 가져야겠어."

씨익 웃은 하진은 별하의 턱을 살짝 들더니 입술을 포개어 양껏 베어 물었다.

VIP병동 복도.

단아의 병실이 있는 VIP병동 복도에는 오후라 다른 환자들도 없이 한산하다.

그 사이로 유일하게 복도에 나와 있는 두 사람. 현민과 단아가 보이고 단아가 워커를 잡고 복도 중앙에 겨우 버티듯 서 있자 현민은 그 옆에서 걱정스레 바라보며 말리고 있다.

"단아 누나, 오늘 연습 많이 했잖아. 내일 또 가서 하면 되니까 그만 들어가자. 응?"

"싫어. 얼른 나아서 내가 내 발로 걸을 거야. 걸어서…… 진서 오빠한테 내가 갈 거야."

자신의 마음을 온전하게 깨달은 뒤라서일까. 단아는 그저 얼른 진서한테 가고픈 마음뿐이다.

"경단이 누나…… 그래도 오늘은 쉬자. 응? 오늘 넘어져서 손도 다 까지고 쓸렸잖아."

"괜찮아. 할 수 있어. 조금만 더 할래."

꼿꼿하게 서려고 해보지만 자꾸만 무릎이 꺾이고 발을 떼는 것도 겨우겨우 끌듯이 움직이는 정도가 다인 자신의 다리가 사고 이후 처음으로 원망스러운 단아는 입술을 앙다물며 다시 움직여본다.

하지만 이내 힘이 빠지는지 탁 넘어져버린다.

"단아 누나!"

현민이 놀라 얼른 부축해 일으키지만 단아는 손길을 거부하고 워커를 세워달라고 부탁한다.

"난 괜찮으니까 워커 좀 세워줘. 잡고 설게."

"휴…… 알겠어. 잠시만."

현민이 한숨과 함께 단아를 한 손으로 끌어안고 쓰러진 워커를 바로 세워 단아 앞에다 놓아준다.

"자, 천천히 잡아."

"응. 고마워."

단아가 설핏 웃으며 다시 워커를 붙잡고 서던 그때, 다급한 구

두 굽 소리가 들린다 싶더니 복도 끝에 뛰어온 진서가 보인다.

무심코 앞으로 고개를 돌린 단아는 조금 거리를 두고 서 있는 진서를 먼저 발견하고 뒤이어 진서도 단아를 발견한다.

"진서…… 오빠……?"

중얼거리듯 진서의 이름을 내뱉은 단아는 혹시 꿈인가 싶어 눈을 깜빡여 감았다 떠보지만, 여전히 복도 끝에 서 있는 진서의 모습이 두 눈에 담긴다.

꿈이…… 아니다.

진짜…… 진서 오빠가 저기 앞에 서 있다.

한 걸음…… 두 걸음…… 세 걸음…….

진서가 오롯이 단아만을 바라보며 천천히 걸어가던 그때 현민도 진서를 발견했는지 반갑게 부른다.

"어? 진서 형! 어떻게 온 거야?"

"……."

그 부름에 순간 움직이던 발걸음이 우뚝 멈춰 서버린 진서는 더는 다가서지 못한 채 거리를 두고서 현민에게 대답한다.

두 눈은 오직 단아만을 응시한 채.

"그냥. 하진이 형한테 볼일이 있었는데 얘기 듣자니 단아가 다쳤다 그래서……. 괜찮나 하고."

"아아~ 그랬구나."

"응. 근데 보아하니 괜찮아 보이네. 그렇지……?"

"……."

진서가 단아를 바라보며 많은 뜻이 담긴 물음을 건네지만 울음을 참느라 어떠한 대답도 할 수 없는 단아.

한참 동안 서로를 빤히 응시하고만 있는 두 사람이다.

현민은 그런 두 사람을 슬쩍 바라보다 뒤로 빠져주기로 한다.

"진서 형, 바로 안 가도 되지? 나 잠깐 화장실 좀. 5분이면 돼. 호연 아주머니는 잠깐 누나 먹일 음식들 좀 만들어 오신다고 집에 가셨거든."

"……알았어."

"단아 누나, 워커 손잡이 잘 잡고 있어야 해?"

"……응……."

"급하다, 급해. 화장실이…… 저기 있네."

현민이 진서 쪽으로 빠르게 걸어오며 어깨를 툭 치며 속삭인다.

"이제 누나 그만 울려. 밤마다 울었는지 아침에 보면 눈 부었더라."

"……."

"화장실~ 화장실~"

그러고선 휘파람을 불며 진서를 지나쳐 화장실로 향하는 현민이다.

"……."

"……."

그렇게 둘만 남은 진서와 단아는 쉽사리 무슨 말부터 해야 하나 싶고 그러다 진서가 먼저 느릿하게 말을 건넨다.

"힘들지 않아……?"

"……응……."

"다쳤다던데……. 어디 얼마나 다친 거야?"

"그냥……. 오전에 재활하다가 넘어져서 손 조금 쓸린 거야……."

"그랬구나……. 다행이다."

그제야 안심이 되는 진서. 그러면서도 하진이 형한테 당했다 싶어 속으로 피식 웃음이 난다.

"아……!"

그때 단아가 또다시 다리에 힘이 빠지는지 순간 무릎이 확 꺾인다.

"단아야……!"

순간 빠르게 달려가려다 멈칫하고 다행히 중심을 잡은 단아로 인해 안심하며 진서는 뻗었던 손을 꽉 움켜쥔다.

크게 네 걸음. 딱 네 걸음이면 닿을 거리인데……. 또다시 널 힘들게 할까 봐 다가갈 수가 없다…….

"괜찮아……?"

"응……. 끄떡없어."

"단아야…… 오빠가 너한테 가서 잡아주면 안 될까……?"

"……."

"오빠잖아. 동생 힘든 게 싫어서 그래…….

"……."

대답 없는 단아로 인해 역시인가 싶은 진서는 작게 한숨을 쉬고 말을 잇는다.

"알았어……. 그럼 오빠가 현민이 얼른 불러다 줄게. 잠시만 조심히 있어. 꼭 붙잡고. 알았지?"

"……."

"안녕…… 단아야."

그렇게 옅게 미소 지은 진서는 단아에게서 뒤돌아 잰걸음으로 화장실을 향해 걸어간다.

진서가 점점 멀어져가자 단아는 불안함에 어찌할 바를 몰라 결국 맺혔던 눈물을 흘린다.

가지 마……. 안 돼……. 쌓였던 그리움에 펑펑 울어버릴까 봐 말을 못 했던 거야…….

하고 싶고 해야 할 말은 너무 많은데…… 계속 입 안에만 뱅뱅 맴돌고, 결국 단아는 참아왔던 말을 눈물과 함께 큰 소리로 뱉어낸다.

부디 진서에게 닿도록.

"……싫어……. 싫어! 내가 왜 동생인데!"

"……!"

우뚝. 단아의 목소리에 걸어가던 진서는 멈춰 서고 단아를 향해 뒤돌아 되묻는다.

"……뭐라고?"

"내가 왜 동생이냐고! 나는 오빠 남자로 좋아하는데……. 오빠는 아니야……? 나 여자로 싫어?"

단아의 그 말이 왠지 처음 사귈 때 들었던 고백 같아서 가슴이 뭉클해진 진서는 잠긴 목소리로 말을 꺼낸다.

"다시……."

한 걸음.

"나 이제는 여자로 싫어……? 나…… 이제는 오빠한테 못 가……?"

"다시……."

두 걸음…… 세 걸음…….

진서의 걸음이 빨라질수록 두 사람 다 눈물이 차오른다.

"나…… 이제 와 다시 오빠 여자 하면…… 나쁜 년 소리 들을까……?"

단아의 우스갯소리에 울음과 웃음이 섞인 진서가 힘없는 웃음을 뱉어낸다.

"다시…… 단아 네가 가장 행복해지고 싶을 때 말해달라던 한마디. 그 한마디면 오빠가 다 알아듣겠다고 했었는데……. 전부 안아주겠다고."

"아……."

진서의 말에 불현듯 이 병원에 처음 왔을 때가 떠오른 단아.

'단아 네가 먼저 나한테 사랑해, 라고 말해주기를. 그 한마디면 돼. 그 한마디면 단아 네 마음 오빠가 다 알아듣고 전부 안아줄게. 그러니까 무섭더라도, 겁나더라도 천천히 오빠한테 꼭 말해줘. 사랑한다고. 언제나 기다리고 있을 테니까.'

진짜…… 저 남자는 사랑하지 않을 수가 없다.

진서가 무얼 원하는지 알아챈 단아는 눈물과 함께 환하게 웃으며 그 한마디를 들려준다.

"사랑해……. 사랑한다고……!"

그 말이 신호였던 건지 차오른 눈물이 볼을 타고 흘러내림과 동시에 단아에게로 빠르게 달려간 진서가 두 팔을 벌리자 단아는 그대로 손을 놔버려 워커를 쓰러트리고 진서의 품으로 안겨들었다.

제 주인인 꽃을 찾은 나비처럼……. 원래 있어야 할 품으로.

그렇게 받쳐 안듯이 단아를 온전히 품에 마주 안은 진서는 단아의 얼굴을 쓰다듬으며 나지막이 속삭였다.

"평생 행복하게 해줄게. 미치게 사랑한다, 정단아."

"응……. 나도 오빠 사랑해……."

그제야 제대로 서로의 마음을 확인한 두 사람은 꽉 끌어안았다.

"미치겠다. 그 말이 왜 이렇게 좋지."

"사랑해. 사랑해. 오빠를 너무 많이 사랑해. 내가 미안……."

"쉬이, 이제 그러면 됐어. 충분해."

예쁜 미소를 지은 진서는 조심히 단아의 입술로 찾아들었고, 열린 입술 안으로 뜨거운 숨결과 타액을 나누며 혀를 엉켜들었다.

그날 이른 저녁, 성북동의 한 고급 주택.

눈매가 사납게 보이는 한 중년의 남자가 현관을 지나 거실로 들어오자 일하는 아줌마와 부인으로 보이는 중년의 여자가 나와 맞이한다.

"왔어요, 여보? 일찍 왔네요. 요즘 회사에 일 많다더니."

"어. 근데 우리 공주는 왜 안 보여? 집에 왔다고 이 비서한테 들었는데."

남자가 넥타이를 풀며 묻자 화려한 차림새에 여자가 넥타이를 받아들며 대답한다.

"몰라요. 또 뭐가 심통이 났는지 아까 방으로 올라가선 꼼짝도 안 하네."

"그래?"

"그냥 둬요. 또 금방 풀리겠죠. 아줌마, 우리 구 회장님 시원한 물 좀."

"네, 사모님."

그랬다. 이곳은 모현그룹 구충기 회장의 집이었고 회사 일을 일찍 마치고 딸인 미현을 보기 위해 구 회장이 들어오던 것이었다.

"아니야. 됐어. 우리 공주 보러 올라가봐야겠어."

"하여튼 딸이라면 그저 껌뻑 죽지. 그러니까 그때 그……."

"당신!"

"아…… 미안해요. 실수야, 실수. 아줌마, 물은 됐으니까 저녁이나 준비해요."

"네."

구 회장이 아줌마 눈치를 슬쩍 보며 부인인 지숙을 향해 재빨리 제지시키자 지숙도 아차 싶었는지 서둘러 아줌마를 주방으로 들여보낸다.

아줌마가 들어가자 곧바로 다시 한번 입단속을 시키는 구 회장.

"당신, 그 입 좀 제발 조심해. 알아들어?"

"알았다니까요. 나도 순간 실수했어요. 앞으론 더 신경 쓸게."

"하여간에…… 불안해서 살 수가 없어. 미현이 데리고 내려올 테니까 저녁 차려놔."

"알았어요."

지숙이 샐쭉한 얼굴로 대답하곤 넥타이를 소파에 두고 주방으로 들어가자 구 회장은 한숨과 함께 2층으로 올라간다.

똑똑.

"……."

"공주~ 아빠 들어간다?"

2층으로 올라온 구 회장은 노크 소리에도 미현이 무반응이자 살짝 문을 열고 방 안으로 들어서고 침대 위에 엎드려 있는 미현에게 다가가 침대 위로 걸터앉는다.

"우리 공주 또 왜 심통이 났을까? 응? 아빠한테 말해봐. 공주가 원하는 건 다 들어줄게."

그 말을 기다리기라도 한 듯 벌떡 몸을 일으켜 앉은 미현은 훌쩍이며 구 회장에게 안겨든다.

"아빠~! 흐아앙."

"아이구~ 다 큰 우리 애기. 내년이면 스물일곱인데 열일곱인 줄 알겠네. 왜 또~"

아내인 지숙을 대할 때와는 달리 딸인 미현 앞에서는 한없이 약해지는 구 회장은 날카로웠던 눈매도 순하게 보일 정도로 휘며 미현을 다독인다. 그 기회를 놓칠 리 없는 미현은 한껏 투정을 부린다.

"나 결혼시켜줘. 진서 오빠랑."

"응……?"

갑작스런 얘기에 안았던 것도 풀고 마주 보며 되묻는 구 회장.

"진서 오빠랑 결혼할래. 응? 아빠~ 다 들어준다며."

"이 비서 말로는 오늘 진서 보고 왔다던데……. 그래서 그래? 우리 공주 갑자기 무슨 결혼이야. 진서 알게 된 지도 얼마 안 됐는데."

"기간이 뭐가 중요해. 나 진짜 진서 오빠 갖고 싶단 말이야~ 응? 내가 진서 오빠랑 결혼하면 아빠 회사 다시 자리 잡는 데도 좋잖아. 오빠가 내 말은 안 들어주니까 아빠가 도와줘."

한번 고집을 부리면 될 때까지 떼를 쓰는 딸임을 알기에 구 회장은 속으로 한숨을 쉰다.

하필이면 그날 왜 진서를 맘에 담아서는.

미세하게 표정을 굳혔던 구 회장은 다시 선한 얼굴을 하고 미현을 달랜다.

"아빠가 더 좋은 놈으로 우리 공주 짝 지어줄게. 응? 진서 녀석은 내가 한 번씩 한 회장한테 슬쩍슬쩍 언질을 내비치는데도 꿈쩍도 안 하더라."

"싫어! 진서 오빠보다 더 조건 좋은 남자가 어딨는데! 왜 아빠는 내가 진서 오빠 얘기만 하면 다른 말 해? 오빠 처음 본 그날도 갑자기 다시 호주 가라 그러고. 난 무조건 진서 오빠여야 돼. 다른 남자 싫어! 진서 오빠랑 결혼시켜줘! 아빠~!"

떼쓰기가 발동했는지 닭똥 같은 눈물을 흘리기 시작하는 미현.

딸의 눈물에 약한 구 회장은 깊은 한숨과 함께 미현을 안아 토닥인다.

"우리 공주 싫다는 놈은 아빠도 싫으니까 그러지. 응? 미현아……."

"그래도 난 진서 오빠가 좋아. 진서 오빠 내가 가질 거야. 응? 아빠가 진서 오빠 좀 잘 설득해줘. 평생소원이야."

"후우……. 알았어. 알았으니까 뚝 그쳐."

미현의 훌쩍임에 결국 넘어간 구 회장이 긍정의 답을 내놓는다.

"아빠 고마워! 사랑해~"

"하하, 녀석도 참."

원하는 대답을 들은 미현이 애교를 부리며 꼬옥 안겨오자 웃으며 미현의 등을 쓰다듬는 구 회장.

하지만 웃음 뒤에 매서운 눈빛은 날카롭게 빛나고 있었다.

다음 날.

해가 막 뜨기 시작한 이른 아침 모현그룹의 회장실.

똑똑똑, 노크 소리가 들리더니 이 비서가 들어온다.

"회장님, 이렇게 이른 시간에 출근하셔도 괜찮으십니까? 요즘 계속 늦게까지 일하시느라 피곤하실 텐데요."

이 비서가 의자에 기대앉아 있는 구 회장에게 걱정스레 묻지만 구 회장은 매서운 눈매를 치켜뜨며 비꼬듯 말한다.

"왜? 자네도 김 비서처럼 더는 뒤치다꺼리 못 하겠다고 사표만 던지고 사라지려고? 아님 아침 일찍 출근하랬다고 시위하나?"

"아…… 아닙니다! 전 그저 회장님이 걱정돼서……."

"걱정은 개뿔. 됐으니까 어제 내가 알아보라고 한 거나 말해봐. 정우혁 회장 쪽 특별한 움직임은 없지? 그 딸은 여전할 테고."

"아…… 예. 어제 급하게 알아본 바로는 그렇습니다. 워낙 정 회장님 따님 사고를 누군가 철저히 덮었던지 증거가 없어 여전히 범인은 못 찾고 있는 것 같았으니까요. 그리고 요즘은 JS그룹에서도 그 사건을 파헤치는 듯해 보였구요."

"그렇겠지. 한 회장이 그렇게 예뻐하던 자기 아들의 여자였으니. 그럼 그 딸은?"

"아……. 회장님 말씀대로 여전히 병원을 이곳저곳 옮겨 다니며 생활하고 있습니다. 다만, 다른 때와는 달리 이번에 옮긴 HB대학병원에서 불완전 하반신마비 판정을 받아서 재활 중에 있다는 것 같습니다."

"그래? 그럼 완전히 나을 수 있다는 건가?"

"글쎄요. 그건 재활에 따라서 예후가 다 다르니까요. 그런데 워낙 큰 사고였기도 하고 오랫동안 마비 증상이 있었던 건 사실이니까 온전하게 낫기는 힘들지 않을까요?"

"뭐 됐어. 낫고 안 낫고는 중요한 문제는 아니니까. 어쨌든 그 사고에 별다른 증거는 없다 그거지?"

"예."

"알았어. 틈틈이 경찰 쪽하고 두 그룹들 상황 살피고 조금이라도 이상하면 바로 보고해."

"예. 저 그런데……."

"뭐야? 또 뭔가 남았나?"

"아……. 그런 건 아니고 왜 이렇게까지 정 회장님 따님 사고에 관심을 두시는지⋯⋯."

이 비서의 물음에 순간 눈을 번뜩이는 구 회장.

"이 비서, 우리 회사 온 지 얼마나 됐지?"

"이제 4개월 되어갑니다."

타악! 쨍그랑!

대답이 들려옴과 동시에 구 회장은 책상 위에 있던 유리로 된 재떨이를 바닥으로 멀리 내던져 버린다.

갑작스런 상황에 겁에 질린 이 비서가 움찔하자 구 회장은 낮게 경고한다.

"자네는 그냥 내가 알려주는 대로, 하라는 대로 하기만 하면 돼. 알아들어? 충직한 개는 주인이 뭘 하든 따라야 하는 거라고. 응?"

"예⋯⋯. 예! 죄송합니다!"

"알아들었으면 나가서 도망친 개 한 마리나 찾아와. 미친 새끼, 내 돈 꼬박꼬박 받아먹으며 일한 게 몇 년인데 회사가 조금 힘들어졌다고 주인을 배신해? 당장 밖에 사람 풀어 찾아서 받아먹은 내 돈 뱉어내기 전까진 간단히 손만 봐주라고 해."

"⋯⋯예!"

"그럼 나가봐. 아, 그 전에."

"예⋯⋯?"

방금 전까지도 자신을 죽일 듯이 노려보던 구 회장이 씨익 웃으며 나가려던 자신을 다시 붙들자 오소소 소름이 돋는 이 비서.

"빌린 어음 상환 날짜 더 미룰 수 없는지 알아봐. 이제 한 달도 안 남았는데 그 안까진 좀 촉박하네. 가까운 사람들한텐 내가 연락할 테니까."

"⋯⋯예. 알겠습니다."

구 회장에게 깍듯이 인사한 이 비서는 또다시 무슨 날벼락이 떨어질까 싶어 서둘러 회장실을 빠져나가며 생각한다.

'저래서 김 비서님이 튄 거구나. 구 회장 이중인격에 질려서!'

이 비서가 문을 닫고 나가자 구 회장은 휴대폰을 슈트 재킷에서 꺼내들더니 어딘가로 전화를 걸고 이윽고 상대방이 받았는지 사람 좋은 웃음소리를 내며 통화를 한다.

"아이고~ 이른 시간에 미안혀이, 한 회장. 일어났나? 하하, 다른 건 아니고 오랜만에 정 회장이랑 셋이서 이따 점심이나 같이할까 해서 말이야. 긴히 할 얘기도 좀 있고……."

HB대학병원 VIP병동 단아의 병실.

"가라니까."

"안 갈래."

"이미 늦었거든? 얼른 가."

"너무 매정해. 보통 이럴 땐 가지 말라고 애틋하게 잡는 건데. 나 화났어."

"푸훗."

하나둘 출근을 하기 시작하는 아침 시간.

단아의 병실은 웬일인지 전쟁이라는 아침 출근 풍경과는 거리가 멀어 보인다.

그도 그럴 게 단아와 진서는 베드 위에 마주 앉아 투덕이고 있었고 호연은 조금 떨어진 소파에 앉아 사과를 깎으며 그런 두 사람의 싸움 아닌 싸움을 흐뭇하게 보고 있었으니까.

"아니…… 어제도 회사 안 들어가고 여기서 잤으니까…… 재성 아저씨가 걱정하실까 봐 그러지. 그리고 출근시간인 것도 맞고. 오빠…… 진짜 화났어? 응?"

예전과 별다를 거 없어 보이는 둘의 투덕임도 변화가 있었으니……. 그건 바로 단아의 반응.

진서가 화났다며 심각하게 표정을 굳히자 금방 걱정스러운 듯 진서의 슈트 재킷을 잡아당기며 묻는 단아. 하지만 진서는 대답이 없고 그런 반응에 다급해진 단아가 열심히 이유를 설명한다.

"그게…… 오빠 옷도 못 갈아입었고, 또…… 또…… 음……. 회사를 가야 나 먹여 살리지……."

"푸흡, 하하하!!"

열심히 한참을 고민하더니 내놓은 단아의 귀여운 대답에 심각한 척하던 진서는 그만 크게 웃어버린다.

"아아~ 진짜. 오빠가 우리 예쁜 애인을 굶길까 봐 걱정했어? 오구~ 그랬어요? 새삼 귀여운 거 반칙인데."

진서가 단아의 얼굴을 감싸고서 아기 대하듯 오구오구~ 를 하자 그제야 진서의 장난임을 눈치챈 단아는 마음 졸였던 게 억울해 진서의 어깨를 퍽! 때린다.

"진짜 걱정했잖아! 웃음이 나? 사람 놀래놓고!"

"아야야……. 방금 진짜 감정 실렸는데? 아프다."

"그럼 아프라고 때리지. 응? 응? 재밌지, 아주."

말과는 달리 자신의 어깨를 아프지 않을 만큼 때리는 단아의 두 팔을 붙잡은 진서는 씨익 예쁘게 웃는다.

"에이, 우리 예쁜 애인이 날 너무 보내려고 하니까 그런 거지. 막 가지 말라고 땡깡 좀 부려주면 안 될까? 나 진짜 단아 너 두고 가기 싫은데."

오랜만에 보는 멍뭉미에 또 슬쩍 넘어간 단아.

"나도…… 오빠랑 있고 싶어. 진짜 회사 가지 말라고 해도 돼?"

"응!"

"그럼 회사…….."

잔뜩 기대한 눈빛으로 자신을 바라보는 진서에게 단아는 역시나 정단아다운 대답을 들려준다.

"가."

"와아, 너무해."

"아직 내 말 다 안 끝났어."

"응?"

"갔다가 저녁 6시 땡 하면 나한테 와. 나도 열심히 재활치료 하고 기다리고 있을게. 늦기만 해. 예쁜 정단아 말고 무서운 정단아를 보게 해줄 테니까. 알았어?"

하며 주먹을 꽉 쥐어 드는 단아의 모습이 마냥 사랑스러운 진서는 단아의 얼굴을 감싸더니 그대로 입술에 쪽 입 맞춘다.

"대체 이렇게 무한대로 사랑스런 여자가 어떻게 내 여자냐고. 감격스럽게 진짜."

"아…… 아줌마 계시는데……!"

"뭐 어때~ 호연 아주머니 앞인데. 저희 예쁘죠?"

"후훗. 그럼요~ 두 사람 애정행각 맘껏 해요. 저는 없다 생각하고."

진서의 입맞춤에 놀란 건 단아뿐인지 진서와 호연은 오히려 자연스럽기만 하다.

"아줌마도 참……. 저희를 너무 봐주신다니까."

"두 사람은 저한테 아들 같고, 딸 같은 존재라 그냥 마냥 예뻐요."

"감사해요, 아주머니. 자~ 그럼 아주머니도 괜찮다하시는데 뽀뽀 한 번 더 할까? 나한테도 마냥 예쁜 내 애인."

"못 말려, 진짜……. 장난 그만하고 가봐. 이러다 정말 지각하겠다."

"그럼 오빠랑 약속 하나 해줘. 약속해주면 회사 갈게."

"무슨 약속?"

단아가 되묻자 진서는 장난기를 지우고 진지한 얼굴로 말을 잇는다.

"하진이 형한테 물어봐야 하는 문제지만 가능하다면 이제 그만 오빠 집으로 가자, 단아야. 병원에 너 두는 거 그만하고 싶어. 재활치료는 병원 그리 멀지 않으니까 통원으로 와도 되고."

"아…….."

"정식 프러포즈는 나중에 할게. 우선은 확인받고 싶어. 단아야, 이제는 오빠의 아내가 되어줄래? 호연 아주머니가 증인이니까 잘 대답해야 돼. 혼인신고서는 제출하면 취소는 없어. 내가 절대 취소 안 해줄 거니까."

진서가 초조한지 단아의 손을 잡고 쓰다듬으며 대답을 기다리자 옅게 미소 진 단아가 대답한다.

한없이 당당하고 밝았던 정단아의 모습으로.

"……오빠는 내 건데 당연히 내가 돼야지 그럼. 다른 여자는 절대 안 돼. 그죠? 아줌마."

"호호, 네~ 그럼요. 큰일 나죠."

"오빠도 들었지? 이제 오빠는 내 거야. 큰일 났다~ 이제 혼인신고하면 도망도 못 가는데."

단아가 장난스레 말하며 진서와 닮은 미소를 씨익 짓자 진서는 그대로 단아를 당겨 안으며 기쁨을 만끽한다.

"드디어 돌아왔네, 우리 단아. 도망 안 가. 난 정단아라는 여자한테 평생 묶여 있고 싶은 사람이라고."

"그 말 나중에 후회해도 난 모른다?"

"제발 그럴 정도까지만 내 옆에서 나 좀 사랑해주라."

"으이그…… 팔불출. 이제 그럼 회사 가는 거다?"

"얼마든지. 뭔들 못 해주겠어. 내 아내가 원하는 건데. 사랑해, 단아야."

"나도. 자, 이제 출근해."

달콤한 사랑 고백 뒤로 출근하라는 단아의 말에 웃음이 터진 진서.

"하하하! 지금 단아 네 머릿속엔 내 출근밖에 없지? 내 고백이 밀리다니. 서운한 걸."

"누누이 말하지만 못 말린다, 정말."

그렇게 달콤했던 아침 전쟁은 이후로도 한참 이어졌고 단아가 '안 가면 뽀뽀 금지!'를 외치고 나서야 진서는 회사로 출근할 수 있었다.

08. 각자의 자리에서

JS그룹 본사 회장실.

재성과 재호가 마주 보며 소파에 앉아 있다.

재호가 출근하자마자 올라오라며 불러들인 재성이 한참을 말없이 찻잔만을 응시하고 있자 왠지 모르게 불안감이 엄습한 재호가 먼저 넌지시 말을 꺼낸다.

"회장님…… 무슨 일로 아침부터 부르신 건지……?"

"재호야."

"……예. 말씀하세요, 형님."

회사에선 대부분 '한 상무'로 부르던 재성이 이름으로 자신을 부르자 예삿일이 아니구나 싶은 재호는 긴장할 때면 무의식적으로 나오는 오랜 버릇인 오른손을 움켜쥐었다, 폈다를 반복하고 그런 동생의 버릇을 알고 있던 재성은 소리 없는 한숨만을 뱉어내곤 나지막이 말을 잇는다.

"JS그룹이 그렇게 갖고 싶었던 거냐?"

"예……? 그…… 그게 무슨……."

재성의 갑작스런 돌직구에 당황한 재호가 말을 더듬자 재성은 소파 옆 협탁 서랍 안에서 여러 서류 뭉치를 꺼내 테이블 위로 탁 내던진다.

"나 모르게 주가 조작하고 회사 공금까지 손대는 것도 모자라 이중 장부까지 만들어 나중에 날 내치기라도 할 작정이었냐고 묻는 거야!"

테이블 위로 널브러진 서류들을 눈으로 살피던 재호는 순간 당황한 빛이 역력해진다.

이…… 이게 어떻게 전부 형님 손에 들어갔지? 분명 은밀하게 아무도 모르게 준비했는데……!

"이…… 이걸…… 아…… 아니, 전 잘 모르겠는……."

"몰라? 최 비서 부를까? 아님 유선호 비서실장이라도 불러?"

"……."

재성이 화를 누르며 되묻자 재호는 잇새를 꽉 문다.

유선호 비서실장이라면……. 진서 녀석이구나!

재호가 아무 말도 없자 깊게 한숨을 내쉰 재성.

"내가 재호 네 계획을 몰라서 지금까지 가만히 있었는 줄 아는 거냐? 그래도 동생이니까. 진서 작은아버지고 재훈이 아버지니까. 그래서 그냥 덮어주고 있던 거야."

"……."

"아버지 어머니 돌아가시고 내가 회장으로 취임했을 때 네가 강호 조직을 움직여서 날 치려고 했을 때도 왜 그러는지 이유는 몰라도 '회사 욕심 때문이겠지.' 하고 강호 조직만 처벌하고 조용히 덮었다. 내 동생이니까. 아버지 어머니 두 분 다 돌아가실 때 널 잘 부탁한다고 하셨으니까. 그런데도 재호 넌 여전히 내게 칼날을 세우는구나. 아니, 이젠 진서랑 진서와 결혼할 아이한테까지 그 칼날을 겨누려고 하고 있지. 대체 왜 그러는 거냐? 응?"

재성이 화를 삭이고 묻자 내내 입술을 물고 있던 재호는 비릿한 웃음을 지으며 서늘한 목소리로 말을 꺼낸다.

"다 아신다면서요. 그럼 제가 다시 강호 조직하고 손잡은 것도 아십니까? 진서 뒤를 밟으라 시킨 건요? 아아~ 사진도 많이 찍었는데 어떻게, 기사 하나 쫙 뽑을까요? 'JS그룹 후계자 한진서 전무! 사랑 때문에 후계자 자리 버리다?' 어떠십니까? 큭큭."

"한재호! 강호 조직 놈들은 불리해지면 널 역으로 칠 거다! 그걸 왜 몰라?"

"전 제가 알아서 할 테니 형님은 이제 진서 걱정이나 하시죠."

"재호, 너!"

재성의 걱정 어린 말도 귀에 들어오는 않는 재호가 슈트 재킷 안에서 휴대폰을 꺼내 어딘가로 전화를 건다.

"김 기자님? 오랜만입니다. 좋은 이슈거리 하나가 있는⋯⋯."

철컥, 타악!

이윽고 상대방이 받았는지 재성을 향해 비웃음을 지으며 말을 이어가던 재호는 끝까지 통화를 마칠 수가 없었다.

"이제 게임 끝입니다, 작은아버지."

언제 올라왔던 건지 회장실 안으로 들어온 진서와 선호가 재호의 휴대폰을 낚아채 끊어버렸으니까.

"진서 네가 여긴 어떻게⋯⋯?"

재호가 벙찐 얼굴로 되묻자 진서는 여유롭게 대답한다.

"공조를 좀 했달까요?"

"뭐⋯⋯?"

재성이 재호를 부르기 십여 분 전, 단아와 아쉬운 헤어짐을 한 진서가 JS그룹 로비를 지나 엘리베이터에 오르고 재성과 간단한 통화를 한다.

"아버지, 어제 선호한테 서류 전부 받으셨죠?"

-그래. 선호한테 어제 오후에 바로 전해 받고 늦게까지 살펴봤다.

"어쩌실 생각이십니까?"

-글쎄……. 그래도 그나마 다행인 건 주가나 장부 조작한 게 아직 수습 가능한 정도더라. 공금에 손댄 게 좀 크긴 한데 그것도 메울 수는 있을 정도고.

"강호 조직한테 뒷돈 대주느라 가져다 쓰셨겠죠."

-그렇겠지. 사실 내가 가장 걱정인 건 이런 사실이 외부에 알려졌을 때 우리 그룹이 입을 이미지 손실이 클 거라는 거야. 진서 너도 알잖냐. 이미지 메이킹이 얼마나 중요한지.

"그래서 아버지는 이번에도 덮자는 말씀이시네요. 작은아버지가 그런다고 잘못을 조금이라도 인정할까요? 이번에 봐주면 다음엔 정말 큰일 납니다, 아버지."

-후……. 나도 안다. 그렇지만 가족인데……. 진서야, 이번까지만 조용히 넘어가자. 내가 알아서 조치 취하고 수습할 테니까 넌 단아만 잘 신경 써.

"좋습니다. 아버지 뜻대로 이번까지만 저희 선에서 처리하고 덮고 가죠. 그 대신, 작은아버지 불러서 다 얘기하세요. 전부 알고 있다고."

-뭐? 그랬다간 재호가 네 약점을 쥐고 흔들 텐데. 뒤 밟혔잖냐.

"예. 그러니까 그 약점을 저희가 가지고 와야죠. 분명 아버지가 알고 있다고 몰아붙이면 뭔가 제스처를 취할 겁니다. 그리고 다신 다른 생각 못 하시게 못 박아야죠."

-궁지로 몰자는 얘기구나. 다급해지게.

"그런 거죠. 그럼 저 회사 도착했으니 선호랑 같이 올라가겠습니다. 시간 몇 분 드릴까요?"

-지금 바로 부를 테니 넉넉히 십 분 정도면 된다. 근데 강호 조직도 잡아들여야 하지 않겠냐? 어쨌든 실질적으로 움직인 건 그놈들이니.

"예. 그래야죠. 그건 아버지가 경찰들 좀 움직여주셔야겠어요."

-그건 걱정 마라. 이미 어제 바로 얘기해뒀으니. 아주 이번엔 뿌리 뽑아달라고 말이다. 근데 강호 조직 녀석들 워낙 경찰들 쪽에선 골칫덩이로 알아주는지 내가 잡아들일 명목을 줬더니 감사하다더라. 이렇다 할 명분이 없어서 못 잡았다면서. 아마 이미 형사들이 움직였을 거다.

"역시 아버지한테 말씀드리면 빠를 줄 알았습니다. 근데 그러시면서 저한텐 왜 물으신 건데요?"

-왠지 이젠 아들놈이 무서워서. 네 허락 받아야 될 것 같았다.

"벌써 약해지시면 아들로서 맘이 아픈데요, 아버지."

-너 웃는 소리 다 들었어, 인마. 그리고 원래 세월이 가면 부모는 자식한테 약해지는 게 순리야. 괜한 걱정은 안 해줘도 되니까 선호랑 시간 맞춰 올라오기나 해. 나머지 얘기는 이 일부터 마무리 짓고 하자.

그렇게 재성과의 통화를 끝낸 진서가 자신의 사무실로 올라갔고 선호와 함께 대기하다가 시간 맞춰 회장실로 들이닥쳤던 것이다.

전후 사정을 모르는 재호는 여전히 무슨 소린지 모르겠다는 얼굴로 말한다.

"공조라니……. 그게……!"

당황한 재호와는 달리 여유로운 진서는 재호의 휴대폰을 선호에게 건네주며 말한다.

"뭐, 자세히 모르셔도 됩니다. 어쨌든 다 끝났다는 건 변함없으니까요. 선호야, 이 휴대폰에 우리가 필요한 것들 많을 거야. 전부 다 내 태블릿에 옮겨줘. 그런 후에 돌려드리고."

"오케이."

"이……! 당장 안 내놔!"

그제야 뭔가 단단히 틀어졌음을 직감한 재호가 급히 일어서며 휴대폰을 빼앗으려 들지만 진서가 막아선다.

"왜 이러십니까, 작은아버지? 저기에 뭐 중요한 것들이라도 있나 봐요? 예를 들면…… 제 뒤 밟은 사진? 강호 조직과의 통화 내용? 그것도 아님 회사 기밀 서류들? 요즘은 다들 휴대폰을 하나의 PC처럼 사용하니까 중요한 것들이 많죠. 아주아주."

"건방진 자식이 어디서!!"

진서의 말이 다 맞았기에 지레 뜨끔한 재호가 울컥 화가 나 손을 올려들자 재성이 소파에서 일어나 재호의 손을 붙잡으며 큰 소리로 제지시킨다.

"한재호! 그만하지 못해! 나도 지금까지 한 번을 때린 적 없는 귀한 아들이다. 어디에 손을 올려, 올리길! 다른 건 다 넘어가도 내 새끼 건드리는 건 용서 못 한다."

재성이 매섭게 노려보자 신경질적으로 팔을 쳐낸 재호는 비꼬 듯 말한다.

"그렇지. 동생보단 형님 새끼가 중요하지. 뛰어난 아들이니 오죽 귀하겠어. 큭큭……. 형님, 내가 왜 이러는지 알고 싶다 했수?"

말을 잇던 재호는 일순간 눈빛이 싹 변하더니 악을 쓰기 시작한다.

"우리 부모님! 그리고 잘나디잘난 형! 다 당신들 때문이었어!"

"뭐……?"

"어렸을 때부터 아버지 어머니는 항상 형님만 예뻐하셨고 형님만 잘했다 대단하다 칭찬하셨지. 똑같이 상을 받아와도 형한테는 대단하다며 우리 장남이라고 안아주며 치켜세우기 바쁘셨고 나한텐 그저 잘했지만 좀 더 잘해서 형만큼만 하라고 항상 그러셨다고! 난 한 번을 따뜻하게 안아준 적 없었어! 한 번을 우리 재호 대단하다고 해준 적도 없었고…… 항상 형이라는 그늘에 가려 있었다고! 내가…… 내가 더 뛰어난데. 내가!"

"그게 무슨……! 아버지 어머니가 널 얼마나 예뻐하셨는데."

"흥! 형님도 날 위하는 척하면서 속으로는 우월감에 으쓱했겠지. 내가 모를 것 같아?"

"후우……."

말이 통하질 않자 답답한 재성의 한숨 뒤로 눈빛을 번뜩인 재호가 큰 소리로 외친다.

"그래서 이제라도 내가 이 회사를 손에 넣어서 하늘에 계신 부모님께 보란 듯이 증명해 보일 거야! 이 한재호가 더 뛰어나다고! 크하하!"

순간 어지러운 재성이 비틀거리고 진서가 서둘러 다가서서 붙잡는다.

"괜찮다. 아무렇지 않아."

진서의 손길을 마다한 재성은 책상으로 다가가 밖에 데스크와 연결된 내선번호를 눌러 비서를 연결한다.

-예, 회장님.

"최 비서, 지금 당장 경호팀 호출해서 한재호 상무 끌어내. 그리고 오늘부로 JS패션 한 상무 자리 공석이니까 좋은 후임자 있는지 최대한 빨리 리스트 뽑아보고."

-예. 바로 조치하겠습니다."

띠익, 재성이 다시 버튼을 눌러 끄자마자 들려오는 발악과 같은 재호의 외침.

"무슨 짓이야!"

재성은 그런 재호를 바라보며 어느 때보다 차분하고 냉정하게 대답한다.

"들은 대로 재호 넌 오늘부로 회사에선 아웃이다. 이 일이 주주들이나 임원들한테 들어가면 어찌 될지 모른다고 하진 않겠지. 세상에 알려져도 좋을 일은 아니고. 모든 자리에서 내려오고 조용히 좀 쉬도록 해. 이번 일까진 내 선에서 조용히 덮고 끝내줄 테니까."

"누구 마음대로! 내가 이대로 물러설 것 같아? 이 회사의 주인은 나라고!"

"그래. 그래서 여지껏 봐줬어. 넌 믿을지 모르겠지만 난 항상 너랑 나 둘이서 이끌어간다고 생각했고 우리 뒤로 진서와 재훈이가 있으니 JS그룹은 걱정 없다고. 그런데 그걸 어그러트린 건 너다, 재호야."

"웃기는 소리 하지 마!"

계속되는 억지에 재성 또한 화를 내어버린다.

"너야말로 어릴 적 어두운 마음에서 언제까지 사로잡혀 있을 거냐! 언제까지고 아버지가 아닌 어린아이로 있을 거냔 말이다! 재훈이 생각은 안 해? 못난 자식!"

그 순간, 경호팀이 들어와 양쪽에서 재호의 팔을 붙잡고 끌어내려 하고 재호는 끝까지 버틴다.

"이거 놔! 내가 누군 줄 알고! 놔! 절대 이대로 못 물러나!"

"재훈이는 끝까지 품고 갈 거니까 걱정 말고 재호 넌 당분간 집에서 푹 쉬어라. 수시로 들여다봐줄 테니까. 그리고, 행여 또 무슨 일 벌일 생각은 말고. 내가 봐줄 수 있는 것도 이젠 한계니까."

재성이 말을 끝내고 고갯짓을 하자 재호를 회장실 밖으로 가차 없이 끌고 나가는 경호원들.

"이럴 순 없어!! 이렇게 허무하게 끝낼 순 없다고! 내가 전부 다 가만 안 둬! 한재성! 한진서!"

재호의 처절한 마지막 발악이 점점 멀어져가며 회장실 문이 닫히고 한바탕 폭풍이 지나간 자리는 너무나도 고요했다.

정말 허무할 만큼.

재성이 느릿한 걸음으로 걸어와 다시 소파에 털썩 앉고 진서와 선호가 걱정스레 묻는다.

"괜찮으세요?"

"회장님, 물이라도 가져올까요?"

"괜찮아. 그냥 긴장이 풀려서 그래. 그렇게 서 있지들 말고 앉아. 진서 네 말대로 재호 끌어냈으니 이제 어쩔 건지 뒷수습 의논해야지. 그리고 어제 뜬금없이 전화해선 회사 못 들어온다고 했던 이유도 좀 듣고."

"예."

재성의 말에 진서와 선호는 서로 바라보다 동시에 대답하곤 각자 소파로 가 앉는다.

그때, 선호가 들고 있던 재호의 휴대폰에 불빛이 계속 깜빡거린다 싶더니 이내 액정화면이 켜지며 무음 상태로 메시지가 하나 들어온다.

[형님! 왜 이리 전화를 안 받습니까? 지금 저희 아지트에 갑자기 짭새들이 엄청 몰려왔다구요! 무슨 일 있는 겁니까? 불시에 들이닥쳐서 도망도 못 쳤단 말입니다! 숨어 있으래서 쥐 죽은 듯 지냈는데 지금 다 잡혀갈 판이라구요! 이번에도 저희 뒤 봐주실 수 있

는 거죠? 설마…… 지금 저희 배신 때리시려는 겁니까? 그럼 저희
도 형님 안전 보장 못 합니다. 다 불 수밖에. 저희도 살고 봐야죠.
빨리 연락 주십쇼, 재호 형님.]

메시지의 주인은 다름 아닌 강호 조직의 만호였고, 액정화면이
서서히 꺼져갈수록 그나마 조금이라도 남아 있을 재호의 헛된 욕
망의 불씨도 천천히 꺼져가고 있었다.

본인은 모르게. 아주 천천히.

그렇게 한바탕 폭풍이 지나가고 난 뒤 재성은 진서에게 조심스
레 말을 건넨다.

"진서야, 아무리 그래도 네 작은아버지다. 너무 미워하진 말아."

"……글쎄요. 솔직히 작은아버지와는 어떠한 정도 나눠본 기억
이 없어서 특별히 악감정은 없습니다. 그렇다고 좋은 감정인 것도
아니구요."

"후……. 그건 그렇고 앞으로 어떡했으면 좋겠어? 주가에는 이
제 재호가 손을 뗐으니 이상 변동은 차츰 자리 잡을 거고 회사 공
금하고 이중장부는 내가 처리하면 된다만 당장 공석인 JS패션 상
무 자리를 누구한테 맡기느냐가 가장 큰 문제인데."

"우선 회사 내에 이상한 소문 돌지 않게 비서분들이나 경호원들
입단속부터 시키시고 내일 당장 긴급 임원회의 여세요, 아버지. JS
패션 한재호 상무는 개인 지병으로 인해 갑작스럽지만 어제부로
자리에서 물러났다고. 회사 게시판에도 공지 띄우시고 주주들 귀
에까지 들어가지 않게 잘 이야기하시구요."

"흐음……. 알았다. 내일 당장 소집하마."

"그리고 작은아버지 자리는 지 부사장님과 의논해서 결정하세

요. 제가 결정할 문제는 아닌 것 같습니다."

"그래. 알았다. 지 부사장 사람 보는 안목이야 믿어도 되니까."

"그럼 작은아버지가 더는 다른 생각 못 하시게 작은아버지 휴대폰에 든 모든 자료들 전부 제가 가지고 있겠습니다. 그리고 이번 일은 아버지 뜻대로 조용히 저희 선에서 끝내죠."

"그래. 아마 재호 녀석도 이젠 잠잠할 거다. 자기 약점을 네가 알고 있으니까. 그나저나 재훈이한텐 어떻게 얘기할래? 많이 놀랄 텐데."

"재훈이 보기보다 속은 강한 녀석이에요, 아버지."

"그래. 알지. 죽은 제수씨를 닮아 속 깊고 착한 재훈인데……. 진서 네가 잘 다독여줘."

"예. 저도 재훈이에게는 마음이 안 좋습니다. 워낙 절 잘 따르던 착한 동생이니까요."

"그래. 둘은 잘 지내야 한다. 누가 뭐래도 너희는 같은 집안의 형제니까."

"예. 걱정 마세요."

"그럼 무거운 이야기는 이쯤하고, 네 얘기 좀 하자, 아들. 어제는 또 어디를 가느라 오후에 회사 땡땡이치셨을까? 선호도 모른다던데."

재성이 애써 분위기를 바꾸려 다른 이야기로 화제를 돌리고 진서도 그런 아버지의 마음을 알기에 부러 장난스럽게 대답한다.

"제 예쁜 아내 보러 갔었습니다. 그랬더니 시간 가는 줄 몰라서 그냥 땡땡이가 되어버렸죠, 뭐."

"응? 혹시…… 단아한테 갔었냐? 요즘 통 바쁘다고 자주 못 간다더니 또 그새 엉덩이가 들썩였어?"

진서와 단아가 싸웠었다는 걸 모르는 재성은 그저 가볍게 받아친다.

"예. 못 참겠더라구요. 너무 보고 싶어서."

피식 웃으며 대답하는 진서의 얼굴이 왠지 행복해 보이자 재성
도 기분이 한결 나아지며 편하게 말을 계속 잇는다.

"너도 참. 그럴 거면 그냥 빨리 결혼하라니까. 단아 언제 데려올래?"

진서는 재성의 그 말을 기다렸다는 듯 곧바로 대답한다.

환하게 웃는 얼굴로.

"조만간 며느리 보시게 되실 거예요. 단아한테 혼인신고 허락받
았거든요. 단아도 병원에서 제 집으로 데려올 거구요."

"예, 회장님. 저도 올라오면서 진서한테 얘기 들었는데 드디어
단아한테 허락받아냈답니다. 아주 그 얘기할 땐 좋아서 입이 귀에
걸리더라구요."

두 사람이 얘기하는 동안 내내 가만히 경청해주고 있던 선호는
이야기의 주제가 가볍게 바뀌자 자연스럽게 말을 꺼낸다.

선호까지 웃으며 얘기하자 재성은 누구보다도 기뻐하며 호탕하
게 웃는다.

"하하하! 그래? 드디어 우리 아들의 오랜 꿈이 이루어지는 건
가? 아니지! 우리 모두의 꿈이었나? 어쨌든 축하한다, 아들! 네 엄
마랑 서연이가 아주 좋아하겠다."

"고맙습니다, 아버지. 다현 아줌마께 연락드려서 혼인신고서 병
원으로 가져다 달라고 부탁드리려구요. 그때 단아랑 같이 가서 혼
인신고서 제출할 생각입니다."

"그래, 그래. 뭐든 다 좋다. 우리 예쁜 며느리 보는 일인데. 안 그
래도 이따가 정 회장, 구 회장이랑 점심 약속 잡았는데 그때 정 회
장한테 말해줘야겠네. 무척 좋아할 거다."

구 회장이란 말에 진서는 혹시나 싶어 단속한다.

"미현이 호주에서 돌아왔던데요. 어제 회사에 찾아왔었습니다.

혹시 구 회장님이 또 아버지께 엉뚱한 소리 하셔도 이젠 절대 받아주시지 마세요. 아셨죠?"

"알았다, 알았어. 그땐 이렇게 될 줄 몰랐으니까 그랬지. 우리 단아 두고 무슨 다른 며느리! 절대 안 될 말이지. 아마 요새 회사가 힘든 모양이라 빌린 어음 상환 날짜 조정하려고 보자는 걸 거야. 나랑 정 회장이 제일 많이 빌려줬었거든. 아는 사이에 야박하게 굴기도 뭐 하고 해서."

"기한 너무 많이 미뤄주시진 마세요."

"전부터 느낀 건데 진서 너 유독 구 회장한테 야박한 것 같은 느낌이야. 미현이 때문이냐?"

"그런 이유도 없진 않죠. 그런데 왠지 그냥 제 느낌이 영 좋질 않아서요. 구 회장님만 보고 있으면 왠지…… 겉과 속이 다를 것 같거든요."

진서는 '미현이만 봐도 그렇구요.'라는 뒷말은 굳이 필요 없을 것 같아 삼켜낸다.

"그러냐? 진서 네 감은 꽤 좋은데……. 흐음, 나도 사실 구 회장 경영방식이 좀 독단적이라 썩 좋지는 않다만 그래도 사람은 호탕해서 멀리하고 있지는 않아. 그래도 우리 아들이 그렇다니 앞으로는 더 신경 쓰마. 그러니 어른들은 걱정 말고 넌 우리 며느리나 잘 챙겨. 알았어?"

"예. 금방 데려올게요."

그렇게 재성과 진서가 서로를 보며 기분 좋은 미소를 짓던 그때 두 사람이 얘기하는 사이 자신의 손에 있던 재호의 휴대폰을 살펴보던 선호의 다급한 목소리가 들려온다.

"진서야, 회장님, 이것 좀 확인하셔야 할 것 같은데요."

"뭔데?"

"그래. 뭔데 그러냐?"

"그게…… 제 느낌이긴 한데 아무래도 곧 한 상무님이 경찰에 잡히실 것 같아서……."

"뭐……?"

"그게 무슨 소리야?"

"잠금이 풀려져 있길래 봤더니 이런 메시지가……."

선호가 진서와 재성 가까이에 휴대폰을 가져가며 보여주자 장문의 메시지 하나와 더불어 짧은 메시지 하나가 조금 전 시각으로 하나 더 와 있다.

[계속 연락을 씹으시겠다? 그럼 남은 길은 하나네. 같이 죽읍시다. 나란히 감방 가자구요, 형님.]

"이게 지금…… 설마 강호 조직 놈들이 재호를 같이 끌고 들어갈 생각인 건가?"

"어쩌죠, 아버지?"

메시지를 확인한 두 사람이 난처한 빛을 띠고 재성이 먼저 현실을 받아들이고 차분하게 말을 잇는다.

"휴……. 어쩌긴. 잘못을 했으면 죗값 치러야지. 우리는 일체 경찰 쪽에는 개입 안 한다. 알았지?"

"……예."

"선호야."

"예, 회장님."

"너희는 이제 작은아버지 일에선 빠져라. 내가 알아서 밖으로 새기 전에 언론사들부터 막을 테니까. 그나마 우리가 먼저 알아차린 게 어디냐."

"알겠습니다."

"그래. 재호 휴대폰도 그냥 바로 경찰에 증거로 쓰시라고 보내고."

"예, 회장님. 그런데…… 재훈이는……."

"그러게 말이다. 재훈이가 제일 걱정이야."

"제가…… 얘기할까요, 아버지?"

"아니……. 아니다. 내가 오늘 안으로 불러다 차근차근히 얘기하마. 큰아버지도 아버진데 충격받지 않게 잘 보듬어줘야지. 너희는 그다음에 또 다독여줘."

"예……. 알겠습니다."

재성의 말에 진서와 선호가 같이 대답하고 재성은 두 사람에게 옅은 미소를 지어주며 힘차게 말한다.

"자! 그럼 그만 각자들 자기 자리로 돌아가서 열심히 맡은 일들 하자고. 응? 그게 지금 할 수 있는 가장 최선이니까."

바쁜 오전이 지나고 오후로 접어든 점심시간.

청담동에 위치한 유명 일식집 룸 안에는 구 회장이 먼저 와 있고 재성과 우혁이 함께 들어온다.

"아이고~ 왔는가? 어떻게들 같이 와?"

구 회장이 일어서며 반갑게 맞이하자 재성이 먼저 대답한다.

"앉아, 앉아~ 오는 길에 앞에서 만났어. 그렇지? 바깥사돈."

"어? 응. 그랬지. 그런데…… 바깥사돈이라니?"

"그러게. 하하……. 바깥사돈…… 이라니……?"

재성의 갑작스런 한마디에 우혁이 놀라며 되묻고 구 회장도 찰나 표정이 굳었다가 풀어지며 되묻는다.

"하하! 내가 너무 좋아서 말이야. 자, 우선 앉자고. 아이구, 이거

상다리 부러지는 거 아니야? 뭘 이리 많이 시켰어?"

재성이 대답은 않고 먼저 앉으며 말을 돌리자 더 궁금해진 두 사람은 얼른 따라 앉으며 다시 묻는다.

"제일 좋은 코스로 시켰으니까 많이들 먹어. 오랜만인데 내가 점심 살게. 그보다…… 바깥사돈이라니? 한 회장."

"재성아, 아…… 아니지. 한 회장, 무슨 말이냐니까?"

"그냥 편하게 불러. 다 같은 연배인데. 구 회장이 우리 사이 모르는 것도 아니고. 그렇지?"

"어……? 어. 그렇지……."

"자자, 우선 좀 먹고 얘기하자고. 아침부터 바빴더니 허기지네."

정말 배고팠던지 재성이 먼저 젓가락을 들고 회를 먹기 시작하자 우혁과 구 회장도 어쩔 수 없다는 듯 식사부터 시작한다.

약 40분 후. 식사를 어느 정도 한 세 사람이 상차림을 물리고 차를 마시며 이야기를 나누고 있다.

"아~ 잘 먹었다. 잘 먹었어, 구 회장."

"뭘 이 정도 갖고. 잘 먹었다니 기분 좋네."

"나도 잘 먹었어, 구 회장."

"식사 비용은 당연히 나눠 내는 거지?"

"그래야지."

"아니…… 내가 산다니까 매번 그러네. 서운하게."

"요즘 가뜩이나 기업들 접대다 뭐다 말들도 많은데 괜히 말 나올 행동은 안 하는 게 좋지. 마음만 받을게."

"그래, 구 회장. 나도 마음만 고맙게 받을게."

"아…… 그래……. 그러자고 그럼."

구 회장이 떨떠름하게 대답하던 그때 재성의 말이 이어진다.

"역시 우혁이 너랑은 잘 맞는다니까. 더 좋다, 그래서. 너랑 진짜 이젠 사돈이네."

"아까부터 무슨 소리냐니까? 궁금하게."

"그러게. 그건 나도 궁금하네."

"그게 말이지……. 드디어 진서가 단아 마음 돌렸다더라. 우리 곧 있으면 진짜 사돈 된다고. 하하!"

"그게 정말이야? 하하하! 잘됐다, 정말!"

"……."

재성의 말에 상반된 표정이 되는 우혁과 구 회장이다.

"진서가 직접 말한 거니까 정말일 거야. 아주 좋아서 입이 귀에 걸렸다. 진서 녀석."

"그럼 진짜겠네! 우리 와이프 이 소식 들으면 엄청 기뻐하겠어."

"우리 집도 마찬가지지, 뭐~ 미리 잘 부탁합니다, 바깥사돈."

"저야말로 저희 딸 예뻐해 주십시오, 바깥사돈."

재성과 우혁이 기분 좋게 대화를 나누는 사이로 구 회장의 표정은 급격하게 굳어지고 우드득! 하고 컵이 손과 맞물려 마찰음을 낸다.

"아…… 이런, 우리가 너무 들떠서 그만. 구 회장이 보자고 해서 모인 건데."

"그러게. 미안하네."

"……아닐세. 나야 뭐 우리 딸이 호주에서 잠시 들어왔는데 겸사 겸사 진서랑 만나게 해줄까 해서. 그런데 듣자 하니 정 회장 딸이랑 맺어진 모양이니 아쉬워도 어쩔 수 있나. 축하…… 하네, 두 사람."

"아…… 응. 그리고 그건 이제 힘들지 싶어. 진서 녀석이 워낙 단 아라면 아주 껌뻑 죽거든. 미안하게 됐어, 구 회장."

"아니래도. 괜찮으니 신경 쓰지 말게. 그런데…… 정 회장 딸이 내가 알기론 사고로 하반신마비라던데……. 그건 괜찮아진 건가?"

"……."

"……."

일순간 잠깐의 정적이 흐르고 이내 들려온 우혁의 물음에 구 회장은 아차 싶어 당황한다.

"내가 우리 딸이 하반신마비라고 구 회장한테 언제 얘기했었던가? 내 기억엔 없는데."

"그건 정 회장이랑 나, 우리 두 집안만 아는 사안인데 구 회장이 어떻게 알았나?"

"……아……. 그…… 저번에 얼핏 들었던 기억이라……. 하하……. 난 이만 일이 있어서 먼저 일어나 보겠네. 그리고 그…… 어음 상환 날짜 말인데 한 달은 너무 촉박하고 좀 더 기한을 주겠나?"

구 회장이 서둘러 일어서며 말을 얼버무리자 그런 구 회장이 어딘가 이상한 두 사람이었지만 우선은 넘어가기로 한다.

"우리도 너무 길게는 못 주고 보름 정도는 더 줄 수 있는데. 우혁이 넌 어때?"

"보름이면 나도 괜찮지."

"그럼 다음 달 말일 정도까지 시간 주면 되겠나?"

"아…… 응. 그 정도면 충분하지. 그럼 난 이만 바빠서……."

구 회장이 뭔가에 쫓기듯 서둘러 룸을 빠져나가고 룸에 남은 두 사람은 뭔가 찝찝한 기분이 남는다.

"뭘까……? 이 찝찝함은."

"글쎄……. 우선은 좀 알아봐야겠지. 어떻게 단아의 상태를 알고 있는 건지."

그날 저녁, 구 회장네 집.

"왔어요?"

"어. 미현이는?"

점심때 실수했던 것 때문에 오후 내내 업무에 집중할 수 없던 구 회장은 잔뜩 저기압인 상태로 들어오고 역시나 아내보다 딸인 미현부터 찾는다.

그걸 알기라도 한 걸까. 2층에서 미현이 빠르게 내려와 구 회장에게 묻는다.

"아빠~ 진서 오빠랑 만났어? 오늘 한 회장님이랑 밥 먹는다고 했잖아~ 응? 결혼 얘기 해봤어?"

돌아가는 상황도 모르고 마냥 진서만 찾는 딸이 답답한 구 회장이 평소완 달리 무뚝뚝하게 대답하며 안방으로 들어가려 한다.

"진서 녀석은 포기해. 사귀던 여자하고 곧 결혼할 모양이더라."

그런 구 회장의 말에 팔을 붙잡고 악을 쓰기 시작하는 미현.

"그게 무슨 소리야, 아빠! 결혼이라니? 내가 있는데 누구랑! 아빠가 진서 오빠 설득한다고 했잖아! 당장 진서 오빠랑 결혼시켜줘! 아빠!"

딸의 떼쓰는 모습이 평소보다 유독 머리가 아픈 구 회장은 신경질적으로 답하곤 지숙과 함께 안방으로 들어가버린다.

"아빠는 우리 딸 싫다는 놈 싫으니까 정 결혼하고 싶으면 미현이 네가 진서 녀석 마음 돌려놓든지. 아니면 그냥 포기해. 그러는 게 우리 공주한테도 좋으니까."

"아빠!!"

평소와는 다른 구 회장의 태도에 잔뜩 화난 미현은 소리를 지르고 닫힌 방문을 향해 큰 소리를 친다.

"내가 진서 오빠 뺏으면 그만이야! 결혼은 무슨! 웃기지 말라 그래!"

그러더니 2층으로 쿵쿵 발소리를 내며 올라가 버리는 미현이었다.

같은 시각 HB대학병원 VIP병동 단아의 병실 앞 복도.

어김없이 복도에 나와 워커로 서는 연습과 걷는 연습을 하고 있는 단아 옆엔 현민이 딱 붙어 이야기를 하고 있다.

"경단이 누나 얼굴에 꽃이 피었네. 그렇게 좋으면서 고집부리긴."

"꽃은 무슨. 장난 그만하고 안에 들어가 있으라니까? 아줌마 혼자 계시잖아."

"나는 누나 지키는 게 내 일이거든? 그리고 아주머니도 쉬실 땐 혼자 쉬시는 게 더 편하지. 내내 누나랑 나 챙기신다고 바쁘셨는데."

"그런가?"

"그런 거야."

"으스대기는."

현민이 어깨를 으쓱이며 자신한다는 듯 대답하자 피식 웃어버린 단아는 워커를 다시 앞으로 민다.

그때 현민을 마주 보느라 앞을 제대로 못 보고 민 탓에 순간적으로 워커의 바퀴가 앞으로 쭉 나가며 헛돌아버린다.

"으앗!"

"어어……? 누나!"

워커를 놓쳐버린 단아가 그대로 넘어지려 하고 현민이 뒤늦게 팔을 뻗어보지만 잡아주질 못한다.

얼굴 부딪힌다!

점점 바닥과 가까워지자 본능적으로 온몸에 힘을 주며 두 눈을 질끈 감은 단아.

바로 그때, 빠르게 달리는 발걸음 소리가 들리는가 싶더니 단아를 너른 품 안으로 안은 한 사람. 가장 먼저 바람 냄새와 함께 은은한 헤이즐넛 향이 단아의 후각을 자극했고 뒤이어 들려온 익숙하고 따뜻한 저음의 목소리가 단아의 귓가를 간지럽혔다.

"앞을 봐야지. 하마터면 예쁜 여보 얼굴 크게 다칠 뻔했잖아."

익숙한 목소리와 향기에 감았던 눈을 뜬 단아가 살짝 고개를 들어 바라보니 단아가 좋아하는 예쁜 미소를 지으며 마주 보고 서 있는 진서가 보인다.

"오빠?"

"응. 약속보다 늦었지? 미안해. 오늘 좀…… 바빠서."

"아…… 아니야. 많이 안 늦었는데, 뭐."

왠지 진서의 웃는 얼굴이 지쳐 보인다 생각되는 단아는 자연스레 진서의 얼굴에 손을 올려 쓰다듬는다.

"우와, 뭐지? 나 뭐 잘한 거 있어? 먼저 스킨십을 다 해주고. 아니면 점점 예전의 돌직구 스타일로 돌아오는 건가? 하하."

"……오늘 무슨 일 있었어? 얼굴색이 별로 안 좋아 보여."

"응? 아닌데? 추워서 그런가? 아흐……. 아직 겨울도 아닌데 너무 춥다. 오늘따라."

그러더니 단아를 꼬옥 끌어안는 진서다. 혹시나 단아가 다리에 힘이 빠져 넘어질까 한쪽 다리를 벌려 허벅지로 지탱한 채.

"……그렇구나. 춥긴 하지. 날씨가."

"응. 그래서인지 오늘은 유독 단아 네가 너무 보고 싶더라. 그래서 일 대충 끝내자마자 달려왔어. 오빠 잘했지?"

"응. 잘했어. 착하다."

"와~ 진짜 이제 완전히 돌아왔네. 오빠 칭찬도 해주고. 너무 기분 좋다."

"나 이제 도망 안 갈 거야. 오빠 사랑하는걸."

그렇게 단아는 더 이상 묻지 않고 자신의 마음을 전하며 진서의 등을 토닥여줄 뿐이었다.

말하고 싶어지면 언제든 먼저 말해줄 사람이니까. 믿고 있으니까.

"나도 사랑해."

진서가 단아의 고백에 웃음기를 머금고 달콤한 대답을 들려주던 그때, 불쑥 들려온 목소리 하나.

"저기요. 거기 꿀 떨어지는 두 사람. 여기 신성한 병원이거든?"

바로, 단아 옆에 서 있었던 현민이다.

현민이 투덜대며 말해보지만 진서는 대수롭지 않게 대답한다.

"너, 거기 있었냐?"

"허어! 이 커플이 진짜! 나 진작부터 계속 있었거든?"

진서의 반응이 어이없는 현민이 숨을 크게 뱉어내자 진서는 그제야 '아아.' 하더니 말을 잇는다.

"그래. 미안. 순간 단아밖에 안 보였어."

"예예, 어련하시겠습니까. 아주 그냥 애틋하더라구요."

현민이 계속 툴툴거리자 피식 웃어버린 진서는 바지 주머니 안에서 차 키를 꺼내 현민에게 던져준다.

"그만 투덜대고 오늘은 내 차 가지고 그만 가봐. 여기서 네 집 안 멀잖아. 가서 쉬고 내일 아침에 일찍 와."

역시나 단순한 현민은 집에서 쉬고 오라는 말에 금세 투덜대는 것을 멈추고 표정이 밝아진다.

"오! 진짜? 그럼 나야 땡큐지. 오늘 차 안 가지고 왔거든. 근데…… 단아 누나는……?"

현민의 말뜻이 무얼 걱정하는 건지 알기에 진서는 그냥 간단히만 대답해준다.

"오늘 내가 있을 거야. 그리고, 선호가 너한테 뭐 할 얘기 있나 보더라. 가는 길에 만나고 가든 통화를 하든 네가 편한 대로 해."

"어……? 아……. 응."

대답만 간단할 뿐 현민은 알아챌 수 있었다.

선호에게 전부 들으라는 뜻임을. 왜냐면 간단한 말과 달리 눈빛은 많은 뜻을 내포하고 있었으니까.

"그럼 얼른 가라. 단아랑 둘이 있을 거야."

"오빠……! 현민이한테 왜 그래 괜히……. 현민아, 미안……."

진서의 품에서 사부작거리던 단아는 괜스레 현민에게 미안해 진서를 나무란다.

"내 앞에서 딴 남자 편들지 마. 정단아는 내 거야."

"뭐……? 아니…… 지금 그런 게 아니잖아."

"몰라. 나한텐 그런 거야. 단아 네가 현민이 이름 되게 다정하게 불렀어. 방금."

진서의 억지에 작게 한숨을 내쉰 단아가 아이 달래듯 토닥이고 그런 두 사람의 꽁냥꽁냥이 닭살인 현민은 피식 바람 빠지듯 웃고는 말한다.

"알았어. 간다, 가. 나도 커플 사이에 끼어 있는 거 별로거든? 차 잘 쓰고 내일 가져올게. 그리고 단아 누나가 왜 미안해~ 다 이 못 말리는 형 때문이지. 으의! 닭살! 난 그럼 이만 빠져줄 테니 실컷 꿀 떨어지셔. 간다. 누나 갈게. 내일 봐~"

"아…… 응. 현민아, 잘…… 으앗!"

"인사하지 마. 알아서 잘 갈 거야."

복도를 걸어가는 현민에게 잘 가라고 인사를 하려는 단아를 더 꽉 안으며 말을 막아버리는 진서와 걸어가면서 진서의 말을 들은 현민은 부러 큰 소리로 말한다.

"알아서 조심히 잘 갑니다~ 형 차 망가트릴까 무서워서라도."

그 말을 끝으로 빠르게 걸어 엘리베이터 방향 쪽으로 현민이 사라지고 잠시 뒤 진서의 목소리가 다시 들려온다.

"그렇다는데? 그럼 됐지?"

"허어…… 진짜 유치해."

"원래 사랑하면 유치해진다잖아."

"그래서 동생 쫓아내고 나니까 좋아?"

"응. 좋아. 이제 우리 둘뿐이잖아. 아주머니는 따로 보호자 룸에 들어가 쉬고 계실 테고 지금 이 시간엔."

"뭔가 치밀하다?"

"하하. 전에 요양병원 있을 때 아주머니 패턴을 좀 파악했달까? 저녁은 이미 먹었을 거고 단아 너 화장실 한 번 도와주시고 나면 지금쯤 들어가서 쉬시고 계시겠다 했지, 뭐. 근데 딱 맞췄나 보네."

"우와, 무섭다 진짜."

"풋. 둘이 있고 싶어서 애쓰는구나 하고 좀 예쁘게 봐주라."

"으이그……."

"후훗……. 이따가 나오시면 그때 인사드리고 지금은 둘이 이렇게 붙어 있자. 오늘 하루 종일 뭐 했어?"

"……."

진서가 단아의 머리를 쓰다듬으며 다정한 목소리로 묻던 그때 잘 대답해주던 단아가 무언가 망설이는 듯싶더니 이내 말을 잇는다.

"저기…… 오빠……."

"응?"

"나…… 힘든데……. 다리."

"어디 아파……? 아…… 아니지. 어디 불편해?"

"아니……. 그런 건 아닌데 오래 서 있었더니 다리는 힘들어서."

"아아……. 그렇겠다. 미안해. 얼른 병실로 들어갔어야 하는데 단아 널 안으니까 떨어지기가 싫어서. 자, 얼른 들어가자."

"응."

순간 놀랐던 진서가 안심하며 단아를 가뿐하게 안아들더니 입술에 쪽, 가볍게 입 맞춘다.

"자~ 갈까? 들어가서 얘기하자, 여보야."

"아까부터 그 여보 호칭은 또 뭔데?"

진서가 아무렇지도 않게 자신을 여보라고 부르자 피식 웃음이 난 단아가 묻자 진서는 씩 웃으며 대답한다.

"이제 부부가 될 거니까 미리미리 연습하는 거야. 내 사랑스런 여보."

그 대답에 단아는 기분 좋은 웃음을 터트릴 수밖에 없었다.

10월 중순의 가을 저녁.

조금 전 병실 안으로 들어온 두 사람은 나란히 마주 보고 누워 있다.

사랑스럽다는 눈길을 여실히 드러내며 단아의 얼굴을 쓰다듬던 진서가 먼저 나지막이 말을 꺼낸다.

"호연 아주머니 벌써 주무시나? 기척이 없으시네."

"요즘 나랑 현민이까지 챙기신다고 음식 이것저것 해서 가져오시느라 힘드셨을 거야. 그냥 쉬시게 두자. 어차피 화장실 문제만 아니면 크게 불편한 거 없는데, 뭐."

"그래. 좀 더 쉬시게 두자. 우리 둘이서만 있는 것 같아서 난 좋아."

"진서 오빠……."

"응, 여보."

"푸훗. 이제 또 아내에 이어서 여보라는 호칭에 꽂혔어?"

"응, 여보야. 왜 불렀어?"

"하하. 음…… 그냥……. 힘들 땐 힘들다고 나한테 얘기하고 기대도 된다고. 내가 해줄 수 있는 건 안아주는 것뿐이겠지만 그래도 오빠 곁엔 내가 있으니까…… 혼자 다 감당하려고 하지 않아도 된다고. 그 말이 하고 싶었어, 갑자기."

"……."

"오늘 낮에 서연이 왔다 갔었어. 나 재활치료 한다는 소리 듣고 바로 오고 싶었는데 강의랑 시험이 겹쳐서 정신이 없었대. 너무 좋아해줬어, 서연이가."

"그랬구나. 우리 단아 또 많이 웃었겠네. 서연이 있어서."

"응. 시간 가는 줄도 모르고 수다 엄청 많이 떨었어. 아, 그리고 나 오늘도 간호사님들한테 자수 알려드렸다? 나 이러다 자수 강의해도 될 것 같아."

"하하, 재활병원에서부터 틈틈이 자수 뜬다고 오빠랑 많이 안 놀아주더니 그 빛을 발하나 보다."

"병원에 있으면 시간 많으니까. 취미로 하던 거였는데 어느덧 특기가 돼버렸지, 뭐. 나중에 아이들 놀이수업 같은 걸로 가르치고도 싶고. 그런 것도 자격증 있으려나? 한번 찾아봐야겠다."

눈을 반짝이며 이런저런 할 일들을 말하는 단아를 지켜보던 진서는 피식 웃는다.

"지금도 재활하고 자수 뜨고 호연 아주머니 따라 산책 나가고.

오빠 와도 별로 안 반기면서. 너무 바쁘신 거 아닌가요? 정단아 선생님? 오빠 삐칠지도 몰라. 자꾸 안 놀아주면."

진서의 어린아이 같은 말에 못 말린다 싶은 단아는 웃음과 함께 간단히 우쭈쭈를 해준다.

"진짜? 나 오늘 예쁜 짓 했는데. 서연이가 새언니 해달라고 그래서 내가 알겠다고 대답했어. 오빠랑 결혼할 거라고."

"정말? 먼저 그렇게 얘기했어?"

"응. 오빠는 내 거니까. 마음 인정하고 났더니 오빠가 너무 좋아서."

단아의 말에 금세 기쁜 표정을 감추지 못하는 진서는 단아에게 입 맞추며 대답한다.

"잘했어. 진짜 잘했네."

단아는 진서의 얼굴을 마주 쓰다듬으며 말을 잇는다.

"그러니까 진서 오빠…… 우리는 이제 곧 부부니까 오빠가 힘들 때 슬플 때 괴로울 때는 혼자 감당하지 말고 언제든 나한테 기대. 난 항상 오빠 편이니까. 오빠만 항상 내 짐 나눠 지지 말고 나도 오빠 짐 나눠 지고 싶어. 큰 도움은 못 되더라도 그렇게 하게 해줘. 약속하는 거야?"

"……."

단아의 말에 진서의 눈빛이 속절없이 흔들린다.

단아 넌 예전부터 그랬지…….

내가 숨긴다고 숨겨도 이상하다 싶을 정도로 내 눈빛을 금방 읽어냈어…….

널 좋아한다는 눈빛도 먼저 알아차리고 당당하게 고백하더니 내가 힘들다는 눈빛까지도 먼저 알아차리고 이토록 곧은 시선으로 날 품어주는구나.

"응? 약속이다?"

진서가 자신의 말에 대답이 없이 빤히 바라만 보고 있자 단아가 다시 한번 더 확인을 하듯 되묻고 그제야 진서는 젖어든 눈빛을 띠고는 가라앉은 목소리로 대답한다.

"응……. 그럴게. 대신…… 나도 지금 하고 싶은 거 있어."

"뭔데?"

"키스."

그 말과 동시에 단아의 입술을 빈틈없이 한가득 머금은 진서는 살짝 상체를 일으켜 단아에게로 기울었고 한없이 부드럽던 평소와는 달리 숨 쉴 틈도 없이 거칠게 밀어붙였다.

물고 빨아 당기고…… 훑고…… 엉켜들고…….

그런 진서의 행동에 움찔하던 단아는 차츰차츰 진서의 키스를 받아들이며 두 팔 가득 진서를 끌어안는다.

마치 진서의 마음을 끌어안아주듯이 온 힘을 다해서…….

이런 너를…… 내 하나뿐인 사랑이고 유일한 쉼터인 너를……

어찌 사랑하지 않을 수가 있을까…… 단아야…….

그렇게 두 사람은 오래도록 서로를 안았다. 아주아주 오래도록.

다음 날 이른 아침.

"형, 회사 안 갈 거야? 옷이라도 갈아입고 가려면 지금도 늦은 것 같은데. 차 키도 줬잖아, 얼른 일어나."

"도련님, 얼른 회사 가셔야죠."

"오빠, 얼른 나 놓고 회사 가. 내일 주말이니까 하루 종일 있으면 되잖아. 응?"

"그냥 같이 있으면 안 돼? 응?"

진서의 출근시간에 맞춰 차를 끌고 병원으로 온 현민이 단아의 병실로 들어서자마자 보인 건 베드 위에 단아를 품에 안고 떨어질 줄을 모르는 진서였다.

그래서 현민과 더불어 호연과 단아까지 나서서 설득 중인 것이고.

"나는 열심히 일하는 오빠가 더 좋은데. 일에 집중하는 남자 멋있어."

"나는 일보다 단아 네가 더 좋아. 사랑에 집중하는 남자도 멋있지?"

하며 꼬옥 안은 채로 단아 볼에 쪽 입 맞추는 진서.

1차 설득 실패.

"오빠 회사 안 가면 나도 퇴원 안 해. 그냥 계속 병원에서 치료 받을래."

"음…… 그럴래? 그럼 치료 마치고 많이 나아지면 그때 집에 가자. 오빠도 여기서 지내지, 뭐."

나름 강력했던 2차 설득도 실패.

자신을 안고서 떨어질 줄을 모르는 진서로 인해 속으로 한숨을 내쉰 단아는 어쩔 수 없이 초강력 3차 설득 작전을 꺼내 놓는다.

"그래? 진짜로 회사 안 갈 거야?"

"응. 떨어지기 싫다니까."

"흐음~ 그렇구나. 진 교수님께 오후에 만나러 가면 퇴원하고 통원 치료 상의드릴 겸 내일 잠깐 외출 가능한가 물어보려고 했는데."

"퇴원 문제는 오빠가 이따 하진이 형 출근하자마자 보러 들르는 길에 물어볼 거야. 근데 갑자기 내일 외출은 왜? 답답해?"

"아니. 그런 게 아니라 내일 혼. 인. 신. 고. 하려고 했지. 오늘 엄마한테 전화해서 서류 가져다 달라고 하려고 했거든. 주말에도 오전에 업무하는 구청이 있다는 것 같아서. 근데 뭐, 오빠가 회사도 안 가는데 나도 혼인신고 하는 거 다시 생각해……."

단아가 부러 혼인신고라는 단어에 힘을 주며 말을 이어가던 그때 끼익, 하는 소리와 함께 진서가 빠르게 베드에서 일어나 구두를 신고 선다. 그 모습에 피식 웃음이 나는 단아가 모른 척 묻는다.

"왜? 떨어지기 싫다더니."

"아니야. 오빠 열심히 일하고 저녁에 빨리 올게. 그 대신…… 내일 혼인신고 하러 가자. 일찍. 응? 하진이 형한테 오빠가 외출 허락도 받을게."

"알았어. 오빠가 일 열심히 잘하고 오면 일찍 가자."

"걱정 마. 우리 여보 말인데 잘 들어야지. 그럼 다녀올게. 오늘 하루도 열심히 재활하고 열심히 선생님 노릇도 하고 많이많이 웃으면서 보내, 단아야."

단아의 얼굴을 감싸고 입술에 가볍게 입 맞춘 진서가 그래도 발걸음이 안 떨어지는지 계속 단아의 얼굴을 쓰다듬고 있자 현민의 놀리는 듯한 한마디가 들려온다.

"우와, 진짜 봐도 봐도 새롭다니까. '정단아 한정'의 모습이라니. 한진서의 진짜 모습을 알아야 하는데."

"무슨 소리야? 오빠 진짜 모습이라니?"

"그러게요. 무슨 소린지 나도 궁금하네."

"아, 그게 그러니까 미……."

자신의 말에 단아와 호연까지 궁금해하자 순간 신이 난 현민이 말을 잇던 그때 진서가 단아에게서 현민에게로 걸어와 멈춰 선다.

그러곤 웃는 얼굴로 이어진 진서의 살벌한 한마디.

"현민아, 요즘 형이 바빠서 너를 너무 내버려뒀지? 오랜만에 시원하게 몸 좀 풀어줄까? 운동도 할 겸."

"하하하……. 아니…… 됐어. 절대 됐어!"

"그래? 아쉽다. 운동하면 좋은데."

꾸욱, 현민의 어깨를 지그시 누르는 진서 뒤로 다시 들리는 단아의 목소리.

"짱혐아, 무슨 소리냐니까? 사람 궁금하게 해놓고 왜 말하다 말아?"

"으응……? 아…… 그게…… 미…… 미남이라고. 우리 형 잘생겼잖아. 하하……."

"뭐? 뭐야, 싱겁긴……."

"현민 군도 참. 괜히 무슨 소린가 했네요."

"하하하……. 죄송해요. 미안…… 누나."

현민이 대충 얼버무리며 웃음으로 넘어가자 진서는 현민의 어깨를 토닥여주고는 다시 단아에게 세상 다정하게 말한다.

"나 그럼 진짜 다녀올게. 어디 아프지 말고 다치지도 말고, 알았지?"

"응. 오빠도 밥 잘 챙겨먹고."

그렇게 진서가 단아와 애틋하게 헤어지고 병실을 나가자 현민은 속으로나마 못 한 말을 내뱉는다.

'미친개는 건드리는 게 아니지, 암.'이라고 말이다.

병실을 빠져나온 진서는 긴 다리로 걸음을 빨리하며 엘리베이터 버튼을 누른 후 휴대폰을 찾아 꺼내든다.

어딘가로 전화를 건 진서가 곧바로 엘리베이터가 열리자 올라타고 그와 동시에 전화 속 상대방도 전화를 받았는지 기분 좋게 통화를 하는 진서.

"어. 하진이 형. 나야. 내가 출근이 좀 급해서 형 보고 가는 건 힘들 것 같아서. 응. 그래서 이렇게 통화로라도 형한테 좀 허락을 구할 부분이 있어. 꼭 허락해주라, 형."

그렇게 웃음 가득한 진서의 목소리와 함께 엘리베이터의 문이 천천히 닫혔다.

09. 서툰 프러포즈

JS그룹 본사의 23층 전무실.

서둘러 집으로 가 간단히 기본 샤워와 옷만 갈아입고 회사로 출근했던 진서는 아침부터 이어진 장시간의 긴급 임원진 회의를 마치고 선호와 함께 사무실이 있는 23층으로 올라온다.

엘리베이터에서 내려 복도를 걷는 두 사람은 간단히 얘기를 나눈다.

"수고하셨습니다, 전무님. 결국 인과응보네요. 한재호 상무님 해임 건 가결됐고 더불어 조금 전에 최 비서님 말에 의하면 아직 매체에는 안 나갔지만 한 상무님 결국 경찰에 바로 구속되신 모양이니까요. 제가 어제 곧바로 경찰 쪽에 퀵으로 보낸 휴대폰도 증거로 도움이 된 것……."

"그만. 나도 아까 회장님께 들어서 알고 있어. 예전 죄들까지 드러나 구속되면 최소 7년 이상에서 최고형으로 무기징역까지 받을지도 모른다고. 한 번 더 상기시키지 않아도 되니까 그만해."

"……친구…… 필요하십니까?"

왠지 표정이 밝지만은 않은 진서에게 선호가 멈춰서 넌지시 묻자 힘없이 웃은 진서가 따라 멈추며 말을 잇는다.

"그래도 작은아버지라고. 가족이라는 생각이 가슴 한편에는 있었던 건지 어제부터 왜 이리도 입이 쓰지, 선호야? 마냥 기쁘지는 않네……. 아까 대회의실 앞에서 재훈이 보는데 미안해서 마주 보고 있기가 힘들더라."

"난 네가 그런 마음인 줄 몰랐다. 괜찮아 보여서 역시 한진서답다고만 생각했지. 그리고 재훈이도 의연하게 받아들였잖아. 너한테도 크게 만들지 않아줘서 고맙다고 했고. 또 회사 위해서도 더 열심히 일할 테니 지켜봐 달라고 하기도 했고. 그럼 된 거 아닐까?"

"그랬지. 그런데…… 그게 정말 괜찮아서일까? 재훈이 녀석 속 깊은 녀석이라 힘들어도 내색 안 하는 걸 텐데."

"그래. 그럴 수도 있어. 근데 그건 재훈이가 이겨내야 할 몫이야. 우리는 그저 곁에서 힘이 되어주는 거 외에는 해줄 수 있는 게 없어. 그건 진서 너도 잘 알고 있잖아. 그러니까 기운 내, 인마. 재훈이한테 힘이 되려면 형인 네가 든든히 버티고 있어줘야지."

"훗…… 그래. 그래야지. 안 어울리게 너무 센치해졌다. 가자, 그만."

"한진서랑 센치는 좀 언밸런스긴 하지. 크큭."

"하여간에 유선호."

진서가 피식 웃어버리곤 다시 사무실을 향해 걷자 선호도 뒤따라 걷는다. 진서와 선호가 걸어오자 이 비서와 강 비서가 나란히 일어서서 맞이한다.

"아, 오셨어요? 한 전무님."

"예. 지선 씨, 제가 자리 비우는 동안 찾는 사람이나 결재서류 올라온 거 없었어요?"

"아…… 네. 결재서류 올라온 건 없습니다만…… 한 전무님을 찾아오신 분은 있으십니다."

"저를요? 누가……?"

지선이 웬일인지 망설이자 진서는 유미, 즉 강 비서에게 눈길을 주고 그 눈길에 움찔한 유미가 대신 대답한다.

"그게…… 모현그룹 구충기 회장님의 따님께서……."

유미의 대답이 떨어짐과 동시에 선호는 진서의 심기를 살폈고 진서의 표정은 빠르게 굳어갔다.

"저기…… 그냥 돌려보낼……."

"유선호 비서실장."

"예……."

"앞으론 어떤 손님이 와도 나 없을 땐 안으로 들이지 말아요. 이번이 마지막입니다."

"……예. 단단히 주의하겠습니다."

진서가 화를 누르며 전무실 안으로 들어가고 세게 닫히는 문소리에 선호가 슬쩍 고개를 돌려 전무실을 바라보더니 작게 혼잣말을 중얼거린다.

"철부지 공주는 언제쯤이면 깨달으려나……. 한진서의 다정함과 따스함은 오로지 단 한 여자만을 위한 것이라는 걸."

그 시각 HB대학병원 VIP병동 단아의 병실.

오전 재활치료를 마친 단아가 현민까지 불러 호연과 함께 점심을 나눠 먹고 있는데 병실 안으로 다현이 들어온다.

"딸~ 엄마 왔어."

"아이구, 사모님 오셨어요?"

"왔어, 엄마?"

"오셨어요? 어머니."

"응. 그래. 네, 아주머니. 어머, 근데 점심 벌써 먹고 있는 거야? 엄마가 단아 너 좋아하는 불고기랑 밑반찬 이것저것 가져왔는데."

"병원은 아무래도 밥 먹는 시간 빠르니까."

"좀 더 빨리 가지고 올걸 그랬나 보다."

다현이 한 손에 든 보자기를 들고 베드 옆 테이블 근처로 걸어가자 현민이 일어나더니 얼른 보자기를 받아든다.

"괜찮아요~ 밥 먹기 시작한 지 얼마 안 됐는걸요, 뭐. 불고기 저도 좋아하는데 먹어도 되죠?"

"후훗. 그럼~ 메추리알 조림이랑 진미채 볶음도 싸왔으니까 펼쳐두고 다 같이 먹어. 밥도 있으니까 더 먹고."

"넵! 어머니 센스쟁이~ 제가 진미채 볶음 좋아하는 건 어떻게 아시고."

"그랬어? 잘됐네. 우리 단아도 좋아하는 거라 싼 건데 현민이까지 좋아한다니. 얼른 가져가서 먹어."

"단아 누나, 우리 이거 먹자. 병원 밥 너무 싱거워."

현민이 보자기를 들고 가더니 안에서 5단 찬합을 꺼내 베드에 붙어 있는 간이 테이블 위로 음식들을 늘어놓고는 다시 젓가락을 든다.

"오! 맛있다! 누나, 얼른 먹어~"

진미채 볶음을 먹어본 현민이 엄지 척을 해 보이자 단아도 밥을 제외하고는 다현이 싸온 반찬들로 밥을 먹는다.

"불고기 맛있어, 엄마. 진미채랑 메추리알도. 김부각도 맛있고. 우리 엄마 손맛 여전한데?"

"그래? 다행이네. 많이 먹어, 우리 딸."

"응. 그런데 엄마는 밥 먹었어? 안 먹었으면 나랑 같이 먹자."

"아니야~ 엄마는 오기 전에 간단히 먹고 왔어. 걱정 말고 많이 먹어."

"아아, 그렇구나."

다현의 대답을 듣곤 다시 열심히 먹기 시작하는 단아와 잘 먹는 딸의 모습이 마냥 흐뭇한 다현.

"아주머니도 드세요. 항상 단아 챙겨주시느라 고생하시잖아요. 단아가 통화할 때마다 아주머니께 감사하고 죄송하다고 입이 마르도록 얘기하거든요."

"아이구, 아니에요. 제가 좋아서 하는 일인데요. 아가씨, 저한테 죄송할 거 하나도 없어요. 알았죠?"

"헤헤. 그럼 그 대신 사랑해요. 아줌마, 이것 좀 드세요. 아~"

"호호. 우리 아가씨 애교 부리는 거 오랜만에 보니 좋네요. 네. 저도요. 음~ 우리 아가씨가 줘서 그런가, 더 맛있네요."

"그쵸? 맛있죠? 아, 엄마도 많이 사랑하니까 서운해 말기다?"

"얘는. 엄마가 우리 딸 마음도 모를까. 당연히 아니까 걱정 마. 그리고 엄마도 우리 딸 사랑해."

"우리 엄마 최고."

젓가락을 입에 물고 예쁘게 눈웃음을 지은 단아는 곧바로 다시 현민, 호연과 함께 웃으며 밥을 먹고 천천히 소파로 걸어간 다현은 조심스레 앉으며 그런 딸의 모습을 한참 동안이나 뭉클하게 지켜봤다.

저 환한 미소를 다시 되찾은 데에는 제 사람이 곁에 있어서겠지 싶어서.

약 삼십 분 후. 뒷정리를 하고 배부르게 먹었다며 호연과 산책이라도 하고 오겠다고 현민이 함께 자리를 비켜주고 난 뒤 베드에 나란히 마주 보고 앉은 다현과 단아.

다현이 먼저 단아의 손을 어루만지며 나지막이 말을 건넨다.

"딸, 행복해?"

"응……. 요즘만 같으면 더 행복하지 않아도 감사할 만큼."

"왜…… 더 행복해야지. 이제 진서도 있는데."

"그래서…… 조금은 불안하기도 해. 진서 오빠가 없는 내가 상상이 안 되는 날이 올까 봐."

"그런 말이 어딨어……. 이제 부부 될 텐데 평생 둘이서 사랑하면서 살아야지. 진서 믿고 이제 그만 편히 웃어도 돼. 응? 우리 단아. 우리 딸."

"……엄마……."

다현의 따스한 목소리에 금세 눈물이 핑 돈 단아는 다현을 꼬옥 끌어안아 품에 얼굴을 부빈다.

다현은 그런 단아의 머리를 가만가만 쓰다듬어준다.

"우리 딸이 진짜 시집을 가긴 가려나 보다……. 잘 안 부리던 어리광을 다 부리네. 이제 엄마 아빠 품 떠나서 한 남자의 아내가 되려고 말이야."

"나…… 그냥 엄마 아빠 옆에 있을까? 나 없으면 우리 집 허전할 텐데……."

"진서 옆에 안 가도 좋아?"

"……."

"후후……. 그건 싫지? 그러니까 엄마 아빠 걱정 말고 진서랑 둘이 행복하기만 해. 아빠도 얼른 사위 보고 싶다고 난리야. 그리고 왜 허전해. 아들 하나 생기는 건데 자주자주 왕래하면 되지. 사돈댁도 가깝고."

"응…… 알았어."

다현이 단아를 떨어트려 놓으며 얼굴을 쓰다듬는다.

"진서랑 결혼식은 어떻게 할지 상의했니?"

"아니. 사실 내가 이것저것 생각해둔 게 있긴 한데, 아직 오빠랑 얘기를 못 했어. 요즘 오빠가 바쁜 것 같아서."

"그랬구나. 하긴 요새 재성이 회사가 바쁘긴 한가 보더라. 너희 아빠 말로는 진서 작은아버지가 회사를 그만두셨다는 모양이더라."

"작은아버님이……?"

"응. 아직 진서한테 말 못 들었나 보구나. 엄마도 자세히는 모르지만 어디가 아픈 모양이야. 그래서 어제 그만두셨대. 나중에 진서한테 물어봐. 결혼식 상의도 하고. 어른들은 너희 뜻 따르기로 정했으니까."

"……응."

그래서 어제 힘들어 보였던 거구나…….

"자, 그리고 아까 전화로 부탁한 이거."

단아의 생각 위로 다현이 들고 있던 핸드백 안에서 서류봉투를 꺼내 단아에게 건넨다.

"아…… 혼인신고서……."

"응. 거기 가족관계증명서도 있어. 꺼내서 봐봐."

"다 작성되어 있을 텐데, 뭐하……! 엄마…… 이게…… 원본이야? 분명히 원본을 복사한 거라고 했었는데……."

노란 서류봉투를 열어 안에 든 혼인신고서를 확인한 단아는 깜짝 놀란다.

혼인신고서에는 진서가 작성해야 할 부분만이 전부 채워져 있을 뿐이었으니까.

"이게 대체……."

"그게 원본이야. 사실은 진서가 어른들 찾아왔던 그날……."

'응? 진서야. 그런데 왜 혼인신고서가 두 장이야? 두 장 모두 다 적었네?'

'예. 한 장은 아줌마께서 보관해주세요. 나중에 단아가 허락하면 그때 단아가 적어줄 거예요.'

'그럼 남은 한 장은?'

'그걸 아줌마께서 단아가 적을 부분 전부 채워주시고 단아 도장도 찍어주시면 돼요. 그게 단아 설득할 무기가 될 거거든요.'

"……그럼…… 그 많던 서류들 속에 섞여 있었던 거네. 전부 복사본이라더니……."

"그래, 아마도. 진서가 진짜 혼인신고서는 너한테 정식으로 적어달라고 하고 싶다더라. 그래서 엄마가 네 신분증이랑 도장도 가져왔어. 자."

다현이 핸드백 작은 주머니 안에서 단아의 신분증과 도장을 꺼내 건네준다.

"증인이나 엄마 아빠가 적어줄 부분은 다 적어뒀으니까 단아 네가 천천히 적어서 도장 찍으면 돼. 내일 외출해서 다녀올 거라고 했지?"

"어……? 아, 응. 외출 가능하면. 진서 오빠가 담당 교수님께 물어본다고 했어."

"그랬구나. 진서가 알아서 잘할 거니까 엄만 걱정 안 해. 그러니까 우리 딸도 진서 믿고 꼭 행복해야 해. 알았지? 엄마 아빠는 그거밖에 바라는 거 없어."

"응. 행복해질게. 행복할게, 꼭."

다현에게 씩씩하게 대답한 단아는 혼인신고서에 눈길을 주며 속으로 피식 웃을 수밖에 없었다.

한진서라는 남자가 너무도 사랑스러워서…….

하여튼, 못 당해내겠다. 진짜.

한편, 자신의 사무실 안으로 들어왔던 진서는 소파에 앉아 있는 미현에게는 눈길도 안 준 채 쭉 걸어가 의자에 앉더니 평소와 같이 서류들을 살피며 딱 한마디만을 한다.

"사람 부르기 전에 가라."

무심하기만 한 진서의 반응에 한껏 기대했던 마음이 한순간에 뭉개진 미현은 붉은 입술을 비틀어 깨물더니 주먹을 꽉 쥐고 표정을 다시 세팅한 후 소파에서 일어나 진서에게로 다가간다.

"오빠~ 나 배고픈데. 점심 먹으러 가자. 응? 한 회장님이랑 약속이라고 하고 겨우 올라온 거란 말이야~"

"생각 없어. 그러니까 딴 데 가서 어리광 부리고 나가라고. 세 번 말하게 하지 마."

"……오빠! 여자도 없으면서 왜 그래? 나 정도면 오빠 여자로 충분하잖아!"

미현의 큰 소리에 머리가 지끈거린 진서가 표정을 굳히며 고개를 들고 그와 동시에 진서의 얼굴 표정이 더 찌푸려진다.

딱 봐도 아슬아슬한 초미니스커트에 네크라인이 깊게 파인 상의, 거기다 진한 메이크업까지.

'하아, 얼른 내보내야겠다.'

하지만 진서의 생각을 모르는 미현은 그 시선을 다르게 해석해 버리고는 회심의 미소를 지으며 옆으로 돌아 진서가 앉아 있는 곳까지 걸어가더니 진서의 무릎 위로 앉아버린다.

그러곤 진서에게 두 팔을 두르고 은근한 어투로 말하는 미현.

"오빠도 역시 남자구나. 나 보니까 막 안고 싶지? 막 몸이 동하지?"

"……"

"그러니까 나랑 결혼해. 그럼 매일 밤 황홀하게 해줄게. 응?"

미현은 진서의 넥타이를 잡고 빙빙 돌리더니 고개를 비스듬히 옆으로 틀어 진서에게로 가까이 숙이고 속삭인다.

"아니면…… 지금 할까? 오빠 개인 사무실 안이니 카메라도 없을 테고……. 나랑 한번 하고 나면 오빠도 아마 나한테 푹 빠질 거야. 후훗."

그러더니 미현은 진서에게 키스할 듯 점점 다가가고 거의 입술이 포개지기 직전인 그때였다.

피식, 조소와 함께 진서의 차디찬 목소리가 위험하게 들려온 건.

"치워. 아직 젖비린내도 다 안 빠진 꼬마가 어디서 어른 여자 흉내야. 화장품 냄새 때문에 머리 아프니까 당장 비키고."

"뭐……? 으…… 으앗!"

그뿐이면 다행이건만 그 말과 함께 그대로 무릎을 세워 일어나 버린 진서로 인해 힐을 신은 미현이 중심을 못 잡고 그대로 바닥에 엉덩방아를 찧는다.

그럼에도 진서는 슈트 바지만을 탁탁 털어내며 무심하게 말한다.

"괜찮지? 괜찮을 거야. 어린 아기들 보면 포동포동 살집 많더라. 물론 귀엽긴 아기들이 훨씬 귀엽지만."

"한진서!!"

"아…… 귀 따가워. 소리 지를 힘 있으면 나가."

겨우 엉거주춤 일어선 미현은 진서를 향해 참았던 화를 낸다.

"젖비린내? 꼬마? 스물여섯이 어딜 봐서 꼬마야! 오빠 눈 삐었어?"

"나한텐 그래. 넌 아무리 생쇼를 해도 나한테는 꼬마일 뿐이지 여자 아니라고."

"허! 여자 있는 것도 아니면서 날 왜 거부하는데?"

"구 회장님한테 얘기 들었을 텐데. 곧 결혼한다고."

"흥! 여자도 없는데 누구랑?"

"여자 있어. 그것도 아주 사랑스러운 여자. 혼인신고도 곧 할 거니까 그만 날뛰고 너 좋다는 남자 찾아."

순간 행복한 얼굴이 되는 진서를 보는 게 너무 싫은 미현은 악을 쓴다.

"이혼하게 하면 그만이야! 내가 그 여자 가만히 둘 것 같아? 내 거 뺏은 그 여자 찾아내서 가만 안 둘……! 윽……!"

내내 무신경하던 진서의 표정이 일순간 확 무섭게 돌변하더니 미현을 그대로 책상 쪽으로 밀어 턱을 움켜쥔다.

"어디 다시 한번 지껄여봐."

"가만 안…… 읏!"

점점 진서의 손에 힘이 들어가고 뒤로 안 넘어가려 겨우 버티고 선 미현은 검게 번뜩이는 진서의 눈동자를 마주하고 순간 겁에 질린다.

입꼬리를 길게 늘어트린 진서는 서늘하게 말을 잇는다.

"어차피 경고해도 넌 찾을 테니 내가 찾는 수고 덜어줄게. SH그룹 정우혁 회장님 외동딸인 정단아. 너보다 세 살 위. 비록 몸은 불편하지만 너보다 훨씬 예쁘고 훨씬 어른이고 훨씬 사랑스러운 여자. 그래서 그냥 보고만 있어도 날 미치게 만드는 단 하나뿐인 내 여자. 더 궁금한 건 없지?"

"그게 무……."

"입 다물고 내 말 끝까지 들어."

"……."

"그러니까 어디 건드리려면 건드려봐. 그 순간, 두 그룹이 네 아버지 회사를 어떻게 만드나 궁금하다면 말이야. 너도 들어봤을 텐데. SH그룹이 어느 정도인지는."

"……."

"아주 최선을 다해서 밟고 뭉개줄게. 그러니까 어디 해봐. 나도 궁금하니까. 그리고, 이런 어린 투정은 어릴 때나 통하는 거야. 알아들어? 네 말대로 꼬마라고 하기엔 넌 너무 컸다고. 그러니까 조용히 봐줄 때 가만히 있어, 구미현."

"……."

"그리고 여기서도 나가."

탁! 미현을 놔준 진서가 바로 옆 수화기 버튼을 눌러 비서를 연결하자 기다리기라도 한 건지 선호가 받는다.

-예. 어떡할까요?

"당장 데리고 나가요."

······알겠습니다.

곧바로 수화기 버튼을 눌러 끈 진서는 미련 없이 자신의 자리로 다시 돌아가 앉아 일을 보고 그와 동시에 똑똑, 노크를 한 선호가 문에 기대며 말을 꺼낸다.

"그만 나오시죠. 끌려나오기 싫으면."

치욕스러움에 부들부들 떨며 입술을 꽉 세게 깨무는 미현.

"······내가······ 내가 못 가지면 아무도 못 가져! 두고 봐!"

발악 같은 한마디를 던지고는 빠르게 선호를 지나쳐 나가버리고 그 모습에 선호는 한숨과 함께 진서에게 툭 한마디를 내뱉는다.

"좀 적당히 하지. 하여간 넌 단아 말고는 이 세상 여자가 전부 돌덩이냐?"

"시끄럽고, 너도 그만 나가봐. 단아한테 조금이라도 빨리 가려면 서류 하나라도 더 검토해야 하니까."

"새삼스럽지만 진짜 징한 놈이다, 넌."

고개를 절레절레 흔든 선호가 문을 닫아주며 나가고 진서는 다시 서류 더미에 온 신경을 집중했다.

"단아 씨, 또 나와서 연습하는 거예요?"

아직은 이른 시각인 초저녁, 하루 일과처럼 변함없이 단아가 복도에 나와 워커로 연습을 하고 있자 하진이 다가와 말을 건네고 단아가 반갑게 인사한다.

"어? 진 교수님. 어떻게 오셨어요?"

"담당 환자가 잘하고 있나 불시검문?"

"하하. 무서운 담당 의사네요. 나름 열심히 하고 있긴 한데 아직 며칠 안 돼서 그런가 똑바로 서는 것도 겨우겨우 성공해요. 오래 서 있기도 벅차구요. 발 떼는 건…… 어쩌다 한두 걸음?"

"제가 단아 씨 하는 거 오면서 살짝 봤는데 그래도 꽤 꼿꼿하게 서 있던데요? 아직 얼마 안 됐는데 그 정도면 빠른 거예요. 단아 씨 재활치료 열심히 한다고 소문이 자자해요. 그리고 꽤 유능한 자수 강의 선생님이라는 소문도."

"꼭 칭찬받는 학생 된 기분이네요. 솔직히 혼자서 걷는 건 어렵다고 얘기 들었으니까 의지는 해야겠지만 빨리 제가 제 발로 걷고 싶어서 더 악착같이 하고 있거든요. 자수는 그냥 제 취미생활 같은 거라 관심 보이시는 분들께 조금씩 알려드리는 수준이구요."

"그렇구나. 단아 씨 보면 참 부지런한 것 같아요."

"하하. 시간이 많아졌다 보니까 왠지 그냥 있으면 죄책감이 든 달까요? 그래서 알차게 하루를 보내자! 싶어서 여러 가지 사부작 거리는 거죠, 뭐. 저 요즘은 호연 아줌마께 뜨개질도 배우는걸요. 나중에 진서 오빠 목도리라도 하나 만들어줄까 싶어서. 재활도 마찬가지로 알차게 하루를 보내는 일과 중 하나구요."

밝게 웃으며 말하는 단아의 얼굴을 바라보던 하진은 마주 웃으며 대답한다.

"그래도 일 년 넘게 안 썼던 다리인데 그 녀석한테도 적응기간을 좀 줘야죠. 그보다 곱절로 천천히 간다 생각하고 무리하지 않는 선에서 해요, 단아 씨. 알았죠? 한꺼번에 너무 무리하면 오히려 역효과 날 수 있어요. 양 엄지발가락에 미세하게 감각과 신경이 살아 있어서 그걸 최대한 하반신 전체에 살려보려는 거니까. 더 말 안 해도 알죠?"

"네, 선생님."

"아주 모범적인 환자예요."

"하하."

"그리고 진서 녀석한테 듣자니 내일 혼인신고 하러 외출을 다녀오려고 한다구요. 또 퇴원 후 통원치료 했으면 한다던데."

"아…… 네. 오빠한테 완전히 져서요."

"잘 지신 거예요. 진서 믿어도 돼요, 단아 씨."

"네……."

"외출은 제가 처리해뒀으니까 휠체어로 진서랑 반나절 정도 나갔다가 오시구요. 퇴원은 아직은 재활을 오전 오후 다 하는 게 좋아서 최소 2주에서 한 달 정도는 병원에 있는 게 더 편할 것 같아 진서한테도 그 후에 통원으로 하자고 말해뒀어요."

"아…… 알겠습니다."

"그럼 이제 내일이면 공식적으로 제수씨 되는 건가요? 아니다. 제 안사람하고 언니, 동생 하기로 했다고 얘기 들었으니까 그럼 처제인가? 뭐가 더 편해요, 단아 씨? 난 단아 씨가 편하게 대해주면 좋겠는데."

"음……. 그럼 저는 처제 할래요. 제가 형제가 없어서 언니 생겼을 때 되게 좋았거든요. 하진 씨라고 부르기는 왠지 좀 이상하기도 하고."

"그래요, 그럼. 그럼 이제 편하게 말 놓고 처제라고 부를게요. 단아 씨도 형부라고 불러요, 편하게. 괜찮죠?"

하진이 편하게 웃으며 얘기하자 단아 역시 편안한 미소를 지어주며 대답한다.

"네. 그럴게요, 형부. 우와, 든든하다. 언니에 형부까지."

"진서가 속 썩이면 말해. 확 패줄게."

"하하하. 고맙습니다, 형부."

단아와 하진이 마주 보며 웃던 그때.

뚜벅뚜벅 구두 굽 소리가 나더니 하진의 등 뒤에서 진서의 볼멘 소리가 들린다.

"거기, 익숙한 실루엣의 두 사람. 쓸데없이 투 샷은 왜 훈훈하고 난린데."

갑자기 불쑥 들려온 진서의 목소리에 하진이 뒤돌아서며 대수롭지 않게 대답한다.

"왔어? 퇴근이 빠르네. 단아 씨 보러 퇴근길에 잠깐 들렀어. 내일 외출 가능하다고 얘기도 해줄 겸."

"왔어, 오빠?"

하진의 대답에도 그대로 하진을 지나쳐 단아에게 다가선 진서가 말을 건넨다.

"현민이는 내가 주말에 있을 거니까 집에 가보라고 근처에 오면서 전화했으니 집에 갔을 거고. 아주머니는 어디 가시고 단아 너 혼자 나와 있어? 다치기라도 하면 어쩌려고."

"아아, 나온 지 얼마 안 됐어. 현민이는 오빠 말대로 조금 전에 이제 오빠 오니까 집에 간다고 갔고, 아주머니는 방금 전까지 나랑 같이 계셨었는데 갑자기 손주가 아프다고 따님 분이 급하게 연락이 와서……. 안 가시겠다고 했는데 내가 오빠 올 거니까 얼른 다녀오시라고 등 떠밀었어. 내일 일찍 오겠다고 하셨으니까 걱정 마. 아직 퇴원 전이고 여기 간호사분들도 있는데, 뭐. 봐, 오빠 금방 왔잖아."

"화장실은?"

"아아…… 가시기 전에 도와주시고 가셨어. 느낌으로 대부분 아는데 그래도 한 번씩 실수하니까 혹시 몰라서 패드…… 착용했고."

"응. 잘했어. 그런데 정단아."

"응……?"

기저귀라는 말이 차마 안 나와 패드라고 한 부분이 좀 그랬나 싶어 단아가 느리게 부름에 대답하자 진서는 전혀 다른 부분을 짚어낸다.

"하진이 형 결혼했어."

"응? 아…… 그렇지. 별하 언니랑 결혼하셨지. 그래서 지금도 편하게 형부, 처제 사이 하기로 했고."

"아아, 난 혹시 까먹었나 해서. 다시 한번 분명히 말하는데 결혼한 남자야, 이 형. 오빠는 괜한 치정극 하기 싫어, 단아야."

"뭐……? 아니…… 아까부터 무슨 뚱딴지같은 소리야?"

조금 전부터 아예 하진과 자신의 사이에 딱 서 있는 진서가 이상하다 싶은 단아가 되묻자 하진의 웃음소리가 크게 들려온다.

"하하하! 큭큭……."

"형부는 또 왜……?"

이 남자들이 왜 이래?

온통 머릿속에 물음표를 띄운 단아가 하진에게 묻자 하진은 여전히 큭큭거리며 대답한다.

"처제는 안 보여?"

"네? 뭐가요?"

"잔뜩 날 세운 꼬리."

"네……?"

"큭큭……. 아, 진짜. 이 녀석 지금 질투하는 거야. 처제가 다른 남자랑 웃으면서 얘기해서. 누구든 상관없이 자기 여자 지키려고 나오는 남자들의 본능 같은 거지. 지금도 봐. 처제 딱 가리고 서서는 안 비켜주잖아."

"설마……."

단아가 오늘따라 유독 더 넓어 보이는 진서의 등을 멍하니 바라보는 그때 한 번 더 들려오는 진서의 불퉁한 목소리.

"웃지 마, 형. 난 지금 진지하거든. 형도 별하 형수님이 딴 놈이랑 이러고 있었다고 생각해봐. 앞뒤 안 재고 더했을걸?"

"뭐…… 그건 인정. 그놈이 누구든 웃어른들 제외하고 죽었지, 나한테."

"그러니까."

"……허어."

……진짜였단 말이야? 진 교수님…… 아니, 형부인데?

"그래서 딱히 뭐라고 안 하잖아. 이해해서."

"역시 하진이 형이야."

단아가 바람 빠지듯 한숨을 내쉬는데 두 남자는 어느새 단결이 됐는지 '내 여자는 내가 지킨다'며 열을 올리고 있다.

여전히 단아를 지키듯 서 있는 것은 변함없지만.

진짜 이 못 말리는 남자를 어쩌지…… 하아~

단아는 고개를 설레설레 젓고는 진서를 부른다.

"진서 오빠."

"응? 우리 단아 왜?"

자신의 부름에 하진과 얘기하던 진서가 곧바로 가까이 다가서고 왠지 그런 진서의 머리 위로 쫑긋한 강아지 귀가 보이는 듯한 느낌이 든 단아는 한마디 하려다 그저 피식 웃어버리고 만다.

"어? 왜 그렇게 예쁘게 웃어? 오빠가 그렇게 좋아?"

하며 예쁘게도 눈웃음 짓는 이 남자를 어떻게 엉뚱한 소리 한다고 혼낼 수 있을까. 그저…… 정해진 대답을 들려줄 수밖에.

"대답할 테니까 이리 가까이 고개 좀 숙여줘."

"응. 자~"

진서가 단아의 앞으로 상체를 숙여 얼굴을 가까이하자 씨익 예쁘게 웃은 단아는 진서의 입술에 쪼옥 입 맞추곤 속삭인다.

"나한테는 한진서 말고는 이 세상에 멋진 남자 없어. 한진서가 최고로 멋있고 최고로 섹시해. 그래서 너무너무 사랑해."

"……."

그러고는 벙쪄버린 진서를 향해 마지막 한 방을 날리는 단아.

"그래서 말인데, 이제 그만 병실 안으로 들어가자. 나 오빠랑 둘이서만 있고 싶어. 응?"

단아의 그 말이 떨어지기가 무섭게 환하게 웃은 진서는 하진을 향해 다급하게 말한다.

"하진이 형, 퇴근 안 해?"

"이제 하려고. 왜?"

"그럼 잘 가라고. 단아 얼굴도 봤으니까. 그럼 우리 먼저 들어간다, 형. 가자~"

하진이 뭐라 대답하기도 전에 워커를 복도 한쪽으로 밀어둔 진서는 단아를 그대로 번쩍 안아들어 병실 안으로 들어가려 한다.

"형부! 조심해서 가세요."

문이 닫히기 직전 단아의 외침이 들려오고 대답하려던 하진은 이번에도 때를 놓치고 만다.

닫힌 병실 문을 바라보며 피식 웃음을 흘린 하진은 퇴근을 하기 위해 엘리베이터 쪽으로 발길을 돌리면서 중얼거린다.

"갑자기 우리 별하가 너무 보고 싶네."

그러더니 이윽고 걷는 발걸음이 빨라지는 하진이었다.

"형부 놀랐겠다. 갑자기 이러고 들어와서."

"어허, 자꾸 다른 남자 생각할 거야? 이 작은 머릿속에 든 생각 주머니는 나 하나만 꽉 채워. 그럼 돼."

쪽.

"어흐……. 유치한데 닭살이야."

"응. 오빠 유치해. 정단아한테만 무지무지 유치해지네, 이상하게. 나만 보게 하고 싶어. 더 달달하게 만들어서."

쪼옥.

"말과는 달리 하는 행동은 늑대 강림할 것 같은데?"

단아를 안고 들어서자마자 말할 때마다 입술에 입맞춤을 하며 베드로 걸어가는 진서.

"늑대가 얼마나 순애보인데."

쪼옥.

"그런 거야?"

"응. 그런 거야. 근데 단아야……."

"응?"

"너 너무 달아……."

"아……."

"입술…… 열어줘……."

이미 눈빛이 깊어진 진서가 자신의 입술로 단아의 입술 근처를 배회하고 곧이어 단아가 살짝 입술을 벌리자마자 진서는 혀를 감아들였고 거침없이 한가득 베어 물었다.

입술이 얽히는 찐득한 소리만이 병실을 채웠고 그대로 걸어간 진서가 단아를 베드 위로 조심히 눕힌 후 상체를 기울여 온다.

그렇게 한참 동안 농밀한 키스는 계속 이어졌다…….

몇 분이 흘렀을까……. 단아가 팔을 붙잡고 나서야 입술을 살짝 떨어트린 진서가 잔뜩 잠긴 목소리로 단아를 바라보며 말을 잇는다.

"……미치겠다. 너만 보면 미치겠어……."

그 말이 왠지 애달파서 눈물이 맺힌 단아.

"울지 마. 단아 넌 내 거야. 네 눈물도 전부."

단아의 눈가에 입 맞춘 진서는 단아의 얼굴을 가만가만 쓰다듬는다.

"흐윽…… 흡……."

결국 단아가 진서를 두 팔 가득 끌어안고 눈물을 흘려보냈고 진서는 그저 단아의 머리를 쓰다듬어주었다.

다 안다는 듯이.

몇 분 후.

나란히 마주 보고 누운 진서와 단아.

"훌쩍…… 진서 오빠……."

"응, 단아야."

"사랑해…… 훌쩍……."

"풋. 울고 나서 훌쩍이는 와중에 사랑스럽기 있어? 오빠도 우리 애기 사랑해요."

단아의 눈가에 살포시 입 맞춘 진서가 볼을 살살 어루만진다.

"아~ 귀여워. 진짜 애기 같아."

"아직 진정이 안 되는 걸 어떡해……. 훌쩍……. 오빠가 감동시키니까…… 훌쩍……."

"하하. 진짜 왜 이렇게 사랑스러워? 응?"

단아를 품 안으로 꼬옥 안은 진서가 등을 토닥이며 단아를 나지막이 부른다.

"단아야, 손 좀 줘봐. 잡고 싶어."

"응…… 여기."

단아가 손을 내밀자 진서는 깍지 손을 잡고 한참을 움켜쥐었다, 폈다 한다.

"좀 크려나……."

"응? 뭐라고?"

"아무 말도 안 했어~"

진서의 중얼거림을 제대로 못 들은 단아가 되묻지만 웬일인지 대답을 넘긴 진서가 다시 꽉 안으며 말을 돌린다.

"우리 드디어 내일이면 진짜 부부 되는데 소감이 어때? 오빠는 마냥 좋은데."

"나는…… 모르겠어. 아직은…… 그냥 아내로서 잘할 수 있을까 걱정돼."

"아내는 이래야 하고 남편은 이래야 하고. 우리는 그런 거 만들지 말자, 단아야. 그냥 우리는 사랑해서 함께하려는 거야. 그것만 기억해. 오빠 믿고. 응?"

"응……. 알았어."

"아이, 예뻐라."

"나 오빠한테 부탁할 거 세 가지가 있는데. 들어줄 거야?"

"그럼. 당연히 다 들어줘야지. 누구 부탁인데. 말만 해."

"그럼 첫 번째. 우리 혼인신고 하고 아이 생기기 전까지는 오빠 집 말고 오빠 본가로 들어가서 살면 안 될까? 오빠 집에 안 살면 그 집 다른 사람한테 넘겨줘야 해?"

단아의 말에 놀랐는지 고개를 숙여 단아와 시선을 맞추는 진서.

"아니. 오빠 명의로 된 집이라 상관없어. 난 괜찮지만 본가로 들어가려면 2층 공사해야 하는데⋯⋯."

"나 아직 퇴원까지 시간 있잖아. 바로 말씀드리면 어떻게 안 되나?"

"공사는 하면 빨리하겠지만⋯⋯. 갑자기 왜? 어른들이 뭐라고 하셨어?"

"아니⋯⋯. 그런 거 아니야. 어른들은 우리 뜻 따라주신다고 했고 내가 진작부터 생각했었어. 호연 아줌마도 나 아기 낳고 오셔도 충분할 것 같고. 또 오빠 회사 가고 나면 많이 허전할 것 같아서⋯⋯. 본가는 서연이도 있고 다영 아줌마도 계시니까. 엄마 아빠도 자주 볼 것 같기도 하고⋯⋯. 나 이제 혼자는 싫은데⋯⋯. 가족 많은 게 좋아. 안 돼⋯⋯? 오빠는 싫어?"

"⋯⋯."

단아의 마음을 알 것 같아 짠한 진서는 단아를 다독이며 대답한다.

"안 되긴. 당연히 되지. 내일 당장 2층 트는 공사 하시라고 해야겠네. 어머니 아버지 좋아하시겠다, 아주. 예쁜 며느리 매일 보시게 생겼으니."

"고마워."

"고맙긴. 오빠 집은 우리 아기 갖게 되면 그때 가자. 그럼 명의도 그때 가서 단아 네 앞으로 전부 돌려야겠네. 원래 바로 해주려고 했었는데."

"오빠 거를 왜. 그냥 둬. 내가 무슨 필요가 있다고⋯⋯."

"오빠가 네 건데 당연히 오빠 것들도 전부 단아 네 거지. 내 것도 네 거. 단아 네 것도 네 거."

"응? 왜 그렇게 돼? 오빠 거는 없잖아 그럼."

"아니야~ 오빠가 제일 부잔데? 단아 너. 네가 내 거잖아. 오빠는 정단아 하나면 돼."

"……바보."

"하하. 자~ 그럼 다음으로 부탁할 건 뭔가요, 여보?"

"결혼식. 안 하고 가족들끼리 식사 자리로 대신하면 안 되나 해서. 우리는 서로 맺어졌는데 결혼식하는 거 낭비 같아서……. 그냥 나중에 결혼사진 하나 제대로 찍으면 안 될까? 나 조금이라도 좋아지면 그때."

"정말 그러고 싶어?"

"응. 꼭 성대하게 결혼식 올려야 맺어지는 건 아니잖아. 내가 오빠의 아내이고 오빠가 내 남편이면 그거면 난 행복해."

예쁘기만 한 단아의 말에 꽉 차는 행복감을 느끼는 진서는 단아를 품 안 가득 끌어안았다.

"그래. 그러자. 결혼식 대신 날짜 봐서 식사 자리 마련하지, 뭐. 자~ 다음. 마지막 세 번째 부탁은 뭘까?"

"이건 언제일지 시기는 모르는 일인데……. 나 목발로 걸을 정도 되면 그때 다시 유치원에서 아이들 가르치는 일 하고 싶어. 정식 교사로는 힘들더라도 잠깐씩이라도."

"그래. 단아 너 아이들 좋아했으니까, 그때 가서 한번 알아보자."

"고마워……. 근데…… 오빠 너무 다 쉽게 허락해주는 거 아니야? 좀 반대도 해야 투덕이지. 결혼 준비하는 커플들 많이 싸운다던데."

"후후……. 왜 반대를 해~ 사랑하는 아내가 원하는 건데. 그리고
싸우기엔 내가 단아 널 너무 많이 사랑해서 불가능해."

"팔불출 맞다니까, 정말."

단아의 말에 바람 빠지듯 푸시시 웃어버린 진서.

"단아 너니까 다 괜찮은 거야. 내가 사랑하는 내 여자니까. 대신
일 문제는 단아 네가 힘들다 생각되면 바로 반대할 거니까 그건
알아둬."

"응……. 그래도 고마워."

꼬옥 마주 안으며 단아가 진서에게로 파고들고 진서는 웃음기
를 머금은 채 단아를 토닥여준다.

"뭐 더 바라는 거 없어? 있으면 전부 얘기해. 뭐든 다 들어줄게."

"음……. 지금은 더 없어. 그럼 오빠는 나한테 뭐 바라는 거 없
어? 나도 들어줄게 말해 봐. 응?"

"정말?"

"응. 정말."

"그럼 아까부터 다시 듣고 싶었던 건데…… 한 번만 다시 해주
라. 얘기하다가 멈췄는지 안 하기에 아쉬웠거든. 너무 귀여웠는
데."

"뭐를?"

단아가 얼굴을 들어 바라보자 왠지 장난기가 가득한 눈으로 씨
익 미소 지은 진서가 말한다.

"'오빠…… 사랑해…… 훌쩍…….' 이거."

"허어…… 못 말린다, 진짜."

"으응~? 여보야~ 한 번만."

"……."

진서의 눈웃음에 또 마음이 약해진 단아가 입술을 움찔거리다 이윽고 뱉어낸다.

'예비남편이 원한다는데, 까짓 코 한 번 더 먹지 뭐.'라는 심정으로.

"사랑해, 오빠…… 훌쩍……."

"아아~ 진짜 너무 귀여워. 앞으로 잘 부탁할게, 사랑하는 여보."

그때, 진서가 방심한 틈을 타 단아는 한 번 더 훅 들어온다.

"나도 잘 부탁할게, 여보. 훌쩍……."

"하하하! 정말 정단아한테 못 당하겠다."

그 훅에 단아를 품에 꼬옥 안은 진서는 한참을 크게 웃어야 했지만.

다음 날 아침.

나갈 준비를 마치고 휠체어에 앉아 있는 단아의 등 뒤로 살짝살짝 보이는 기다란 손가락.

"내가 할 수 있다니까."

"내가 해주고 싶어서 그래. 머리 묶는 법 다양하게 공부했었다니까? 거의 다 돼가니까 잠깐만."

단아의 뒤로 들리는 목소리를 따라가 보면 말끔하게 어제 입고 왔던 슈트와 코트 차림 모습 그대로 서서 실핀을 입에 문 채 단아의 머리를 하나로 높이 올려 묶고는 이리저리 매만지고 있는 진서가 보인다.

그때 단아의 웃음소리가 들린다.

"풋."

"응? 왜 그래?"

"아니…… 나 지금 무슨 첫 데이트하러 가는 사람 같아서. 어제 엄마가 꼭 미리 알기라도 한 것처럼 쇼핑백 큰 거 하나를 가져오셨었는데 그때는 도시락에 정신없어서 나중에 다시 전화로 뭐냐고 물어봤더니 옷하고 신발하고 나 쓰던 메이크업 제품들 몇 가지 챙겨 오셨더라고. 혼인신고 하면 엄연한 부부인데 이왕이면 예쁘게 하고 나가서 기념하고 들어오라고."

"다현 아줌마가 센스 있으시잖아. 그래서 우리 여보가 아침 일찍부터 바빴던 거구나? 지금 이렇게 예쁘게 오빠 앞에 나타나려고. 아까 보고 천사가 내려왔나 했었어. 너무 예뻐서."

"아까는 옷만 갈아입었었는데, 뭐. 지금은 메이크업 조금이라도 해서 괜찮은 거고. 그리고 엄마가 다행히 플레어 원피스로 챙겨 와줘서 어찌 됐든 옷도 내가 혼자서 갈아입긴 입었으니까. 속바지 입는 건 어쩔 수 없이 오빠 도움 받았지만."

"아까도 지금도 내 눈엔 똑같이 정말 예뻐. 그리고 맹세코 오빠는 아까 아무것도 안 봤어."

"푸흐…… 나 뭐라고 안 그랬는데? 괜히 찔렸구나?"

단아가 '흐응~' 하며 다 안다는 듯한 반응을 보이자 진서는 괜스레 헛기침을 하며 말을 돌린다.

"크흠! 다 됐다. 정말 천사가 내려왔는데? 손거울 줄까? 확인해볼래?"

"응. 궁금해. 거기 화장품 든 파우치 안에 손거울 있어."

"알았어. 잠시만."

진서가 베드로 다가가 쇼핑백 안 파우치를 열어 손거울을 꺼내 단아에게 건네준다.

"자, 지금 얼마나 예쁜지 직접 봐."

손거울을 받아든 단아는 떨리는 마음으로 확인해본다.

긴 속눈썹과 가지런한 눈썹, 투명한 피부 결에 분홍빛 입술까지. 너무나 생기 있어 보였고 예뻤다. 다행히도.

단아가 옅게 웃으며 거울을 좀 더 위로 들자 동글동글 볼륨 있는 당고머리가 눈에 띄었다. 앞머리 라인을 따라 귀 옆으로 내린 웨이브진 애교머리까지.

"우와……. 이거 오빠가 한 거야? 예쁘다."

"단아 네 머리가 웨이브진 머리라 아까 드라이할 때 볼륨 살려 뒀더니 그냥 배운 대로 묶기만 했는데 잘됐네. 열심히 연습한 보람이 있어. 앞으로도 더 보고 배워서 정단아 전용 숍 더 크게 키워볼게. 기대해."

"진짜 너무 예쁘다……. 고마워."

단아가 환하게 웃으며 기뻐하자 뿌듯한 마음이 드는 진서. 단아의 앞으로 다가가 무릎을 굽혀 앉아 눈높이를 맞춘다.

"지금 단아 너 진짜 예쁜 신부 같아. 하얀 원피스까지 입고 있으니까. 나 천사님이랑 결혼하는 건가?"

"푸홋. 엄마가 하필 많은 옷과 신발들 중에 이런 걸 가져다줘서 그렇지, 뭐. 이 옷 너무 여성스러워서 아이들 보기엔 거추장스러워 안 입던 건데. 이 신발도 이 옷에 어울리겠다 싶어서 잘 안 신었고. 근데 오늘 다 입고 신어보네."

단아가 시선을 쭉 따라 내려가니 위에는 자잘한 꽃이 수놓아져 있고 밑단에는 레이스로 포인트가 되어 풍성하게 퍼지는 하얀 원피스에 누드 핑크 톤에 발목을 감싸는 플랫슈즈가 차례로 눈에 들어온다.

"예쁘긴 예쁘다. 옷하고 신발."

"그걸 소화하고 있는 내 여자가 난 더 예쁘다."

"하여튼 기승전콩깍지."

"하하. 난 사실만 말한 건데?"

"알았어. 알았으니까 그만하고 얼른 나가자. 차 막히면 가는 데
더 걸리니까. 자, 이거."

"응. 잠깐만."

진서가 피식 웃고는 일어나 손거울을 받아 다시 넣어두고 간단
히 정리 후 쇼핑백 안에서 작은 담요를 꺼내와 길게 세로로 펼쳐
단아의 무릎에 덮어준다.

"응? 담요도 있었어? 옷 밑에 있었나……. 근데 담요는 왜?"

"밑에 가려져 있었나 봐. 왜긴. 나 말고 누구한테 예쁜 다리 보여
주려고? 안 돼. 날씨도 춥고."

"못 말려, 진짜……."

"자, 그리고 이것도."

무릎 담요에 이어 자신의 코트까지 벗어 단아의 어깨에 걸쳐준
진서는 그제야 만족한 듯 웃는다.

"나 이거 긴팔인데……. 오빠 추워서 어떡하려고……."

"오빠도 셔츠 긴팔이야. 겉에 재킷도 입었고. 그리고 아직 가을
이라 오빠는 괜찮아. 단아 너 추위 잘 타잖아. 오늘 저녁까지 먹고
데이트하고 들어올 건데 추워서 안 돼."

"오빠는 내 생각밖에 없지……? 머릿속에."

"응. 당연하지. 한진서는 오로지 정단아 위주야. 그래야 내가 행
복해서. 오빠 이기적이지?"

"응……. 근데 그 이기적인 게 난 왜 이리도 고맙고 행복하지?"

단아가 진서를 마주 보며 환한 미소를 짓자 진서 역시 마주 웃어준다. 누구보다 환하게.

"부부는 닮는다잖아. 이제 우리 부부 될 거니까 닮아가려나 보지."

"그런가……."

"그런 거야. 그럼…… 단아야."

"응?"

단아의 손을 꼭 잡은 진서는 단아를 내려다보며 묻는다.

아주아주 멋진 미소를 얼굴 가득 지은 채로.

"우리, 결혼하러 갈까?"

그러자 단아도 아주 예쁜 미소를 띠고 진서를 올려다보며 대답한다.

"응. 가자. 결혼하러."

"단아야, 오빠 볼 좀 꼬집어줘."

"벌써 세 번이나 꼬집었잖아. 아프게 왜……. 그만해도 꿈 아니야. 진짜 현실이라고."

조금 전, 구청을 나와 차에 올라탄 두 사람은 차에 타자마자 진서가 몇 번이고 등본을 보며 꿈인지 아닌지 확인한다고 단아에게 볼을 꼬집어달라며 부탁했고 그 부탁에 마지못해 해주고 있던 단아가 진서의 볼을 쓰다듬으며 말린다.

"진짜지? 진짜 꿈 아니지?"

"응. 꿈 아니야. 나랑 오빠 이제 부부래. 진짜."

"부부…… 한진서의 아내. 정단아의 남편. 단아야, 이거 봤어? 우리 붙어 있다?"

진서가 단아에게 등본을 보여주며 가리킨 곳에는 진서의 이름

바로 밑에 단아의 이름이 적혀져 있다.

1)본인 한진서

2)처 정단아

"아까 이미 몇 번이나 봤어."

"신기하다. 너무 좋아서 입꼬리가 안 내려와. 참! 어른들께도 사진으로 찍어서 문자 보내드려야지."

휴대폰을 꺼내들고 아이마냥 환하게 웃는 얼굴로 정성 들여 사진을 찍어 문자를 보내는 진서의 모습에 단아도 행복한 기분이다.

진짜 이런 남자가 이 세상에 또 있을까 싶어서.

"됐다. 네 분한테 모두 보내드렸어. 보시면 좋아하시겠다. 친구 녀석들한테는 나중에 술 한잔 사면서 자랑해야지."

"그렇게 좋아?"

"응!"

눈빛까지도 '나 행복함'이라는 게 느껴질 정도인 진서의 대답에 단아 역시 진서를 따라 웃어버린다.

"당연히 좋지! 왜? 단아 넌 안 기뻐?"

"나도 당연히 기쁘지. 근데 오빠가 너무 좋아하니까 내가 기뻐하는 게 표시가 안 나는 거야. 오빠 아까부터 등본에서 눈을 안 떼는 거 알아? 종이 뚫어지겠다."

"하하. 내가 그랬나?"

"응. 그것도 아주 오래."

"너무 좋아서. 봐도 봐도 좋아서. 드디어 정단아가 온전한 내 사람이라는 게. 오빠 조금 울어도 돼? 너무 감격스러운데."

"아니. 그것까진 하지 말자, 진짜. 으이그."

단아가 못 말리겠다는 듯 진서의 어깨를 툭 치자 그런 단아의 손을 붙잡은 진서가 그대로 단아를 당겨 안는다.

"단아야."

"응?"

"여보."

진서가 꼭 안으며 얼굴을 묻어오자 마주 안아준 단아가 등을 쓰다듬으며 묻는다.

"……왜에."

"이제 절대 안 놔줄 거야."

"나도 떠날 생각 전혀 없어. 이제 부부잖아."

단아의 대답에 살짝 품에서 떨어진 진서가 단아에게 가까이 다가가며 입술을 포개어 키스하려던 바로 그 순간.

꼬르륵.

단아의 배꼽시계가 배고프다며 알람을 울려버린다. 야속하게.

"……아침 안 먹고 그냥 나왔더니…… 하하……."

"풋. 하긴 시간이 꽤 됐네. 배꼽시계가 울릴 만해. 그 시계 기특한데? 내 아내 밥도 챙기게 해주고."

진서는 단아의 입술을 깊게 한번 쪽 입 맞춘 후 떨어지며 단아에게 안전벨트를 해준다.

"오빠가 너무 오래 좋아했어, 뭐."

괜스레 부끄러워져 진서에게 툴툴거려보는 단아.

그 모습이 마냥 귀여운 진서는 등본을 접어 슈트 재킷 주머니에 넣고 안전벨트를 매며 차 시동을 건다.

"그럼 오빠가 잘못했네. 우리 여보야 배고픈 줄도 모르고."

"왠지 놀리는 것 같은데?"

"아니야~ 정말 미안해서 그래. 자, 그런 의미로 이제 데이트하러 가자, 여보."

"하여튼 은근슬쩍 잘 넘어가."

"응. 진짜 사랑해."

진서가 씩 예쁘게 웃으며 차를 출발시키고 단아는 그런 진서를 보며 피식 웃을 뿐이다.

'나 벌써부터 이 남자한테 꽉 잡혔구나.' 생각하면서.

주말이라서인지 차가 막히는 통에 점심때가 되어서야 늦은 아침 겸 점심을 먹으러 한 패밀리 레스토랑에 들어온 단아와 진서.

"오빠는 안 먹어?"

"먹고 있으니까 걱정 말고 많이 먹어. 자, 스파게티만 먹지 말고 이거 스테이크도 한 입 더 먹자. 아~"

"그럼 오빠도 이거 먹어. 아~ 해."

너무 배고팠다 먹으면 오히려 많이 못 먹는다며 사이좋게 크림 스파게티와 스테이크 하나를 음료와 시켜 나눠먹고 있는 두 사람이다.

그것도 옆에 딱 붙어 앉아서.

"어? 고마워. 우리 여보가 줘서 그런가? 더 맛있네."

"오빠 크림파스타 좋아하잖아. 오빠 자리에 놔줄까?"

"됐어요~ 여보도 파스타 좋아하잖아. 그리고 난 단아 네가 주는 게 더 맛있어. 고기 잘라야 해서 남은 손도 없고."

"푸훗. 알았어. 먹여줄게. 그럼 되는 거지?"

"응."

진서가 만족한 듯 다시 스테이크를 조그맣게 잘라 단아에게 먹여주고 단아도 스파게티 면을 돌돌 말아 진서에게 먹여준다.

"어? 입에 파스타 소스 묻었다."

"응? 어디?"

"여기. 잠시만."

단아가 옆에 있던 티슈를 뽑아 진서의 입가를 살살 닦아내준다.

"됐어. 다 닦였어."

"고마워, 여보."

쪽. 단아의 볼에 가볍게 입 맞추는 진서와 그런 진서의 행동의 놀란 단아가 웅얼거린다.

"여기 밖이거든? 다른 손님들도 있는데……."

"우리는 부부거든? 진한 스킨십 한 것도 아니고 고마워서 애정 표현한 건데, 뭐. 자연스러운 게 좋은 거야."

"그건 그렇지만…… 그래도……."

"이렇게 은근히 부끄럼도 많은데 어떻게 한 번씩 돌직구를 날리는지 모르겠다니까~ 사람 심장 떨리게."

"내가 뭐……."

진서의 장난에 괜스레 스파게티 면만 돌돌 말고 있는 단아.

그런 단아의 반응이 귀여운 진서는 피식 웃고는 스테이크를 잘라 포크를 단아 앞에 내민다.

"애꿎은 면은 그만 괴롭히고 아~ 해."

"아."

단아는 뾰로통하니 부러 짧게 소리만 내며 쏘옥 스테이크만 서둘러 먹는다.

"아이, 오물오물 예쁘게도 먹네."

진서가 단아의 입가를 닦아내주곤 손등으로 볼을 살짝 쓰다듬자 금세 기분이 풀린 단아는 '피이……' 하고는 돌돌 말던 스파게티를 진서에게 내민다.

"단아 너 먹지 왜. 많이 먹어야지."

"아아."

"훗……. 알았어. 잘 먹겠습니다. 아~"

"맛있지?"

"그럼. 누가 준 건데. 백배쯤 더 맛있다."

얼른 먹으라는 눈빛에 설핏 웃어버린 진서가 스파게티를 받아 먹으며 맛있다고 하던 그때, 레스토랑 여직원이 다가와 두 사람을 보며 말을 건넨다.

"저기…… 두 분 커플이시죠?"

"아닙니다. 부부예요."

"아…… 하하……. 네~ 어쩐지 정말 잘 어울리시더라구요. 선남 선녀 같으세요."

"감사합니다. 그런데…… 무슨 일이시죠?"

여직원의 빠른 태세 전환에 누그러진 진서가 묻자 미소를 띤 여직원이 즉석사진기를 보여주며 말한다.

"아, 저희가 점심시간마다 작은 이벤트로 커플분들이나 가족분들 기념하시라고 즉석에서 사진을 찍어서 한 장은 저희 가게에 붙이고 한 장은 선물로 드리고 있거든요. 그래서 두 분도 기념으로 한 장 찍으시면 어떨까 해서요. 너무 잘 어울리시고 예쁘고 멋지셔서. 괜찮으실까요?"

여직원의 설명에 반대편 벽면을 두리번거리던 진서가 되묻는다.

"저기에 붙여두시는 건가요?"

"아, 네. 붙여두는 걸 원치 않으시면 선물로 한 장 찍어드릴 수도 있습니다."

"전 아무래도 괜찮은데 제 아내가 어떨지⋯⋯. 어떡할까, 여보?"

"기념인데 찍자. 직원분이 우리를 좋게 봐주신 건데. 예쁘게 찍어주시고 꼭 잘 보이는 곳에다 붙여주세요. 그거 저희가 메시지 쓸 수도 있죠?"

"네, 그럼요~ 찍으시고 메시지 적어주시면 제가 잘 보이게 붙여둘게요."

"감사합니다. 그럼 저희 잠시만."

"네. 천천히 하세요."

여직원이 웃으며 잠시 비켜나주자 단아는 진서 얼굴과 자신의 얼굴을 손거울 대신 휴대폰 카메라로 살짝 확인한 후 여직원을 부른다.

"찍어주셔도 돼요."

단아의 부름에 다시 다가온 여직원은 두 사람과 일정 거리를 두고 선다.

"그럼 찍을 테니 포즈 예쁘게 잡아주세요. 하나 둘 셋 하면 찍을게요."

여직원의 말에 진서가 일어나 휠체어를 앞으로 돌린 후 의자를 최대한 휠체어 옆에 붙여 앉더니 단아를 자신의 어깨에 살짝 기대어주고는 손을 꼭 붙잡는다.

"찍으시죠."

"네~ 찍을게요. 정말 두 분 너무 잘 어울리시네요. 연예인 커플인 줄 알겠어요. 예쁘게 스마일~ 자, 하나 둘⋯⋯."

사진을 찍기 직전, 진서가 나지막이 단아를 부른다.

"단아야."

"응?"

"우리 아이 나중에 연예인 시킬까? 부모인 우리가 못다 이룬 꿈인데. 우리 얼굴 닮아 나오면 한류스타 정도는 따놓은 거니까. 상 받고서 우리한테 고맙다고 수상소감도 하고. 응?"

"하하하!"

진서의 장난 섞인 말에 상상이 되어버린 단아가 고개를 들어 진서를 바라보고 환한 웃음을 짓는 순간.

"셋!"

두 사람이 마주 보며 환하게 웃는 모습이 사진으로 담긴다.

"안녕히 가십시오."

잠시 후, 단아와 진서가 레스토랑을 빠져나가고 여러 사진들이 붙어 있는 벽면의 가운데쯤 두 사람의 모습이 담긴 사진이 붙어 있고 그 밑에는 정갈한 글씨가 눈에 띈다.

〈항상 날 웃게 해주는 내 남자 한진서.

항상 나의 심장이 살아 있음을 알게 해주는 내 여자 정단아.

사랑합니다.〉

점심을 먹고 보고 싶었던 로코 영화를 보러 자동차 극장에 온 두 사람은 간단히 팝콘과 콜라를 사서 중간에 올려두고 영화 시작 전 서로에게 기대어 얘기를 나누고 있다.

"다시 봐도 잘 나왔네. 너무 예쁜데."

"그래도 다행이다. 오빠가 웃기는 바람에 이상하게 나올까 봐 걱정했는데."

"응? 나 웃기려고 한 말 아닌데. 진심이었어."

"이 오빠가 정말. 아직 있지도 않은 아이 꿈을 왜 우리가 정해.

아이가 스스로 하고 싶어 하는 거 시킬 거야, 난."

"그래. 나도 여보 뜻 따를 거야. 근데 아이 꿈이 연예계 쪽일 수도 있으니까. 만약 그렇다면 지지해줄 거다. 뭐 그런 거였지."

"피이……. 그거야 나도 그렇지. 우리 아인데."

"역시 우리 부부는 일심동체라니까."

진서가 단아의 얼굴을 쓰다듬으며 말하자 내내 웃던 단아의 눈빛이 순간 슬픈 빛을 띤다.

"근데……."

"응?"

"나 아이…… 가질 수 있겠지? 우리 아이는 건강하겠지? 나 사고로 그런 거니까……."

"……."

"바보 같은 거 아는데…… 그냥……."

"단아야, 오빠 봐."

단아가 진서에게 시선을 맞추자 단아의 얼굴을 두 손으로 감싼 진서가 입술에 가볍게 입 맞춘다.

그러더니 씩 장난꾸러기처럼 웃는 진서.

"오빠는 걱정 하나도 안 해. 믿으니까. 우리 사랑을. 언제가 됐든 꼭 건강하고 예쁜 아기 주실 거야. 난 우리 여보 닮은 딸이면 좋겠어. 단아 너 닮은 아이가 아빠~ 하고 부르면 나 진짜 감동해서 울지도 몰라. 잉잉……."

"푸훗."

"어? 다시 웃는다. 그것 봐~ 웃으니까 예쁘잖아. 슬퍼하지 마. 꼭 단아 네가 원하는 대로 다 잘될 거니까. 오빠가 그렇게 해줄 거야. 오빠 믿지?"

"응, 믿어. 진서 오빠."

"아자! 아자!"

"푸핫. 뭐야 그게. 이상해."

진서가 주먹을 불끈 쥐며 장난스레 말하자 걱정스럽던 단아의 마음은 어느새 편안함으로 바뀌고 저절로 웃음이 난다.

"음……. 나 자신한테 힘내자! 뭐 그런 뜻? 우리 여보는 이제 좀 편안해졌어?"

"응. 오빠 덕분에. 항상 고마워."

"별말씀을. 매일매일 웃게 해줄게."

"그럼 그 전에 우리 영화부터 보자. 시작했다."

"그럴까 그럼? 자, 전용 베개."

진서가 자신의 어깨에 단아를 기대게 하고서 팝콘을 가져와 단아 앞에 들고 있어준다.

"나 이 영화 되게 보고 싶었던 건데 못 봤었어. 병원에 있느라."

"그랬구나. 오빠도 이 영화 안 봤으니까 재밌게 보자."

"응. 근데 점심을 잘 먹어서 그런지 보다가 잘 것 같아."

"졸리면 자도 돼. 오빠가 다 보고 얘기해줄게. 아님 나중에 다시 봐도 되고. 걱정 말고 편하게 봐."

"응."

그렇게 두 사람은 서로에게 기대 서서히 영화에 빠져들었다.

약 두 시간 후.

"단아야, 영화 끝났는데 재밌게 봤어?"

"……."

영화가 끝이 나고 엔딩 크레디트가 올라가자 진서가 단아를 힐 끗 바라보니 고른 숨을 쉬며 잠들어 있다.

"삼십 분쯤 전부터 졸리다고 눈 비비더니 결국엔 잠이 이겼나 보네."

곤히 잠든 단아를 살짝 받쳐 안아 보조석에 눕혀준 진서는 등받이를 살짝 내려준다.

한참 단아를 바라보며 행복한 미소를 짓던 진서는 불현듯 단아의 손에 시선을 주며 중얼거린다.

"……서프라이즈 해줄까? 후훗."

그러더니 슈트 재킷 안쪽에서 작은 상자 하나를 꺼내 열더니 단아의 왼손을 살짝 가져와 약지 손가락에 무언가를 끼워준다.

"다행히 잘 맞네. 크지 않을까 걱정했는데. 일어나서 기뻐해주면 좋겠다."

무사히 제 주인을 찾은 물건을 보며 흐뭇한 미소를 띤 진서는 손을 다시 편하게 해준 뒤 단아에게 안전벨트를 해주고 나서야 자신도 안전벨트를 하며 차를 천천히 움직여 자동차극장을 빠져나간다.

"……으음……"

시간이 얼마나 흘렀을까. 단아가 움찔거리더니 잠에서 깨어난다.

"오빠…… 영화 끝났어?"

"잘 잤어? 응. 영화 끝났지. 끝나고도 한 시간이 넘었네."

"……한 시간이나 더?"

단아가 깜짝 놀라며 의자를 바로 해 상체를 일으키자 창밖으로 보이는 건 이미 해가 지기 시작했는지 어스름해진 바깥 풍경들.

"응. 너무 곤히 자길래 피곤했나 보다 싶어서 그냥 뒀어."

"깨우지……. 오빠 혼자 운전하는데."

"괜찮아. 너무 예쁘게 그대로 자서 그 모습 한 번씩 보면서 운전하니까 좋았어. 근데 영화 뒷부분 조금 못 봐서 어떡해? 결말 얘기해줄까?"

"아니. 나중에 뒷부분만 다시 볼래."

"그래, 그럼."

진서가 편안히 웃으며 대답하자 단아는 조심스레 물어온다.

"근데…… 나, 자면서 침 흘리거나 잠꼬대 안 했어……? 또 그 꿈…… 꿨다거나."

"전혀. 너무 예쁘게 자더라니까?"

단아가 의심의 눈초리로 바라보자 피식 웃은 진서가 다시 대답한다.

"진짜야. 아무리 내가 정단아 바보라도 그런 건 솔직하게 대답한다."

"알았어……."

"그럼 이제 어떡할까? 피곤하면 병원으로 바로 갈까? 아니면 이른 저녁 먹고 들어갈까?"

"팝콘이랑 점심 먹은 게 아직……. 오빠 배고파?"

"아니. 나도 아직은."

"그럼 저녁은 병원 들어가서 먹어도 되니까 우리 어디 공원 같은 데라도 들렀다가 가자. 바람 쐬고 싶어."

"그래, 그러자. 내비게이션에 근처 공원 찾아볼게."

"응."

곧바로 내비게이션을 검색하던 진서는 기지개를 켜는 단아의 손을 힐끗 바라보다 단아와 시선이 부딪힌다.

"응? 왜? 근처에 공원이 안 나와?"

"어? 아니……. 나왔어. 가자."

단아의 물음에 서둘러 내비게이션 검색을 마친 진서는 속으로 한숨을 내쉬며 천천히 차를 몰았다.

"우와, 선선해서 너무 좋다. 사람들도 산책 나왔나 봐."

"그렇네. 좋다."

약 십여 분을 더 달려 병원 근처에 있는 공원을 찾은 두 사람.

바람이 기분 좋아 환하게 웃는 단아와는 달리 아까부터 계속 휠체어를 밀면서도 시선은 단아의 왼손에 가 있는 진서는 대답만 할 뿐이다.

"오빠, 저기 벤치에 가자. 오빠도 좀 쉬어야지."

"응. 그러자."

혹시 추울까 코트를 다시 어깨에 단단히 걸쳐준 후 천천히 벤치로 다가가 세우고 단아 옆 벤치에 앉은 진서는 한숨과 같은 말을 내뱉는다.

"프러포즈 실패인가……."

"응? 무슨 소리야?"

"내가 답답해서 안 되겠다."

그 말과 함께 단아의 앞으로 걸어간 진서는 한쪽 무릎을 굽혀 앉고는 단아의 왼손을 온전히 덮듯이 붙잡는다.

"오빠……?"

갑작스런 진서의 행동에 어리둥절한 단아가 바라보자 단아의 왼손을 꼭 그러쥐었던 진서는 천천히 아래로 마주 잡으며 단아에게 내보인다.

그제야 자신의 네 번째 손가락에 끼워진 반지를 발견한 단아는 눈이 커다래진다.

"……이게…… 언제?"

"단아 너 잠들었을 때. 깨서 발견하면 멋지게 프러포즈해야지 했는데."

"아…… 잠결이라 몰랐었어……. 내릴 때도 온 신경이 오빠한테 가 있어서……. 미안해……."

"이럴 줄 알았으면 빨리 알아채게 보석을 좀 더 큰 걸로 할 걸 그랬나. 어제 나름 고민해서 고른 건데. 너무 과한 건 부담스럽다고 할 테니까."

장난스럽게 얘기하며 진서가 먼저 편하게 풀어주자 단아도 설핏 웃고는 대답한다.

"응. 이것도 충분히 예뻐. 어제 손잡고 한참 있더니 사이즈 때문이었구나. 그런데 오빠 내 손가락 사이즈 알잖아?"

"응. 근데 혹시나 싶어 잡아봤더니 역시나 전보다 살이 빠졌는지 손가락 호수가 준 것 같더라. 실은 프러포즈하려고 미국에서부터 반지 준비했었거든. 근데 뺑 차였지. 내가 잡아보니까 그 반지 둘레보다 단아 네 손가락이 가늘기에 어제 다시 맞췄지. 지금 그 반지 둘레가 더 작은 거라더라고."

"아……."

"그리고 그때 그 반지는 버리고 싶었는데 차마 못 버리겠더라. 그래서 지금은 본가 내 방 서랍 안에 있어. 나중에 줄게. 그것도 주인 찾아줘야지."

"……고맙고 너무 미안해……."

"미안해하지 마. 이렇게 내 옆에 있잖아. 그거면 오빠는 다 괜찮아."

"……정말 너무 예쁘다……. 고마워. 평생 간직할게."

"아직 프러포즈 다 안 끝났는데."

"응? 하지만 우리 이미 부부인데……. 결혼식도 안 하기로 했고……."

단아가 왼손을 멀뚱히 바라보고 있자 옅게 웃은 진서가 말을 잇는다.

"그래도 할 거야, 프러포즈. 거창하게 뭘 준비한 건 아니지만 그래도 진심을 담아서. 단아 너한테 소중한 평생의 추억이 될 테니까."

"……."

진서의 진심 어린 말과 눈빛에 이미 눈가가 촉촉해진 단아.

정말이지…… 어떻게 매번 이렇게까지 감동을 주는 걸까……. 이 남자는…….

그런 단아에게 진서는 왼손을 가만가만 쓰다듬으며 따스한 목소리로 평생 단 한 번뿐일 맹세의 약속을 한다.

"단아야."

"……응."

"오빠가 평생 우리 단아만을 사랑할게. 울리지 않겠다는 약속은 못 해. 왜냐면 기쁠 때도 눈물이 나니까. 대신 훨씬 많이 웃게 해주고 오빠 때문에 마음 아플 일은 없게 할게. 약속해."

"응……."

"평생을 다 걸어서 사랑하고 지켜줄게. 약속해."

"……응……."

진서의 말이 이어질수록 단아의 목소리가 젖어들어 겨우겨우 대답만을 해준다.

뭔가 더 대답을 해주고 싶은데……. 이미 볼을 타고 흘러내리기 시작한 눈물 때문에 시야가 뿌예서…… 울어버릴 것 같아 잇새를 앙 물고 있느라…… 해줄 수가 없었다.

그런 단아를 울리기로 작정한 듯한 진서.

"뭔가 더 특별하게 해주고 싶었는데……. 오빠가 이런 거에 서툴러서 미안해……. 대신 나중에 나이 들어서 우리 단아 예쁜 할머니 되면 그때 다시 청혼할게. 지금까지 나 같은 부족한 남자와 평생을 사랑해줘서 고맙다고. 다음 생이 있다면 그때도 나와 사랑해달라고. 그때도 받아줄 거지?"

"……흐흑……."

끄덕끄덕.

오른손으로 흐르는 눈물을 닦아내며 고개를 세차게 끄덕이는 단아.

"그럼 단아야, 그러려면 오빠랑 결혼해야 하는데."

끄덕끄덕.

"오빠랑 매일매일 같이 밥 먹고 같이 잠들었다가 아침도 맞이하고."

끄덕끄덕.

"매일매일 사랑하고 웃고 행복하고."

끄덕끄덕.

"정단아라는 한 사람으로, 한진서의 여자로. 오빠한테 와주세요."

"……흐윽…… 당연…… 하지……!"

눈물샘이 고장이라도 났는지 닦아도, 닦아도 흘러내리자 단아는 그냥 두 팔 가득 진서를 끌어안고 펑펑 울어버린다.

"예쁘게 화장한 거 다 망가지겠다. 울지 마. 응? 나중에 귀여운 판다곰 되어 있는 거 아니야?"

진서가 단아의 등을 토닥이며 장난스레 달래보는데 우느라 훌쩍이면서 들려온 단아의 한마디에 진서는 큰 소리로 웃을 수밖에 없었다.

너무 귀엽고 사랑스러워서.

"이거…… 훌쩍…… 워터프루프라, 절대…… 훌쩍…… 판다곰 안 되는데……."

10. 그날의 진실

그날 저녁 성북동 구 회장네 집.

구 회장이 현관문을 열고 들어오자 지숙과 일하는 아주머니가 함께 맞이한다.

"왔어요?"

"오셨어요? 회장님."

"미현이는?"

"당신이 찾는 딸은 저기, 소파에 널브러져서 다 죽어가네요."

"뭐……? 왜?"

"나도 몰라요. 어제 신나서 나갔다가 밤에 들어와선 방에 계속 틀어박혀 있더니 조금 전에 내려와서는 계속 저 상태예요."

구 회장이 슈트 재킷을 벗어 지숙에게 건네고 넥타이를 느슨하게 풀며 지숙이 고갯짓을 한 방향으로 걸어가 보니 소파에 엎드려 누운 채 훌쩍이고 있는 미현이 눈에 들어온다.

"우리 공주 왜 그래? 응?"

"……."

구 회장이 피곤한 두 눈을 지그시 누르곤 옆 소파에 앉아 미현에게 말을 건네보지만 묵묵부답.

"미현아."

"……짜증 나."

"응?"

"짜증 난다고!"

벌떡이며 몸을 일으킨 미현은 눈물범벅인 얼굴을 쓱쓱 신경질적으로 닦아내더니 구 회장에게 투정을 부린다.

"진서 오빠…… 여자 있었어, 아빠……! 헤어졌다고 들었었는데 그새 다른 여자를 만났었는지 곧 혼인신고 한대……! 나 어떡해?"

"후……. 이러는 게 또 진서 때문이었어? 그러게 아빠가 다른 놈으로 짝지어준다니까. 그만하고 올라가. 진서가 결혼할 여자 다른 여자가 아니라 헤어졌었다던 그 여자니까 미현이 너도 그만 포기하고. 혼인신고까지 한다는데 그럼 끝난 거다."

미현의 눈물이 진서 때문임을 안 구 회장이 깊은 한숨과 함께 말을 하고는 소파에서 일어나 안방으로 들어가려 하자 미현이 큰소리로 붙잡는다.

"그게 무슨 말이야 아빠? 그럼 전에 만났었다던 여자가 SH그룹의 딸이었단 말이야? 정단아라는 여자냐고!"

"미현이 네가 그걸……. 그걸 어떻게 안 거야? 응?"

미현의 말에 우뚝 멈춰 선 구 회장이 붉은 실핏줄이 선 눈을 번뜩이며 미현을 다그치듯 큰소리를 내자 처음 보는 아빠의 모습에 순간 움찔한 미현은 한풀 꺾이며 울먹이는 목소리로 대답한다.

"어제…… 진서 오빠 보러 JS그룹 갔다가…… 진서 오빠한테……. 오빠가 곧 혼인신고 한다면서…… 얘기해줬어…….”

순간 눈앞이 아찔해지는 느낌이 든 구 회장이 두 눈을 질끈 감았다 뜨며 화를 삭이고서 말을 잇는다.

“……다시는…… 다시는 진서든 JS그룹이든 근처에도 가지 마. 금방 다른 남자 붙여줄 테니까. 아니면 다시 호주로 나가있든지. 호주가 싫으면 다른 나라로 여행 삼아 가 있을래? 이 아빠가 다 널 위해서…….”

“싫어! SH그룹 정도까지는 아니더라도 우리도 충분히 진서 오빠네랑 사돈 맺을 정도는 되잖아! 그리고 들어보니 그 여자 어딘가 정상은 아닌 것 같던데 그럼 내가 훨씬 더 오빠랑 어울리는 여자가 될 수도 있고. 혼인신고는 요즘 이혼이 흉도 아닌…….”

“……일 년 전! 그 교통사고!”

미현의 계속되는 고집에 지끈거리는 두통이 점점 더해지자 결국 인내심이 한계에 다다른 구 회장이 끝내 절대 금기시되던 ‘그 일’을 입 밖으로 꺼냈다. 곁에 있던 지숙은 눈치껏 일하는 아주머니를 서둘러 내보냈다.

띠익, 철커덕.

현관문이 열리고 닫히기를 한 번. 갑작스런 구 회장의 말에 멍해졌던 미현이 손을 꽉 움켜쥐며 말을 꺼낸다.

왠지 모를 불안함과 함께.

“……그게 무슨……. 갑자기 그 얘기가 여기서 왜 나와……?”

“그때 미현이 네 차에 사고를 당했었던 피해자가 바로…… 그 여자애니까. 진서랑 결혼한다는 SH그룹의 외동딸.”

“……뭐?”

불안했던 느낌의 실체를 마주한 미현의 눈동자가 빠르게 흔들리고 애써 부정하며 부러 가볍게 넘기려 한다.

"하하하……. 우리 아빠 내가 진서 오빠 포기하게 만들려고 그러는구나? 무슨 말도 안 되는……. 아빠 기억 안 나? 그날 사고 이후에 내가 아빠한테 바로 얘기해서 아빠가 사고 처리 잘했다고 했잖아……. 걱정 말라고……. 다행히 사고 피해자가 크게 안 다쳐서, 마침 돈이 궁하던 사람이라 사례 충분하게 해주고 병원비도 다 대주고 나서 그 대신 사고에 대해선 입 다물기로 합의 봤다고……. 그날 내가 몰았던 차량 증거들 나올 만한 건 없었으니까 걱정 말고 잠깐만 다시 나가 있으라고…… 아빠가 그랬잖아!"

"……내 딸을 지켜야 했으니까. 그날 다행히 늦은 밤이었고 사고 이후라 정신이 없어서 너와 그 여자애 둘 다 서로를 잘 못 본 듯했고 미현이 네 말 듣고 곧바로 사고현장에 갔을 땐 이미 그 여자는 피를 많이 흘려 의식이 없었다. 그래서 급하게 주변 목격자나 CCTV부터 확인하고 병원에 연락해 옮겼지."

"……."

"그 후엔 곧바로 사고현장을 수습하고 경찰 쪽에 입막음하고……. 몇 날 며칠을 SH그룹이 움직이기 전에 사고 수습하느라 정신없이 바빴다. 그러고 나서 어느 정도 마무리가 된 후에 너한테는 그렇게 얘기해주고 나가 있으라 한 거고. 잠잠해질 때까지. 내 딸을 뺑소니범으로 만들 수는 없었어. 그 사고로 자기 딸이 하반신 마비 판정까지 받았는데 SH그룹에서 알았다간 가만히 있을 리도 없으니까."

"……하반신…… 마비……?"

"그래. 알아보니 불완전 마비로 다시 판정을 받아서 지금은 HB대학병원에서 재활치료 중이라더라. 온전하게 걸을지는 미지수지만."

"……."

믿을 수 없는 사실에 입술이 바들바들 떠는 미현과 그런 자신의 딸이 안쓰러운 구 회장은 더 이상의 설명은 필요 없겠지 싶어 한 번 더 단속한다.

"그러니까 진서한테 품은 마음이 뭐든 그만 접어. 다행히 증거들은 나오지 않겠지만 요즘 다시 SH그룹과 JS그룹까지 나서서 그때의 사고를 알아보는 모양이라 자칫해서 뭔가 꼬리라도 잡히면 안 되니까. 특히 진서 녀석이 알았다가는 그냥 처벌 정도로는 안 넘어갈 거다. 듣자 하니 그 여자애를 아주 끔찍하게도 아낀다던데."

"……."

"아빠가 다 알아서 틈틈이 주시하고 있으니까 걱정 말고."

"……."

"아빠는 우리 딸한테 해로운 녀석은 절대 허락 못 해. 이쯤하면 우리 딸도 알아들었을 거라 믿는다. 미현이 너, 설마 널 봐주지도 않는 놈 때문에 네 인생을 망치고 싶지는 않겠지?"

"……말도…… 안 돼……. 다 거짓말이라고……!"

구 회장의 말을 온몸을 벌벌 떨면서 듣고만 있던 미현은 울음이 섞인 채 악을 쓰더니 그대로 밖으로 뛰쳐나가버린다.

"미현아! 얘……!"

"후우……."

"어떡해요…… 여보……."

"그냥 내버려둬."

"그래도……."

"금방 돌아올 테니까 걱정 말고 방으로 두통약이랑 물이나 한잔 가져다주지. 요새 회사 때문에 신경을 좀 썼더니 두통이 계속 가시질 않네."

"알았어요……."

지숙이 서둘러 주방으로 들어가고 여전히 지끈거리는 머리를 움켜쥔 구 회장은 미현이 나간 현관문을 한번 바라보고는 뒤돌아 안방으로 들어간다.

HB대학병원 본관 로비.

단아와 진서가 행복한 미소를 띤 채 병원 안으로 함께 들어선다.

"그렇게 예뻐? 오빠 볼 때보다 반지를 더 사랑스럽게 보는데?"

"당연히 예쁘지. 멋진 프러포즈랑 같이 받은 반지인데. 근데 이젠 반지에도 질투를 하시나요? 못 말려."

왼손을 만지작거리며 반지를 바라보다 진서에게로 고개를 들어 올린 단아가 '으이그.' 하며 피식 웃자 휠체어를 밀던 진서가 고개를 마주 내리고 미소를 짓는다.

"몰랐어? 오빠는 오빠 외에 그게 뭐든 단아 네가 좋아하는 건 전부 다 질투 나. 정단아는……."

"오빠 거겠지. 오빠는 내 거고."

"정답. 그럼 참 잘했어요. 상 줘야지."

쪽. 휠체어를 세우고 단아의 입술 위로 살포시 입술을 내린 진서가 입을 맞추고 그 후에도 몇 번을 더 자잘하게 입 맞추고 나서야 떨어진다.

"나 아직 양치질 못 했는데……."

"후훗. 그건 오빠도 마찬가지네요~ 이제 들어오는 길인데. 걱정 마. 우리 여보야는 항상 향기로우니까."

"그거야 오빠한테만 그렇겠지."

"그것도 정답. 어떻게, 상 또 줄까?"

"아니. 그만 됐어. 우리 이러다 병실에 못 가겠다. 뽀뽀하느라 휠체어 자꾸 세워서."

"하하. 그건 또 그렇네."

"아니다. 휠체어 세운 김에 오빠 손 좀 줘봐. 왼손. 한 번 더 볼래."

단아가 불현듯 든 생각에 진서에게 왼손을 보여달라 말하고 그게 무얼 뜻하는지 아는 진서가 곧바로 손을 내밀어준다.

"자. 여기 있어요, 여보."

내밀어진 진서의 왼손 약지에는 단아의 반지와 같은 디자인에 보석 대신 깔끔하게 띠를 두르고 은은한 펄감만 들어간 반지가 자리하고 있다.

"오빠 거도 다시 봐도 예쁘네."

"단아 네가 좋아해줘서 난 그게 더 좋다."

"내가 아까 차에서 결혼반지인데 오빠 거는 없냐고 안 물었으면 오빠 반지는 그냥 잊을 뻔했지?"

"에이, 그건 아니야~ 기억하고 있었어. 단아 너한테 프러포즈하느라 정신이 없었긴 했지만 그래도 우리 결혼반지인데. 끼워달라고 하려고 했었어."

"피이, 내가 안 끼워줬으면 분명 까먹었을 거야."

단아가 손을 놔주며 불퉁해지자 설핏 웃어버린 진서는 단아의 얼굴을 감싸 위로 향하게 하더니 입술을 살짝 물어 빨아 당기듯 입 맞추곤 말을 잇는다.

"큰일 났네."

"……뭐가."

"벌써부터 이렇게 사랑스러우면 앞으로의 신혼생활이 심히 걱정돼서. 아침에 어머니한테 바로 2층 공사 시작하시라고 말씀드리긴 했는데…… 아무래도 빨리 끝내달라고 다시 전화드려야겠다. 아, 내 방 방음처리가 잘되어 있던가? 그것도 봐서 다시 하라고 해야겠네."

"……"

바…… 방음……? 응……. 그렇구나……. 방음을 해야 소리가 안 나가겠…… 으으…….

바쁘게 눈동자를 굴리며 얼굴이 붉어지는 단아의 모습에 속으로 웃음을 삼킨 진서는 모른 척 묻는다.

"어? 여보 얼굴 빨개졌다. 무슨 생각을 했기에 얼굴이 빨개졌어? 응?"

"……아…… 아니거든? 반지 얘기하다가 갑자기 다른 얘기로 튀니까……. 그…… 맞아. 당황한 거야."

단아가 진서에게서 벗어나 손부채질을 하자 그런 단아의 모습이 마냥 귀엽기만 한 진서.

"아~ 그렇구나. 반지는 진짜 기억하고 있었어. 오빠가 끼워달라고 말할 타이밍을 단아 네가 가져간 거지."

"아…… 알았어. 알았으니까 그만 올라가자. 여기 왠지 덥다."

"응. 근데 진짜 다른 생각 안 했어? 오빠는 했는데. 그래서 방음 걱정도 한 거고."

"몰라……. 절대 안 했어……."

다시 휠체어를 밀며 연신 손부채질을 하는 단아에게 짓궂게 장난을 거는 진서와 그런 진서에게 꿋꿋하게 안 했다고 말하는 단아.

"진짜? 이제 우리 혼인신고도 한 정식 부부인데? 그것도 신혼부부."

"그래도 절대 안 했어."

"정말?"

"정말."

"정말, 정말?"

"정말, 정말. 진짜."

그렇게 투덕투덕 사이좋게 장난을 하며 엘리베이터로 향하는 두 사람.

"……."

그런 두 사람의 뒤쪽으로 어느 정도 거리를 두고 서 있는 미현이 보인다.

조금 전, 그대로 집을 뛰쳐나와 택시를 잡아타고 무작정 HB대학병원으로 빨리 가달라며 달려온 미현이었지만 막상 어찌해야 할지 몰라 로비 앞에서 떨리는 몸을 끌어안고 멍하니 서 있던 그때 행복한 모습으로 로비 안으로 들어가는 두 사람을 발견하고 느릿한 발걸음으로 몰래 뒤따라온 것이다.

서로를 사랑스러운 듯 바라보며 대화를 하는 두 사람을.

자신에게는 단 한 번도 보여준 적 없는 따스한 눈빛과 미소를 짓고 있는 진서를.

혼인신고…… 했구나…….

오빠는…… 정말 저 여자를…… 사랑하는구나…….

두 사람의 모습이 안 보일 때까지 떨어져서 지켜보고 서 있던 미현은 직접 보고 나서야 인정할 수밖에 없었다.

저 남자는 내 것이 될 수 없는 남자라고.

그 순간, 미현의 머릿속에 불현듯 떠오르는 아빠 구 회장이 했던 한마디.

'특히 진서 녀석이 알았다가는 그냥 처벌 정도로는 안 넘어갈 거다. 듣자 하니 그 여자애를 아주 끔찍하게도 아낀다던데.'

구 회장의 목소리가 머릿속을 가득 채우고 미현은 뒤돌아 가려다 물밀려 오듯 덮쳐오는 두려움에 그대로 풀썩 주저앉아버린다.

진서의 검게 가라앉은 그때의 그 눈동자를 아직도 기억하는 미현이었기에.

"……나…… 이제 어떡해, 아빠…….."

늦은 밤.

터덜터덜 느릿한 발걸음으로 미현이 거실로 들어서자 걱정스레 서성이고 있던 지숙이 빠르게 곁으로 다가온다.

"미현아! 괜찮아? 응?"

"괜찮아. 아빠는…… 자?"

미현이 쓰게 웃으며 묻자 머리를 쓰다듬던 지숙이 고개를 젓는다.

"아니. 계속 두통이 있으시다면서 못 주무셔. 왜? 아빠한테 할 말 있어?"

지숙이 걱정스레 되묻지만 미현은 아무런 대답 없이 안방으로 향하고 지숙이 뒤따른다.

"……아빠."

침대 위에 앉아 머리를 꾹꾹 누르고 있던 구 회장은 방문이 열리는 소리와 함께 딸의 목소리가 들려오자 고개를 든다.

"그래. 생각은 다 했어? 진서는 포기하는 거지?"

"응……. 포기할래……. 아빠도 알잖아. 나 겁 많은 거. 날 봐주지도 않던 남자라 그냥 가지고 싶었을 뿐이야. 아빠 말처럼 나 아직 어린데 내 인생 망칠 순 없잖아."

"역시 내 딸이다."

"그 대신 나 한 달 정도만 더 있다가 다시 호주 들어갈래. 엄마 생일도 얼마 안 남았고……. 이번에 들어가면 언제 다시 한국 들어 올지 모르니까. 금방 들어올 생각도 없고. 그래도 되지?"

"그래. 우리 공주가 원하는 건데 그러자. 엄마랑 쇼핑도 하고 편히 쉬다가 호주 들어가. 응? 아빠도 자주 우리 딸 보러 시간 내서 갈게."

"응……. 그럼 잘 자, 아빠. 엄마도."

"그래, 우리 딸."

"올라가, 우리 공주."

"응……."

말을 마친 미현이 뒤돌아 안방을 나가 2층으로 올라가고 지숙 은 왠지 평소와 다른 딸의 모습이 걱정스럽다.

"여보…… 미현이 괜찮겠죠? 상태가 좀……."

"괜찮아. 누구 딸인데. 그냥 잠깐 힘들어하는 것뿐이야."

"그렇겠죠?"

"그렇대도. 호주 들어가기 전까지 잘 챙겨줘."

"네. 그럴게요."

한편 2층 자신의 방으로 들어온 미현은 스르르 무너져 내리듯 주저앉는다. 휠체어에 앉아 맑게 웃던 단아의 얼굴이 머릿속에서 떠나질 않던 미현은 일 년 전 그날의 기억을 떠올린다.

일 년 전. 유난히도 무덥던 여름밤의 어느 날.

붉은색 스포츠카 한 대가 큰 음악소리와 함께 길을 달리고 있다.

"하여튼~ 우리 아빠도 유난이셔. 그나저나 왜 이리 더워? 파리는 지금 날씨 딱 좋은데. 이래서 내가 오기 싫다니까."

한곳에 오래 머물러 있지를 못하는 성미였던 미현은 몇 달에 한 번씩 여기저기 해외로 돌았고 생일파티 겸 오랜만에 딸 얼굴 좀 보여달라는 구 회장의 성화에 못 이겨 열 시간이 넘는 시간을 들여 한국에 돌아오던 길이었다.

"오래 안 끌어서 똥차 됐을 줄 알았더니 뭐, 이 정도면 괜찮네. 아빠한테 미리 차 가져다 달라고 말하길 잘했지. 해도 다 져서 어두운데 언제 김 비서 오길 기다리라고. 아빠 일도 늦게 끝난다면서. 으~"

미현이 살짝 몸서리를 치고는 흘러나오는 팝송을 흥얼이며 골목이 있는 곳을 지나쳐 가려던 그때 조수석에 던져두었던 핸드백 안에서 휴대폰 벨소리가 들려왔다.

늦은 시간이었기에 그냥 받지 말까 했지만 끊임없이 울려대는 벨소리.

"누구야 이 시간에!"

결국 짜증이 난 미현은 확인만 하자 싶어 한 손을 뻗어 핸드백 안에 든 휴대폰을 꺼내기 위해 더듬더듬 손을 휘저었다.

하지만 쉽사리 휴대폰은 나오질 않고 그러다 핸드백을 조수석 아래로 떨어트리고 만다.

"아아, 진짜!"

그런 상황에 짜증이 극에 달한 미현이 머리를 헝클이며 휴대폰이라도 줍기 위해 잠깐 상체를 온전히 아래로 숙여 휴대폰을 집어 들던 그때. 순간적으로 사람의 형체 하나가 나타나 미현의 차 앞으로 모습을 드러냈다.

"저…… 저게 뭐야? 으아앗!"

끼이익! 쿠웅-! 툭!

미현이 뒤늦게 브레이크를 밟아 차를 세우지만 이미 부딪히는 둔탁한 소리가 난 뒤였다. 어느덧 휴대폰 벨소리도 멈춰버리고 고요함만이 찾아들었다.

"……뭐…… 뭐지……? 설마…… 사람은 아니겠지……?"

불안함에 차에서 내리길 망설이던 미현은 느릿하게 안전벨트를 풀며 차에서 내려 앞으로 걸어갔다. 확인은 해야 했기에.

미현이 최대한 느리게 힐을 질질 끌며 보닛 앞으로 걸어가는데 자그마한 여자의 목소리가 어둠 속에서 들려왔다.

"……도와…… 줘요……."

흠칫!

갑자기 들린 여자 목소리에 앞으로 걸어가던 미현이 놀라 눈을 크게 떠 보지만 긴 머리카락에 피가 엉겨 붙어 잘 보이질 않는다.

"헉, 설마…… 나 지금 이 여자 친 건가?"

"제발…… 누가 좀…… 도와주세…… 요……."

"미친! 왜 이 밤에 갑자기 튀어나오고 난리야! 재수 없게!"

"제…… 발요……."

"흐익! 소름 돋게 어딜 잡는 거야?"

미현의 다리를 힘겹게 잡아오는 여자의 손은 이미 차디찼고, 순간 소름이 쫙 돋은 미현이 힘을 줘 차낸다.

"……."

"어쩌지? 카메라나 본 사람 없겠지?"

또각또각.

여자의 손을 쳐낸 미현이 불안하게 주변을 살피며 빠르게 다시 차에 올라 살짝 후진을 한 후 여자를 지나쳐 가버린다.

"……도와…… 주세…… 요……."

흐릿해져가는 의식 속에서 힘겹게 멀어져가는 차를 향해 손을 뻗어오던 여자, 단아를 그대로 방치해둔 채로.

……그랬었는데…… 그때 그 여자가…… 진서 오빠의 와이프였다니…….

잊고 살았던 그날의 기억이 다시 떠오르자 미현은 머리를 두 손으로 감싸 쥐고 벌벌 떤다. 단아의 차디차던 손의 촉감이 되살아나는 듯해서.

나…… 나는…… 그땐 그냥 너무 놀라서…… 빨리 아빠한테 와서 얘기해야겠다는 생각밖에는……. 나쁜 마음은 없었어……. 그냥…….

'도와…… 줘요…….'

"저리 가! 으아악!"

미현은 단아가 옆에 있는 듯한 느낌에 발을 세차게 구르며 눈물만 흘리며 밤새도록 몇 번이나 떠오르는 기억에 시달려야 했다.

약 2주 후.

HB대학병원 본관 로비 앞에는 별하와 하진을 마주 보고 선 단아와 진서, 그 옆으로 현민과 호연이 쭉 서 있다.

"그렇게 좋냐? 아주 입이 찢어진다."

"내가 그랬나?"

"어머. 진서 씨 몰랐어요? 아까부터 퇴원한다고 입이 귀에 걸리겠던데."

"그러니까요. 얼마 전 주말에도 저 월요일에 오라고 전화 주시더니 혼인신고까지 하시고. 도련님, 지금 너무 좋아 보여요."

"그러게. 축하해, 형. 오늘부터 진짜 신혼생활 시작이네. 본가 공사도 얼추 끝났다며."

"하하하. 좋은 걸 못 숨기겠네요. 응. 고맙다. 별하 형수님도 유하 낳은 거 정말 축하드려요."

"네, 언니. 너무 축하해요."

"고마워요. 고마워~ 그리고 단아는 말 편하게 놓으래도 자꾸 그런다. 우리 남편이랑 형부, 처제 하기로 했다면서. 응?"

"아…… 그래야 하는데 자꾸 습관이 돼서. 알았어, 언니. 몸조리 잘하고. 나중에 연락해."

"그래, 그럴게. 내 친정 쪽이랑 가까우니까 자주 보러 가도 되지?"

"정말? 그럼 난 너무 좋지~ 오빠, 그래도 되지?"

"당연히 괜찮지. 별하 형수님, 산후조리까지 마치고 나면 제 아내랑 자주 시간 보내주세요."

"네. 그럴게요."

별하가 웃으며 대답하자 하진이 바로 반박한다.

"자주는 안 돼. 몸도 완전히 회복하려면 몇 달 더 걸리고 유하랑 나도 우리 별하가 필요하고 보고 싶다고."

"응? 나는 괜찮은데……. 그리고 유하는 몰라도 여보가 왜……."

"안 돼."

"아…… 그렇겠다. 죄송해요, 형부."

"처제가 미안할 건 아니야."

단아가 눈치껏 대답하자 하진이 표정을 풀며 대답하고 이어서 진서까지 동조하더니 하진에게 말한다.

"그래. 우리 여보가 미안할 건 아니지. 형, 좀 적당히 하자. 우리 단아 놀라잖아."

"처제한테 그런 게 아니라 너. 한진서 너한테 그런 거거든. 우리 별하 당분간은 무조건 안정해야 한다고."

"형한테 별하 형수님이 소중하듯 난 우리 단아가 최우선이라."

"아니…… 진서 오빠…… 왜 그래……."

"그래. 당신 왜 그래…… 응?"

진서와 하진이 서로 아내를 챙기느라 날을 세우는 듯하자 정작 그들의 아내인 단아와 별하는 슬쩍 두 사람을 말린다.

그때 그런 두 사람 사이에 현민이 서더니 순식간에 정리해버린다.

"자자, 중증 아내 바보인 두 분, 지금 솔로 앞에서 누가 더 사랑하나 시합해? 두 사람 다 진짜 그만하지 좀? 배 아프니까!"

"……."

"……."

"풋."

"푸훗."

현민의 한마디에 할 말이 없어진 두 사람은 조용해지고 그런 둘의 모습이 웃긴 단아와 별하가 손으로 입을 막고 살짝 웃는다.

"흠! 그…… 처제가 열심히 노력한 덕에 많이 좋아져서 이젠 워커로 서 있을 순 있지만 아직 걷는 건 많이 힘드니까 진서 네가 일상생활 할 때 많이 도와줘. 집에서도 조금씩 운동해주고. 또 내가 알려준 마사지 있지? 자주 해주고."

"응. 알아. 설명 다 해줬잖아. 흠흠!"

하진이 먼저 머쓱한 듯 헛기침을 하며 말을 건네자 진서 역시 마찬가지다.

"그래. 그럼 우선은 2주에 한 번씩 나한테 외래진료 받고 통원치료로 해보자. 그렇게 차차 한 달에 한 번, 두 달에 한 번 오는 횟수를 줄여가다가 안 와도 될 때까지. 처제도 알았지?"

"네, 형부."

"알겠어, 형."

"그래. 그리고 두 사람, 부부 된 거 다시 한번 정말 축하하고."

"고마워요, 형부."

"고마워, 하진이 형."

그러고도 왠지 두 사람 사이에 어색한 기류가 흐르는 듯한 느낌에 그 중간에 서 있던 현민은 씩 웃더니 심판처럼 두 팔을 쭉 뻗어 장난을 친다.

"1 대 1! 무승부!"

다만 그 장난의 뒷감당이 문제지만.

어느새 다가온 진서가 현민의 목을 헤드록 하듯 걸고 하진은 어깨를 감싸 안더니 양쪽에서 씩 웃으며 말을 건넨다.

"무승부는 무슨."

"그러니까. 형들 놀리니까 좋냐?"

"하하……. 절대! 아니지. 그럼, 그럼!"

슬쩍 넘어가려는 현민을 그냥 봐줄 리 없는 두 사람.

"하진이 형, 아무래도 동생한테 격하게 사랑을 좀 보여줘야겠지?"

"그래야겠지? 형들 사랑이 고프다잖아."

"아니…… 나는 그…… 됐는데……. 부담스러워서."

"됐고. 우리 오랜만에 사랑의 대화 좀 진하게 나눠볼까?"

"응?"

진서와 하진이 팔에 힘을 꽉 주며 당기자 이대로는 안 되겠다 싶어진 현민은 고개를 빠르게 뒤로 돌렸다가 돌아오며 크게 소리친다. 최후의 수단으로.

"어? 단아 누나 넘어진다! 별하 형수님 아프신 것 같은데!"

"단아야!"

"별하야!"

역시나 그 말이 나옴과 동시에 망설임 없이 진서와 하진의 발이 빠르게 움직여지고 그 틈에 쏘옥 빠져나온 현민.

"나 안 넘어졌어, 오빠. 푸훗."

"나도 멀쩡해. 아무래도 두 남자가 현민 씨한테 당한 것 같은데? 저기."

깜짝 놀라 달려온 진서와 하진에게 상황 보고를 해주며 피식 웃는 단아와 별하.

"응?"

"그게 무슨……."

안심한 것도 잠시.

단아와 별하의 말에 두 남자가 고개를 옆으로 돌려 보니 어느새 일정 거리를 유지한 채 여유만만하게 웃고 있는 현민이 보이고 현민은 이어서 큰 소리로 말한다.

"맞다니까? 중증 아내 바보! 아니, 팔불출인가?"

"하여튼 저 자식 장난기는 어쩔 수가 없다."

"아무래도 그런 것 같다."

현민의 말에 이번엔 그저 피식 웃어버리는 진서와 하진이었다.

부정할 수 없는 사실이었으니까.

점심때가 지난 오후 평창동 진서의 본가로 향하는 길.

차 안에는 진서가 단아의 한 손을 깍지 손을 끼고서 운전하고 있다.

"근데 호연 아줌마랑 현민이는? 그러고 보니 같이 안 탔네."

단아가 진서의 손을 잡고 움켜쥐었다, 폈다 장난을 하다 문득 생각났다는 듯 묻자 미소를 띠고 단아와 눈을 맞춰오는 진서.

"빨리도 물으시네요~ 아까 현민이가 오늘은 차 가지고 왔다고 진작에 호연 아주머니 집에 모셔다 드리고 자기도 주말이니까 얼른 가서 쉰다고 했는데."

"아, 그랬나? 아까는 왠지 긴장을 하고 있어서 잘……."

"긴장을 왜 해? 집에 가는 건데. 다현 아줌마도 오늘은 결혼식 대신 가족끼리 하는 식사 자리라 건너와 주시기로 했고, 우혁 아저씨랑 아버지는 요즘 뭐가 바쁘신지 두 분이 자주 보시는 것 같던데? 오늘도 집에 가면 같이 계시는 거 아닌지 몰라."

하며 피식 웃는 진서를 따라 옅게 웃는 단아.

"그래도…… 뭐랄까. 이제는 편하게 아줌마, 아저씨를 보러 가는 게 아니라 시댁으로 간다 생각돼서…… 으아……. 다시 생각했더니 또 저절로 긴장이 되네, 후아."

"걱정하지 마. 내가 단언컨대 우리 집은 변함없거나 전보다 더 단아 널 반길 테니까. 서연이도 오늘은 있겠다고 했었고."

"그래 주실까? 내가 이래서……."

단아가 말끝을 흐리며 손으로 자신의 다리를 쓰다듬자 진서는 부러 엄한 표정을 하고서 말한다.

"우리 예쁜 여보 그런 소리 하면 남편한테 혼나요. 여보가 뭐 어때서. 너무 예뻐서 나날이 감탄만 하는데, 난."

"응. 미안해……."

진서의 말에도 웬일인지 표정이 굳어 풀어지질 않는 단아.

그런 단아의 기분을 모르지 않는 진서는 때마침 집 근처 앞 신호에서 빨간불이 걸리자 천천히 차를 세우고 상체를 옆으로 틀더니 단아를 부른다.

"단아야."

"응?"

단아가 고개를 옆으로 돌리는 순간 진서는 쪽, 입을 맞춘다.

"……운전 중이잖아."

"지금은 안 하고 있으니까."

눈을 동그랗게 뜨고 멍하던 단아가 뒤늦게 운전에 집중하라는 뜻으로 말하지만 진서는 가볍게 넘긴 후 다시 한번 더 입 맞춘다.

"있지, 단아야."

"응."

"그럴 일은 없겠지만 그래도 혹시 어머니 아버지가 힘들게 하면 오빠한테 바로 얘기해. 오빠는 무조건 단아 네 편이니까."

"그거 위험한 발언인데. 고부갈등의 원인이 될 수도 있다고. 혹시나 싶어서 말하는데 설령 그래도 어른들 앞에선 절대 내 편 들지 마. 그게 날 위해주는 거야. 알았지?"

"으음……. 싫어. 난 무조건 우리 여보 편 할 건데."

"아니, 뭘 또 그렇게까지 단호해?"

진서의 단호한 대답에 오히려 살짝 당황한 단아가 물으니 진서는 당연하다는 듯 대답한다.

"내가 단아 네 남편이니까. 너의 유일한 보호자고. 아무리 오랫동안 가까운 사이였어도 이제는 시댁이 된 곳에서 단아 네가 마냥 편하겠어? 지금만 해도 이러는데. 그러니까 난 무조건 우리 여보 편이야. 힘들고 울고 싶고 투정 부리고 싶을 때 마음껏 할 수 있는 품 하나 정도는 있어야지. 그러니까 힘들면 오빠한테 일러. 그럼 오빠가 대신 아버지 어머니랑 싸워줄게. 알지? 오빠한테 아무도 못 이겨."

장난스레 브이까지 해 보이며 자신만만한 진서의 모습에 긴장
감이 사르르 녹는 듯한 느낌이 드는 단아는 피식 웃는다.

역시 한진서라는 남자한텐 당해낼 수가 없다, 진짜.

"그러다 진짜 고부갈등 생긴다? 난 그러기 싫은데."

"응. 오빠도 모르지 않아."

"근데 내 편을 들면 어떡해?"

"으음……."

단아의 물음에 고민하는 듯 해 보이던 진서는 이내 초록불로 바
뀌는 신호에 몸을 바로 하고 차를 다시 출발시키며 별일 아니라는
듯이 해답을 내놓는다.

"그럼 그땐 진짜 우리 집으로 가지, 뭐. 원래는 그러려다 들어가
는 거잖아. 그러니까 도저히 아니다 싶을 땐 가자. 우리 두 사람의
스윗 홈으로."

그러고는 '어때? 듣고 나니까 든든하지? 오빠가 막 사랑스럽
지?' 하는 눈빛으로 칭찬을 바라는 듯 은근한 눈길로 바라본다.

그 기막힌 해답에 웃음이 나는 건 오로지 단아뿐이었지만.

"푸흐……. 그러네. 그 얘기 듣고 나니까 내가 시집 하나는 잘 갔
구나 싶어진다."

"그렇지? 그럼 상으로 뽀뽀해줘."

진서가 기다란 검지로 볼을 톡톡, 두드린다. 마치 잘했으니 상
달라는 아이처럼.

"참 잘했어요, 내 남편."

그 모습에 설핏 웃으며 단아가 볼에 입을 맞추려 상체를 앞으로
쭉 내밀던 그때, 진서의 얼굴이 휙 옆으로 돌더니 단아의 입술에

쪽 입 맞춘다.

"으앗, 뭐야……. 볼에 입 맞춰달라더니."

"근데 단아 네 입술이 확실히 더 달아서."

"……못 말려."

"응. 사랑해."

그러고는 씩 눈웃음을 지으며 웃어버리는 이 남자를 누가 싫어할 수 있을까.

단아는 순간 정말 이 남자와 함께라면 매일 행복할 것만 같은 느낌이 들어 그냥 마주 웃어버렸다.

평창동 진서의 본가.

"저희 왔습니다."

현관문이 열리고 곧이어 들린 진서의 목소리에 진작부터 맞이하러 서 있던 다영과 서연. 다현은 두 사람이 들어오는 모습에 할 말을 잃는다. 그도 그럴 게 진서가 단아를 공주님 안기로 안고 들어왔으니까.

"저기…… 안녕하셨어요? 엄마랑 서연이도 있네. 이건 그러니까 밖에 계단이 많다고 오빠가……. 하하……."

다행히 단아가 먼저 말을 건네며 분위기를 풀자 벙쪘던 세 사람은 누가 먼저랄 것 없이 대답한다.

"엄마는 조금 전에 아빠랑 넘어왔어. 아빠는 지금 서재에서 바깥사돈이랑 얘기 중이고."

"그래, 그래~ 무슨 할 말이 그리도 많은지 한참을 얘기하네. 그나저나 우리 며느리도 잘 지냈지? 얼굴이 훨씬 좋아 보여서 다행이다. 그리고 보니 밖에 계단 많은 걸 깜빡 잊었네. 당장 계단을 없애든 옆에 완만하게 다닐 수 있게 안전바랑 다시 설치해서 길을 내든 해야겠다."

"죄송하고 감사해요, 아줌마."

"죄송은~ 우리 며느리 위한 건데. 그리고 며느님, 이제 아줌마가 아니라 어머니라고 불러야지. 호호."

"그래. 그래야지, 단아야."

"아……. 습관이 돼버려서. 이제 고칠게요, 어머님."

"어머님이라……. 드디어 듣게 되네~ 기분 좋은데?"

"하하."

단아가 쑥스러운 듯 웃는데 말할 기회를 놓쳤던 서연이 그제야 반가운지 단아와 진서에게 말을 건넨다.

"잠깐, 잠깐! 나도 있어. 언니 잘 왔어~ 오빠도. 무지 반가워!"

"응, 우리 서연이. 언니도 무지 반가워. 이제 아가씨라고 불러야겠네."

"헤에. 그럼 나도 이제 새언니 생긴 거네? 좋다! 새언니~"

"네, 아가씨~"

단아와 서연이 서로 장난하듯 웃으며 주고받는 사이로 진서의 목소리가 들려온다.

"자, 다들 가족 상봉은 이쯤 해두시고 우선 단아 좀 방으로 데려가도 될까요? 쉬게 하고 싶어서."

그 목소리에 가장 빨리 반응을 한 건 다영이다.

"아아, 그렇겠구나. 2층, 아니지. 저기 2층 올라가던 길에 중문처럼 달린 문 보이지? 저 문으로 구분지어 놓은 거니까 그냥 열고 들어가면 돼. 방 위치는 똑같아. 서연이가 입구 쪽이고 너희가 안쪽. 알지?"

"예. 그리고 제가 당부드린 방음처리는요?"

진서의 태연한 물음에 단아는 또다시 얼굴이 뜨거워짐을 느끼고 어른들은 그저 웃을 뿐이다. 서연이는 '에이~' 하며 진서의 어깨를 툭툭 장난스레 건드릴 뿐이고.

"아주 제대로 해놨다. 방음처리."

그때 대답이 들려온 목소리의 주인은 다영이 아닌 재성.

"아버지?"

진서가 소리가 난 쪽으로 몸을 틀자 나란히 나오는 재성과 우혁이 보인다.

"장인어른 와 계셨어요?"

"그래. 바깥사돈하고 할 애기가 좀 있어서. 우리 딸, 좋아 보여서 다행이다."

"아…….. 응. 좋아, 아빠."

"그래. 그거면 됐다, 아빠는."

"며늘아가, 이 아버지도 있는데."

"하하. 네~ 아버님도 보고 싶었어요."

"아이구, 듣기 참 좋다. 우리 예쁜 며느리. 진서 녀석이 속 썩이면 이 아버지한테 언제든 이르거라. 실컷 두들겨 패주마."

"네~ 꼭 이를게요! 아버님."

"하하하! 그래, 그래."

재성의 농담을 기분 좋게 받아친 단아가 한결 마음이 편해져 웃는데 진서가 홱 몸을 틀더니 2층, 정확히는 중문 쪽으로 향하기 시작한다.

갑작스런 움직임에 당황한 단아가 올려다보며 묻는다.

"갑자기 어디 가?"

"우리 방."

"아아……. 그럼 나 내릴게. 이제 안으로 들어왔으니까. 대신 오빠가 나 좀 꽉 잡아줘."

"안 돼. 이대로 방까지 가. 이따가 오빠가 워커랑 휠체어랑 목발이랑 전부 차에서 가져다줄 테니까. 점심은 먹고 퇴원했으니 이따가 저녁 전까지 무조건 푹 쉬고. 그래도 되죠, 어머니?"

단호한 진서로 인해 왠지 단아는 지금 이 순간 격하게 쥐구멍으로 들어가고 싶어졌다.

하…… 진짜 이 못 말리는 남자를 어쩌면 좋을까!

왜 부끄러움은 내 몫인 건데!

단아가 한숨을 내쉬며 고개를 최대한 숙인 그때 웃음기 가득한 다영의 목소리가 다시 들려왔다.

"그럼 되고말고. 우리도 너희 기다리다 오후에 온다길래 점심은 먹었으니까. 진서랑 푹 쉬고 이따가 나오렴, 새아가. 저녁에 다 같이 제대로 파티하자."

"푹 쉬고 이따 보자, 딸~"

"언니, 나도~"

진서가 걸어가면서 뒤쪽에 있을 다영에게 묻자 다영은 당연하다는 듯 대답하고 다현과 서연까지 두 사람을 들여보내려 한다.

"아아…… 고맙습니다, 어머니. 그럼 엄마도 이따 봐. 아가씨도요."

"우리는 손자든 손녀든 다 좋으니 편하게 해, 편하게. 그리고 진서 넌 이따가 아버지랑 얘기 좀 하자."

"예."

단아의 대답 뒤로 짓궂은 재성의 말이 들려오고 그 말에 피식 웃은 진서는 간단히 대답하고는 빠르게 중문을 지나쳐 익숙하게 자신의 방이자 앞으론 두 사람의 신혼 방이 될 곳으로 걸어 들어 갔다.

"오빠 때문에 진짜 못 살겠어. 첫날부터 창피하게……."

방으로 들어와 문을 닫음과 동시에 단아가 한 손으로 진서의 어깨를 살짝 때리며 밉지 않게 눈을 흘긴다. 그런다고 꼼짝할 진서가 아니지만 말이다.

"그렇게 보지 말지? 섹시하니까."

쪽.

"허어……. 어디에 누가 은근슬쩍 뽀뽀하래?"

"좀 봐주라. 나야말로 미치는 줄 알았단 말이야. 너랑 단둘이 있고 싶어서."

초옥.

"……그래도 좀……. 어른들 계신데……."

단아가 금방 마음이 약해지자 그 틈을 귀신같이 파고드는 진서는 한없이 부드러운 목소리로 말한다.

"미안……. 근데 너무 힘들었어. 네 향기가 너무 달콤해서."

그러고는 단아의 입술을 곧바로 가르고 안을 파고든 진서는 혀를 엉켜들고 곳곳을 전부 음미하듯 돌아다닌다. 유유히 침대 쪽으로 걸어가면서.

침대에 누워진 줄도 모를 만큼 사뿐히 단아를 내려둔 진서는 너울거리듯 풀어진 단아의 머리카락을 쓰다듬며 입술을 끈질기게 물고 빨아 당긴다.

한 치의 틈도 허락 않겠다는 듯이 찐득하고 농밀하게…….

잠시 후. 나란히 침대에 누워 꼭 끌어안고 있는 단아와 진서.

"아아……. 정말 미치겠다. 우리 여보는 왜 이렇게 달아? 숨결도, 살결도. 온몸을 전부 품어도, 품어도 더 품고 싶게."

"글쎄. 내 몸에 오빠 전용으로 꿀이라도 발라졌나?"

진서가 칭얼거리듯 가슴에 얼굴을 묻고 안으면서 말하자 단아는 그저 설핏 웃으며 대답하고는 마주 안아줄 뿐이다.

"아아, 진짜. 말은 또 왜 이리 예쁘게 하는 건데. 응? 응?"

그러더니 단아의 온 얼굴에 뽀뽀세례를 해대는 진서.

"하하하! 으으~ 하지 마~ 간지러워."

"싫어~ 더 할 거야. 사랑하는 만큼 해야지."

"으하하! 하하……. 근데 왜 간지럼은 같이 태우는데? 간지러워~ 으앗!"

"어딜. 이리 와~!"

단아가 슬쩍 상체를 빼며 도망가자 진서는 다시 단아를 꼭 끌어안아 간지럼을 태운다.

"아…… 하…… 항복! 사랑해. 사랑한다, 한진서!"

진서는 단아가 두 팔을 들며 예전처럼 사랑한다 말하자 곧바로 간지럼을 멈추고 환한 미소로 대답한다.

"응. 나도. 오빠도 사랑한다, 단아야."

"으이그~ 못 말려, 진짜."

그 미소에 어쩔 수 없다는 듯 피식 웃어버린 단아와 그런 단아의 볼에 쪽. 하고 입 맞춘 진서는 결국 서로를 마주 보고 크게 웃어버린다.

믿기지 않는 지금 이 순간이 너무나도 행복해서.

그날 저녁.

단아와 진서의 결혼 축하 파티를 겸한 저녁식사 자리가 끝난 뒤, 우혁과 다현을 배웅하기 위해 모두가 현관문 앞에 서 있다.

"이것 참. 다들 됐다니까 그러네. 바로 골목 하나 차인데."

"그러니까. 진서랑 단아 두 사람도 피곤할 텐데 일찍 쉬고."

우혁과 다현이 한사코 배웅은 됐다며 말리지만,

"벌써 사돈지간이라고 거리 두는 거야? 우리 사돈이기 이전에 20년 지기라고. 우혁이랑 다현이 네가 그러면 우리가 섭섭하지. 자식들도 나눈 사이에."

"그래, 그래. 딱딱하게 그러지 말고 편하게 지내자. 응? 사돈~"

"하하. 알았어."

재성 부부와 진서, 서연은 괜찮으니 조심히 가라며 한마디씩 보탠다.

"장인어른 장모님, 단아 너무 걱정 마시고 편하게 자주 와서 보시고 가세요. 조심해서 가시구요."

"그래, 우리 사위. 이제 한 서방이라고 불러야겠지? 우리 단아 많이 사랑해줘. 우리는 그거면 돼."

"걱정 마세요~ 저도 새언니 잘 챙길게요."

"그래, 그래. 우리 예쁜 사돈처녀. 서연이만 믿을게."

"네!"

얼추 인사를 끝낸 다현과 우혁이 맨 끝에 선 단아에게로 한 발짝 다가서며 양쪽에서 그저 꼭 안아준다.

"우리 딸…… 행복하지?"

"응……. 행복해, 엄마……."

"그거면 아빠 엄마는 충분해. 자주 볼 거지만 그래도 해주고 싶었던 말이니까 할게. 우리 딸…… 진서랑 꼭 행복해야 한다? 지금

보다 더 많이."

"응······. 그럴게, 아빠."

그렇게 한참 단아를 안고 토닥이던 두 사람이 떨어지자 재성은 부러 장난스레 말한다.

"집도 가까운데 매일 보러 와. 그럼 되지."

"아무리 그래도 사돈댁인데 그건 좀 아니죠, 사돈."

우혁이 바로 아니라며 진지하게 대답하자 재성은 그저 웃어버린다

"하하하. 그런가?"

"말만으로도 고맙다."

"걱정하지 마. 이젠 진짜 내 며느리니 내가 많이 챙길게. 우리 안사람도 마찬가지고."

"그래. 걱정 안 해. 그나저나······ 진서한테는 혼자 얘기해도 되겠어?"

갑작스레 자신의 이름이 들리자 진서는 살짝 재성 쪽을 바라본다.

그런 아들의 눈길을 느낀 재성이지만 우선은 모른 척 우혁에게 대답한다.

"그럼. 무슨 크게 심각한 얘기도 아닌데, 뭐. 아직 확실한 것도 아니고."

"그래, 그럼. 천천히 얘기해줘."

"알았으니까 두 사돈 내외는 얼른 가보시죠. 밤이 늦었는데."

"그럼 가볼게. 단아야, 아빠 엄마 간다. 몸 잘 챙기고."

"엄마 보고 싶으면 전화해."

우혁과 다현이 발길이 안 떨어지는지 현관문 앞에서 서성이자 단아는 밝게 웃는 얼굴로 대답한다.

"알았어요~ 내가 뭐 어린앤가. 잘 지낼 테니까 길 조심해서 들어가."

"그래, 우리 딸."

잠시 후, 우혁과 다현이 천천히 현관문을 나서자 진서가 따라나서려 하는데 다영이 말린다.

"진서 넌 네 와이프 잘 챙기고 안에 있어. 엄마가 나가볼게. 아버지가 할 말도 있으신 것 같은데."

"아…… 예. 그럼 조심해서 나갔다 오세요."

"서연이 너도 새언니 옆에 있어."

"알았어."

다영이 배웅을 하기 위해 현관 밖으로 나가고 나자, 재성이 진서를 살짝 부른다.

"아들, 잠깐만 보자."

"예. 금방 들어가겠습니다."

"그래. 그럼 우리 며늘아가는 오늘 힘들었을 텐데 푹 쉬고. 알았지? 뒷정리는 일하는 아주머니 계시니까."

"네. 쉬세요, 아버님."

재성이 단아를 다독이고는 먼저 안방으로 들어가자 단아가 진서에게 말한다.

"나 괜찮으니까 아버님께 들어갔다 와, 오빠. 나는 우리 아가씨랑 있을게."

"그래, 오빠. 나랑 언니랑 여기 거실 소파에서 수다 떨고 있을게~"

웃으며 말하는 단아의 어깨를 감싸 안아 쓰다듬은 진서는 애틋한 눈빛으로 대답한다.

"그럼 오빠 금방 얘기 끝내고 나올 테니까 서연이랑 얘기 나누고 있어? 절대로 주방 들어가지 말고. 이따가 오빠랑 방에 같이 들어가."

"아주머니께 죄송한데……. 오늘 우리 때문에 퇴근도 늦게 하시고."

"정단아."

짐짓 단호히 부르는 진서의 목소리에 단아는 고개를 끄덕인다.

"알았어. 안 들어갈게."

"응. 서연아."

진서가 단아의 얼굴을 쓰다듬으며 서연을 부르자 서연은 곧바로 대답한다.

"새언니 절대 주방 못 들어가게 잘 지킬게. 걱정 마!"

"역시 우리 서연이다. 그럼 금방 들어갔다 나올게."

"맡겨두라니까~"

서연의 호언장담에 피식 웃은 진서는 단아를 한 번 더 바라본 후 안방으로 들어가고 서연은 워커 안으로 들어가 단아를 감싸듯 뒤에서 꼭 잡으며 밝게 말을 꺼낸다.

"자~ 새언니, 그럼 우리는 수다 타임 가질까요?"

"그럴까요, 아가씨?"

"그럼 천천히, 천천히. 우와, 우리 언니 금방 걷겠다."

"하하. 비행기가 너무 높은데요."

서연의 배려에 저절로 미소가 지어지는 단아는 천천히 한 발짝씩 발을 떼며 소파로 걸어갔다.

"아무래도 단아 사고에 구 회장이 뭔가 관련이 되어 있는 것 같다."

"예? 그게 무슨……?"

조금 전, 안방으로 들어온 진서가 작은 협탁이 놓인 의자에 재성과 마주 앉은 진서는 재성이 꺼낸 이야기에 놀라 바라본다.

"말 그대로야. 아직 구체적으로 어떻게 그 사고에 연관이 되어 있는지는 알아내질 못했지만 확실히 뭔가 손을 쓰긴 쓴 모양이더라. 왜 저번에 구 회장이랑 우혁이랑 점심 약속 있다고 했었지?"

"……예."

"그날 구 회장이 단아가 하반신마비인 걸 알고 있더구나. 구 회장 말로는 우리한테 얼핏 들었다는데 너도 알잖냐. 너한테까지 숨긴 일인데 우리가 다른 사람 앞에서 그걸 말했겠어?"

"……그럼 그동안 장인어른과 두 분이서 알아보신 겁니까? 어떻게 알고 있는 건지."

금방 상황을 인지하고 받아들인 진서가 눈빛을 빛내며 되묻자 재성도 더욱 확실한 어투로 말을 잇는다.

"그래. 아무래도 좀 찜찜해서 그날 이후로 계속 우혁이랑 둘이서 일 년 전 그 사고 시기 때부터 거슬러서 알아보다 보니 흥미로운 사실을 하나 알게 됐지."

"흥미로운 사실이요?"

진서가 무슨 말이냐는 눈으로 바라보자 한번 숨을 고른 재성은 설핏 웃으며 말한다.

"그래. 구 회장이 미처 손을 쓰지 못했던 건지 그날 단아의 사고 전화를 받고 출동했었던 119 대원. 그 대원한테서 재밌는 소리를 들었다. 그날, 단아를 싣고 급히 가려는데 얼핏 마주 보고 세워져 있던 차 안의 운전자와 눈이 마주친 것 같았다고. 그런데 금방 그 자릴 떠나기에 자기도 급하니까 금방 잊어버렸었다고."

"그런데 그게 왜……?"

"왜, 흥미롭냐? 그거야 구급대원에게서 들은 그 차 번호판이 우리가 익히 잘 아는 사람의 차 번호와 같으니까."

"설마……."

진서가 흔들리는 눈빛으로 바라보면 재성은 맞다는 듯 고개를 끄덕이며 대답한다.

"그래. 구충기 회장의 차. 그 차 번호와 일치했어."

잠시 후, 재성과의 이야기를 끝낸 진서가 느린 걸음으로 안방을 빠져나와 서연과 사이좋게 이야기를 나누고 있는 단아를 바라보고 서서 심각한 얼굴을 한 채 조금 전 재성과의 대화를 떠올린다.

'……그럼 단아의 사고에 구 회장님이……!'

주먹을 꽉 쥐며 당장이라도 달려 나갈 듯한 진서를 말리는 재성.

'진정해. 아직 확실한 건 아니라니까. 그날 사고 현장에 있었다는 건 확실히 뭔가 연관이 있다는 얘기니까 너한테 말해주는 거야. 거기다 그날 있었으면서도 사고 이후에 우리한테 전혀 말해주지 않은 점도 이상하고. 분명 그날 사고 당사자가 단아라는 걸 알았으니까 하반신마비 얘기도 한 걸 텐데.'

'……어쨌든 하나는 확실해진 거네요. 사고 이후에 구 회장님이 무언가를 감췄다는 것.'

'그래. 그렇다면 지금까지 증거가 하나도 안 나온 부분이 조금은 납득이 되지.'

'돈이겠죠. 사고 이후에 정신없는 틈을 타 돈으로 전부 해결하셨겠네요.'

'그렇겠지. 구 회장 그 사람은 돈이면 다 된다고 믿는 사람 같았으니.'

'그럼 뭔가 있는 것 같긴 한데 확실한 무언가가 없어서 못 나서고 계시

는 겁니까? 두 분 다.'

화를 참는 듯 턱을 악문 진서가 묻자 재성은 한숨 같은 말을 내뱉는다.

'그래. 뭔가가 잡힐 듯한데 증거가 확실히 없으니까. 뭘 얼마나 확실하게 입막음해놨는지 호의적인 곳이 없다. 그렇다고 우리도 똑같은 사람아 될 수는 없는 노릇이고.'

'돈은 안 됩니다. 나중에 그게 오히려 약점으로 저희를 조일 테니까요.'

'그래. 그래서 계속 목격자나 증거를 찾고는 있는데 쉽지가 않아.'

'그 당시에 분명 구 회장님의 일을 뒤봐주는 사람이 있었을 텐데요.'

'안 그래도 그쪽으로도 알아보고 있는 중인데 김 비서가 웬일인지 몇 달 전부터 일을 관두고 행방이 묘연해서 말이다.'

'김 비서요?'

'응. 그 당시엔 김 비서가 주로 뒤처리를 했을 테니까. 김 비서가 꽤 오랫동안 구 회장 밑에서 있던 오른팔 같은 사람이라.'

'그럼 그 비서분을 찾아서 그날 사고에 대해서 묻는 게 가장 빠르고 정확할 수 있겠네요. 저도 선호랑 같이 찾아보겠습니다, 아버지.'

'그래. 아무래도 그래야겠다. 다 같이 도우면 뭐든 더 나오겠지. 대신 알지? 구 회장 모르게, 조심히. 혹시라도 그쪽에서 우릴 주시할 수도 있으니까.'

'예. 알고 있으니 걱정 마세요.'

'그래. 아직은 지레짐작이니 섣불리 나서지 말고. 우혁이랑도 좀 더 알아보고 뭐든 확실해지면 그때 움직이자고 얘기 끝났으니까.'

'예. 알겠습니다. 그럼 전 이만. 쉬세요, 아버지.'

의자에서 일어서서 인사를 하고 움직이려는 진서를 재성이 붙잡는다.

'그리고 네 작은아버지 말인데……. 이미 들었겠지만 선고받았다. 12년.'

'……예. 재훈이에게 들었습니다. 12년 동안은 매일 아버지 뵈러 가야겠

다면서, 자기는 괜찮으니 걱정 말라고 오히려 저를 다독이더라구요, 자식이.'

'그랬구나. 재훈이야 워낙 심성이 착한 아이니까 그럴 거다. 나한테도 글쎄 요리 배우러 유학 가라니까 자기는 지금 일도 좋다고 여기서 취미로 요리도 배울 거라고 걱정 말라더구나.'

'그럴 것 같았습니다. 재훈이라면.'

'그러니 진서 너도 그만 털어내. 재호는 언제고 터질 일이었어.'

'전 괜찮습니다. 아버지야말로 그만 털어내시죠.'

'원 녀석. 알았다.'

진서가 생각에 잠긴 잠깐 사이 배웅을 하고 들어온 다영이 심각한 얼굴의 진서를 발견하곤 제법 큰 소리로 부른다.

"애! 진서야!"

그런 다영의 목소리에 퍼뜩 정신을 차린 진서가 표정을 풀고 대답한다.

"아, 예. 배웅하시고 오신 거예요?"

"그래. 근데 뭘 그리 넋을 놓고 있어? 심각한 표정을 하고선."

"별일 아니에요. 그럼 저희는 그만 올라가볼게요. 쉬세요, 어머니. 단아야, 가자."

"응."

다영에게 인사를 하고서 방으로 돌아온 진서와 단아. 그런데 또다시 진서의 표정이 심각해지는가 싶더니 골똘히 생각에 잠겨있다.

"……빠……."

"…….."

그런 진서의 반응에 한숨과 함께 다시 한번 더 부르는 단아.

"진서 오빠!"

"……어……? 아…… 응."

한참을 멍하니 생각에 잠겼던 진서는 퍼뜩 들려온 단아의 목소리에 자신과 마주 선 채로 걱정스레 보고 있는 단아를 바라본다.

"왜 그래……. 무슨 안 좋은 일이라도 있는 거야? 아버님께 들어 갔다가 온 후로 계속 심각한 표정으로 멍하니. 아까 어머니한테도 얘기 들었고."

"……아…… 그게……."

단아의 걱정스런 표정에 진서는 사고 이야기는 빼고 그동안 작은아버지 사건 처리에 대한 이야기만을 해준다. 일 년 전 사고는 아직 확실한 부분이 아니기에.

잠시 후, 이야기를 전해들은 단아는 그저 워커를 끌고 잘 움직여지지 않는 다리를 움직여 진서 가까이에 다가선다.

"단아야…… 무리하지 말라니까 왜……."

단아는 워커를 사이에 두고 그저 진서의 허리를 꼭 끌어안아 토닥이며 나지막이 말한다.

"오빠 그동안 힘들었겠다……. 정이 있든 없든 그래도 작은아버지라 마음 한편엔 씁쓸했을 텐데."

"……."

단아가 넘어지지 않게 워커를 밀어두고 아예 꼭 끌어안아버리는 진서.

"마음고생 많았어. 많이 힘들었을 텐데 내색 않고 무너지지 않아줘서 고마워, 오빠."

자신을 더 걱정해주고 안아주는 단아로 인해 가슴이 아픈 진서는 그저 마주 안으며 머리를 쓰다듬어준다.

"지금은 울어도 돼. 잉잉 울어도 예뻐해줄게."

단아의 장난에 진서는 피식 웃음을 짓는다.

"진짜? 울어도 예뻐해주나?"

"응. 사랑할게."

"그럼 울어야지. 잉잉. 나 슬프다, 여보야."

"푸핫. 아…… 미안. 순간 너무 귀여워서. 오구오구~ 그랬어요? 슬펐어? 뚝."

"뚝."

"아이, 착하다."

자신의 장난에 기분 좋은 웃음을 지으며 토닥여주는 단아를 품 안 가득 안은 진서는 나지막이 말한다.

지금이 아니면 할 수 없을 것 같아서.

"착하고 예쁘면 남편 소원 하나 들어주라. 지금만 유효한 거 말 고 조금 더 나중에도 유효한 소원."

"음……. 알았어. 특별히 들어줄게. 뭔데?"

"오빠가 울어도 사랑해주겠다고 했잖아."

"응."

"그럼 혹시라도 나중에 단아 네가 몰랐던 오빠 모습을 보게 되 더라도……."

"응? 몰랐던 모습이 있던가? 왜? 떼도 쓰려고?"

"훗……. 그럴지도."

"뭐…… 그래도 사랑할게."

가볍게 생각하는 단아의 웃음소리를 들으며 진서는 순간 눈빛 이 가라앉는다.

"응. 고마워. 그럼 이제 오빠 소원. 나중에 오빠의 다른 모습을 보게 되더라도……."

만약 구 회장님이 단아 네 사고와 조금이라도 관련이 있는 거라면…….

"절대 오빠 싫어하지 않고 꼭 '정단아의 남편 한진서'라는 걸 기억하고 사랑해주기. 나중에 오빠가 소원 쓰면 꼭 들어주기다?"

그땐 그게 누구든 감히 널 무너트린 대가가 어떤 건지 뼈저리게 느끼게 하고

"약속이야. 꼭."

오빠 손으로 죽여버릴 테니까.

II. 아슬아슬한

깜깜한 어둠 속.

그 속에서 단아의 눈앞에 보이는 건, 내일 쓸 유치원 수업 자료 준비로 늦게까지 홀로 남아 야근을 하고 유치원을 빠져나오는 단아 자신이 보인다.

그길로 바로 집으로 가기 위해 골목으로 걸어가는 단아.

'여기 공사는 언제쯤 끝나려나? 조금만 늦어도 너무 어두워서 무섭단 말이야. 으으~ 김 기사 아저씨 퇴근하셨겠지?'

안 돼……. 가면 안 돼…….

아마도 사고가 나던 그때 꿈을 또다시 꾸는지 꿈속의 자신에게 무어라 말을 하려 하지만 목소리가 나오질 않는다.

역시나 자신이 골목을 빠져나와 몸을 틀던 그 순간 갑작스런 자동차 소리와 함께 운전석에서 불쑥 사람이 보이며 그대로 자신을 들이받는다.

끼이익! 쿠웅-! 툭!

'……'

'……도와…… 줘요…….'

'헉, 설마……. 나 지금 이 여자 친 건가?'

여자…… 목소리……?

'제발…… 누가 좀…… 도와주세…… 요…….'

나 좀…… 도와줘요……. 119 좀…….

'미친! 왜 이 밤에 갑자기 튀어나오고 난리야! 재수 없게!'

'제…… 발요…….'

그러지 말고…… 제발…….

'흐익! 소름 돋게 어딜 잡는 거야?'

'……'

하지만 내 손을 뿌리치며 화를 내는 여자…….

'어쩌지? 카메라나 본 사람 없겠지?'

또각또각.

'……도와…… 주세요…….'

흐릿해져가는 정신 속에서 오로지 기억나는 건…… 급하게 멀어지는 하이힐 소리와 화를 내던 그 여자의 목소리뿐…….

아아…… 그래……. 그날 사고 냈던 사람…… 여자였었어…….

그런데 요즘 꿈 안 꾼다고 좋아했는데…… 왜 또다시 꾸는 걸까…….

정말 싫은데……. 무서운데……. 얼른 깨어나서 진서 오빠한테 가야 하는데…….

"……단아야! 일어나 단아야!!"

어? 진서 오빠 목소리다……. 오빠…… 나 여기 있어.

"정단아!!"

"······흐윽······. 무서워······. 싫어!!"

한참 꿈속을 헤매며 뒤척이던 단아는 진서의 목소리에 퍼뜩 잠에서 깨어난다.

"······하아······."

멍하니 흐린 시야에 은은한 스탠드 불빛과 걱정스레 자신을 바라보고 있는 진서가 보이고 단아는 잔뜩 잠긴 목소리로 말한다.

"······나 좀······ 일어날래······."

"······그래······. 조심, 조심."

단아를 받쳐 안은 진서가 침대에서 일으켜주자 단아는 그대로 진서의 품속으로 팔을 뻗어 안긴다. 진서는 그런 단아의 머리를 가만가만 쓰다듬으며 등을 토닥여준다.

"또 사고 때 꿈······ 꾼 거지······?"

"응······. 근데 오빠 목소리가 들려서 깼어."

"그랬구나······. 잘했어."

"요즘엔 꿈 안 꾼다고 좋아했더니 보란 듯이 꾸네."

"요즘 퇴원한다고 재활도 무리하고 또 어제 파티한다고 너무 신경 써서 그래. 괜찮아. 다 괜찮아."

"근데 있지, 오빠······."

"응?"

"나······ 사고 당시 기억이 조금은 났어······."

"기억······?"

"응. 사고 낸 사람······. 여자야. 하이힐을 신고 있었어······. 내 손을 뿌리치던 목소리도 여자였고."

"······."

단아의 말에 진서는 순간 토닥이던 손을 멈춘다. 순간적으로 스친 재성의 말과 하나의 생각 때문에.

'구충기 회장의 차. 그 차 번호와 일치했어.'

사고현장에 있었던 구 회장님……. 단아의 기억 속에 있는 사고 낸 사람은 여자……. 그렇다면 설마…… 이 여사님이……? 아니면…… 미현이…….

진서의 생각 위로 들려오는 단아의 목소리.

"진서 오빠…… 왜 그래……?"

"아……. 아니야. 여자였구나 싶어서."

"응…… 화내더라……. 어디다 손을 대냐고……. 나는 그냥 도움을 청한 건데……."

"……."

일순간 표정이 굳어졌던 진서는 단아를 다시 토닥이며 나지막이 말한다.

"걱정하지 마. 단아 너도 알지? 장인어른이랑 아버지가 뺑소니범 찾으려고 백방으로 알아보고 있다는 거."

"응……. 저번에 병원에 오셨을 때 아빠한테 들었어. 꼭 나한테 그래서가 아니라 그건 범죄고 잘못된 거니까 잡아야 한다고. 또 다른 피해를 만들지 않기 위해서라도."

"그래. 그건 장인어른 말씀이 맞아. 그래서 오빠도 선호랑 같이 도우려고. 단아 너 이렇게 만든 사람 꼭 찾아서 벌 받게 할 거야."

"……난 그냥 다 잊고 살고 싶은데……."

"단아 네 마음은 알아……. 힘들 거라는 것도 알고……. 그렇지만 오빠가 안 돼."

진서의 품에서 떨어진 단아가 스탠드 불빛에 비친 진서의 얼굴에 손을 올려 쓰다듬는다.

"나 이제 괜찮아⋯⋯. 이런 것도 익숙해졌어."

"오빠는 안 괜찮아⋯⋯."

단아의 손을 마주 잡고서 그대로 입을 맞춘 진서는 땀이 식어 차가워진 얼굴을 쓰다듬고서 다시 품 안으로 당겨 안는다.

"오빠는 단아 네가 어떤 모습이든 그런 건 상관없어. 하지만 그 거와는 달라, 이건. 널 아프게 하고 고통 속으로 몰아넣은 그 누군 가는 절대 용서 못 해. 단아 네가 아무리 괜찮다고 해도 오빠는 꼭 찾아서 벌 줄 거야. 그래야 행복하게 살아질 것 같아."

"⋯⋯알았어. 오빠가 하고 싶은 대로 해. 꼭 그 사람 찾아서 벌 줘."

"응. 꼭 그럴게."

단아에게 다짐하듯 말하는 진서의 눈빛이 빛났다.

"그럼 오빠⋯⋯ 나, 노래 불러주면 안 돼?"

"노래?"

갑작스런 말에 진서가 되묻자 단아는 졸음이 오는 듯 웅얼거리 는 목소리로 말한다.

"응⋯⋯. 아직 새벽인 것 같아서 좀 더 자려고⋯⋯. 근데 오빠가 노래 불러주면 잠 더 잘 올 것 같아. 예전에 가끔씩 불러줬잖아. 안 되나?"

"안 되긴. 당연히 되지. 근데 새벽인 건 감안하고 들어주기."

"에이⋯⋯. 오빠 노래 잘하는 건 내가 아는데, 뭐⋯⋯."

"알았어. 그럼 불러줄 테니까 눕자. 벌써 목소리에 잠이 한가득 이야."

설핏 웃은 진서가 단아와 함께 누우며 팔베개를 해주곤 토닥이 며 묻는다.

"무슨 노래 불러줄까?"

"아무거나. 오빠가 부르고 싶은 거. 난 듣다가 잘 것 같아서……."

"그럼 우리 여보 잘 자라고 잔잔한 걸로 불러줘야겠네. 들으면서 푹 자."

"응……."

그렇게 단아의 대답 뒤로 듣기 좋은 진서의 목소리를 타고 잔잔한 노래의 선율이 한참 동안이나 들려왔다.

다음 날 오전.

"으으음……."

새벽에 깼던 덕에 꽤 오랫동안 잠들었던 단아가 뒤척이는데 옆자리가 허전하다.

으응……? 오빠가 없네…….

"어디 갔지……?"

단아가 눈을 비비며 일어나 앉는데 이미 암막 커튼도 젖혀져 있고 해가 중천이다.

순간 당황한 단아가 머리맡에 뒀던 휴대폰을 찾아 시간을 확인하는데…….

……나 미친 거지……? 아무리 일요일이라도 갓 결혼한 새댁이 이 시간까지! 게다가 시부모님도 계시는데!

단아의 마음도 모르고 야속한 휴대폰은 정확히 오전 11시를 알려주고 있었다.

"어떡하지? 아…… 우선 세수…… 가 아니고 나가서 인사부터! 내 워커……."

단아가 급하게 눈으로 워커를 찾는데 하필이면 맞은편 멀리 있다.

"……아아! 정말~! 진서 오빠는 나 좀 같이 깨우지……."

한껏 울상을 하고 중얼거리며 진서를 열심히 원망하던 그때였다.

"어? 일어났네. 잘됐다. 단아 너 깨워서 먹이려고 시리얼이랑 토스트 구워서 가져왔는데."

호랑이도 제 말 하면 온다고 진서가 오늘도 여전히 멋있는 모습으로 환하게 웃으며 사각 트레이 쟁반을 들고 방으로 들어온다.

"잘 잤어? 여보."

방문을 살짝 발로 밀어 닫고 단아에게로 온 진서가 침대에 걸터앉아 묻지만 이미 뾰로통한 단아는 열심히 진서에게 원망의 눈초리만을 보낸다.

"응? 왜 우리 여보 볼이 또 빵빵해졌을까? 오빠가 뭐 잘못했어?"

말과는 다르게 단아를 사랑스럽다는 눈길로 바라보는 진서.

"……왜 안 깨웠어. 며느리로서 첫날인데……. 일찍 일어나려고 알람도 맞췄는데 못 듣고……. 좀 깨워주지."

진서의 눈길에 한풀 꺾인 단아가 툴툴거리고 진서는 그저 설핏 웃는다.

"그래서 심통 났어? 백 점짜리 며느리 못 돼서?"

"……진짜 잘하고 싶단 말이야. 며느리로 사랑받고 싶다고."

"알람은 아침 일찍 울렸는데 오빠가 껐어. 단아 너 새벽에 겨우 잠들었잖아. 푹 자게 하고 싶었어."

"그래도 끄면 어떡해……. 아아…… 완전히 계획 실패다……."

풀이 죽은 단아가 베개를 꼭 끌어안고 웅얼거리자 피식 웃은 진서가 말을 잇는다.

"백 점짜리 며느리는 아니라도 크게 걱정 안 해도 될 것 같던데?"

"……몰라. 첫날부터 찍혔어."

"풋. 아니라니까. 이것도 어머니가 직접 챙겨주신 건데? 단아 너 아침은 밥 못 넘긴다고 갖고 가서 먹이라면서."

진서가 쟁반을 살짝 들어 보이자 단아가 힐끗 바라본다.

"어머님이……?"

"응. 물론 이 오빠가 좀 옆에서 귀찮게 하긴 했지. 단아 먹일 거 준비한다면서."

"……."

"내가 아침에 나가서 단아 너 방패막이 좀 되어주려고 했더니 글쎄 아버지 어머니 두 분이 먼저 그러셨어. '우리 단아 아직 자? 그럼 푹 자게 깨우지 말고 이따가 일어나면 뭐 좀 먹여라.'라고."

"정말……?"

여전히 못 믿겠다는 눈빛인 단아에게 아예 확신을 주는 진서.

"정말. 그리고 두 분이 이 말도 하셨어."

"무슨 말?"

"'단아는 우리한테 며느리이자 딸이야. 얼마나 예쁘다고. 그러니까 진서 너, 단아 울리기만 해? 당장 내쫓을 테니까.' 이렇게."

"……."

"우리 부모님한테는 나보다 단아 네가 더 소중한가 봐."

진서의 장난에도 아무 말이 없던 단아는 베개를 도로 자리에 두더니 바스락거린다.

"왜? 화장실?"

"아니……. 나 워커 좀……. 나갈래."

"배 안 고파? 먹고 나가자."

"아니야……. 지금 나갈래. 갔다 와서 먹을게."

"그래. 그러자 그럼."

왠지 급해 보이는 단아의 모습에 서둘러 쟁반을 옆 협탁에 내려두고 침대 앞으로 워커를 가져다 놓은 진서가 단아를 침대 아래로 내려준다.

그러자 곧바로 워커를 잡고 일어선 단아는 느리지만 천천히 한 발짝씩 걸어간다.

"어디 가려고?"

"오빠…… 문 좀."

"아…… 응."

뒤따르던 진서가 방문을 열어주자 천천히 방 밖으로 나간 단아가 한참을 걸어간 곳은 거실 소파에 앉아 차를 마시고 있던 다영과 재성 앞이다.

"어머, 단아 일어났니? 토스트는 먹어봤어?"

"아이구~ 우리 며느리 굿모닝이다."

"어머님……."

그렁한 눈으로 자신을 바라보는 단아의 모습에 걱정이 된 다영이 일어나 단아의 앞으로 다가가 묻는다.

"왜 그래? 응? 단아야……. 진서랑 다퉜어?"

"진서 너 인마, 단아 울리지 말라니까."

일어서서 자신을 걱정하는 재성과 다영의 모습에 더 울컥한 단아는 그저 워커 손잡이를 놓고 다영을 꼭 끌어안는다.

"어어……! 진서야, 단아 뒤에서 잡아줘."

다영과 재성이 거의 동시에 혹시라도 단아가 넘어질까 서둘러 진서를 부른다.

"이미 붙잡았어요."

진서의 말에 그제야 안심한 다영이 단아를 토닥이며 슬쩍 뒤에 선 진서에게 눈짓을 해 보이지만 진서는 어깨를 으쓱일 뿐이다.

그런 와중에 울먹이듯 다영과 재성에게 말하는 단아.

"정말 사랑해요, 아버님, 어머님……."

갑작스런 며느리의 사랑 고백에 놀란 재성과 다영이었지만, 뭐 어떤가 싶어 단아를 다독이며 대답한다.

"우리도 사랑한다. 예쁜 며느리이자, 우리 딸."

"그렇게 맛있어?"

"응. 맛있어. 어머님이 해주신 거잖아."

첫날부터 시부모님과의 끈끈한 애정 확인을 마친 단아는 주방 식탁에 앉아 다영이 준비해준 토스트와 시리얼을 맛있게 먹고 있다.

"방은 답답하다고 나와서 먹겠다더니 진짜 잘 먹네, 우리 여보."

"맛있으니까."

헤헤 웃으며 야무지게도 먹는 단아의 모습에 옆에 앉아 챙겨주고 있던 진서의 입가엔 저절로 흐뭇한 미소가 지어진다.

"딸기잼으로 하나 더?"

"음……. 크림치즈 듬뿍."

"크림치즈……. 오케이."

사뭇 진지한 대답에 피식 웃은 진서는 단아의 입술에 쪽 입 맞추고서 잘 구워진 토스트에 크림치즈를 열어 듬뿍 바른다.

그런 와중에 빈 찻잔들을 들고 다영이 주방 안으로 들어오며 묻는다.

"다행이다. 입에 맞나 보네."

"아…… 네. 어머니…… 콜록……!"

다영의 목소리에 먹던 토스트를 급히 밀어 넣으며 대답한 단아가 사레가 들렸는지 가슴을 팡팡 두드리고 진서는 서둘러 나이프를 내려두고 등을 쓸어준다.

"아…… 미안하다, 아가. 너무 맛있게 먹기에 그런 건데. 놀랐니?"

다영이 찻잔이 든 작은 쟁반을 주방 개수대에 내려두며 걱정스레 묻자 꼭꼭 씹어 넘긴 단아가 서둘러 손사래를 친다.

"아니에요. 너무 맛있다 보니까 없던 식욕도 돌아서……. 제가 급하게 먹다가 그런걸요. 토스트랑 시리얼 너무 맛있어요, 어머니."

"그래? 그렇담 다행이다. 너무 바싹 구운 건 아닌가 걱정했는데. 너희 시아버지랑 진서는 밥을 먹는데 서연이가 아침엔 밥보단 빵이나 시리얼을 자주 먹어서 내가 해주는 거거든. 오늘도 먹고는 친구들 만난다고 나가더라."

"아…….."

"아가 너도 어려서 우리 집에서 자고 갈 때면 내가 가끔씩 해줬었는데, 기억나니?"

다영의 물음에 단아는 얼굴에 잔잔한 미소를 지으며 대답한다.

"네……. 그때도 너무 맛있었어요."

"그때 기억이 나서 진서한테 가져다 먹이라고 만들어서 줬는데, 잘 먹어주니 너무 좋다."

"너무 맛있어서요. 고맙습니다, 어머니."

"그럼 먹고 싶을 때 얘기해. 이 엄마가 맛있게 해줄게."

"아니에요. 제가 해서 먹어도 돼요, 어머니."

단아가 놀라며 빠르게 손사래를 치자 다영이 풀이 죽은 목소리로 말한다.

"역시 입맛에 안 맞는구나……?"

"아…… 아니요! 그게 아니라……. 죄송하고 또 제가 어떻게 어머님께……."

그 말에 다시 환해진 표정의 다영이 말을 잇는다.

"그럼 맛은 있는 거지?"

"아…… 네. 맛있어요."

어쩐지 말의 포인트가 이게 아닌데 싶은 단아가 느리게 대답하자 다영은 다행이라며 말한다.

"그럼 됐어~ 이 엄마가 해주고 싶어서 그런 거니까 전혀 부담 갖지 말고 먹고 싶을 땐 언제든 말해. 알았지, 딸?"

"아…… 네……."

"난 우리 며늘아가랑 시어머니랑 며느리가 아니라 엄마랑 딸처럼 친근하게 지내고 싶어. 이미 말했지만 이제 단아 넌 소중한 우리 집안사람이고. 진서 와이프고 우리 부부한텐 딸이나 마찬가지야. 그러니까 편하게 지내도 돼. 응?"

다영의 말에 가슴이 따뜻해지는 단아는 그저 웃으며 고개를 끄덕인다.

"일하는 아주머니 쉬시는 일요일엔 내가 하면 되고 나머지는 아주머니가 계시니까 집안일도 할 거 없을 거야. 대신 이 엄마랑 놀자, 단아야."

"하하. 네."

"저 있을 땐 안 돼요, 어머니. 제 아내거든요."

단아가 기침을 멈출 때까지 토닥이던 진서는 두 사람이 대화를 하는 동안 크림치즈를 바른 토스트를 단아의 손에 쥐여주며 말했다.

"알았다, 알았어. 너 있을 땐 단아 안 뺏어갈게. 됐지?"

"예."

"하여튼 내 아들이지만 좀 그래, 너."

다영이 밉지 않게 흘기며 '으이그~' 하자 단아가 슬쩍 진서에게 눈치를 준다.

"얼른 먹어. 시리얼 눅눅해진다. 꼭꼭 씹어서 토스트도 먹고."

"아…… 으응……."

단아의 신호를 모른 척 여전히 이것저것 챙기느라 바쁜 진서였지만.

그런 자신의 아들이 낯설면서도 보기 좋은 다영은 금세 피식 웃으며 살짝 도리질을 하고서 진서에게 말한다.

"참, 이번 주 돌아오는 금요일이 JS그룹 창립기념일인 건 알고 있지?"

"예. 알고 있어요. 그래서 11월부터 연말 내내 정신없잖아요. 회사 일에 각종 연말 행사에."

"그래서 불만이라는 소리로 들리는 건 엄마 착각이지, 아들?"

"글쎄요. 아마도 아닐걸요. 저희 이제 한창 신혼이니까요."

"오…… 오빠!"

진서의 태연한 혹에 당황한 단아가 시리얼을 떠먹다 말고 다급히 말리지만 우리의 진서는…….

"응? 왜 여보? 뭐 더 줄까?"

하며 예쁘게 웃을 뿐이다.

"허어……. 아들아, 너무 그러면 이 엄마가 질투할지도 모르거든?"

"어머니는 아버지 계시잖아요. 부부는 부부끼리. 대신 아들 필요하실 땐 많이 사랑해드릴게요."

"항복. 엄만 됐으니까 둘이 많이 사랑하렴."

진서의 말에 졌다는 듯이 항복을 외친 다영이 주방을 빠져나가며 지나가듯 말한다.

"단아야, 팔불출 아들을 맡겨서 미안해. 그래도 부디 잘 부탁할게. 진서 녀석한테 창립기념일 파티 때 입을 예쁜 옷 사달라고 하고."

"아……. 네."

다영이 나가고 나자 단아가 먹던 토스트를 내려두며 말한다.

"좀…… 그러지 말라니까. 어른들 앞에서 쑥스럽게……."

"사랑해서 그런 건데 뭐. 우리 이제 부부라니까?"

"그래도……."

"아무 걱정 말고 우리 여보는 남편만 딱 믿어. 알아서 조절할게."

"풋. 제발 좀."

"네~"

장난스런 진서의 대답에 피식 웃어버린 단아는 남은 토스트와 시리얼을 마저 다 먹으며 묻는다.

"근데 나도 가야 하는 거야? 창립기념일 파티."

"아무래도 결혼 후에 처음 있는 공식적인 자리니까 가면 좋지. 왜? 가기 싫어?"

"아니…… 그런 건 아닌데, 그냥 지금 상태로 가도 오빠한테 괜찮은가 싶어서."

"그런 말이 어딨어. 나한테 괜찮고 아니고 그런 게 왜 중요해. 단아 네가 가고 싶은지 아닌지 그것만 정하면 되는 거야."

"그래도 내가 오빠 와이프인데……."

"응. 내 하나뿐인 아내지. 아무것도 하지 않아도 그냥 옆에 있어주는 걸로 단아 넌 이미 오빠한테 차고 넘치는 여자니까."

단아의 입가를 티슈로 살살 닦아내주며 계속 말을 잇는 진서.

"그러니까 괜히 신경 쓰고 주눅 들지 마. 오빠 그럴 때마다 속상하고 마음 아파."

"알았어……. 미안해. 안 그럴게."

곧바로 자신에게 사과해주는 단아가 마냥 예쁜 진서는 단아의 볼에 쪽 입 맞춘다.

"그럼 창립기념일 파티 같이 가는 거지?"

"응. 아직 시간 있으니까, 더 열심히 운동도 하고 그날 예쁘게 꾸며서 오빠 옆에 꼭 붙어 있을게."

"예쁘다. 진짜."

"내가 좀 그래."

"푸훗. 그럼 우리 예쁜 여보, 맛있게 다 먹었어?"

"응. 너무 먹어서 배 나오겠어."

"배 나와도 귀여울 거니까 걱정 말고 준비하고 나가자, 우리."

"응? 어딜?"

단아가 진서를 향해 '응?' 하는 표정을 해 보이자 진서는 씨익 웃으며 대답한다.

"바빠지기 전에 데이트하려고. 가시죠, 공주마마."

"으앗! 왜…… 왜……? 워커 있잖아."

갑자기 번쩍 안아드는 진서로 인해 큰 소리를 내다 아차 싶은 단아가 조용히 되물었다.

"응. 근데 이렇게 안고 싶어서. 워커는 나중에 방에 가져다 놓을 게. 음…… 좀 무거운가?"

"내릴래. 당장 내릴 거야. 밖에 어머님 아버님도 계시고……."

무겁다는 말에 바로 버둥대는 단아가 귀여운 진서는 기분 좋은 웃음을 뱉는다.

"하하. 농담이야, 농담. 우리 여보는 살 좀 찌워야 돼. 그리고 이미 두 분은 안방으로 들어가주셨어. 알아서 피해주신 거지, 뭐."

단아의 입술에 쪽 뽀뽀를 한 진서가 개구쟁이처럼 살짝 찡긋하며 웃자 피식 웃음이 나버리는 단아.

"나는 왜 오빠한테 매일 당하는 걸까? 이기는 적이 없어."

"어? 아닌데. 오빠가 매일 지는데."

"또 무슨 소리 하려고……. 하지 마."

두 눈에 장난기가 가득한 진서가 왠지 불안한 단아는 살짝 손으로 진서의 입을 가리고 단아의 손바닥에 자잘한 뽀뽀를 한 진서가 아랑곳 않고 말한다.

"매일 널 안고 품고 사랑하고 싶은 걸 꾹 참고 결혼까지 했는데 이 정도면 오빠가 매일 지는…… 읍!"

"아우……. 진짜 이 늑대!"

진서의 어김없는 직구에 입을 꽉 틀어막은 단아와,

"사랑해."

그 안에서도 꿋꿋이 사랑 고백을 한 진서.

"진짜 못 말리는 거 알아?"

손을 내린 단아가 진서의 눈을 바라보며 묻자 진서는 예쁘게 웃으며 대답한다. 변함없는 대답을.

"응. 그래도 사랑해."

"나한테도 마음 보일 기회 좀 주지……. 항상 오빠만 날 사랑하는 거 같잖아."

"싫어. 항상 내가 더 사랑할 거야. 그리고 단아 넌 말 안 해도 돼."

단호한 진서의 대답에 모르겠다는 눈빛으로 단아가 묻는다.

"왜……? 나도 내 남편 사랑하는데……."

그 눈빛에 진서는 또 한 번 무한한 애정을 단아에게 내보인다.

"말 안 해도 오빠는 알아. 우리 단아 눈빛이 오빠를 너무 사랑하고, 우리 단아 입술이 오빠 입술 안에서만 뜨거워지고, 우리 단아 심장이 콩닥콩닥 오빠 품에서 잘 뛰니까. 그러니까 단아 넌 말 안 해도 오빠가 다 알아들어."

"그런 게 어딨어……. 그럼 나는 오빠한테 그런 느낌을 못 받는다는 말 같잖아. 나도 오빠가 말로 안 해줘도 다 알아. 날 사랑하는구……."

경쟁하듯 자신도 다 안다며 빠르게 말하려는 단아의 입술에 쪽 깊게 입 맞춘 진서는 깊어진 눈빛으로 입술을 살짝만 떨어트린다.

"쉿……. 그래야 오빠가 행복해서 그래. 모를까 봐 말하는 게 아니라 그래야 오빠가 기쁘고 행복해서. 오빠 행복 뺏어가지 말고 그냥 여보는 내 사랑으로 행복하기만 해줘. 그럼 돼."

"……비겁해. 나도 많이 사랑하는데……."

"알아. 다 알아. 그러니까…… 키스하게 해줘."

"데이트는……?"

단아가 빤히 바라보며 나긋하게 묻자 이미 단아의 아랫입술을 살짝 물듯 닿아 있던 진서가 나지막이 속삭인다.

"조금만 있다가 나가자. 우리한테 시간은 많고…… 신혼이니까. 응?"

그 나른한 속삭임과 함께 두 사람의 입술은 완전히 포개어졌고 진서의 발걸음 소리 뒤로 방문이 닫히는 소리가 들려왔다.

며칠 후, 창립기념일 파티가 있는 날인 당일 오후. JS그룹 본사 로비 밖에는 재성과 진서를 포함해 선호가 서 있다.

"아버지, 춥지 않으세요?"

"괜찮아. 아침에 너희 엄마가 든든히 입고 가라고 얼마나 잔소리를 했는데. 진서 넌 괜찮냐?"

"저도 괜찮아요. 단아가 이제 금방 겨울이라고 든든히 입고 가라고 챙겨줘서."

"요즘은 며느리가 있어서 그런가, 집 안이 더 밝아진 느낌이라 너무 좋네."

"그렇죠? 저도 그렇게 생각해요, 아버지."

그때 사이좋은 두 부자 사이로 선호의 한탄이 들려온다.

"아아, 그냥 준형이랑 현민이 따라갈걸. 아님 유한이나."

"왜 그러냐, 선호야?"

선호의 투덜거림에 재성이 되묻자 진서가 웃음을 머금고 대신 대답한다.

"부러워서 저래요. 요즘 바쁘다고 현아 씨랑 뭐가 잘 안 되는지."

"그래? 이거 우리가 선호 너한테 일을 너무 많이 시키나 보구나."

"하하……. 그런 거 아니에요, 회장님. 그런 거 아니다, 친구야."

선호가 아니라며 웃는 얼굴로 재성에게 대답하고 진서에게는 차마 입 밖으로는 못 할 말들을 눈빛으로 더한다.

가령 '죽을래?', '미친······.' 같은 아주아주 친근한 그 무언가의 말들을.

재성을 사이에 두고 진서와 선호가 '눈으로 말해요'를 하고 있던 그때 다시 재성의 목소리가 들린다.

"선호 너도 얼른 좋은 짝 있을 때 결혼하면 좋은데. 혹시 그 뭐냐······. 요즘 비혼인가, 결혼을 안 하겠다는 젊은이들 많다던데. 선호 너도 그런 거냐?"

재성의 물음에 진서와의 눈싸움을 끝낸 선호가 가볍게 대답한다.

"아니요. 저는 혼자서는 도저히 외로워서요. 하하."

"선호야, 선택은 자유고 자신의 몫이니 젊은이들 의견에 늙은이가 가타부타할 순 없지만, 그래도 사람으로 태어나 한번 살아가는 인생 꼭 결혼으로 묶이는 게 아니더라도 자신을 사랑해줄 누군가는 한 명쯤 곁에 두는 게 좋다. 사람은 절대 혼자서는 살아갈 수 없으니까. 눈에 보이지 않고 자신이 모를 뿐 우리는 모두 사람들 틈바구니에서 함께 살아가고 있는 거야."

"예. 꼭 그런 사람으로 한 명 찾을게요. 저를 사랑해주는 사람으로."

"그래. 우리 선호는 내가 믿지."

재성이 선호의 어깨를 토닥이던 그때 대형 세단 차량 한 대가 세 사람 앞에 멈춰 서고 운전석에서 최 비서가 내린다.

"드디어 왔네."

"그러게요."

재성과 진서의 말 뒤로 최 비서가 서둘러 뛰어온다.

"제가 연락드렸을 텐데 왜 내려와 계십니까……. 날도 추운데."

"됐네, 됐어. 바깥바람 쐬고 좋지, 뭐. 최 비서가 고생했어."

"아닙니다."

"우리 안사람이랑 애들은?"

재성이 최 비서에게 묻기가 무섭게 조수석의 문이 열리더니 다리라인이 드러나는 블랙 색상의 드레스를 입고 그에 맞춰 킬힐 수준의 하이힐을 신은 서연이 내리며 반갑게 말을 건넨다.

"아빠! 오빠!"

"어이구~ 이게 누구야? 우리 막둥이 맞아? 이제 진짜 어른이 다 됐네. 하하!"

"아빠는~ 나 이미 어른이라니까. 오빠, 나 어때? 예쁘지? 막 미모가 눈이 부시지?"

"그래. 눈이 부시다, 우리 막내."

"헤헤. 그럼, 그럼! 얼마나 공들인 건데. 단아 언니도 되게 예쁘다?"

"그래? 우리 막둥이가 그러니까 얼른 보고 싶은데?"

"서연아, 단아 언니는?"

"말이 길다, 꼬맹이."

남자들의 성화에 씩 미소를 지은 서연은 최 비서에게 말한다.

"아저씨, 우리 언니 워커 좀 꺼내주세요."

"예, 아가씨."

트렁크로 다가간 최 비서가 안에서 워커를 꺼내 펼치며 뒷좌석 가까이 끌고 온다.

"자~ 그럼 미의 여신이 강림한 우리 새언니! 공개합니다!"

서연이 한껏 들뜬 목소리로 뒷좌석 문을 열고 워커를 단아 가까이에 가져다주며 내릴 수 있게 도와주자 차 안에서 단아가 내린다.

웨이브진 갈색머리에 자연스레 들어간 S컬을 따라 흘러내린 머리와 어깨를 감싼 언밸런스 형태의 길이가 길지 않은 피치핑크색 드레스를 입고 굽이 낮은 펌프스를 신은, 정말 천사가 와도 이길 것 같은 아름다운 모습을 한 단아가.

"……."

"이야~ 우리 며느리 진짜 여신이다, 여신!"

"단아야, 정말 예쁘다. 오늘은 특히나 더."

"하하…… 고맙습니다, 아버님. 고마워, 선호 오빠. 근데…… 이거 너무 노출 아닌가……. 아가씨, 이거 좀 그렇지 않아요? 어차피 워커 잡고 있을 건데."

단아가 어색한지 한 손을 어깨에 가져가며 가리자 서연이 얼른 다가가 내리며 제지시킨다.

"노출은 무슨! 언니가 하도 노출은 싫다고 해서 거의 다 가린 수준인 옷으로 고른 건데."

"그런가……. 워낙 내가 이런 자리는 어색해서 부모님 따라서도 간 적이 별로 없어서……."

"그렇대도~ 봐봐요, 언니. 어깨 조금. 다리 조금. 이게 노출인가? 그냥 원피스 수준이지. 그리고 무엇보다 지금 무지 예쁘다니까?"

"그래요……?"

"응! 오빠, 오빠도 그렇지?"

서연이 내내 멍하니 서서는 아무 말도 없는 진서에게 '얼른 그렇다 대답해!'라는 무언의 눈빛을 보내지만 한참 만에 잔뜩 찡그린 채 내뱉은 진서의 말은 전혀 다른 말이었다.

"……뭔데, 그 옷."

그런 진서의 의외의 반응에 모두가 당황한 듯한 표정이 되고 단아도 별반 다르지 않다.

"……아……. 이상해……? 역시 좀 아니지? 하하……."

단아의 표정이 말과는 달리 굳어지고 서연은 그런 진서에게 성큼성큼 다가간다.

이 오빠가 진짜! 갑자기 왜 이래?

"오빠. 너무 예뻐서 누군지 모르는구나? 단아 언니잖아!"

"알아, 서연아."

"아니…… 아는데 왜……!"

그러냐며 서연이 뭐라고 하려는데 서연을 지나쳐 단아에게로 걸어간 진서는 그대로 단아를 끌어안으며 툭 말을 내뱉는다.

"당장 안고 싶을 만큼 미치게 예쁘다. 그래서 짜증 나. 집으로 가는 게 아니니까. 그냥…… 우린 가지 말고 집에 갈까?"

"……."

그 말에 잠깐의 침묵이 이어지는가 싶더니 잠시 뒤 모두가 한마음이라도 된 듯이 진서에게 소리쳤다.

"에라이! 그럼 그렇지! 이 팔불출!"

그 반응에 진서는 어깨를 으쓱일 뿐이었고 단아는 크게 웃었다.

한 시간쯤 뒤. S호텔 로비 앞에 여러 대의 차들이 멈춰 서고 재성 부부를 필두로 경호팀들과 직원들이 중앙 홀로 들어서고 이어서 진서와 단아도 뒤따른다.

"나 잘할 수 있을까? 떨면 어떡해……."

"괜찮아. 오빠가 옆에 있을 거야."

"응."

중앙 홀 앞에서 단아가 깊게 숨을 뱉어내며 말하자 단아의 옆으로 바짝 붙어 허리를 받쳐 안은 진서가 천천히 안으로 단아와 함께 들어간다.

이미 홀 안에는 사람들이 가득하고 재성과 다영도 우혁 일행과 더불어 사람들과 이야기를 나누고 있다.

"괜찮아?"

"응. 아직은. 저기 아빠랑 엄마 계시네."

"그렇네. 갈래?"

"아니야. 사람들하고 이야기 중이시잖아. 나중에."

"그럼 우선 오빠랑 가깝게 지내는 사람들한테 인사하러 가자."

"알았어."

왠지 긴장한 듯한 단아의 모습에 피식 웃은 진서는 볼에 가볍게 입 맞추며 속삭인다.

"이렇게 예쁘면 반칙이라니까?"

"하지 마……."

그러면서 진서의 어깨를 살짝 툭 치며 발그레해지는 단아에 웃음기를 머금은 진서가 묻는다.

"그럼 갈까?"

"응."

진서와 단아가 다정하게 들어와 주변 사람들에게 인사를 하고 있자 바로 맞은편 뒤 여러 명의 여자들이 모인 테이블에서 부러들으라는 듯이 큰 소리로 말한다.

"저 여자인가? 소문의 한진서 전무 피앙세."

"맞아. SH그룹 외동딸. 저기, 어른들 다 와 있잖아."

"아아. 정말이네. 역시 있는 집들 중에서도 끼리끼리 만난다는

426

건가? 뭐, 예쁘긴 예쁘네."

"그러면 뭐 하니? 저런 꼴로 옆에 서 있으면 아무리 예뻐도 창피해서 죽고 싶겠다, 나 같으면."

"그러게. 왜 저런 모습으로 나타난 거라니? 저거 보통 보행에 문제 있을 때 쓰는 보조기구 아닌가?"

"아마 그럴걸? 혹시 구르기라도 해서 다리라도 부러진 거 아니야?"

"하하하! 진짜 그럴지도 모르겠다."

"여하튼 예쁘면 뭐 하고 돈 많으면 뭐 하니. 지금 저 상태로는 남편한테 제대로 밤일도 못 해줄 텐데. 그럼 곧 이혼인 거지, 뭐."

"하하하! 야~ 그건 너무 불쌍하잖아."

그 소리에 심기가 불편해진 진서의 표정이 굳으며 뒤돌아 가려고 하자 단아가 서둘러 말린다.

"가지 마……. 나 괜찮아. 응? 오늘 좋은 날이잖아."

미소를 짓는 단아의 모습이 마음 아픈 진서는 겨우 표정을 풀고는 대답한다.

"알았어. 우리 여보 말 들을게."

"응. 착하다, 내 남편."

그렇게 두 사람은 서로만을 바라보며 웃었다. 환하게.

몇십 분 후.

기존의 파티와는 다르게 형식적인 인사말이나 소개 없이 편안하게 사람들과 어울리던 그때 중앙 홀 문이 열리더니 구 회장과 지숙, 미현이 차례로 들어온다.

구 회장이 다가오자 재성과 우혁은 미묘하게 표정이 굳었다가 풀어진다. 그것은 인사를 얼추 끝내고 재성 곁에 있던 진서도 마찬가지.

"아이구~ 이거 미안하네. 내가 늦었지? 우리 딸이 다음 주면 호주로 다시 들어가서 이것저것 준비시키고 나도 회사 일로 요새 정신이 없어서 말이야. 하하."

"아닐세. 굳이 바쁘면 힘든 걸음 안 해줘도 되는데 그랬어. 미현이 안색도 안 좋아 보이는데."

"하하! 자네도 참. 우리 사이에 섭섭하게. 안 그런가? 정 회장."

"그런가. 바쁘면 어쩔 수 없는 거지."

"……."

왠지 모르게 변한 듯한 두 사람의 태도에 구 회장의 표정이 안 좋아지자 진서가 얼른 화제를 돌린다.

"안녕하셨습니까? 구 회장님. 오랜만에 뵙습니다."

"아, 그래, 그래. 진서 네 결혼 소식은 들었어. 축하한다."

"예. 감사합니다."

"나도 축하한다, 진서야."

"예. 감사합니다, 이 여사님. 그런데……."

말을 잇던 진서는 구 회장 내외와 미현에게 너른 시선을 던지며 은근한 어조로 자신의 옆에 있는 단아를 당겨 안으며 말한다.

"왜 다들 축하를 제게만 해주세요? 여기, 제 아내에게도 축하해주셔야죠. 인사드려, 여보. 모현그룹의 구충기 회장님하고 아내분인 이지숙 여사님. 제 안사람 소개는 안 해도 알고 계시죠?"

"안녕하세요. 정단아라고 합니다. 제가 몸이 좀 불편해서……. 이렇게 인사드려서 죄송합니다."

"아……. 그…… 그래요. 괜찮아요."

"크흠! 저런…… 안됐네, 젊은 사람이. 그래도 한 전무가 있으니

다행이구만. 흠흠!"

"……"

단아가 환하게 웃으며 살짝 고개를 숙여오자 구 회장 내외와 미현의 얼굴에 일순간 당황의 빛이 스쳐가고 그 찰나를 놓치지 않은 진서는 타깃을 바꿔 미현에게 말을 건넨다.

"근데 미현이 넌 왜 아까부터 말이 없어? 정말 어디 아프기라도 한 거야?"

조금 전 들어서면서부터 자신 앞에 마주 선 단아의 얼굴을 제대로 못 보고 시선을 내리고 있던 미현은 갑작스런 진서의 물음에 움찔하며 웅얼거린다.

"아…… 아니……. 그냥 좀……."

"아, 우리 애가 요새 빨리 호주 가고 싶다고 정신이 없어서……."

"그렇습니까?"

지숙이 서둘러 둘러대자 진서는 대답과 함께 미현을 빤히 바라보고 그 눈길에 숨이 막히는 듯한 미현이 시선을 홱 피해버린다.

그런 미현과는 달리 여유로운 표정의 진서가 단아와 함께 한 발짝 더 다가서며 말한다.

"그래도 서로 인사는 해야지. 여보, 여기는 구 회장님의 하나뿐인 외동딸인 구미현. 당신보다 세 살 어리고 나 좋다고 따라다니던 꼬맹이. 보아하니 이젠 싫증 난 모양이네."

"어머, 정말? 여보 인기는 여전했구나."

"그렇다니까? 나 잡길 잘했지?"

"네네~ 아주 좋아 죽겠어."

"하하."

두 사람의 다정한 모습에 주먹을 꽉 움켜쥔 미현이 표정을 굳히자 진서에게 '으이그~' 하던 단아가 미현에게 시선을 주며 말한다.

"어머. 내 정신 좀 봐. 인사도 안 하고. 안녕하세요, 미현 씨. 저도 외동인데 우리 잘 지내봐요."

"아니…… 저는 어차피 곧 호주 갈 거라서."

"아……. 그래요……? 아쉽네. 그래도 가끔이라도 볼 수 있으면 봐요."

왠지 차가운 인상의 미현이 어딘가 낯설지 않은 느낌을 받은 단아.

"저기…… 근데 우리 어디서 만난 적이 있었나요? 낯이 익은데."

"아니요! 보긴 뭘 봐요!"

"아…… 미안해요……. 난 그냥……."

"됐어요!"

웃으며 건넨 단아의 말에 순간 크게 당황한 미현이 사람들의 이목을 집중시킬 만한 큰 목소리로 내지르고 단아의 사과에도 딱 자르더니 뒤돌아 걸어간다.

"내가 너무 격 없이 굴었나……. 어떡하지……."

"괜찮아. 미현이가 오늘 컨디션이 나쁜가 봐."

"그런 걸까……? 어……? 저기……."

"왜 그래?"

"잠깐만 오빠."

"아…… 그래."

걱정스레 진서와 대화를 나누던 단아의 눈에 미현의 귀걸이 하나가 떨어질 듯 달랑거리는 게 보이고 진서에게서 벗어난 단아가 미현에게 다가가며 불러 세운다.

"저…… 미현 씨. 미현 씨! 잠깐만……!"

자신을 부르는 소리에 걸어가던 미현이 멈춰 돌아서고 이때다 싶은 단아는 최대한 다리에 힘을 주며 워커를 끌어 미현 앞에 가까이 멈춰 선다.

"뭐…… 뭐예요?"

미현이 당황하며 되묻자 단아는 한 손으로 자신의 귀를 만지며 대답한다.

"아……. 귀걸이요. 떨어질 것 같아서."

자신의 말에 서둘러 같은 손을 들어 귀를 매만지는 미현의 행동에 피식 웃음이 난 단아가 조금 더 미현에게 다가서며 손을 위로 뻗는다.

"왜…… 왜 이래요……?"

"잠시만요. 살짝 걸어주기만 하면 되는 디자인이니까……."

미현이 움찔하며 뒤로 몸을 빼자 더 손을 위로 뻗은 단아는 귀걸이를 채워주기 위해 애를 쓴다.

"한 손으로 하려니까 역시 힘드네요. 조금만요."

그러다 미현의 목덜미 부근에 살짝 차가운 단아의 손이 스치고 순간 미현은 사고 때의 기억이 떠오른다.

차디찬 손으로 자신의 다리를 붙잡으며 도와달라던 그때의 기억이…….

'……도와…… 주세요…….'

순간적으로 그때 단아의 모습과 지금의 단아의 모습이 겹쳐 보인 미현은 기겁을 하며 세게 단아의 손을 내치며 밀어버린다.

그때와 똑같이.

투웅! 탁!

"소름 돋게 어딜 잡는 거야! 미쳤어?"

"……."

그 반동에 그대로 워커와 함께 넘어져버린 단아는 웬일인지 아무런 반응이 없고, 잠시 후 두 손을 꽉 움켜쥔 단아가 고개를 들어 미현을 바라보며 그렁한 눈으로 뱉은 한마디에 미현의 두 눈이 빠르게 흔들린다.

"당신…… 이었죠? 그날 내 손을 뿌리치던 여자."

"무…… 무슨 소리예요? 뜬금없이."

단아가 건넨 말에 눈동자가 흔들리며 방황하던 미현은 단아의 눈길을 애써 피하며 잡아뗀다. 그런 미현을 향해 나지막이 가라앉은 목소리로 말을 잇는 단아.

"……사랑 유치원 앞 골목길 뺑소니 사고……. 미현 씨 맞잖아요. 방금 전에 그 말…… 그 목소리……. 그때 내가 들었던 목소리랑 똑같다구요. 내가 잊고 싶어도 못 잊는 목소리니까."

"무슨…… 말도 안 되는……."

단아의 올곧은 눈빛을 받아내기 버거운 미현이 주춤거리며 뒷걸음질을 치던 그때.

"단아야!"

"어머, 새아가!"

"새언니!"

"미현아!"

그와 동시에 단아에게는 진서와 가족들, 경호팀 사람이. 미현에게는 구 회장 부부가 뛰어온다.

가장 먼저 단아에게로 달려온 진서가 주저 없이 다리를 굽혀 앉으며 단아를 품에 안고 그 옆으로 다영과 다현, 서연이 앉아 묻는다.

"괜찮아……? 어디 안 다쳤어?"

"괜찮니……?"

"괜찮아, 단아 언니……?"

"저 괜찮아요……. 나 괜찮아, 오빠……. 서연 아가씨 걱정 말아요……."

모두의 걱정에 옅게 웃으며 대답한 단아지만 결국 두 눈에 고인 눈물이 흐르고 진서의 품으로 얼굴을 묻는다.

"저기요! 우리 새언니가 그쪽 언니 씨 귀걸이 채워주려고 한 건데 왜 사람 호의를 무시해요? 싫으면 됐다고 말로 하면 되지 왜 미냐구요!"

서연이 허리에 두 손을 탁 얹으며 일어나 미현에게 무어라 더 따지려는 듯 다가서려는데 재성과 우혁이 나서며 서연을 제지시킨다.

"서연이 넌 단아 언니 살펴주거라. 해도 아빠가 할 테니."

"그래, 그래. 우리 사돈처녀는 이런 일엔 나서지 않아도 돼요. 응?"

"……네. 알겠어요."

어른들이 해결하는 게 더 낫겠지 싶은 서연이 얌전히 물러서며 단아에게로 간다.

그러자 단아의 앞을 선호와 경호팀인 준형과 현민, 유한이 보호하듯 막아서고 그 앞으로 재성과 우혁이 한 발짝 더 나아가 미현을 살피던 구 회장 부부에게 날 선 말을 건넨다.

"구 회장, 지금 이게 무슨 경우인가? 우리 며느리가 미현이에게 호의를 베풀려던 것 같은데."

"그래. 설명을 해줘야 할 것 같은데?"

"아니…… 그게 그러니까…… 우리 애가 워낙 다른 사람이 자기한테 손대는 걸 싫어해서……."

구 회장이 우물거리자 재성과 우혁은 더욱 압박을 가한다.

"그럼 좋게 말로 했으면 될 일 아닌가? 그리고 미현이가 자네한테 소중한 딸이면 나한테 우리 단아는 하나뿐인 귀한 며느리고 정 회장한텐……."

"하나뿐인 소중하고 귀한 딸이지."

"……."

"……."

재성과 우혁이 표정을 굳히며 압박하듯 한 걸음 더 다가서자 구 회장 내외와 미현은 아무런 말도 하지 못한다.

맞는 말이었으니까.

좋은날 더 소란을 피우고 싶지 않다 생각했는지 재성과 우혁은 눈짓을 주고받는다.

"우리 며느리가 괜찮다고 하고 오늘 자리가 자리이니 이 이상 큰소리는 내지 않겠다만 앞으로 행동할 땐 서로 조심하자고. 얼굴 붉히지 않게."

"그리고…… 미현이 출국 준비로 잊었을까 봐 말하는데 어음 상환 날짜도 다음 주까지인 건 알고 있지? 우리도 더는 못 미루니 기한 내에 부탁해."

"아…… 아니! 그건 좀 더 시간이……."

"우리도 많이 기다려줬다고 생각하네. 더는 안 돼."

"구 회장한텐 미안하지만 우리도 사업하는 사람이니까. 다음 주 넘어가면 바로 법적으로 상환 절차 들어갈 생각이야."

"그렇지만 워낙 큰 액수지 않나……. 자네들이 안 봐주면 우리 모현그룹은 부도라고. 응?"

단호한 두 사람의 태도에 구 회장이 낭패라는 표정으로 사정해 보지만 이미 마음을 굳힌 재성과 우혁은 반응이 없다.

한편 단아를 안아 계속 다독이고 있던 진서는 나지막이 단아에게 말을 건넨다.

"단아야, 힘들면 우리 먼저 집에 갈까……?"

"……응. 가고 싶어, 집에……."

"그래……. 가자, 집에."

안은 그 상태로 조심히 단아를 안아들고 일어선 진서는 다영과 다현에게 말한다.

"저희 인사는 얼추 다 했으니 먼저 가볼게요, 어머니. 단아가 힘들어서 먼저 데리고 가보겠습니다, 장모님."

"그래. 그렇게 해. 지금 파티가 중요하니? 단아 워커랑 핸드백은 내가 챙겨서 가져갈 테니까."

"여기는 걱정 말고 먼저 가, 한 서방. 우리도 금방 따라갈게."

"예."

"오빠. 나도 갈까?"

서연의 말에 다영이 눈치껏 얼른 말린다.

"서연이 너까지 가면 어떡하니. 새언니랑 오빠 대신에 있어야지."

"아…… 그런가?"

진서 역시 살짝 미소 지으며 서연에게 부탁한다.

"그래, 서연아. 단아 언니랑 오빠 몫까지 아버지 어머니 옆에 있어드려."

"알았어! 그럼 내가 여기 싹 정리하고 얼른 갈게. 언니, 그사이에 어디 아프면 안 돼?"

"응. 그럴게, 서연아······."

자신을 걱정스레 바라보며 말하는 서연에게 설핏 웃어 보인 단아가 대답하고 양가 어머니들에게 고개를 끄덕인 진서가 살짝 방향을 바꿔 앞으로 걸어 나간다.

"나 먼저 갈 테니까 행사 마무리되면 알아서들 들어가. 연락은 나중에 따로 하자."

"오케이. 들어가라."

"단아 누나, 푹 쉬어."

진서가 걸어 나가며 말을 건네자 간단히 입을 모아 대답하는 네 사람.

그렇게 바로 이어서 걸어가다 구 회장 근처에 멈춰 선 진서는 지나가듯 재성과 우혁에게 말한다.

"뒤에서 들으셨죠, 아버지? 저희 먼저 갈게요."

"그래. 들었으니까 며늘아가 잘 보살피고."

"장인어른, 저희 먼저 가보겠습니다."

"그래. 우리 단아 잘 부탁하네, 한 서방."

"예, 장인어른."

우혁에게 살짝 묵례를 한 진서가 홀 입구를 향해 몇 발자국 걸어가는가 싶더니 무언가 생각났다는 듯이 '아아.' 하더니 우뚝 멈춰 선다.

"깜빡하고 이 말 못 할 뻔했네요, 구 회장님."

진서의 부름에 구 회장이 살짝 몸을 틀어 바라보자 옆으로 몸을 돌아선 진서가 비릿한 웃음을 띤 채 말을 잇는다.

"이제 정말 아슬아슬하네요. 모든 부분이. 그렇죠?"

"······무슨 소린지······."

"글쎄요? 저도 그건 모르죠. 저는 회장님이 아니니까요."

그러고는 씨익, 더욱 입꼬리를 늘이며 웃는 진서다. 눈동자는 차디차게 가라앉은 채로.

"그리고…… 미현아."

"……."

진서의 부름에 움찔하는 미현.

"이제 한 번 남았네. 난 아무리 아는 동생이라도 세 번 이상 거슬리면 그냥 그대로 아웃이거든. 그럼 오래 보려면 피차 조심해야겠지? 부탁할게."

"……."

차마 뒤돌아보지 못하는 미현이다. '부탁'이라는 말 뒤에 숨겨진 경고임을 알기에.

진서는 애초에 대답을 들으려던 게 아닌 건지 그 말을 끝으로 미련 없이 중앙 홀의 문을 열고 빠져나갔다.

12. 전부 제자리로

"우리 방이야. 이제 안심해도 돼."

"응……."

몇 시간 후. 차를 끌고 평창동 본가로 돌아온 진서는 단아를 안은 채 곧장 도어록을 풀고 집 안으로 들어와 방으로 들어섰다.

어둠에 익숙해진 눈으로 단아를 침대 위에 눕혀주고는 스탠드를 켜고 곁에 앉아 머리를 쓰다듬어주는 진서.

"놀랐을 텐데 따뜻한 물 가져다줄게. 잠시만."

꼬옥……. 단아가 진서의 슈트 재킷을 붙잡는다.

"……가지 마."

"오늘 창립기념일 행사 때문에 일하시는 아주머니도 일찍 퇴근하셔서 안 계시잖아. 그러니까 오빠가 해야지. 금방 올게."

부러 장난스레 말하고 일어나려는 진서를 다시 붙잡는 단아.

"싫어……. 나 혼자 두지 마……."

"……웬일이지? 우리 여보가 황송하게 투정을 다 부려주고."

피식 웃으며 나지막이 말하는 진서의 넥타이를 잡아당긴 단아는 울음 섞인 목소리로 매달렸다. 마치 두려움에서 벗어나려는 듯이.

"키스해줘……. 안아줘……. 오빠 품에서 하나가 되고 싶어……."

"……."

단아의 말에 순간 진서의 눈빛이 짙어지며 이성이 흔들린다.

알고 있다. 지금의 단아는 불안해서 다분히 감정적인 상태라는 걸.

아는데…… 그냥 모른 척 널 품고 싶은 나는…… 미친놈인 걸까…….

자신의 이기적인 마음에 속으로 자조적인 웃음을 뱉은 진서는 가볍게 넘기려 한다.

"우리 여보가 오늘따라 유혹적인데? 우선 좀 진정되고 나서 다시……!"

말을 하는 진서를 그대로 세게 당겨 입술을 포갠 단아가 먼저 입술을 지분거리며 혀를 감아들었고 결국 그 달콤함에 백기를 든 진서였다.

기꺼이 미친놈이 되겠노라고.

그렇게 시작된 키스는 찐득해지는 소리와 함께 서로의 혀를 몇 번이고 빨아 당겼고, 넥타이를 풀고 단아의 위로 몸을 포갠 진서는 빠르게 슈트 재킷과 셔츠를 벗어 바닥 아래로 내던졌다.

"몸 괜찮아?"

"괜찮아. 나중에 누가 좀 거칠어진 것만 빼면."

어스름해진 늦은 밤.

말소리를 따라가 보면 바닥에는 옷가지들이 떨어져 있고 침대 위에 나란히 누워 이불로 몸을 감싸고 이야기를 나누고 있는 단아와 진서가 보인다.

"미안해…… 조심하려고 했는데 날 꼭 안고 매달리는 우리 여보가 너무 예뻐서……"

"피이. 그거야 오빠밖에는 없으니까……"

"그래서 더 좋았어. 행복했어."

"으이그~"

"하하하."

단아가 진서의 가슴팍을 살짝 때리자 진서는 기분 좋게 웃으며 단아의 입술에 쪽 입을 맞춘다.

"자~ 그럼 이제 얘기해줘."

"응? 뭘?"

"갑자기 투정 부린 이유. 단아 너 무슨 일 있을 때 꼭 어리광 부리잖아. 평소엔 투정해달라고 해도 안 해주는데."

"……어머님, 아버님 오셨으려나? 아가씨랑."

"뭔데. 뭔데 오빠 눈 피하는 건데…… 오빠 봐, 단아야."

자신의 물음에 말을 돌리는 단아의 행동에 뭔가 있음을 직감한 진서.

"그런 거 아닌데…… 우리 옷 입고 나가볼까? 가족들 돌아왔을 수……"

"정단아, 오빠 보고 똑바로 말해. 아니라면서 눈동자는 왜 흔들리고 눈물은 왜 또 차오르는 건데. 아까 미현이가 무슨 안 좋은 소리라도 했어?"

"……"

미현이라는 소리에 툭…… 차올랐던 눈물이 흘러내리며 진서의 품으로 파고드는 단아와 그런 단아의 행동에 의구심에서 확신으로 바뀐 진서가 단아를 꽉 안으며 부드러운 목소리로 다시 묻는다.

"무슨 일인데…… 응? 오빠가 지켜줄 거니까 걱정 말고 얘기해도 돼. 오빠 믿지?"

한없이 따스한 진서의 목소리에 결국 단아의 입술은 담기 싫었던 말을 담아내고야 만다.

"내 사고 낸 사람…… 누군지 알 것 같아. 증거는 없지만……. 내 꿈속에서 여자가 했던 말이랑 들었던 목소리가 똑같았어."

단아의 말에 화들짝 놀란 진서가 고개를 내리며 단아를 마주 보고 묻는다.

"그 사람이…… 누군데?"

진서의 물음에 단아는 입술을 달싹거리다 이내 뱉어낸다.

"……모현그룹의 미현 씨."

단아의 한마디에 순간 머릿속이 텅 비어버린 듯 멍해져버린 진서는 변함없을 대답이 돌아올 것을 알지만 되물었다.

"누구…… 라고……?"

"모현그룹의 미현 씨. 내 꿈속에서 들었던 말이랑 목소리가 똑같았어……."

"……하!"

역시나 똑같은 단아의 대답에 기가 찬 듯 크게 숨을 뱉어낸 진서는 턱을 악물며 저도 모르게 단아를 감싸 안은 손에 강한 힘을 준다.

그 힘에 고통스러운 단아가 살짝 얼굴을 찡그리며 말한다.

"어깨 아프다."

"……"

"오빠."

"아…… 응. 불렀어?"

생각에 잠겨 멍해진 진서를 향해 작게 한숨을 내쉰 단아는 다시
한번 말해준다.

"나 어깨 아파……. 오빠가 손에 힘을 너무 줘서."

"아아……"

그제야 자신의 손에 힘이 들어갔었다는 걸 인지한 진서는 서둘
러 힘을 빼며 단아의 어깨를 두 팔로 감싸 안아 쓰다듬는다.

"미안해. 아팠지?"

"괜찮아. 근데 오빠 표정은 조금 무서웠어, 방금."

"응? 내 표정?"

"응. 스탠드 불빛에 비쳤는데 나랑 싸웠을 때도 안 짓던 표정을
지어서 좀 무서웠어. 아주 조금."

"……그랬구나. 미안……. 생각지도 못한 말을 들으니까 화가
났었나 봐."

"응…… 알아. 그래서 금방 괜찮아졌어. 이해돼서."

"역시 우리 여보는 날개 없는 천사라니까."

단아를 바라보며 장난꾸러기 같은 표정을 짓는 진서와 그런 진
서의 모습에 피식 웃음이 난 단아.

"있잖아, 오빠."

"네~ 왜요, 여보?"

"내 사고 낸 사람 정말 미현 씨일까? 증거도 없는데 괜히 내 꿈
하나만 가지고 사람 의심하는 걸까 싶어서 마음이 좀 그래."

"······아마도 맞을 거야. 단아 네 꿈도 계속 같은 꿈이었고, 무엇보다······."

말을 잇다 멈칫하는 진서의 행동에 이상함을 느낀 단아가 되묻는다.

"무엇보다?"

단아를 아픈 눈빛으로 바라보던 진서는 단아의 이마에 살짝 입맞추며 말을 잇는다.

"무엇보다 사실은······ 단아 네 사고가 있던 그날 사고 현장에서 구 회장님의 차를 봤었대. 출동했었던 구급대원이."

"······구 회장님이라면······ 오늘 봤던 미현 씨 아버지······."

단아가 놀란 표정으로 진서에게 말하자 진서는 고개를 끄덕인다.

"장인어른이랑 아버지가 사고에 대해서 알아보시다가 알게 됐다고 저번에 우리 결혼 축하 파티 있던 날 저녁에 아버지가 오빠한테 얘기해주셨어."

"아······."

"아버지한테 얘기를 들었을 당시엔 구 회장님이 범인일까 했었는데 아마도 구 회장님은 딸의 사고 뒤처리를 하기 위해서 사고 현장에 계셨던 거겠지. 단아 네 꿈도 그렇고. 그렇게 생각하면 그동안 왜 아무런 증거도 안 나온 건지 이해가 돼."

"그래서 그랬던 걸까······. 호텔에서 내가 넘어지고 나서 미현 씨한테 그랬거든. 그날 사고 미현 씨 맞지 않냐고."

"그랬어······?"

"응. 그랬더니 얼굴색이 파리해지면서 눈동자가 흔들리더라······."

"······그랬구나."

"근데…… 그래도 아직 확실한 증거는 없으니까 사람을 먼저 의심하고 싶지는 않은데……."

단아가 힘 빠진 목소리로 웅얼거리며 진서의 품 안으로 파고들자 진서는 그저 단아를 안아 토닥여준다.

"괜찮아. 단아 넌 그 정도면 충분히 제 몫을 해준 거야. 이제는 오빠랑 어른들한테 맡기고 아무 걱정하지 마."

"응……. 그럼 범인 밝혀지면 그때는 그게 누구든 꼭 알려줘."

"그럴게. 처음에는 정말 아무것도 확실한 게 없을 때라 단아 네가 걱정하는 게 싫어서 말 안 했었어. 미안해. 부부는 뭐든 숨기는 거 없어야 하는데……. 앞으로는 그럴 일 절대 없을 거야. 약속할게."

"그거면 됐어……. 날 위해서 그런 거니까."

"이제 아무것도 무서워하지 마. 오빠가 꼭 지켜줄게. 반드시."

"응. 믿어. 내 남편이니까."

단아는 대답하며 허리를 꼭 안아 더욱 파고들었고 그런 단아를 마주 안은 진서의 눈빛은 은은한 불빛 속에서 순간 번뜩였다.

"뭐……? 미현이 같다고?"

다음 날 점심때가 지난 주말 오후.

오랜만에 온 가족이 모여 늦은 아침 겸 이른 점심을 먹은 후 단아와 서연, 다영은 다현과 함께 여자들끼리 쇼핑이라도 하고 온다며 나가고 재성과 단둘이 남은 진서는 재성의 서재에서 차를 마시며 이야기를 나누고 있다.

"예. 아무래도 어느 정도는 맞을 것 같아요. 단아가 계속 꾸던 꿈도 그렇고, 어제 호텔에서 보였던 미현이 행동도 그렇고. 거기다 단아가 사고 이야기를 미현이한테 했었다고 하더라구요. 사고 낸 사람 아니냐는 식으로."

"그래? 그랬더니?"

"얼굴색이 파리해지더래요. 매사에 자기 위주에 도도하던 그 꼬맹이가."

"흐음⋯⋯."

골똘히 생각에 잠긴 재성에게 진서가 다시 한번 더 확고한 어투로 말한다.

"아버지, 저 느낌 좋은 거 아시죠?"

"갑자기 무슨 소리야?"

"아마 미현이가 뺑소니 범인이 맞을 거예요."

"아니, 아무리 그래도 아직 이렇다 할 증거도 없는데 너무 그쪽으로 몰고 가는 건 좀⋯⋯."

"아버지도 어느 정도는 생각하고 계시잖아요. 사고 현장에서 목격된 구 회장님의 차량. 단아의 꿈속에 나온 알 수 없는 여자. 어제 미현이의 반응. 그리고 이상하리만큼 아무것도 나오지 않은 증거. 이 모든 걸 종합해봤을 때 그림 그려지지 않으세요?"

"⋯⋯."

"구 회장님이 뺑소니 사고를 낸 자신의 딸을 위해 모든 걸 감추고 덮었다, 라는 그런 그림 말이에요."

확고한 진서의 말에 재성 또한 수긍했지만 그래도 혹시 모를 만일을 위해 다시 상기시킨다.

"만약 그렇다 해도 지금은 증거가 없어. 너도 알잖아."

"예. 그래서 당장이라도 구 회장님 댁에 찾아가 뒤엎고 싶은 걸 꾹 누르고 있죠. 확실한 물증이 없으니까요."

진서의 눈동자가 순간 차갑게 식었다가 다시 돌아온다.

"흐음……. 김 비서라는 사람을 계속 찾고 있는 중이니 조금만 지켜보자."

"그럴 수 있는 시간도 이제 일주일가량밖에는 안 남았어요. 미현이 이번 주 안으로 호주 출국이니까. 만약 범인이 맞다면 시간이 얼마 없다구요, 아버지."

"아……. 그렇겠구나."

재성이 곤란한 표정을 짓자 진서가 빠르게 다시 말한다.

"그래서 말인데요, 아버지. 출국하기 전에 밥 한번 사주고 싶다고 하시면서 언제 출국인지 알아봐주세요. 김 비서라는 사람은 저도 수소문 중이니까 최대한 빨리 찾도록 해볼게요."

"그래. 알았다."

"그리고 어음 상환 건은 언제까지 봐주실 생각이세요? 공증받은 서류상으로는 사실 이미 날짜 지났다고 하셨잖아요."

"그렇긴 한데 우혁이랑 더 봐주기로 한 날짜가 이번 돌아오는 목요일까지라……. 그때까지도 약속된 금액이 안 되면 바로 법적으로 절차 밟을 생각이야."

재성의 대답에 순간 눈빛이 반짝인 진서는 씩 입꼬리를 올려 미소를 짓는다.

"아버지."

"왜, 인마. 난 너 그렇게 웃으면 불안해. 알아?"

재성이 찻잔을 들어 차를 한 모금 마시며 대답하자 진서는 가볍게 피식 웃는다.

"만약 그 전에 증거가 나와 미현이가 범인이라면…… 바로 법적인 절차 진행하시죠. 미현이도, 모현그룹도."

그 웃음 뒤에 뱉은 말은 전혀 가볍지 않은 말이었다.

시간은 빠르게 흘러 또다시 한 주가 시작되는 월요일.

JS그룹 본사 내 23층 전무실에도 변함없이 진서가 업무를 보며 즐거운 듯 전화통화를 하고 있다.

"하하. 진짜? 우와, 우리 여보 대단한데? 이제 화장실도 혼자 해결하고. 역시 정단아라는 여자는 여러모로 대단한 여자라니까?"

진서가 대단하다며 우쭈쭈를 시전하자 통화 상대인 단아의 투덜거림이 휴대폰 너머 진서의 귓가로 들려온다.

-나 아기 아니니까 자꾸 그런다. 재활도 계속하고 있고 해서 그런지 실수하는 게 많이 줄어서 느낌이 든다 싶어지면 진주댁 아줌마께 화장실 오고 가는 정도만 도움받으면 돼. 아니면 불안할 땐 입는 패드도 있고. 진주댁 아줌마 오빠 집에서 오래 일하셔서 나랑도 잘 아니까 호연 아줌마 다음으로 편해.

"그래. 그럴 것 같아서 오빠도 호연 아주머니 좀 쉬시라고 한 거야. 단아 네가 손 내밀 수 있는 분이 본가에 있어서. 오빠한테 그 부분은 절대 도움 안 받으려고 하니까."

-아직 오빠는 안 돼. 한 이십 년쯤 지나고 나면 또 모를까.

"하하하. 그럼 오빠는 이십 년 동안 우리 여보가 매일 신비롭겠네?"

-으이그. 하여튼 장난은. 점심은 먹었어? 점심시간 지났잖아.

"안 그래도 먹고 열심히 일하는 중이야. 착하지?"

-네~ 우리 남편 참 착해요.

"그럼 상 없나? 착한 남편인데."

-…….

"여보세요? 여보. 단아야?"

전화가 끊겼나 싶어 귀에서 휴대폰을 떼려는 그때 진서의 물음에 답이 없던 단아가 소곤거리는 목소리로 빠르게 말한다.

-사랑해. 옆에 어머니 계시니까 끊을게.

그러더니 진서가 무어라 대답하기도 전에 끊겨버리는 전화.

"푸훗. 아아, 귀여워 진짜."

끊겨버린 전화도 마냥 좋은지 휴대폰을 책상 위에 내려두며 올라간 입꼬리가 내려올 생각을 않는 진서의 귓가로 똑똑, 노크 소리가 들린다.

"예. 들어와요."

웃음기를 머금은 목소리 뒤로 지선이 문을 열고 안으로 들어와 진서 앞으로 다가선다.

"한 전무님 앞으로 온 택배입니다."

"제 앞으로요?"

"네. 퀵서비스 직원분 말로는 부탁한 사람이 급하니 빨리 전해 달라는 말을 남겼다고……."

책상 위에 놓인 아무것도 적혀 있지 않은 작은 서류봉투 하나.

"누가 보내는 건지는 말 안 하던가요?"

"네. 그냥 JS그룹 한진서 전무 비서실 앞으로 빠르게 보내달라고만 했답니다. 퀵 서비스 업체에 다시 알아볼까요?"

"아니요. 무슨 이유가 있으니 다급하게 보냈겠죠. 가져다줘서 고마워요. 나가보세요."

"네. 그럼."

지선이 인사 후 다시 뒤돌아 문을 닫고 나가자, 진서는 서류봉투를 들고 이리저리 살피다 봉투를 열어 안을 확인한다.

손에 잡히는 건 작은 USB와 녹음기 하나. 뭔가 더 있나 싶어 살펴지만 텅 비어 있다.

"……뭐지?"

영 느낌이 좋지 않은 진서였지만 확인은 해야 했기에 우선 녹음기부터 재생시켜본다.

그러자 한 남자의 목소리가 들려온다.

-한진서 전무님이 듣는다고 생각하고 말하겠습니다. 지금 제가 하는 이야기는 모두 진실이며, 만일 거짓이면 위증죄도 달게 받겠습니다. 그럼 바로 단도직입적으로 말하죠. 저는 구충기 회장을 십 년 이상 모셨던 김 비서, 김호태입니다. 요즘 여러 사람들이 애타게 절 찾더군요. 대단한 그룹들에서 말이죠.

"……!"

김 비서라는 말에 놀라는 진서. 녹음기에서는 계속해서 말이 이어진다.

-그런데 왜 한진서 전무님에게 이걸 보내느냐. 사람으로서 죄송해서요. 구충기 회장의 이중성에 넌덜머리도 나고……. 그래서 늦었지만 사람 된 도리는 하자 싶어서 정단아 씨 남편분인 한 전무님에게 이걸 남깁니다. 저는 지금 아시다시피 구 회장한테서 도망친 신세라 당장 앞에 나타날 수가 없어서요. 아마도 절 찾으시는 이유는 같이 보내드린 USB 안에 들어 있을 테니 보시면 될 거고 제가 드리고 싶은 말은 단 한 가지입니다. 정단아 씨 뺑소니 사고의 범인은 구미현. 구충기 회장의 딸이고 구충기 회장은 절 시켜서 그 사고를 덮어버린 장본인입니다, 한진서 전무님. 그럼 꼭 사건의 진실을 밝혀내시길 바라겠습니다.

그렇게 녹음기는 끝이 났고 듣는 내내 어느 정도 예상했음에도 경악을 금치 못한 진서는 USB를 있는 힘껏 꽉 움켜쥐었다.

당장이라도 모든 걸 집어삼킬 듯이 어둡게 가라앉은 눈빛을 하고서.

정말 너였구나? 구미현.

얼마나 시간이 흐른 걸까.

의자 뒤로 기대 앉아 지그시 눈을 감고 있는 진서가 보이고 맞은편 데스크톱 PC화면에는 단아가 차에 치이자 미현이 차에서 내리는 장면에서 멈춰 있다.

그때 차갑다 싶을 정도로 적막한 전무실 안에서 조그맣게 들려오는 구 회장과 김 비서의 대화 목소리.

-그래서 담당형사 입은 잘 막았고?

-예. 딸 유학 자금 얘기에 완전히 넘어왔습니다.

-그렇겠지. 돈 싫어하는 사람은 없으니까. 그래도 혹시 모르니 나중에 다시 한번 단단히 입 조심시켜. 괜히 미현이한테 불똥 튀지 않게.

-알겠습니다.

-SH그룹이나 JS그룹 쪽에서 뭐 알아낼 건 확실히 없겠지? 어찌 됐든 자기 아들이 좋아했던 여자 집안하고 친하니 가만히 있지는 않을 텐데. 정 회장 쪽은 자기 딸 일이니 말할 것도 없고.

-……예. 깨끗하게 처리해뒀습니다. 그날 그 일대가 공사 중이어서 특별히 목격한 사람이나 주변에 차도 없었고 CCTV도 처리했으니까요.

-그래, 잘했어. 내가 이래서 호태 널 좋아한다니까.

바로 USB 안에 들어 있던 두 개의 파일들 중 동영상 파일 하나와 더불어 들어 있던 녹음 파일 하나가 재생되던 중이었던 것이다.

아마도 김 비서가 구 회장 몰래 나중을 대비해 빼돌려뒀던 것이겠지.

"……."

서서히 상체를 일으키더니 탁! 키보드를 눌러 녹음 파일을 멈춘 진서의 눈빛과 얼굴 표정은 이미 아무런 감정조차 읽어낼 수가 없다.

아무것도 보이지 않는 깜깜한 어둠과도 같아서.

진서가 PC화면을 뚫어져라 응시하던 그때 똑똑, 적막을 깨는 노크 소리가 들리더니 선호가 빠르게 문을 여닫고 들어선다.

"죄송합니다. 좀 급한 용무라서요. 아무래도 전무님이 저번에 찾으라고 지시하셨던 김 비서라는 남자의 행방을 찾은……."

흠칫!

……이 자식 왜 또 갑자기 흑화 모드야? 좀 전까지만 해도 싱글벙글이더니.

진서의 상태 변화를 가족 못지않게 잘 아는 선호였기에 일명 미친개 강림하기 전 상태라는 걸 알아채고서 조심스레 말한다.

"찾으라고 지시하셨던 김 비서라는 남자를 찾은 것 같습니다, 한 전무님. 어떡할까요? 당장 데려올까요?"

선호의 말에 그제야 잔뜩 가라앉아 음산하기까지 한 진서의 목소리가 들려온다.

"아니. 그럴 필요 없습니다. 찾았으면 그냥 이렇게만 전해요. 잘 받았으니 걱정 말라고. 다만 빠른 시간 내에 경찰서든 검찰이든 출두해줘야 할 거라고. 여러모로 중요한 사람이니 위험하지 않게 잘 주시하고."

"아…… 예. 알겠습니다. 저…… 그런데 갑자기 전무님 상태가 좀……. 그 사이에 무슨 일 있으셨습니까?"

차마 왜 미친개 모드 돌입이냐라는 말은 꺼낼 수 없던 선호가 에둘러 묻지만 진서는 한 손을 들어 기다리라는 제스처를 한 후 휴대폰을 들어 어딘가로 전화를 건다.

"아버지, 지금 통화 가능하십니까?"

전화통화의 상대는 다름 아닌 아버지인 재성.

-그래. 무슨 일이야, 이 시간에?

재성이 긍정의 답을 내놓자 진서는 곧바로 본론을 꺼낸다.

"단아 사고 뺑소니범 미현이 맞습니다."

-……확실한 증거는 있고?

"예. 저희가 찾던 김 비서가 제게 퀵으로 증거들을 보내왔어요. 사고 당시 CCTV와 구 회장님과 나눈 대화 녹음 파일, 거기다 자신이 증언을 한 녹음기까지 전부. 부탁하면 증인도 되어줄 것 같구요."

재성은 진서의 말에 놀란 기색으로 되묻는다.

-어떻게……?

"구 회장님 쪽에서도 찾는 눈치라 직접 나서지는 못하는 듯했고, 제 비서실 앞으로 이름 모를 택배가 왔습니다. 조금 전에. 아마 구 회장님 몰래 그동안 대비를 해온 거겠죠. 김 비서의 행방은 방금 선호가 알아냈구요."

-그랬구나. 그럼 우선은 김 비서를 보호해야 하는 거 아니냐? 비록 지시로 움직이긴 했어도 이행을 한 건 김 비서니 그 사람도 처벌을 피하긴 힘들 테지만 우리한테는 중요한 증인인데.

-그건 이미 제가 지시해뒀습니다. 그보다…… 제가 주말에 했던 말 기억하시죠? 아버지.

"그래. 확실한 증거까지 나왔다면 우리도 더는 가만히 기다릴 필요 없다. 지금 바로 우혁이랑 같이 모든 법적인 절차 밟고 경찰 쪽에도 단단히 일러두마. 정 회장 내외랑 너희 엄마한텐 내가 얘기할 테니 넌 네가 할 일 하고."

-예. 그래야죠. 그럼 증거들은 바로 경찰에 넘기겠습니다. 이미 제 휴대폰에 모두 옮겨됐으니 아버지는 나중에 확인하세요.

-그래. 그렇게 하자. 내가 말해둘 테니까.

그 후 진서는 한 박자 느리게 옅은 한숨과 함께 또 다른 용건을 꺼냈다.

"그리고 미현이 출국은 언제인지 알아보셨어요?"

-아, 그래. 얘기해준다는 걸 깜빡했구나. 출국은 내일모레라더라.

"……그래요? 그럼 경찰에 출국금지신청도 해야 한다고 알리세요, 아버지."

-그래, 알았다. 아마 경찰 쪽에 증거들 들어가면 구 회장이랑 미현이 둘 다 바로 구속영장 발부돼 체포될 거다. 그럼 더 볼 것도 없이 모현그룹은 어음을 제때에 갚지 못하니 부도처리 되겠지. 그리고 최 비서 통해 알아보니 최근 회사 재정 상태도 엉망이라 어차피 기한 내에 어음 상환은 힘들 거라더구나.

"다 자업자득인 겁니다. 누구의 사람을 아프게 한 건지 제대로 알게 해줘야죠."

-그래야지. 몰랐으면 모를까 확실하게 알았고 증거까지 있는데 더 지체할 이유가 뭐 있겠냐. 내 며느리 아프게 한 만큼 똑같이 되갚아줘야지.

"……"

재성의 말에 잠시 침묵을 하던 진서는 곧 차갑게 가라앉은 목소리로 말을 잇는다.

"아니요. 저는 그걸로는 부족합니다. 몇 배로 되돌려줘야죠. 사는 게 고통이 되게 만들 겁니다. 단아가 그 사고로 고통받고 아파할 때 구 회장님…… 아니, 그 사람들은 편하게 웃었을 테니까요. 저는 절대로 그냥 법적인 처벌만으로는 못 끝내요."

-진서 네 마음이야 안다. 하지만 죄를 지은 사람과 똑같아지는 건 안 될 일이야. 이젠 경찰들한테 맡기고…….

재성이 휴대폰 너머로 작게 한숨을 내쉬며 말하지만 진서는 들을 생각이 없는 듯 단호하다.

"저 오늘은 일찍 퇴근하겠습니다, 회장님. 그럼 각자 할 일 하고 나중에 집에서 봬요."

그 말과 함께 먼저 전화를 끊은 진서가 서둘러 의자에서 일어서더니 코트를 잡아들면서 선호에게 말한다.

"나 오늘은 이 길로 안 들어온다. 내 책상에 이 녹음기랑 데스크톱에 꽂혀 있는 USB 전부 최 비서님이나 윤 비서님 통해서 경찰에 넘겨줘. 상아 유치원 뺑소니 사고 범인 잡을 증거라고 하면 알 거야."

"아…… 예……. 아, 아니…… 그보다 지금 이게 다 무슨 소린지 좀 설명해줄래?"

갑자기 뭔가 한꺼번에 풀리는 듯한 상황에 어안이 벙벙한 선호가 되묻자 코트를 걸치며 휴대폰을 챙겨든 진서가 빠르게 설명한다.

"대략적인 건 방금 한 전화통화로 들었을 테고 더 자세한 건 여기 있는 것들 보면 답이 나오니까 경찰에 넘기기 전에 봐. 아니면 아버지랑 같이 보든지. 어차피 위에 올라가야 하잖아. 그러면 더 간단하겠네."

그러고서 빠른 걸음으로 전무실을 빠져나가려는데 선호가 다급하게 불러 세운다. 그것도 친구 모드로.

"잠깐! 잠깐만. 지금 나가서 그대로 퇴근하겠다고? 지금 3시 조금 넘었는데? 오늘 외근이 있어서 점심 먹은 지 얼마 안 지났으니까."

"뭐 급하게 처리할 일 있어? 오늘은 오후에 회의 잡힌 거 없는 걸로 아는데."

"당장 급한 일은 없어. 시그니처라인 진행도 순조롭고. 그렇지만 직원들 보기가 좀……."

"아버지도 안 하시는 걱정을 너한테 다 듣네."

"그런 거 하라고 내가 있는 거거든. 네 옆에."

선호의 말에 잠깐이지만 얼굴에 미소가 그려지는 진서.

"지금 있는 서류들은 결재 사인 해뒀으니까 가져가라고들 해주고 이후에 올라오는 서류들은 내일까지 전부 검토 후에 해둘 테니 책상 위에 두고 가라고 해줘. 아, 아니다. 내가 나가는 길에 이 비서님이랑 강 비서님한테 말해두고 갈게. 선호 넌……."

"예예. 지금 당장 회장실 올라가서 비서분들께 증거들 전부 드리겠습니다."

선호가 '그럼 그렇지' 하는 어투로 대답한다. 하여튼, 일에 있어선 꼬투리 잡을 수가 없다니까.

"그리고 경찰서까지 같이 가서 상황 돌아가는 거 지켜보고 회장님께 보고드리고. 난 나중에 회장님께 들을 테니까. 그럼 이젠 됐지? 간다."

문을 열고 나가려는 진서를 선호가 다시 붙잡는다.

"잠깐! 진짜. 진짜 마지막으로 궁금한 거 하나만 묻자."

"뭔데 또?"

"지금 그렇게 급하게 어딜 가는 건데?"

선호가 불안한 표정으로 묻자 씩, 입꼬리를 올린 채 눈은 검게 가라앉은 진서가 고저 없는 평온한 목소리로 대답한다.

"나쁜 여우 하나 죽이러 가."

그 한마디만을 남긴 채 유유히 전무실을 나서는 진서의 모습에 오소소 소름이 돋는 것 같은 선호다.

"……그런 말을 그렇게 웃으면서 살벌하게 하는 놈은 너뿐일 거다. 하여튼 징한 놈."

선호 역시 중얼거림을 뒤로하고 서둘러 녹음기와 USB를 챙겨 들고서 데스크톱 PC화면을 전부 끈다.

"올라가서 회장님이랑 확인해보지, 뭐. 급하다는데."

녹음기와 USB 메모리칩을 손에 쥔 선호가 안을 한번 둘러보고는 끝으로 전무실을 빠져나갔다.

조금 전 로비로 내려온 진서는 자신의 차를 타고 어딘가로 향하고 있다.

"……."

결국 당신들이었어……. 단아를 그런 고통 속에 살게 만든 사람들이. 구 회장 당신과 당신 딸인 구미현이었다고!

진서는 운전을 하면서도 치밀어 오르는 화를 누르기가 힘이 드는지 핸들을 한번 강하게 내리친다.

조금만 기다려. 당신들이 단아에게 준 고통보다 더한 고통이 어떤 건지 내가 알게 해줄 테니까.

차량용 충전기에 연결해 거치대 위에 꽂아둔 휴대폰의 화면을 눌러 켠 진서는 어디론가 전화를 건다.

─……무슨 일이야? 오빠가 나한테 전화를 다 하고…….

몇 번의 신호음 끝에 힘없는 여자의 목소리가 들려오고 차디찬 표정과는 달리 평소와 별다를 거 없는 목소리로 통화를 하는 진서.

"이제 곧 미현이 너 출국이라고 들어서. 창립기념일 때 일도 있고 중요하게 하고 싶은 말이 있어. 지금 시간 되면 단둘이 좀 봤으면 좋겠는데……. 괜찮을까? 미현아."

통화상대는 다름 아닌 미현이었다.

예전 언젠가 억지로 미현이 찍어줬던 번호가 아직 그대로 남아 있었다. 다행스럽게도.

──……얘기라니? 무슨…….

"그렇게 오래 걸리진 않을 거야. 오빠가 장소 문자로 보낼게 잠깐만 얼굴 좀 보자. 정말 중요한 얘기라서 꼭 만나야 하거든. 무슨 일이 있어도."

진서의 표정이 일순간 차갑게 굳어졌다. 마치 미현이 앞에 있기라도 하듯.

강남에 위치한 한 조용한 룸의 느낌이 나는 카페.

진서가 먼저 예약을 해뒀었기에 어렵지 않게 안내를 받아 안으로 들어서니 미현이 먼저 도착해 있다.

진서는 그런 미현을 조용히 바라보다 종업원에게 나지막이 말한다.

"저는 금방 갈 거라서요. 차는 됐으니까 제가 나올 때까지 아무도 들어오지 말아주세요."

"예. 알겠습니다."

종업원이 나가고 나자 진서는 미현에게로 다가가 마주 앉았다.

"생각보다 빨리 왔네."

"그냥……. 이제 곧 출국이라 집에 있으니까……. 근데…… 할 말이 뭐야……?"

"……."

진서는 말없이 미현을 바라봤다. 며칠 사이 꽤 초췌한 모습이었다.

뒤늦게 겁이라도 났겠지. 구미현은 그저 아빠라는 뒷배를 믿고 어리광 부리고 멋대로 하는 여자일 뿐이니까. 그런데, 혹시라도 일 년 전 사고의 진실을 알게 된 거라면 아무리 너라도 깨달은 걸 테니까. 아빠가 해결해주지 못할 일이라는 걸.

순간 진서는 미현이 너무 가증스러워 보였다.

이제 와 자신이 피해자라도 되는 양 그 당당하던 기세는 어디로 가고 잔뜩 야위고 초췌해진 모습으로 자신의 앞에 앉아 있다는 것 자체만으로.

하지만 진서는 화를 누르고서 아무렇지 않게 굴었다.

"아아, 그거? 별로 대단한 얘기는 아니고 너 출국할 날도 얼마 안 남았으니까 가기 전에 꼭 해줘야 할 말이 있어서. 그대로 너한테 돌려줘야 할 것도 있고."

"그게 뭔데……?"

미현의 물음에 자리에서 일어난 진서는 천천히 미현에게로 다가가 상체를 숙였다. 그런 진서의 행동에 어리둥절한 미현이 뭐 하는 거냐고 입을 떼려던 그 순간, 진서가 한발 더 빨랐다.

"이거."

검게 가라앉은 눈으로 씩 웃은 진서는 그대로 미현의 옷 위로 멱살을 잡아 일으키며 손에 힘을 줬다.

"왜…… 왜 이래……? 숨 막혀…… 오빠……."

"그럴 리가. 아직 제대로 되갚음하지도 않았는데."

"그게…… 무슨……."

점점 힘이 강하게 주어지며 멱살을 쥔 채 위쪽으로 압박을 가하는 진서로 인해 겨우겨우 눈을 뜨고 진서를 바라보며 묻는 미현이었다.

"끝까지 모르는 척하겠다는 건가? 좋아. 그럼 내가 힌트를 줄게. 구 회장님이 내 아내가 하반신마비인 걸 알고 계셨다더라. 너도 창립기념일 때 봤지? 단아 상태."

"……."

"그게 일 년 전 어떤 뺑소니 사고 때문에 그렇게 된 건데……. 근데 있지, 미현아, 양가 집안밖에 모르던 그 사실을 어떻게. 너희 아빠가 알고 있었을까? 오빠 그게 참 궁금하던데."

"……나는…… 몰…… 라……."

피식, 미현의 대답에 비웃은 진서는 움켜쥐고 있던 멱살을 놓았고 그와 동시에 미현은 바닥으로 쓰러지듯 주저앉는다.

미현을 따라 무릎을 굽히고 앉은 진서는 미현의 얼굴을 한 손으로 치켜들곤 다시 물어왔다.

"그럼 오빠가 생각한 가설이 있는데……. 그게 맞는지 좀 봐줄래? 이게 너한테 주는 마지막 물음이자 기회니까 잘 생각하고 대답해."

"……."

"구 회장님이 어떻게 단아의 상태를 알고 있는 걸까? 생각을 해 봤어. 그러다 재밌는 접점을 발견했지. 우리 단아가 그러더라고. 사건 현장에서 들은 목소리가 여자고, 그 당시 현장에 있었던 구급대원도 목격한 차 번호판이 하나 있다는데 글쎄 알아보니 그 번호가 구 회장님 차량의 번호판이더라."

"……."

"그래서 생각했어. 사건 현장에 있던 구 회장님 차량, 단아가 들었다는 여자 목소리, 단아의 상태를 알고 있는 구 회장님. 이것들이 가리키는 게 뭘까……. 그러다 알겠더라. 구 회장님이 단아의 상태를 알고 있는 이유와 그 사고 날 현장에 있었던 이유를."

"……!"

예쁘게도 웃는 진서의 미소와는 달리 차게 식은 눈동자를 마주한 순간 소름이 돋은 미현은 직감적으로 알 수 있었다. 진서 오빠가 이미 모든 걸 알고 있다는 것을.

"구 회장님은 사고의 뒷수습을 위해서 그 당시 그 장소에 있었던 거고 그래서 단아의 상태도 알고 계셨던 거야. 사고를 낸 범인을 숨겨야 했으니까 모든 걸 알고 있을 수밖에 없었겠지. 사고를 낸 범인은…… 다름 아닌 자신의 하나뿐인 딸. 구미현 너였으니까. 어때? 오빠가 생각한 게 맞는 것 같아?"

"……아니야……. 아니야……! 나는……!"

"그 입! 다물어!"

미현의 대답이 채 끝나기도 전에 얼굴에서 미소가 사라진 진서가 미현의 얼굴을 홱! 옆으로 힘을 줘 밀어낸다.

그러고는 슈트 재킷 안에서 휴대폰을 꺼내 테이블 위에 두더니 회사에서 옮겨왔던 녹음 파일을 재생시킨다. 그러자 한 치의 오차도 없이 아까와 같은 말이 들려오고. 미현은 바닥에 주저앉아 벌벌 떨기만 할 뿐이다.

"내가 말했었지? 단아를 조금이라도 건들이면 너도 너희 아빠 회사도 가만히 두지는 않을 거라고."

"……."

"그런데 감히! 단아를 치고 도망을 가? 그것도 모자라서 일 년씩이나 감추고 속이고! 내 여자는 하루하루를 고통 속에서 혼자 아파하는 그 시간 동안 아무렇지 않게 우리 집안 주변을 맴돌며 행복한 날들을 보냈겠지."

"아니야……. 나는 그냥…… 일부러 그런 건 아니……."

순간 말을 하는 미현의 얼굴을 한 손 가득 움켜쥔 진서는 낮게 으르렁거린다.

"입 다물라고 했지. 안 그래도 가증스럽고 화가 치밀어서 너하고 마주하고 있는 거 자체가 역겨우니까 그냥, 조용히, 그 입 닫고! 내 말 잘 들어."

"……."

"어떻게 하면 널 가장 고통스럽게 할 수 있을까 생각했어. 구 회장님은 회사와 네가 가장 중요한 분이니 널 망가트리면 쉽게 처리할 수 있으니까."

"……."

"도와달라고 애원하던 단아를 찬 길바닥에 버리고 갔던 너처럼 나도 널 차에 태우고 가서 아무도 못 찾는 어디 으슥하고 차가운 곳에다 두고 오면 가장 아파할까? 아니, 너 때문에 한순간에 많은 걸 포기하고 지낸 우리 단아처럼…… 네 두 다리도 평생 못쓰게 망가트려버리면 널 고통 속에 몸부림치게 할 수 있을까? 아니다. 그냥 숨통을 조이고 또 조여서 죽여버리는 게 가장 좋겠다. 여기로 오는 동안 수만 가지의 생각을 하고 또 했어. 널 가장 미치도록 고통받게 할 방법이 뭔지."

"……."

진서라면 충분히 그럴 수 있을 것만 같은 생각에 미현은 잇새를 딱딱 부딪히며 온몸을 떨었다.

"정말 내 마음 같아선 수십 번도 더 널 죽여버리고 싶은데 그렇게 안 할 거야. 웬 줄 알아? 우리 단아가, 예쁜 내 여자가 싫어할 테니까. 대신, 제대로 죗값 치르게 할 거고 차라리 죽는 게 낫겠다 싶을 만큼 지독한 고통 안에서 살게 해줄게. 조금만 기다려. 금방 그렇게 될 테니까."

탁!

그 말을 끝으로 미련 없이 미현을 강하게 놔버린 진서로 인해 미현은 바닥에 다시 한번 내팽개쳐졌다.

"……"

다시 올라오려는 화를 삼킨 진서가 휴대폰을 챙겨들고 밖으로 나가려다 멈춰 서서 말한다.

"그리고, 행여라도 도망칠 생각이나 구 회장님께 오늘 일 말할 생각은 하지 마. 이미 출국금지 됐을 거고 누구한테든 말해봤자 변하는 건 아무것도 없을 테니까."

그렇게 밖으로 나가려는 진서의 다리를 붙잡는 미현.

"……한 번만…… 한 번만…… 봐줘……. 내가 뭐든 다 할 테니까……. 제발 한 번만……."

"……"

그런 미현을 내려다본 진서는 알 수 없는 착잡함을 느껴야 했다.

하지만 곧 미련 없이 미현의 손을 뿌리쳐내며 한마디만을 남기고 그곳을 벗어났다.

"그럼 너도 사고 당시에 단아가 붙잡았을 때…… 그때라도 외면하지 말았어야지."

"……흐으윽……! 으아악!"

미현의 처절한 울부짖음을 외면한 채.

다음 날 오후 구 회장네 집.

지숙이 일하는 아주머니와 함께 차를 내오며 소파에 앉아 맞은편 누군가에게 말을 건넨다.

"강 여사님, 우리 구 회장님이 갑자기 불러서 놀라셨죠? 호호. 창립기념일 파티 때 너무 무례했던 것 같다고 한번 봤으면 좋겠다고 오늘 갑자기 그러셔서. 오늘 아침에 컨디션이 안 좋으셔서 마침 회사 쉬셨거든요."

그 사람은 다름 아닌 다영이었고, 단아와 함께 점심식사 초대를 받아 구 회장 집에 와 있던 것이었다.

"아……. 저야 괜찮아요. 제 며늘아기가 많이 놀랐었죠."

지숙의 말에 살짝 미소를 띤 다영은 자신의 옆에 앉은 단아를 따스한 눈길로 바라보며 대답한다.

"그렇죠. 그래서 멀지 않으니 유 여사님도 며느님이랑 같이 뵀으면 했는데 댁에 안 계시다고 하셔서. 저희가 그날 미현이 아주 따끔하게 혼냈답니다. 호호."

"그럼 미현 양은?"

"저희 딸은 위층에 있습니다. 곧 호주로 갈 거라서 준비할 게 많다네요."

"아……. 네, 그렇군요."

지숙 대신 대답한 구 회장은 소파 중앙에 앉아 가만히 어딘가를 주시하다 조심히 말을 건넨다.

"며느님은 어떻게 그날 괜찮았어요? 우리 딸아이한테 듣자니 무슨 꿈 이야기를 꺼내면서 한참 말했다던데. 무슨 꿈이었는지 물어봐도 되나? 늙은이도 궁금하네."

"아……. 그냥 별 이야기는 안 했어요. 그날 저도 정신이 없다 보니."

"……그래요?"

"네, 회장님."

"아가, 아직도 진서 전화 안 받니? 여기 오기 한 시간 전쯤인가 그때 통화했는데 이상하네. 많이 바쁜가? 여기 오게 됐다고 말해주려고 해봤는데, 너희 시아버지도 안 받고."

"네, 어머니. 안 받네요…… 계속 통화 중이거나 신호가 가도 안 받아요. 아까 점심 먹고 일한다더니 바쁜 건지…… 아마 확인하면 전화해줄 거예요."

"그래. 우리 집 남자들이 워낙 워커홀릭이잖니. 개인적인 일로 회사에까지 전화하기도 그렇고 마음 넓은 우리가 이해해주자. 응?"

"하하. 네, 어머니."

구 회장이 여전히 의심하는 눈초리로 단아를 주시하고 그런 구 회장의 눈길을 눈치채지 못한 단아는 다영과 도란도란 이야기를 나누며 환하게 웃었다.

13. 오직 그 한마디

　같은 시각. 선호와 함께 외부 미팅을 나와 있던 진서는 긴 회의를 마치고 회사로 돌아가기 위해 차에 올라탄다.

　"내가 운전한다니까."

　"됐어. 어제 내가 자리 비우는 바람에 선호 네가 고생했을 텐데 이 정도 서비스는 해줘야 또 시키지."

　"그럼 그렇지. 천하의 한진서가 그냥 호의를 베풀 리가 없다 했어. 에라이! 계산적인 놈."

　"큭큭큭."

　장난을 주고받는 와중에 차는 출발하고 도로로 빠져나오자 선호가 넌지시 물어온다.

　"근데 그건 그렇고, 어제 어디 갔던 거냐? 나쁜 여우는 잘 잡았고?"

　"……아아……. 그냥……. 미현이 좀 만났었어. 다 밝히고 혹시라도 도망 못 가게 단속시켰지, 뭐."

별로 대수롭지 않게 대답하는 진서를 바라보던 선호는 자연스레 입이 살짝 벌어진다.

보지 않았어도 어땠을지 머릿속으로 그림이 그려졌으니까.

"또 제대로 잡았겠구만. 혹시, 때리거나 하진 않았지……? 아무리 잘못했어도 여자를……. 문제 키우진 말자, 친구야."

"……."

아무런 대답이 없는 진서의 태도에 불안감이 커진 선호가 눈까지 커지더니 설마 하는 투로 되묻는다.

"설마…… 때렸냐……? 남자도 아니고 여자를……? 네가? 야, 인마! 아무리 빡 돌아도 여자한텐 선 지키던 놈이 미친 거……!"

"안 때렸어. 다만…… 좀 많이 겁을 주긴 했지. 어느 정도 진심이 들어간 상태였으니까."

"아……. 나는 또. 괜히 식겁했네."

말을 막은 진서가 빠르게 대답하자 안도의 한숨을 푹 내쉰 선호가 다시 말을 잇는다.

"너무 걱정하지 마. 이제 다 밝혀졌고 증거도 어제 경찰에 넘겼으니까 곧 경찰 쪽에서 움직일 거야."

"그래야지. 부디 빠른 시간 안에."

"네가 더는 나서지 않아도 이젠 경찰들이 알아서 할 테니까 그만 마음 좀 푹 놔라. 어?"

"그래."

지이잉- 지이잉-

선호의 말에 진서가 옅게 웃으며 간단히 대답하던 그때, 진서의 휴대폰 진동이 울리고 액정에 뜬 이름에 언제 심각했냐는 듯 표정이 환해지는 진서였다.

한진서가 유일하게 무장해제 되는 단 한 사람.

"응, 우리 단아. 그새 오빠가 보고 싶었어?"

정단아. 오직 단 한 여자뿐이니까.

징하다는 표정으로 선호가 고개를 저으며 시선을 돌리자 진서는 웃음기를 머금고 묻는다.

그러자 기다렸다는 듯 단아의 목소리가 들려왔다.

-드디어 받았네. 많이 바빴어? 전화 꽤 많이 했었는데.

단아의 말에 그제야 아차 싶어진 진서가 서둘러 사과를 한다.

"아……. 그랬었구나. 오빠가 오늘 오후에 외부 일정이 있었는데 휴대폰을 차에 두고 그냥 일을 했어. 신경 쓰일 것 같더라고. 그래서 못 보고 조금 전에야 우리 여보 전화 받았네. 정말 미안해."

-아아. 그랬구나. 아니야~ 별일 없으면 됐어. 걱정했었어, 어머니랑 나랑. 여보랑 아버님까지 전부 통화가 안 돼서.

단아의 말에 미안한 듯 진서의 표정이 설핏 찌푸려졌다 되돌아온다.

"아. 아마 아버지도 지금 좀 바쁘실 거야. 그나저나 우리 여보 걱정 많이 했겠다. 정말, 정말 미안해. 앞으로 우리 여보 전화는 재깍 잘 받을게. 약속!"

-풋. 알았어. 나 괜찮으니까 긴장 풀어~ 안 혼낼게.

"역시 우리 예쁜 여보."

-여보, 잠깐만.

진서가 기분 좋게 대답하자 휴대폰 너머로 다영에게 '아버님이랑 오빠 별일 없대요, 어머니.' 하며 밝게 말하는 단아의 목소리가 조금 멀게 들리고 '그래? 다행이다.' 대답해주는 자상한 다영의 목소리가 이어 들려온다.

사이좋아 보이는 두 사람의 목소리에 진서 또한 기분이 한결 나아짐을 느끼며 단아에게 다시 말을 건넨다.

"여보. 지금도 어머니랑 같이 있어?"

살짝 마찰음이 들리는가 싶더니 이내 다시 받은 단아가 되물었다.

-응? 여보 뭐라고 했어?

"지금도 어머니랑 같이 있어? 라고 물었어~"

-아. 응. 지금 어머니랑 같이 밖에 나와 있어. 사실은 이 얘기해 주려고 어머니랑 계속 전화했던 거야. 오빠…… 아니, 여보랑 아버님이 걱정할까 봐.

"밖이라니? 어머니랑 단둘이? 어디 쇼핑이라도 간 거야? 위험하게……. 나중에 오빠랑 같이 가지."

순간 빨라진 진서의 말에 피식 웃어버린 단아가 대답한다.

-이럴 것 같아서 통화하고 오려고 했는데 여보가 안 받았거든요?

"아아……. 미안. 그럼 지금 어디야? 오빠가 갈까?"

웃음기 머금은 귀여운 단아의 핀잔에 진서가 금세 사과하고 그런 진서의 멍뭉이 표정을 보지 않아도 알 것 같은 단아가 계속 말을 이었다.

-쇼핑은 아니고 어머니랑 나랑 구 회장님 댁으로 초대받아서 이 기사님 불러서 어머니 차 타고 조금 전에 와서 지금 이야기 나누던 중이야. 바쁜데 뭐하러 그래. 밖에 이 기사님 계시니까 차 타고 집으로 다시 가면 되는데.

"……."

-여보세요? 여보? 끊겼나……. 여보세요?

진서가 갑자기 대답이 없자, 단아는 계속 부르고 자신이 잘못 들었나 싶은 진서는 한참 후에야 느릿하게 되묻는다.

"……지금 어디라고? 단아야."

-어? 아. 놀랐잖아. 갑자기 끊긴 줄 알고.

"응. 미안……. 근데 어디라고? 오빠가 잘못 들었나 싶어서."

-성북동 구 회장님 댁이야. 창립기념일 파티 때 미안했었다고 간단히 차라도 한잔 마시면서 이야기 나누게 놀러 오라셔서 어머니랑 같이 와 있어. 그리 멀지 않으니까.

"……."

단아 네가 거길 왜……!

구 회장 집에 있다는 소리에 놀란 진서가 다급하게 다시 말을 꺼낸다.

"단아야, 근데 거기엔 미현이도 있을 텐데……."

-아…… 응. 그렇지만 어머니 통해서 연락을 해오셔서……. 어머니는 아직…….

다영이 휴대폰 너머로 '응? 내 얘기 중인 거니?' 묻자 단아가 얼른 별일 아니라며 대답하는 소리가 진서의 귀에 들려오고 굳이 더 말하지 않아도 단아가 하려는 말이 뭔지 알 것 같은 진서는 작게 한숨을 내쉰다.

진서의 한숨 소리에 단아가 조심스레 묻는다.

……화났어?

"아니야. 우리 여보한테 왜 화를 내. 어른이 부르시니 거절 못 한 걸 텐데. 잘했어."

-그래도 왠지 여보 목소리가…….

단아가 걱정스러운 듯 물어오자 부러 목소리를 밝게 가다듬은 진서가 대답했다.

"우리 예쁜 여보한테 화난 거 아니니까 걱정 말고, 거기 꼼짝 말고 있어. 어머니 옆에서 떨어지지 말고. 알았지?"

-응? 아…… 응.

"착하다. 그럼 오빠 지금 운전 중이니까 그만 끊을게, 단아야."

-아……. 그럼 끊어야지. 이따 집에서 봐.

단아의 대답을 듣자마자 버튼을 눌러 전화를 끊은 진서의 표정은 삽시간에 굳어졌다.

뭐가 또 불안하셔서 단아까지 부르셨습니까, 구 회장님. 기다리시면 곧 끝내드릴 텐데.

으득, 턱을 악문 진서는 신호가 바뀌자 차를 출발시키며 어딘가 다시 전화를 걸었다. 상대방이 받았는지 빠르게 말을 잇는다.

"아버지, 지금 바로 경찰 쪽에 연락하셔서 증거들이야 필요하면 얼마든 드릴 테니까 구속 영장만 발부해서 지금 당장 구 회장님 댁으로 출동하라고 해주세요."

-갑자기 나가더니 무슨 소리야? 서두르지 않아도 조만간 다 잡힐 텐데.

"지금 단아랑 어머니가 구 회장님 댁에 있어요. 저 불안해요, 아버지."

진서가 가라앉은 목소리로 말하자 아버지로서, 남편으로서, 시아버지로서 마음이 좋지 않은 재성은 한숨과 함께 단호히 말한다.

……그 사람 참……. 끝까지 일을 만드는구나. 알았다. 바로 연락해두마.

"예. 그럼 끊겠습니다."

재성과의 통화까지 끝낸 진서는 액셀을 밟아 속력을 올렸다.

옆에서 통화 내용을 얼핏 듣고 있던 선호가 나지막이 물어왔다.

"뭐야? 뭔데 또 이리 살벌해?"

"얼른 잡아가 달라고 재촉하신다. 구 회장님이."

"뭐?"

"지금 단아랑 어머니가 구 회장님 댁에 있어. 뻔하지. 창립기념 파티 일 때문에 혹시 무슨 기억이 나거나 증거라도 있나 싶으셔서 몰래 부르셨겠지. 단아를."

"헐. 진짜 명을 재촉하시는 타입이구만."

선호의 말에 진서는 단호한 어투로 말한다.

"잘됐어. 어차피 미현이도 알고 있고, 지체해봤자 피곤하기만 했는데 이참에 오늘 완전히 끝내고 정리하지, 뭐. 선호 넌 먼저 내려줄게 회사로 들어가서 내 대신 일 좀 처리해줘."

"뭐, 재밌는 구경거리를 못 봐서 아쉽긴 한데 할 수 없지. 오케이."

"매번 고맙고 미안하다, 친구야."

"됐거든? 친구끼리 새삼스레 징그럽게. 정 미안하면 나중에 보너스나 두둑이 챙겨주든가."

"알았다. 고급인력인데 알아서 모셔야지."

선호와 가볍게 대화를 나눈 후 조금 더 속력을 올린 진서의 얼굴에선 금세 웃음이 거둬진다.

이렇게 친히 재촉해주시지 않아도 금방 내려오게 해드릴 텐데……. 감사하게도 구 회장님이 제 수고를 덜어주시네요.

진서의 얼굴에는 이미 따뜻함이라고는 그 어디에도 없었다. 오로지 검게 가라앉은 눈동자와 차갑게 굳은 표정만이 자리할 뿐.

한편, 진서와의 통화를 끝낸 단아가 안심한 표정으로 휴대폰을 핸드백 안에 넣으며 옅게 웃자 옆에 앉은 다영이 묻는다.

"진서가 바쁘대?"

"아…… 네. 그런가 봐요. 운전 중이라고 끊자고 해서 끊었어요. 그리고 아버님도 아마 바쁘셔서 전화 못 받으시는 걸 거라고……."

"으이그~ 하여튼 부자지간이 어쩜 그렇게 붕어빵인지."

"푸훗."

단아가 설핏 웃던 그때 2층에서 미현이 내려오며 단아와 눈이 마주친다.

"……."

"……."

"어머, 미현 양, 내려와요? 잘 지냈죠?"

미현이 멈칫하며 다시 올라가려 몸을 틀던 그때 다영이 미현을 발견했는지 말을 건네 오고 의식적으로 서로의 눈을 피하는 단아와 미현.

미현이 느린 걸음으로 다가오며 인사를 한다.

"네……. 안녕하세요."

"곧 호주 간다고 들었는데 언제 가요?"

"내일이요……."

"그렇구나. 그래서 그런가? 준비하느라 바빴는지 얼굴색이 안 좋네."

"……아……. 조금……."

"아, 그리고 여기는 우리 예쁜 딸이자 며느리. 창립기념 파티 때 봐서 알죠? 그날 실수였긴 해도 우리 며느리 많이 놀랐어요. 미현 양, 앞으로 싫으면 말로 해줘요. 알았죠?"

"……네. 죄송…… 했어요."

"호호. 미현 양도 참. 사과는 내가 아니라 우리 며느리한테 해야죠."

"아……."

한참을 망설이는 미현의 태도에 작게 한숨을 내쉰 단아는 미현과는 눈을 마주치지 않은 채 다영에게 웃는 얼굴로 말한다.

"저 괜찮아요, 어머니. 사과 안 받아도 돼요. 이미 벌어져버린 일이잖아요. 그보다 저 잠시 화장실 가고 싶은데 어머니가 좀 도와주세요. 손 닦고 싶어서요."

"아, 그래. 그러자구나. 워커 접어서 가져오길 잘했네. 잠시만, 여기 화장실이……."

"아, 저 따라오세요."

"그럼 잠시만……."

단아가 자연스레 말을 돌리자 지숙에게 화장실 위치를 물은 다영이 서둘러 일어나 현관문 옆 벽에 세워둔 워커를 펼쳐 세운 뒤 단아를 부축해 데리고 천천히 워커 앞까지 간다.

"우리 아가 이제 제법 걷네? 이러다 금방 혼자 걷겠다."

"하하. 어머니가 부축해주시니까 잘하는 것처럼 보이는 거예요. 이제야 서서 조금씩 걸음마 떼는 수준인데요, 뭐. 저 꼭 느린 거북이 같죠?"

"이렇게 예쁜 거북이가 어딨다고~ 우리 딸 장해. 잘하고 있어."

"우와, 저 감동이에요."

"그랬니? 호호."

그렇게 다영과 사이좋게 걸어 워커를 잡은 단아와 그 옆에 선 다영이 앞장서 걷는 지숙을 따라 화장실로 향하고 그런 두 사람의 모습을 미현이 부러운 듯한 눈길로 좇는다.

"안 되는 일에 미련 두지 마라. 너만 다쳐."

멍하니 서 있는 미현의 찰나의 눈길을 느끼기라도 한 걸까. 내내 단아만을 주시하고 있던 구 회장이 단호한 목소리로 말을 꺼냈다.

"……알아, 나도……."

"알면 다행이고. 아빠가 여기 정리되는 대로 다시 부를 테니까 몇 년만 나가 있어. 미현이 너 여행 좋아하잖아."

"……."

미현이 아무런 대꾸 없이 다시 2층으로 올라가려 발걸음을 움직이던 그때 누군가 찾아온 듯 띵동- 벨 누르는 소리가 들린다.

그 소리에 주방에서 일하던 아주머니가 달려 나와 인터폰 화면을 눌러 받는다.

"네. 누구세요?"

"한진서입니다. 구 회장님 뵈러 왔으니 문 열어주시죠."

인터폰 너머로 들려온 익숙한 목소리에 구 회장과 미현 모두 흠칫 놀란다.

"저…… 회장님, 어떡할까요? 한진서 씨라는 분이 찾아오셨는데."

"뭘 어떡해요? 절대 열어주지 말아요!"

"흐음……."

별로 탐탁지 않아 하는 두 사람의 반응에 아주머니가 곤란한 표정으로 인터폰을 끄려 하고 그걸 알기라도 한 건지 다시금 날 선 진서의 목소리가 인터폰을 넘어 들려왔다.

"이 문 열라고. 모현그룹 통째로 뭉개버리기 전에."

"아이구…… 이걸 어째……"

날 선 진서의 말에 아주머니만 중간에서 이러지도 저러지도 못하고 발을 동동거리며 중얼거린다.

"……열어줘요, 아줌마."

"네, 회장님."

"아빠!"

구 회장의 허락이 떨어지자 소리를 지르는 미현을 뒤로하고 얼른 현관문 열림 버튼을 누른 아주머니.

"이미 여기에 자기 아내가 있는 거 다 알고 찾아온 사람이다. 우리가 안 열어준다고 한 전무가 못 들어올 것 같아?"

"그렇지만……!"

"아줌마, 잠깐 장이라도 보고 와요. 마실 차도 필요 없을 것 같으니까. 무슨 소린지 알죠?"

"아…… 네! 회장님."

아주머니가 눈치껏 알아서 자리를 피해 옷가지들을 챙겨 입고 나가자 구 회장은 곧바로 미현에게 말을 건넨다.

"미현이 너도 부딪히기 싫으면 2층으로 올라가. 아빠 만나러 온 손님이니까."

"아빠……"

"얼른."

"……"

구 회장의 단호한 어투에 느릿한 발걸음으로 2층으로 향하던 미현의 귓가에 현관문이 여닫히는 소리가 들려오고 그와 동시에 구두를 벗고 안으로 들어서는 진서와 시선이 힐끗 맞닿는다.

움찔.

잠시지만 차가운 진서의 눈길에 미현은 살짝 어깨를 웅크리고 움직이던 발걸음도 딱 얼어붙는다.

"제 아내와 어머니 어디 있습니까?"

미현을 바라보던 진서는 눈길을 거두고서 빠르게 구 회장에게 다가가 바로 본론부터 물었다. 우선은 단아가 안전한지부터 확인해야 했기에.

진서의 물음에 대답 대신 소파에 앉은 그대로 여유롭게 말을 잇는 구 회장.

"애처가라는 소문은 나도 익히 들어서 알았지만 이 정도인 줄은 몰랐네, 한 전무. 신혼이라 그런가? 한창 일할 시간에 아내 뒤꽁무니나 따라다니다니 말이야. 나한테는 인사 한마디도 없이."

구 회장에 여유만만한 태도에 어이가 없는 진서는 피식, 조소를 띤다.

"웃어른께서 웃어른답지가 않으시니 저도 예의 차리고 싶지가 않아서 말이죠. 마지막으로 묻겠습니다. 제 아내 어딨습니까?"

"……버릇없기는. 쯧."

"저는 분명 마지막이라고 말씀드렸습니다. 회장님께서 안 알려 주시니 어쩔 수 없네요."

진서는 망설임 없이 온 집 안을 돌아다니며 뒤지기 시작한다.

주방, 서재, 안방, 테라스까지.

구 회장은 자신이 예상했던 것과 다르게 돌아가는 상황에 표정이 굳으며 결국 진서에게 단아가 어디 있는지 말해준다.

"방금 강 여사님과 화장실에 갔으니 그만하게! 이게 지금…….

남의 집에서 경우 없이 뭐 하는 건가? 경찰 부르기 전에 그만하지 못해!"

구 회장의 대답에 그제야 어느 정도 안심한 진서가 구 회장에게 말을 건넸다.

"진작 말씀해주셨으면 좋았잖습니까. 그리고 경찰이라고 하셨어요? 쿡⋯⋯. 걱정 마세요, 구 회장님. 이미 여기로 경찰들이 오고 있을 테니까."

"그게⋯⋯ 무슨 말인가? 경찰이 오고 있다니⋯⋯."

갑작스런 진서의 말에 구 회장과 지켜보고 서 있던 미현이 불안한 눈빛으로 진서를 바라본다.

"⋯⋯."

불안? 당신들이 무슨 자격으로 그런 눈빛을 해!

그 눈길들이 더없이 불쾌한 진서는 온전히 표정을 굳히더니 검게 가라앉은 눈으로 구 회장과 미현을 향한다.

"글쎄요? 왜 오고 있을까요? 경찰이 왜 올 것 같아?"

"⋯⋯몰라⋯⋯."

"정말 몰라? 미현이 네가 모를 리가 없지 않나? 어제 내가 기다리라고 한 말, 기억 안 나?"

"⋯⋯."

어제라는 말 한마디에 미현의 표정은 급속도로 굳어졌고 입술이 파르르 떨려왔다.

"어제라니? 어제 우리 미현이 만났나, 한 전무?"

"글쎄요. 그래도 용케 말 안 하고 있었나 보네? 당장이라도 말할 줄 알았더니."

"⋯⋯."

"대체 지금 이게 다 무슨 소리냐니까!"

구 회장은 진서와 미현을 번갈아 바라보다 답답함에 소리를 지르고.

"회장님이 모르실 리가 없을 텐데요."

"그게 무슨 소린가? 내가 뭘 모를 리가 없다는 말이야?"

영문 모를 진서의 말에 구 회장의 표정은 더욱 찌푸려졌다.

그런 구 회장의 반응에 실소를 터트린 진서는 슬슬 끝을 내자 싶어 본론을 꺼낸다.

"일 년 전 사랑 유치원 뺑소니 사고. 이래도 모르시겠습니까?"

"……! 그…… 그게 무슨 소린가? 나는 도통…….."

"아, 그러십니까?"

"크흐흠……!"

아까부터 몸을 떠는 미현과 상황이 안 좋아짐을 본능적으로 느낀 구 회장은 서둘러 진서를 보내려 한다.

"장난 그만하고 어머니랑 와이프 데리고 돌아가게."

하지만 진서는 꼼짝 않고 더욱 밀어붙인다.

"뭐가 그렇게 뒤가 켕기셔서 제 아내까지 불러다 확인하셨습니까? 아님 미현이 네가 또 시켰어? 단아가 네 얼굴 기억하나 못 하나 알아봐 달라고?"

"……그게 무슨……. 난 아무것도 몰라…….."

"어허! 켕기다니! 지금 그게 아버지뻘인 어른한테 할 말인가? 그리고 미현이는 갑자기 왜 끌고 들어가!"

"아니셨습니까? 저는 창립기념일 파티 때 제 아내가 미현이한테 한 말 때문에 불안하셔서 확인차 불러들였다고 생각했는데."

"크흐흠……! 아까부터 무슨 소린지 도통 모르겠구만…….."

"모르시겠다는…… 말씀이시네요. 끝까지."

끝까지 모르쇠를 하는 구 회장과 회피하려는 미현의 모습에 주먹을 꽉 움켜쥔 진서는 눈빛을 번뜩이더니 최후의 수단을 쓴다.

어제 미현에게 했듯이 휴대폰을 꺼내들고는 녹음 파일을 재생시키자 그 안에서는 김 비서와 구 회장의 목소리가 들려왔다.

"……이…… 이게 지금……! 어떻게……!"

"이제 기억이 좀 나십니까? 그리고, 아내가 기억해냈다고 했거든요. 뺑소니범의 목소리."

그 말에 당황하던 구 회장의 눈빛은 크게 요동쳤고 미현은 겁에 질린 듯 얼굴색이 파리해지더니 진서에게 소리쳤다.

"그럴 리가……. 그때 분명 의식이 없었는데……. 오빠도 어제 그런 얘기는 안 했었잖아!"

"내가 일일이 그런 것까지 너한테 말해줄 의무는 없으니까."

"……으아악……! 흐흑……."

"미현아!!"

구 회장이 소파에서 일어나 주저앉아버리는 미현에게 다가가며 부축을 해주고서 진서에게 물었다.

"어제 내 딸과 만났던 건가? 만나서 지금처럼 몰아붙였느냐, 그 말이야!"

끝까지 뻔뻔하게 구는 구 회장의 태도에 진서는 결국 참아왔던 화를 터트렸다.

"누구 앞에서 소리를 지르시는 겁니까? 지금 화낼 사람이 누군데!"

그대로 구 회장에게 걸어간 진서가 멱살을 움켜쥐자 미현이 스르르 주저앉아버린다.

"크윽……! 왜…… 왜…… 이러나……!"

강한 손아귀 힘에 순간적으로 숨이 막힐 듯한 답답함을 느낀 구 회장이 자그마한 목소리를 내며 괴로워하자 진서는 더욱 강하게 움켜쥐었다.

"왜? 왜 그러냐고 물었습니까? 그걸 몰라서 묻는 거냐고! 구충기 회장님!"

바로 그때, 화장실을 안내하러 자리를 비웠던 지숙이 다급히 달려오며 진서를 말린다.

"한 전무! 왜 이래요? 응? 무슨 일인지는 몰라도 말로 해요! 미현아, 괜찮니?"

"그…… 그래. 한 전무…… 방금 그건 전부 조작된 것들일세……. 호태 그 새끼가 내 돈 뺏어내기 싫으니까……."

그래도 딸이라고 감싸려는 지숙과 구 회장의 모습에 속에서 역한 신물이 올라올 것 같은 구역질을 느낀 진서는 잇새를 악물었다.

"실수? 구 회장님 은근히 기억력이 나쁘신가 봅니다. 조금 전에 다 들어놓고도 발뺌을 하시네요. 그렇다면 기억나시게 다시 들려드려야겠네요."

비릿한 미소와 함께 재킷 안에서 다시 휴대폰을 꺼낸 진서는 USB에서 옮겨왔던 김 비서의 증언과 더불어 구 회장과 김 비서와의 대화 녹음을 재생시킨다.

몇 분 뒤, 그렇게 녹음 파일들이 전부 재생되고 진서가 휴대폰을 다시 넣어놓고 나자 미현과 지숙은 망연자실한 표정이었다.

"이제 확실하게 기억이 나십니까?"

"……아니야……. 다 조작된 거라고! 아니야!!"

증거가 있음에도 끝까지 발뺌하는 구 회장의 모습에 진서는 치가 떨린다.

"사람을 차로 친 것도 모자라서 의식도 없는 단아를 뿌리치고 도망가! 사고를 돈으로 사주해서 막고! 그게 사람이 할 짓입니까? 당신이나 미현이나 짐승만도 못한 인간들이라고!"

구 회장의 윗옷을 잡아당겨 멱살을 움켜잡은 진서는 잔뜩 가라앉은 목소리로 으르렁거린다.

"당신 딸이 그나마 여자인 걸 다행으로 생각해. 아니었으면 이미 내 손에 죽었어. 알아?"

"……아니야……. 아니야……."

구 회장은 계속해서 아니라는 말만을 반복한다.

"당신들이 내 여자를 고통 속에 살게 한 만큼, 아니 그보다 더한 고통 속에서 살게 만들어줄게. 평생을."

"……아니야……. 아니라고……."

"죽는 것보다 더한 고통을 안고 살게 될 거야. 아, 그리고 이미 당신들 전부 출국금지 됐을 테니 혹시라도 허튼 생각은 하지 말고."

탁! 진서가 구 회장을 놔버리자 구 회장이 휘청거린다.

"여보……!"

지숙이 미현을 감싸 안고 있다 구 회장이 휘청이자 일어서며 부축하고 구 회장은 넋이 나간 미현을 내려다보더니 끝내 마지막 발악을 한다.

"그…… 그래! 녹음은 얼마든 조작할 수 있는 거 아닌가? 직접 사고 영상이 찍힌 것도 아니고."

다 끝났음에도 발악을 하는 구 회장의 모습에서 추악한 악마의 모습을 본다면 이럴까 싶은 진서는 구 회장에게 다가가며 서늘하게 말한다.

"구 회장, 오늘부로 당신도 미현이랑 같이 아웃이야. 당신이 그렇게 좋아하는 직접적인 증거 영상 이미 경찰에 넘어갔을 테니까. 증인도 많지. 김 비서에 그날 출동했던 구급대원에."

"……그럴 리가……."

"아. 그리고 하나 더. 곧 모현그룹도 부도처리 될 거야."

"그…… 그런!"

"왜냐고? 어음 상환도 제 날짜에 못 할 테니까. 설령 갚는다 해도 우리 JS그룹에서 가만히 둘 거라 생각한 건 아니지? 아주 깨끗이 날려줄게. 당신이 일군 모든 것들을."

"이…… 이……!"

진서가 씩, 입꼬리를 올리며 웃자 구 회장은 다시 한번 크게 휘청이며 소파를 잡는다.

바로 그 순간, 형사들이 구 회장 집 안으로 순식간에 들이닥치고 미현과 구 회장에게 팀장으로 보이는 남자가 구속영장을 보여주며 말한다.

"구미현, 구충기 씨를 정단아 씨 뺑소니 사고 혐의로 긴급체포하겠습니다. 미란다원칙은 사이좋게 가면서 읊어드릴게. 우리도 좀 바빠서."

그러고는 형사 두 명이 나와 수갑을 꺼내 구 회장과 미현에게 차례로 채운다.

"자자, 얼른들 모시고 가."

"여보! 미현아!"

"이 새끼들이! 내가 누군 줄 알고 이래! 안 놔?"

"……아빠……!"

"우리 딸 아무것도 걱정하지 마. 이 아빠가 다 해결하마."

"하이고. 아주 눈물 없인 못 보겠네. 그런데 왜 남의 딸 귀한 건 모르실까. 높으신 양반께서. 얼른 연행해!"

끝까지 버티는 두 사람을 형사들이 양쪽에서 잡아 빠르게 데리고 나가고 뒤이어 나가는 윤 팀장을 따라 지숙 또한 헐레벌떡 나간다.

순식간에 주인 없는 텅 빈 집이 되어버린 구 회장네 집.

"……하아……."

깊은 한숨과 함께 마른세수를 하던 그때 진서의 귓가에 너무나도 익숙한 두 사람의 목소리가 들려온다.

"아들."

"진서…… 오빠……."

"어머니……. 단아…… 야……. 언제부터 거기에……."

조금 전 지숙과 함께 화장실을 다녀오다 진서를 발견했던 단아와 다영이 그제야 천천히 모습을 드러내며 진서 곁으로 다가서자 두 사람을 잠시 잊고 있던 진서는 적잖이 당황해버린 얼굴이다.

"다 들었어……. 전부. 저 인두겁의 탈을 쓴 짐승만도 못한 인간들 같으니라고! 어떻게 우리 단아를……. 진서 너도 고생했어. 잘했다, 내 아들."

"예……. 죄송해요. 미리 말씀 못 드려서……."

"아니야. 나 걱정할까 봐 그런 거 다 안다. 다 잘 풀렸으니 됐어."

다영이 진서의 등을 쓰다듬어주는 사이에도 진서의 눈길은 오롯이 단아만을 향하고 있다.

다 봤을 텐데……. 무서웠을 텐데…… 우리 단아…….

"저기…… 단아야."

"……."

단아는 진서의 부름에도 대답 없이 진서만을 가만히 응시하고 있다.

"그게…… 그러니까……. 아까는 너무……."

구 회장과 미현에게 보이던 모습과는 달리 진서는 안절부절 어찌할 줄을 모르고, 한참을 응시하던 단아가 뱉은 한마디에 진서의 심장이 불안하게 뛰었다.

"나쁜 놈."

"단아야……."

단아의 모진 말에 진서는 순간 괴로운 표정이 된다.

"어떻게 딸이 잘못한 걸 그렇게 덮어버릴 수가 있어? 아무리 부모는 자기 자식이 더 귀한 법이라지만."

"……응?"

하지만 곧바로 들려온 단아의 목소리에 눈에 띄게 표정이 환해진다.

그런 진서의 표정 변화에 단아는 부러 새초롬한 표정으로 말을 잇는다.

"여보도 그래. 범인이 누구든 말해달라니까 또 여보 혼자서만 다 끌어안고 끙끙. 나는 필요 없지? 여보한테."

"그런 말이 어딨어……. 우리 여보 없으면 오빠 못 사는데……."

"몰라."

"오빠도 어제서야 확실히 알았어. 그래서 알아보느라 말해주는 게 늦어졌고, 오늘 일찍 퇴근해서 말해주려고 했는데 단아 네가 여기 있다는 말에 놀라서 그냥 바로 퇴근하고 여기로 온 거야. 단아야아~"

진서의 명뭉이 공격에도 웬일인지 단아는 단호하기만 하다.

"나는 어머니랑 집에 갈 거니까 다시 회사로 가든 집에 오든 알아서 해. 어머니, 저희는 그만 가요~"

"푸훗. 그래. 그러자, 아가. 아들아, 이번엔 네가 무조건 잘못했어. 그냥 열심히 싹싹 빌어. 알았지?"

"……아…… 단아야……."

"가요, 어머니."

다영이 살짝 눈치를 주며 진서의 어깨를 토닥이고는 단아를 데리고 천천히 현관 밖으로 신발을 신고 빠져나가자 덩그러니 남아버린 진서는 땅이 꺼져라 한숨을 쉬었다.

"후우……."

왜 또 이렇게 된 거냐…… 한진서.

거칠게 마른세수를 빠르게 한 진서는 한숨을 뒤로하고 서둘러 단아를 뒤따라 구 회장 집을 나섰다.

"여보야."

"……."

"예쁜 여보~"

"……."

구 회장 부녀가 연행되어 간 뒤 망연자실해 있는 지숙을 뒤로하고 다시 집으로 돌아가는 차 안. 부부는 싸워도 부부끼리 있어야 한다는 다영의 말에 다영과 함께 가려던 단아는 진서의 차를 탄 채 가고 있다.

다만 진서의 애타는 부름에도 몇 분째 단아가 묵묵부답인 게 문제라면 문제겠지만.

　도저히 이대론 안 되겠다 싶어진 진서는 갑자기 고통스러운 표정을 하더니 한 손으로 가슴을 움켜잡으며 외마디를 내질렀다.

　"윽!"

　"왜…… 왜 그래……? 어디 아파? 어디 좀 봐……. 차 세우자. 응?"

　역시 백발백중.

　단아가 다급하게 진서 가까이 다가오며 진서의 얼굴을 두 손으로 감싸자 씩 웃은 진서는 그대로 단아의 입술에 쪽 입 맞춘다.

　"운전 중인데 달콤한 향기 풍기면 위험해요~"

　진서의 멀쩡한 모습에 벙찐 단아가 '당했다!' 싶어 진서의 어깨를 세게 때려버린다.

　"사람 놀래고 있어, 정말!"

　"아야야……. 오빠 아픈데, 단아야."

　"아프라고 그런 거거든? 운전이나 조심해."

　"네!"

　"하여튼……."

　장난스레 대답하는 진서의 모습에 그만 피식 웃음이 나와버린 단아.

　아아……. 화난 척하기 실패네. 이번 참에 앞으로는 나랑 뭐든 같이하자고 다짐 받아내려고 했는데.

　"어? 드디어 웃었다."

　"아니거든? 앞 제대로 보고 운전해."

　괜스레 불퉁한 단아의 모습에 그제야 맘 편한 미소가 그려진 진서는 단아의 손을 잡고 앞을 보며 나지막이 말을 꺼낸다.

　"정말 오빠도 어제서야 알았어. 단아 너한테 빨리 말해줘야겠다 생각도 했고. 근데 구 회장 집에 단아 네가 있다는 말에 너무너무 화가 나서……."

"……"

"그래서 앞뒤 생각할 겨를도 없이 바로 경찰 쪽에 알렸고 경찰이 오기 전에 오빠가 먼저 와서 전부 다 화내고 퍼부어주고 싶었어. 어떻게 사람이면서 그럴 수 있냐고. 정말 마음 같아선…… 죽여버리고 싶더라."

"……"

젖어든 자신의 목소리를 눈치챈 걸까……. 가만가만 손등을 쓰다듬어오는 단아의 손길에 진서는 살짝 울컥해져온다.

다 괜찮다고 말해주는 것만 같아서.

"아까 오빠 무서웠지……? 미안해……."

"아니야. 괜찮았어. 처음에는 솔직히 그렇게까지 화난 오빠를 본 적이 없어서 무서웠는데 시간이 지날수록 힘들어하는 오빠 보고서 '아…… 내 오빠 맞구나. 그냥 화가 많이 나서 힘든데 어떡해야 할지를 모르는 거구나.' 싶어졌고 이해가 됐어. 나중에는 나도 너무 화나고 그동안의 시간이 억울해져서 미현 씨 뺨이라도 한 대 때려줄 걸 싶었으니까."

"……"

"그리고 실은 오빠한텐 화도 안 났었어. 오빠가 너무 혼자서만 다 감당하려는 게 싫어서 이젠 나랑 뭐든지 같이하자고 다짐받으려고 화난 척해본 거야. 그러니까 이젠 정말 나랑 같이 의논하고 같이해. 적어도 우리 둘 문제에 있어서만큼은 그래 줘. 응? 약속 안 해주면 나 다시 화날 거야."

"……"

"알았어. 약속할게……. 우리 문제에 있어서는 뭐든지 다 같이 하자. 근데 단아야…….”

“응?”

“오빠 너무 감동받아서 그러는데 이번엔 정말 좀 울어도 돼?”

진서의 말에 단아가 살짝 미소 띤 얼굴로 대답한다.

“응. 그런데 대신 집에 가서 울자. 지금 운전 중인데 울면 시야 확보 잘 안 되잖아.”

“우와, 오빠 감성을 현실이 이기는 거지, 지금?”

“난 오빠랑 오래오래 행복하고 싶거든.”

지극히 현실적인 단아의 대답에 나오려던 눈물도 웃느라 쏙 들어가버리겠다 싶은 진서는 불현듯 스친 생각에 짓궂은 표정으로 말을 잇는다.

“진짜 집에 가서는 울어도 되지?”

“응. 오빠 퇴근도 했다며. 그러니까 집에 가서 실컷 울어. 안아줄게.”

“그럼 집에 가서 단아 너 실컷 안아도 되겠네? 잘됐다. 안 그래도 우리 여보야 너무 사랑스러워서 참기 힘들었는데.”

“응. 응……? 아니, 나는…… 허그를 말한 건데. 하하…….”

단아가 무심코 대답하다 씩, 입꼬리를 늘이고 웃는 진서의 모습에 왠지 모를 스위치를 건드린 느낌이 들자 다른 말로 화제를 돌려보려 하지만 이미 늦은 모양이다.

순정파를 주장하는 한 늑대가 눈앞에서 웃고 있는 걸 보니.

“난 분명히 허락받았고 응, 이라고 했어. 여보가.”

“아니, 그게…… 그런 뜻이…….”

“집에 얼른 가자.”

기분 좋은 미소를 지으며 살짝 속도를 내는 진서와 그런 진서를 벙찐 표정으로 바라보던 단아는 포기한 듯 고개를 절레절레 저었다.

나 오늘 무사할 수나 있으려나.

평창동 본가.

"어라? 어머니는 아직이신가? 우리보다 먼저 출발하셨는데."

"조금 걸리시나 보지."

"그런가……."

"오셨어요?"

집으로 돌아온 진서와 단아가 현관문을 열고 들어와 집 안으로 들어서자 진주댁 아주머니가 반가이 맞이해준다.

"아. 네, 아줌마. 혹시 어머니 아직 안 오셨어요? 저는 이이하고 오느라 어머니랑 따로 움직였거든요."

"어머. 사모님이 연락 안 주셨어요?"

"연락이요? 못 받았는데……. 여보는?"

"내 휴대폰 지금 나한테 없잖아."

"아아…… 그렇지."

"저는 집으로 전화를 주셔서 당연히 두 내외분께도 연락해주신 줄 알았는데……. 사모님 회장님께 가서 저녁까지 함께 먹고 들어오실 거라고 아들 며느리 들어오면 저녁 챙겨주고 퇴근하라고 전화 주셨었어요."

"어머니가요……?"

단아가 이게 무슨 일인가 하는 표정으로 진서를 바라보자 갑자기 웃음을 터트리는 진서.

"어머니 진짜 이럴 때 보면 귀여우시다니까."

"응? 무슨 소리야?"

"나중에 말해줄게. 아주머니, 서연이는요? 아직 안 왔어요?"

단아의 물음에도 그저 미소를 지을 뿐인 진서는 서연이 왔는지부터 확인하고 진주댁 아주머니는 그제야 생각난 듯 손뼉을 치며 대답한다.

"참! 서연 아가씨도 오늘 동아리에서 무슨 컨셉 회의인가 뭔가 할 거라 좀 늦을 거라고 아까 사모님이랑 단아 아가씨랑 같이 나가시고 얼마 안 지나서 전화 왔었는데……. 제가 얘기드린다는 걸 깜빡했네요."

"그래요?"

진주댁 아주머니의 말에 진서의 입꼬리가 더욱 올라가고 그걸 미처 못 본 단아는 진주댁 아주머니에게 말을 잇는다.

"그럼 오늘은 저희만 저녁 먹으면 되는 거네요. 저는 아직 생각이 없는데……. 여보는 배고파?"

"나도 아직. 점심을 늦게 먹었더니. 저기, 아주머니 저녁 준비는 다 되어 있는 거죠?"

"네, 도련님. 국만 다시 데우면 돼요. 밥이랑 반찬들은 새로 한 지 얼마 안 지났으니까요."

"그럼 오늘은 조금 일찍 먼저 퇴근하세요, 아주머니. 벌써 5시도 넘었고 나중에 제가 국 데워서 챙겨 먹을게요."

"네? 그렇지만……. 아직 시간도 이르고 사모님이 당부하셨는데."

망설이는 진주댁 아주머니에게 다가선 진서는 살짝 귓속말을 한다.

"아마 손자 손녀 보시는 일이었다는 거 아시면 괜찮다 해주실 거예요. 저 좀 도와주세요, 아주머니."

"아아……."

그제야 알겠다는 듯 고개를 끄덕이는 진주댁 아주머니와 은밀한 사이를 주고받은 진서가 다시 원래의 톤으로 말한다.

"어머니도 몇 시간 정도 이른 건 괜찮다 해주실 거예요. 아주머니 요즘 손목도 아프시다고 하셨잖아요. 이럴 때 쉬어주시면 좋죠. 네?"

"그렇죠……. 아프긴 하죠."

두 사람의 은밀한 사인을 모르는 단아는 아주머니가 손목이 아프다는 소리에 맘이 쓰여 같이 등 떠밀어준다.

"손목 아프셨어요? 아…… 제가 좀 같이 도우면 좋은데……. 죄송해요. 대신 오늘은 먼저 가보세요. 저희만 먹으면 되는데 알아서 먹어도 되구요. 얼른요. 네? 제가 잘 말씀드릴게요."

"그럼 그래도 될까요?"

"그럼요. 얼른 앞치마 벗어두시고 옷 챙겨서 가보세요. 조금이라도 쉬시구요."

"네. 그럼 두 분만 믿고 오늘은 먼저 가볼게요."

단아가 얼른 가시라며 다시 한번 등 떠밀어주자 힐끗 진서와 눈빛을 주고받은 아주머니는 앞치마를 벗으며 주방으로 들어가 벗어뒀던 외투와 손가방을 챙겨들고 나와 현관으로 향한다.

"저녁 꼭 드시구요. 국만 데우고 반찬 해둔 거 덜어 드시면 돼요."

"예. 걱정 마시고 조심해서 가세요."

"손목도 꼭 치료하시구요."

진주댁 아주머니가 신발을 신으며 당부를 하자 나란히 선 채 배웅을 하는 진서와 단아.

"그럼 내일 일찍 올게요."

"네~ 가세요, 아줌마."

그렇게 현관문이 여닫히길 한 번. 아주머니까지 집으로 돌아가고 나자 오롯이 둘만 남은 집 안.

"아줌마 손목 괜찮으시겠지? 많이 안 좋으신 거면 어떡하지……."

진서는 걱정스레 중얼거리는 단아를 나지막한 목소리로 부른다.

"단아야."

"응?"

"우리 지금 단둘인데."

"그러게. 넓은 집에 둘뿐이라 그런가, 썰렁하니 좀 그렇다."

"오빠가 그럼 뜨거워지게 해줄까?"

"응……? 무슨……! 꺄악! 가…… 갑자기 안아들면 어떡해. 놀랐잖아!"

"약속은 지켜, 정단아. 안아도 된다고 했어, 분명."

단아가 워커를 잡고 있다 갑자기 붕 뜨는 바람에 놀라 목소리가 커지자 싫다는 뜻으로 안 진서가 불퉁하니 대답하고 그 모습에 헙입을 오므린 단아가 웅얼거린다.

"아니…… 싫은 건 아닌데…… 놀라서……. 그리고 나 아직 샤워도 안 했는…… 흐읏……."

대답이 시작됨과 동시에 이미 단아의 입술과 귓불 언저리를 입술로 지분거리며 걸음을 옮기기 시작한 진서는 천천히 입술을 내리며 대답했다.

"안 돼. 지금 얼마나 달콤한데. 나중에 오빠가 씻겨줄게. 구석구석 전부 안고 나서."

"저기, 내 워커는……?"

"나중에 가져다줄게. 지금은 아무것도 못 하겠어. 널 안는 일밖에는. 안 그럼 오빠는 미칠 거야."

그러더니 단아의 원피스 지퍼를 그대로 내려 드러난 맨어깨에 키스마크를 남긴다.

"웃……. 오빠…… 잠깐만 좀 천천히……."

"미안……. 이렇게 내 앞에 있는 네가 너무 고맙고 사랑스러워서…… 오늘은 여유가 없어. 널 전부 가져야 내가 안심할 것만 같아."

"……."

자신을 바라보는 눈빛이 슬퍼서…… 단아는 느낄 수밖에 없었다.

이 남자 오늘 힘들었구나, 내가 자신의 옆에 있다는 걸 확인받고 싶구나.

그래서 단아는 그저 미소를 띠며 이렇게 말한다.

"전부 가져가줘. 오늘은 마음대로 안아도 돼. 나도 오빠 전부를 가질 테니까."

단아의 그 말이 신호탄이라도 된 걸까.

서로 피식 웃어버린 둘은 누가 먼저랄 것도 없이 서로의 입술을 깊이 포개어 빨아 당겼고 환한 거실과는 달리 불이 꺼진 방으로 들어선 두 사람은 빠르게 서로의 옷을 벗겨 내려갔다.

스르륵, 방문이 닫히는 사이 침대 위로 서로의 몸을 포개는 단아와 진서의 모습이 어스름히 보였다.

한 달 후.

어느덧 크리스마스이브를 2주 정도 앞둔 2018년 12월의 어느 날 ○○컨벤션 야외 웨딩홀.

홀 안에는 이미 많은 사람들이 만석으로 차 있고 신랑의 입장을 기다리는지 모두들 버진로드 쪽을 향하고 있다.

그 시선을 따라가 보면 신랑의 정체는 다름 아닌 진서.

그랬다. 오늘 결혼식의 주인공은 바로 진서와 단아였다.

그때 단상에 서 있던 남자, 선호가 마이크를 툭툭 치더니 '아아.' 하며 마이크 테스트를 하고는 진행을 시작한다.

"지금부터 초간단 결혼식을 시작할 텐데요. 글쎄 원래는 안 하려다 신랑이 하자고, 하자고 졸라서 진행하게 됐답니다. 그것도 초특급 스몰 웨딩으로."

"하하하!"

"가까운 가족 친지만 모여서 주례 없고 예물 없고 축가 없고 축의금 또한 안 받는. 잠깐, 그럴 거면 결혼식은 왜 하냐, 친구야?"

"하하하하!!"

"이야~ 선호 진행 잘하는데?"

"선호 형 짱이다!"

선호의 재치 있는 진행에 모두들 웃으며 편한 분위기인 데 반해 기다리고 서 있는 진서의 표정이 좋질 않다.

그 이유는 아마도 자신과 조금 떨어져 웨딩드레스를 입고 우혁의 팔짱을 낀 채 한쪽 팔은 목발을 짚고 서 있는 단아가 걱정돼서인 모양이다.

"한 시간 안에 끝나는 거 맞지? 나 벌써 힘들려고 하는데……."

"응. 입장만 하고 나면 우리끼리 간단히 서약하고 사진 찍고 끝날 거니까 한 시간도 안 걸릴 거야. 조금만 참자. 미안……. 그래도 제대로 웨딩드레스랑 결혼식은 해주고 싶어서 진행한 거니까."

"응……. 알아……. 고마우니까 견뎌볼게."

"죄송해요, 장인어른……."

"아니야, 아니야. 난 오히려 한 서방한테 고맙네. 우리 딸 항상 위해줘서. 그러니 난 신경 쓰지 말게."

"어? 우리의 신랑! 벌써 그새를 못 참고 신부랑 얘기 중이신가? 아무리 좋아도 조금만 참아라, 인마."

"하하하! 그래~ 조금만 참아, 신랑."

진서가 단아, 우혁과 소곤소곤 이야기를 나누다 다시 들려오는 선호의 장난 섞인 말과 사람들의 웃음에 이대론 진행이 안 되겠다 싶어 신랑 입장 멘트가 나오기도 전에 성큼성큼 버진로드를 걸어 선호가 있는 단상 앞에 다가선다.

"아직 멘트도 안 했는데? 그렇게 급했냐?"

선호의 말에도 아랑곳 않고 마이크를 당긴 진서가 말했다.

"어. 급해. 결혼식 시작한 지가 언젠데 이제야 진행을 하는 건데? 우리 단아 힘들어하잖아. 경고하는데 30분 안에 사진 찍는 것까지 끝내. 안 그럼…… 알지?"

"아……. 그럼, 그럼! 하하……. 우리 신랑이 워낙 애처가다 보니 신부 힘든 게 싫은가 봅니다. 자, 그럼 얼른 진행하겠습니다. 정말 순식간이니까 잘들 따라오세요."

진서의 눈빛이 많은 걸 담고 있었기에 훗날 후폭풍을 안 맞으려 서둘러 결혼식을 진행하는 선호였다.

"신랑은 그만 눈빛 풀고 자리에 가서 서주시고 오늘의 하이라이트! 예쁜 신부 입장이 있겠습니다. 신부 입장!"

드디어 진행되는 결혼식에 진서도 원래의 자리로 돌아가 서고 우혁과 함께 천천히 걸어오는 단아가 진서의 두 눈에 담긴다.

얼마 전, 증거가 확실해서인지 구 회장 부녀의 형량이 각각 구미현 5년, 구충기 전 모현그룹 회장 8년으로 빠르게 재판 결과가 나왔다.

그 후, 자신의 갑작스런 결혼식 얘기에 아빠 손은 잡고 들어갈 거라며 2주가 넘는 시간을 병원에 오가면서 무던히도 목발로 걷는 연습을 하던 단아의 모습이 눈에 선한 진서는 마음이 뭉클하다.

새삼 지난 시간들이 파노라마처럼 스쳐지나가자 옅은 미소와 함께 자신에게 걸어온 우혁에게 묵례를 하고는 단아의 허리를 끌어안아 천천히 함께 선다.

"고생했어, 단아야. 그리고 고마워."

그러고는 갑자기 단아를 마주 안아버리는 진서의 행동에 사람들 모두 역시 애처가라며 환호를 한다.

"아니…… 뭐 이 정도로. 나 아직 견딜 만한데……."

단아가 같이 소곤소곤 대답하자 베일을 쓴 단아의 머리를 쓰다듬은 진서는 나지막이 속삭였다.

"아니. 오빠한테 와줘서 고맙고 아픈 시간들 씩씩하게 버티고 살아 있어줘서 그동안 너무너무 고생했다고……. 내 여자 정말 대단하다."

"아아……. 내가 좀 그렇다니까."

웃음기를 머금은 단아의 대답 뒤로 진서의 서약에 말이 이어진다.

"나 한진서는 정단아를 아내로 맞이하여 예쁠 때나 병들어 아플 때나 변함없이 죽도록 사랑할 것을 맹세합니다."

"응? 그냥 이대로 서약하자고? 안은 채로?"

갑작스런 서약에 당황한 단아가 묻자 진서는 아무렇지 않게 대답한다.

"떨어지기 싫어서. 그리고 형식 갖춘 결혼식 아니고 편한 결혼식 하기로 했으니까. 근데 우리 여보는 서약 안 할 거야?"

"아…… 해야지. 나 정단아는 한진서를 남편으로 맞이하여 멋질 때나 병들어 아플 때나 변함없이 죽도록 사랑할 것을 맹세합니다."

"응. 고마워."

"나도 고마워."

"어우~ 아주 그냥 결혼식 날까지 닭살이네요. 그렇죠?"

서로를 안은 채 서약까지 끝내버린 닭살 부부를 보던 선호의 장난에 안았던 걸 푼 진서와 단아가 동시에 선호를 향해 소리친다.

"부러우면 너도."

"부러우면 오빠도."

"결혼하면 되겠네!"

"결혼하면 되겠네!"

"아……. 근데 제일 중요한 게 우리는 아직 결혼 생각이……."

"푸하하하!"

너무나도 진지한 선호의 대답에 회심의 일격을 날렸던 진서와 단아, 지켜보던 사람들 모두가 박장대소를 터트리며 즐겁게 웃었다.

그렇게 웃음 가득했던 결혼식이 얼추 마무리되고 모두들 전부 모여서서 단체사진을 찍으려 자리를 잡고 있다.

"자~ 얼른들 자리 잡아주세요."

야외 홀 담당으로 와준 포토그래퍼의 말에 하나둘 서둘러 자리를 잡아가고 그렇게 대부분의 사람들이 자리를 잡고 설 무렵 결혼식이 끝날 쯤부터 표정이 좋지 않아 보이던 단아가 한 손을 들어 가슴을 두드린다.

"다들 자리 잡으셨어요?"

"네~ 된 것 같아요."

"왜 이러지……. 긴장하던 게 풀려서 그런가……."

사람들의 말들 사이로 단아를 감싸 안고 서 있던 진서가 단아의 중얼거림을 듣고서 걱정스레 묻는다.

"왜? 어디 아파?"

"아니, 그냥 속이 좀 안 좋아서……. 긴장한 탓에 오늘 뭘 못 먹었더니 속이 비어서 그런가 봐."

"그럼 끝나고 맛있는 거 먹으러 가자, 다 같이."

"응. 고기 먹으러 가자."

"그래, 그러자."

서로를 마주 보며 환하게 웃는 두 사람의 귓가에 포토그래퍼의 말이 들려온다.

"그럼 이제 찍겠습니다. 신랑 신부님 좋네요~ 계속 환하게 웃어주시구요. 여기 봐주세요. 하나, 둘……!"

단아와 함께 정면을 바라보며 미소 짓던 진서가 단아를 따스한 목소리로 부른다.

"단아야."

"응?"

"뭔가 더 멋진 말이 없나 생각했는데 이 말밖에는 안 떠올라서. 사랑한다."

"그 말이 얼마나 귀한 말인데. 그 말 한마디면 충분해. 그리고 나도 사랑해."

"역시 우리는 평생 천생연분일 것 같다. 그렇지?"

"응. 그럴 것 같아."

"그런 의미로 오늘 우리 예쁜 딸 하나 만들까?"

"으이그~"

평소처럼 투덕이면서도 얼굴에서 웃음이 떠나질 않는 단아와 진서.

곧이어 셔터 음이 들려온다 싶더니 그 모습 그대로 두 사람을 담아낸다.

환하게 웃는 모습이 어느덧 많이 닮아 있는 두 사람을.

14. epilogue: 이제는 둘이 아닌 넷

결혼식이 끝나고 며칠이 지난 오후.

단아가 도저히 속 울렁거림이 나아질 기미가 보이질 않자, 재활치료를 받으러 가는 김에 같이 가서 이것저것 검사를 해보자는 다영과 다현의 권유로 HB대학병원 산부인과 진료를 받은 단아는 검사 결과를 다영, 다현 두 사람과 함께 기다리고 있다.

한참 모니터를 바라보던 담당 교수가 단아에게 묻는다.

"전반적인 검사 결과는 모두 괜찮습니다. 건강하세요. 그런데 갑자기 며칠 전부터 속이 울렁거리고 구역질이 나신다구요?"

"네. 속이 계속 미식거려서 잘 먹는 음식 몇 가지 빼고는 전부 냄새도 역하고 해서 못 먹어요. 자꾸 몸이 나른해지기도 하구요."

"선생님, 저희 며늘아가 아기 가진 거 아닌가요? 저희가 봤을 땐 딱 임신 증상인데 본인은 자꾸 아닐 거라고 하네요."

다영의 물음에 편안한 미소를 띤 담당 교수가 대답한다.

"처음이시면 잘 모를 수도 있죠. 더구나 이제 초기니까요."

"네? 그럼……."

"네. 축하드립니다. 4주 되셨네요."

"어머! 사부인! 아기래요, 아기!"

"그러게요. 딸, 너무 축하해."

"응……."

"그렇지. 내 정신 좀 봐. 축하한다, 아가. 고생했어."

"……네. 감사합니다."

아기 소식에 다영과 다현은 서로 축하한다며 얼굴에서 웃음이 떠나질 않는 반면 정작 본인인 단아는 벙쪄버린 표정이다.

그런 단아에게 담당 교수는 모니터를 살짝 옆으로 돌려주며 자그마한 아기집을 짚어 간략하게 설명한다.

"여기 보이세요? 작은 반점 같은 거. 이게 아기집이라는 건데 정단아 씨는 두 개가 보이네요."

"두 개라면……?"

"어머나! 쌍둥이요, 선생님?"

단아가 놀라며 되묻자 다영이 얼른 나서서 확인한다.

"네. 쌍둥이예요. 아직 초기라 작긴 하지만 확실하게 두 개가 보입니다. 배로 축하받아야겠어요, 단아 씨는."

"쌍둥이래요, 쌍둥이!"

"축하해요, 사부인. 이제 할머니 됐네요."

"사부인도 마찬가지죠, 뭐~ 호호."

담당 교수가 빙그레 웃으며 확실한 대답을 해주자 단아는 두 눈을 크게 떴고 다영과 다현은 서로 얼싸안고 기뻐했다.

"그럼 초기니까 몸 조심하구요. 다음 진료 때 봐요, 단아 씨."

"네……."

"고맙습니다~"

잠시 후 진료가 끝났는지 다현이 단아와 함께 먼저 진료실을 빠져나오고, 다영이 간단한 인사 후 진료실 문을 닫고 나왔다.

"너무너무 축하한다, 아가. 앞으로는 몸도 더 조심하고 뭐 먹고 싶은 거 있으면 다 말하렴. 산모가 잘 먹어야 아기도 건강하지."

"네…… 어머니. 감사해요…….."

"엄마도 다시 축하해야겠다. 장해, 우리 딸. 뭐 먹고 싶은 건 없고?"

"그래, 그래. 뭐 맛있는 거 먹으러 가자."

"아니야, 엄마. 아니에요, 어머니. 지금은 저 집에 가서 쉬고 싶어요…….."

"그럴래? 그러자 그럼. 쉬는 것도 중요하니까."

"네…….."

진료를 마치고 나온 단아가 영 좋아하는 것 같지 않아 보이자 다현과 다영은 조심스레 묻는다.

"단아야, 아까부터 기운이 없는데 왜 그러니……? 아기 가진 게 기쁘지 않아?"

"그래. 새아가…… 표정이 안 좋아 보이는데 무슨 일이야? 응?"

"그런 거 아니에요. 그냥……. 정말 예상을 전혀 못 해서…….."

말을 잇던 단아의 목소리가 젖어들던 그때 단아를 향해 진서가 빠르게 달려온다.

"단아야, 오빠가 늦었지? 미안……. 재활치료 끝날 시간 맞추려고 했는데 오후에 있던 마케팅 회의가 늦게 끝나서…….."

"……."

진서가 코트에 스며든 찬바람과 함께 서 있던 단아에게로 다가와 말을 건네지만 웬일인지 묵묵부답인 단아.

그런 단아의 모습에 슬쩍 다영이 부러 진서를 나무란다.

"얘는. 시간 맞춰 오기로 해놓고, 와이프 혼자 산부인과 진료를 보게 하고. 아무리 우리가 있어도 남편이랑은 또 다른 건데."

"죄송해요. 그래서 산부인과로 바로 온 건데도 늦은 모양이네요…… 단아야, 그래서 화가 난 거야?"

"……."

도리도리.

계속 무언가를 참는 듯 울 것 같은 표정이 된 단아가 살짝 도리질을 하자 그 모습에 걱정부터 앞선 진서가 무슨 일이냐는 눈빛으로 다영과 다현을 바라보지만 두 분은 그저 '우리도 모르겠다.'는 눈빛을 보내며 어깨를 으쓱해 보일 뿐이다.

"단아야…… 왜 그래……. 응? 뭔가 검사 결과가 안 좋은 거야?"

진서가 걱정스러운 표정으로 얼굴을 쓰다듬자, 단아는 참았던 여러 감정이 터져 눈물을 흘려보내며 짚은 목발을 그대로 놔버리곤 진서의 품에 안긴다.

"단아야……."

"흐흡……. 흑……."

아이마냥 펑펑 울어버리는 단아를 진서가 끌어안아 다독이며 넘어지지 않게 받쳐 안으려 하지만 그보다 빠르게 스르르 주저앉아버리는 단아.

"단아야!"

"어머. 단아야!"

단아가 주저앉자 놀란 세 사람이 동시에 단아를 부르고 그런 네 사람을 호기심 가득한 눈길로 바라보는 산부인과를 찾은 많은 내

원객들과 의사, 간호사들.

다급하게 단아를 따라 무릎을 굽혀 앉은 진서가 가만가만 머리를 쓰다듬는다.

그런 진서의 손길에 여전히 울음이 섞인 목소리로 단아가 말을 꺼낸다.

"여보, 이제 아빠 될 거래……. 그것도 쌍둥이 아빠……."

"응……? 뭐라고……?"

단아의 말에 순간 멍한 표정이 된 진서가 되묻자 피식 웃은 다현과 다영이 먼저 축하의 말을 건넨다.

"축하해, 한 서방. 단아 4주째라네. 그럼 내년 9월쯤이면 아기들 얼굴 볼 수 있겠다."

"나도 축하한다, 아들. 아버지랑 서연이 알면 좋아라 하겠다."

"저희 남편도 그렇겠네요."

"호호. 그렇겠네요. 하여튼 우리 며느리가 복덩이다, 복덩이. 한번에 쌍둥이라니. 아유, 기특해."

다영이 단아의 어깨를 토닥이며 흐뭇한 미소를 짓자 그제야 멍했던 표정에서 환한 미소가 그려진 진서가 단아를 바라보며 묻는다. 내가 생각하는 게 맞느냐는 눈빛으로.

"……단아야, 너……."

"……응. 우리한테도 예쁜 아기가 찾아왔대. 여보랑 내 아이. 우리 두 사람의 아이."

곧바로 들려온 단아의 대답에 가슴이 벅차오르는 기쁨을 느낀 진서는 그대로 단아를 안아 올리며 큰 소리로 외친다.

"꺄악! 왜……. 왜 이래, 오빠……."

"정말, 정말 고맙고 사랑해."

자신보다 더 기뻐해주는 진서의 모습에 또다시 울컥한 단아는 진서의 목을 꼭 끌어안고서 말한다.

"오빠 닮은 예쁜 아이 낳고 싶었는데 행여라도 힘들까 봐…… 아이 못 가질까 봐…… 나 사실 무서웠었어……. 너무 미안하고, 미안해서……. 그랬는데 막상 임신이라는 말을 들으니까 너무 기쁜데 안 믿겨서……. 울컥하기도 하고……. 내가 과연 엄마가 될 수 있을까 무섭기도 하고……. 또……."

"쉬이. 더 말 안 해도 돼 다 아니까. 단아 네가 얼마나 우리 아이를 원했는지. 엄마가 되고 싶어 했는지. 그리고 우리 둘이서 함께 키우는 아이들이니까 너무 걱정하지 마. 함께 노력해서 우리 아이들한테 꼭 좋은 엄마, 아빠가 되어주자."

"응……. 꼭 그러자, 우리."

자신을 안아 올린 채 다독여주는 진서에게 더 매달리듯 안겨오는 단아.

"근데 오빠도 정말 단아 너만 있으면 됐다고 생각했는데 막상 우리 아이가 생겼다니까 너무 가슴이 벅차고 기쁘다. 단아 너 닮은 딸 쌍둥이려나? 그럼 좋겠다. 담당 선생님이 말씀 안 해주셨어?"

"아……. 정신이 없어서 못 물어봤는데……. 다시 여쭤보고 올까?"

진서와 단아가 서로를 마주 보며 진지한 표정이 되자 그런 둘의 모습이 마냥 흐뭇한 다영과 다현이지만, 그래도 얼른 제대로 알려준다.

"거기, 아직 서툰 초보 부모님. 아기 성별은 적어도 16주에서 20주쯤은 돼야 정확하게 알 수 있거든요? 이제 4주 됐는데 너무 성급하다. 둘 다."

"그래. 아직은 선생님도 알려주시지 않을 거야."

"아아……. 그런 거구나."

"우리 공부 많이 해야겠다, 단아야."

"그러게……. 우리 아기들 힘들게 하면 안 되니까."

자신들의 말에 금방 수긍하며 사뭇 진지하게 다짐하는 두 사람의 모습에 절로 미소가 지어지는 다영과 다현이다.

"응. 그럼 그 전에 우리 예쁜 아내부터 힘들면 안 되니까 얼른 집에 가자. 가는 길에 뭐 먹고 갈까? 먹고 싶은 거 없어?"

"음……. 그럼 냉면. 시원한 거 먹고 싶어."

"그래. 가자. 냉면은 겨울에 먹어야 제맛이지. 어머니, 장모님, 가시는 길에 냉면 먹고 가시죠."

"네. 가요, 어머니. 엄마도. 근데 여보, 회사는 다시 안 들어가 봐도 돼? 바쁘면 나 어머니랑 가도 되는데. 엄마도 있고."

"얼추 오늘 바쁜 일은 다 끝냈어. 그리고 아무리 바빠도 오빠한텐 단아 네가 최우선이라니까? 오후 회의도 중간에 뛰쳐나오려다 겨우 참았던 거야."

"아……. 저기 그런데, 나 이제 그만 내리면 안 될까? 새삼 창피해지는데……."

단아가 창피하다며 품 안으로 파고들자 피식 웃은 진서는 단호하게 대답한다.

"안 돼. 이제 단아 네 몸은 우리 아기들까지 품어야 하는 귀한 몸인데 무조건 안정이야. 안전하게 모실 테니 이대로 차까지 가시지요, 공주님. 어머니, 단아 목발이랑 가방 좀 같이 챙겨와 주세요."

"말 안 해도 알아서 챙겨갈 테니 진서 넌 단아만 잘 챙겨."

"예. 그럼 두 분 천천히 오세요. 저희 먼저 가고 있을 테니. 가자, 단아야."

"어머니, 엄마, 천천히 오세요."

"알았어, 알았어. 알아서 뒤따를 테니 걱정들 말고 먼저 가."

다영의 대답 뒤로 먼저 뒤돌아선 진서가 단아를 안아든 채 산부인과 복도를 걸어가고 그 모습을 두 어머니는 마냥 흐뭇하게 바라본다.

"다현아, 저 아이들 참 인연은 인연인 것 같지? 어쩌면 저렇게 예쁠까?"

"그러게. 우리가 친해지면서 그저 아이들끼리도 잘 지내길 바라서 소개시켜준 거였는데, 그 어린 인연이 저렇게 결실을 맺고 또 하나의 생명을 품었다니…… 참 사람 인연이라는 건 끝까지 알 수 없는 건가 봐."

"그런 의미로 우리도 더 잘 지내자구요, 안사돈. 끝까지 좋은 인연일 수 있게."

"그래야죠. 앞으로도 잘 부탁합니다, 안사돈."

"물론이죠. 저도 잘 부탁할게요, 안사돈."

그렇게 서로를 마주 보며 웃어버린 다영과 다현은 목발과 가방을 각각 챙겨들고서 가벼운 발걸음으로 진서와 단아를 뒤따랐다.

3년 후, 청담동의 한 고급 펜트하우스.

"엄마, 아빠. 아빠는여? (엄마, 아빠. 아빠는요?)"

"아빠는여? (아빠는요?)"

주방 안에서 호연 아주머니와 나란히 서서 저녁 준비를 하고 있는 단아의 양옆으로 올망졸망 귀엽게 생긴 여자아이와 또렷한 이목구비의 남자아이가 껌딱지처럼 붙어 아빠인 진서를 찾고 있다.

"머찐 아빠. (멋진 아빠.)"

"마자. 머찐 아빠. 응? (맞아. 멋진 아빠. 응?)"

"아이구~ 우리 공주랑 왕자님 또 시작하려나 보네. 놀아달라고."

"아……. 죄송해요. 매번 제대로 도와드리지 못해서…….""

"아니에요~ 두 분이 이 집으로 옮겨 나온 작년부터 다시 불러주셔서 오히려 저는 좋은걸요. 이렇게 예쁜 아이들 재롱도 보고. 그리고 제 할 일을 하는 거니까 미안해 안 하셔도 되구요."

옷자락을 잡아당기며 아이들이 조르기를 시작하자 단아는 아이들에게로 무릎을 굽혀 눈높이를 맞춘다.

"오늘은 일찍 오신댔으니까, 아빠 붕붕 타고 금방 오실 거예요. 그러니까 얌전히 기다릴 수 있지요? 내 천사들."

"네에~"

"네에~"

"우와~ 대단한데?"

"응! 엄마 운는 거 조아여! (응! 엄마 웃는 거 좋아요!)"

"조아여! (좋아요!)"

단아가 능숙하게 달래고 머리를 쓰다듬어주며 웃어 보이자 한껏 으쓱해진 두 아이들은 환하게 웃는다.

그때 현관 카드키 소리가 들린다 싶더니 현관문이 닫히는 소리가 들리고 곧이어 익숙한 목소리가 다정하게 들려왔다.

"한서아, 한서준, 아빠 왔어요."

"우와아! 아빠다!!"

"아빠!!"

진서의 목소리가 가까이 들려오자 눈빛을 반짝인 두 아이. 서아와 서준은 제 딴에는 빠른 걸음으로 주방을 벗어나 거실로 나가고 그 모습을 흐뭇한 얼굴로 바라보던 단아와 호연이 천천히 뒤따른다.

"오셨어요?"

"왔어, 여보?"

호연과 단아가 거실로 나오자 이미 두 아이들을 양쪽에 안아든 진서가 웃는 얼굴로 두 사람 곁에 가까이 다가서며 말을 건넨다.

"응. 오늘도 잘 지냈어? 오늘도 고생하셨죠?"

"도련님은 항상 퇴근하시면 그 말부터 하는 거 알아요? 저는 오늘도 고생 안 했구요."

"하하하. 제가 그랬나요?"

"나도 변함없이 잘 지냈어. 낮엔 어머니랑 재활도 다녀왔고. 많이 좋아져서 이제 6개월에 한 번씩 보자고 하더라, 형부가."

"응. 아까 나도 연락받았어. 그래서 우리 아내 진짜 멋있고 예쁘다고 형한테 자랑했지."

두 사람의 막힘없는 대답에 하하 웃으며 대답하는 진서.

"그럼 두 분 얘기 나누고 있어요. 저녁 거의 다 되어가니까 금방 준비해서 차릴게요."

"아, 그럼 저도 같이……."

단아가 같이 주방으로 들어가려 하자 호연이 서둘러 말린다.

"남편 들어왔는데, 옆에서 이것저것 도와야죠. 저녁은 저 혼자 차려도 충분해요."

호연이 살짝 웃으며 주방으로 들어가자, 그 마음이 고마운 단아가 미소 짓는다.

그런 단아의 모습을 따스한 눈빛으로 바라보던 진서가 단아를 부른다.

"여보, 단아야."

"응?"

쪽.

단아가 진서를 향해 고개를 돌리자 입술에 가벼운 버드키스를 한 진서가 미소 띤 표정으로 말한다.

"사랑해."

그 말에 피식 웃으며 당연한 대답을 들려주는 단아.

"나도 사랑해."

"그리고 매일매일 아이들한테 제대로 엄마 노릇 해주고 싶다고 재활치료 열심히 해줘서 고마워. 진짜 너무 예쁘다, 내 아내."

"이제야 혼자 서고 걷는 거 조금씩 하는 중인데, 뭐. 아직은 서툴러서 흔들거리고 걷는 데다 서서는 아직 서아랑 서준이 장시간 못 안아줘서 얼마나 미안한데…… 그래서 아빠를 유독 더 찾나 싶기도 하고. 엄마가 사랑을 제대로 못 주고 있어서."

"아빠, 아빠."

"아빠."

단아의 쓸쓸한 미소를 어렴풋이 안 걸까……. 두 사람이 웃는 얼굴로 대화를 할 때 얌전히 진서의 품에 안겨 있던 서아와 서준이 급한 듯이 진서를 부른다.

"네~ 왜요? 서아, 서준이."

"엄마 꼬옥- 해주 꺼야. (엄마 꼬옥 해줄 거야.)"

"나두. 꼬옥- 해주 꺼야. (나도. 꼬옥 해줄 거야.)"

"그럴까 그럼? 엄마 꼬옥- 해주자."

그 말이 무슨 뜻인지 아는 진서가 살짝 웃으며 단아에게 더 다가서주자 서아와 서준이 그대로 단아의 목을 고사리손으로 양쪽에서 끌어안아준다. 그 덕에 진서까지 단아를 안은 자세가 돼버렸지만.

"이짜나 엄마, 우리 대딱 반에서는 엄마가 젤루 이뻐여. 민두 엄마보다 마니 마니 이쁘니까 우지 마. 응? 떠아도 엄마 다랑해. (있잖아 엄마, 우리 새싹 반에서는 엄마가 제일 예뻐요. 민수 엄마보다 많이 많이 예쁘니까 울지 마. 응? 서아도 엄마 사랑해.)"

"마자. 민두 엄마 안 이뻐. 엄마가 젤루 이뻐여. 쭌이도 엄마 다랑해. 우지 마. (맞아. 민수 엄마 안 예뻐. 엄마가 제일 예뻐요. 서준이도 엄마 사랑해. 울지 마.)"

아직은 시옷 받침이나 받침이 많은 글자의 말은 어려워하는 세 살배기 두 천사의 귀여운 위로에 마음이 뭉클해짐을 느끼는 단아다.

"그렇다는데? 이렇게 인기 좋은 엄마인데 걱정 안 해도 되겠다."

"그러게. 나 너무 행복해……. 서아야, 서준아, 엄마도 사랑해요. 내 보물들."

단아가 진서를 끌어안으며 밀착하자 네 사람은 완전히 하나처럼 붙어버리고 그와 동시에 어김없이 찾아온 두 아기 천사들의 애정도 테스트.

"있자나, 엄마 아빠. 떠아가 땀분 누나니까 더 조치? 떠쭌이보다 다랑하지? (있잖아, 엄마 아빠. 서아가 3분 누나니까 더 좋지? 서준이보다 더 사랑하지?)"

"아니야! 쭌이를 더 다랑해! 그치? 엄마 아빠. (아니야! 서준이를 더 사랑해! 그렇지? 엄마 아빠.)"

단아에게서 떨어지더니 눈빛을 반짝이며 두 사람의 대답만을 기다리는지 번갈아가면서 단아와 진서의 입술을 바라보는 서아와 서준.

그런 두 아기 천사들이 마냥 사랑스러운 단아와 진서는 무언의 눈빛을 주고받는다.

"음, 그건 말이야 서아야, 아빠는……."

"그게 있지 서준아, 엄마는……."

자신의 이름이 불리기를 기대하고 있는 서아와 서준이에게 씩 웃어 보인 진서와 단아는 그대로 서로에게 다가가 다시 한번 더 두 아이들을 품 안에 꽉 안아버리고는 동시에 대답한다.

"서아랑 서준이 둘 다 너무너무 사랑해요."

엄마 아빠 사이에 샌드위치처럼 딱 끼여버린 서아와 서준이 답답한지 꼼지락거리고 그런 두 아이들의 볼에 뽀뽀세례를 해대는 진서와 단아의 얼굴에선 웃음이 떠날 줄을 몰랐다.

-마침-